改革开放大潮下的豫东乡村故事

时代变迁中各色人物的不同人生

平凡人生

罗 建 明 著

人民日报出版社

图书在版编目（CIP）数据

平凡人生／罗建明著．—北京：人民日报出版社，
2019.4
ISBN 978－7－5115－5901－2

Ⅰ.①平…　Ⅱ.①罗…　Ⅲ.①长篇小说—中国—当代
Ⅳ.①I247.5

中国版本图书馆 CIP 数据核字（2019）第 057287 号

书　　名：平凡人生
作　　者：罗建明

出 版 人：董　伟
责任编辑：陈　红　陈　浩
装帧设计：中联学林

出版发行：人民日报出版社

社　　址：北京金台西路 2 号
邮政编码：100733
发行热线：(010) 65369509　65369846　65363528　65369512
邮购热线：(010) 65369530　65363527
编辑热线：(010) 65369844
网　　址：www. peopledailypress. com
经　　销：新华书店
印　　刷：三河市华东印刷有限公司

开　　本：710mm×1000mm　1/16
字　　数：434 千字
印　　张：26.5
印　　次：2019 年 4 月第 1 版　　2019 年 4 月第 1 次印刷

书　　号：ISBN 978－7－5115－5901－2
定　　价：85.00 元

●●●●●● 目录

01

第一部

| 悌孝心涌动　辍学家务农 |

第一章

二十世纪八十年代初。

一个晴朗的上午，太阳的光线暖洋洋地洒向大地。一群六七十岁的老人，坐在村头的空地上谈笑风生。听不清楚他们在谈什么，从他们的表情可以看出，他们精神振奋，气概昂扬，心情舒畅，日子得意顺心，正享受着晚年的幸福。他们旁边的大杨树上，几只喜鹊在喳喳叫，有的在衔枝做窝，有的你追我赶。路边几棵杏树，撕破了深红的面纱，羞答答地露出纯洁雪白的面容，静静地散放温馨的芳香。成群结队的蜜蜂厚着脸皮无休止地亲吻它们的脸庞。村旁的油菜花，尽管单一的一朵微不足道，但无数花朵集中在一起，就有了盖世无双的力量。任何别的花草，不管它多么艳丽，也不管它多么高傲，在一片黄灿灿的油菜花面前，都显得微不足道，愧拜下风。至于那些蜜蜂、蝴蝶和飞蛾之类的小玩意儿，更不在话下，它们顷刻就会淹没在黄色的汪洋大海，无影无踪。

两辆满载货物的大卡车，风尘仆仆地来到这个村庄，停留在十字街旁的空地上。从车上跳下来几个人，有男有女，有老有少。他们赶忙解绳、卸车，把货物有条不紊地放在地上，全是家庭生活用品。一个中年男子拿着高音喇叭，冲着街道高声喊："喂，父老乡亲们，供销社来了，快出来买东西吧。"他吆喝一遍又一遍，一连吆喝了五六次才停下来。

随着他的吆喝声，村民们都纷纷跑出来，拥向货车。老的、少的，基本上都是女的。他们的目的很清楚，就是买东西，有的买这，有的买那，各买所爱。有的买完就走，有的拣好一件放在旁边，再拣另一件，最后一次付钱。他们销售的货物无所不有。从家用电器到日用杂品，从穿的戴的到吃的用的，有大件的，如电视机、洗衣机、自行车等；中件的，如电唱机、电磁炉、电饭锅等；小件的，如锅、碗、瓢、盆等；还有女人用的化妆品，有雪花膏、搽头油、胭脂、口红等；在穿戴方面，有男女老少各式各样的衣服，有春夏秋冬各种款式的衣服；儿童的穿戴更多，各个年龄段的，棉的、夹的、单的、帽子、鞋，应有尽有……

胖胖的王大嫂说："这回我得买个洗衣机，家里我就缺这个，我最怕洗衣服了，我早就想买个洗衣机，就是没有机会，这回他们送到家门口，多方便呀。"

五十多岁的王大妈说："这回我得买个电视机，听说电视机里有戏，可以看戏。我没有别的爱好，就是爱看戏。"

在她旁边的刘大妈说："你为啥不叫你儿子给你买一个？"

王大妈："我咋没叫他买呀！没买的原因是：前几年没有钱，整天连嘴还顾不住呢，哪有钱买电视机呢？那时对电视机是敢想而不敢求。我想我这一辈子也难买个电视了。谁知道这几年不但有饭吃，也有钱花了，不但有钱买油盐酱醋，连买电视机的钱也有了。前几年在生产队里干活，时间是有，就是没钱，别说买电视了，就是个自行车也买不起。地分给个人以后，有钱了，又没时间买了。"

李大爷接着说："过去是干活磨洋工，下班享轻松，地里乱哄哄，家里瞎折腾，公家活不想干，自己活不让干。地里不打粮食，我们就没有饭吃。"

孙大爷说："那时在地里是干集体的活，干多干少一个样，谁也不多干。回到家里没活干，不是不想干，而是不让干，你想呀，不让养牲畜，不让搞副业，说这些是在走资本主义，弄不得还得挨批斗，谁敢干呀，所以整天没事干。"

李大爷："地里不打粮食，家里又没活干，没有吃的，也没有花的，怪省事，腿也省得跑路，手也省得干活，嘴也省得吃东西……"

孙大爷："现在忙了，都动起来了，有吃有穿，也有钱花了。"

其他村民们都争先恐后地挑拣东西，供销社的同志忙着开发票收钱。

村民们的询问价钱声、货物质量的咨询声、供销社人员的回答声、解释声、挑拣货物的碰撞声、村民们之间的说话声，各种声音交织在一起，形成巨大的嗡嗡声，近听啥也听不清，远听像一窝蜂。每个人都很忙，腿忙，手忙，嘴也忙。不停地挪动位置，不停地翻动货物，有的人把所有同类产品全部翻到一遍后，才最终选中一件。有的人把东西拿到家以后才发现有些不称心的地方，又拐回来调换；有的是同类产品的调换，有的是用这种产品调换成另一种，这样得找差价，有的是补钱，有的是退钱……这种场面宛如一个声势浩大的物资交流会。

以上就是二十世纪八十年代的一个春天，发生在坡王村的一个场面。坡王村坐落在东山坡下，它东面的东山坡，满山遍野，荒草胡棵。遥遥望去，依稀看到青乎乎的一片荒地，上空有一些乱窜的飞鸟。街中间有一眼水井，是全村农民唯一的用水来源。

坡王村是柳林乡一个偏僻村庄，距柳林十多里路，而且路途高低不平，坑坑洼洼，旱天是一坑坑的土，雨天是一坑坑的水，雨后一坑坑的泥，对村民出行影响很大，严重阻碍了他们生活水平的提高。过去生产队时，他们没有钱，基本上不买什么东西，很少赶会，也不上集，即使偶尔出去一次，也是步行，没有交通工具，没有汽车，也不骑自行车，所以对路况的好坏没有明显感觉。家庭联产承包责任制实施以后，村民们不但吃饱了肚子，也有钱花了，他们购买的家具首先就是自行车，有些人一家都买两三辆。自行车是他们主要的交通工具。这时他们对路况的印象就深了。自行车虽然跑得快，只能在好天，赖天还没有步行快。如果骑自行车外出，万一半路遇到下雨，自行车推都推不动。路上的土壤是黏土性质，稍微有些雨水就泥泞难走，自行车不但不能骑，连推也推不动，得人扛着走。汽车就更没有用武之地了。一场中雨后，六七天才能通行，初冬如果下一场雨，这一冬就别想白天在这里路过。村民们就关门闭户，不外出办事。万不得已外出的，就在深更半夜路面冻得坚如磐石的时候，才能动身。这时候，不但可以行人，连载重汽车也是畅通无阻。供销社就是趁这个机会把货物送给农民的。对于送货上门的服务行为，农民们当然非常高兴，所以出现了上面抢购货物的热闹场面。

这种兴高采烈的气氛，这种欣欣向荣的景象，这种欢欣鼓舞的场面，并不是每家每户都有的，有些家庭却处于烦恼不堪的忧愁中，黄琦家就是其中之一。

黄琦是土生土长的本村农民，今年六十多岁，妻子徐环四十多岁。他们有三个孩子，老大是男孩儿，叫黄松；老二也是男孩儿，叫黄林；老三是女孩儿，叫黄枫。黄松今年二十岁，黄林今年十八岁，黄枫十六岁。黄松、黄林在高三上学，今年就要参加高考，女儿黄枫今年初中毕业，要报考高中，他们的学习都很好，又有较高水平的家庭素质教育，他们的行为表现和思想品德，都受到周围同学的称赞和老师的表扬。他们不仅有顽强的学习毅力，还有明确的学习目的，他们的共同目标是上大学，上硕士、上博士。黄松打算当一个农业专家，为中国农业高产做出贡献；黄林准备攻读宇宙专业，为探索宇宙奉献力量；黄枫要当一名医学博士，专攻农村的疑难杂症。像这样的家庭不仅仅是在偏僻的农村，就是在繁华的城市，也是人们崇拜的对象。家庭贫穷，光出精品，在当前大多数孩子不愿学习的情况下，这一家出了三个刻苦学习的孩子，真叫人羡慕不已。按理说，这真是一个美满幸福的家庭。对黄琦来说，这三个孩子是他的骄傲和希望。一天，他对妻子徐环说："人们常说，富富，出人物；穷穷，出整形。我看，咱们家该富了。"

徐环马上接着说："咱家应该说是个贫穷家庭，我们这三个孩子就都是整形了？"

黄琦说："我的意思正好相反，我是说，咱这三个孩子都是英姿飒爽、有模有样的，都是求之不得的人物，我们的家该发了，我们就要变富了。"

徐环说："富不富不在于出什么人物。党的政策好了，人们也就慢慢富起来了，不是光我们富，大家都在富。我们现在还不富，很多人都富起来了。他们的孩子不就都是人物了。"

自从把土地承包给个人以后，黄琦、徐环两口子齐心协力经营他们的这个小家庭，除了把粮食作物种好以外，还种些经济作物。例如棉花、花生、大豆等，同时，还搞些家庭副业，主要饲养业和农产品加工业，他们养了猪、羊、鸡、鸭等。他们还买了磨面机、粉碎机和面条加工机。他们还买了一辆三轮人力车，农闲时为别人拉土垫地……他们虽然忙些、累些，但心里很踏实，日子过得很顺心。

天有不测风云，人有旦夕祸福。黄琦去医院看他的胯疼时，他万万没有想到，他因劳累成疾，被查出得了左腿关节坏死症。这是晴天霹雳，泰山压顶，一个家庭的主要劳动力失去了劳动能力，如失去了顶梁柱，这就意味着房子就要倒塌。老两口陷入了极端痛苦中，劳动力的丧失就是经济命脉的切断。这不但严重影响全家的经济生活，更重要的是无能力支持三个孩子上学。

黄松和黄林正在积极复习功课，很有信心地报考清华大学，或北京大学；黄枫也打算报考省重点高中。老两口不准把父亲的病告诉给三个孩子，怕影响他们的升学考试。尽管父亲拄起了拐杖，也没有告诉他们真情，只是说他们的父亲有些腿疼，是走路多劳累所致，拄拄拐杖，放松放松就好了。

黄琦失去劳动能力以后，在如何运营这个家庭方面，黄琦和徐环两口子有明显的不同看法。黄琦的意见是让大儿子高中毕业后，不要继续上学，让他在家从事农业劳动。这样，不但家庭生活有了保障，还能保证让黄林和黄枫继续上学。而徐环的意见是让他们三个都继续上学，不要人为地叫这个上而叫另一个不上。这样做父母的会于心不忍。不让谁上学，就会对他有愧，将来要后悔一辈子的。再说，他们两个现在还看不出哪一个孩子能在上学的道路上走出来。万一你让走不出来的孩子继续上学，而没让能走出来的继续上，咱就埋没了人才，对咱家也是很大的损失。因此，让他们两个都继续考大学，考不上的，就留在家里劳动，他也不会有意见，咱们心里也无愧。徐环说到这里时，黄琦问她："如果他们两个都考上了大学怎么办？"

徐环十分高兴地说："这就太好了！咱们家出两个大学生，还求之不得呢！谢天谢地，好得是这个结果吧。我就盼着这一天呢！"

黄琦胸有成竹地说道："真是：勤者苦，智者忧；无能者，无忧愁。你就是个无忧愁的无能者。你光想好事，你就不知道如何能得到好事，你就不知道咱们是无能力达到你想象的结果的。"

徐环不服气地说道："你别死抱住老皇历不放，现在是啥年代了？现在是二十世纪八十年代。不是你妈经常给你讲的那个没吃没穿的旧社会，现在是新社会，是社会主义社会。"

黄琦："新社会怎么啦？新社会只是保证你有吃有喝，保证你不会饿死，新社会只管你的肚子，不管你的花钱，花钱还得自己挣。要想花得多，就必须挣得多，挣不来就没钱花，你同意这个说法吗？"

徐环："我完全同意。"

黄琦："这就好了。我们的花钱谁来挣？我们一家人的生活用品，他们三个人的上学，我们的钱从哪里来？"

徐环斩钉截铁地说："挣，咱们挣！你不能挣了，我挣。"

黄琦："你喷得怪大，不是凭嘴说的，你现在喷得再大也解决不了实际问题。咱们是农民，没有一技之长，咱们挣钱是靠出力气的。出力小，挣个小钱，出力大，挣个大钱，不出力就挣不来钱。这是铁的事实，是颠扑不破的真理。用嘴瞎喷是喷不来钱的。你不要不服气，你女人家，头发长，心眼小，又身小力薄，干不了大活，挣不了大钱。咱家的花钱靠你挣是不行的，你吃不了这个苦，没有这个劲儿。你没有金刚钻，就别揽瓷器活。还是把大孩儿留下劳动，这样，一切困难都解决了。"

徐环："你是筲子上拿红薯，光拣那软的抓。谁好说话你欺负谁。你认为大孩儿好说话，就把他留下。这对大孩就太不公平了，我不同意。"

黄琦："你同意让谁留下?"

徐环："我谁都不让留下，我想让他们高中毕业后，将来都上大学。我认为，咱们做父母的，对于孩子的培养教育应该是一律平等的，绝不能有偏心行为，重一个，轻一个。就咱这三个孩子来说，咱们对他们一视同仁，其结果可能有三种不同情况。第一种情况是很可能有一个出类拔萃，独占鳌头。这是你主张的模式。第二种情况是这三个孩子都考上了名牌大学，将来都有理想的工作。第三种情况是很可能这三个都没有培养出来，也就是说他们谁也没有考上像样的大学，毕业后工作不好找，没有生活门路。随后他们生活道路上的一系列问题，例如婚姻问题、住房问题，等等，都很难解决。这样，咱们做父母的一辈子也轻松不了。这就是咱们培养的失败。人一生的成就，不在于他挣了多少钱，也不在于他置买了多少家具，更不在于他购置了多少房舍，而是看他培养了多少人才。一个人只要培养一个孩子成功，他就有了成就。否则就是他一生的失败，也可以说他是一事无成，他生前创造的物质财富将随着他的消失而成为泡影。当然成功的人才并不是以高学历为唯一标准的。有的人学历不高，但社会上办事能力很强，能创办跨国企业，而且非常成功，能受到多国总统的接见。这是极少数，一般来说，还是学历高的人，办事业的成功率高。也必须承认，从办事业的角度上说，知识不如见识，学历不如眼力。脑子里光有书本知识，没有在社会实践中的运用能力也是枉然。第二种情况是这三个孩子都可能成功，这是咱们最大的期待。当然，考不上大学并不是说上学就无用。考大学并不是上学的唯一目的，上学的主要目的是锻炼脑子，开发智力，用一句白话说，就是让人的脑子由不聪明变得聪明，由傻变精，由笨变能。上过学的脑子，也就是说受过锻炼的脑子与没受过锻炼的脑子，是绝对不一样的。'知书达理'就是这个道理，上过学的人，有文化，有教养，遇到问题考虑周到，瞻前顾后，处理事故比较恰当，不容易做出鲁莽的、不顾后果的，甚至造成恶劣影响的行为。因此，家长最重要的任务是培养教育孩子，把他们培养成干什么事都能干得好的人。"

黄琦："你说这我都同意，我何尝不想让咱的孩子多上些学，多识些字呢。我是心有余而力不足哇，所以才想出如此下策，让一个孩子辍学。"

徐环："你说让谁辍学?"

黄琦："哪一个都行,最好是老大。"

徐环："为什么最好是老大?"

黄琦："他年纪稍大一些,再一个他听话,让他辍学留在家里帮助我种地,他肯定没意见。老二就不一定了,他平时就爱挑肥拣瘦的,如果让他留在家里他要真不同意,咱还真没法子。"

徐环："我的看法是让他们都继续升学。因为他们都不笨,都爱学习,我才舍不得让任何人辍学。我感到让他们辍学是残忍的,我绝对不会同意。至于家里没人干活,这确实是个问题,也不能因为这就不让孩子上学呀。咱只是吃得赖点,穿得破点,过俭朴生活,艰苦几年,等孩子大学毕业了,找个好工作,咱不就不作难了么。再说啦,现在的社会、政府不会让任何人饿死或冻死。只要你有能力上学,政府也绝不会让任何学生因经济问题而辍学。我也承认,咱们都比不得当年了,干不动了。但我们不是完全不会干,我们还可以干些活,只是没当年应手了。我们尽力而为吧,能干多少干多少。为了培养孩子,把老骨头都赔上也是值得的。"

黄琦："这样,我们的日子会很苦的,我们两个苦还没什么,我不忍心让孩子受苦。"

徐环："过艰苦生活与感到艰苦是两码事,艰苦生活是物资匮乏,入不敷出。感到艰苦是一种心态,一种感受。以乐观姿态对待生活,不但不感到艰苦,反而会感到很快乐。当年的卓文君和司马相如以卖酒度日,生活非常清贫,但他们非常快乐;王宝钏住在破窑里,以剜野菜为生,乐观地期盼着自己的丈夫,她也没感到痛苦。'老骥伏枥,志在千里',骥老了,还有千里意志。我看你虽然不算太老,但却是残叶败柳,暮气沉沉,没有一点志气,好像就这样一蹶不振,永远爬不起来似的。"

黄琦："老骥伏枥,志在千里,骥虽然老了,但它身体健康,它伏枥是养精蓄锐,当然它有千里的志向。如果它是个抬都抬不起来的病骥,不要说千里志了,它连一步的志气也没有。人贵在自知之明,我知道我自己的底气,像个着败的煤火,放不出多少热量了。"

徐环："哎哟,这话可不像是你说出来的,你是个闯五关、斩六将、一路拼杀、勇往直前、所向披靡、无往而不胜的常胜将军,你怎么现在就……"

黄琦不耐烦地打断她的话，说道："别给我戴高帽子啦！"

黄琦从沙发上坐起来，脸上的皱纹不停地乱跳，两弯浓眉紧锁在一起，眼睛睁得圆圆的，两个眼珠子好像要掉出来似的。他的心里是惊涛骇浪、汹涌澎湃，他的脑子里像排山倒海、雷公点兵，加上孩子上学的问题、家庭经济的拮据问题、近来与妻子的争吵问题……这所有问题在他脑子里像疏不开的乱麻团，紧紧地缠绕着他的心，让他喘不过气来，怎么也挣脱不开，他低头不语了。

徐环的情绪有些急躁，声音有些高昂，语气有些冲动。遇到这种情况，黄琦就要退避三舍，不与相争，但还是无可奈何地叹息道："你这牛脾气，你不到黄河心不死。不服教时有你挨的打。"

徐环："咱家的经营问题你光动动嘴就行，一切体力活不叫你管，由我一个人担了，我就是使死、累死，心也甘，为咱的孩子献出一切也值得。"

她的意志那么坚决，口气那么刚强，脾气又那么固执，黄琦尽管心里满腹牢骚，但嘴里什么也没说。

他们的争论都在他们的卧室，绝对不会让两个儿子听见，但对女儿黄枫就没那么严了，有时她在场也没引起他们的注意。这几天晚上，每吃罢晚饭，她就老早钻到他们的住室，专听他们争论她两个哥哥的上学问题。一天，徐环突然意识到不应该叫女儿在场。她告诉女儿："出去，不要听大人们说话。"

女儿黄枫动身要走，愤愤地说："不让我听，我也知道。"

徐环迫不及待地对女儿说："知道也不准说出去！敢说出去，看我撕烂你的嘴。"

常言说"嘴上没毛，办事不牢"，是说年轻人没主见，办事不可靠。让他办事，他不一定办好，让他保守的秘密，他可能保不住，见人就说。因此有些话不让年轻人听见就是这个道理。那个晚上，黄枫走到妈妈房间后，妈妈不让她听，让她出去，还告诉她不要把听到的话传出去，特别警告她，如果说出去，要撕烂她的嘴。尽管如此，她从妈妈房间里出来后并没有去自己的房间里，而是去到了两个哥哥的房间，把父母吵架的情况以及各自的主张完完全全地告诉了他们。兄弟两个人听了以后，都有强烈的反响。

黄林一夜都没有睡着，这个消息正如晴天霹雳，五雷轰顶。他正在紧张地复习功课，准备报考重点大学，怎么能突然辍学，不让继续升学呢？这简直是噩耗，这是无论如何也无法接受的。他的理想是上罢高中升大学、考硕士、考博士，去国外留学。从国外回来后，在城市买一套豪华房子，娶个漂亮老婆，在政府部门找个理想工作，享受物质丰厚的生活。这就彻底摆脱了农村，永远离开了黄土窝。这一切都得以上学、考大学为前提；如果不让上学，这一切都成了泡影。他越想问题越严重，越想越可怕。若这一步走不好，美好的憧憬、远大的抱负都是无稽之谈。他又想，自己生来就是个求学的料儿，自己的身材、长相都不适合留在农村，都是城市生活的苗子，是一个大器之材。留在农村就会大材小用，是水牛掉井里，无用武之地。这不仅是他们一家的损失，也是国家的损失。在这个生死存亡的关键时刻，一定得拼命争取，确保继续升学。

黄林好不容易熬到天亮，第二天一大早，他就起来找母亲谈话，但母亲忙着做早饭，没有与他谈话的机会，他又挨到吃罢早饭。

徐环收拾完厨房刚走进卧室，黄林就跟了进来。

徐环："今天没作业呀？"

黄林："这一次的作业不多，我昨天晚上就做完了。"

徐环："该毕业考学了，教师不给你们留太多的作业，叫你们根据自己的情况进行复习，每人找出自己的薄弱环节，重点复习，这样针对性强，这叫查漏补缺，最后达到把每个知识点都学好的目的。考试时，不管他出哪方面的题，都会考出好成绩，这叫以不变应万变。"

黄林："我就是这么做的呀，妈妈。我认为我考大学，还是有把握的。"

徐环："不能仅是升上大学，还得确保升上重点大学。"

黄林："每天你都忙，家里活，地里活，忙了这头忙那头，吃饭穿衣，我们一家人的吃喝拉撒睡，都落到你一个人身上，真是辛苦你了，我看着你这么辛苦，心里很不好受，很想替替你，可是又没机会，我想趁着今天星期日，我没有课，又没有作业，特来与妈妈叙谈叙谈，让妈妈了解我的孝心。"

徐环："我的儿子真是长大了，多会说话，句句都说到我的心窝里，你想说什么呀，孩子？"

黄林："我想告诉妈妈我今后的目标以及如何实现这个目标，征求妈妈的意见，不当之处，恳求妈妈指正。"

徐环："好哇！妈妈正想让你谈谈有什么打算呢。今天我衣裳不洗了，杂活不做了，专听儿子畅谈他的前途，好吧，那你就说吧，我爱听。"

黄林："妈妈，你有我这个儿子，这是你的幸运。我不是那种少脸没腮、少囊没气、鼠目寸光、不学无术、不知进取的不肖子孙；我是一个有心思、有头脑、有理想、有胆识、有抱负的、不达目的誓不罢休的英雄男儿。"

徐环："你具有这些素养就很好。不过这些都是空话，你说得具体些，越具体越好，让我看得见，摸得着，心里踏实。"

黄林："好哇，我给你说具体的。我将来要考上北大或清华，毕业后，考硕士研究生，硕士毕业后再考博士，再考博士后，尽量找机会出国深造，在求学这个道路上，我一定攀登到最高峰，不达目的，誓不罢休。"

徐环不住地点头，不住地笑，到儿子停下来时，情不自禁地说道："好哇，不过，这只是现在的想法，能实现了就好了。"

黄林："你还不知道我的禀性吗，妈妈。我是说到做到，不放空炮的。我既然有这种想法，我就一定得达到目的。下边我就说一下如何把我的想法变成现实。"

徐环："这是关键，再好的理想，实现不了也是枉然。"

黄林："实现这个目标就不光是我一个人的事了。"

徐环："这些目标你不去实现，难道还要家里人帮助你实现？是你爹能帮你呀，还是我能帮你？"

黄林："你还别说，没有家里人帮助还真不行哩。"

徐环："你说的倒叫我糊涂起来，家里人怎么帮助你呀？你若有一亩麦子没割完，家里可以帮助你割；你若没钱购买化肥，家里人可以给你钱帮助你买，甚至可以替你买，这都没有问题，现在的问题是，在考学问题上，能帮你什么忙？替你考大学，或是替你考博士？什么也替不了你。"

黄林："我不是这个意思。"

徐环："你是什么意思？你让我们帮你什么忙？"

黄林："我的意思是你们得支持我考大学，将来要全力供应我上大学。"

徐环："你这孩子，今天怎么说出这样的话？你上这么多年学，不是一直供应你的吗？等考上大学还能不供应你吗？还得更积极供应呢。

你的话有些莫名其妙，今天是怎么啦？"

黄林不好意思起来，犹豫了半天才说出来："我是说，俺爹不能劳动了，咱家的经济条件远不如过去，供应我们三个人上学，恐怕力不从心，我怕不叫我上学。"

徐环："这是哪里的话？家里再苦也得供你们上学！只要你们有本事能考上，你们考到哪里，就供应你们到哪里。你不用担心家里的经济问题。"

谈话结束了，但两个人脑子里都留有很长的余波。黄林心里很不踏实，他没有得到妈妈的肯定答复。他认为妈妈的话是冠冕堂皇的安慰话。这话不仅适用于他，也适用于哥哥，也适用于妹妹。他坐不下来，功课也无心复习。如果不让上学，复习功课有什么用？他越想越感到问题的严重性，越想越感到可怕。是呀，如果不让上大学，什么硕士、博士全成了泡影，走出农村去过城市的舒适生活，更是无稽之谈，什么美女老婆、百万富翁，也无从谈起。这么美好的憧憬、远大的抱负，就这样毁于旦夕吗？不能，决不能！他要尽一切力量争得爹娘支持自己升大学。他认为这是个头等大事，这个问题落空了，其他一切都实现不了。这是决定今后前途的问题，是决定命运的问题。妈妈的谈话只是空头许诺，没有任何可靠性，他心里很不踏实。他又跑到爹爹跟前，说道："爸爸，我想对你谈谈思想问题。"

黄琦有些奇怪，心想，这孩子长这么大从来没有主动提出谈谈思想问题。过去做什么事都不打招呼，我行我素，自以为是，问他时他就不耐烦，有时不理，有时说些无关紧要的事进行搪塞。而儿子今天亲自跑过来，主动提出来谈谈思想，这真是一反常态，使黄琦迷惑不解。但他又一想，孩子长大了，懂事了，有了思想问题，向父亲谈谈，征求一下意见，获得一些帮助，这是很好的现象。想到这里，黄琦很高兴，亲亲热热地对儿子说："想说什么呀，孩子？就直说吧，爹爹肯定能给你些帮助。"

黄林："那我就直说了。"

黄琦："你不直说还想卖关子，绕弯子不成，给父亲说话就直说，用不着拐弯抹角的，开门见山，直来直往。竹筒里倒豆子——干净、利索、爽快。尤其是给爹爹说话，更不能隐隐约约，含含糊糊，说一半，留一半，留下一半让爹爹猜。这是很不应该的。有啥你就直说吧。"

黄林："那好，我问你，我哥哥我们两个，你们要留一个在家里劳动吗？只让一个继续上学，必须让一个辍学，是真的吗，爸爸？"

黄琦："你听谁说的呀？"

黄林："你别管我听谁说的，你们总是有这种想法，没有不透风的墙，麻雀过去都有影儿，何况你们有什么打算了。你们肯定是想让我们有一个留在家里劳动，我请你告诉我，你们定的让谁留下？"

黄琦："我们谁也没定，让你们都考大学，都考上了，我们全支持你们，哪一个考不上，就叫他留下在家里。留下来的人也不能怪别人，谁叫他考不上哩？"

对于爹爹的话，黄林还是不完全相信，他总认为爹爹没给他说实话，他认为他的话与妈妈的话差不多，大概是两人商量好用这些冠冕堂皇的话一致对外的。他趴在父亲的背上，哼哼唧唧地缠磨人，嘴里嘟哝着听不清楚的言语，眼里婆娑着泪水，滴到父亲的肩上、背上。黄琦对儿子的表现感到莫名其妙，不知道他的不正常行为从何说起，他对儿子有强烈的怜悯心，看到儿子伤心，他的悲痛也油然而生。他把黄林扶持到他旁边的凳子上，详详细细地告诉了他这件事的来龙去脉。

"我失去了劳动能力以后，咱家的经济条件急剧恶化，不但对你们的上学供应不起，就是家里的起码生活条件也保证不住。对于如何运转咱的家庭经济，我与你妈妈有严重的分歧。我的意见是你与你哥你们两个有一个辍学，留在家里劳动，不但把地种好，也可以搞好副业。这样，咱家的生活有保障了，你们上学也没困难了。这种办法是牺牲你们一个的学业，但其他两个人就可以充分施展才能，把自己的智慧发挥到极致。这样我们的家庭可能出尖端人才。但你妈不同意我的意见。她的主张是：不要人为地叫谁留下，这样不公平，应该是让每人都考学，谁考不上谁就留下。这样他也没怨言，大人心里也无愧。经过多次的辩论，我屈服了，我们的最后结论是你们都考学，谁考不上谁留下来。因此，你们必须把功课复习好，要想继续上学，必须考上大学。"

黄林："如果我们两个都考上呢？"

黄琦："让你们两个都上。"

黄林："这不是解决不了我们的经济困难吗？"

黄琦："你这个看法我也给你妈提出来过，她是这样说的：'现在咱们的国家是共产党领导的社会主义国家，共产党决不会让每个人挨饿，也决不会叫一个大学生辍学'。她的话是那么坚决，那么有信心，我也不好再说别的，只有按她的意见办。"

黄林："爸爸，你原来的意见是叫一个辍学，留在家里参加劳动，你想让谁留下呀，是我呀，还是我哥哥？"

黄琦："我原来想叫你哥哥留下，让他在家劳动，让你继续上学。"

黄林："为什么叫我哥哥劳动而让我继续上学呀？"

黄琦："你哥哥比你大两岁。从智力上说，我看他没有你有潜力，你的前途比他更远大。"

黄林："在学校里他总比我考得好，老师还喜欢表扬他。"

黄琦："你没有他勤奋，他的成绩是拼力气挣来的，你是靠小聪明。你如果再好努努力，成绩肯定比他好得多。……不说这个了，现在是都让你们上学，如果都考上了，都让你继续上，谁考不上，就不怪别人了，就得回来参加劳动。"

黄林："我给你谈话的目的就是想告诉你，我上学的决心和今后的远大理想。我妈你们两个决定要留下一个人在家劳动的话，千万别留我，我生来就不是劳动的料，我是个搞研究的人才，叫我从事体力劳动就埋没我的才能了。我有远大的理想、远大的抱负，不让我发挥就太可惜了。像我这样的人才，不要说咱们家了，就是咱们村、咱们县，不知道多长时间才能出一个呢！也可以说我将来是咱们家的骄傲，也是咱们村、咱们县的骄傲……"

黄琦："不要那么'骄傲'，'虚心使人进步，骄傲使人落后'，看来你是进步不了啦。"

黄林："你说这个'骄傲'与我说的'骄傲'不是一回事。你说那个'骄傲'是自己的满足，是自以为是，看不起别人；我说的这个'骄傲'是由于突出事迹值得的自豪。"

黄琦："不管你怎么说，反正你不要有那么多'骄傲'，今后的事还很难说呢！你只要把学习搞好，考上个好大学，对得起你的'骄傲'就行了。"

黄林隐隐约约地感到父亲的话里有话，但不清楚是什么，也不好意思再问，只好带着这种疑虑离开了父亲。

按理说黄林的心应该很踏实了，他应该满足了，只要努力复习功课，争取考一个较好的大学就行了。但他并不满足，他心里还有些不太如意。依他的想法，父母应该把辍学的人定下来，当然不是他了，而是他哥哥黄松。这样，从今以后，黄松在家劳动，他和妹妹黄枫在外上学，这是他们家最理想的运作方式。可是现实不是如此，他们两个都考大学，如果都考上了，两人都上学，家里的经济条件很差，父母生活不好，他们三人也学习不好，他的优势发挥不出来，达不到理想的目的；其次，他尽管口口声声要上硕士，上博士，但他的底气并不足，他与哥哥比较起来，无论是文科，还是理科，甚至是外语，他都自觉不如哥哥。两人都考大学，他很可能没有哥哥考得好，他不如哥哥的事实，就会明明白白地暴露出来，这对他来说就是一种悲哀，这就象征着他的这颗光辉灿烂的明珠就要暗淡下来。如果让哥哥辍学，他就是一枝独秀，是一颗无可比拟的明星。现实是，他毅然向他的崇高目标奋进，但内心里却不断出现"前途未卜"的影子，自觉不自觉地带些"天不遂人意"的忧伤。

第二章

在家庭经济困难和继续上学这个问题上，黄松做了激烈的思想斗争。

每个青年都想上大学，而且都想上好大学，黄松也不例外。他憧憬着美好的未来，他有远大的抱负，有对美好生活的向往，他的打算是上罢高中，升大学，上硕士，上博士，将来搞科研工作，攻克世界的尖端难题，为祖国的强大出一把力。他从妹妹那里得知，父母想让他们中的一个人留下来从事农业的消息后，他的这个理想被彻底打破了。他很痛苦，他翻来覆去睡不着。他是个孝子，他想着父亲那干姜一样的身体，松树皮一样的双手，干茄子一样的老脸，每天还孜孜不倦地拼命干活，确保全家的生活，还要千方百计地挣钱，供三个孩子上学。他想起现在的院落，是父母拼着命建立起来的，父母付出了心血，吃了大苦，受了大罪。两个孩子已基本长大，父母仍不辞辛苦地为他们做着奉献，自己太惭愧了。自己该替替父母了，该让他们有些喘息机会了。他又想，上学的最终目的是什么？该为父母做奉献的时候而拒绝，这就不是孝子贤孙。乌鸦反哺、羔羊跪乳、王祥卧冰，这些都是中华民族的传统美德。百善孝为先。自己已长大成人，应该替父母承担些责任了。

黄松想通了，他不再受煎熬了，不再痛苦了，如同什么事也没发生。他很坦然，照常学习，照常吃饭，照常睡觉。徐环有些纳闷儿，二孩儿几乎是上蹿下跳，坐卧不安，找找这个，找找那个，再三表达他考大学的决心。为什么大孩儿纹丝不动，稳如泰山，没有一点动静，好像没事一般。

一天晚上，她去到大儿子黄松的房间，发现他正在看《唐诗三百首》，她问他："你马上就要考大学了，你不复习功课，倒看起唐诗来了，功课复习好了吗？"

她随手拿起这本书，无意中看到在这本书的扉页上，写着这样的话：“赠给黄松同学。”下面的署名：白佳。

徐环问儿子：“这本书不是你买的，而是你同学送给你的？”

黄松：“我哪有钱买书呀？这是白佳送给我的。”

徐环：“白佳是谁？”

黄松：“她是我的同班同学。我们毕业前，她送给我了这本书。”

徐环：“她考上了吗？”

黄松：“没有。”

徐环：“她现在在哪儿？”

黄松：“不知道。我们毕业后就没有见过面。”

徐环再回到原来的话题：“现在这个时候，复习考试重要，这些书啥时候看都行。你应该把时间放到复习功课上。你复习好了吗？”

黄松：“要说复习好也很难说，但也没啥再复习的了。考就考吧，我已经准备好了。”

徐环：“不能大意呀，一定得考好，要考重点大学。”

黄松没接妈妈的话，却转了话题，他说：“爸爸年纪大了，身体又不好，又失去了劳动能力。我们却上学，你一个人干活吃得消吗？”

徐环感觉着这孩子很成熟，他一定是知道了她与他爸之间争论的消息，不用说是黄枫告诉他们的，她也装着没事一样，说道：“我们都老了，身体一年不如一年，但贵在坚持。现在的困难比起过去的困难差远了。过去的困难是活下去与活不下去的问题，而现在的困难是如何把生活过好的问题，这两者根本不是同一类型的问题。我总认为，像那样的困难都克服了，那样的苦都受了，今后生活中，再大的困难也能克服，再大的苦也能受。更何况有党的领导和人民政府的撑腰，我们的生活赖不到哪儿去。你们好好上你们的学，你们将来能走出去，为国家做些贡献，就是对我们的最大回报。”

黄松：“我们两个如果留一个在家干活，我们家庭经济搞好了，也能很好地支持其他两位好好上学。这不是一举两得吗？你和我爹的负担就轻松一些了。”

徐环：“我们希望的不是轻松一些，而是彻底的轻松。这个彻底的轻松只有等你们大学毕业，找到合适的工作以后才能获得。现在你不要考虑这些，准备考上北大或清华才是你当前的任务。我和你爸俺俩希望你们两个都考上重点大学，你妹妹也考上重点高中，我们绝对支持你们把学上完。当然，你们哪一个，不管到哪一个环节没有考上，失去了上学的机会，他只好在家参加劳动了。但我不希望任何人掉队，我希望你们三个人都大学毕业。"

高考结束以后，黄林像热锅上的蚂蚁，坐卧不安，他急切地等待着他的重点大学录取通知书的到来。

一天，黄林来到黄松的房间，哥哥让他坐下后，他问哥哥："哥哥，为什么咱们的录取通知书还没下来？都考试完一个多月了，他们的工作太磨洋工了，我听说别的地方的录取通知书都发了，咱们这里连个屁气儿也闻不到，我等得实在受不了啦。"

黄松很耐心地对他说："别着急么，急也没用。开学前准会把通知书给你。"

黄林："咱们会考上吗，哥哥？"

黄松："你肯定会考上，你不用担心，只准备着去上学就是了。"

黄林："咱俩一走，妹妹也要走，又剩下爸妈他们两个了。"

黄松："我感觉着我考不上，我这次考砸了，没考好。"

黄林："我不相信你考不上。你要考不上，我更考不上了。你的数学、英语成绩那么扎实，都比我好，怎么考也不会考砸的。我总认为不管怎么考，大考、小考、单科考、综合考，我都考不过你。这次的题也不是太难，你怎么会考不好呢？"

黄松："你不知道，我心里有数，不知道怎么搞的，我这次是临场迷，看见卷子我脑子一蒙什么也不记得了，每门课我基本都是交的白卷。上大学我是绝对没希望的。看来，我不是上学的料儿，我有自知之明，我甘愿在家从事农业劳动。你是升学的料子，你就准备把学上好，我在家劳动，种好地，搞好副业，有粮食吃，有钱花，支持你们好好上学。你们上出战绩是咱家的光荣，我作为哥哥的也为你们感到自豪。"

黄松的话使黄林有一种舒舒服服、甜甜蜜蜜的感觉，他的心放宽了，再没有后顾之忧了。但他仍有些不踏实，哥哥如果不能上大学，自己能上吗？在录取通知书接到以前，他始终有个悬念。他带着沉重的情绪说："我希望咱两个都能考上，将来咱家出两个高级人才不更好吗？不但爹娘高兴，连街坊邻居也都刮目相看。"

黄松："咱的爸妈老了，没能力供养我们了。他们挣钱供我们上学的时代，已经过去了。再说，咱们都长大成人了，还让他们供养我们，我实在不忍心。如果我留在家里劳动，供你们两个上学，是绰绰有余的。这样，爸妈也不太苦，家里生活也过得好，你们也可以把学上好，这是一举三得的事，何乐而不为呢！"

黄林："那就苦了你了，哥哥。"

黄松："无所谓，常言说'金子到哪儿都发光，秕谷到哪儿都是糠'。只要不怕苦，努力干，在哪儿都可以发挥作用，干啥都可以干出成绩。"

黄林终于接到了一所大学的录取通知书。他忘乎所以，得意忘形，手舞足蹈，不可一世。他拿着通知书让爸爸看，让妈妈看，让妹妹看，问哥哥接到录取通知书没有，是哪个学校的通知书。黄松很淡定地对他说："我不是对你说了吗，我不会考上的。至今我没有接到任何通知书，这说明我没有考上。"

徐环半喜半忧，喜的是二儿子考上了大学；忧的是大儿子没有考上。她愁闷不解，按平时学习成绩，历来都是大儿子优于二儿子的，而学习好的大儿子没有考上，学习较差的二儿子倒考上了，真是奇怪。她问丈夫黄琦原因时，黄琦说："这是常有的事，并不奇怪，黄松平时学习好不等于他在升学考试时也考得好；黄林虽然平时没有他哥哥成绩好，不等于在考场上他也考不好。当然，一般来说，平常学习好的，考场上也会考好；平时学习不好的，在考场上也考不好。这只是一般常理，但生活中经常有异常情况发生，这是非一般情况在起作用。黄松的落榜恐怕就属于非一般情况起作用的结果。这也没法儿，不以我们的意志为转移。"黄琦说着看到妻子吧嗒吧嗒地掉起眼泪来，他劝妻子道："别难受，难受也没用。我们要养成好的心态，要适应这个事实。对这个事我们应该高兴，我们有一个儿子考上大学了，这不是值得高兴的事吗？干吗光想那个没考上的事呢！要养成凡事'来则应，走则止'的心态，凡是自然发生的事情，都是合理的，我们就应该接受，我们就会永远保持着快乐的心态。"

徐环："我实在是太难受了，我根本没想到他会考不上，你原先建议叫他辍学在家干活时，我就认为太可惜他了，他无论在哪方面都是个人才。街坊邻居，男女老少，没有一个人对他说个'不'字。他是妈妈的好帮手，不管洗衣裳、打扫卫生或刷锅洗碗，他帮助我干了很多家务活……"没等妻子说完，黄琦插嘴说："不仅仅他干了好多家务活，他也干了很多地里的话，每次地里的活忙了，我就要求他们来帮助我。

我一对老二说时，他不是身体不好，就是作业太多，找各种理由不去地里。我记得他就主动去地里干过一次活，就是麦前我在地里栽棉花苗时，他突然跑到地里帮助我干了一晌活。除此以外，他从来没有在地里干过。"徐环接着说："像这样的好孩子反而没考上，他的命真赖，老天爷对好人太不公平了。我一直在纳闷：他究竟什么原因没考好呢？给他找出原因，叫他吸取教训，明年还可以考，我不信他就考不上。"

徐环没有对家里任何人说，独自一个人跑到黄松上的高中，找到他的毕业班的班主任陈老师，询问黄松没考上的原因。一提黄松的升学考试情况，陈老师有些怅然若失，说道："我本想去找你们，由于毕业班工作太忙，没抽出时间，你们家离学校又这么远，时间耽搁了。这孩子不上大学太可惜了。"

徐环："到底是咋回事？他怎么没有考上呢？"

陈老师："他根本就没有报考，怎么会考上呢！"

徐环："啊！他根本就没有报考？"

陈老师："对，他连名也没有报。我们学校的毕业生都是集体统一报的名。俺这班是我负责。我问他为什么不报名考大学时，他说家里离不开他，他父亲身体不好，责任田没人种，家里有三个孩子上学，他是老大，他父亲失去劳动能力，光靠他母亲干活，根本顾不住生活，更不要说供他们三人上学了。因此，家里人让他辍学在家参加劳动，以便更好地支持他的弟妹上学。我还告诉他让他做做家长的工作，争取报名参加考试。过了两天后他说他做工作了，家长还是坚持让他辍学。我曾想到与你们联系一下摸摸情况，工作一忙就没顾得上，就造成这样的后果。"

徐环一直在掉泪，陈老师说着也心酸，他认为没有与家长联系是他的失误。他后悔莫及，他在想，如果与家长联系一下，就不会出现这种情况。他对徐环说了下面的话：黄松是班上最好的学生、班长，也是历届三好学生，他尊敬老师，团结同学，学习努力，历次考试中，他的成绩总是名列前茅。其他老师知道他不报考的原因后都很惋惜，有的老师甚至说家长太糊涂了，白白把自己孩子的前途葬送了。

徐环向陈老师说明真相以后，带着悲愤的心情、抬着沉重的步伐回到了家。她躺在床上，急切地回忆着关于两个孩子升学时的往事。有三件事在她脑子里明显地展现出来：第一件，那天晚上，她不让黄枫听他们说话时，黄枫说她知道他们谈话的内容，这时的谈话内容是黄琦主张把两个孩子留下一个在家里干活，让一个升学；第二件，自从那天晚上以后，黄林几次要求继续升学，在一般情况下，高中毕业考大学，是自然而然的事，为什么他再三提出这种要求呢？当时没有意识到它的内在原因；第三件，在复习功课准备考大学的紧急关头，黄松不复习功课，而是看唐诗、宋词，这是一个很不正常的现象，但当时没有意识到问题的严重性。现在把这三件事联系起来看，问题非常清楚，黄枫把她爸主张留一下孩子在家的事，告诉她的两个哥哥后，黄林不想辍学，生怕父母把他留下，所以再三请求继续上学。黄松可怜父母身体不好，甘愿留家劳动，所以不再复习功课。这都是黄枫快嘴的恶果。尽管当时不让她向外说，并威胁她说，如果向外说了要撕烂她的嘴，还是没挡住她往外说。

徐环马上把黄枫叫过来，从她的态度和口气来看，黄枫感到没什么好果子吃，与叫她吃西瓜时完全是两种口气。黄枫坐在沙发上，心里有些紧张，她知道妈妈只有生大气时才出现这种情况。她坐下来，低着头，噘着嘴，像受审讯的犯人一样，一动不动。但她并不害怕，妈妈从不会打她，这种严肃态度只是暂时的。只要不与她犟嘴，很快就变和气了。

徐环："我问你，你知道你大哥为啥没考上吗？"

黄枫："他没考好呗，这很简单，如果考好了，准能考上。"

徐环："他不是没考好，而是根本就没考。"

黄枫有些吃惊，反问她妈："他为啥不考哇？"

徐环："他不想上学了，他想辍学回家种地。"

黄枫："他为啥这么想呀？"

徐环："这都怨你。"

黄枫："怎么会怨我呢？我从来都是鼓励他上高中考大学。我总给他打气，从没泄过他的气。"

徐环："我问你，你对他说过家里打算留一个参加劳动吗？"

黄枫："说过。还是那天晚上，你不让我说，我只管说了。"

徐环："明明不让你说，你为啥还要说？这就应了那句俗语：'孩子不听话，必定要出岔。'就是因为你对他说我们准备留一个参加劳动，他才不吭气，自作主张不报名的。"

黄枫："我对他们说的目的并不是不让他们考，而是鼓励他们努力学习，一定考好。"

徐环："适得其反不是？问题就在于你对他们说的不是事实，不是我们争论的结果，而是我们争论的过程。我们最后取得了一致意见，让他们两个都升学，都能升上，都让上，谁考不上了，就叫谁回家劳动，只要他能考上，就一直叫他考，我们都供应他，一直供应到底。看看你这多嘴，毁了你大哥的前途。"

黄枫："我确实是一五一十地把你们两个吵架的情况及原因告诉他们的，我大哥、我二哥，我都告诉了。为什么两个人就有截然不同的表现呢？大哥不参加考试，二哥强烈要求参加考试？这是为什么？"

徐环："很简单，你大哥可怜你爸我们俩，嫌我们在家太苦，想在家替替我们，看你大哥多好哇！"

黄枫不说话了，服气了，认输了，认识到大哥就是因为得知她传递的消息后自动放弃升学的，他没报考的原因确实是她造成的。

徐环："你说说，你这两个哥哥，你愿意让哪个留在家呀？"

黄枫："我大哥。"

徐环："为啥呀？"

黄枫："我大哥在家能干很多活，能帮很多忙，地里活、家里活、大活、小活，他都干。他在家我爸你俩就轻松多了。我二哥在家啥也不干，不叫他在家，叫他上学去。"

徐环："你真是个傻妮子。"

黄林接到省财经大学的录取通知书以后，开始时是兴高采烈、手舞足蹈，尤其是得知他哥没考上时，他更得意忘形、不可一世。当他冷静下来，再认真看一下录取通知书时，他好像清醒了好多。他考上的大学是省财经大学，连省都没出，不要说去北京了，这个学校虽然挂了个大学的名字，它不是全国重点，连省重点也不是，充其量只是个三类学校，距自己理想的北大、清华差远了。他思想上七上八下，乱作一团，他想想自己毕业后的出路，想想自己一生的远大目标。这个录取通知书与他的理想太不相称，他不禁由狂喜变得悲伤起来。去不去上呢？他犹豫了。去上吧，太不如意，实在不想去，即使现在去了，毕业后的出路也很难，工作很难找，还有可能重走向农村的老路，上了这么多年的学，功不成，名不就，到头来还得去当农民。这太可怕了，对他来讲，这是一条死路。这个学校不能去上，别看它标榜的是大学，他还真对它看不上眼呢！他好像下了这样的决心，不去报到，回原校继续上，复习一年后，明年再考。但他马上又想，明年再考会怎么样呢？能保证考上重点大学吗？考学的分数与人的年龄不一样，考试分数的多少与年龄的增长并不是成正比的，它并不是越考越多，它有可能下降。明年再考，分数就会增加吗？不一定，也有减少的可能。如果明年再考不上重点，甚至连个三类学校也没考上，那时你会更难堪，周围很多人会看你的笑话，他们会翘着鼻子，撇着嘴说："逞不轻的能，再考一年还不如原来考的呢！没有自知之明，没有钩嘴就别吃那瓶儿食。不如趁早与他哥换一下位置，他回家劳动，叫他哥考大学，他哥肯定比他考得好……"这是不堪设想的。这个学校虽然不好，总比哥哥没考上强吧。再说了，它也是个本科呀，毕业后也是个本科毕业生，照样可以报考硕士，然后考博士。从这方面说，它与其他重点大学具有同等的学历资格。这是使他欣慰的重要因素。

黄林经过反复的思想斗争，也可以说是痛苦的比较选择，最后还是决定接受这个学校，准备按通知书要求，按时去学校报到。

第三章

随着改革开放政策的实施和市场经济的发展，人民的生活水平有了很大提高，随之而来的是对文化生活的渴望。人民政府采取了很多措施，提高人民群众的文化生活水平，除了国家要求的普及九年义务教育以外，各县、乡还制定了一些具体奖励办法，鼓励群众提高文化水平。柳林乡政府规定：考入全国重点大学的学生，每人奖励一万元；考入一般本科的，每人奖励八千元；考入大专的，奖励六千元。坡王村委会规定，考入高中的每人奖励五千元。重奖之下，必有勇夫。乡政府和村民委员会的奖励措施，极大地鼓舞了群众学习文化、提高知识水平的积极性。大人鼓励孩子上学，孩子积极学习，力争考上高中、大学，青年人学习的热情非常高涨，有一种你追我赶的势头。每年暑假期间，学生升学问题很自然地成了村民们议论的话题。

一天中午，黄林去代销点打醋，路过那一群老年人时，听见他们在议论今年该村的高、初中毕业生升学的问题，某某人考上大学了，某某人考上高中了，等等。他们有下面的对话：

一个老太太说："王晨的双胞胎女儿都考上重点高中了。"

另一个老太太说："他家的坟地真好，这两个闺女将来肯定有出息，都会吃国家的皇粮。"

又一个老太太说："啥坟地好不好呀？他的坟地与俺家的相邻，它能会好到哪儿呀？再说了，如果坟地好，为什么过去不好，只等到现在好？他的爹娘都在旧社会被饿死了。现在咱村几乎每一家的生活都比过去好多了，难道说咱们的坟地过去都不好，现在都好了吗？"

停了片刻以后，一个老大娘开了腔："黄琦家的那三个孩子不知道怎么样？听说那三个孩子都是好样的，女孩是初中毕业，两个男孩是高中毕业。"

一个老大爷说："一家三个孩子都这么好，他们毕业后都不用去打工，而且还能挣大钱，真有些气盛人。"

一个稍瘦一些的大爷说："你还别说，听说他们三个孩子都考上了，一个高中，两个大学。"

另一个老大爷说："哪里呀，初中毕业那个考上高中了，两个高中毕业的，只考上一个，另一个没考上。"

坐在他旁边的老大爷急忙问："哪个考上了，哪个没考上？"

对方答："那个小的考上了，那个大的没考上。"

另一个马上说："这就怪了，据说那个大的学习好，那个小的学习不如那个大的，怎么学习好的没考上而学习差一些的反而考上了？"

一个老大爷说："考学这事儿很难说，平时学习好而考不上是常有的事，这倒不奇怪。"

一个高个儿老大爷说："我听说老大根本没有参加考试，他当然就考不上了。"

几个老太太同时问："这是为什么呀？"

那个高个儿老大爷说："他父亲得了病不能干活，这个大孩可怜他父亲，他决定不上学，在家劳动，一方面养活全家，一方面供应弟弟妹妹上学。"

几个老年人齐声说："这真是好样的，在现在的年轻人中是很少有的。"

另外有个人说："可惜他的才华了。"

黄林不再继续听他们谈论了，他走开了。从他们的谈话中，他得到了一条重要消息，他哥哥不是没考上，而是没有考。是的，黄松没有考，如果他参加考试了，他完全有可能考上一个全国重点大学。这时黄林该如何想呢？他的心情该如何呢？肯定没有现在的好。他思想上很矛盾，宁愿他们谈论的不是事实，他甘愿承认，他哥不是没考，而是没考上。他有些讨厌那些老年人了，整天没事干，对一些捕风捉影的事就瞎议论，甚至把好事议论成坏事，把坏事议论成好事；把小事议论成大事，把大事议论成小事。是的，这种方式议论出来的消息不可信，不要信它。再说了，它充其量是个小道消息，不去管它。

黄林听说他哥没参加考试的消息以后，心里很不平静，但他表面上沉着冷静。他不去告诉父亲母亲，也不去问问哥哥事情的真相。他很清楚，尽管他得到的消息是道听途说，但根据他哥的学习情况，根据他哥的为人处事，他哥如果参加考试，不会考不上。因此，他的结论是：哥哥没参加考试的消息是千真万确的。

黄松一直是整个坡王村的注意人物和议论的中心，他的学习好是全村有名的。今年他高中毕业，该升大学了。谁都不会认为他考不上，人们关心的是他考入哪个大学了。任何人只要碰见他，准会问他："考入哪个大学了？什么时间去报到哇！考的什么专业呀？"等等，这些问题都让他很尴尬。

刘全昌和吴大爷等一些老年人不在背后议论，更不会说三道四，也不是简单地问问考试结果，他们问罢以后还有嘱托。

刘全昌大叔是全村有名望的文化人，过去村里文化人少，很多人连信都不会写，打信时就请他写。过新年时很多人请他写对联，村里人办红白喜事时，都请他帮忙，他也真为很多人解决了不少实际问题。去年冬天，黄胜八十多岁的母亲夜里死在床上了。死时跟前没有任何人，等第二天早晨，黄胜叫她吃饭时，才发现老母亲已经去世了。他去舅家报丧时，舅家很有意见，一口咬定是黄胜待母亲不好，老人死在床上也没人知道，对他的不孝行为决不能算拉倒。老人娘家所有近门的，男女老少，百十口人，蜂拥来到黄胜家里，逼着黄胜解释是如何对待他母亲的，并谢罪道歉。否则他们就住在他家不走，而且不能埋人。黄胜已做了几次解释，道了无数次的歉。对方说他轻描淡写，避重就轻，不触及灵魂，没有真情实意，做的检查完全是冠冕堂皇，官样文章，摆花架子，蒙混过关。他们对黄胜说："你越想蒙混过关，你偏不能过关。"他的检查、道歉过不了关，他就埋不了人。人家大队人马就住在他家不走，他得管吃管住，光这一项就花得他难以承受。他急得抓耳挠腮，苦恼得上天无路，入地无门，在万般无奈的情况下，他去找了刘全昌，请他帮助解决这个问题。刘全昌找到黄胜的舅舅，与他进行了长时间的谈话，对他作了耐心细致的说服工作。第二天早上，黄胜在大庭广众面前向舅舅带领的全体人员磕了三个响头，释放了他们的怨气，绝大部分人员回去了，留下少部分帮助黄胜殡葬老母亲。

另外还有一次是本村黄连准备为儿子黄友朋办喜事。该办的事，黄连都办了，钱、衣服、被褥、彩礼，应有尽有，比别人不少一点。但婚期快要到时，女方父亲崔原领突然提出来要延期举行婚礼，女儿要出去打工，待女儿打工回来后再办喜事。当问到什么时间能回来时，回答是"不一定"，等挣了钱在城里买个房子以后再说。这个"不一定"和"买房子"像千钧棒砸在黄连的头上，他无论如何也受不了这个打击，立刻倒在地上，昏迷过去。把他叫醒后，神志不清地躺在床上，半个多月后，才慢慢恢复过来。刘全昌得知病因后，马上意识到这不是个简单的婚期早晚的问题，很可能是个婚姻诈骗。

人人都说城市买房难，其实农村寻找媳妇比城市买房更难。城市买房难主要是说城市房子贵，一般人买不起。只要有钱，在城市买房子一点儿也不难，而且可以随便挑选，房的建造质量、居住面积的大小、地理位置和交通条件等都可以挑肥拣瘦、舍东要西。因此，城市里买房只是个钱的问题，不要说买房，干啥都一样，只要有了钱，啥事都好办。但在农村寻媒就不是这样，钱固然是第一要素，但光有钱还不行，还得女方同意。在这个特殊的历史时期，由于前个时期计划生育抓得特别严紧，很多落后农村有重男轻女的陋习，婆母一发现媳妇怀孕后，马上走后门做透视，一旦查出是女孩，立即做流产手术。这样堕女留男的行为，给这一代年轻人造成严重恶果，人口比例失调，女少男多，很多男孩找不到老婆。过去说"养活女孩赔钱货，养活男孩金银垛"，现在的说法正好反过来："养活男孩赔钱货，养活女孩金银垛。"在农村寻个媳妇没有几十万元是不行的。不少家庭为了给儿子娶个媳妇，付出了全部精力，花掉了全部家业，而且媳妇也不一定保得住，很可能是人财两空。像黄连遇到的这种情况，在农村屡见不鲜，这个媳妇万一娶不到家里，对他的打击是致命的，是对他家倾家荡产的摧残。无论如何，他是没有任何力量再为儿子筹备婚事了。这就是黄连听到延办婚事消息后受到致命打击的原因。他很清楚"延期"是什么意思，它绝不是意义上的延期，而是断绝关系的代名词。不少女孩就是用"延期"这个词骗取钱财的。在婚姻没定阶段，她通过媒人向男方要这要那，既要钱，也要物，男方还不敢不给，等她认为要得差不多了，就会同意把婚姻订下来，但暂不举行婚礼，婚礼要延期举行，等她的事情办完后再说。这时你如果相信她的话，同意等待的话，你是等不到头的，你等十年八年也等不到头。很多情况下，等两三年以后，她就无影无踪了，再也找不到她了，她已经改名换姓，对另一家男人的欺骗行径又开始了。

就这么一个既复杂又棘手的问题，刘全昌跑了很多路，做了很多调查，取了很多证明，尤其是对该女孩的行踪。该女孩叫英英，正在城里一家纺织公司工作。在该公司派出所和公司领导的协助下，刘全昌亲自找到英英，与她做了开诚布公的交谈。

刘全昌："我叫刘全昌，是坡王村的。我找你是想与你谈谈你与我村黄友朋的婚姻问题。"

英英："你想问什么，你说吧。"

刘全昌："你们订婚这么长时间，就要结婚了，为啥又不干了？"

英英："我爸说这孩儿不好，我不想与他结婚。"

刘全昌："你爸说他不好，他怎么不好呀？"

英英："他说他作风不好。"

刘全昌："他有事实根据吗？"

英英："我也不知道。"

刘全昌："你们也接触好几次了，你认为这个孩儿怎么样呀？"

英英："我认为他也不错。"

刘全昌："你对他满意吗？"

英英点点头，然后说："只要他没有作风问题。"

刘全昌："你爸让你与他断了，他有什么考虑吗？"

英英："他又托媒人给我介绍一个。"

刘全昌马上认识到英英的父亲崔原领是在搞骗婚。

崔原领是一个好吃、好喝、好玩乐、好赌博的人。他吃喝成性，赌博成瘾。当然，夜不归宿也是常有的。一天不吃喝他就没法过，两天不赌博他就睡不着。他的思路是赌博赚钱，赚来钱吃喝。但是，天不遂人愿。他天天赌博，赢得少，输得多，挣的钱远远敷不了出，经常是债台高筑，讨债者成群。别看他不务正业，他鬼点子可不少。有一次他同时许诺三个讨债人，让他们于同一个晚上去找他老婆，作为欠他们赌债的补偿。他认为，三个人碰在一起，肯定互不相让，矛盾突起，不欢而散，他本人就可以毁灭债务，从中渔利。任何做蠢事的人，都是搬起石头砸自己的脚。崔原领万万没有想到的是，他老婆是一个正派人，从不会干那偷鸡摸狗、伤风败俗的勾当。他预先对老婆谷娴妮说："某某天晚上，有三个朋友来找我玩。我有重要事，得出去，不在家。你要好好招待他们，不要让他们不满意。"

这天晚上到了。谷娴妮老早吃罢晚饭，把地扫得干干净净，把桌子、椅子擦得闪闪发光。她还泡上茶，刷刷茶杯，单等着"客人"的到来。

天黑透以后，三个"客人"，一个高个儿，一个胖的和一个瘦的，先后都到了。她客客气气地给他们倒茶，递烟，陪他们说话。她不知道他们来干什么，丈夫又不在家，她只得坐等他们要说什么。这三个"客

平凡人生 PINGFANRENSHENG 悌孝心涌动 辍学家务农

29

人"，每一个都莫名其妙，不知道其他两个人来干什么。但他们每人都认为，其他两个都是来说什么事的，只有等他们走了以后再说。他们四人都是抱着"等"的态度，坐在那里等。等到快要半夜了，谷娴妮已经昏昏欲睡，谁也看不出有什么好兆头。三个"客人"再也忍耐不住了。

高个儿先开口："你们两个是来——"

胖子和瘦子说："你是来干什么的？"

高个儿："崔原领叫我来的。他欠我的账，他叫我今天晚上来，顶他的账的。"

胖子和瘦子一听，马上火了，随即说出了"这家伙真不是玩意儿。他同时叫咱们三个来，纯是作弄咱们，咱们决不给他算拉倒！"

这三个"客人"火冒三丈，拂袖而去。

谷娴妮气得浑身发紫，脸发青，两眼冒火星，咬牙切齿地说："崔原领不是人。我怎么能与畜生生活在一起！"

谷娴妮与崔原领离婚了。他们有一个独生女儿英英。谷娴妮坚决要把女儿带走，她料定他会把女儿带坏。但崔原领坚决不让她带，不然，就不同意离婚。在万般无奈的情况下，谷娴妮独自一人离开了崔原领，没有把女儿带走。

物以类聚，人以群分。俗话说："不是一家人，不进一家门。"崔原领的第二个老婆，是做了很多承诺才娶来的。他答应她不但每天吃好的，穿好的，不干活，不干家务，她还要是一家之主，家里的大小事，包括涉外事宜，一切都由她说了算。

英英到了谈婚论嫁的时候，她的继母就蛊惑着丈夫找媒人为英英说媒。但不要马上定下来。男方一定得是有钱的。崔原领对妻子的话心领神会，很快就找到了媒人。黄友朋就是给她说的第一家。

刘全昌继续问英英："你们见面了吗？"

英英："还没有哩。我爸说不要马上见面，要扯捞一段时间以后再说。"

刘全昌感到她与黄友朋的婚姻还没有走到绝路，大有挽救的可能。他直截了当地对英英说："我作为一个长者，我拿良心做担保，黄友朋是一个很正派的小伙子，他绝对没有任何作风问题。请你相信我。"

英英感到刘全昌的态度那么严肃认真，语气那么直率诚恳，腔调那么语重心长，心净无瑕的她非常信任刘全昌。

刘全昌看到时机一到，直截了当问英英："你们按原定的时间如期举行婚礼怎么样？"

英英："这首先我爸得同意，其次是我刚来到这个公司上班，好不容易找到个活，若要失掉太可惜了。以后的工作就不好找了。"

刘全昌："这两个问题都好解决，都包在我身上。你爸的工作我做。你在这里上班问题我也负责，你们结婚后，你照样还可以来上班么，这与你们结婚没矛盾。它的不同点是：结婚前你只有一个家，结婚后你有两个家，这对你来说是好事。黄友朋是他爸妈的独生儿子，你去了以后，他们会把你当成他们的亲生闺女。"

刘全昌一提到"家"和"亲生闺女"两个词时，激起了英英的心酸往事。自从妈妈出走以后，她就没有一个真正的家。常言说："有后娘就有后爹。"她的后娘已生了一个女儿。家里的四口人，他们三口人为一方，甜甜蜜蜜，亲亲热热，有说有笑，欢欢乐乐。而她呢，凄凄惨惨，孤苦伶仃，郁闷不乐，忧愁烦恼，度日如年。她急需离开这个家，释放一下肚里的怨气，吸收一些新鲜空气，精神上也想开放开放，享受一下自由生活的味道。她想有一个真正的家，过过"亲生"的滋味。她很想如期举办婚礼，来到这个新家。

刘全昌领着英英去见她父亲。当着女儿的面，崔原领没说二话，同意婚礼如期举行。

刘全昌一看见黄松，满腔热情地问："录取哪儿了，快走了吧？"

刘全昌在村里论辈分，他与黄松的父亲黄琦是同辈的，年纪比黄琦小，黄松叫他刘大叔。大家公认的是黄松学习很好，谁也不会认为他考不上大学。因此，刘全昌一看见他就问考到哪儿了，根本不问考上了没有。他殷切期盼着一个考入了一所重点大学的答复。但使他失望的是，黄松说："我没考上。"他有些不太相信地问："你这孩子在哄我吧？我不相信你没考上，你怎么会没考上呢？你弟弟考上了吗？"

黄松："我弟弟考上了，考上了省财经大学，本科。"

刘全昌："你弟弟都考上了，你怎么能考不上呢？"

黄松："是的，大叔，我真的没考上。"

刘全昌看他的态度很认真，语气很沉闷，脸色很忧伤，确信他的话是真的。然后，他就以一个长辈的身份对黄松说教起来。他说："今年没考上，要总结教训，认真查找没考上的原因，千万不要松劲，这也是你生活道路上一个小挫折。这不算什么，你复习复习，明年再考，不考上大学决不罢休。上大学是青年人一生中的必经之路，当然没能力考上的人就没办法了。上大学不仅能学到技术本领，学到一技之长，还能让我们的脑子受到更进一步的锻炼，到社会上工作时，就会更成熟，效果会更好。大学毕业的学生，工作时就不能仅仅完成任务，而要达到比完成任务更高的标准，这就是精。现在咱们农村的青年有两难：一是找工作难；二是寻媳妇难。我认为，凡是有这两难的人，都是学问不高，没有技术，有的甚至是啥也不会，不学无术。那些有学问的人，找老婆一点也不难，有的同时有几个女的要求寻他。他有学问，有技术，能挣钱，哪个女人都想找个能挣钱的老公。你没看么，越是穷人，寻老婆时越得花钱，甚至得花大钱。社会上的事就是这么不合理，不近人情，甚至说这么无情，这么残忍！这就是社会现实，好像有个神灵在视察着每个人，他一直就是打穷济富，把穷人的东西夺过来帮助富人。你穷吗？你就去死吧；你富吗？你继续富吧，你更加富吧。社会上的很多现象不就是这样展现在我们面前吗？因此，生活在社会上，要摆出竞争的姿态，要有竞争胜利的劲头和勇气，要勇往直前，永远当个强者。"

刘全昌一家三口人，妻子和儿子。妻子身体很好，除包揽家务活外，还帮助丈夫干地里活。家里还搞些副业，经济比较富裕，生活不错。儿子常年在外，先是上学，在省师范专科学校毕业以后，分配到县城一所初中教书。他不断回家看望父母，是个很孝顺的孩子，刘全昌夫妇对儿子非常满意。使他们心神不安的是，儿子还没有找到女朋友。儿子在外面没有找到，家里为他介绍了好几个，他都不同意。他在乎的不是女方的学问，学问高低都无所谓，他讲究的是女方的综合素质。给他介绍那几个，有的有学问，而且学问还不低呢，有高中毕业的，有师范毕业的，开始时还愿意，可是一见面、谈话后，就不同意了。他说她们的素质不行。他要求的素质是啥，谁也不清楚。家长也没法，刘全昌是全村的能人，帮了很多人的忙，也成全了不少青年人的婚姻，但他就是物色不出一个儿媳妇。

吴大叔是村里的乐天派，五十多岁，身体很健康。爱说笑话，爱开玩笑。开玩笑不分老少，不论辈分，平辈的、低辈的、长辈的，他都与人家开玩笑，人们说他始终与小孩子一样——长不老，起了个外号"豆芽"。开始时他对这个名字很不乐意。他对别人没大没小，人家对他也没大没小，比他大的人或他的长辈叫他豆芽，可是比他小的，他的下辈也叫他豆芽，时间一长，豆芽这个名字就成了对他的唯一称呼了。

一天豆芽大老远看见黄松在那边路过，他大声叫道："喂，大侄子，你过来，我问问你。"

黄松听见叫声后，应声走过去，笑着客气地问道："弄啥呢呀，豆芽叔，请说吧。"

豆芽："你高中毕业后不是考了大学了吗？"

黄松："是的。"

豆芽："你考到哪个大学啦？我就想听你这个喜讯哩，我知道你考这个大学赖不了。这几年我就盼望着你能考上个好大学，为咱们村争争光。这么多年来，咱们村还没有一个考上全国重点大学的。当然啰，别的村也很少。平时我们在下边议论，今年你肯定能考上重点。你考上哪个重点学校了？"

黄松没精打采地、不好意思地说："对不起，豆芽叔，辜负了你们的期望，我连个一般大学都没有考上，更不要说重点了。"

豆芽好像很不理解地问道："啥呀！你没考上？你不是在骗我吧？"

黄松："我不敢骗我叔叔，我没考上是真的，我真的没考上。"

豆芽带着同情、悲切的心情说："我的傻孩子，你千不该，万不该，不该没考上，在你的人生道路上最关键的时刻你没有把握好。一个青年人不走上学的道路，你干什么呀？你要大学毕业了，尤其是重点大学毕业了，你的路子就比较容易走，很多事就好办；如果你不上大学，在家从事农业，掏的是牛劲，吃的是窝窝。辛苦一年，挣不了几个钱，真算是吃不肚里穿身不上。稍微花钱的事，你办不起，盖房，你盖不起；买车，你买不起。再进一步说，你连个媳妇也寻不下。谁家的姑娘愿意找一个农民呀！你看一下咱村的情况，哪一个农民过得很出色呀，这几年能吃饱肚子，这也算是很大的进步。凡是家里生活好一些的，都是在外边有挣钱的人，要么是干部，挣国家的钱；要么是做生意，挣群众的钱。光靠种地，有几个能致富的呀？你不能就此罢休，你不能止步不前，你完全有能力继续前进，你复习功课，明年继续考。不考上大学，誓不罢休。"

黄松辞别了豆芽叔叔往家里去，他一进头门看见他二奶坐在院子里正与他妈妈谈话。他妈妈看见他进来忙说："你二奶在这里等你好长时间了，她听说你没考上学，非来见见你不可。"

　　黄松的爷爷弟兄三个，他亲爷是老三，另外还有个大爷和二爷。大爷于1943年河南遭年馑时，带着妻子、儿子逃荒到陕西了，一去就没回来过，现在连个信儿也没有了。二爷有两个儿子和一个闺女。由于家境贫寒，经常少吃没穿。闺女出了门，有了自己的家庭。两个儿子长得老大不小了，还没娶到媳妇。八十年代后，二儿子才娶了个寡妇，带了一男一女。过了二三年后，媳妇嫌人多，整天闹着分家，扬言如果不分家她就带着孩子住在娘家不回来了。二爷二奶很害怕，好不容易给二孩娶来个媳妇，可不敢让她再走了。因此，依从她的想法，让老二四口分了出去，让他们单独过，他老两口跟大儿子过，一家三口。家庭联产承包责任制实施以后，家里的物质生活有了很大改善，不愁吃，不愁穿，手里还不断个零花钱。但家里太清静，三个大人，没有孩子搅和着，整天寂寞得吓人。二爷在忧愁中去世了，剩下二奶和一个大儿子相依为命。两个大人，虽然是母子俩，但很少说话，两人的行为都很默契，没有语言就知道对方想干什么，一个大院子里，除了鸡狗的叫唤声，听不见大人们的说话声，也听不见小孩的吵闹声，是一个死气沉沉的世界。

　　二奶不是个不学无术的老年妇女，她初中毕业后，因经济问题没有继续上高中。她嫁给二爷以后，还经常看书、看报纸，了解社会发展动态和国内外大事。她耐不住寂寞，经常去街上坐在老人群里。她也经常来找徐环这个侄媳妇聊天。说说知心话，聊聊风土人情，评评东家长西家短，议议这家那家的是是非非。这样，她们心情舒畅，开怀舒适，时间过得快，日子过得轻松舒服。她不怎么去她的二孩家，一方面两个孩子是媳妇带来的，与她这个继奶不怎么贴己；另一方面二儿媳妇与她根本就没有共同语言，与她相见不如不见，她感到徐环这个侄媳妇比她的儿媳妇更亲切、更温暖。她的这个侄儿家有三个孩子，她这里有两个孙子和一个孙女，她对他们很亲切，把他们看作自己的亲生。

　　黄松赶快走到二奶面前，紧紧抓住她的手，对她有一种很亲切的表情。二奶也不说让黄松坐下，二话不说，先问他："你为啥没考上呀，孩子？"

　　黄松没法回答，对二奶的激情也很理解，他只是忧伤地点了点头，只表示没有考上，没说出原因。

　　二奶接着说："孩子，我今天来这里有两个目的，刚才我已经对你妈说了。第一个目的是向你表达一下我的心情，也可以说是向你表达一下我对你没考上的不满情绪；第二个目的是我想批评你，批评你不努力学习，连个大学都考不上，"下面是她说话的内容：

你知道，咱们黄家老三门。这三门是残缺不全，老大这一家没有音信了。老二家，也就是我这一家，也是凄凄惨惨，少胳膊没腿的，不像个完整的家。只有你们这里才像个样子，家里全乎，和睦相处，日子过得有形有色的。我看见你们就高兴，我把你们家当成我的家，我把你们当成我的后代，实际上也就是我的后代，一点也不牵强附会。黄琦是我的侄子，你们就是我的孙子，谁敢说不是！我对我孙子的事还是很操心的。你们姊妹三个的学习情况我一直都很满意，我很高兴，也很自豪。我们黄家几辈都没出过中用人，尽是些光会在地里掏牛劲的没成色货。从你们姊妹三个的学习上看，我认为咱们黄家该翻身了。富富，出人物。三十年河东，三十年河西。这么多年咱们没出一个人才，这回可该出人才了，而且一起三个，这叫不出则已，一出三个，一鸣惊人。出不出人才的标志就是看你们考没考上大学。今年你们两个高中毕业，我想你们都会考上大学，我期盼的日子终于到了。你们高考以后，我整夜都睡不着，是狂喜？是担忧？还是别的，不知道为什么。现在我知道了，你弟弟考上了，你没考上，你叫我多么失望呀！这两天我仍是睡不着，其原因很清楚，是悲愤，是恼怒，是痛恨，是埋怨，埋怨你没考上，埋怨你为什么不好好学习。你弟弟尽管考的不是重点，但我满意了，也是我们黄家划时代的胜利，也是我们黄家的翻身，也是我们黄家的骄傲。你要向你弟弟学习，他考上了，你没有考上，他就是你学习的榜样。

二奶对黄松批评以后把话题一转，转向了对他的期盼和鼓励方面。她说："我对你一点也没有放弃，对你还有很大希望，希望你不要自暴自弃，要继续奋斗，要向弟弟学习。要总结经验，吸取教训，重整旗鼓，卷土重来，再复习一年，明年打个漂亮仗，考上北大或清华，至少考个全国重点。这样，咱们门里就可以今年出一个人才，明年出一个，后年再出一个，三连冠。今年你弟弟去乡里领奖金，明年你去乡里领奖金，后年你妹妹去领奖金……"徐环在一旁打断她的话说："二婶，丫头不是后年高中毕业，而是大后年，大后年才能考大学。"二奶说："后年大后年都差不多。反正都是考大学吧，早一年晚一年没关系。这就是我的梦想，也是对你们的要求，我的理想如果实现了，我死了就可以向你们的三位爷爷汇报你们的好成绩，他们会万分高兴，夸奖你们是他们的好后代。"

第四章

几天以来，黄松忧心如焚，万念俱灰。他失魂落魄，神志昏聩，脑子像一团乱麻，心灵破碎得像一堆砖碴。他怅然若失，又有些惴惴不安。幽静的天空中，太阳被薄薄的灰纱遮掩着，发出软弱无力的光，周围的花草树木也笼罩着一层暗淡的阴影。

他晕头转向，不知所措，六神无主，无所适从，内心里有着激烈斗争。我错了吗？我错在哪儿？我做得对吗？怎么对？错对问题反复在他脑子里翻滚着，他怎么也得不出肯定的结论。他怨恨自己太盲目、太自负，在人生道路的关键时刻，连妈妈的意见也不征求一下，真是无知之人不怕险，初生牛犊不怕虎。一步之错，百步难回，一念之差，万事俱灰……他越想越悲愤，越想越后悔。这个平时郁郁寡欢的男子汉，不由自主地号天动地，大放悲声。他哭得神魂颠倒，哭得草木伤情，哭得天昏地暗，哭得山摇地动，哭得风雨交加，哭得电闪雷鸣。

他蓬松的头发，向四周挓挲着，近处看着是毛发，远处看着是乱麻。本来就不胖的脸上，泪迹斑斑，像蒙着一层黑纱。眉毛有些浓，眼窝有些塌；胡子有些长，几天没有刮。脸色很憔悴、乏光，看起来有些邋遢。

他心里很痛苦，他妈妈的心里如钢刀扎。他的痛苦是因为他感到空前迷惑，不知所措；他妈妈是因为他的痛苦而痛苦。最可怜他、最疼爱他的还是妈妈，最理解他的也是妈妈。有妈就有家，只要有了妈，任何困难都可以克服，任何艰难都不怕。妈妈把他抱在怀里，心贴着心，脸贴着脸，不停地安慰他，鼓励他，他感到无限温暖。

几天以来，黄松背着个沉重的包袱：不努力学习，没考上大学。没考上大学是事实，他认账；但不努力学习，他是无论如何也接受不了，因为这不符合事实。相反的是，他是非常努力学习的。徐环为了减轻对大儿子的压力，决定把他没参加考试的真实情况与家里人通通气，让他们乘机与外人解释一下，不要让黄松一直戴着"没成色"的帽子。

一家人刚一坐下，二奶拄着拐棍进来了。全家人都热情洋溢地请她坐下吃饭。她说她不是来吃饭的，她有重要的消息告诉他们，下面就是她讲的重要消息：

我去找大刘庄的刘半仙了，我让他算一算，为什么松儿没有考上，今后前途如何以及他应该在哪方面去努力。

大家一听二奶说她去找刘半仙算卦了，一句话也不说，静静地听她讲话。

二奶批评罢黄松以后，心里一直很不踏实，她一直在琢磨黄松没考上的原因。她批评黄松不努力学习了，可是她听到的情况却是黄松学习非常努力，历来考试成绩都比他弟弟黄林的好，那么为啥黄林考上了，而黄松倒没有考上呢？这真是谋事在人，成事在天，难道真的有什么超强势力在起作用吗？为了搞搞明白，她叫她儿子拉住她，去到十里地以外的大刘庄找到了刘半仙。

刘半仙是个六十多岁的职业算卦先生。他经营的业务主要是算卦、看相、看风水、看好。算卦看相的主要内容是告诉你前因后果，给你指出今后应该做的以及应该回避的事项。他最吃香的业务是看好，即无论做什么事，总要找个吉祥日子。这一带的农民，迷信色彩很重，做事看好，即找个良辰吉日，已成了习俗。儿子娶亲、女儿出门、生孩子吃面条、修房、盖屋等等，都得请人找个吉祥日子；其次，搬家、租赁房子等也得看好。因此，他的业务非常兴旺，周围十里八村的农民找他的络绎不绝，纷至沓来。他的门口经常是如若集市，熙熙攘攘。村民们在他的住处附近摆了摊，设了点，办了旅社，开了饭店，而且都有不菲的收入。他把全村的经济都带动起来了，该村每年的人均收入都是全乡第一。村干部屡屡受到乡政府的表扬，他们还滔滔不绝地长篇大论，在全乡村主任以上干部会议上做报告，介绍他们提高人均收入的经验。当然他们从不涉及刘半仙的业务，他们只是夸夸其谈地炫耀自己是如何带领群众搞创收的。

刘半仙是一个很会"弄事"的人，他与历届村干部的关系都搞得特别好。逢年过节，他都向每一个村干部送些礼物，表示心意。这些礼物外表上都是一样的，水果、点心、中华烟、茅台酒。此外，每个干部还有一个红包，里面装着数量不等的现金，村主任的最多，其他人的数量是根据他与刘半仙的关系而定的。红包是由他本人亲自送给干部本人的，他身边的人连气也闻不到。每个村干部都感到自己得到了实惠。因此，对刘半仙的事都非常支持。他历年都被选为全村致富的带头人。

刘半仙原来是在他自己家里看病，业务一扩大，自己家里远远不能适应了，他要求村干部为他划一片宅基地。他的要求很快得到了满足，村东头一块二十亩大的荒地划给他，让他在上面建造门诊部。

现在门诊部里有十多个工作人员，大部分都是村干部子弟。

刘半仙的事业也并不是总是一帆风顺的，他也有背运的时候。对他伤害最大的一次是 1966 年 5 月在全国掀起破四旧（旧思想、旧文化、旧风俗、旧习惯）、立四新运动中，他被红卫兵抄了家，他的各种业务书籍、他奉养的各种神像，以及人们为他赠送的锦旗等，统统拿出来，一把火焚烧。他被戴上高帽子游街、挨批斗，并被关在猪圈里一个多月，让他反省，写出检讨，交代他的封建迷信思想，还要让他交代他是如何利用封建迷信骗取群众钱财的。开始时，他嬉皮笑脸，满不在乎，大有对红卫兵瞧不起的味道。问他啥，他不说，叫他写检查，他不写。红卫兵轮流对他审讯，叫他昼夜不得休息，一连三天三夜之后，他支持不住了，光想躺下。这时他的最大要求是躺下来，哪怕是一小会儿也行，但他不能，他的身子一歪，审讯人就骂他态度不端正，要赖皮。他是欲死不能，欲生不成。他想起"光棍不吃眼前亏"以及"识时务者为俊杰"这些说法，他如梦初醒，自己问自己："为什么不识时务呢？在这个时候与他们对着干，不是白吃眼前亏吗？"他聪明起来了，到第四天的早晨，一大早他就对看护他的红卫兵说："我想清楚了，我要低头认罪，充分认识自己的罪行，彻底检查过去用迷信骗取钱财的事实。"他承认了错误，写了检查，尽管很不深刻，毕竟是开始写了。在检查中，他做了多次保证，发了多少誓言，打了多少赌，誓死不再搞迷信活动，不再骗取钱财，要心甘情愿参加劳动改造，诚心诚意接受群众监督。

"拨乱反正"以后，对他的管制取消了，他也不受监督了，他得到了充分自由，与其他村民们一样，该说，说，该笑，笑；该赶会去赶会，该旅游去旅游。但他心有余悸，不是像其他村民那样，敢说敢干，没有任何顾忌，他有点一旦被蛇咬，十年怕井绳的心境，说话、做事都小心翼翼，人家说啥，他说啥，人家干啥，他干啥，从不敢冒险，从不敢越雷池一步，生怕别人揪住小辫子后，对他进行批斗。

随着形势的发展，市场搞活了，经济搞活了，过去不让干的，让干了，过去不敢干的，敢干了。刘半仙的思想也蠢蠢欲动了，狗不忘吃屎，鸡不忘偷米，猫不忘抓鼠，人不忘暴利。他死灰复燃，旧病复发，他忘掉了他的誓言，忘掉了他的赌语，他只记得赚钱，不记得骗人，光记得接钱时的舒心，不记得出钱人的艰难。他的业务又开始了，不过，不挂牌子，不声不响，小打小闹，毫不声张。

随着祭祀活动的开展，刘半仙也借尸还魂，对他的迷信事业也重整旗鼓了。广大群众也误认为搞封建迷信也是合法的了。他挂起了招牌，大张旗鼓地从事他的迷信活动了。

周围村庄的群众一有些头疼发热，就来这里看病，刘半仙只是半仙，另一半是医生。对一些感冒风寒，一吃药就好的，他一般按病治，给他开些中药或西药。即使这样，他也把这种病与迷信挂起钩来，让病人吃药前，用黄表纸在病人脸上擦一擦后把纸烧了，他说这样药的效力大，病好得快，他对病人说这叫"阴阳兼治"，是他创建的特效治疗方法。

找他看病的人每天都是成群结队，门诊部前排着长队。要看病就得早些去，去得晚了，当天就轮不着，就得等到第二天，路远的就干脆住下。所以这里的饭店、旅社等服务设施也就应运而起了。

二奶他们走到大刘庄时，大概是九点二十分，他们在队上等了一个半钟头才轮到她。刘半仙先让二奶说明来意。二奶说是关于他孙子考大学的情况。接着二奶按刘半仙的要求，给他介绍了黄松的基本情况，如出生年月、生辰等情况。听了二奶的介绍以后，刘半仙说："高高黄金果，想吃够不着。"二奶问："这是啥意思呀？"刘半仙说："这不是很清楚吗？没考上，对吧？"

二奶很佩服刘半仙。黄松考学情况没给他透露任何细节，他怎么知道他没考上呢？

其实，二奶真有些糊涂，这是明摆着的道理。应该说，算命先生都是心理学的高手。什么人来问，问什么问题，基本上有个规律。比如：娘是为女儿的婚姻情况来算卦时，基本上就是女儿尚未结婚，也没订婚。在没订婚的情况下，又有两种可能：一种是还没有人选，来问啥时候能找到可谈恋爱的人选；另一种可能是已有了人选，正在谈恋爱。来问的目的是想预先知道能否谈成功。是这两种可能时，不管是哪一种，都可以对她说："你女儿心中有个人选。"这时要细心观察这个母亲的反应，尤其观察她的嘴、她的眼，甚至她的脸。你要说对了，她的反应是平和的；你要说不对，她脸上这些敏感器官，都会有明显的反应。如果她女儿正在谈，她会说："是呀，她与一个孩子正在谈着呢，不知道能否谈成？"这时，告诉她谈的结果就好办了。基本上说"能成功，只要两人诚心谈"。这是个来回话，双关语，成也行，不成也行，基本是成，若不成说明两人中有一个没有诚心。他总是立于不败之地。如果来者是问考学情况的，若是考试以后问的，基本上都是问没考上的原因的；若是在考试之前来问的，基本上说："能考上，只要他注意复习好功课。"这又是个双关语。二奶是在大学考试后来问的，肯定是落选后才来的，考上的人基本上不会来算卦，让她介绍情况是做幌子的，她只要一说是问考学情况的，肯定是没考上。

二奶问刘半仙黄松没考上的原因时，他说："不是他不努力学习，也不是他考试时怯场，而是他没有上大学的命，这叫'心强命不强，落个瞎慌张'。"

在座的听众中，五个人中有三个已经知道黄松不是没考上，而是没参加考试。黄林听到街上人们的议论以后，约莫他哥没参加考试，但不敢确定。他虽说在街上听到些议论，毕竟没有准确来源，消息也不确切。所以，他对他哥哥的没有参加考试，还是半信半疑。老头儿黄琦完全不知道内情，完全蒙在鼓子里。因为他原来就想让黄松辍学，留在家里干农活。黄松没接到录取通知书正符合他的心意，所以徐环得知黄松没参加考试的消息后，也懒得对他说了。

二奶继续传达刘半仙的话，他说："你家的坟劲不够，你们的坟墓没坐在风水宝地上。"

我说："我那个二孙子为啥考上了？"

他说："对啦，坟劲不够，不是完全没有，你们的坟劲只能催一个大学生，两个就催不起来了。"

我说："我的那个孙子学习可努力啦。"

他说："努力也不行，这叫作'谋事在人，成事在天'。"

我说："如果他明年再考呢？"

他说："要看你们的坟地劲儿能否缓过来，如果能缓过来，也许能考上；如果缓不过来，再考也没用。"

二奶把刘半仙的话传达完以后说："这就是松儿没考上的原因，咱们谁也不要埋怨他没考上了，不是他不努力学习，而是咱家没那个地劲儿，也可以说他没有那个上大学的命。"

二奶说完以后，徐环说："谢谢二大娘，你为松儿这么操心，这么大年纪了，还跑这么老远为他算卦，真使我过意不去，真得好好谢谢你了，二大娘。"

二奶："你看，我这个侄媳妇外气了不是？不想让他当我的孙子了？我是他的奶奶，这是谁也改变不了的事实，我为我的孙子跑点腿，做些事，还不应该吗？"

大家都站起来说："应该，应该，完全应该。"

徐环："饭已经做好了，咱们快吃饭吧。"

二奶："我不在这里吃，我们的饭也做好了，我如果在这里吃，我家的饭就要剩下了，就我们两个人的饭，活头不大。"

二奶站起来，拄着拐棍走了出去。

二奶走后，黄琦发表了意见。他说："依我看，刘半仙算得不对。"

在周围群众中，信鬼、信神已经成了生活习惯，人的一切行动都是由鬼神支配着的，因此，占卜先生特别吃香，群众认为他是晓人情、通鬼神的阴阳先生。刘半仙是这一带名气最旺的一个阴阳先生，他说的话几乎没有人反对，他们害怕受鬼神的制裁。可是今天，平时也是对鬼神唯唯诺诺的黄琦，却胆大包天地提出反对意见，明目张胆地说刘半仙算得不对，大家感到很稀奇，顿时鸦雀无声，静听着黄琦的高见。

黄琦说："我们家的坟劲不是衰退了，而是更旺盛了。黄松不是没有考上，而是他根本就没有考。这是天大的差别，没考上，是没有能力；没有考并不是没有能力，而是没有把能力使出来。俺的松儿怎么是没能力，而是能力很强，我可以说，比他们哪一个都强。"

黄松是一个沉默寡言的年轻人，他平时很少说话，爱听别人说话，爱分析别人的讲话，即使分析后也很少公开评论。但不总是这样，在关键时刻他还是公开站出来发表意见的。

黄松站起来，不慌不忙地说："我爸对我的说法不对，或者说不完全对，也可以说只对了一半。我不是自夸，我是有能力考上大学的，而且我相信我还会考上一个比较不错的大学。因此，说我不是没考上，而是没有考。这种说法是正确的。其实我并不介意什么说法问题，说我没考上，我也不介意。没考上也好，没有考也好，其结果都是一样。我爸说我比他们哪一个都强，这话就不对了。我不是比他们哪一个都强，而是很多人都比我强。我是一个平凡人，我一点儿都不出奇——"

黄枫截住哥哥的话，说道："哥哥太谦虚了。在人生道路的关键时刻，你牺牲自己，为了照顾爹娘，为了支持弟妹上学，你放弃了考大学的机会，这不是平凡，这是不平凡，这是了不起，这是伟大——"

黄松赶快把她的话打断，说道："好了，好了！别给我戴这么多高帽子了，我都承受不住了。常言说'厚德载物'，我的德没有那么厚，我就戴不动那么多、那么重、那么大的帽子。"

关于刘半仙的算卦问题，黄松发表了一下看法：

"一个人事业的成功与否，不是什么坟劲、地劲的旺盛与衰败问题，而是由他的世界观和努力程度决定的。其中，世界观是方向和目标；努力是达到目标的实施过程。方向和目标错了，你奋斗的结果只能走到事情的反面，越奋斗，在错误的道路上走得越远。如果你方向对，目标对，自己努力奋斗，结果就会非常美好。每个人都要抱着这样的理念：正确方向，努力奋斗。这两者缺一不可。光有正确的方向而不去努力，目标就会落空；光努力奋斗而方向不对，结果会走向反面。当你处于不利地位时去算卦，他会说你的坟劲不足，或别的神呀、鬼呀等不可抗拒的力量的阻挠，让你一败涂地，永世不得翻身，不但干这不行，干别的也不行。这就毁了你的志气、毁了你的前途，你这一辈子就永远抬不起头。如果你是处在有利的环境时去算卦，他会说你受到了超强力量的驱动。这样你就会产生骄傲情绪，以有超强力量支持而不去拼搏，其结果你会慢慢垮下来。我对我自己说：社会主义道路就是我的人生道路，奉献爱心就是我的奋斗目标。"

第五章

　　黄松发表意见以后，没人接他的茬，不知道是不懂他的话，还是无从插嘴。一家五口人瞪着两眼坐着，等待徐环说话。

　　徐环："恁二奶为松儿的考学这么操心，真是难为她了，咱们真的得好好感谢她。我今天想对大家说的也是关于松儿的考学问题。我主要说他为什么没考上大学。我去学校里查询了，我找到他高中的班主任。他也很遗憾，他说黄松根本就没有报名。他根本就没有参加考试，怎么会考上呢？黄松，你当着全家人的面说说你为什么不报名考大学？"

　　黄松已经泪流满面了，他先检讨说："我错了，我不应该不考试，我犯了个大错误，犯了个难以挽回的错误。"

　　徐环："说说你当时不报考的想法吧。"

　　黄松用手擦了擦眼泪，黄枫用毛巾为哥擦泪，她自己已哭成了泪人，毛巾已经擦湿，也止不住像涌泉一样的泪水。

　　多少天来，他听到多少风言风语，多少议论，都是对他没考上大学的评论，有惋惜的，有指责的，有批评的，有无可奈何的，不管哪种议论，都是以他没考上为前提的。"没考上"，对一个有志气的高中毕业生来说，是多么刺耳的三个字呀！又是多么羞耻的三个字呀！他与弟弟一块高中毕业，一母同胞，同吃同住，同在一个学校毕业，他考上了大学，自己却没考上，这是多么残酷的现实呀！这是多么难以接受的现实呀！在村民们面前，他是个"无能者"，是个"没成色货"。

　　他又想到他的高中同学和熟悉他的老师。他没参加考试很少有老师知道，大部分老师都不知道，他的同班同学以及认识他的其他年级的同学，基本上都不知道他没考试，即使他们听到他没考的谎信儿，也不相信是真的。他们认为，好不容易熬到高中毕业，怎么能不考大学呢！更何况他的学习成绩那么好。有些同学听到他没考的消息后，竟说这个消息是对他抹黑，是对他的诋毁，是对他造的谣言，他们还竭力反驳，为他伸张正义。

黄松在高中上学时，可不是个无名小卒，他是一个赫赫有名的大人物。他是学生会主席，经常在全体学生大会上发言、讲话；所有老师都认识他，不少老师还经常与他打交道。他学习好，文章写得好，经常在校刊上发表文章。像这样的学校尖子，如果升学考试考不上，不仅仅是他个人没面子，连学校也很丢面子，班主任脸上也无光，其他同学对他也会另眼相看。他想到这时，更加后悔莫及，痛心疾首，埋怨自己太盲目，脑子太简单，他也更后悔为什么在这么大的问题上不对父母说一声，征求一下父母的意见？

黄松站起来虽然振作了一下精神，但仍然泪如雨下。他的一切后悔，一切怨恨聚集起来，变成澎湃的海洋，从像刚开了泄洪闸似的眼睛里夺眶而出，没有任何力量能阻挡得住，他又不禁号啕起来。他是那么悲哀、那么惨恸，在座的父母弟妹也都放声大哭起来。

徐环说话了："行了，不哭了，咱们的一切后悔、一切难受、一切痛苦，都随着哭声流失了，事情已经过去了，咱就叫它过去吧。我们现在应该做的是吸取教训，今后不再犯类似错误。好吧，松儿，你谈谈你不报考的想法吧。"

黄松擦干眼泪，有条不紊地说："我爸失去劳动能力以后，我心里非常忧愁，家里的一切负担、地里的所有农活，都落在妈妈肩上。妈妈太辛苦了，我可怜妈妈。每当我看见妈妈那憔悴的脸、深沉的皱纹、花白的头发和呆木的表情时，我心里酸苦，眼泪欲流。我还可怜弟弟、妹妹，他们正是勤奋学习，积极上进时期，本来应该有一个美满的家庭，不愁吃，不愁喝，有能力供应他们好好上学。可是他们没有，他们的学习受到了隔阻，前途受到了影响，理想不能实现，才华不能施展，这使我非常痛心。爸爸虽不能干重活，不能干地里的活，但他付出的劳动并不少，也可以说，他是咱们家最辛苦的一位老人。咱家的很多杂活：喂驴、喂猪、喂羊等饲养活，都是他的，他起早睡晚，贪明摸黑，他啥活都干，从不间歇。爹妈年纪都老了，整天还为我们没完没了地操劳，什么时候是个头儿呀？我是老大，我应该有更多的担当，所有家里活我都应该担当起来。当我听说爸妈有让我们两个中的一个辍学，留在家里劳动，支撑这个家的消息后，我首先考虑，我应该留下，让弟弟继续上学，我比弟弟大，干活有力气，把家庭经济搞好，不但生活能改善，也可以供应弟弟妹妹，让他们安心地学习。我有这个决心，我保证供应他们上学上到头，只要他们有劲头上，我永远支持他们。……"

黄枫突然插话："你认为你能考上吗?"

黄松："我认为我能考上，不但能考上，还可能考上国家重点。"

黄枫："这多可惜呀，你怎么不报名考试呢?"

黄松："你二哥我们两个如果都考上，让谁留下，叫爸妈作难；如果都让我们上学，你想想，一家五口人，咱们兄妹三个都上学，父亲腿瘸不能干活，家里的沉重负担都落在妈妈身上，她受得了吗?"

徐环忙说："我受得了，为了支持你们兄妹三个上学，我累死也心甘。你们如果都能考上大学，我将是世界上最幸福的人。"

黄松："我不忍心呀，妈妈。"

一段小插曲过后，他又接着他原来的话题说。

他说："对于我没报考问题，不少人有不同反应，不少人批评了我，我接受。我也真正感到这是一个大错误，我很痛心，真是后悔莫及。落花流水春去也，无可奈何。考学问题也已过去，无法挽回。去就叫它去吧，我要在现在的基础上，重新做起。我的决心是：吸取教训，遇到难题时多考虑考虑，征求父母的意见，保证不再犯类似的错误。关于考学问题，既然如此了，只有叫它如此吧，我要把它变成动力，把今后的事情办好。"

黄松的话停止了，在座的听众还是默默地坐着，但他们的心里都激烈地活动着。黄琦深感骄傲，有这么一个体贴家长、爱护弟妹、尊敬爹娘的好儿子，他怎么不幸福。常言说"妻贤夫祸少，子孝父福多"。这两项他都占了，他怎么不感到幸福呢? 他最先就是主张把黄松留下参加劳动的，现在他真的留下来了，这与他的最初想法完全相同。如果黄松参加考试了，而且考上了国家重点大学，而黄林只是三类大学，那么黄琦愿意让谁留下呢? 他自己也说不清楚。黄枫始终是赞美大哥，过去是赞美他的文才、口才和品德。听罢他的自述后，在赞美的词汇中又增加了个"伟大胸怀"。她敬重大哥的大公无私，舍己为人，他全心全意为家里人着想，丝毫不考虑自己。在她眼里，哥哥是个伟大的哥哥，了不起的哥哥。黄林听着哥哥的自述时，心里有说不出的滋味。在上大学这个问题上，他与哥哥采取了完全相反的两种做法：他生怕让自己留在家劳动，想尽一切办法说服爹娘不要把他留下。而他哥却主动、不声不响地用不参加考试的办法，把自己留了下来。这是自己的渺小吗? 他问自己。"不尽然吧，"他又作自我回答："这是各人的爱好，谈不上渺小与伟大的问题。"在他接到录取通知书后，他哥没接到录取通知书时，他的心里沾沾自喜。请注意，他自喜的不是单一的他考上了，而还有他哥没考上的事实。这"考上"与"没考上"两者加在一起，才使他万分高兴，不由自己，昼不能静，夜不能息。

黄林有什么感想呢？他不说一句话，外人谁也不知道，只有他自己知道，只是不便说罢了。

徐环："大家都听了，松儿的想法，站到家长的角度，站到家庭的角度，他是一个非常好的孩子，也可以说父母亲有了这样的孩子，是父母的骄傲，家里有了这样的孩子，是家庭的自豪。千好万好，不如有个好孩子；这有那有，不如有个好儿子。常言说：'妻贤夫祸少，子孝父福多。'你爸我们两个有了这样的儿子，我们今生今世都过得值。一般情况，有这样的孩子是比较完美无缺的，但在他不报考这个问题上，必须指出，暴露出他的致命弱点：心胸狭隘、鼠目寸光、害怕困难。"

黄枫："帽子太大了吧，妈妈？哪有这么严重？我与你的想法完全相反，我的看法是心胸豁达，目光远大，迎难而上。"

徐环："他的心胸为什么说狭隘呢？他只想到的是咱们这个小小五口之家的利益。家里成员他都考虑到了，他甘愿牺牲自己，为他的亲人服务，宁愿自己吃苦受累，也让他的爹娘、他的弟弟妹妹过得幸福。这充其量也不过是为了自己的小家庭的利益。说他鼠目寸光，是说他见识短浅，他只知道用他自己的体力把这个家庭治理好。自己努力干活，辛勤劳动，把地种好，搞好经济收入，这样让他的爹娘不受罪，让他们吃好、穿好，享受晚年，过幸福的生活。他的眼光短浅就在这里，他不知道他自己的力量是微弱的，能力是有限的，即使改善些家庭经济状况也是微不足道的。如果他考上大学，掌握了先进技术，为国家做出重大贡献，这不比你对家庭做出贡献意义重大吗？再说，你为国家做贡献，国家也会给你报酬的。你的贡献越大，给你的报酬越多，国家好赖奖励你一点，也比你在家劳动挣的多得多。"

黄枫服气了，其他人也听明白了，他们心服口服，继续听下去。

徐环接着说："关于我说他害怕困难问题，恐怕不仅枫妮想不通，其他人我估计也想不通。明明是他不怕苦不怕难，迎刃而上的，怎么能说他是害怕困难呢？为了说明这个问题，我先举个例子：为了抢救一个危急病人的生命，必须把他送到五十里以外的一个医院里，可恰逢下大雨，路途泥泞难走。我问大家，你是等雨停后再动身呢，还是先修好路再动身？我想大家的想法肯定是不能等雨停，更不能先修路，必须冒着雨，在泥泞的坎坷路上快步走动，不然病人的生命就没有保障。在这个问题上，决不能等雨停止了，或先把路修好了再去看病，而是得克服困难，冒雨前进，雨再大也不怕，路再滑也得走，这就叫不怕困难。……"

黄枫插话："妈妈，你举这个例子说明啥问题的呀？给病人看病与考学没有任何共同之处，怎么能说明我大哥害怕困难呢？"

徐环："你听我给你们说，你大哥不考学的原因不是家里经济困难吗？他同情你爸，可怜你妈，又想供应你们上学，这不都是前进道路上的困难吗？他不是继续前进，在前进中克服困难，而是停下来先解决困难问题。去看病问题不能等，考学问题也不能等。考学包括上学，有时间性，不能耽误了。此外，在你大哥考学问题上，还有个别人无法比拟的问题，就是你大哥学习成绩很好，他完全有考上全国重点的可能，毕业后从事国家尖端科学的研发。他不考学，就是一个农民。当然，我不是说农民不好，咱们家几辈子都是农民，当农民也同样为家做贡献。问题是，他明明具有当科学家的能力和条件，为什么甘当农民呢？"

黄枫不住地点头表示赞同妈妈的讲话。黄琦深感惭愧不安，对自己的浅识和无知十分内疚。黄松嘴里不停地说着是、是，表示出非常佩服妈妈。黄林也说："妈妈说得对，妈妈说得对。"

徐环接着说："我们有个成语叫高瞻远瞩，是说站得高才能看得远，一个人要眼光远大，才能前途无量。人们常说'不想当军官的战士，不是好战士'，我们也可以说'不想上大学的学生也不是好学生'。这里说的'不好'不是坏的意思，而是说这个人眼光短浅，胸无大志，干不出大事业。在人生道路上，一个年轻人往远处看，往高处看，要有远大目标，要有宏伟气势，要有气吞长虹的胆量，有大无畏的气概，有独探虎穴的勇气，有愚公移山的意志，有坚忍不拔的精神，在前进道路上，克服一切困难，勇往直前，不达目的，誓不罢休。"

最后，徐环语重心长并有殷切期望地对大家说，主要是对大儿子黄松说："条条道路通北京，行行业业出状元，金子无处不发亮，青年朝气满胸膛，不怕百战失利，就怕灰心丧气；不怕路难，就怕志短；不怕不能，就怕无恒，横下一条心，黄土能变金；不怕没柴烧，只要青山在；有志者，事竟成。这些都是你们的座右铭。待人要诚恳，做事要踏实，不能虚心假意，不能敷衍塞责。做老实事，说老实话，走遍天下都不怕。"

黄松认为，妈妈的话可以用这四句话概括起来：高瞻远瞩，心诚志坚，一心为公，勇往直前。这四句话也恰恰是他在学校里上高中时他们"帮扶小组"的座右铭。

高中上学时，黄松发现，他们班上有不少同学有各式各样的思想问题。有的是家庭经济问题，有的是家长身体健康问题，有的是本人思想问题，还有一些别的问题。这些问题直接影响着他们的学习。他和班长白佳他们商量后决定成立"帮扶小组"。全班六十个学生，成立了六个帮扶小组。每周日晚上是小组活动时间。在小组会上，每个学生都要讲话。其内容包括自己的思想情况、家庭情况。家庭情况里包括经济、父母的身体等等。此外，还可以谈班上其他情况，哪些是好的，哪些是不好的，自己的建议等等。

黄松和白佳在一个小组。他们组里有一个叫作杨舟的学生，经常周末回家后不能按时归校。经与他谈话得知，他父亲有病，家里没人没钱，妈妈多次催他辍学回家劳动。这样，家里有人打理，他还可以打个小工，挣些钱给父亲治病。黄松和白佳他们在全班发动学生，自愿捐款，帮助杨舟同学的父亲治病。

在捐款过程中，黄松经历着痛苦的思想煎熬。他身为学生会主席，本应多捐助。但他囊中羞涩，说不起嘴，在动员别人时，理虽然直，但气不壮。白佳看透他的心思后，主动要求援助他些钱，但他坚决不要。白佳一提给他钱时，他就振振有词地说："这不光是个钱的问题，这里面还有一份爱心。我用你的钱援助别人，钱不是我的，也没我的爱心了。"

白佳："我借给你好吗？以后你还我。这总可以了吧？你的钱，你的心，都有了。"

他们带着捐款，带着全班同学的情意去到杨舟的家。杨舟的家长很受感动，再三鼓励杨舟要好好学习，热爱集体，将来做个有用的人。

他们还经常在星期日下午去接到校晚的学生。每个周日傍晚，晚饭后还不到校的学生，说明该生带的东西太多，走得慢，不能及时回到学校。恰在这时，往往是该生离学校不到十华里的地方，也是他力气用尽，又饥又渴，最难熬的时候。帮扶小组的同学，就自动去该生回家的路上接他。他们还经常带着水，带着吃的。接住他以后，让他先吃饱喝足，然后再动身。这些被接的同学，往往是有同学来接他时，他反而感到不累了，本来又饥又渴，这时，也不饥了，不渴了。实际上，这是精神作用，他看到有同学来接他时，他万分激动。这种心情，把疲劳和饥渴都赶跑了。

班上还有一个同学，叫郝腾。家庭经济条件较好，但他不好好学习，沉湎于网吧。黄松他们发现这种情况后，立即找他谈心，帮他解决了思想问题，使他改正了过去的坏习惯，回到了正确的学习道路上。

黄松回忆着，像这样的事，他们"帮扶小组"做了不少，都有很好的效果。可是现在困难落到自己头上时，为啥就没有勇气克服了呢？为什么就甘拜下风、止步不前了呢？他无意中发现，同一个问题，在别人身上与在自己身上是不一样的。在别人身上时，你认识清楚，道理明白，容易解决。如果落到自己身上时，就认识模糊，不知所措。也许这就是人们经常说的"旁观者清"吧。

第六章

近半个月以来，黄松思想上经历了惊涛骇浪的斗争，有了翻天覆地的变化，像跳到温泉里洗了一次热水澡，心灵上有了脱胎换骨的更新。他刚从学校走向社会，这第一步就走得这么坎坷，这么艰辛。在十多年的学校生活中，他从来没有这么痛苦过，思想斗争从来没有这么激烈过。他的考学问题牵动了全家、全村，他从来也没有这么想过。这是他踏上社会的第一步，也许这是给他的下马威吧，他自己这样想。经过街坊邻居的批评开导，经过爸妈的具体指点、提醒和鼓励，他醒悟过来了，已经放下了包袱，轻装上阵了，他在日记本上填了一首词：

钗头凤·继续干

真可叹，行路难。都怪自己没经验。回头看，只觉惭，吸取教训，重新盘算。

惭！惭！惭！

踏实干，多钻研。顶峰不是不可攀。意志坚，勇向前，不久将来，成绩展现。

干，干，干！

黄松填罢该词进行复查修改时，徐环走进来问他："松儿，我忽然想起来胡晴早就没来过了，你没考上的事儿她知道吗？"

黄松："不知道她知道不知道，也可能知道了吧。"

徐环："她这么长时间都没来了，是不是你们俩吹了？"

黄松："反正我没与她吹，她是不是与我吹了，我还不知道呢。不过，有这个可能。而且这个可能性很大。"

徐环："我想，她不来咱家，咱去看看她。过去她来过咱家几次，不能总叫人家来找咱吧，这回你也该去一次了。给她说说你的情况，尤其是解释一下你没参加高考的事，让她理解。我想还是你去一趟好。"

黄松："我想，还是不去为好。她妈早就说过，我考不上大学就不说事儿。我现在去了，不是自找没趣吗?"

徐环："那也是，真可惜这个姑娘了。"

黄松："情深朋自找，花香蝶自来。只要青山在，不愁没有柴。黄金在哪里都发光，我对我的前途还是有信心的。她与我吹了，说明我们两个没有缘分，吹就吹了吧，强扭的瓜不甜。"

徐环："你与胡晴姑娘已交往了好长时间了。她家在柳林镇，离这里也不算很远，十来里路，你还是亲自去一趟吧。"

柳林是一个离县城七十多里的一个不大不小的乡镇。全乡六万口人，面积比较大，人少地多，土地贫瘠，历来都是个贫困乡。新中国成立前全乡不但没有中学，连个小学也没有，想上学得跑到县城。新中国成立后，人民政府在这里设置了一所小学和一所初中。一九五八年"大跃进"，给这个初中戴了个高中帽子，当时叫"戴帽初中"，增添了高中班，讲的高中课本，还是原来的初中老师，没增添高中仪器，也没有增加任何设备。学生增加了，本地学生上高中不用跑到县城里了。随着时间的推移，高中教师和教学仪器年年增加，这个学校逐步发展成为相当规模的完全中学了。高中、初中虽然是一个整体，但在教学和管理方面完全分开，各自为政。

黄枫和胡晴考入初中时，黄松和黄林已经初中毕业考入高中了，黄松和弟弟黄林在高中同一个班。黄枫和胡晴是初中同班同学。黄松、黄林、黄枫姊妹三人吃住在学校。胡晴家在柳林街上，吃住都在家里。

胡晴有一个不错的家庭。父亲叫胡安，柳林乡的副乡长。母亲叫崔熠，在街上开了一个百货商店，附属一个食堂。百货商店在十字街拐角处，是柳林镇最好的商业位置。食堂就在乡政府附近，离乡政府不近，也不太远，恰到好处，不影响乡政府人员的来来往往，政府人员以及外来宾客在这里吃饭时特别方便。食堂还设有内餐部和外餐部。内餐部专供乡政府人员及其客人。当然设备也比较好。外餐部是对外出售的，任何人都可以。那个时期，乡政府召开会议的次数很多，动辄就把村主任叫来开会。一开会就在这里吃饭，一吃饭就免不了喝酒。村主任拿着多开的票据回去向会计报销。他们在这个食堂里喝了酒，吃了肉，玩足玩够，还领误工补贴，这样的好事哪里有呢? 因此，他们都希望来乡里开会。胡晴的父亲很会搞关系，他与各村委会的领导人员以及县上各部门领导的关系都搞得特别好。对于村主任，他采取多开票据的办法，你别管是否在这里用过饭，只要搭个腔，说句话，需要多少钱的票据，他准会满足他的要求。对于乡政府大院，逢年过节都要请客吃饭，好酒好菜，有吃有送。对于书记、乡长和副职干部以及乡政府各个部门领导，不定期地送些实惠，尤其是节日的时候，对乡里的一把手，他不惜重金赠送。他对妻子说："当今时代，送礼别小气，收礼别客气。最主要的是，送礼要有眼色，找好机会，让收礼人心安理得，坦然自若，没有后顾之忧，心里没有余悸。受贿人，明明是个小人，他却要当成正人君子；明明想偷鸡摸狗，还要装出光明磊落的样子。要抓住受贿人虚伪的本性、两面派的特征、表里不一的表现，送上礼就会收到绝妙的效果。"

妻子崔熠问他："绝妙的效果是什么？"

胡安说："就是领导的满意。只有他满意了，他才会帮助你办事。"

崔熠："收了礼的人还有不满意的吗？"

胡安："当然有啰！"

崔熠："你说说他怎么不满意。"

胡安："收贿人不满意，主要是行贿人行贿的时间和方法不对。所谓不对，指的是收贿人的自我保护意识受到了挑战，他感到不安全，有泄露他收贿的嫌疑。比如有些人想行贿，但不知道如何办。在光天化日之下，他掂个小提包，或提个大公鸡，穿街过巷，在众目睽睽之下，他敲打头门，高声叫喊领导人的名字。领导人正在午休被他惊醒，非常不爽。这一条就种下了不满意的种子。他进去后，让领导陪坐着，东扯葫芦西扯瓢，或谈些陈芝麻烂谷子的琐碎事，一谈就是半天，该上班时他还不知道走，领导要去上班了，催他时，他才勉强站起来，走到头门外时，还要再叮咛几句……这样的行贿人能让领导满意吗？这种行贿办法不但影响了领导的宝贵休息时间，更主要的是行贿人破坏了领导的自我保护的底线，他会感到有被暴露的危险，他没有安全感。这就叫作不会行贿，这个人无论是行贿的时机或是方法都是错误的。不管他行多少贿，领导都不会满意，只会给领导留下一个讨厌的印象。……"

崔熠："好的行贿人怎么行贿呀？"

胡安："好的行贿者是这样行贿的：平常不去领导人的家，在公众场合除必须请示的公务外，一般不与领导人谈话，决不要没话找话，没事找事。要抓住关键时刻行贿。……"

崔熠："啥叫关键时刻呀？"

胡安："关键时刻就是领导人的几个重要日期：他父母的生日，他和妻子的生日，他儿女的生日，婚丧嫁娶等机会，你重礼相送，他接受你的礼时，心安理得，没有风险，没有后顾之忧，心情非常舒畅。你千万记住，你的礼可不能少了，不能小气，要'慷慨解囊'，要让领导有个'触目惊心'的感觉。他在内心里肯定会夸你有眼光，有水平，会办事。平时他会重用你，上级选拔人才时，他会推荐你，并且把你介绍得特别优秀。你向上爬的机会就来得快。"

崔熠："你这么有经验，这么会行贿，为什么到现在才弄到个副乡长？你这个'副'字啥时候能去掉呀？"

胡安："你还别说，我头上这个'副'字很快就会去掉的。乡长已对我说了，明年换届时，我就是正乡长的候选人。"

崔熠："那他呢？"

胡安："他是书记呀。"

崔熠："那书记呢？"

胡安："书记已在咱乡干好几年了，他该去县上了，听说他要去县上当农业局局长。"

崔熠："你是怎么知道的？"

胡安："咱的老一告诉我的。老一最欣赏我啦。我为他拉这么多套，纳这么多黑，看来我也没白操劳，老一也没忘我，够哥们儿的。"

崔熠："你别高兴得太早了，只是正乡长候选人，如果选不上呢？你不是猫咬尿泡——瞎喜欢吗？"

胡安："这你就不懂了，只要当上候选人，而且就这么一个候选人，肯定能选上。"（作者按：第二年换届选举时，他真的没有选上。）

黄枫和胡晴的关系很好，两人经常摘瓜不离秧，即使去厕所也要一起去，不需要也要陪着去。"十一"后的一个下午，自由活动时间，黄枫和胡晴两人在校院里转悠时，在校刊上看到这么一首词：

满江红·觉起
黄松

改革浪潮，势正旺。经济搞活，民共享。人民生活，蒸蒸日上。誓死捍卫胜利果，美满幸福万年长。有保障。看锦绣江山，真富强！

青年人，多担当，急追赶，莫彷徨。要振奋精神，斗志昂扬。沉睡雄狮已觉起，世界人民望东方。为实现中国宏伟梦，向前闯！

黄枫对这篇词一扫而过，眼光集中到别的文章上了，胡晴对这个《满江红》很感兴趣，她一连念了三遍，嘴里说着著作者的名字黄松。

她突然叫出来："黄松，这不是高中部的学生会主席吗？"

黄枫："谁说不是，你当他是谁？"

胡晴："他是谁？"

黄枫："他是我大哥。"

胡晴："你大哥？亲大哥吗？"

黄枫："当然啰，一个爹，一个娘。"

胡晴："怪不到你也姓黄，你哥写这首词，写得真好。他的数学怎么呀？"

黄枫："数学也很好。其实，他的各门功课都很好。"

胡晴："我很羡慕你，你有这么一个好哥哥。你说这是你大哥，你还有个二哥吗？他在哪儿？"

黄枫："我二哥叫黄林，也在咱校上高中，与我大哥是一个班的。"

胡晴："是吗？你家里真了不起，有两个高中生，你也是个优秀生。"

黄枫："谢谢你的夸奖。"

胡晴对黄松这个名字不太陌生，因为他是学生会主席。没有与他打过交道，也没有与他说过话，只是偶尔在全体学生大会时，在主席台上见过他的身影，听到过他的声音。仅此而已。这次看到他写的东西，又是她同学的哥哥，主要是这首词，使她对他的印象加深了一步。

一天晚自习预备铃还没有打，黄枫对胡晴说："我去我大哥那儿一趟，问他一道数学题。"

胡晴兴奋地回答："好哇，我也去听听。"

黄松听到妹妹的叫声后，不慌不忙地从教室里走出来。他看见妹妹带来一个同学时，笑容可掬，彬彬有礼，说了声："欢迎，欢迎。"

黄枫主动对哥哥说："这是我的同学，胡晴。"

黄松只知道她是妹妹的同学，别的没有过多地关注，她穿的啥，戴的啥，长得什么样子，他全然没有注意。但胡晴对他的举动却观察得非常仔细。妹妹对他介绍罢胡晴后，他只是很有礼貌地对她点点头，他的目光在她身上一闪而逝，好像目光根本没落到她身上就立即转开了。他的眼光多数是看的妹妹问他的数学题。他看人时，也是她们两个，偶尔看看妹妹，从没有单独看过胡晴，这使胡晴有些遗憾。他大眼睛，高鼻梁，四方脸脸，长相虽然谈不上英俊，但厚实、大方、耐看，女孩子看了会留下深刻的印象。

黄松把问题解释以后，黄枫说她懂了，但胡晴却说她还不懂，请黄松再给她讲一遍。预备铃已经打过了，学生们都坐在教室里做作业或复习功课。黄松仍然不慌不忙地在教室外面，借用从窗户射出的灯光，对她耐心解释。这本来是道不太难的数学题，黄松给她讲了一遍后，她还要求对她解释，也可能是她真的没听懂。

她们就要离开时，黄松特意对胡晴说："有问题，可以来问，啥时候都欢迎。"

这句话是专冲着她说的，她有感觉了。她认为她已引起了他的注意。她心里很宽慰，她没有白来，她很高兴。他的形象一直留在她的脑海里，久久抹不去。

自此以后，去找黄松成了她们的老熟路了，几乎每周至少一次，有时是黄枫的问题，有时是胡晴的问题，有时是数学的，有时是物理上的，有时是语文上的，也有时是胡晴请黄松为她修改文章的，不管谁有问题，也不管是什么问题，总是她们两人一起去。但到后来，胡晴光想她自己一个人去，可她又没有什么理由单独去。她去见黄枫的哥哥，黄枫不跟着不好意思，黄枫一个人去见哥哥，自自然然，无可非议，如果胡晴去见黄松而没有黄枫的参与，这就有些难为情了。胡晴反复考虑，怎么也找不到单独去找黄松的机会。功夫不负有心人，只有心思到，机会就会有。一天，她们的作业特别多，不但数学有，语文也有，英语也有，而且语文是一篇作文，英语是一篇翻译，都是些发挥题，既费脑子又费时间。恰在这时，胡晴问黄枫："咱们去找你哥吧？"

黄枫："找他干啥呀？咱们有这么多的作业，还没时间做呢！"

胡晴："因为不会才费时间呢，如果都会了，很快就做完了。"

黄枫："我不想去，你自己去吧，你也不是不认识他。"

胡晴正想让她说这句话，她终于找到了单独去见他的机会了。虽然渴望一个人去，但真的一个人去时，她却不好意思起来。当她把黄松叫出来，他问她什么问题时，她忐忑不安起来。她脸上的表情、说话的声调都有些不正常，既想表露自己的真实思想，又想保持自己的矜持；既想风流时尚，又想严谨文雅。黄松问她是什么问题时，她却紧张得前言不搭后语，连黄松也听不出来她说的是什么。她最后只好说："我忘了我的问题了，对不起。"黄松说："没关系，啥时候想起来了，啥时候来。"

一天晚上，同学们都在教室里上晚自习。胡晴静悄悄地来到教室外，趴在窗户台上叫："黄松！黄松！"她连叫了两声，没人答应。她又叫，这次声音比上次大，还是没人答应。她还在叫。白佳自言自语，又好像对她的同桌说："哪里来的学生？这么不懂事。明明黄松不在教室，偏要可着嗓子叫，叫得心烦，影响学习。"

白佳早就讨厌这种声音了，从她的第一声起，她就不耐烦起来，但她在心里憋了好长时间，在她实在憋不住的时候，终于说出了这样的话。她的同桌对外面的吆喝声也很反感，一听白佳这么一说，立即得到共鸣。她说："我去把她赶走，别叫她在这里烦人！"

白佳的同桌叫宋芳，是该班的学习委员。她学习好，工作努力，对同学积极热情。但她是个直性子人，心直口快，经常有些冒失，好像有些毛手毛脚的样子。她个子大，胖胖的，做事、说话，不怯不惧，外人乍看起来，有些怵她的气。她正在做作业，她放下手里的笔，快步走到门外，出言不逊："你在这儿吆喝啥？大家都在做作业，你在这儿吱唠吱唠叫，像话吗？赶紧走开，别在这儿烦人。"

在正常情况下，白佳是能够辨别出宋芳的话的分量的，至少她会感到她的话有些太过。但在此时此刻，她非但不感到过，她听着这话反而非常过瘾。

胡晴叫不应黄松，本来应该不声不响地离开。但宋芳的这几句话让她难以承受。她也是个惯大的女儿，经不得苍蝇打鼻尖过，更容不得别人对她说不中听的话。宋芳的这些话让她大受欺辱，她无论如何也忍受不了。

胡晴盛气凌人地说："我在这儿叫个人，碍你啥事啦？你那么凶！我可不怯气你，我偏不走！你不叫我叫，我还要叫，看你怎么着我？"

胡晴的嗓门高，声音大，她的话让全班同学都听见了。她的话有些不近人情，尤其是在几十个学生正在学习时间，她的话受到了全班学生的反对。全班学生的情绪正在高昂时，白佳说了声："同学们出去把她赶走！"

正在上晚自习的学生，齐呼呼地跑到教室外，驱赶胡晴。很多学生大声吆喝着："滚开！滚开！"

胡晴不但是直性子，而且很执拗。学生们出来吆喝她，她也不走。她站在教室前面，瞪着眼，两手抔着腰，没有一点儿害怕的样子。她嘴里还不停地说着："看着怪凶，也不过是纸老虎，你们总不能把我吃了。"学生们出来只是吆喝，真的不咋着她。他们毕竟是学生，谁也不会动她一指头。

胡晴正在与黄松的班的学生僵持的时候，黄松回来了。胡晴一看见黄松，大声说道："黄大哥，看看你班的学生，一个个像疯狗一样，想吃人。"

黄松看着这个场面，不问事情的来龙去脉，先让同学们回教室。他说道："同学们，回教室，都回教室！"黄松的声音不太大，语调也不重，同学们都乖乖地回到了教室，不声不响地坐在自己的位置上。胡晴在教室外感到很没趣，没再说一句话，悄悄地离开了。

黄松站在讲台上，心平气和地对大家说："你们看刚才像什么样子？不像个学习场所，咱们也不像学生，倒像是没教养的群氓在打群架。很不符合咱们的身份，更不符合发生的场合。咱们这里是学习，是教育人的场所，咱们青年人是在这里学知识、修身养性的场所——"

该班的体育委员乔成说："那个女人很不懂事，我们正上晚自习，她是来找你的，她叫几声，没人答应，就说明你不在教室，她就走了呗。她不但不走，反而越叫声音越大。宋芳出来叫她离开，她更凶了，不但不走，反而与宋若吵起来。"

黄松："咱们明知道她不懂事，偏与她较劲！她一个人，咱们这么多人与她在一起耗时间，值得吗？咱们是准备考大学的，把这么好的时间浪费掉，多可惜呀！她可能是来问我问题的。她是咱校的初中学生，咱们是高中学生，咱们是老大哥。她再不懂事，咱们也要以老大哥的身份像对待自己的弟弟妹妹一样对待他们。"

同学们听了黄松的讲话，心服口服，没有一个人提出异议，都不约而同地回到教室，坐在自己的位置上，有的看书，有的做作业，有的看报纸，有的练习写字，学习气氛十分浓厚。白佳也认为黄松的话无可非议，但她心里却有一种不可抑制的酸溜溜的感觉，她做了很大努力也挥之不去。

宋若小声对白佳说："黄松有些向着那个学生似的。他与她认识吗？"

白佳："他们咋不认识呀？她不断来问黄松问题。好像他们认识有一段时间了，你没听见她叫黄松哥吗？"

宋芳："对了。怪不得他向着她。"

白佳："要说他向她，也不至于。"

宋芳："你又在祖护黄松了，不是？"

白佳："别瞎说了，我祖护他干吗？我谁也不祖护——好了，别说了，快做作业吧。"

第七章

在胡晴的再三请求下，胡晴跟着黄枫去她家了。由于学校里规定很严，不准住校学生在外夜宿，她只有在下午自由活动时间出去一下，不耽误回校吃晚饭。

黄枫几次邀请胡晴去她家游玩，让她开阔开阔视野，了解了解农村生活。对黄枫的邀请，她欣然接受。她把黄枫邀请她的事对妈说时，她妈认为跟随女同学回家很正常，她欣然同意。

一个星期六下午，黄松、黄林、黄枫和胡晴四个青年学生，两个高中生，两个初中生，两个男生，两个女生，齐刷刷地走出学校大门，沿着一条崎岖不平的土路，向坡王村走去。坡王村离柳林镇十多里路，对于黄氏三兄妹来说不算什么，他们在这条路上已跑了几年了，对于这条路的状况他们非常熟悉，哪里高，哪里低，下雨后哪里容易积水，旱天时哪里容易扬沙，他们了如指掌。由于走惯了，他们不感觉远，也不感觉着累。每个星期六下午，他们都轻松愉快地回家，第二天下午又高高兴兴地回学校。尽管经常带几十斤面，他们也不感到多重。真是熟路不嫌远，账多不觉愁。但对胡晴就不行了，她的活动范围，就是从家门到学校门，再从学校门到家门。转来转去，连个柳林镇也没有出来过。当她踏上这条坎坷不平的土路时，心里确实有些胆怯。但由于与几个同学在一起搅和着，她的胆子也大起来，也有了走完这条路的勇气。

这是农历八月，秋高气爽，天干物燥，晴空万里，尘土飘扬。整个田野是一幅活生生的油彩画。有的在收庄稼，有的在犁地，有的在浇水，有的在施肥，有的用拖拉机，有的用耕牛，有的带着收音机，播放着歌声和豫剧，有的插着红旗，随风飘扬，窸窸窣窣。干活的农民是以家庭为单位的，多数是三三两两，一个人的较少，四五个的也较少。有的家庭还带着孩子，小的躺在架子车上，大些的在土窝里玩耍。好多人带着汽水，带着自行车，他们干活时把自行车放在地头，干完活骑着回去。

现在的农民也学会了拈轻躲重，地里活要巧干，连去地里的路也不想走了，也用上机械了，不是骑自行车，就是开摩托，谁也不步行去地里了。农田里这样的红旗招展、歌声悠扬的农村劳动场面，胡晴从没有见过。她心潮澎湃，激动万分，不禁想起了刘禹锡的两句诗："晴空一鹤排云上，便引诗情到碧霄。"她说："我们怎么没有看见一只鹤呀，更没有看见排云上了，因此也不能把诗情引入碧霄。"

黄松："我们虽然没有看见鹤，但我们看见劳动农民了。我们没有看见鹤的排云上，我们却看见了劳动农民的劳动场面了，这比一排鹤的场面大多了。诗情虽不能引入碧霄，但可以激发诗情在人间，在我们四个青年学生中。"

黄林："看来胡晴同学对诗歌很感兴趣呀。"

胡晴："不敢说很感兴趣，只是有些喜爱而已。"

黄松："喜爱诗歌很好，说明你有较深的文化底蕴。"

胡晴："谈不上底蕴，更谈不上深，仅仅是些喜爱。由于喜爱，对你那篇《满江红》才很感兴趣……"

黄松不知道她说些什么，对她的话无从说起，有些答不上来。黄枫看到大哥的尴尬局面后，马上说道："一年前你在五一校刊上写了一首《满江红·觉起》，她说这首词写得不错，她很喜欢。"

黄松对这件事影影绰绰地记得，但不太清楚了，他说："这么着吧，咱们四个人组织一个临时诗社，对咱们在路上看到的东西，触景生情，进行对诗活动。"

黄枫和胡晴马上响应，说："好哇。"

黄林说："如果对不上怎么办？"

黄松："对不上大家引导他对，真对不上也拉倒。咱们是玩的，走着路找个闲事，不但走着不累，也增强我们的想象力。"

黄枫："咱们快开始吧，你说咋搞吧？"

黄松："我说说办法，大家有意见了再修改。咱们四个人编成顺序号，我是一号，黄林是二号，胡晴是三号，黄枫是四号。针对某一种东西，至少作一首诗，四句话。第一首的第一句由一号说，第二句由二号说，依此类推。第二首的第一句由二号说，第二句由三号说，依此类推。这四句话摆在一起，组成一首完整的诗。"

第一首诗是关于农民的劳动场面，由黄松说第一句。

黄松说：八月秋高气浩爽，

黄林说：农民地里干活忙。

胡晴说：风声笑声说话声，

黄枫说：歌声显得最嘹亮。

黄松说："上面是咱们的第一首。第二首咱们就这条土路作一首。按顺序号说吧。"

黄林说：高低不平尘连天，

胡晴说：车辆行人不停闲。

黄枫说：数百年来老模样，

黄松说：为何不改旧容颜？

他们说着走着，走着笑着，他们路过一块棉花地，白茫茫的一大片棉花。他们触景生情，这是第三首诗，第一句应该由胡晴说。

胡晴：普遍大地白茫茫，

黄枫：好似绵羊满山岗。

黄松：咧着大嘴甜蜜笑，

黄林：欢迎人们来欣赏。

他们往前走了不远处看见一块红薯地，这是第四首诗，第一句话应该由黄枫说了。

黄枫：青叶满地无花芳，

黄松：秧藤互绞傲秋霜。

黄林：无数坟冢被掩盖，

胡晴：金色仙果里面藏。

他们继续向前走，来到一块芝麻地，这是第五首，第一句话该黄松说了。

黄松：白色花朵节节高，

黄林：花后果实在半腰。

胡晴：别看个小不起眼，

黄枫：人人喜爱很自豪。

黄松："咱们一共对了五首诗了，进行得很顺利，我看大家的诗句都不错。再往下说时，一个人说了以后，其他人可以增补，可以修改，这样可以找出最好的句子、最好的词汇。"

他们向前走，走到一块玉米地。就玉米地每人说一句。这是第六首，按顺序说吧。

黄松：稀疏黄缨朝天仰，

黄林：戴毛棒槌竖两旁。

胡晴：张开双臂温馨笑，

黄枫：欢迎主人来收藏。

他们来到一块谷子地。

黄林：头上顶着大尾巴，

胡晴：诱人金光向外洒。

黄枫：害羞不敢仰起面，

黄松：内裹珍珠人人夸。

他们来到一片辣椒地。

胡晴：一头尖来一头圆，

黄枫：尖头竖直朝着天。

黄松：生就一个赖脾气，

黄林：谁敢惹它就翻脸。

快要走到坡王村了，他们忽然发现，在路旁的广袤无际的山坡上，青松翠竹，野花遍野，你追我赶的飞蛾正为路人做谢幕表演。一棵柿子树，硕果累累。春天时生机勃勃的叶子，现在已是红消韵减，低着头，红着脸，羞答答地退居二线。太阳已经偏西，晚霞洒遍大地，太阳的余晖与柿子树丰硕的果实交织在一起，聚集成强大的魅力，像磁铁一样，吸引着来往行人，让人到此止步，流连忘返。

他们停下了脚步，望着这景色，不约而同地喊道："呀，真美！"

黄枫问哥哥："咱们无数次在这里路过，这里总是死气沉沉的一片焦土。这棵柿树夏绿秋黄，与其他树木一样，没有任何特殊地方。可是今天不一样，它有魅力，有吸引人的力量。为什么呢？"

黄松："平时我们走到这里时，已经疲惫不堪，无精打采，正是暮气沉沉的时候，哪有这闲情逸致去关心这种景致？杜甫的诗上说'感时花溅泪，恨别鸟惊心'。就是这个道理，外边的景物是随着你的心情而变化的。其他事情也是这样。"

胡晴："我开始有些害怕，我还没走过这么远的路呢，原来我害怕走不回来。可是今天也没感到多么累，这正如你说的，是精神力量。"

黄松："对啦。对任何事情，你乐意干时，干着就容易，也不感到累；当你不想干时，哪怕是很容易干的事，你干着很难，也很累。"

黄林和黄枫瞪着眼瞧着哥哥，一直点头，不说一句话。

黄松："这棵柿树是咱的最后一个景色，也是咱们感受最深的场景。

咱们每个人都会有诗情倾吐，我想让每个人作一首，作为咱们诗社第一次活动的结束，大家的诗就是咱们活动的闭幕词。"

大家齐声说："好哇，谁先说？"

黄枫："我先说。"黄枫说道：

远看一片红腾腾，近看个个小灯笼。

味道堪敢蜂蜜比，尝上一口甜半生。

黄松："黄枫说得很好，有景有情，景情结合，融为一体，是一篇佳作，谁第二个说？"

黄林："我说。"他说道：

远看红腾腾，近看小灯笼。

味道特别美，一口甜终生。

黄松马上说道："弟弟呀，你这篇有盗窃之嫌呀，你这篇基本上不是自己的创作，而是对妹妹那篇的改写，或叫缩写，由七言改成五言。用词没变，意境也没变，你这一篇也可以说是抄袭。"

胡情说道：

远看一片红，近看小灯笼。

圆润迷人脸，喜笑迎宾朋。

黄松说："我也来几句。"他说：

迎面红一片，映红半边天。

疑是失了火，为啥没有烟？

黄林："我再作一篇，好吗？"

黄松、黄枫、胡晴："好哇！来吧。"

黄林说：

铺天盖地红一片，疑是晚霞落九天。

暮色苍茫万物静，太阳就要落西山。

黄松："你不是写的柿树吧？你这首诗离柿树有点儿远吧？你触的是啥景呀？"

黄林："我也是触景生情，我触的是时景，生的是感慨之情。"

黄枫："我二哥是说，现在时间已经不早了，让咱们赶快回去，不然咱妈该挂念咱们了，咱们还没这么晚回去过呢。"

黄松："是，是，咱们是该回去了。"

胡晴有些激动地说："我们就要到家了吗？十里路就这么短呀？"

黄林："你还没走够呀？看来是不累。你是还想走路呀，还是想继续作诗呀？"

胡晴："兼而有之。"

黄松："你们看，那边有一棵大杨树。咱们就这棵杨树作一首。这是咱们的最后一首，好吧？"

黄林："没劲儿了，该歇歇了。你看黑了不是？该回去了。"

黄松："好，我自己来一首。"

黄松：

庞然大物参着天，周围众小不可攀。

人生仰望成天擎，国家栋梁做贡献。

他们已经移动脚步了，兴奋的心情仍然挥之不去。

黄松说："咱们的诗社，这是第一次活动，到此结束，我建议咱们这个组不要解散，今后有机会了再在一起活动。我是老大，我自荐是咱们诗社的社长，大家有事请与我联系，需要搞活动时，我通知大家。"

离坡王村三里路远的地方有一个岔路口，一条从正西过来的路走到这里往正北一拐，通到坡张村，离这里五里路。在这个十字路口的北侧停放着一辆架子车，车上满载着煤。车子旁的地上坐着一个五十多岁的老人，满脸污垢，胡子很长，头发结成了疙瘩。他弯曲着腿坐在地上，两只手重叠起来放在膝盖上，脸朝下趴在手上，好像正在睡觉，又好像正坐下休息。他对外边的事情反应迟钝，对任何事情都不感兴趣。这四个年轻学生说着笑着路过这里时，他连头也不抬。他不怕丢东西，除了车上这一千多斤煤以外，他没有任何东西，因此，他没有任何东西可丢。

黄松轻轻地走到他跟前，慢慢低头察看他的情况。黄林不住地向他摆手，不让他向他接近。黄林还用手指指家乡的方向，意思是赶紧离开。黄松不顾弟弟的劝告，毅然地弯下身子叫了一声："老先生，醒醒吧。"

老先生慢慢抬起了头，睁开眼看了看黄松，问道："你们是干啥的呀？"

从他憔悴的脸和微弱的声音里，黄松心想这一定是落难之人，怜悯之心油然而生。他说："我们是坡王村的学生，今天是星期六，我们是回家的。"

那人说："我是坡张的，去密县拉煤了，走到这里，离家还有五里路，走不动了。我在这里已经歇了好长时间了，也没有遇见人。我带的馍吃完了，我今天就吃了一顿饭，早晨吃了些干粮，一直到现在还没吃东西，没一点劲了。……"

胡晴插话："你为啥不买些东西吃呢？"

那人说："我身上连一分钱也没有，从这里到我家虽然只有五里路，但全是深砂窝，拉着特别费劲，我打算等到好心人，请他去我家报个信，让家里人来接我，给我带些吃的。"

那人说到这里不说了，用祈求的眼光，凝视着黄松，期待着他们行好，去他家报个信。此时的他，最大的奢望就是吃顿饱饭，哪怕是粗粮面也可以，吃饱肚子就可以了，把煤拉到家，正如汽车一样，没有油是无论如何也开不动的。

天快要黑透了，风好像也越刮越大，在这深秋的夜里，风还是有些像刀子。黄松仰头看着天，又低头看看老头和他身旁的这一车子煤，怎么办？让他在这里待一个夜晚吗？他急需吃饭，越停肚子越饿，越拉不动这一车煤。天越黑越冷，他这身衣服，拉着煤时，会浑身出汗；可是在这里干待着时，会冻得发抖。唉，他太可怜了！

黄林在一旁不时地催哥哥快走，他说："天黑了，咱妈该着急了，快走吧！"

经过简短的思想斗争后，黄松说道："黄林，你与胡晴你们先回去，我与黄枫我们两个去送送这位老先生。告诉妈妈我们很快就会回去了，叫她先做饭。"

胡晴："我也跟你们一块儿去。"

黄松："那么，黄林，你一个人先回去，告诉妈妈胡晴来了，让咱妈准备些菜。"

黄林无可奈何地说："你们去也可以，但你们可别遇到那一帮人，遇到他们就麻烦了。"

黄松："不碍事，我们不会有事的。"

黄松对拉煤的老头说："大爷，我们想拉住煤车去送送你。咱们走吧。"

拉煤老头感动得不知说什么好，只是说："不用送我，你们只需去我家报个信就行了。让他们带些吃的来接我。就这样，你们就算救我的命了。天气很冷，我筋疲力尽，肚子空空的，我担心我挨不过今天这一夜。我哪能让你们拉着煤去送我呀！"

黄松、黄枫和胡晴："我们把你送到家以后再回去，快走吧。"

黄松把支撑煤车的点棍打掉放在车子上，把拉车的绳套在自己的脖子上，两手分别抓住两个车辕杆，他用力轧辕杆，让车尾离开地面，而且是前高后低，前后平衡，静止时，让车子处于毫无压力的状态。黄枫和胡晴能帮什么忙呢？她们两个要拉车得用两根绳子。可也真巧，正好有两根绳子，一根是黄松他们去上学带东西的绳子，另一根是拉煤老先生带的。他出远路拉煤总得带一条绳子和一条大被单。拉煤走在路上遇到刮风时，只要不是正顶风，其他三个方向的风都可以利用。用两根竹棍竖立在车子上，再把被单绑在竹棍上，根据风的方向，调整被单的受风面。顺风时，被单的受风面最大，得到的助推力也最大。此外，被单还可以挡寒，白天当大衣，夜晚当被子。绳子的其他用途是：路途中万一遇到特殊情况，一个人拉不动而需要雇人帮助拉车时，绳子是必不可少的。因此，绳子和被单是拉车者的得力助手。

他们把两条绳子分别绑在车子帮上，让黄枫和胡晴一人拉一根，忽然黄松说："胡晴不要拉了，这活你干不了。你跟着我们走吧，不让我们拉你就不错了。"

胡晴蛮不服气地说："别小看人，你会拉，黄枫会拉，我也会拉。"

黄松："你净逞能，你哪儿干过这活？走几步就叫你累垮了，你是僵尸躺在灵箔上叫喊——光剩个嘴壮。不信，你试试。"

胡晴："不用试也累不垮我。我在学校里，在家里，经常干体力劳动，你们不用担心，我能干。"

拉煤大叔："你们慢些，拉不动时不拉，别把身体累坏了。别看你们个子挺大，力气可不行。你们是学生，没掏过劲，猛一干这种活，就是适应不了，我根本没想到你们会拉着煤车送我。"

黄松："这也是一种锻炼么。"然后他说："咱们走吧！"他的双手捺住辕杆用力往下一轧，车尾稍微抬起，他往前一步一步地挪动。老头儿在后头紧跟着，不时地劝他们慢点儿，安详点儿。

老头儿精神起来了。不像刚才趴在腿上睡觉时那个狼狈不堪的样子了，好像肚子里不饿了，和颜悦色地说起话来。黄松问他的家庭情况及为什么这么大年纪了，还独自一个人跑这么远的路拉煤时，他拉开了话匣子，说出了下面的话：

"我叫张良山，是坡张村人。我们是一个大家庭，八口人，我和老伴都五十多了。两个儿子都娶了妻，而且各有一个男孩。因为没有房子，所以分不开家。家里的房子是三间堂屋，二间东屋。堂屋东间大孩住，西间二孩住，东屋北间俺老两口住，东屋南间是厨房。他们都嫌窝憋得慌，都想分家，住个宽敞地方。谁不想住宽敞地方呢？我何尝不想？但是没有房子，再想宽敞也是枉然。他们心里憋气，在家里待不住，都出去打工去了，把孩子留给我们。我和老伴经常唠叨着，我们辛苦了一辈子，也没干出个名堂。年轻时受苦，老了还受苦。很多人都说我们有两个儿子，又有两个孙子，真好的命。我说我们没有享福的命，而是有受苦的命。好命儿，好命儿，好苦的命儿……"

这一段是砂窝路，走一步退四指。黄松竭尽全力才能把煤车拉动。走了不到一里路，已经满身大汗了。他把上衣外套脱下，只穿着背心和衬衣。不一会儿，衬衣和背心也全都湿透了。他再把衬衣和背心全脱下，让汗随便流，充其量把裤子也湿透呗。胡晴的拉绳一开始就一松一紧的，她没干过这活，不会帮车。即使这样，刚走了一里路的时候，她就累得喘不过气来，坐在地上站也站不起来了。为了不耽误时间，让她坐在煤车上。她很不好意思，本来是来帮忙的，倒成了越帮越忙了。她不能走路，又不能在这里等，只有坐在车子上，让他们拉着她走。她回忆起刚才她要求跟他们一起来拉车时黄松的话："胡晴不要拉了，这活你干不了。你跟着我们，光走，不让我们拉你就不错了——你净逞能，走几步就叫你累垮了，你是僵尸躺在灵箔上叫喊——光剩个嘴壮了。不信，你试试。"现在试过了，她真干不了这活。使她高兴的是，黄松和黄枫兄妹俩拉着她，并没有厌烦情绪，更没有揭她的短，而仍是心情舒畅地与她谈话。她感到很欣慰，对他们兄妹俩更加钦佩了。

胡晴坐在车子上以后，黄松和黄枫继续拉住车子往前走，张良山老先生也继续向大家讲他的家庭情况。

"按道理讲，现在的农民应该满足了，不但有吃有穿，还光吃白馍。当农民，有吃有穿就是幸福，还想啥呀？但孩子们不满足，有吃有穿绝不是他们的目的，他们的要求高，他们要过幸福生活。依我看，他们光想享受，他们要求吃得好些，穿得好些，住得宽敞些。我认为他们的要求是无止境的，而且越来越高。你看吧，等住得宽敞了以后，他们该要小轿车了，再以后还不知道他们还会要啥哩。对我们家来说，他们的最低要求，还没满足，也就是说，他们住得还不宽敞。一家八口人还在一个小院里挤着，他们的同龄人基本上都是自己的一窝住在一所宽敞院子里。这真是'饥者易为食，渴者易为饮'，'寒者易为衣，孤独易为亲'。他们没有吃过苦，没有饿过肚子，没有过过流离失所的日子。所以他们不容易满足，他们得寸进尺，要求越来越高，好像永远没有满足的时候。我们这一代老年人就不一样了，我们饿过肚子，睡过牛棚，穿过褴褛衣服。所以我们容易满足，能吃饱肚子，穿着不冷，有个藏身地方就行了。我们的这些生活标准，他们是绝对不能接受的。当然啰，形势变了，社会发展了，生活水平也提高了，我都可以理解，他们的要求也无可非议。我很同情我的孩子。按说，我的孩子，包括媳妇，都很懂事，也很孝顺。他们对自己的狭小住处并没有发牢骚，更没有向爹娘要这要那。他们不声不响地出去打工了，目的是赚到钱回来盖房，改善居住条件。对他们的做法我是完全理解的。他们的主观想法绝对是好的。但客观上就给我们加重了负担，地我们得种，孩子我们得照应，这就让我们受苦了。我们仔细琢磨了一下，让我们受苦的根本原因就是没有房子。如果有了房子他们兄弟二人一分家，各自搬到自己的房子里，有了自己的安乐窝，他们就不需要出去打工了。即使出去打工，也是各自为政，我也不会管他们了，我就不操心了。我们再想想，没房子还不是我当父亲的不中用，没给他们盖下房子。想到这里时，我们很惭愧，感到很对不起孩子们，没能为孩子们盖好房子，是我们老两口，尤其是我当父亲的终身遗憾。为了弥补这个遗憾，我在有生之年，决心为孩子们再盖一套房子，我已经找人给我造了计划，所需材料的品种及数量，我心里都有数了。农村盖房，砖是一大头，只要有了砖，其他材料就比较容易解决了。因为没有钱买砖，我们决定自己烧砖，我拉的煤就是准备烧砖用的。这是最后一车了，我已经拉了四车了，技术员说再有这么一车就够了。"

张老先生讲话时，他们三个人基本上没有插话，只是一味地听他讲。他讲到这里后，问黄松他们："很累吧，小伙子？歇一会儿再走吧。"

黄松："不要歇了，剩的不远了，走到家后一块儿歇。再者，天已经这么晚了，歇一会儿，就把劲儿歇跑了，再拉也拉不动了，不如一鼓作气，把它拉到家。"

张大叔："好小伙子，比大叔还有劲呢。"

张大叔的家终于到了。他让黄松把煤车放在门口旁的小空地的一堆煤旁边，他把黄松他们拉到院子里。他们洗完后，坐在凳子上，张大叔的老伴给他们倒上热茶，茶里还放了不少黑糖，好像三碗毒药一样放在他们的面前。

张大婶动手做饭时，黄松对她说："不要做我们的饭，我们马上就走。天不早了，我妈恐怕等急了。"

张大叔是说啥也不让他们马上走，非让他们吃罢晚饭以后再走。他说："你们帮我这么大的忙，白白为我出了这么大的力气，你们连饭也不吃就走，我是不会心甘的，我心里有愧，我欠你们的，欠你们的情，欠你们的债。你们为我有这么大的付出，就是对我的情，也是我欠你们的债。我过意不去呀。"

黄松："看大叔说哪儿啦！咱们是好邻居，你和我爸可能是老熟人了。我爸叫黄琦，他比你大，已经六十多了。我是他的老大。"

张大叔："哦，黄琦，我认识他，我认识他。"

黄松："是呀，侄子为他叔干活还不是应该的吗？"

张大叔："你说这也是个理儿。不过，我心里总是过意不去。"

黄松："这说明大叔外气，你没有把我当你的侄子。"

一句话把张大叔说得哑口无言，站在那里，光看见他嘴唇翕动，听不见声音。

黄松："时间还长着呢。以后我也有用着你的时候。我们为你办这么些小事，也不算什么。"

黄松对张大叔所说的自己烧砖很感兴趣。他们坐在张大叔的院子里，让他详细地讲了一下烧砖的过程。

黄松他们站起来要动身走时，张大叔说："我去送你们出村，免得他们找你们的麻烦。"

张大叔所说的"他们"指的是谁呢？"麻烦"指的又是什么呢？

坡王村和坡张村是两个相距很近的邻村。每村都有一帮青年团体。坡王村的以李尚青为首，坡张村的以张石头为首。他们经常打群架，而且一打就是头破血流，你死我活，誓不两立。多年来，这两个村的青年团体基本上每年都有一至两次的较量，而且每次都得乡公安派出所出面解决。每次解决都是暂时的，都解决不了根本问题。因为两个青年队的头头都是村头头的儿子，坡王村的青年头目是该村村主任的儿子；坡张村的青年头目是该村村支书的儿子。两个儿子都是有恃无恐，尽管两个家长都严厉教训自己的孩子，但都解决不了根本问题。随着时间的推移，两个青年队的对立延展到了两个村的农民身上。两村的老百姓都很友好，只是每个青年队的人见了另一村的百姓就不会放过，他们会以各种借口找对方的麻烦。有时把对方当小偷，有时把对方当破坏者，阻挠对方的行动，扬言要拉他们去派出所。像这样的情况曾发生过好几次，虽然对方不怕他们的无理取闹和虚假威胁。因为是没事人纠缠有事人，他们耽误不起时间，谁都不愿意碰上麻烦，都躲着他们。因此，每个村的老百姓，不到万不得已，谁也不愿轻易去对方的村子。张大叔担心的就是怕他们遇见坡张村青年队的人。所以他要亲自送他们出村。

第八章

　　黄林一个人走近家门口时，他妈妈正在门口不时地往西张望，天到这般时候他们兄妹仨还没回来，她很挂念。她一看见黄林一个人回来，头脑像重棒击了一下一样，身子摇摇欲坠，支撑不住，黄林急忙把她扶住。她清醒后问道："怎么就你一个人呢？他们呢？天这么晚了还不回来，就要娘的命了。"

　　黄林安慰妈妈说："没事，一切都没事，都好着呢。"接着他把他们走在路上作诗的情况向妈妈叙述了一遍。当他说黄松他们帮助老汉拉煤车时，他说："我给他使几次眼色他都不理，只见没看见。我给他摆手，他也无动于衷，最后说让我回来，他去为老头儿送煤。那么一大车煤，没有一千斤，也得有八九百斤，我看他都拉不动，硬逞能，想落个'热心助人'的好名声，要那空头名声干什么？让自己吃苦头，只有智力障碍者才干呢，聪明人谁干呀？再说，与那老头儿无亲无故，互不相识，你帮助他时，当时他很感激你，而且只是口头的言辞，过后谁也不认识谁，图个啥哩？黄枫也是傻得不透气，她不但不阻止哥哥，反而她也去了……"

　　徐环有点不耐烦了，她打断黄林的话说："别说了，你哥是个老实人，心地善良，助人为乐，看到难人就想帮。"

　　黄林："我看老实得有点傻，怪不到很多人都把'老实'当作'智力障碍者'的代名词，我看很有道理。"

　　他接着又说："我妹妹的一个同学，叫胡晴，今天跟着我们回来了，她也帮助那老头儿送煤车去了，一会儿就回来。我哥说叫你准备一下晚饭。他还说要弄个菜。"

　　徐环："好哇！晚饭好准备，弄个啥菜呢？"

　　黄林："现有啥菜呀？"

　　徐环："豆腐、豆芽、鸡蛋、白菜、粉条等。豆腐是专为你们星期天回来用的，没有肉类，原来不知道哇，要不是预先买些，现在往哪儿买呀。咱们这偏僻农村，平常哪有卖肉的？有钱也买不来。"

她思索了一阵子，然后说："要么就杀个鸡子好了。人家头一次来咱家，咱不能弄得龌龊了，咱得弄得排场些。好，杀个大公鸡。"

黄林："来得及吗，妈妈？"

徐环："来得及，他们回来时，如果我们不做中饭，让他们等一会儿吧。反正晚上没事，吃得晚一些也没关系。不过，今天晚上你得帮我做饭。"

黄林："好哇，妈妈，你说让我干啥吧？"

徐环："到鸡圈里逮个公鸡，杀了，脱脱毛，开开膛，就这么些活。其余的事你就不用管了，快去吧！"

黄林："你还别说，妈妈，这些活我还真干不了，我不会杀，不会脱毛，也不会开膛。"

徐环："你会吃不会？你咋不说你不会吃呀？"

黄林："谁都会吃，我也会吃，不会吃不就饿死了吗？我要不会吃了，你还难受哩，你巴不能想让我吃，而且还想让我多吃。"

徐环："你呀，这孩子，光会贫嘴。都长这么大了，这不会，那不会，你到底会啥？我说你啥好呢！如果是你哥在这儿，这些活他全会，连饭我都不用管。那好吧，你去鸡圈里逮个大公鸡给我拿来。现在是晚上，鸡子卧那儿不动，很好逮。出来时把门关好。"

黄林："逮哪个公鸡呀？红的呀？白的呀？"

徐环："哪个都行，红的，白的都行，但得要个肥的，不要瘦的，瘦的没肉。"

黄林："我咋知道它肥不肥呀？"

徐环："肥的一抓一把肉，像抓一个馒头一样。瘦的一抓，像抓一根劈柴棒，顶手。快去吧。你看看，叫你弄点啥都难。若我亲自去干，早干完了。难怪有了事后尽量不叫你帮忙，这不就是么，越帮越忙。"

徐环忽然自言自语说："嚷告半天也白搭，还得逮个嫩的，才能炒得烂；若是个老公鸡，怪大，肉怪多，炒不烂也没法吃。嫩的，今年的大鸡娃，一炒就烂，很好吃。找个嫩的，对你来说，难度更大了，不如我亲自去，省气力，少磨牙，又快。好了，你啥也不用干了，站在一旁歇着吧。"

徐环是个有本事的女人，说话利落，干活爽快。家里活，地里活，她都不外行，她与丈夫黄琦两个人，不但家里活收拾得有条不紊，地里活也搞得人人称赞。两人同心协力，把家庭经济搞得红红火火，生活条件逐步改善，轻轻松松地供应三个孩子上学。但她丈夫黄琦的腿瘸了以后，家里的情况就急速转变，由原来的红红火火，变成每况愈下了。

大约一个钟头的时间，徐环把晚饭做好了，主食是烙油馍、鸡蛋面汤。副食是四个菜：红焖鸡、热白豆腐、炒豆芽、炒鸡蛋。另有三种佐料：辣椒泥、砸蒜糊和芥末汁。她把这些食品都保温放着，等待着孩子们回来。

黄林问妈妈："妈妈，今天的晚饭怎么吃呀？"

徐环："谁不会吃饭呀？还问怎么吃，你都吃十好几年了，还问怎么吃！用筷子，往嘴里扒，用牙咬着吃，用嘴嚼着吃。你说怎么吃呀？"

黄林："我是说用什么形式吃，今天咱有客人，你不是说要搞得排场些吗？吃饭的形式咱也得讲究一下么。"

徐环："这个简单，大家坐在一起，围着咱的饭桌，把客人当成一家人，她会很高兴的。"

黄林："我爸坐哪儿吃呀？"

徐环一听这孩子有一种厌恶爸爸的想法，装着不懂地反问他："你说呢？"

黄林："我想别让爸爸与客人坐在一起。"

徐环："为什么呀？"

她的声音很柔和，黄林听着好像与他商量一样，他的胆子大了，毫无顾忌地说出了他的真实思想。

他说："我爸脸黑，皱纹多不说，他整天不刮脸，胡子拉碴的，让人看了不舒服；他的衣服破旧，天天喂驴、喂猪、喂鸡，喂这喂那的，浑身都是臭味，咱家的这么一个长者，与客人坐在一起，有失大雅。"

徐环："你说让他坐在哪吃饭呢？"

黄林："叫他在你们屋里或在别的地方吃，咱们大家吃的主食、副食都给他送过去，不叫他少吃一点，咱们都在堂屋围着饭桌吃，这样会很排场，也很文雅。"

徐环心里很生气了，她没想到她培养了这么个逆子！她伸伸脖子咽了一口气，没有把愤恼表现出来，只是很淡定地说："好吧，我陪着你爸吃饭。你们在堂屋吃，我和你爸在我们住室吃或在厨房吃也行。"

黄林："这样也好，这样爸爸就不会有想法了，他就不会认为我们嫌弃他了。"

徐环："好，就这么着。"

其实黄林也很想让他妈也不与他们一起吃，他认为他妈虽然能干，干啥都干得很好，但她有些"土"，随不上当前的形势，与他们青年学生坐在一起吃饭，很不适宜。她只是"干活型"的，仅此而已。但他不好意思说出不让妈妈与他们一起吃饭。饭都是她亲手做的，吃起来让她在一边吃，有点太不近人情了。因此，只建议不让他爹与他们在一起。徐环主动提出来要与丈夫一块吃而不与他们在一起时，正中黄林的下怀。他想说而不敢说出的话，她妈亲自说了，他心里非常得意，他妈一出口，他就立即答应了。

黄松他们走到家门口时，看见徐环正在门外向坡张方向张望，等待他们的回来。他们走到徐环跟前，黄枫指着胡晴对妈妈说："这是我的同学胡晴。"

徐环："好，好，欢迎，欢迎。欢迎来到寒舍。"

胡晴："大妈好！"

徐环："好，好。多好的闺女！看这个儿，看这样儿，真让人喜欢。你与枫儿谁高哇？站在一起比比，让我看看。"

胡晴与黄枫肩并肩站在一起，徐环用手摸了摸两人的头顶，把蓬松的头发按下去挨住头皮，仔细一看，两人谁也不高，谁也不低，两人一般高。徐环高兴地说："两人一般高，长得差不多一样，好像两个双胞胎。好啦，枫儿领着她去你的房间洗刷洗刷，走了这么远路，又去为人家送煤，肯定累坏了，赶快洗刷一下吃饭，吃罢饭好好休息休息。"

黄枫领着胡晴去到她的房间以后，徐环来到黄松的房间，看见他的汗水溻湿的衣裳说："听黄林说你们为一个老头送煤了？他是哪里人？你们拉得动吗？"

黄松："他是坡张的，一个老头儿，饿着肚子，一大车煤拉不动了。天就要黑了。他是进退两难：把煤拉回去吧，又饿又累，实在拉不动；空手回去吧，把煤放在这儿又怕丢了。他若在那儿守着煤车过一夜吧，天这么冷，他肯定会冻吃亏的。你想想，妈妈，看见这样一个落难之人，不帮帮他行吗？"

徐环："帮助人是咱的行为准则，啥时候我都提倡。我只是怕你拉不动，你舍劲拉，会累坏身子的，妈主要是可怜你。"

黄松："不碍事，我都这么大了，还不知道保护自己吗，妈？你不要动不动就操我的心。这样，你会太累的。"

徐环："我知道这个理儿，只是不由人哪……把身上衣服全脱下来换了吧，都该洗了，脱了明天我给你洗洗。"

徐环从黄松屋里出来又去到黄枫房间，看见黄枫在梳着头，胡晴在床上躺着。看见徐环进来，胡晴刺棱坐起来说："大妈，请坐。"

徐环坐在她旁边，伸手捋了一下她的披肩发，说道："累了吧？你们没出过门，走了一晌路肯定很累的，更何况又去帮助拉煤！"

胡晴："我没拉，反而是他们拉了我。"

黄枫在一旁插话："她累得走不动了，就坐在车子上，我们拉着她。"

徐环问胡晴："洗了吗？"

她又问黄枫："厨屋里有热水，打来洗洗头。"

黄枫："我们吃罢饭再洗头。"

徐环："也行。那就快去吃饭吧。"

徐环让孩子们把菜端到堂屋的饭桌上，烙油馍、鸡蛋汤、红焖鸡、炒鸡蛋、热白豆腐、炒豆芽和辣椒泥、白砸蒜糊和黄芥末汁。黄松又拿了几瓶饮料：啤酒、橘子汁、可乐和雪碧。碗、筷子、碟子和杯子都摆得整整齐齐，几个学生都入座了，黄枫拉着胡晴坐在西边，黄林一个人坐在东边，黄松老早占住南面的位置，他说那是个服务位置，他准备随时为大家服务。北面没人坐，农村人把它看作上位，是老年人的位置。若没老年人，那是老大的位置，他们几个很明显是为爹娘留的位置。可是他们两个早晚就是不来，坐在座位上的也不动筷子。黄松说："咱爹妈怎么还不来呢？"

黄林说："他们在那边吃哪，咱妈叫咱们在这里吃呢。"

黄松一听不对劲，说道："这怎么行呢？"

他急忙跑出去找到爸妈，他们正在厨房吃着呢。他恳切地叫道："爹、妈，大家都在等你们呢，你们怎么不去呀？"

徐环："你快去吃吧，你爹我们两个在这里吃，随便些。"

黄琦："孩子来叫哩，叫你妈去吧。我是不去，我在人多地方吃饭不习惯。"

黄松："你们两个都得去，不然我们就不吃饭。"

徐环、黄琦感到不去不行，只好去了。他们一进堂屋门，黄枫、胡晴和黄林赶忙站起来，齐声说道："请快来就座呀！"

徐环、黄琦两位老人入座后，黄松说："爹娘就是家，没有爹娘就没有家。我们从学校回来就盼望着与爹娘在一起吃顿饭，说说话。"

徐环："好吧，咱们开始吧！松儿，给大家倒上饮料。"

徐环对胡晴说："大妈的手艺不好，做的菜不一定适合你的口味，请别客气，哪个适合口味就吃哪个，像在自己家里一样。"

黄枫递给胡晴一个烙油馍。胡晴接住油馍，瞅着桌子上的菜。这些菜对她来说都很平常，她感到新鲜的主食是烙油馍，菜类比较不寻常的是芥末。她看看其他人。有的在吃，有的在喝。黄枫递给她一个烙油馍后，她自己也拿了一个吃起来。胡晴不知道这个芥末是啥味道，而且就放在她面前，是所有菜中离她最近的一个。从她的眼神里，徐环看出她对这个菜比较生疏，很可能没有吃过，也很可能不知道怎么吃。她对她说："这是芥末，是蘸着吃的。"胡晴用右手掰了一块油馍，轻轻地往芥末汁里蘸了一下，慢慢地填到嘴里。还没来得及品尝出什么味道时，鼻子就辣得受不了啦。她赶紧放下馍，用手捂住鼻子，眼泪唰唰地流了下来。徐环一看就知道她吃芥末没有经验，让她到厨房用温水洗洗鼻子。黄枫领她去厨房洗完以后，又回到她的座位上。徐环说："辣椒、大蒜和芥末，是这里常用的三大辣料。辣椒最辣，主要是辣嘴；大蒜是辛辣，主要是辣心；芥末一般不怎么辣，但稍微不注意就会辣住鼻子。人们常说：辣椒辣嘴，蒜辣心，芥末辣住鼻子筋。当然这都是人们不注意时，它们才耀武扬威的。人们只要一注意，就可以制服它们，不但它们要不了性子，还会把它们吃到肚子里。其实，社会上的很多事都是这样，你处理得不好时，它张牙舞爪，不可一世，处处给你设障碍，找麻烦；你如果处理得恰当，就可以把它制服，它就对你服服帖帖，百依百顺，让你摆布，为你服务。"

胡晴感到徐环的话有深度，有内涵。她也认识到，她不仅仅是一家庭主妇，也是一个有见识的女强人。胡晴两眼直盯着徐环，津津有味地倾听着她的讲话。

徐环接着说："吃芥末的关键是掌握好它的量。太少了没味道，太多了辣鼻子。开始时试着吃，第一口要少，第二口增加些，第三口就能拿准量的多少。"

胡晴站起来，拿个空杯子倒了一杯啤酒，端住啤酒走到黄琦跟前，说道："大爷，敬你一杯啤酒，请笑纳。"

黄琦是个老实人，不善言谈，胡晴一给他敬酒，他手脚慌忙，不知所措，忙说："谢谢，谢谢。"他急忙接在手里，胡晴用两手握住他端酒杯的手，向嘴边一送，他一饮而尽。他再次说："谢谢，谢谢。"胡晴给徐环倒了一杯啤酒，徐环坚决不喝。胡晴换了一杯橘子汁，她喝了几口放下，说："谢谢，谢谢。"她给黄林倒了一杯啤酒。黄林说："咱俩碰杯，你喝一口，我喝一杯。"胡晴端起一杯啤酒与他碰了一下后，喝了一口，黄林一饮而尽。胡晴同样与黄松碰了杯，喝了一口，黄松把酒喝干。她与黄枫两人碰了碰橘子汁杯子，各自喝了半杯。

徐环："快坐下吃些菜吧，空肚子喝了凉东西不好，快吃些东西吧。"她从红焖鸡身上薅出一条大腿放到胡晴的碗里，说道："请尝尝这个烂不烂。"

胡晴忙说："谢谢大妈，谢谢大妈。"

徐环："头一回来我家，可得吃好。大妈最有意见的就是你不敢吃。"

胡晴："我咋不敢吃呀？我怕谁呀？放心吧，大妈，我一定得吃得撑得慌。"

大家正在吃喝不停之中，黄琦站起来，自言自语道："我得去给小毛驴添些草料，咱们吃的时候，不能忘掉它呀。"他说着就往外走。黄松对爸爸说："叫我去，你坐下吧。"黄松说着话，刺棱站起来往外走。胡晴急忙放下筷子，站起来说道："我去看看毛驴是什么样子。长这么大还没见过真驴呢，只在电视里见过。张择端的《清明上河图》里，画的牲口全是毛驴，没有一匹马，也没有一头牛。我总想着要见见真驴，这回算有机会了。来这里，还真没白来。"她跟着黄松来到了牲口屋。

毛驴看见来了人，而且有一个生人，它抬起头，扬着脸，挖挲着耳朵，瞪俩眼看着来人。

胡晴不解地问："它为啥不吃呀？"

黄松："它看见你来了，抬起头来专让你看哩。"

胡晴摆出婀娜的身姿，娇声嗲气地说："你真坏，尽骗人，明明槽里没食了，它才不吃哩。"

黄松："你明知道为啥，还问我，说明你更坏。"

胡晴站那儿不动，她那妩媚的眼睛特别多情地盯了黄松一眼。黄松打了冷战，好像他的魂一下子被她钩去了似的。

黄松从大筐里掏出一小掬铡碎的青草，放在槽旁边盛着大半缸水的水缸里，用笊篱把青草在水里翻腾几下，洗掉草上的土，把草捞出来，放在笊篱里控一会儿，青草里浸的水基本控干净后，倒在木槽里。随即在青草上撒些精料（多为玉米糁儿），用一根木棍（叫拌槽棍）搅几下，把精料和青草掺和均匀，省得毛驴吃起来挑肥拣瘦的，把精料吃完后就不吃青草了。黄松又从草筐里掬出一小掬青草放在水缸里，用笊篱翻腾后捞出来棚在缸沿上让它控水，等毛驴吃完这一槽时，再给它添草时就容易了。

这些活干完以后，黄松扭过脸来看胡晴时，却发现胡晴不是在看驴，而是在凝视他。两对眼睛对在一起的时候，像两根高压线碰在一起，撞击出万丈火花，两人都浑身发麻，他们都闭住眼，低下头，躲闪了一刹那。黄松又抬起头来，像没发生过任何事一样，轻声柔气地问胡晴："你看够驴了吗？"

胡晴温情绵绵地说："我哪是看驴？我是看你！"

黄松装着没听懂她的话，说道："你看我什么呀？"

胡晴很会随机应变，说道："我看你会不会喂驴。"

黄松："你呀，真是诡异。"稍停片刻，他说："走吧，快去吃饭吧。"黄松前面走，胡晴随后行，两人一前一后回到了饭桌旁。

两人坐下来吃起了饭，黄松的眼睛凝视着饭桌，若有所思，胡晴的面色羞惭，不言不语，大口大口地吃馍，大嘴大嘴地就菜。他们虽然身子在饭桌前吃饭，可是脑子里却回味着在牲口屋里互相指责对方"坏"的情景。徐环把胡晴的行为看在眼里，记在心里，她影影绰绰地意识到，是不是胡晴对黄松有什么想法？她今天的到来是简单地跟着黄枫来玩玩，或是为着更进一步了解黄松？这些想法在她脑子一闪即逝，自己对自己说："别瞎胡想了，没有这些事，不要自作多情了。"

大家都吃饱了，准备离开席位。黄松对爸妈和弟妹们说："你们都去休息吧，这里由我拾掇。"他特别对父亲说："爸，你早点儿休息吧，牲口由我喂。"

黄枫的卧室就在堂屋的西间，她拉住胡晴走进了卧室。她的床很大，足足睡两个人，她顾不得脱衣服，咕噜躺在床上，呼噜呼噜就睡着了。胡晴尽管身子很累，但她脑子很兴奋，她翻来覆去睡不着，他们整个下午的活动，她在一件挨一件地过着电影，他们对诗，他们帮助张大叔拉煤车，他们吃饭，他们喂驴……她都清晰地在脑子里回忆着。对她触及最大的是在牲口屋里她与黄松的对话。她自言自语说："我说他坏，他也说我坏了。根据负负得正的原则，我们两个坏加起来不正好是好吗？对，我们加起来就好……"她想呀想，不知什么时候才入了睡。

黄琦和徐环老两口走到了堂屋东间的卧室里。他们进去后立即把门关上，还没等上床，黄琦就像发现重要秘密似的，小心对徐环说："你发现没有……"

徐环立即用右手的食指放在嘴上，同时发出"嘘嘘"声，用左手指着门外，意思是说不要说话，怕外面有人听见了。黄琦停止了说话，徐环轻手轻脚地走到门旁，小心翼翼地把门打开个缝隙，鬼头鬼脑地伸出头来观察外面的动静。当她确认外面毫无一人时，又把头缩回去对丈夫说："外面没人，说吧。"

黄琦接着说："我看出胡晴这闺女对咱的松儿有想法吧？起初我还以为她与枫儿是朋友，她是随朋友来的，现在我看她主要不是为朋友而来的，她是为松儿而来的。"

徐环："怎见得呢？"

黄琦："如果是专为朋友来的，她就不会去看驴，她说是去看驴，那纯是借口，她想单独与松儿说说话。他们一块喂驴回来后，胡晴的表现与去喂驴前的也不一样……"

徐环："你这老头子还怪心细哩，我怎么没注意到这个呢？"

黄琦："那你是不细心，实际上她有不同表现。"

徐环："啊呵！你还真有两下子，那你说说看。"

黄琦："我说说你得服气。"

徐环："你说呀！怎么这么啰唆！你说的能让我服气，我才服气，若不能让我服气，我怎么服气呢！你快说吧，别卖关子了。"

黄琦："我说，我说，去喂牲口前，她虽然坐在饭桌前，好像与大家一样也在吃饭，但她心神不安，眼角不住地向周围一扫一扫的，好像是个把吃奶孩子丢在家里的喂奶妈妈……"

徐环："你别瞎胡侃了，人家还是个与咱的枫儿同岁的小姑娘呢，你这么老了，还作践人家小女孩，真可恶！"

黄琦："看你把我说成什么啦！我是打个比方，哪里是真话。你听话也听不出来，光会瞎埋怨，看你把我说成啥啦！"

徐环："不管如何，你也不能拿一个小姑娘那样比方。"

黄琦："她也不在场，咱是在背后作的比方，碍啥啦？"

徐环："好，好，你接着说吧。"

　　黄琦："他们从牲口屋回来以后，胡晴心里踏实啦，眼角不一挑一挑的啦，两眼也不乱瞅了，心神安静了，一心一意地吃饭了。你可能没注意，你仔细回忆一下，是不是这样。"

　　徐环："你说的好像有道理。"

　　黄琦："什么好像有道理？完全有道理！"

　　徐环："你还别说，他们真发展成功了还真不错哩，我看这闺女也是个好闺女，不知道咱的松儿什么意见。"

　　黄琦："我想他也不会不同意。现在农村的青年人找老婆不是容易事，主要问题是，你找你爱的人容易，可是你找到爱你的人就不容易了。"

　　徐环："但愿他们成功！"

第九章

第二天一大早黄松就起来了。他喂驴、喂猪、喂鸡，并在这三圈里面撒上碎草末子，给鸡圈里添上水。然后他做早饭，徐环起来的时候，他已经把早饭做好了，他把早饭盖在锅里保住温，等着他们起来吃。看胡晴还没有起来，徐环问儿子："松儿，我看胡晴这姑娘对你有些意思吧？你说有没有呀？"

黄松："谁知道有没有，我不知道有没有。"

徐环："真有了倒是件好事，我看这姑娘不错。你可别对人家冷淡了，要热情对待她，尽量抓住她别让跑了。"

黄松："八字还没一撇呢，光急也没用。"

徐环："我给你打个预防针，多操点心，别让跑了。"

黄松："是咱家的人，打也打不跑；不是咱家的人，拴也拴不住。操心也没用。"

徐环："那是，那是。"

黄林、黄枫和胡晴他们起床时，已经是九点半了，他们洗刷后吃早饭，吃罢早饭回学校。

一连三个星期天，胡晴都跟他们回来。一个星期一，胡晴在学校对黄枫说："昨天咱们从你家出来的时候，听见了你们村的老乡说：'黄松的女朋友又来了。'另一个说：'朋友经常来不是很正常吗？经常不来反而不正常了。'你说黄枫，他们为什么这么说呢？"

这几句话是胡晴故意编的。坡王村的群众没人说这些话。他们确实认为胡晴是黄松的女朋友，但他们没必要说呀。胡晴编这几句话的目的是想提醒黄枫，让她从中斡旋，尽快促成与黄松的恋爱关系。但黄枫并没有意识到胡晴的用意，她只是根据自己的理解，就事论事地回答了她的话。

黄枫："他们是瞎猜的，你经常去我家，他们有这种想法倒是很自然的。你还别说，你要真是我大哥的女朋友就好了。"

胡晴："你别瞎扯了，这是哪儿的事呀？"

黄枫："咱们说正经的，我真想叫你当我嫂嫂。当然，当嫂嫂就得先当女朋友。你说真话，同意吗？"

胡晴："光我自己同意不是白搭吗？关键是你大哥同意不同意？"

黄枫："我大哥同意，他还怕你不同意呢。"

胡晴："你先别把话说得这么早，你征求一下你爸妈和你大哥的意见后再说，我也征求一下我妈的意见。"

黄枫对妈妈说这事时，妈妈很同意，其他人也都没意见，黄松更没意见。徐环问女儿这么一个问题："枫儿，你们两个接触最多，你最了解她，根据你对她的观察，这个人怎么样，也就是说她是一个什么样的人。"

这个问题把黄枫问得措手不及。这是妈妈让她谈谈她对胡晴的综合看法。她一下子还说不出来。她反问妈妈："你想了解她哪方面的问题吧？"

徐环："哪方面的问题？她的主要方面的。"

黄枫："你说得具体点儿呗。你说得太笼统，没法给你说。"

徐环："好，我具体些。就是，她的学习怎么样？她的品德怎么样？她的性格怎么样？此外，她的家庭怎么样？等等。"

黄枫："她学习不够努力，成绩不太好。品德也可以，没有看出有什么问题。在性格方面，我看她有些浮躁，不是很踏实。她对我很好，我去她家时，她妈待我也很好。她妈也是好人。她家挺有钱的，比咱家好多了。她爸、她妈都会挣钱。他们全家都是吃的商品粮。她爸是个副乡长。我就知道这些。"

徐环："你同意让她与你大哥交朋友吗？"

黄枫："我愿意。那你愿意吗，妈妈？"

徐环："我当然愿意。咱们吃的是农业粮，一个农村孩子，一个吃农业粮的孩子，能找一个吃商品粮的姑娘做老婆，这真是癞蛤蟆吃到天鹅肉了。你说，我怎么不愿意呢？"

　　黄枫："我大哥会同意吗？我得赶快问问他。"

　　徐环："你不用问他，他肯定同意。"

　　黄枫："我给他们撮合撮合，叫他们赶快建立恋爱关系。"

　　徐环；"也不要太急。一切事情都是靠自然发展而成的，外力促成的基本上都不行，往往会走向它的反面。"

　　没等胡晴征求她妈的意见，她妈就问起她来了。她妈叫崔熠，对女儿的不断去她同学家就有怀疑，认为不够正常，她问女儿："你那个同学家里几口人呀？都谁呀？为啥每个周日都去呀？"

　　胡晴："她家五口人，她父母，她的两个哥哥，大哥叫黄松，二哥叫黄林。"

　　崔熠："他们学习怎么样呀？"

　　胡晴："都可棒了，那个大哥的诗歌写得很好，不断在校刊上发表文章，又是我校的学生会主席。"

　　崔熠："那相当不错呀。"

　　胡晴："你喜欢这样的青年吗，妈妈？"

　　从她的异样的表情，崔熠看出女儿对那个大哥已经有些意思了。女儿年纪太小，不想让她过早接触这些男女之事，她正正经经地对女儿说："你老实告诉我，你是不是喜欢上他了？说实话！"

　　胡晴："啥喜欢不喜欢呀，只是对他有些好感而已。"

　　崔熠："啥好感呀？妈是过来人，好感就是喜欢的开始，你必须正视这个问题。我必须告诉你，你才是个初中学生，还是个孩子，你可不能谈这谈那的，只有好好学习，将来上高中，上大学。大学毕业之前禁止谈男女之事。将来你要找朋友，也得找那大学毕业生。没上过大学的，免谈！对你也是这种要求，上大学之前，别考虑这事。"

　　胡晴噘着嘴不说话，表现出很悲伤的样子。崔熠接着说："你经常去你同学家，去着去着就去出事来了。我也大意了，我不知道你同学中还有两个男孩。我若知道这种情况，说啥我也不同意叫你跟他们去。看来，你感兴趣的不是去她家玩，而是她的哥哥。今后再不能去她家了。你可以邀请你的女同学到咱家玩嘛，干嘛风尘仆仆地跑到乡下去呢？对那个男孩，我说的是黄松，你对他喜欢也好，好感也好，到此刹车，不要继续往下进行，等考上大学以后再说。你今后一定得找个大学生。只有这样才有可能走向城市。我和你爸虽说都吃上了商品粮，但我们都住在农村。"

胡晴认为妈妈说得不对，她自以为他们全家由农业粮转为商品粮，就不是农村人了。她自豪地对妈妈说："你说得不对，妈妈，咱们已经是城市户口了。"

崔熠说："我们是商品粮户口，还不能说是城市户口，我们还住到城市么。你爸俺俩都是农民出身，我们深知农民的艰辛。因此，我们竭尽全能摆脱农村户口。我们成功了。但这只是成为非农业户口，绝不等于成了城市户口了。因为我们还住在农村。等我们生活在城市，在城市找到工作，那时，才算真正成了城市户口了。要想达到这个目的，就只有一个办法，就是我经常说的口头禅：上学，上学，上学；大学，大学，大学。要把这个口头禅灌输到灵魂深处，融入脑髓中。其他任何事情，不要做，也不要想，要单纯行动，净化思想，你宁可把书读呆、读傻。我宁愿要一个傻大学生，也不要那风流时尚、轻浮放荡、不学无术的聪明人。"

胡晴把妈妈的话原原本本地告诉了黄枫，黄枫又告诉了妈妈，妈妈又告诉了黄松，"恋爱关系"就搁浅了。人们常说打断骨头连着筋，藕断丝连，他们这事既没打断骨头，也没有断筋，他们的筋和骨头还好好地长在一起。他们还经常一起聚会，胡晴还经常问黄松学习中的问题，尤其是数学问题。关于"恋爱关系"之事，他们谁也不提，只是心照不宣而已。

光阴荏苒，时间如梭，他们结识已经两年多了。在他们复习功课、准备开学的过程中，彼此基本上没有联系过。考试结束以后的一段时间内，胡晴也没有主动找过黄松，但她心里始终留恋着他。黄松没报考的事，胡晴根本不知道，她还满腔热情地等待着他的好消息，殷切期望着看到他的北京大学录取通知书。她万万没想到的是，她得到的却是一盆冷水。黄松没有考上。后来她得到消息说，他根本没有报考，她对他的憧憬破灭了，万念俱灰，所有期望成了泡影。她彻底失望了，像泄了气的皮球，只能有人打气，才能重新振作起来，她妈妈问她："黄松录取哪儿了？"

胡晴少气无力地回答："他根本就没有报考。"

崔熠："真是个窝囊虫！没有一点儿出息。"

胡晴："他弟弟黄林倒考上了，不过是三本。"

崔熠："三本也是本科呀，毕业后同样可以考硕士。想当初你却对黄松有好感了，你的好感只是来源于一篇诗或一两件事情，你没有从长计议，权衡将来。说明你心胸狭隘，思路短浅，认识模糊。当初你如果对黄林有些好感，说明你有宽广的见识。"

胡晴低头不语，她陷入沉思中，她内疚，她后悔，她怨恨当初为啥没有对黄林有好感而对黄松有好感呢？她又想，事情都是有原因的，对黄松的好感不就是那篇《满江红·觉起》引起的吗？没有让我对黄林有好感的引子。她自言自语说："我对他的好感也不是空穴来风。"她又想，那只是过去的好感，过去的事就叫它过去吧。现在什么能引起我的好感呢？不就是考上大学吗？对，考上大学就引起了我的好感。其实，并不是单纯的考上大学了，对他的想法就由坏变成好了。对，现在对黄林有好感了。妈妈说好感是喜欢的开始，开始就开始吧，反正他已经考上大学了，已经达到妈妈的要求了。

胡晴决定找机会与黄林联系，与黄林一起经营他们的男女情事。

胡晴接到高中录取通知书后，高兴得手舞足蹈，不可一世，只要看见熟人，不管男女老少，都对人家说："我对你报喜：我考上高中了，请参加我的庆祝会。"

崔熠对女儿的轻狂很不耐烦。她对女儿说："别丢人现眼了？你都不知道你是咋考上的？"

胡晴："咋考上的呀？参加考试考上的，咋考并不重要，重要的是考上了。我考上，你不也高兴吗，妈妈？"

崔熠"唉"了一声就说："高兴，高兴，当然高兴。"

胡晴考上高中，还真有点不寻常。

这一年，国家给这个高中的录取人数是四个班，二百人，每班五十人。学校请求多招，理由有三，首先是要求上高中的人数太多，扩招可以满足一部分人的要求，减轻群众求学难的压力；其次是学校可以增加些自己运用的经费，可以对教学成绩突出的教师进行奖励，增加教师的福利费，教师的物质待遇好了，教学的积极性就高，就容易提高教育质量；最后是解决一些关系户问题，当然解决不完，可以把主要的解决了。校长对县委抓教育的副书记说："当前形势下，不解决关系户问题，就寸步难行。他以支持教育的名义给了你方便以后，你必须得给他方便。什么叫方便？就是他的要求你必须满足。现在的领导特别爱做好事，只要有人找他，请他帮助解决一些难题，别管难题能不能解决，有时他明明知道不能解决，他也要写个条子，让你酌情解决。"这位校长还说："抓教育的副县长每年都给我打招呼，要求我给他留十个名额。像这种情况需要解决的多着呢。教师的子女、亲戚，县领导的，各局委的，市领导的。教师，局委领导是亲口说，县、市领导是写条子，条子一般都是这样写的：

×校长：

×××同志的孩子想到你校上学，但分数较低，可能达不到你校的录取分数线，请你在不违背政策的前提下，尽量酌情解决。

你看多么冠冕堂皇，他违背着政策，他还叫你不违背政策。像这样的条子每年招生时，我能收一筐子。

分数不够的学生，并不是只要拿钱就可以上学的，也得靠跑，靠人缘关系。没关系的学生，即使分数不太低，也不一定能上学。如果有关系，分数再低也可以上学，不管分数高低，钱数得按规定交，一分不能少。教育行政部门认为在当前教育经费严重匮乏的情况下，扩招是学校增加经济收入的最好办法。因此，同意学校再扩招两个班，每班人数可以突破五十人，可以是六十人，或稍微多一些。

学校的录取办法是这样的：1. 二百人计划招收人数，按考试分数由高到低，录取二百人，一分钱不交。2. 再往下的分数，按高价录取，它的录取分数线，就是那不交钱学生中最后一个学生的分数。比这个分数少一分的，交钱一千元；少五分的，交钱五千元；少十分的，交钱一万元；往下依此类推。胡晴的考分比录取分数少二十分，交钱二万元，买回一个录取通知书，胡晴看到的只是被录取了。她不知道是如何录取的，更不知道她爹娘为她交了两万元，更不会考虑自己的学习问题。这一年，学校录取高价生两个班，一百二十人。此外，在前四班学生中，每班增加十人，达到每班六十人。这样，光高价生就有一百六十人，平均每人八千元，共收一百二十八万元，这个钱是学校自己掌握的。

黄枫是正常录取上的，她考的分数比录取分数线多30分。她与胡晴都考了高中，她录取的是平价生，报名时，除了教书籍费、学杂费外，不另交其他任何费用。胡晴录取的是高价生。报名时，除交书籍费、学杂费以外，另外再一次性交赞助费两万元。崔熠埋怨胡晴不好好学习，让她爹娘到处跑着说情，拿着东西找找这个，找找那个，无数哀求，低三下四，求爷爷告奶奶不说，还得拿两万元，上个学真下作。人家学习好的学生，坐家里不用动，考试完只用在家等了，谁也不去找，谁也不说情，到时候录取通知书自然就来了。你看得不得。

胡晴的爸爸胡安听到这话后，不以为然地说："只要能上学，出些钱没关系，咱也不是出不起。"

崔熠："问题是这个钱是白花的，并没有买到知识。"

胡安："你没看现在的形势，知识有啥用。现在有用的是两个东西：人缘关系和钱。钱与人缘关系又是相辅相成的。人缘关系好了就可赚钱，咱的食堂生意不就是这样吗？有了钱就可以买到人缘关系，只要东西上去，关系自然就好了。因此，只要这两样有了，其他东西，想要啥有啥。没有这两样，有了知识也没用，大学毕业也没有用，往后不兴分配了，不就是靠关系参加工作的吗？什么双向选择？用人单位不用你，你选择了也没有用。"

崔熠："我看你这是歪理。按照你这观点，谁都不用上学了，谁也不用学科学知识了，光跑关系了。"

胡安："学还是要上的，技术还是要学的。不然，你就没有钱跑关系。只有有了钱，才能跑关系。这两者是相辅相成的。"

崔熠："你简直是瞎胡扯，亏你是个副书记！党员们算是瞎眼了，竟把你选上了。"

胡安："你还别不服气，很多事实就说明我的观点是正确的。乡政府大院老孙的女儿也是今年初中毕业，与咱的胡晴是同学，她考的分数比胡晴的高，但高中没录取她，为什么？他一是没关系，二是没钱，他要交钱需交一万五千元就够了，即使有人给他跑成，他没钱也上不成学。因此，两者都不能少。只要紧紧抓住钱、关系，办啥事都不愁。现在流行个顺口溜：天不怕，地不怕，没有关系算白搭；这也行，那也行，没有钱啥事也办不成。"

崔熠无可奈何地"唉"了一声，别的话什么也没说。

第十章

在黄林去上学的头一天中午，徐环用家里最好的食材做了一顿美餐，为他饯行，也为欢送黄枫就要去上高中。所谓最好的食材，无非是猪肉、羊肉、鸡肉、牛肉、鱼肉、鸡蛋配些素菜和啤酒、可乐、雪碧之类的饮料。桌子上的饭菜都摆得满满的，再把碗、碟、杯子、筷子挤进去，真是"满桌盛宴喷喷香，单等亲人来品尝"。

大家就座以后，都默默不响观望着自己的餐具，各自脸色呈现着不同的表情。

徐环表现出痛苦不堪的样子，她有说不出的幽怨，有难以形容的苦恼。黄琦是沉闷忧愁，快然不乐。黄松是满不在乎，毫无所谓。黄林是喜气洋洋，悠然自得，舒心神往。黄枫是无忧无虑，轻松自在。

徐环在家是主妇、主事、主人，尤其是在黄琦的腿残疾以后，里里外外都由她操劳，很自然就成了全家的主人。虽然她只是初中毕业，由于家庭贫穷，父母多病，从小就担负起持家的任务。她爱动脑子，会想办法，办事很周到。她嫁给黄琦以后，成了黄琦的得力助手，在黄家撑起了半边天，也可以说是大半个天。她在孩子们面前很有威信，丈夫对她言听计从。就是周围群众，对她也非常敬佩。

徐环是做这桌菜的主厨，也是用这桌菜的主持。

她开始说话了，她说："今天是个不寻常的日子，这桌菜是我为大家精心设置的，我叫它家庭宴会，家庭盛宴。它也是不寻常的，在这不寻常的日子，举行不寻常的宴会，有着不寻常的意义。首先，欢送黄林去上大学，欢送黄枫去上高中，欢迎黄松辍学回家参加农业劳动。这是你们的爹娘给你们的共同祝贺。其次，这个宴会是个里程碑，它有划时代的意义，它标志着我们黄家结束了没有大学生的历史，我们黄家已经进入了有大学生时代；它还标志着我们家庭从事劳动的农民是高中毕业生，是有文化的农民。大学生和有文化的农民，对咱们家来说都是破天荒的。追溯黄家的历史，古朝万代，从来没有出过大学生，也可以说从来没有过有学问的人，现在是有文化的人种地；还有了大学生、高中生，这真是翻天覆地的变化。就拿这桌饭菜来说吧，我刚才说是精心设置的，我就是想让大家亲身体会体会咱们的幸福生活，这桌饭菜在过去是不可能有的。我精心设置不假，但得有食材呀，没有食材，光精心做有什么用，再精心也做不来好菜。所谓划时代，就是今天是过去的终点，也是今后的起点，我们今后的生活会越来越好，希望大家带着美好的愿望期待我们的未来。"

她讲到这里停了下来，喝了一口黄枫给她倒的开水。她又继续讲："下边我说说我对你们三个的看法和希望。黄松儿是我的大儿子，从小就很乖，很听妈的话，叫干啥干啥，从不惹妈生气。稍微大一些时就帮助妈妈干活，帮助爸爸干活，家里活、地里活都干，帮了我们不少忙。我去学校打听了他的学习情况，他不但学习好，表现也很好，是学生会主席，历来都被评为模范干部、三好学生。他是家里的希望，也是学校的希望，学校还指望他考北大或清华哩，好为他的学校争光，他的学校也为此骄傲骄傲。可惜他违背了大家的愿望，他不吭气不报考。这件事使我很气愤，很失望。他的学校也很失望，他们很不理解。这是他在人生道路的关键时刻，犯的战略性错误，这是他心胸狭隘、目无大志的具体表现。这个错误会给他带来很多不利的后果。我并不是说他的前途就渺茫了，就不光明了。而是相反，他的前途仍然很光明，很远大。当然他得付出大量的劳动，吃大量的苦，干艰难的活，也可以说，他得吃难以忍受的苦，干不是人干的活。我认为这是对他犯错误的惩罚。我对他的前途充满信心。金子在哪儿都埋头不语，即使在污泥里也不声不响，但始终默默无闻地散发着它那灿烂的光。肥皂泡披着五彩缤纷的靓丽荣装，美丽漂亮，到处乱窜，随风游荡，好现能，好逞强。其实，它最没本事，只是瞎张扬，稍微有些小障碍，就让它粉身碎骨，一败涂地，永无翻身机会，黄松是块金子，他到哪儿都发光。"

"从狭义上说，他不报名考大学，是应该赞扬的义举。他看到他爸失去了劳动能力，家庭收入减少，生活困难，没能力支持你们上学，他可怜爹娘，不让爹娘受苦受累，他可怜弟妹，不想让弟妹的上学受到影响。他舍弃了自己的上学机会，毅然决然地参加劳动，确保家庭生活的提高，确保弟妹好好上学。这充分说明，他舍己为人的崇高品质，这与那些遇到困难先考虑自己而不管别人的自私行为，是一个鲜明的对比。

他这种大公无私的精神，他这种舍己为人的品德是值得我们永远学习的。"

"关于黄林，他也是个好孩子，也很听妈的话，帮助妈妈干这干那，妈妈经常利用他，他学习努力，这次考上了大学，这是咱黄家的骄傲，也是咱们全村甚至全乡的骄傲，他是我们黄家的第一个大学生，为我们黄家撑起了门户，为黄家树立了大旗。"

"黄林的心太野，也可以说他的奋斗目标太远大。常言说'水远急浪险，路远坎坷多'，你这漫长的道路上充满了变数，有很多艰难险阻，防不胜防，有时是无能为力的。因此，你的前途是未卜的，你要多加小心，踏踏实实，刻苦努力，为实现你的远大目标而奋斗。"

黄林插话："妈妈请放心，我一定听你的话，不怕困难，克服一切艰难险阻，不达目的誓不罢休。"

徐环、黄琦、黄松都点头佩服，并给以鼓励，黄枫还为她二哥伸了伸大拇指，表示对她二哥的赞许。

关于黄枫，徐环说："枫儿是我的宝贝女儿，我最疼爱她了，天下父母的通病就是偏爱最小的、最没成色的、最弱的、最没出息的，她是一个老实本分的孩子。她心细肯想，办事稳当，我对她很放心，她将来肯定会干得很好，她的前途是光明的。"

徐环讲话后没停多久，黄琦开始讲话。他说："今天是个隆重的日子，在座的都是咱亲一窝儿，我想亮亮我的思想，说说我的心里话。我本来是咱们的一家之长，咱家的大小事情都应该由我负责。我应该养活我的老婆，我应该养活我的孩子，我应该保障他们吃好穿好，我应该供应我的孩子上完大学……"

他说到这里已经泣不成声了，他停了下来。孩子们说："爸爸，你慢慢说，我们都听你的话，你不要难受。"

徐环："你这老头子，孩子们不都挺好的么，本来是个欢欢乐乐的场面，你一哭给大家扫了兴。别哭了，振作一下精神，给孩子们说说你的体己话。"

黄琦擦了擦眼泪，继续说，可是没说几句，又哭起来，况且哭出声音来了，好像越哭越痛。

徐环："你怎么又哭起来了？"

黄琦："我控制不住自己。"

徐环："那好，你就哭吧，干脆哭着说着，哭说两不误，这样省时间。"

黄琦真的哭着说着，说着哭着，有时候以说为主，以哭为辅，有时候以哭为主，稍停一下说，多数情况是边哭边说："我对不起老婆，对不起孩子们，我没有担当起我的责任，我心有余而力不足，我几乎什么也干不了，我把自己应该完成的任务都放弃了，都推给你们去干了，我很不忍心，我很内疚，我很痛苦。有两件大的任务憋在我心里，憋得我实在难受，现在借此机会，我把它们放出来，减轻一下我的负担，让我松散一下……"

黄松："你说吧，爸爸。"

黄琦："我说。第一件，由于我的不能劳动，黄松才放弃考大学的，他可怜我，可怜他妈，可怜他的弟弟妹妹，怕影响他们上学，才舍了自己的美好前途而照顾这个家的。我如果能劳动，他决不会不上大学。他放弃了多么好的前景呀！这太可惜了，他有才能不能施展，有抱负不能兑现，有理想不能圆满。这对松儿打击太大了，对他太不公平了。对这件事儿我实在是愤愤不满……"

黄松："这对我没有什么，爸爸，你不要把它放在心上，别让它一直压抑着你。我就没有压力，你也不要有压力，放下包袱，减轻负担，轻轻松松过日子，你今后过的就是无忧无虑、轻松愉快的日子。"

黄琦："另外一件事儿，这也本来是我的任务，由于我无法完成，才搁下来的。"

黄林："哪一件事儿呀？你快说吧。"

黄琦："你们兄弟二人，我应该为你们准备好两个院子，两套住房，让你们兄弟二人每人一套。这是我和你妈我们多年的理想，一辈子的凤愿。但我们没有能力实现。这是我的一个心病，两个孩子，就一套房子，有一个儿子没有住处，当爹妈的怎能忍心，这件事儿实现不了，我死都不会瞑目的。"

黄松："只要我在家，家里的一切建设，都由我承担，你一点心都不用操。这套房子包给我，我保证再盖一套新房子，又宽敞又漂亮，样式是第一流的，设施是最时髦的，让我弟弟住，我还住在这所老院子里。"

黄林："我将来在北京给你买一套高级套房，我把你和我妈搬到北京，咱们去北京住，不在这乡村土窝里住，不盖房还正好儿呢，盖了房没人住，岂不是浪费！爸，妈，你们请放心，等我毕了业，找到好的工作，赚了钱，你们的一切困难都给你们解决。"

徐环："那我们就等到猴年马月了。"

黄枫急着动筷子，对妈妈说："快吃饭吧，就要凉了。"

徐环："好，好，吃饭。我必须说明，我给大家准备的家宴是个欢庆家宴，欢庆黄林上大学，欢庆黄枫上高中，欢庆黄松愉快参加农业劳动。咱们要有个喜庆气氛。因此，咱们吃喝不能不声不响，不能死气沉沉，咱得热闹热闹，吃着喝着热闹着，笑一笑十年少。"

黄枫："我们怎么才能吃着热闹着呢？"

徐环："是呀，总得想个办法吧。"

黄林："我看咱们对诗吧，我们有一次在回家的路上组织了个诗社，我哥哥还是社长呢。那时我们四个人，现在有我们三个人都在这里，还有一个是胡晴。……"

黄枫："好长时间没见她了，她来过咱家好几次了，现在压根儿不来了。"

黄松："那时想一切办法与我拉关系，一听说我没考上大学，立即断绝了来往，给了我一个下马威，我好长时间才恢复正常。但我不怪她，她有权利与任何人好，也有权利不与任何人好，她没错。"

黄林："现在又想与我拉扯哩。那天在柳林会上见到我，我们说了好长时间，她最后说要与我经常联系，要与我建立朋友关系。"我问她："你不是与我哥好好的吗？为啥转到我身上呢？"她说："你哥是个窝囊虫，那么好的考大学机会，他放弃了，真不可理解！不能与这样的人交朋友。"

黄枫："你怎么回答她呀？"

黄林："你放弃我哥，太可惜了，我现在正在上学，谈这个问题为时太早。"我对她说："等你大学毕业后再说吧。"

黄枫："真不是玩意儿，找朋友也不能找她，朝秦暮楚的，怎么能让人相信她呢！"

黄松："别这么说她，她没有错。"

黄枫："怪不得她嫌你窝囊，我看你也真是窝囊。她对你这样了，你还护着她。"

徐环："好了，咱们想办法吃饭。"

黄林："妈妈为老桩，老桩的任务是命题，她命题后，咱们五个人按抓阄儿的顺序号说出自己的句子，诗也行，词也行，顺口溜也行，最好是有点韵味。"

徐环："韵味不韵味，不做严格要求，大家随便一些，达到热热闹闹，心情舒畅的目的就行了。"

黄林已把五个阄儿准备好了，上面分别写的是1、2、3、4、5。他把这五个号码写在纸片上，一张纸片上写一个号码，然后把它们揉成纸团放在盘子里。每人抓了一个后，徐环命题，根据她命的题，每人说几句话，一号先说，依次类推。

徐环："我出的题目是关于人生道路问题，大家说吧。一号先说。"一号是黄枫，她说：

> 人生道路很复杂，到处坎坷难觉察。
> 若干年后回头看，不知哪个是赢家？

二号是黄林，他说：

> 上学生涯无尽头，无限美景在前头。
> 奋力拼搏向前闯，生生死死不回头。

三号是徐环，她说：

> 娘对儿女常牵挂，娘盼儿女早长大。
> 希望成为栋梁材，做出成绩献国家。

四号是黄琦，他说：

> 人生道路是营生，大小长短各不同。
> 只要一劳本等干，条条道路通北京。

五号是黄松，他说：

> 虽没考上学，心里不担忧。
> 人生道路如何走，从来无定由。
> 上学是好事，辍学又何愁？
> 别看眼前时兴事，笑在最后头。《卜算子·人生路》

第一轮完了后，大家吃一会儿，喝一会儿，对每人说的句子作些评论，大家一致认为黄松的最有词意，也最有含义，很值得回味。

黄枫说："我如果在书上看到这首词，我会认为这是宋朝哪位词人作的，我大哥作得真好。"

黄林："大哥的词很有词意，很有内涵，真像一个词作家的作品。"

第二轮已抓罢阄了，徐环说这一轮不再命题，每人自己命题，只是按顺序号说就行了。

一号是黄松，他说：

人间多少事，光阴荏苒。你争我夺不停闲。争得多少才算够？永无边缘。

劝君莫贪婪，细心盘算。守住所得有多难。暮年如梦初醒，全是枉然！《浪淘沙·梦醒》

二号是黄林，他说：

学习路上不停止，大学毕业上博士。
一览众山非易事，步步艰辛靠自己。

三号是徐环，她说：

家教不能省，行孝不能等。
修养不能急，赖事不能容。
干活不能懒，思想不能松。
说话不能假，待人不能空。
错误不能盖，成绩不能捧。
积德不能少，传统不能扔。

四号是黄枫，她说：

家中我最小，我是家中宝。
父母疼爱我，俩哥待我好。
全家高看我，对我期望高。
我要志气大，处处把心操。
做出好成绩，对你们慰劳。

五号是黄琦，他说：

身残志不残，理想如青年。

老骥伏枥梦，老人志如天。

大家同携手，共建美家园。

徐环："好了，大家吃饭吧！"

黄松："请大家再等一会儿，我想给大家说几句话。这几句话藏在我心里，把我憋得喘不过气来，不说出来，饭都吃不好。"

是的，他必须借此机会把憋在心里的话说出来，不说出来他就吃不香，睡不甜。自从人们得知他没有报考大学以后，很多人对他进行了批评，在批评他的话语中，他最不能接受的是窝囊虫。他认为他不是"窝囊虫"，他不愿意听见有人叫他"窝囊虫"。当个"窝囊虫"太不体面了，太有失人格了，更何况他根本不是"窝囊虫"，他决心找机会把他的心里话说出来。

徐环："好，你说吧，大家好好听。"

黄松："谁说我是窝囊虫，我要奋起变强龙。赴汤蹈火我不怕，爬山涉海我能行。为改变家庭穷面貌，我可以付出性命。

我本来是可以考上大学的，但我放弃了，目的有两个：赡养好父母，供应弟妹上学。爸爸、妈妈，我保证让你们有个幸福的晚年。弟弟、妹妹，我坚决全力以赴供应你们上学，你们上到哪儿，我支持到哪儿。我是你们坚强的后盾，你们一定好好学习，将来为党、为国家做出贡献。你们的成绩就是我的光荣，你们对祖国的贡献就是我的骄傲。"

第二部 **02**

| 打坯拉煤烧砖　祖辈夙愿实现 |

第十一章

　　黄林和黄枫都走了，欢欢乐乐地走了。头天中午的饯行宴会把他们都送走了，也把热闹送走了，也把欢乐送走了。家里就剩下黄松和父母，三个大人，虽然形影不离，但少言寡语，整一晌也不说一句话，即使说句话，也是有头有尾的正经话，意思清楚，句子完整，但死气沉沉，没有风趣。黄松带着痛苦不堪的心情，悲愤欲绝的表情，泪水在眼眶里滴溜溜地转动，鼻子酸酸的，脸上的肉也好像高一块低一块的不平。他默不作声地干了这个干那个，以干消愁，以干取得心理的平衡。妈妈理解他的痛苦心情，劝他说："孩子，别干了，歇几天再干，现在没啥要紧活，先不急，等你情绪稳定了再干不迟。"

　　黄松没说一句话，不声不响地走到他的房间，连衣带鞋趴在被子上，呜呜咽咽地哭起来。他为什么悲愤？为什么抽泣呢？他自己也不清楚。挨批评了吗？没有。受侮辱了吗？没有。身体不舒服吗？没有。男子有泪不轻弹。黄松自从有记忆以来，从没有这样伤心地哭过，更没有像现在这样暗自悲泣过。这不是，那不是，哭来源于哪里？来源于悲痛。悲痛也不是空穴来风，而是有根有据的。他的悲痛来源于不适应。他由学生到农民这个巨大的转变，他一下子还没有反应过来。生活环境的变化，活动内容的变化，思想理念的变化，自己身份的变化，等等，这些事情都变了，他的思想还没有变过来，这就是认识落后于社会现实的道理。他的悲痛是暂时的，对于黄松来说，他的悲痛很快就会变成前进的力量。

　　两天以后，黄松与父母有一个关于家庭事务的谈话。实际上，黄松想让父母谈谈家里有什么活需要干。他请父母告诉他，他们今后的打算是什么。

　　黄琦："眼下的活主要是秋庄稼的管理。关于今后打算，你妈我们两个的心与世上其他父母心一样，人们常说'可怜天下父母心'，父母的什么心呀？父母的心就是为孩子着想的心，就是不顾一切地操孩子的心。操孩子的什么心？就是让他们'成个家，有个窝，生活有着落'……"说到这里时，他哽咽了，鼻子酸酸的，两眼湿润，汪汪的泪水在眼眶里转悠，差一点儿就要掉下来。黄松对他说："别难受，爸爸，慢慢说。"徐环："有咱的松儿在，以后你就轻松了，你该高兴了，你倒哭起来了！"黄琦："我惭愧呀，我对不起孩子们，本来该我办的，我为他们办不成，所以我难受。"黄松："好了，爸爸，你说吧。"黄琦继续说："成家问题，将来遇到合适的再说。现在的生活也不成问题，最大的困难是有个窝，你们兄弟两个，至少得有两个窝，我们眼下只有一个，还需要再建一个。再建一个可不是说话的，需要钱，需要人，需要力气，这些都是咱们缺乏的，我最上愁的就是想给你们再建一套住房。这件事整天煎熬着你妈我们俩。使我更难受的是我瘸了腿，我这一辈子也给你们建不了一套房子了，你想想，我怎么会不伤心呢？"

黄松："盖房不得有宅基地吗？没地皮在哪里盖房呀？"

黄琦："宅基地咱有哇，就是一个大坑，得垫，是村里划归给刘岑咱们两家的。原来我曾打算先把它垫起来。垫得咱们两家一起垫，自己亲自垫也行，出钱雇人垫也行。我与刘岑家里商量时，她死活就是不同意，叫我们单独垫，他们在那里盖房的日子还远着呢，他们不急。一个大坑，两家的宅基地，叫我一家怎么垫呀，所以我就搁在后头了。"

黄松："刘家为什么不同意垫呀？"

黄琦："他们也是有两个儿子，也很需要再盖一套，但他们也是没钱。他们的两个儿子都出去打工了，老两口和两个孩子在家，整天忙得顾住生活就不错了，哪有力量垫地，这也是他们的实际情况。他们比不上咱们，你们兄弟俩都大了，像你一不上学，遇到合适的就该娶媳妇了，咱们没有两套房子怎么行呢！所以我很着急。"

黄松："我娶媳妇不用急，但盖房问题该提到日程上了。我不上学了，咱就开始筹划盖房事宜。"

黄琦："筹划也是空筹划，光筹划有啥用？咱家四堵墙没一堵，而且宅基地还是个大坑，盖房的事还远着呢，现在不用考虑。"

黄松："万里长征，始于脚下，再远的路，只要慢慢走，总是可以走完的。"

黄琦："这是个理论，这是学校里教科书上的话，是教学生用的，在实际生活中行不通。"

黄松："既然有这个说法，就可能办得到，我相信这个说法。"

黄琦："你们年轻人满腔热情，满脑子空头理论，没有一点实践经验，对任何问题都是一厢情愿，等你在实际生活中碰碰钉子就不这么凭兴趣办事了。"

黄松："要把那个大坑垫起来得好多土呢，从哪里弄土呀？"

黄琦："土好办，东山坡上的土多着呢，谁垫地都是用那里的土。要说，咱垫宅子是有优势的，咱的宅子在村最东面，离东山坡最近，重载车又是下坡路，取土条件倒是很好的。但是土源再多，运载条件再好，它毕竟是个土工活，这土量又这么大，他们刘家不垫，如果光叫咱们垫，咱们根本没法垫，咱总不能在中间垒道墙吧？咱也暂不考虑垫土问题。"

父亲不考虑，儿子却考虑了。黄松认为把东山坡的土运到宅基地的坑里不就完了，这是很简单的事。只是费些力气，也不是搬不动，只是慢一些，一点一点来呗，土一车一车地拉。只要坚持拉，坑总会垫平的。

黄松抱着乐观态度来到刘岑家。

一个三间房门头的院子里有两所房，一所堂屋（北屋）三间，一所东屋两间。北屋有三个房间，东间是大儿子住，西间是小儿子住，中间的一间空着，是客厅。靠北墙处放着一个破茶几，上面有一个热水瓶和几个塑料茶具。客厅中间放着一张方木桌。周围是红色木椅子。东屋北间是刘岑夫妻的卧室，南间是厨房。从简陋的房舍和陈旧的设施看，这确实是一个比较穷困的家。

刘大妈把黄松让到堂屋坐下，黄松作了自我介绍，说明来意后，刘大妈毫无思考地脱口而出："上次你爹来说过垫地的事，我们已经给他讲清楚了，我们不垫，你们想垫你们垫吧。"

黄松知道她过去曾与他爹为此事闹过不得劲，今天大妈的话好像仍带着气似的。黄松不着急，平心静气地说："大妈呀，那是个深坑，咱两家的坑，我们一家去垫怎么行呢？必须两家一起垫，任何一家单独垫都弄不成事。"

刘大妈："你们一家弄不成事，你们不弄。反正我们是不垫，你没看着我们家的情况，我们既没有人，也没有钱。垫宅基地的问题，我们连考虑都不考虑。"

黄松："大妈，咱们垫地也不用花钱，一分钱都不花，你不用怕花钱。"

刘大妈："不花钱得出力，我们哪有力呀？"

黄松："我们有力呀。"

刘大妈："我知道你们有力，所以你们提出来要垫地。你们有力，你垫就去垫呗，拉扯我们干啥呀？"

黄松："因为咱们两家的宅基地是一个大坑，所以我们要垫地时必须牵涉你们。我们本来是两家人，你们姓刘，我家姓黄，井水不犯河水。可是宅基地把我们两家捆在一起，打都打不开。所以我来找你商量垫地的问题。"

刘大妈有些着急了，脸色红了，声音高了，语气重了，眼神凶了，不耐烦地说道："我说你这个小伙子，你怎么不识相呢？我早就说了我们不垫，我们不垫！你怎么还在这里纠缠？你怎么这么啰唆呢！好了，我就不客气了，我忙着呢，有别的事说别的事，垫地的事一个字也不要提了，你若不厌其烦地再提，我可要生气了。"

刘大妈生气，黄松不生气。黄松说："你别生气，请听我说，……"

没等他说完，刘大妈说："你不就那两句话吗？别再啰唆了。"

黄松："我是说，你们不是没人吗？"

刘大妈："我们早就给你说过，过去也给你爹说过我们没人，你还在问！你烦不烦呀？"

黄松："我是说，你们没人就不用出人。"

刘大妈："我们没人还出啥人呀？这还用问吗？尽说废话。"

黄松："你们不是没有钱吗？"

刘大妈："你又来了，你神经病不是呀？我们没钱，没钱，还是没钱，你听清楚了吧？不要再问了。"

黄松："我是说，你们既没人又没钱，你们既不用出人，也不用出钱……"

刘大妈："你还怪大方哩，我们不用出人，也不用出钱。你叫我们出，我们也不会出，还用你嘱咐吗？"

黄松非常耐心，一点儿也不着急，心平气和地说："我没说完你就抢着说，截断我的话，你根本不懂我的意思。"

刘大妈："你一提垫地的事我就懂你的意思，我怎么不懂？你一张嘴我就知道你要说什么。"

黄松："你看，我说你没听懂吧，你还说你听懂了。你不懂我的话，还要装懂，不是吗?"

刘大妈："你小毛孩，反而教训我来了! 你不就是那两件事吗? 不出人就出钱。可是我们既没有人，也没有钱。我早就对你说明白了，你还要说什么? 啊，我知道了，你还要说的就是: 如果没有人也没钱就不垫地，是吧?"

黄松："不对，你如果不出人也不出钱，我们照样垫地。"

刘大妈："咱们先说好，把话说前头，你们照样垫地，可以，完全可以，谁也阻挡不了你们垫。但是，你们只能垫你们自己的，绝不能垫我们的，侵占我们的一分我们也不愿意。"

黄松："我今天来与你商量的目的就是: 我们垫地，你们也得同意。"

刘大妈一听这话，火冒三丈，使出最大声音吆喝:"你给我滚出去! 凭你身强力壮来欺负我这年老无力的老婆子不是呀? 我告诉你，我不怕，我决不会给你让步。你趁早收起你这个想法。现在比不旧社会，我这宅基地是政府划给我的。你敢霸占过去，我去政府告你。"

黄松："刘大妈，别生气。你又误解我了。我哪有霸占你的宅基地的想法。你的是你的，我的是我的。咱们清清楚楚，明明白白，谁是谁的，一点儿也不含糊。"

刘大妈："那你说那是啥意思?"

黄松："我是说，我们不是光垫我们的，而也垫你们的。我再重复一遍: 我们垫咱们两家的。"

刘大妈："哦，你垫我们两家的。那么垫了以后呢? 宅基地还是咱们两家的吗?"

黄松："当然是啰!"

刘大妈："你的意思是，不但垫你们的，也垫我们的。我们也不用出人，也不用出钱，你们白给我们垫，是吗?"

黄松："对，对，就是这个意思。"

刘大妈："你在给我开玩笑吧? 你再说一遍。"

黄松："我们垫咱们两家的。你们不出人，也不用出钱，我们白给你们垫。"

刘大妈："是真的?"

黄松："千真万确。而且你们啥也不用出。现在不出，今后不出，永远都不出。"

刘大妈："你说话算数？不会诓我吧？"

黄松："算数。君子一言驷马难追。我要诓你我就不是人。"

刘大妈激动得涕泪交流，扑通跪在黄松面前。黄松急忙把她搀起，说道："这可不兴呀，大妈，长辈不兴向晚辈跪。再者，我为你们干些活也应该。你站起来，咱们慢慢谈谈。"

刘大妈站起来，倒了一杯开水放在黄松旁边的茶几上，她拿了一个木凳子坐在黄松对面，一五一十地说起她家的往事。

刘大妈原来有四口人，丈夫刘岑和两个儿子，大儿子刘兴，二儿子刘旺。刘岑只闷着头干活，大小事都不操心，刘大妈成了一家之主，里里外外，一切事情都由刘大妈说了算。由于经济拮据，手头很不宽裕，但生活过得很顺畅。老两口没有别的想法，只一心盼望着把两个儿子养大，给他们娶上妻，成个家，让他们独立自主地过日子，他们就可松懈松懈，过几年舒服生活。但事与愿违，儿媳妇来了以后，尤其是各自都有了孩子以后，他们两口非但不能松懈，反而是非常紧张，整天生活在忧愁、吵闹的痛苦之中。从经济条件上说，比过去好多了，吃穿不愁，但居住条件不适宜了。一家八口人，三窝，都憋在一个小院子里。全家一共五间房，除一间会客室和一个厨房外，他们每一窝一间房。这样的居住环境，全家人除了两个孩子不发牢骚外，其余六个成年人都有意见。老两口痛恨自己没钱为儿子盖房子，两个儿子，主要是两个儿媳妇埋怨公公婆婆不给他们分家，他们兄弟两人想单独过。

兄弟二人单独过，是全家人的共同想法，都在憧憬着各自有一个独立自主的小家庭，他们已期盼多年了。这种期盼待二儿子刘旺娶妻以后尤为强烈。这种期盼已不是一种理想了，不是心理行为了，而成为口头行为了，他们动不动就吵着过不动了，一天也不能迁就了，再不分家就不过了。两个儿子都与自己的老婆一气冲向爹娘，都怨恨爹娘为什么不为他们盖房分家。刘大妈很生气，儿媳妇吵闹情有可原，她还不太生气，她更为生气的是她自己一手养大的儿子也抱怨自己的爹娘，她当面骂他们："真是人们说的'小喜鹊，尾巴长，娶了媳妇不要娘'"，她有时还骂他们："你们小时待蜜亲，长大了待妻亲，树长大了离不了根，人长大了就忘了本。"实在不合人情。

自从小儿媳妇来了以后，家里没有过一天安宁日子，整天吵闹着分家，吵得最凶的是老二媳妇。一天她对婆婆说："老二娶媳妇，老大就应该搬出去，这是常理，咱家老大为什么不搬出去？"

婆婆说:"咱不是没有房子吗?若有房子还能等到现在?"

二媳妇孟岚说:"没有房子为啥不盖呢?咱不是有空宅基地吗?"

婆婆说:"盖房可不是说话的,即使材料备齐也盖不成,宅基地还是个大坑呢!"

孟岚:"大坑垫呀,只要动手就不难垫平。"

婆婆:"那也好,全家一齐动手,用不了多久,会垫平的。"

孟岚:"全家一齐动手?别打那一想。那是老大的宅基地,老大需在那儿盖房,为什么叫我们动手垫地?这是不可能的。"

婆婆:"咱们并没有分家,那个坑宅基地没有明确分给老大,这套住房也没有明确分给你们。"

孟岚:"你不要打马虎眼,你不明确,大家明确,全村人都明确。你去了解一下,哪一家不是老二娶媳妇时老大就搬出去,老大住新宅子,老宅子留给老二?这是不成文字的规矩,你难道就不明白吗?你这是装糊涂。"

婆婆:"咱家老二娶媳妇时不是没有新房子吗?"

孟岚:"没有新房就不要娶儿媳妇,这是明摆着的事实,没那钩嘴,就不要吃那瓶食;没有金刚钻,就不要揽那瓷器活。你们明明没有娶媳妇的条件,偏偏去干那有条件的事,打肿脸,充胖子。你们现在有体会了吧?这是对你们不实事求是办事的惩罚。"

刘大妈对黄松说:"现在的媳妇可真吓死人,真可怕。"

婆婆与老二媳妇天天吵,日日闹,吵闹得没完没了。

要盖新房得先垫宅基地,老大刘兴也想自己垫地,然后盖房,但老婆郑菲不愿意。她说:"房子是爹娘准备的,爹娘没能力,也得全家都动手。我们自己不干。为什么老大就该出去呀?我们不出去,就住在老院子里,谁嫌挤谁就出去,不出去就挤在这里,反正我们是不出去。"

老大、老二都在赌气。地里的活都不愿意干,越忙越需要人手时,她们找种种借口不去地,要么是孩子有病,得去医院为孩子看病;要么是自己不舒服,得去医院拿些药;要么是娘家有什么事,得去娘家瞧瞧。她们谁也不想做饭,厨房里得不去就不去。早点儿睡觉晚点儿起床是不用说了。中午该做饭时,有的出去串门子,有的在屋里哄孩子,不是忙这就是忙那,就是没时间做饭。婆婆只得亲自动手。饭做好以后,她们可口时就吃,不可口时就不吃,放着现成的饭不吃,而跑到外边买着吃。

　　家不分是不行了，有一天婆婆把全家人叫到一起商量分家事宜。按婆婆的意见，把土地一分为二，粮食一分之二，房子一分之二，院子两边再搭一个房间做厨房。这样就可以得得法法地、安安生生地把家分了，省得闹一团糟以后再分。把她们叫到一起后一说，她们谁也不愿意这样分，都想住在老院里不走，都不想出去盖房。老两口干生气，没一点办法。有时婆婆也不做饭，全家人都出去买着吃，不过是各买各的。村里十字街口有个小食堂，他们家的人经常出入在那里。

　　不久以后，两个儿子不约而同地都出去打工了，各自带着老婆、孩子，一去就是长期不归，没有任何消息。

　　家里四分五裂的原因主要是没有房，再具体地说就是宅基地是个坑，没地方盖房。

　　盖房问题是刘大妈最主要的困难，也是最难解决的困难。她为盖房问题熬了多少不眠之夜，为盖房吃不下饭，为盖房生了多少气，为盖房与不少人闹过矛盾。那一年与黄松的父亲也闹得脸红脖子粗的，黄琦本是与她商量垫地之事的，结果是弄得很不愉快，不欢而散。刘大妈还由于垫地急切，还上过一回当，被骗走了一千元钱。事情是这样的：

　　一天上午，有两个年轻人，三十多岁，来到刘大妈家，那个较高的人说："你是刘大妈吧？"

　　刘大妈诧异地问道："你们怎么来到我家，干什么呀？"

　　那个大个儿说："是这么回事。我们两个是出来打工的，我们会干各种活。泥工、木工等各种体力活我们都会干。我们在街上碰到黄琦老大爷，他说他想让我们帮他垫宅基地。他领我们去看了一下现场，他也提了一下要求，我们同意给他垫，他提出来一个难题是：那片宅基地是你们两家的，坑又那么深，要垫得两家共同垫，任何一家都无法动手。我们请他来与你们商量，他说因为垫地问题曾与你闹过不得劲，他不想亲自找你，他让我们找你商量，他已与我们签了合同，垫地费一共四千元，你们两家，一家二千元。合同签约时预支一千元，垫好地以后再补齐。他把与黄琦签的合同拿出来让刘大妈看。刘大妈还真的认真地看了一下，从文字到钱数，甚至签名，都是真真切切，没有做假的痕迹。她信以为真，她也不想亲自去找黄琦，就照着他们拿来的合同，比葫芦画瓢似的写了一份合同，刘大妈工工整整地写上自己的名字，从枕头下拿出一千元钱，给他们前又认真地查了两遍。他们把钱装到口袋里以后说：这合同是一式两份，我们一份，你们一份，这两份具有同等法律效力。你把合同放好，若发现问题，可以去法院告我们，我们是西边崔集村的。我们回去叫人拿工具，马上就动工，你们这一点活，我们人多，工具得劲，两天就垫成了。"

他们拿着钱走了，刘大妈心里乐滋滋的。

三天过去了，五天过去了，十天过去了，他们再也没有拐回来。刘大妈伤心死了，好不容易攒了这么些钱被他们骗走了。她痛恨自己轻信了他们的话，她也不好意思去问黄琦，他们不拐回来垫地就足以说明她上了当。上当的事，她不愿意多说，上当的事往往暴露一个人的没成色。

刘大妈对垫宅基地问题憋了一肚子气，又非常敏感。黄松来与她一谈到垫宅基地问题她就半烦，很不耐烦地与他说话。有时甚至冒起火来，要赶他出去，不愿意再听他啰唆。当黄松说出不让她出钱也不让她出人力时，起初她根本不相信，她心想又是来骗人的，因为她被骗怕了。她心想：我这次决不再上当，决不相信你的鬼话。当黄松不厌其烦地反复对她说明时，她才慢慢醒过来，当她认识到黄松是真心实意不让她出钱出力时，她感动得泪涕双下扑通跪倒在地，感激黄松。

黄松最后说："这回该把苦恼放下了，可以轻轻松松地过日子了。"

刘大妈："我为你们烧茶送水，也可以管你们的饭。"

黄松："你啥心都不用操，请等着要你的平平坦坦的宅基地了。"

刘大妈："你是我们家的大恩人。"

黄松："我不是什么恩人，我是很平凡的人。"

第十二章

关于垫宅基地的问题，黄松与刘大妈说妥以后，高高兴兴地告诉父母亲，说道："刘大妈已同意垫宅基地了，我马上就开始。"

父亲黄琦惊奇地说："她同意了？你真不简单，你怎么一说她就同意了？上次我与她商量时，她死活就是不同意。"

黄松："这回她同意了。"

黄琦："她的两个孩子都不在家，谁拉土垫呀？"

黄松："她说她们没人也没钱，我对她说不用出人，也不用出钱，我一个人垫咱们两家的。"

黄琦很不理解地说道："你神经病吧？刘大妈给你些啥好处你为她出这么大的力气？垫地这么大的活，你一个人能干得了吗？"

黄松："我慢慢干，再难的活，只要坚持，没干不了的。我相信我能干得了。"

黄琦："即使你能干得了，也不应该给她干。你不知道这娘儿们多么不懂事。上次我找到，本来是与她商量如何垫地的，你同意也好，不同意也罢，如果不同意，把原因说出来，这都没什么关系。可是她不是这样，她一听垫地的事，不说二话就恼了，马上冲我发脾气，把我弄得很没趣，我也不知道我哪点说错了。我还想着，老两口在家很不容易，我打算照顾她，结果她给我弄个下不来，真不识抬举。听说她被骗去一千元钱，人家对她说我同意出钱叫他们垫的，还让她看了看我出钱的证据。她脑子简单，轻易相信人家，把钱拿出来给人家了。人家不费吹灰之力骗了一千块钱，她算安心了。你为什么不来问问我呢？你摆臭架子哩，你懒怠来。这就是对你的惩罚。她考虑问题不行，还不听别人劝解。很好的家庭关系搞得一塌糊涂，就两个儿子，四打崩散，与谁共事谁不待见。为她出力，再累的活也是白干。"

黄松："白干就白干，施恩不图报吗，咱不求她的报答。她的处境很困难，真苦了她了，她也是很可怜的。地基垫不起来，房盖不成，她家的悲惨状况永远改变不了。我为她把地基垫了，她就开始好转了。我想了，为了挽救她的一家，我愿意为她出这个力。"

妈妈徐环对要不要为刘大妈垫地没说什么看法，她只是一味地可怜儿子。儿子还年轻，嫩胳膊嫩腿的，骨头还没有长牢，又是刚从学校回来，没经过劳动锻炼，怎么能受得了这么重的土工活呢！她对黄松说："儿子呀，我看这宅基地还是不垫吧，咱自己的不垫，咱也不为他们垫，等以后再说，现在不急着用，这么紧干嘛呀？"

黄松："再盖一套房是我爸的夙愿，许个愿实现不了是他的心病，我也安心不下。因此，我回来后考虑的第一件事就是垫地盖房，不然别的什么事也搞不下去。"

徐环："那就干吧，不过要慢点，小心点，不要追求时间，不要累坏了。先干点儿试试，不行了就停下，以后再说……"

黄松："你放心吧，妈，我又不是小孩子了。"

徐环："你还以为你是大人呀？别看你长得像个大人样儿，其实，还真是个孩子。"

这天晚上，黄松首先想到的是得把毛驴喂饱，让它吃得足足的。喝得饱饱的，明天好出力干活，帮我拉土垫宅基地。毛驴最爱吃的是玉米粒。平时它吃草吃饱以后，如果第二天要用它干活，就要再抓给它几把玉米粒，让它吃得更饱，干起活来更有劲。他把玉米筐端到驴槽上，让毛驴尽情地吃。直到它吃得不吃了，黄松把玉米筐端出来，又放到槽里一桶清水，让它随意喝。毛驴吃饱喝足以后，很快卧倒在槽铺上，呼哧呼哧地长出气。黄松看到毛驴已经卧倒睡觉，把水桶从槽里掂出来，心里非常高兴，他想："我吃好了，毛驴也吃饱了。我们明天就可以开始干活了。"

他去房间睡了，睡得特别香甜。

第二天一大早，黄松一起床先去喂驴。让它再吃些玉米，喝些水，干起活来就更有劲了。他兴高采烈地来到毛驴棚，看见毛驴后立刻傻了眼，毛驴仰面朝天躺在地上，四肢挓挲着，两眼白瞪着，嘴里呼哧呼哧地喘着粗气，不停地冒着白沫，它最爱活动的尾巴也一动不动了，大有奄奄一息的样子。黄松赶快把父母叫来，商量毛驴的病因。徐环："昨天晚上它不是好好的吗？怎么一夜之间就变成这个样子了呢？"

黄琦问儿子："昨天晚上它吃啥了？"

　　黄松："除草外，我还给它些玉米粒。"

　　黄琦："你给它了多少玉米粒？"

　　黄琦："我把玉米筐端给它，叫它随便吃哩。"

　　黄琦："行了，问题很清楚了，它得的是撑病。它吃了干玉米后再喝水，玉米在肚子里膨胀，就是这个样子。"

　　黄松痛心疾首，恨不得往自己的脸上扇，他妈劝他，既然如此了，再难受也没用。要吸取教训，增长知识，吃一堑长一智么，以后不要再犯类似的错误。他摸摸毛驴的长脸，将将它的大耳朵，趴在它那像鼓一样的肚子上，听听肚子里的动静。

　　徐环："别摸它了，再亲它也没用。眼下最要紧的是，赶紧想办法给它治病吧。耽误了病是大事。"

　　黄琦："这病好治。你不用愁，给它一泻就好了。"

　　徐环："看你行哩，好像专职兽医似的。"

　　黄琦："兽医不兽医，把它的病治好不就行了？"

　　徐环："快给它治呀，别光耍嘴皮子。黑猫白猫，治好病就是好猫。"

　　黄琦找出他存放的牵牛籽，让徐环在蒜臼里把牵牛籽捣碎后，放在锅里用水煮三分钟后，把药汤倒出来，晾凉后，把毛驴的嘴撬开，用一木勺把汤灌到毛驴的肚子里。

　　黄琦说："好了，不用管它了，停些时候就好了。"

　　牵牛籽是农民常用的特效泻药。小孩子容易多吃，经常积食成疾，让他吃几粒牵牛籽就会把积食泻出，撑病就好了。

　　快到中午时，毛驴开始泻肚，黄腾腾的玉米稀糊从肛门里倾泻出来，一阵一阵地泻了好几次，从中午一直泻到太阳落。毛驴的肚子不大了，眼睛有神了，尾巴也不停地摆动起来了。它不再四肢挓挲着仰肚朝天了，而是侧着身子躺在地上。再停一大段时间，它站起来了，一切恢复了正常。一家人都放了心，黄松也露出了笑脸。拉土工作往后整整推了两天。

　　第三天一大早，黄松就起来做饭，然后就准备拉土事宜。他把架子车从车子棚里拉出来，先检查轱辘里的气是否饱满，再把配件找齐全，荆笆放在车两头，驴套挂在辕杆上。他也为自己准备了一根拉绳。空车时让毛驴自己拉，重车时他帮助毛驴拉。上坡时用劲拉，下坡时拖住车不让滑得太快，以免造成惨局：驴仰车翻。一切都准备就绪后，他急忙吃罢早饭，把毛驴站在辕杆里，把套夹板夹在毛驴的脖子上，黄松坐在车子上，吆喝了一声"嘚"，车子就朝着东山坡方向出发了。他们走得很快，逍逍遥遥就到了土场。

装车时，黄松只嫌一车拉得少，他尽量多装，把车子装得鼓鼓的。车子滚动时，车架子被压得咯吱咯吱响。往回走时，车子走着就不是那么轻松了，尽管是有些下坡，驴得用劲拉，黄松得用力帮。车轮子滚动得很慢，黄松感到自己的脚步很重。刚才来时，虽然是上坡，也没感到难走。回去时虽然是下坡，感到移动时艰难。黄松只嫌坡度太小，也只嫌路面不平。空车时没注意到路面上有那么多的坑坑洼洼，而且有些坑洼又那么深，车轮子一掉进去，就很难出来，得花额外力气才能让车子挪动。当车子走不动的时候，毛驴也帮不了忙，人拉不动，它也无能为力。听人说，驴、骡子和马属于快牲口。快牲口的特点是跑得快，但它们的不足是拉活不拉死。就是说，被拉物体在移动时，它们拉得很带劲；一旦被拉物体不能移动时，它们就不拉了。你打它们，它们也不拉，这就是它们拉活不拉死的道理。牛就不一样了，牛的弱点是笨，行动慢。但牛的明显优点是既拉活也拉死。被拉物体越是死那儿不动时，它就会拼命啦，硬把它拉动。黄松用的这个是毛驴，而且是小毛驴，对黄松出不了大力，只能帮帮忙而已。

黄松拉着车子回到宅基地的坑边时，徐环已在那等着他了。他满身大汗，浑身衣服都湿透了。他把车尽量站在坑边，徐环帮他把土卸下来。她先用铁锨把土一锨一锨地端下来，当土剩下一半时，她与儿子再一起把荆笆卸下来，然后两人一起把车子的头部抬起来，车子成为直立状态，土就刷拉落下来了，然后把车子放下，用锨清理车子上的残留土，把荆笆再放上，重新动身去拉。徐环对儿子说："这一车你装得太多了，你拉得很吃力。如果这样，不出几车你就筋疲力尽了。欲速则不达。你每次少装些，细水长流，看着慢不慢。"

黄松："这是头一车，装多少合适没把握，拉两车就知道了。"

徐环："啥都是开头难，慢一些，适应了就行了。"

黄松："很快我就习惯了，你回去吧，妈妈。"

徐环："我在这儿帮你卸，你就省劲多了，你去拉吧，我在这儿等着。"

大约半晌时分，一个五十来岁的大个儿男子走了过来，手里提了一兜鼓囊囊的东西，胡子拉碴的脸上凶气十足，出口问道："谁叫你们垫这地哩？"

　　黄松一看这人来者不善，问声悍然，感到他不是凡人。他不慌不忙地走到大个儿跟前，两眼凝视着这个凶悍的胡子脸，胸有成竹地答道："我们自己想垫的。"

　　那大个儿说："你们不能垫。"

　　黄松："为啥不能垫？"

　　大个儿说："不能垫就是不能垫！还问什么为啥不为啥。"

　　大个儿很凶，火气很大，一开始就有那不讲理样儿。但黄松很纯气，对他仍以礼相待，客客气气地问他："你总得说出个不让垫的理由啊。"

　　那大个儿说："我对你们说吧，我叫石大强，是石村的。刘岑是我姐夫。他的事就是我的事，他家的事我当家，我说了算，这宅子地是我姐家的。"

　　黄松："这是我们两家的，她家的一半，我家的一半。"

　　石大强："既然有我姐家的一半，你们为什么私自垫起来了？"

　　黄松："我们垫的是我们两家的。"

　　石大强："你纯粹是说谎。前天我问我姐姐要不要垫宅子地，如果垫我来帮忙。她说眼下既无钱又无人，不垫。怎么刚过两天她就有钱了？她要有钱了能不对我说吗？她家的事我最了解，你啥话都不用说，立即停工，不准再垫。"

　　黄松："我是与你姐商量好的，是她同意让我们垫的。"

　　石大强："她同意垫的？她兑人了吗？"

　　黄松："不用兑人。"

　　石大强："她出钱了吗？"

　　黄松："不用出钱。"

　　石大强："好啦，她既不出人，也不出钱，那么你为她垫地是白垫啦？"

　　黄松："是的，我们甘愿为她白垫。"

　　石大强："算了吧，小伙子。你要有这么好的心呀，你早就不在农村受苦了。你这一套话在古代很可能是真的，可是在现在就不行了，就骗不了人了。你还把我当小孩子，是吧？我告诉你，在搞欺骗方面，你还嫩着呢。你也不想想，你说那话谁会相信？垫个大坑，这么大的工程，你为别人白干，鬼才相信你的话呢！我可以说这种好心肠的人在当今社会上是找不到的。你没看看，社会上的哪件事不是先出钱，后办事？不用说请人出力了，就是问个路也得先出钱。不然，好的他不给你说，坏的是他给你说个相反方向。老人摔倒了，你不敢去扶她，你若把她扶起来，她不让你走，硬说是你把她撞倒的，你得陪她看病，替她付药费，伺候她住院……这种事多啦，你说你是白为她垫地，我能相信吗？"

黄松对石大强的话不置可否，只是说："你不信，你去问问你姐姐。"

石大强："我肯定要问，不过你们首先把工停了，不能再继续垫。我说话算数的。不然，我把你们的驴牵走，你信不信？"

徐环再仔细看看石大强，长得那么凶悍，口又那么满，说话虽然谈不上粗鲁，但绝对算不上温文尔雅。她仔细一想，还是退步三舍，减少麻烦。她对儿子说道："好，咱们收工，趁机歇歇。"

徐环坐在车子上，毛驴驾辕，黄松赶着车，闷闷不乐地沿着大街向家走去。

大街旁的一棵大槐树下，有两个老先生在下棋，周围簇拥着围观群众。与其说是围观，倒不如说是帮办，有的帮这边，有的帮那边，他们不时地指指点点，有时因主事者走错步而发出狂言，有时两边的帮办争吵起来，还夹杂着掐头去尾的叫骂声。

毛驴拉着他们母子路过人群时，多数人用诡异的眼光瞧他们。本来与他们很熟的人，今天也感到生疏无言。有几个常来常往的老相识，也只是对他们点点头，或微笑着寒暄几句，别无多余的话。但他们过去以后，这些象棋观众，立即打开话匣子，像决了堤的洪水，滔滔不绝地哇啦起来。黄松他们虽然听不清楚他们在谈论什么，但从他们的诡异表情上可以断定，他们在说着诋毁他们的话。

有个叫二黑的首先说："真是知人知面不知心，这母子俩平时在人们心目中是受人尊重的，知书达理，温存憨厚，体贴人心，处处为别人着想。可是现在暴露出来了，看来那些都是他们的假面具，他们是面善心毒的小人。"

站在他旁边的一个中年男子说："别说这么难听，你怎么能为他们下这个结论，我看有些严重了吧？"

二黑："严重？一点也不严重，你要知道骗人的朋友比公开的敌人都可恶！"

中年男子："这话从何说起？"

二黑："这不是明摆着的吗？这块宅基地本来是刘大妈他们两家共有的，是个大坑，一分两半，每家一半。现在他黄家独自垫起来了，这是怎么回事？"

中年男子："就从这件事就可得出他们面善心毒的结论吗？他们独自垫只是个表面现象，你还没了解真实情况，就妄加评论。说不定是与刘大妈商量好的？"

一个叫二丑的冲着中年男子说："你怎么总向着他们黄家？说话老给他们遮丑。"

中年男子："我才不向他们呢，我们无亲无故，我何必向着他们呢？我只是依理论事。"

二丑："你倒正经起来了！论起理来了？现在的人谁讲理呀？"

中年男子："你这话就太离谱了，人啥时候都得论理，现在的人大多数也都是论理的，好人还是多的。"

二丑："好人是多数是从理论上说的，但在实际上，可不是这么回事，咱们周围可不是这么回事，我怎么没看见一个一心为别人的人呢？"

中年男子："咱们周围不是没有，你是没有发现他们，他们做好事也不宣扬，你怎么知道没有？再说啦，由于你思想有些偏激，对人对事不往好处想，即使做好事的人，你也认为他们别有用心，你抱着这种心态，是发现不了好人的。"

二黑问中年男子："我问你，刘大妈还要不要这片宅基地？"

中年男子："她怎么不要哇？她绝对要。她家闹成这个样子就是因为没有地方盖房。尽管这片地方是个坑，垫垫不就好了。这片宅基地是她的命根子，她要拼命保住这片地方。我也在迷惑这个问题：她要这片地方，为什么不出人垫地？"

另一个男的："出钱不出人不也是一样？"

几个人齐声说："对，出钱也是一样。"

中年男子："出钱？说着轻松！她刘大妈得有钱啊！她要有钱她的家就不会四打崩散了！她要有钱她早就把房盖起来了！她要有钱她不会等到现在！"

二黑："你的意思是刘大妈不会给黄家钱？"

中年男子："她绝对不会给他们钱，这一点，我敢肯定，我对刘大妈的家底还是比较熟悉的。"

二丑："这就怪啦，刘大妈不出人，也不出钱，又要这片地方，为什么她让黄家独自垫地呢？"

另一个男的："有三种可能。"

二黑、二丑齐声说："哪三种可能？快说！"

另一个男的："第一种可能，刘大妈不知道他们垫地，他们是背着刘大妈干的，先下手为强，等刘大妈知道了，他们也把地垫好了，造成既定事实，然后黄家出几个钱把事情摆平就算了；第二种可能，黄家白为她垫地，不叫她出人，也不叫她出钱；第三种可能，黄家欺骗刘大妈，他们对刘大妈说：'你啥都不用出，我们垫我们的，给你捎带着垫了就行了。'刘大妈答应他们垫。但垫好以后，他们把脸一变，要刘大妈拿钱，不拿钱就不能要宅子。刘大妈哭天没泪，等黄家把房子盖好以后，刘大妈就更没办法了。"

二黑、二丑："第一种可能性小，垫地是个大行动，也不是一两天能完成的，不让刘大妈知道，偷着干是不行的，他这边一动工，她那边很快会知道，应该把第一种可能性排除掉。第二种可能性也应该排除，现在没有白干活的人了，连动动嘴也要咨询费，指指路也要劳务费，陪着说说话也要服务费，动不动就要费，你说啥不要费？垫地是土工程，劳动量又这么大，黄家怎么可能为她白干呢？因此，这种可能性也得排除；第三种可能性，欺骗，比较符合他们的实际情况。"

另一个男的："我反复想了，他们两家的交易就是欺骗，黄家行骗，刘家受骗。这就是黄家单独垫地的原因。"

二黑："对于刘大妈来说，与天上掉馅饼有什么两样？"

二丑："完全一样，一模一样。"

二黑："这么明显的骗局，刘大妈也相信吗？"

二丑："我听说刘大妈耳根软，她没有主意，她听了谁的话都有道理，就信以为真，容易上当。"

另一个男的："我很同情刘大妈，年纪老了，儿子不在家，丈夫不顶用，老两口磕磕绊绊地过日子就够可怜了，还受到社会上一些狼心狗肺的人的欺骗，真是太可怜了。"

中年男子："可怜之人必有可悲之处。你刘大妈就不想想，现在有这么好心的人吗？你光想好事，你怎么就没有看出其中的玄机呢！真像愚蠢的公鸡相信了狡猾的狐狸，把狐狸当成好朋友，最后落个粉身碎骨的下场。"

二丑："刘大妈的下场是什么？她怎么粉身碎骨呢？"

二黑："她的下场是把宅基地让给黄家，仅此而已。"

中年男子："这就足以使刘大妈致命了，与公鸡相信狐狸的下场一模一样。”

刘全昌：“你们瞎扯什么呀！黄松是刚下学的学生，她妈是咱村公认的贤惠女人，怎么会干出像你们谈论的那些事呢？”

二黑、二丑：“你不相信？”

刘全昌：“我不相信。”

二黑、二丑：“你太天真了，你不识时务，现在的人心变了，比不得过去了。”

刘全昌：“你说这不对，要相信好人还是大多数。若没有这个基本认识，你的思想就会出偏差，你的行为就会出问题，这是很危险的。”

石大强一走进姐姐的家，还没来得及把东西放下就高声大气地问：“姐姐，有人在垫咱的宅基地，你知道吗？”

刘大妈：“咋不知道呀？我知道，看叫你急的。”

石大强：“他是谁呀？怎么叫他垫呀？”

刘大妈：“他是咱村黄琦的大小子，叫黄松，刚从学校下学回来，村里人对他的看法都很好。”

石大强：“你与他们黄家共过事吗？黄松这个人到底怎么样呀？”

刘大妈：“我没有与黄家共过事，对黄松这个人也了解不多，只是听街坊反映他家不错，这孩子也很好。”

石大强一听姐姐这么说，一股怒气就窝在心里，向着姐姐冲了出来：“姐姐呀，我也不是说你哩，凭这一点点的道听途说，你就相信他了？我看你是上当还没上够！吃亏还吃得少！垫宅基地是你苦闷担忧的根据，它也是你吃亏上当的起因。上一次你被骗走一千元，这一次你可能把整个宅子都被骗走，到头来你啥也落不住，叫你两手空空，哭天没泪，哭地不灵。”

刘大妈：“你这么一说，真叫我六神无主，一片茫然了，我就不懂，怎么就这么严重？”

石大强：“你想想，人家辛辛苦苦把地垫好了，你不费吹灰之力就可以捡现成了，世界上有这么美好的事吗？这可真是天上会掉馅饼了。”

刘大妈：“我就不懂，明明是我的宅子地，他垫成后怎么就成他的呢？”

石大强：“是你的，只是个名义。那实际上是个大坑，是一片废地，都是国家的土地。废地谁开发是谁的。你的只是个大坑，人家垫好后就要这片垫好的地，你那个坑是虚的，是空的，人家要这片垫好地都是实实在在的，打官司你也赢不了。人家要这片地不是白要的，你想要这片地倒是没有任何理由，你没有任何付出，既没出钱，也没出人，地垫成了，你却要现成了，世上哪有这样的好事！"

刘大妈："上当也好，受骗也好，都是没成色人干的，有智有谋的人就不会上当受骗。你姐姐我上当受骗还不是为了盖房？想盖房又没有能力，没能力就想一切办法，有了上当受骗的可能。就说垫这片地吧，我曾经请你给我垫，那次黄琦与我商量垫地之事时，你若能帮我与他一起把他垫了，就不会有后来的骗去一千元了，更不会有现在的让别人为我垫地了，你说是吗？"

石大强刚才埋怨姐姐时，劲头十足，振振有词；听罢姐姐的这一番话后，萎靡不振，张口结舌。他是个唯利是图的人，凡事没利不干。姐姐曾请求过他好几次，他都以忙或者身体不适为借口推辞掉。刘大妈对他说："我的好兄弟，你替我把宅子地垫了吧，我给你劳务费，该多少，我给你多少，一分不欠你的。"

石大强说："我的亲姐姐呀，你说哪里话？咱们姐弟俩，谁跟谁呀？我为姐姐干点活儿，还不是应该的吗！我为你干活要说钱，就该打嘴了。"

是的，为姐姐干活不能要钱，但不要钱的活决不能干。再说，即使要钱，要多少呢？要的多了不合适，是自己的亲姐姐；要的少了不划算，不符合"多付出，多收入"的原则，所以，干脆不干。这次姐姐提起此事时，他心知肚明，但无言以对，身上的锐气减少了一半。

刘大妈："这一回我约摸着上不了当。"

石大强："为什么呢？"

刘大妈："我认识他是谁，我知道他家在哪里，垫好地他若不给我，我去找领导，与他打官司。"

石大强："你没有钱，打官司也赢不了。你没听说吗，'有钱能使鬼推磨，没钱只能白挨饿。'他们先把钱送上，钱就是理，你会赢吗？"

刘大妈："我不相信他们竟这么没良心。"

石大强哈哈大笑道："我的傻姐姐呀！都到这个时候了，你还把良心挂在嘴上。你看看周围的人，谁在讲良心？你再看看周围的事，哪一件是凭良心干出来的？他们要讲良心，你就不会白白送掉一千元钱；他们要讲良心，你养的几只大母鸡就不会白白丢掉！"

刘大妈："良心是要讲的，不讲良心的人，就失去了做人的资格。"

石大强："我说，姐姐，你怎么这么顽固？良心能吃还是能喝？良心值多少钱？"

刘大妈："良心是人的灵魂，良心是无价之宝，是做人之本。"

石大强的话，刘大妈不完全相信，但一些社会现实，使她不得不相信。关于黄松为她垫地之事，她基本不信是骗她的，但她心里感到很不踏实。她对弟弟说："大强，你在这儿等着，我现在就去找他们。"

刘大妈动身去找黄松了。"去找他说什么呢？"她走着思索着，问问他："你垫好后不会不给我吧？"她很快又把这句话否定了，她认为问这样的话太没人情，这话一出口就把两家的距离拉开到十万八千里。同时，也把良心抛得远远的。不行，人还是要讲良心的，坚决不能说这样的话。"那说什么呢？"她想着想着，就要进黄家院子了，她还没找到一句合适的说法儿。

黄松与母亲回到家以后，虽然没有多谈石大强不让垫地的问题，他们心中各自打着自己的小算盘。黄松认为，不管他石大强怎么说，刘大妈决不会不让垫，因为这是白为她垫，不图吃，不图喝，只图腰疼、腿酸、汗水多。这真是天上掉馅饼，是千载难逢的机会，很多人想吃，还够不着呢。她刘大妈能糊涂到这个地步，不让垫！不会的，决不会的。但他又想，那也不一定，很多傻事都是聪明人干出来的，有的人甚至把命都赌上了。石大强必然是她的娘家弟弟，他的话对她来说很有分量。我与刘大妈的关系比他与刘大妈的关系差远了，他们是一母同胞，亲密无间；我是二家旁人，毫无牵连。他会给她说什么呢？她下一步会采取什么行动呢？不管他对她说什么，也不管她下一步怎么办，她决不会放弃这万无一失、而只有得惠的大好机会。

徐环也在不间断地思考着：石大强肯定告诉他姐不让我们为她垫地。理由是怕上当，怕吃亏。刘大妈是一个耳朵很软的家庭妇女，整天很少出门，几乎没有与外界交往的机会。由于见识浅，脑子里可比较的东西不多，任何人对她说一套道理以后，她都会感到很对，从而很相信，所以她容易上当受骗。她也考虑到石大强与刘大妈的关系特殊，石大强的话对她肯定会有深刻的影响，她很可能做出不让垫的反应。最后徐环得出结论：你有你的千条计，我有我的老主意，以不变应万变，不管何处来风，永远坦坦然然。这个老主意，这个不变就是实事求是，就是真心待人，我说的话、做的事受得起任何人的琢磨，经得起时间的考验。我们的行为可以归结为一句话：对得起人民，直到永远，永远！

刘大妈真的来了。她一来，徐环就感到她思想有变化，把她让到堂屋坐下。给她倒上茶，问她吃过饭没有，还问她想说些啥。上边的几件事刘大妈都好应酬，就这句"想说啥"，她不好回答，她急中生计，临时编了个瞎话："我感谢你们诚恳帮助我垫地，就你们这颗真心，我将永远感谢你们。事情是这样的：我弟弟来了以后，我把你们为我垫地的事告诉了他，你知道他说什么？他说：'那个工程很大，又是土工活，很费劲的，不要劳累他们了。我没事，让我为你垫吧！'我一听，有道理。他是我弟弟，让他为我干些活也是应该的，过去我叫他干，他都不干，这次主动提出来要干，我顺水推舟，就立即答应了他。所以我来告诉你们，不要为我们垫了，我们的就让我弟弟垫吧。"

徐环："这太好不过了，我们最理想的方案也是如此，我们已经垫了一晌了，你弟弟下午，就可以来参加工作。他只拿一把铁锨就行了，我们啥工具都有，车子、荆笆、毛驴。毛驴拉着车子，黄松和你弟弟他们两人装车卸车，这个坑很快就垫好了。"

刘大妈一听不对劲，知道她的话说扒场了，挽回是来不及了，她只有将错就错地说："他今天来不了，他家里还有事做呢，等做完家里的事才能来。"

这时，黄松的二奶拄着拐棍走进院子，徐环挽着她进了屋里，让她坐在椅子上。二奶对刘大妈的到来很高兴，长时间不见的老街坊，又都到了这把年龄，见了面亲热得很。二奶得知他们在谈论垫宅基地的事情后，对刘大妈说道："你可不要失去这个机会，他有车、有驴，这两样是多么得力的工具！失去这个机会，让你弟弟一个人是根本办不成事的，现在他一个人来就行了。"

是的，这个机会再好不过了。有一千条、一万条理由他应该来，没有一条理由说他不应该来。刘大妈也感到再没有推辞可说了。她的思想早已乱了阵脚，从她编瞎话那一刹那起，她就像瞎驴走窟窿桥一样，高一步低一步地盲目走，不知道有什么结果。这时，她只得按她编的瞎话走下去。她说："你们说得对，我回去给他说说，让他把别的事放放，紧着垫地的活干。"

刘大妈回到家以后，发现弟弟不在家。她找呀，叫呀，喊呀，就是没人答应。她又想，是不是喝多了在床上睡着了？她去到各个屋里看

打坯拉煤烧砖

祖辈夙愿实现

看，哪里也没有。她确信他已走了，已经不辞而别了。

刘大妈离开家以后，石大强马上感到不好。他的浑身像泼了一身冷水一样乱哆嗦。他自言自语道：我怎么干这么个傻事？这不是搬起石头砸自己的脚吗？姐姐不让他垫，势必要叫我干，我怎么回答她呢？他想来想去，怎么回答都不好下台，干脆一走了事。

刘大妈片刻也不敢停，急忙又回到黄松家里，对徐环和黄松说："你们继续垫吧。"

中午饭后，黄松倒在床上一觉睡到下午三点钟，毛驴吃饱肚子后，站在槽头不时地哼鼻子、扒蹄子，不拾闲地乱叫，好像在催促主人赶快起床上套。

黄松像一堆烂泥，瘫软在床上。不管毛驴有什么动作，他浑然不知。徐环走到他的床前，看到儿子睡得甜蜜的样子，实在舍不得搅醒他的美梦。她站在他跟前足足五分钟，看着儿子那随着呼吸起伏的肚子，眯缝着的两线眼睛，半合的两片嘴，清秀的两道弯眉，让徐环看得津津有味，神采奕奕。她突然发现儿子竟这么帅气，这么英俊，自己为有这么个儿子而骄傲。

徐环还是把黄松叫起来了。黄松听到母亲的叫喊声，刺棱坐了起来，他猛一下床，打了个趔趄，两眼一黑蹲了下来。不到半分钟后，他又站起来，摇摇晃晃地向院子里走。徐环急忙扶住他，说道："你太累了，今天下午不干了，休息吧。"

黄松："不行，刚干了一晌活就能累垮吗？人家农民长年干也没关系。"

徐环："人家是锻炼出来的，你怎能与人家比？"

黄松："我不能停下来，还得继续干，由累干到不累就是过来了，以后就不会感到累了。我累是我缺乏锻炼，因此，我不能不干。"

黄松走到槽头，把毛驴的缰绳解开，牵着它去套车，说了声："走，拉土去！"

晚饭以后，徐环催儿子赶快去睡觉，黄松说："我得把牲口喂饱后再去睡。"

徐环："今天晚上让我喂，你去睡觉吧！"

黄松累得疲惫不堪，神志不清，昏沉欲睡。但他躺在床上却怎么也睡不着。他在考虑什么呢？其实也不是什么考虑，他的脑子累得恍惚不清，哪有气力考虑问题，只是一些事情一直浮现在他脑子里，他没有任何力量把它们赶走。

垫地工作是他回家后单独干的头等大事，也是与外人打交道的第一件事。他回忆着办这件事的曲折过程。刘大妈一开始是死活不同意垫地，经过耐心细微的解释以后，她同意了。这是垫地的第一天，工作很不顺利。刘大妈的弟弟石大强坚决不让垫，而且说些诋毁自己的风凉话。在街上遇到的那一群人，不会把自己往好处想，他们很可能把自己想成毒蛇猛兽。刘大妈告诉我们说不让垫后不久，又拐回来说继续干吧。……这些都是怪现象，都出现得莫名其妙。这都是为什么呢？他百思不得其解。但他很快得出了结论，这些怪现象都出于为刘大妈垫地上。为刘大妈垫地怎么了？有什么大惊小怪？她家里有难处，我替她垫地有什么不好呢？有什么值得议论的呢？一些人经常戴着有色眼镜，他们看到的任何事情，都是他戴的眼镜的颜色。当然，这些人的眼镜不是明亮的，不是阳光的，而是灰暗的、暗淡的。是的，这就是他为刘大妈垫地反被他们评头论足的道理。也不知道是愤恨呀，还是激昂，他坐起来，从抽斗里拿出日记本，写出了下面的感慨词：

做事难

做事难，

做好事更难。

人间自有褒贬事，

如今看待不一般。

一心一意为别人，

反遭冷眼相看。

叫你气瞎眼，

有谁可怜！

得改变，

肯定是偏见。

传统美德要发扬，

公益事业争着干。

只要人人献爱心，

和谐社会容易建，

大家共享受，

谁不喜欢！

第十三章

　　经过八天的辛勤劳动，垫地工作终于结束了，原来一个蚊子滋生地的污水坑，转眼变成了一个操练场，平坦、宽敞。从东山坡搬过来的深黄色的鲜土，不时散发着诱人的清香。村民们，尤其是老年人，都带着孩子来这里转悠转悠，开阔开阔胸膛，展示展示眼光。孩子们在上面做各种游戏，尤其是晚上，月色皎洁，微风荡漾，在这片新垫的土地上，如同观看春节晚会，男女老少都来到这里，见见面，谈谈话，叙叙家常。三三两两的女孩们在一起叽叽喳喳地说笑，男孩们三五成群地做游戏，如"瞎子摸鱼、瘸子打狗、逮山马和狼与小羊"等等。大人们往往被孩子们的天真烂漫所感动。他们随着孩子们的玩意儿而拍手叫好，激动欢呼。整个场地像一锅沸腾的水，一股一股地游动，此起彼伏。……直到半夜时分，人们才慢慢离去，场面上又恢复了平静。第二天凌晨，当人们还没醒来的时候，头天晚上留下的抛弃物，格外显眼。它们好像在向人们招手：快来呀，快把我们捡走哇，我们不想在这里让人耻笑。

　　刘大妈来到这里，一看她的被垫好的宅基地，她泪涕交流。霎时间，她失去自我，发起疯来，一会儿坐在地上打滚，一会儿抓起黄土乱扬，不时地狂叫："我的宅子垫好啦！我的宅子垫好了！"她有些癫狂，有些失常。她的这些表现，是喜、是悲、是忧、是畅？谁能说得清？谁能道得明？

　　刘二黑走到她跟前，大声说道："刘大妈，你这是干什么呀？是喜呀？悲呀？忧呀？乐呀？我不管你是哪一种，我可以明确告诉你：你喜，喜得太早，你悲，你悲得太晚。"

　　刘大妈不哭不闹了，渐渐恢复了正常，站在那儿不动，倾听他往下说什么。

　　站在旁边的刘全昌向前走了几步，问刘二黑："我听着你这话里有话，请你解释一下好吗？我真想见识见识。"

刘二黑："我说她喜得太早的意思是，这娘儿们考虑问题太浅薄，光看表面现象，宅基地垫成了，你就高兴啦，你看她浅薄成啥！宅基地垫好不一定是你的。这片宅子是深坑时姓刘，垫好以后不一定姓刘了。她没认识到这一点，所以她盲目喜欢，她这是瞎喜欢，喜欢得太早了，后边还有悲哀等待着她呢。我说她悲得太晚了的意思是，垫地工作一开始我就对刘大妈说过，不要让他垫，不要轻信他的话。现在这个时代，骗人的现象多着呢，你不要上这个当，想吃天上掉下来的馅饼，馅饼把你砸死，你不但吃不到馅饼，反搭条命。她这事肯定不会搭命，但把她心爱的宅子地都搭进去了。原来是你的坑，现在是平坦宽敞的地，你没出一分一厘钱，也没出一点人力，人家凭啥白给你垫呀？你再要这片宅子地，已经不行了，生米已做成熟饭，宅子的属性已经变了，她若得知这个事实，她怎么不悲伤！现在悲伤有啥用？我早就对她说，她不听，光会放马后炮。如果早些有这种悲，就不会有今天的悲了。所以我说她悲得晚了。"没等刘全昌说话，刘大妈因听得不耐烦，刘二黑稍停下，刘大妈说："我听你说这头头是道儿，有根有据，有因有果，可以说是滴水不漏。我也没这么多道理，我也说不来个前因后果，更不知道什么这早了，那晚了。我听报纸上说'事实是检验真理的唯一标准'，我相信这句话，我相信事实，事实才是真理。我也懒得给你多说，咱把黄松叫来，咱仨照面，你当面问他，这宅子有没有我的……"

说话间黄松已出现在他们面前，原来是刘全昌把他叫过来听他们对话的。刘大妈看见黄松真是喜出望外，说道："真是说曹操，曹操就到了。"她对刘二黑说："你问问他。"

刘二黑静静地站在那儿，一句话不吭。

刘大妈问黄松："黄松，你明确告诉我，这宅子地是我的不是。"

黄松看看刘二黑，再看看刘大妈，不慌不忙地说道："这宅子是你的，也是我的，是咱们两家的，按原来的划分，中间分界线以东是我的，以西是你的。这片宅子过去是坑的时候是你的，现在地垫好以后还是你的，今后仍然是你的，永远是你的。"

刘二黑窘态百出，无地自容地悄悄溜走了。

刘大妈对周围的人说："我的夙愿已偿，这是黄松一家的功劳，我不是个不知好歹的人，我是个知恩图报的人。黄松母子为垫这片地付出了那么大的劳动，他们不仅仅是为我垫地问题，他们也挽救了我们全家。他们的大恩大德，我得重谢他们。但怎么感谢呢？我曾经打算给他们东西，你知道他说什么？他们说话可难听啦！黄松板着脸，正言厉色地说：'我们付出的劳动就值这么点东西吗？我们为你垫宅子就是为了这点东西呀？你也太瞧不起人了吧！'他像一座巍峨的泰山，我像一株软弱的无名小草。我现在明确告诉你们：我得报答你们，不然我会内疚毙命的。"

黄松说："我们为你垫宅子地是出于爱心。爱是崇高无上的，爱是最伟大的，它是无价的，高于黄金，高于珠宝。我为你垫地，分文不取，这是爱的体现，若收你的东西，哪怕是一分一厘钱的东西，爱心就荡然无存。我们付出的价值就体现在那点东西上吗？这你就明白了，你就不会坚持要送我们东西了。"

刘大妈："如何表达我的感激心呢？"

黄松："很简单，奉献爱心，不仅对我们，对每个人，对每件事，都奉献爱心，这就是你的感恩之情，仅此而已。"

刘大妈："我算是彻底认识黄松了，他就是这么个人，这么个到处献爱心的人，他有坦荡的胸怀、高尚的品德和崇高的人格，他是个了不起的人。"

黄松："我是个平凡的人，我做的是平凡的事。我没有什么了不起，我平凡得不能再平凡了。"

刘大妈是个有恩必报的人，黄松无偿为她垫地，使她激动万分，感激不已，到处宣传黄松的好处，见人就说黄松的优点。她的外甥女听说她的宅子垫好了，没花一分钱，特来看看是怎么回来。刘大妈给她说了前前后后的经过以后，她也激动万分。刘大妈说："黄松母子为我白出这么大的力，我真是过意不去。可是他们无论如何不要任何报酬，我一说给他报酬，他立刻给我发脾气，说我瞧不起他们。可是我这个感恩之心无法平衡。这两天把我弄得焦头烂额，我实在想不出任何办法。"

外甥女："给他些钱怎么样？"

刘大妈："他绝对不要。"

外甥女："给他些东西？"

刘大妈："没门儿。"

外甥女："送些烟酒之类的礼品，虽然礼不重，总可以表达一下你的心意，很多受礼者金钱不要，物品不要，但烟酒是要的，因为烟酒不分家么！过后若有人提起此事，接受烟酒也不认为是大问题，最多是个'不应该'，最好'不接受'，仅此而已。你用烟酒试过吗？"

刘大妈："没试过，因为咱们女人不吸烟，也不喝酒，遇事想不起烟酒的事。"

外甥女："你不妨试试，也许能行，可以了却你的心愿。"

刘大妈："万一不行呢？我在想，我要拿着烟酒去他家，他会把我拒之门外，并且还会把我臭骂一顿。"

外甥女："那咋办呢？"

刘大妈："我发了几天愁了，真叫我坐卧不安。"

外甥女："啊，有了。"她的高兴样子溢于言表。

刘大妈："你这死妮子，有啥了？看叫你高兴的。快说，叫我听听是啥。"

外甥女："让我公公来唱说书（坠子）。叫他来唱三个晚上，让全村人都来听，你也可以在全村人面前表达一下你的心情，我看这个办法不错，你说呢？"

刘大妈："咦！这真是个好办法，它比任何办法都好。我怎么没想起这个办法呢？这肯定是个好办法，比任何别的办法都好。好了，就这么定了！唉，先别急，你公公愿意来唱吗？我得给他多少钱呀？"

外甥女："我给他讲讲这里面的道理，他会来的。至于钱的问题，你不用给他提这事，不然他也会生气的，咱们是亲戚，要啥钱呀！今天我回去与他商量，定下他来的时间以后，我再来告诉你。"

第三天晚上，新垫的宽敞平坦的场地上，放着一张三斗桌子，上面铺着鲜红的毛毯，毯子上放着一个碧绿的暖水瓶。旁边有四个雪白的茶缸。红色、绿色和白色，在二百支光灯泡的照耀下，闪闪发光，相互辉映，晶莹透亮，眼花心萦。树上的高音喇叭，不时地向外播放："坡王村的父老乡亲们，今天晚上，在黄松新垫的宅基地上，付李庄的付一笛来给我们唱说书，欢迎大家前来观看。"

坠子，本地群众称作"说书"，是这里最流行的文艺形式。家里有喜事时，如娶媳妇、生孩子，甚至是母牛生了小牛犊、老母猪生了猪娃，也要请一班说书的来唱，一般都是三个晚上。此外，家里发生的其他喜事，如做生意赚了钱或较大的建设项目的完工等，都请一班说书来庆贺庆贺。这里的农民普遍迷信色彩较重，他们把自家里任何喜事都看成是由于神灵的相助才得以实现的。有了喜事不要忘本，请来说书人演唱三个晚上，以表达对神灵的感谢之情。这样才能喜事不断，越来越多。刘大妈请来唱说书的，一是庆贺宅基地的垫成；二是感谢无偿为她垫地的人；三是感谢因为垫地工作所有关心她的人。唱说书的形式很简单，一般有两个人就行，一个唱家，一个拉弦的，有个别的一个人，自拉自唱；也有三个、四个人的，多的人都是拉弦的。周围几十里最著名的说书人是付一笛，付李庄人。他本名付金标，他的说书有名的原因是他唱得特别好听，很多人来听他的说书，主要是听他的声音，听他唱说书犹如聆听优美动听的笛子声，所以他的艺名是付一笛。

付一笛说书队是最难请的，想请他时得很早打招呼，有时得提前十几天。刘大妈一叫就来，就是因为亲戚关系，刘大妈的外甥女是他的儿媳妇。她叫他哪一天来，他就哪一天来。他宁愿把别的推掉，也得紧着这里。要知道，公公不但不敢得罪儿媳，他还要尽力为儿媳妇办好事，挣得她的欢心，他在家里就可能受到较好的待遇。这里有这样的说法："宁愿让老婆（妻子）打嘴，也不能与（儿）媳妇拌嘴。"人人都知道，儿媳妇是得罪不起的。

村民们一听说付一笛要来演唱，都兴奋不已。坡王村的群众，别看处于偏僻位置，都爱听戏，爱看文艺节目。河南省的几个有名的地方戏，他们都爱看。当然，爱看的是好唱家，著名演员唱的，豫剧常香玉，曲剧海连池，越调申凤梅，坠剧付一笛。只要是这四个人的戏，他们是非看不可的。有的说："啥活都不干，戏必须得看；饭也不用吃，一看戏就不饥。"为了晚上看戏，很多家庭大老早就吃罢了晚饭，拿着椅子，带着孩子来到新垫的广场上。附近村庄的农民也老早就来了。天还不太黑，广场上的人就坐得满满的。大人们在交谈、说笑，孩子们在追打、胡闹。整个广场如同一窝蜂，看着乱嚷嚷，听着乱嗡嗡，抬头雾气腾腾，低头无息无声。正视远处看，好似腾云驾雾，飞在空中。

说唱就要开始了，主持人在高音喇叭里大声叫喊："请大家安静！请大家安静！"刘大妈，在外甥女的搀扶下来到讲桌前，她站稳后，主持人对大家说："请乡亲们安静，说唱就要开始了。在说书开始之前，说唱会的主办人刘大妈为大家讲几句话。"

刘大妈轻轻地向前挪动了一下脚步，恭恭敬敬地给观众鞠了三个躬。然后，她说："感谢大家的光临，感谢大家的捧场。首先我要对大家说的是我很荣幸地邀请来了咱们长久渴望见到的付一笛先生为大家说唱。他在百忙中，辞掉了好几家的盛情邀请，毅然决然地来到咱们村，这是对咱们村的看重，对咱们村的友好感情。我们对他的友情表示衷心的感谢。"群众中响起了雷鸣般的掌声。主持人叫大家安静后，刘大妈继续说："我邀请付一笛先生来为我们说唱有三个目的：一是感谢黄松和他的母亲。他们无私为我垫了宅基地，无偿把这个大坑垫得平平坦坦。我家就是因为没地方盖房而四打崩散的，使我陷入长期的悲伤和无止境的忧愁。黄松母子解除了我的痛苦，挽救了我的全家。他们母子为我出了这么大的力气，无私奉献，分文不取。他们没有喝我的一口茶，没有吸我的一根烟。这是一般人想都不敢想的。二是感谢在垫地问题上帮过我忙的乡亲们。三是感谢给我出主意想办法的所有的人。你们都是热爱我、关心我的亲密朋友，我将永远不忘你们。我请人唱说书以示我的感恩之情。今后还请大家对我多关心、多照顾！我的话完了，谢谢大家。"

刘大妈的讲话结束以后，观众中不时传出声音："黄松真了不起。""黄松有个不是凡人的胸怀。""黄松是当代青年的楷模。"我们都应该向黄松学习。群众中还不断出现叫喊声："请黄松出来见见面""请黄松出来讲讲话"，坐在黄松旁边的刘全昌要求黄松给大家说几句话，但黄松不愿意说。他说："没什么好说的。"但群众的欢呼声此起彼伏，一阵高似一阵，吆喝声一波高一波。黄松看到不出面说几句是不行的，于是他站起来，走到桌子前面，恭恭敬敬地鞠了三个躬，然后对着麦克风说："感谢大家的厚爱，感谢大家对我的看重。"群众中有人说："谈谈你为刘大妈无偿垫地的想法。"

黄松振作一下精神后，正正经经地说："我是个平凡的人，我干的是平常的事。我认为，作为一个新中国的青年，应该处处献爱心，应该为每个人献爱心。为刘大妈垫地，是我献爱心的一部分。这事很平常，不值得渲染。我做得还很不够，请父老乡亲们多多帮助，多多指教。我刚从学校毕业回到农村，很多事我都不懂，很多事我做得很可能不近人情，欢迎乡亲们包涵，并积极帮助我改正。我的话完了。谢谢大家。"

说书一连唱了三个晚上，每晚都是人员爆满。不仅本村人倾巢而出，周围村庄的人也是蜂拥而来。尤其是那些小卖人员，有的单挑，有的推车，有的卖小吃，有的卖杂货，连打烧饼、做水煎包的也从老远地方跑到这里凑热闹。更麻烦的是，几乎每家都得接待亲戚，少者一家，多者三家、四家，还有接待五家的。主人尽管应接不暇，还得强装笑脸表示欢迎。有几家客的家庭，晚上没地方睡，白天锅小没法吃饭。好过了本村两家卖馍和卖面条的。他们这几天的生意红火朝天，几天的生意量比一年的都多。可以想象，这几天的坡王村，真是热闹得如骏马飞驰，如海水翻腾。

三个晚上的坠子戏结束了，垫地的风波也渐渐平息下来，刘大妈的情绪也慢慢趋于正常。刘大妈的情绪好像很不正常，好像得了因狂喜而遗留的痴迷症。每天必须去新宅基地转一圈，看一眼。每当太阳就要落山时，她准得来到宅子地上走走。一天晚上，她正好与黄家三口——黄琦、徐环和黄松——走到一起。刘大妈看见黄琦以后，情不自禁地做起自我检讨来了。她走到黄琦轮椅旁，主动拉住黄琦的手，说道："老弟呀，真对不起，上次你与我商量垫地问题，我与你发了脾气，咱老姐弟俩还弄了几句不得劲呢！都怨我没水平，没涵养，我现在可后悔啦，我深感对不起你，请你原谅。"

黄琦："啥时候的陈谷子烂芝麻的事，你还记得，我早把它忘到九霄云外了。没什么，你不要总放在心里。"

刘大妈："不得到你的谅解，我心里始终放不下。"

徐环："这下子你的思想可轻松了吧？你的两个孩子知道宅基地已经垫好了吗？"

刘大妈："知道了，我随即就告诉他们了，他们感到是奇迹。他们说你们对我们的帮助太大了，我们终生难忘你们的恩情。你们太了不起啦。"

黄松："不能这么说，我是个平凡的人，我做的是平常的事，仅此而已。"

徐环："你们打算盖房吗？"

刘大妈："打算，咋不打算呀？整天做梦就想的是盖房的事。但打算，总归打算，仅仅是打算，啥时候落实到行动上呢？老天知道。"

徐环："咋啦？他们能不赶快回来商量盖房的事吗？"

刘大妈："谁知道他们是否回来呀？情况又变了，他们达不成协议，有了宅基地也动不了工。"

徐环："就他们弟兄俩，有啥不好商量的？"

刘大妈："一家只知道一家，家家都有一本难念的经。别看就他们弟兄俩，他们的事情可难办了。我看呀，我们这弟兄两个的事比人家弟兄十个的都难办。"

徐环："大多数人是看人家是豆腐渣，看自己是一朵花。而你恰恰相反，看自己是豆腐渣，看人家是一朵花。这是怎么回事呀？"

刘大妈："他们的事真可难办，尤其是那个老二媳妇。她搅和得全家不安生。我那老二是典型的'小时候待蜜亲，长大后待妻亲'，是一个完全没脑子的窝囊废。他对妻子，言听计从；可对别人的意见就是另一回事了，连她亲娘也不放在眼里。即使我叫他干啥事，他也去征求媳妇的意见，若媳妇不点头，他就不干。"

徐环："你家的盖房问题实际上是牵涉分家问题。这也简单，弟兄俩，两处宅子，一人一个，一些具体事，一商量就解决了。"

刘大妈："照你说的就简单了，我就不上愁了。我们家的事没那么简单。垫地之前，老二说他要老宅子，老大应该出去，在新宅子地上盖房。而且盖房他们不管，不兑东西也不兑钱，垫地他们更不管了。老大垫不起地，也盖不起房，所以大家挤在一个院子里，一直拖到现在。他们知道地垫好了以后，老二的主意变了。他坚决从老院出来，去新院盖房，把老院留给老大，而且他们在新院盖房我们必须帮他人力和物力，老大不同意。因此弟兄两个达不成协议，所以盖房的事，还没影儿呢。我看哪，还不定等到哪个猴年马月哩。你们也该盖新房了吧？你们的老房子那个样子，而且孩子们也都大了，说亲的人该有了。说起这啦，现在在农村说媒，首先是看房子。你如果没有像样的房子，连门儿都没有。人家相中房子后再说事，事成后得花钱。"

徐环："得花多少钱呀？"

刘大妈："这就很难说啦。这得看对方的要求啦，有的得花很多；有的花得不多；也有极少数倒贴皮的。要看你的运气啦。"

徐环："我们的事还多着呢。房子需要盖，媳妇需要寻。这些都是需要钱的地方，可我们就是没有钱。你看难不难？我比不上你，你原来为垫地上愁，现在不上这个愁了，你不就轻松愉快了吗？"

刘大妈："是呀，我是轻松了，但愉快不了。按理说，我每天应该畅畅快快的，吃得香，睡得甜，无愁无忧过百年。可我不由己，也可能是我天生就有一个好操心的命。不操这心，就操那心，整天安心不了。要说也是，就我们家来说，只要地垫好，房啥时候盖我就不操心了，我们做父母的把宅基地给他们准备好就行了。你们替我们垫地确实解决了我们的大问题。说实在的，你们为我垫地确实也冒着很大的非议。垫地工作从开始一直到那天晚上，我在大家面前宣布你们无偿为我垫地为止，每天都有人给我出主意，给我提建议，他们的建议基本上都是对你们的不信任，有的甚至有些诋毁的意思，大部分建议都是说你们欺骗我，连我亲弟弟也叫我告诉你们马上停工，我顶住了很大的压力，让你们把地垫成。"

黄松："他们主要是对我不了解，谈不上诋毁，他们的主观愿望是好的，是为了不让你上当受骗，是为了你好。时间长了，他们了解我了以后就行了，我不怪他们。任何东西都有个认识过程，在认识以前，难免会有不正确的看法，这是正常现象。"

第十四章

　　在农村，住房是一种象征，它象征着住户的经济地位和家庭成员的品位。辉煌壮观的房舍，不仅显示出住户富裕的经济，也反映出他们较好的素质和社会地位。反过来说，破烂不堪的住房，不仅反映出住户经济的拮据，也显示出他们较低的素养和社会地位——这是北方农民普遍的看法。

　　对这一看法体会得最深的莫过于黄松的父亲黄琦。

　　黄琦年轻时，家庭经济条件差，住房残垣断壁，乍一看根本不像个住户，倒像个多年失修的大羊圈。堂屋是三间坏洞草房，房顶的东北角，麦秸已被大风吹走，土坯墙被雨淋得像着蜡烛的泪，颓顶泥巴身，晴天屋内有太阳，雨天屋里湿淋淋。两间东屋是黄土夯成的墙，麦秸苫的屋顶。院墙——哪是什么院墙，是黄土堆起来的高高低低的土堆。大门是用木棍别成的一块棚栏，只是用来阻拦外边牲畜的侵入。那时的农民，为了节省饲料，饲养家畜家禽完全是放逐街头。早晨一大早，它们被轰出家门，让它们在外边打野食，晚上太阳下山以后，才回家过夜。这时，主人才给它们些饲料，它们争先恐后地很快就把饲料吃完了。它们若在外面能找到些东西吃，再吃些主人的补给，还勉强凑合，就不声不响地去圈里睡觉了；如果它们在外面打不到食，或找到的食很少，离吃饱肚子还差距很大时，它们吃完了补给仍然不走，在院子里转悠，嘴里叫个不停，几种动物同时乱叫，院子里像刚下罢雨的大小坑，哇哇叫的青蛙，叫声不止，响彻云天。它们好像向主人请愿，它们的叫声好像说："再给些，加些补给。"在晴朗的天气时，它们若仍叫着不去圈里睡觉，主人不但不同情它们，反而还非常气愤，嫌它们不下力，在外面不好好找食吃，就会拿起棍子，把它们撵得满院转，满天飞，叫声也由原来的有节奏的交响乐变成悲惨的凄凉声。有的来不及躲闪，挨了无情的棍打。在请愿无望的情况下，它们只得忍着肚子去圈里睡觉了。第二天一大早，它们就跑到外面，为了找到食物，它们跑到野外的田地里，羊吃庄稼，猪啃南瓜，鸡吃粮食，它们共同把农民的庄稼糟蹋。当然它们也常常遭遇不幸，有时吃下毒药，有时遭到枪杀，这是对饲养它们的主人的惩罚。

睡到圈里的家禽家畜也不安生，它们经常遭到小偷的盗窃。那时由于政府无能，盗贼猖獗，农民过不了一天安全生活。每天晚上，盗贼乱窜，抢粮食、劫财物，偷鸡摸狗，牵羊赶猪，无所不偷，无所不抢。把老百姓折腾得白天吃不饱穿不暖，晚上睡觉也不安全。大村庄的群众还好一些。大村庄往往有大地主、大恶霸，他们人马多，势力强。他们常与官府勾结在一起，一般盗贼和土匪不敢在大恶霸眼皮底下闹事，这些大恶霸也有"兔子不吃窝边草"的义气，使得大村庄的老百姓相对安生些。

黄琦的父亲总把他们的贫穷归咎于自己的命运不好；把不安全归咎于没有好的院落和没有好的住房。他一生的奋斗目标就是让全家人有饭吃，有衣穿，有一个有高大围墙的院子和看得过去的房子。他的这些目标，他拼命了一生也没有实现，他临死时把儿子黄琦叫到跟前，对他谆谆教导："要建个院子，盖个房子，过个安生的日子。"

没有像样的院落和房子，外人就会低看你三分，人家就可能不愿意与你打交道，至于攀亲结缘，更是不可能的事。黄琦长到二十好几时，一直娶不来媳妇，他父亲急得团团转，到处访亲戚、攀朋友，痛苦不堪地哀求人家，让他们为儿子说个媒。亲戚、朋友还是很帮忙的，先后为他介绍了五个姑娘。那时的婚姻都是父母包办的，青年男女不能见面，更不能说话。他们每介绍一个，女方父亲首先要暗地相相门户，相中门户以后，就可以让媒人继续说，婚姻之事才可以往下发展。一连这五个女方，都是没过第一关，都被相门户相掉了。黄琦的父亲着急得不可终日。眼看黄琦就是三十岁的人了，连个媳妇也娶不来，他说是自己无能。他坐立不安，羞愧难忍。一天，他的表哥孙方给他介绍了一个姑娘，叫徐环，是徐家庄人，距坡王村十来里远。黄琦的父亲不打听女方的情况就满口答应。他对表哥说："咱们不是外人，你就直接说吧，女方有什么要求，我先对你说吧，他们要求什么条件我都答应，你一定得把这个媒说成，可不能让你侄儿打一辈子光棍儿呀！"

徐环是一个女婴时就被父母遗弃的苦命人，她的养父母含辛茹苦把她养大，家里穷得叮当响，徐环在这个家没过一天好日子。养父母很疼爱她,虽然生活不好,精神却很愉快。她十七岁那年,养父母先后病逝,一个小女孩实在难以生活下去。孙方是她养父的朋友,他就把她介绍给了黄琦。徐环也没有什么要求,只希望有个家,有个依靠就行。孙方一给她介绍这个媒,她就欣然同意了。三十岁的黄琦才得以成了家,立了业,过起了正常的家庭生活。

几十年过去了,他有了三个孩子,生活条件有了很大改善,吃穿有了保障,但居住条件仍停留在原来的水平上。父亲的遗愿还没有实现,他已到了古稀之年,根据他们的经济条件,改善居住环境的愿望,仍然是渺茫的,他只得把这个期望传承给儿子。如果儿子实现不了,他再传承给他的儿子。这样,一代一代传下去,总会实现的。

黄琦把他和父亲的愿望告诉儿子以后,黄松意味深长地说:"爸爸,请你放心,我一定实现你们的愿望,圆你们的梦,一定。"

黄琦:"话好说,行动起来就不容易了。"

黄松:"再大的困难,只要有决心,只要有行动,就不愁完成。"

黄琦:"这只是鼓励人们的口号,真正落实起来,就不是那么容易了。"

黄松:"困难是有的,但不是不可以克服的。"

黄琦:"可以克服是可以克服的。这都是以后的事了。"

黄松:"任何困难,不管大小,只要着手,就不难克服。不是遥远的将来,而是指日可待了。"

黄琦:"你是刚从学校回来的青年人,充满热情,富于幻想,对事物的认识限于推理性的,走不出'只要……,就会……'的怪圈,有点'初生的牛犊不怕虎'的味道。你还没接触到实际,多深入些生活,你就会感到任何事情都不是轻易而得的。你要明白,烧红的铁块是热的。"

黄松:"看你把我说成啥了?我常年生活在农村,整天跟你们在一起,我还是知道些社会实际的。"

黄琦:"你知道社会实际?咱家需要盖房,这是你爷爷临死时遗留给我的任务,我也为此目标奋斗了一生,至今没有实现。现在我把它传承给你,你能现在动工,不久就会建成吗?显然是不可能的,现在动不了工,也不存在建成。"

黄松:"怎么就不可以动工呀?只要动工,就会有完工的时候。"

黄琦以为儿子在瞎胡说,他以为黄松在谈不着边际的梦话。他有些生气，语调生硬地责问儿子："你还嘴硬！现在咱盖房材料啥也没有，你想盖也无处动手。"

黄松："你先别生气，爸爸，因为咱啥也没有，我动手的地方就很多，你说说盖房最需要的材料是什么？"

黄琦："砖。"

黄松："多少块？"

黄琦："房子六万，院墙一万，一共七万块。"

黄松："好，我先在砖上动手。"

黄松早就听他父亲说他爷爷的遗愿是盖房，他父亲的终身奋斗目标也是盖房。他对盖房问题老早就有考虑，由于经济条件差，又没有建筑材料，他又在上学，所以他的考虑只是停留在思想上，没有一点实际行动。在欢送弟妹上学的钱行宴上，父亲又郑重地说出了他要盖房的夙愿。祖辈的遗愿促使他立志完成他们的未尽事业。

黄松从张大叔那里得知，他拉煤是烧砖的，烧砖是盖房的，砖的坯料是自己打的。黄松对这消息很感兴趣，他进一步了解一下烧砖的过程和有关事宜。他想：年纪那么大的老汉可以去拉煤烧砖，自己这么年轻力壮，为什么就不可以拉煤烧砖呢？他斩钉截铁地回答父亲："可以，完全可以！"他又想，盖房有了砖，就解决了一大部分困难。砖是坯烧出来的，七万块砖至少得有七万五千块坯。他让父亲给他详细讲解了制坯的过程。父亲对他说："由黄土变成砖，不是轻而易举的变化，要经过艰苦的重体力劳动。这活咱干不了，不要说你干不了，就连我也干不了，不要说干了，连想都不敢想。"

黄松："砖场的坯是咋制出来的呀？"

黄琦："砖场的坯是制坯机制造出来的。"

黄松："那么自己烧砖用的坯是怎么制造出来的？"

黄琦："是棒劳力打出来的。"

黄松："他们能打，咱们也能打。"

黄琦："你又再瞎说了，你不懂打出来这七万块坯需要多少劳动。拉土、泡水、和泥、打坯、摞坯，运坯、装窑、出窑，再把砖运到工地，这一系列劳动都是重体力活，咱们根本干不了。单拿打坯来说，一个棒劳力一天打一千块，七万多块坯得两个多月，十个棒劳力也得十来天。打坯在全部过程中的劳动量还不是最大的，你能干得了吗？"

黄松："我能。"

他的回答让黄琦吃了一惊，他认为儿子有些头脑发热，有些忘乎所以。他坚定地认为儿子根本不可能干这么沉重的体力活，但又说不服儿子的执拗。黄松越说他能，黄琦越认为他不能。"嘴上没毛，说话不牢。"他总以为，黄松的思路是在学校里学习的运作方式，遇到困难，动动脑子，一时解决不了，再动脑子，最后总是可以解决的。他没有社会上的实际经验。社会生活上的困难，可不是动动脑子就能解决的。解决实际困难得用钱。在盖房这个问题上，不但用钱，还要用力。现在的问题是既没钱，又没力。四堵墙没一堵，指望啥盖房呢？黄松想的完全是水中月、镜中花。他谈的是美好的愿望，离现实的距离还远着呢。黄琦坚决认为，黄松是盖不了房的。但他又说服不了儿子，他只得嘴不照心地说道："要不信，你试试。"

又是一个艳阳天。黄松老早起了床，他去到毛驴的槽前，摸着它的大耳朵说："老伙计呀，又要掏劲了。你要多吃些，我多喂你些饲料。上次垫地时你表现得很不错，你出了大力，贡献很大。没有你的鼎力相助，我们就完不成垫地任务的，我很感谢你。现在，咱们又有了新的任务，我们要拉土制坯。这回你还得出大力。等咱们把土拉够，你就可以休息了。"毛驴好像听懂他的话了，摇头摆尾，两只大耳朵不时地前后摇动，两只大眼炯炯有神，鼻子不停地呼哧着，有那种急着说话而又说不出来的样子。黄松再次摸它的耳朵，摸它的脸，捏捏它的鼻子，托托它的嘴。毛驴很懂事似的安静下来，黄松深情厚谊地望着毛驴。他们静静地站着，两者之间有一种说不出口的友情。

这个毛驴是黄琦在集市上买的驴驹儿，已有五年了。自从它进入黄家以后，他们一直把它看作家庭的一员，除了正常喂它青草饲料以外，还时常给它加餐，不断地喂些它爱吃的食料，如玉米、豌豆等干粮或吃饭剩下的馍菜等。它有病时（精神不佳，不吃东西），全家人情绪都很低迷，给它请医生、拿药，给它好东西吃。它在黄家表现得也很出色，为黄家做出了很大贡献。在地里黄家把它当作棒劳力，在家是重要助手（拉水车抽水、磨面等），运输东西时，它是个运输工具，外出远门时，它是个交通工具。这些都是黄琦买它时的初衷。

使黄家感到欣慰的是，这个毛驴除默默无闻地拼死拼活地卖力外，它的另一个特点是它很有灵性，它的脑子里有个人际圈，它能辨认亲疏敌友。它知道谁是自己人，谁是外人，谁是朋友，谁是敌人。不同的人走到它跟前，它有不同的反应。朋友、自己人去到它跟前时，它情绪激昂，浑身乱动，摇头摆尾，扒蹄子弄腿，表现出热烈欢迎的样子；生人去了，它无任何表情，耷拉着耳朵，眯缝着眼，你随便说，随便看，它毫无动静，一切与它无关；若是敌人来了，它嗤着鼻子，瞪着眼，两只大耳朵向前一扇一扇，让敌人有一种畏惧感，不敢贸然靠近它。这一带的安全环境不好，小偷小摸不断发生，尤其是晚上。牛、羊、鸡、鸭不断丢失。小偷偷东西往往是白天踩点，看好对象以后，晚上动手。黄家的驴当然是小偷的重点对象，但他们怎么也偷不走这头驴。曾有好几次，小偷深夜来到黄家，一走近毛驴时，毛驴就嗷嗷地叫起来。它那洪亮的声音把周围群众都惊醒了。小偷赶快往外跑，生怕跑慢了被主人捉住，有一次，小偷把鞋都丢在院子里了。

取土地方还是东山坡，卸土的地方仍是老地方，在新垫的宅基地上。原车熟路，老驴识途，干起活来得心应手。黄松装车，帮车，徐环帮助卸车。经过垫地拉土的锻炼，黄松的手上有了茧子，身上有了力气，心里有了底气，思想有了勇气，加上毛驴的得力配合，拉土的速度比垫地时快多了，三天时间就把土拉够了，黄腾腾的一大堆鲜土，横躺在新垫宅基地的路边上，在阳光下泛出青光，散发着新鲜泥土的气息。

黄土拉来以后，黄琦对儿子有些另眼相看了。他对自己原来的想法有了动摇。但他对儿子能不能打成坯，还很没有把握，他仍然抱着"走着瞧"的态度。

黄松很有信心，而且有干劲，每天在工地上，他总是干劲十足，斗志昂扬，好像他有使不完的劲，用不完的力。黄琦对儿子这种精神状态，笑在脸上，喜在心里。黄松干活很卖劲，黄琦帮助儿子也是全力以赴。

在黄琦的指挥下，黄松和徐环把这一大堆土平整成四周整齐的槽形，顶部中间凹，四周高，像一个巨大的土埂围着的畦田。

紧接着是向畦田上灌水。黄松借了一个大水罐，把它安装在架子车上，样子完全像一个城市里拉大粪的架子车。黄松先把空车拉到一个水井旁，把水一桶一桶地从井里拔出来倒到架子车上的水罐里，把水拉到新拉的土堆旁，让水罐里的水流到水桶里，再把水桶里的水倒在畦田上。

拉水比拉土难多了。它虽然距离近，但费力气。水从井里一桶一桶地拔出来，费劲很大。黄松虽然手上有茧子，不怕绳子磨手，但胳膊上没劲。装满一罐水得二十桶水。当罐装到一半满的时候，黄松的胳膊就没劲了，把满桶水向上拔的时候，两臂发软发酸，使劲往上拽，水桶向上移动得很慢。每拽上来一桶，把它倒进大罐里，就得歇一会儿，喘喘气儿，才能再把桶下到井里，打下一桶。装满一大罐水得用好长时间，速度很慢，效率不高。黄松满头大汗，浑身松软，脚手不听使唤，很想一下子躺在地上大睡一场。他用手把桶里的水撩到脸上，用带水的手在脸上拨拉几下，再拍拍额头，让自己清醒清醒，重振精神，重鼓勇气，为继续干增加些助推力。

尽管黄松从井里拔水时很艰难，他还是毅然决然地坚持着干。上午半晌时，由于身体疲乏，两手发软，不小心把桶掉在了井里。他把他家的另一只桶拿出来换上。谁知道这只桶没有那一只好用。他用第一个桶打水时，水桶很听使唤，干起活来得心应手。他把空桶卸到井底离水不远处时，用手摆动吊桶，让桶左右摆动。他把吊桶抖动的幅度越来越大，水桶上下摇摆得也越来越厉害。当水桶的上头摆动到低于底部的一刹那，他猛地放松吊绳，水桶就一头栽到水里，顷刻就灌得满满一桶水，他急忙把它提上来。

黄松换了第二个桶以后，这个桶就不是那么好用了，它很不听话，叫它干啥，它偏不干，而不叫它干啥，它偏要干。他把空桶卸到井里后，用手摆动时，桶不往水里栽。他抖动半天绳子，猛一松手，水桶扑喳横躺在水上，两旁溅起很大的浪花。有时甚至是头朝上，底朝下，不愿把头往水里扎。黄松一连试几个回合，越试越没把握，不敢把手摇得太狠，松得太猛，桶就灌不满水。他的胆量越来越小了，没有一点儿信心了，他生怕这只桶再掉到井里。

黄琦得知儿子的水桶掉到井里以后，告诉他把一个抓钩绑在一根长绳上，把抓钩下到井水里，可以把桶钩出来。黄松拿出自家的抓钩，找了一根长绳子，把抓钩木把的头部紧紧地捆绑在绳子上。他把抓钩下到水里，直到抓钩不往下沉为止，这就意味着抓钩已到了井底。黄松用两手紧紧抓住绳子，让抓钩在水里慢慢游动，寻找水桶的位置。

他本想着抓钩下去就可以钩住水桶襻，顺利地把水桶捞上来。他没想到事情不是这么简单。绳子又长又软，抓钩根本不听使唤，他找到了水桶的位置，只是抓钩的屁股碰着水桶的边沿，就是钩不住水桶的襻。他想法打摸水桶的襻，就是找不着。他有时感觉着抓钩钩住了什么，提起来一看，不是水桶，而是别的东西，一会儿捞出个小孩鞋，一会儿捞出个扁担穗，再一会儿又捞出一个破竹篮。一段时间以后，他真的钩住一个桶，他很高兴，但拨到上面一看，不是他掉下去的桶，而是别人掉下去的破桶，桶上到处是洞，不能再用，看来这个桶在井里好长时间了。黄松没有捞到自己的桶，可是把井水翻腾得不像样子了，井底下的淤泥全翻腾起来，井水像阴沟里的污水，在上面就可以闻到污水的臭味，有两只癞蛤蟆翻着肚漂在污水上，让人看了恶心想吐。忽然，黄松感到绳子特别轻松，他提上来一看，原来是抓钩抹脱了绳子，也掉到井底了。这就麻烦大了，本来想用抓钩捞水桶，结果是，不但没把水桶捞上来，反而又把抓钩掉到井里了。黄松本来就因为捞不出水桶，浑身是汗，心里着急，抓钩一掉到井里，他更紧张，更着急。马上就要晌午了，村民们从地里回来后要来打水做饭，洗刷东西。可井水被他搅和得这个样子，群众打不到水的情绪是可想而知的。他坐在井旁边的砖台上，嘴唇直哆嗦，两眼泪婆娑，脑子一片空白，不知所措。

黄松的妈妈来到他跟前，问明情况后说："你怎么把抓钩也掉到井里啦？"

黄松支支吾吾地说："我也不知道。"

徐环说："肯定是你的绑法不对，你不能光绑住木把，必须把绳子紧捆在抓钩齿上，再把木把固定在绳子上，你怎么搅动抓钩也不会脱掉。你是怎么绑的？你肯定没把绳子绑在抓钩齿上，而只是绑在木把上。照你这种绑法，不要说没钩住桶，就是钩住桶，你也拔不上来。你往上提时，也会抹脱掉，连桶带抓钩一块重新掉下去。"

黄松连连点头，心想：在这么一个小事上，体现着很深的哲理。

徐环说："走，回家，吃罢午饭再说。"

毛驴拉着半罐水，黄松赶着车子，徐环在后面跟着，各怀着不同的心情，无精打采地回家了。

第十五章

坡王村有四百多口人，就这一个水井，村民们的一切用水都是从这一个水井里提取。每户农民都有一套打水和盛水工具：一个水缸，两个水桶和一个扁担。农民从水井里把水打回去以后放在水缸里。水缸有大有小，大缸盛的水可以用三四天，小缸的水可以用一两天。也有少数农民没有水缸，算吃算打，每天都得打水。一般都是早晨打水，尤其是劳力棒的农户，他们都很早起来打水。因为早晨的井水清亮、干净。没男劳力的农户一般都在吃罢早饭或中午打水。农民打水都是把桶卸到水里，灌满后提取上来。所以井经过一些人取水后就变得浑浊不清，而且还有杂质。水井是露天的，四周没有围墙，也没有保护措施。下大雨时，四周的地面雨水往井里流，地上的破布头、碎纸片和一些杂物，也随着雨水流到井里。白天小孩经常往井里乱扔东西。水井有六米深，水深两米，水面到地面两米。天旱时水量减少，有时村里人打不够一轮就没水了，得等一段时间，等井底的泉眼流出水以后再打。就这么一口井是全村农民的生命钱，人们把它视若神灵。离井口五米远的东北方向，有个不高的小庙。里面有位泥塑神像，村民们都尊称它为井王爷。庙门两旁的墙上，嵌着两条黑石板，一边一块，石板上雕刻着闪闪发光的白字，东石板上刻着"天天供水贡献大"，西石板上刻着"年年护井功德高"，门上面也嵌着一块较短的石板，上面刻着"流芳千古"。每逢过节，尤其是春节，村民们家家户户都来敬香烧纸，拿供品敬奉。平时谁有了喜事，例如生孩子、盖房子、娶媳妇、生意赚了钱等等，都要来这里供奉祭拜。水井与农民有相依为命的历史渊源，这口水井是坡王村农民由贫穷走向富裕的有力见证。

中午时分，王大嫂、李二妮和刘全昌先后来打水，当王大嫂把水提出来以后，突然大叫起来："这水怎么成这个样子啦？这怎么吃呀？"李二妮和刘全昌也感到莫名其妙。他们伸着脖子向井里看看，看见两个死癞蛤蟆，翻着白肚皮漂在水上。王大嫂和李二妮都是急性子人，肚子里存不住一点事，他们马上高声大叫起来："大家都来看呀，谁往井里下毒药了！"她们两个齐声叫喊："谁往井里下毒了，谁往井里下毒了！"

"往井里下毒！"是关系到人们的生命问题，是生死攸关问题，因此是最敏感、最使人关注的。随着他们的吆喝声，全村农民几乎全跑了出来，他们围着水井纷纷议论。有的说："往井里下毒，是想灭绝咱们全村人民呀。"有的说："谁这么恶毒？往井里下毒。"有的说："这不像是咱村人干的，很可能是外村人干的。"这时黄松不声不响地走过来，大声说道："是咱村人干的，是我干的。"

大家的眼光齐刷刷地转向黄松，急切地等待着他的进一步解释。

黄松在众目睽睽下连声说道："我向大家请罪，请大家原谅。"他向大家解释后又哭丧着脸，诚恳地向大家赔不是、道歉，恳求大家原谅。绝大多数群众对黄松的过错表示理解，很多人有原谅的表示。从人群中传出一个声音，说道："原谅好办。但我们吃不到水怎么办？井里的水还能吃吗？我们不吃水行吗？这个问题怎么解决？只要把吃水问题解决了，其他一切问题都好办。"另一个人接着说："这是个实实在在的、迫在眉睫的问题，得想办法赶快解决。"

他们讲的话，虽然没提到黄松的名字，但实际上他们是针对黄松说的，他们提出的问题，是让黄松回答的。黄松非常理解他们的意思，自己也深知是必须马上解决的问题，但他心中没数，不知道如何解决。他急得脸上直冒汗，不知道如何回答他们的问题。他很狼狈不堪，尴尬的脸上一块紫一块红地乱跳动，他真是无地自容，上天无路，入地无门，他面前只有急着要水的群众。正在这时，一个声音说道："这个问题好办……"

这个说"好办"的人叫刘全昌。

有一个叫崔四海的青年人说："这个问题交给我们'自为队'吧，我们好解决。"

刘全昌："好哇，啥时候解决？"

崔四海："给多少钱？"

刘全昌："光说要钱哩！动不动把钱放在前头。"

崔四海："没钱谁干哪？"

王大嫂："是呀，现在干啥都要钱，现在是钱的世界，有钱能使鬼推磨，没钱办事没着落。他们若能把井水抽干，给他们些钱也是应该的。"

刘全昌问崔四海："你们要多少钱呀？"

崔四海："我们不要多，但也不能太少。"

刘全昌："什么多呀少呀的，到底多少呀？"

崔四海："至少得六百，再少了不干。"

人群中几个人对刘全昌嘀咕：不给他们钱，也不能让他们干。他们啥也干不成。他说他们能干，纯是瞎吹。他们得住钱后，啥也不给你干，你也没法。千万不能与他们打交道。

刘全昌本来就很明白这一伙人的底细，他只是想摸摸他的底细而已，根本不让他们干这个活。

大家的眼光齐齐地转向刘全昌。有人说："好办？怎么办呀？你不要空口说瞎话，欺骗大家，我们今天就要用水，这是硬任务，光说空话不行。"

刘全昌是全村有名望的文化人，他很了解黄松，也看到了黄松的为难之处，他很同情黄松，为黄松的不幸而担忧，他决心站出来，为这个可怜的年轻人解脱一下。当有人问怎么解决时，他平心静气地说："好解决，容易解决，没问题……"

有一个青年人气愤地说："你这个老刘光会耍嘴皮子！又是空话连篇，毫不沾边。你这些空空洞洞的说教，一句也不要说，我们不需要听这些空话，你只需说咋办就行了。你是个有学问的人，你知道一百句空话不如一个实际行动。"

刘全昌："咋办？我刚说了好办。"

其实，刘全昌并不是个婆婆妈妈、啰啰唆唆、唠唠叨叨的人，他是个有文化、有教养、知书达理、文质彬彬的人。他脑子清晰，说话朗利，办事果断，从不丢三落四，从不拖泥带水，而且严肃认真，说话算数，从不流皮扯谎，从不愚弄群众；他善于助人，先公后己，哪里有难题，谁家有困难，他就出现在哪里。他在群众中享有很高的声誉。村主任遇到不好解决的问题时，也常常向他请教。在今天这个场合，他看到几个年轻人情绪激昂，咄咄逼人，他又好气，又好笑，有意说些有头没尾的话，吊他们的胃口，看他们有什么进一步的表现。

刘全昌："好啦，我不啰唆了。把井里的水抽干不就行了。"

他这一说把井里的水抽干，又引起一部分人的哗然。

一个年轻女子惊奇地说："抽干？我们吃啥呀？没水还能活吗？"

周围的一些人也说："是呀，抽干水我们不就没法生活了吗？"

长期以来，村民们没有掏过井，没有清理过井底的淤泥，人们看不见井水明显地轮换。他们整天打水、用水，打了用，用了打，但他们不知道水是从哪里来的。他们恭敬的井王爷庙门两旁的对联是：天天供水贡献大，年年护井功德高。有些迷信程度高的人，还误认为井里的水是井王爷无偿提供的。若人们把水抽干，得罪了井王爷，他在一气之下拒绝供水，水井将永远处于干涸状态，人们将无水可用，生活也就无法维持。因此，有人坚决反对，站出来大声对刘全昌说："抽干怎么能行？你不叫我们活啦？"

刘全昌慢慢解释道："把污水抽干，泉眼里会流出新鲜干净水来，我们就可以用了。"

有个年轻人说："你把老水抽干后，万一没有干净水流出来怎么办？"

刘全昌对这些年轻人的无知感到无可奈何。他只得说："干净水一定会流出来的。"

另一年轻人说："它若能流出干净水，现在就流出来了，为啥还要等你把水抽干以后才流出来？显然你是骗人的。"

对于这些年轻人的愚昧，刘全昌感到这些人不可理喻，对他们讲任何道理，都是苍白无力，很难让他们理解清楚。他直摇头，两手直抖，表现出无可奈何的样子。

这时，村主任李石成站出来大声训斥这些年轻人："不上学，无知识，啥也不懂，还强词夺理，说些无知的话，就不怕人家笑话！井里的污水被抽出来以后，当然干净水就会自然而然地从泉眼里流出来，怎么能没有干净水呢？现在为啥不流出来，现在有污水占着位置，没有污水了，干净水就自然流出来了。"

愚昧无知的人，不怎么懂道理，但他们有个大优点，就是他们往往无条件听领导的话，叫干啥干啥，叫往东往东，叫往西往西，一般不问原因，不讲道理。所以说，这种人，若跟着好人，会干好事；若跟着坏人，会干坏事。

李石成继续说："很久以来，咱们天天从这口井里打水，它始终有水，虽然有时水少些，但停些时间又多了，这些增加的新水都是从井底下的泉眼里流出来的。"

村主任说了这话以后，那几个年轻人不吭气了。他们对村主任的话不怎么懂，仍是稀里糊涂的，但他们不再反驳，也不再提问题。这就是权威效应。李石成是村主任，有权势，也有威严，权威有震慑作用，这是作为领导人必须具备的条件之一。这个村里流传着这样的顺口溜：

村主任，村主任，一村之长。

说话算数，放屁很响。

听他的话有好处，不听他的要遭殃。

李石成接着又讲了这么一段话：

"黄松因捞桶把井水搅浑是件大好事——"

群众中的一些人一听"大好事"三个字，立刻轰动起来。

有的说："我们没水吃了，你说是大好事，若我们没饭吃了，你恐怕要说特大好事呢。"

有的说："你村主任根本没站在我们村民一边，你根本不向我们村民。"

还有的说："你是啥村主任呀？我们算是白选你了。"

不管他们说什么，李石成不恼火，不生气，不慌不忙，两只手伸出来，不时上下摇动着，示意大家安静下来。吆喝声没有了，李石成继续说："为什么说把污水搅起来是好事？请大家仔细听。井水不能吃了，我们才想法改变它。怎么改变呢？淘井、清淤。这个井从我记事以来就没有淘过。这几十年里，我们光知道打水，不知道护水，光知道吃水，不知道爱水，所以水里淤泥很深，杂物很多，搅动起来就成了污水。可以说里面啥都有，破鞋、破袜子、破布头、烂套子，它们长期在水里浸泡，已沤成富有植物营养的有机肥。可惜这么好的肥料没有让植物吃，而我们却把它吃到了肚子里了。今天黄松的搅动结束了我们喝污水的生活，这是值得庆幸的。今天是个大喜日子，就是在今天，我们开始了吃干净水的生活。我们要感谢黄松，没有他的搅动，我们就不会有新水生活。井里的污水，村委会负责抽。今天下午做做准备，明天上午就开始抽，估计一个上午就可以把井水抽干。"

有人问："啥时候可以有干净水吃呀？"

李石成："先别急，水抽干后，我们连夜组织人力清理淤泥，还要往下继续挖，准备再挖两米，这样咱村的用水就有保证了。到时候，井里的水就会取之不尽，用之不竭，而且水质会更好，甘甜清洁，爽口宜人。"

在场群众又有些轰动，纷纷议论，笑颜四起，谈论的声音依稀听到："这样就好了，咱们再不用上吃水的愁了，咱们可不吃那脏水了……"

李石成继续说:"请大家听着,好事还在后头呢……"

群众一听说好事,马上静下来,鸦雀无声,万籁俱寂,侧身倾听村主任的"好事"。

村主任往下说:"前两天县上召开了全县村主任以上的干部会,号召全县广大农村立即掀起一个农村爱国卫生运动,消灭疾病,提高农民的卫生意识,增进健康水平。运动的重点是改进水井,改造街道。我们村委会已经研究过了,也制定了行动方案,很快就召开全体村民会议,贯彻落实县上会议精神。借此机会,我先把对这个井的改造计划给大家透露一下:我们准备打一个深水井,在全村铺上管子,安个无塔供水,各家各户都安个水龙头。水龙头一开,水就自然流出,用时一开,不用时一关,你看方便不方便。"

村主任的话说得大家乐呵呵的,互相点头致礼,表示心悦满意。一个叫王顺风的大爷拄着拐杖走向前来问李石成:"村主任,啥是无塔供水呀?水龙头一开就有水了,这叫啥水呀?咱们能用自来水吗?听我的大妞说她们在城里用的是自来水,可方便啦。我还以为只有他们城里人才能用自来水;而咱们农民是用不上自来水的,尤其是像咱们这偏僻山区,自来水就更不会用了。我本想,对我来说,用上自来水只是一个梦,我这一辈子都别想。"

村主任:"王大爷,你的梦想就要实现了。自来水,首先得有个很高的塔,这个塔比咱村的任何地方都高,把水抽到塔里,把管子接到每家每户,水龙头一开,塔里的水就自动流出来,这就是自来水,顾名思义,水自己来了。咱马上安装的无塔供水,是不用水塔(垒个水塔得花好多钱呢)。把井里的水抽到一个大水罐里,这个水罐就在井旁边的平地上放着,与有塔一样,一开水龙头,水就从罐里顺着管子自动流出来。所以,无塔供水也是自来水。"

王大爷:"你这么说,我这一辈子临老也能用上自来水啦?"

村主任:"当然啰!"

王大爷:"我真是没有想到。"

村主任:"我们想不到的好事还多着呢!"

有一个年纪稍大些的张大爷说:"村主任,街道咋改造呀?"

村主任:"首先平整,压实,然后铺上柏油。"

张大爷:"这不就成了柏油路了吗?"

村主任：“当然是柏油路了。”

张大爷：“咱们村里的街道也是柏油的话，下了雨也没泥了。”

村主任：“这当然了。”

在场的群众顷刻欢腾起来，有高声叫的，有吆喝的，也有打呼哨的。他们的热烈情绪是无法形容的。坡王村农民的祖祖辈辈都是土路街，而且是高低不平，坑坑洼洼。旱天满街尘土，雨天满街泥泞，农民出门很不方便。几乎每户都有几双木制高底鞋（本地人叫泥金儿），专在下雨天穿。联产承包责任制实施以后，农民不但有吃的了，也有钱了，大家把泥金儿换成了胶鞋。可是胶鞋踩稀泥也很不舒服，就这样大家已很满足了。至于说硬化路面，那是想也不敢想的事。现在村主任说街道要铺柏油了，大家那高兴劲儿可想而知了。

一阵子轰动以后，村主任继续说：“现在我告诉大家一个更加兴奋的消息：——”村主任停下来了，大家也停下来了，场面很寂静，寂静得连呼吸声音都听得见。村主任停下来，是卖卖关子；大家停下来，是倾听村主任要说什么好消息。

村主任继续说：“咱们村通到柳林镇的路快要铺成柏油路了，估计今年就可能完成。”

群众又一次长时间的轰动。不少老年人回忆起不堪回首的往事。

村主任又说：“我们的生活已经上了一个新台阶。”

已经是中午十二点多了，大街西头的大杨树下有几个小青年在嘀咕什么。他们是李二虎、刘强、冯岑、崔四海、石蛋。他们都是本村“自为队”的成员，正在这里商量当天晚上吃什么的问题。李二虎说圈里有狗，好几条呢，还吃狗肉行了。崔四海说不想吃狗肉了，总是吃狗肉，都吃腻了，最好吃些别的，换换胃口，新鲜新鲜。刘强说来不及了现在还没搞到手，而且今天晚上就等着吃，不行了，来不及了——

他们在商量当中，石蛋突然说：“我饿得要命。你们在这儿等我，我回去拿块馍吃吃。”他说着话就动身走了。不一会儿他拿了一块馍又回来了。他说：“家里还没有做午饭呢，说是没水。”

年纪稍微大些的李二虎说：“怎么会没水呢？水又不是买的，是从井里打的。没水去打不就完了。”

石蛋说：“打也打不来，井里没有水。”

崔四海说：“不是井里没水，而是井里的水不中吃了，有的说水里有毒，里面的青蛙都被毒死了；有的说井水成了污水了，根本不能吃。"

刘强说："好好的吃水井，怎么会变成这个样儿呢？今天早上不是还好好的吗？"

冯岑说："听说是那个叫黄松的打水泡泥，把水搅和的。"

石蛋说："他打水就打呗，搅和什么呀？怎么会毒死青蛙呢？怎么就成了污水了呢？"

他们不理解井水为什么会变成这个样子。李二虎说："走，咱们去找他，看他是怎么搞的。他叫咱们大家没水吃怎么行啊。"

冯岑说："这个人不是咱自为队的，我看这个人应该整了。不整他，他就不认识我们。"

李二虎说："不过，咱得注意，这个人年纪大了，个子很高，看着很有劲，弄不好咱还吃他的亏呢。"

崔四海说："吃啥亏呀？咱们五六个人打不过他一个？咱们有的扳住头，有的抱住腿，有的抓住胳膊，一用劲就把他撂翻了。"

李二虎说："干脆，咱们在这儿先分分工，到时咱每人完成自己的任务。谁要是完不成自己的任务，他得去搞晚上吃的。"

石蛋说："那好，你说吧，你分工吧。我们听你的。"

李二虎说："那我说了。冯岑，你个儿大，你负责抱头；刘强，你负责抓右胳膊；崔四海，你负责抓左胳膊；石蛋，你负责抱左腿；我搞右腿。咱们要抓紧，像疯狗咬人一样，咬住死不松口，打也打不开，坚持一会儿，就会把他放倒。"

他们动身时，李二虎说："咱们一定要勇敢，不怕困难，要不怕脱落一身皮，把黄松撂在地。勇敢是关键，决不能当软蛋。这是咱们与他第一次打交道，决不能输给他，不然，他今后就不会怕咱们。今天咱们如果把他撂倒，咱们就是胜利了，今后他就会永远怕咱们。"

他们站在黄松的家门口。李二虎大声问道："黄松在家吗？"

徐环："谁呀？"

李二虎："我们呀。我们找黄松说点儿事儿。"

徐环："他很累，躺下休息了。有啥事对我说好吗？"

李二虎："不行，我们得找他本人说。"

徐环："那好，我去叫他。"

不一会儿，黄松惺忪着眼走了出来。他问道："谁找我呀？有啥事呀？"他一看是一群小伙子，他们威风凛凛地站在门口，大有来者不善的气势。他心里有些犯嘀咕，约莫不出他们是来干啥。

黄松很客气地说："请屋里坐吧，有啥事屋里说。"

李二虎："我们来问你一件事。"

黄松："啥事？你们说。"

崔四海："你为啥把咱村的水井搅浑，叫大家没水吃？你是不是还在里面下毒药了？里面的青蛙都被药毒死了。"

李二虎："你是成心捣乱，故意不让大家吃水的。"

黄松："我不是成心，也不是故意。我是捞桶时无意把水搞浑的。我更不会往里面下药，我也要吃那里面的水。我对不起大家，请大家原谅。"

崔四海："大家都渴死了，光叫原谅就拉倒啦？"

黄松："你们说让我咋办，我就咋办呗。"

冯岑："你是个有文化的人，你犯的罪行你清楚，你自己不说咋办，叫我们说，你不是成心装赖吗？"

黄松："请别说话这么难听，咱们有话好说，有事好商量。"

冯岑："你不认罪，反而嫌我们说话难听！我看你是个不识相的人，不给你些厉害，你是不会清醒的。"

石蛋："哥们，下手，让他看看咱'自为队'的人都不是瓢茬。"

黄松毫无思想准备，冷不防被他们纠缠住。他用不上劲，挣扎了几下，咕噜倒在地上了。

他们都松了手，黄松脸气得青一块紫一块的，愤愤说道："你们是干啥的，这么鲁莽！干吗先把人撂翻？像一群疯狗，不像人。"

李二虎："你敢骂我们？"

李二虎说着就往前走，好像要动手打人似的。

黄松："怎么，你敢打人？咱们一个一个来，我谁也不怯气。你们说说，为啥先把我撂倒？"

李二虎："我们并不是想打你，你一个人，搁不住我们打。我们是给你个下马威。咱们初次见面，这是见面礼。"

黄松："咱们都是本乡本村的，低头不见抬头见的，你们就这样对待哥们吗？"

黄松认为这几个人肯定是"自为队"的。他特意问他们："你们是哪里的呀？每天干什么呀？"

李二虎："我们是'自为队'的，每天啥都不干。"

黄松："'自为队'的，每天啥都不干，还怪光荣啦！"

李二虎并没有感到黄松是讽刺挖苦他们，反而觉得自豪，说着话有些扬扬得意。

黄松："'自为队'里我有个朋友，你们认识吗？"

李二虎："谁呀？说吧。我们没有不认识的。"

黄松："李尚青。"

李二虎："李尚青是你的朋友？"

黄松："当然是我的朋友。"

李二虎："你整天不在家，他怎么是你的朋友？"

黄松："我们早就是朋友。他爹李石成是我父亲的朋友，他是我的大叔。我们老早就亲如一家人。"

黄松一说李尚青是他的朋友，给他们来了个措手不及，他们万万没有想到这回碰到茬子上了。他们你看看我，我看看你，都不说话了。原来那种气势汹汹的样子一下子变成了蔫儿巴巴的，耷拉着头，弓着腰，好像老鼠见了猫。

李二虎："李尚青是我们的队长。我们不知道你们的这种关系。今天咱们初次见面，我们对你确实是无礼，请你原谅，原谅我们的无知。我们向你道歉，向你赔不是。"

黄松："以后对待任何人都要以礼相待，要尊敬别人，向任何人都献出爱心。不要施强，不要欺负人家，不要危害人家，要做个正派人。"

他们五个人齐声说："我们记住了。"

他们无精打采地离开了。

"祸兮福所倚，福兮祸所伏。福祸相依，吉凶同域。"这是老子的名言。用现代话说，好中有坏，坏中有好。好事可以演变成坏事，坏事也可以演变成好事。社会上的一切事情都逃不出这个发展规律。

黄松回家以后，本来就非常懊恼，又被那几个毛孩子撂翻在地，这是他有生以来碰到的最大的钉子，它显示了自己的没成色，他丢了人，道了歉，还不知道能否得到大家的原谅。他感到非常内疚，自己捅了娄子，影响了大家的生活，很对不起大家。他拿出笔记本，在上面写道：

难，难，难，

人生路上不平凡。

本来想着很一般，

操作起来不简单。

思考不周全！

一堑一智往上攀，

惊涛骇浪多实践。

化险为夷终有日，

胸怀坦荡笑开颜。

人生很平凡！

黄松正在苦闷中，拉水泡土的第一天，就遇到这么大的麻烦。这个麻烦在他看来是无法解决的，这哪里是什么麻烦，简直是无法克服的灭顶之灾！他支撑不住了，像一摊烂泥堆在床上，眼泪簌簌而下，滴在床单上、枕头上。

他倏然听到妈妈的声音："松儿，你刘叔来找你了。"

他脑子急速转悠着：刘叔，哪个刘叔？可能是刘全昌，他刺棱从床上跳下来，擦了擦眼泪，从屋里走了出来。刘全昌一看见黄松，喧宾夺主地开了腔："黄松，我给你说，也许这对你是一个好消息。"

黄松一听见好消息，好像猛地清醒过来了，问道："什么好消息？"

刘全昌："村里决定明天上午开始抽水，任务交给我了，其他人不会开机器。这不是你用水的好机会吗？我给你又借了个水罐，你再找个架子车，你用两个拉水车，拉水和接水交替使用，我把井里的水直接抽到你的水罐里。你不用一桶一桶地从井里拔水啦，既省力，运水又快，岂不是好事！"

这真是个好消息，是个一百八十度的大转弯，真是"山重水复疑无路，柳暗花明又一村"。黄松借来了架子车，把刘全昌为他借的大水罐固定在架子车上，又在车架子上绑一个挂套钩的绳套。两套拉水设备都准备得齐齐毕毕。黄松欣慰地露出了笑容。

第二天一大早，黄松把两个运水车拉到水井旁，把抽水机的出水管子直接插到架子车上的水罐里。

黄松负责运，他妈帮他往土堆上倒。毛驴跑得很快，工作进展得很顺利。如果让黄松一桶一桶地拔水，至少得三天时间才能把水拉够。这样一来，只有半天时间，泡土的水就足够了。

一个上午就把井水抽干了，抽出的水全部灌到黄松的坯土上。井水干了以后，从里面捞出好多东西，包括黄松的水桶和抓钩。

他的一大堆黄土，上午灌上水，下午全看不见了，全浸到土里了。黄松心里很高兴，他拿起铁锨去折泥土。他听说打土坯的泥得翻三遍才能开工打。他想：我今天下午翻一遍，明天上午翻一遍，明天下午再翻一遍。后天就可以开始打了。他拿起铁锨就要动手翻土时，他马上又想到他父亲对他说过关于和打坯泥应该注意的事项。

他父亲告诉他和打坯泥有以下过程和要求：土上浇上水以后，要泡一天，闷一天，然后才能动手和。泡、闷的目的是让土里的硬块疙瘩泡透、闷烂。第一遍翻腾的目的是让干土全湿透，让清水全浸在土里；第二遍翻腾的目的是让浸水多的泥土与浸水少的泥混在一起，使所有土都吃水均匀，软硬一致；第三遍翻腾的目的是增加泥土的黏合性和黏度。在第三遍的翻腾过程中，还要抓钩或铁锨头在泥土上砸，砸出黏度来，黏度越大越好，和好的打坯泥土要达到下列四个条件。

第一，泥土软硬要合适，不能太软，也不能太硬。太软了坯不成形，坯的大小、厚度不统一，没法用；太硬了，坯不好做。

第二，泥土里没有疙瘩，没有硬块。土坯里含有疙瘩和硬块时，火烧时，坯的各个部分收缩得就不均匀，坯就会有裂缝或变形，严重时可能断裂。

第三，泥土的软硬度要均匀，不能有一块软、一块硬的现象。这样的结果也是火烧泥土的收缩不均匀，可能断裂或砖的表面粗糙难看。

第四，泥土的黏度要大，越大越好。这样的坯烧出来的砖结实，不容易破碎，耐酸和碱的腐蚀，耐风雨的侵扰和冷热的侵害。总之，这种砖耐用、寿命长。

黄松听了父亲的话以后，很佩服地点点头，自言自语道："和坯泥还有这么多讲究。"

黄琦："不仅和坯泥有讲究，干啥都有讲究。这种讲究有它的科学道理，按这些讲究做，事情就干着顺利，就有好的结果；否则就出纰漏，轻者影响工作，重者会造成重大损失。你盲目喂毛驴干玉米粒，绑住抓钩把捞桶，都是你不认真、不按科学精神办事的实例。咱那毛驴差一点丧命，多可怕呀，捞桶绑抓钩把，本来是很简单的事，你一不讲究，就造成那么大的后果，多不值呀！"

黄松："现在看来还是值的，就是我的不讲究，就不会引来村委会抽水淘井，改造吃水条件的结果。"

黄琦："你是在诡辩，你的不讲究、疏忽，与后来的抽水、淘井，不能相提并论，不要以为由于它引出了好的结果就肯定了你的做法，这种推理是不正确的，好事可能引出坏结果；坏事也可能引出好结果。但不能因此就说那好事就不是好事了；同样，绝不能因为坏事引出了好结果，就把坏事说成是好事了。好事就是好事，坏事就是坏事，它们本身与它们产生的后果有时不是完全一致的，这种不一致的现象是常有的。"

黄松："是的，你说的有道理。"

黄琦："说实话，我对你办事总有些不放心，因为你还年轻，刚走入社会，没有实践经验，对复杂的社会现象和人际关系应付不了。"

黄松："没问题，你放心吧。开始时犯些错误是难免的，随着错误的积累，慢慢就有经验了，吃一堑长一智么，很快就成熟了。"

黄琦："我问你，你虽然泡上土了，你打坯的准备工作怎么样了？"

黄松满口答应："准备好了，一切都准备好了，和罢泥就可动手打了。"

黄琦："你说得怪轻巧，我问你几件事，看你准备得怎么样？"

黄松："请问吧，保证问不掉底。"

黄琦："坯斗弄来了吗？"

黄松："弄来了，是租的，租了两个，每个一天十块钱。"

黄琦："过去都是借的，现在都得出钱了。要多少钱也得租，离了它不办事么。好，这个弄来了，不错，我再问你，细砂有吗？"

黄松："细砂？要细砂干什么？"

黄琦："打坯用细砂就等于摊煎饼抹油，不粘锅，有砂子就不粘底。坯斗里装泥前得先撒些砂子垫底，坯才能倒出来，不然泥粘住坯斗底子、帮子，倒不出来。"

黄松："这我懂，我准备的有黄土，可干的黄土，干得都是细面，不也是一样吗？"

黄琦："不一样，大不一样。黄土是融合作用，越细它融合得越快，用在这里起着破坏作用，因为它会把泥和坯斗的木制体结合在一起，让坯倒不出来；砂是分离作用，它会把泥和坯斗分离开来，让坯很容易倒出来。"

黄松："哦，还有这么大的讲究啊，我还真不懂。我又学到一门知识。那好，我去准备些细砂。"

黄琦："你打算把坯倒在哪儿？地面平坦吗？"

黄松："倒在咱刚垫好的宅基地上，又平坦又宽敞，是倒坯的好地方。"

黄琦："刚垫好的地最不平。它大面上看着平，仔细看不平，而且很不平。如果是方圆几十米的范围，它很平。但如果是方圆十来毫米的范围，它就不平了，而且是坑坑洼洼，几乎没有一个真正的平面。打坯需要的是小面积平坦，而不是大面积平坦，因为每一块土坯占的面积都很小，只要它占的那一块面积平坦就行了。我们可以在山坡上打坯，但不能在脚坑上打坯。"

黄松："照你说这，还达不到，我还没考虑这么细呢。"

黄琦："按你那做法，打出来的坯全是凹凸不平的，很不好用。"

黄松："如何把每个小地方都搞平呢？现在还来得及吗？我认为这是很费力气的活，我感到无从下手。"

黄琦："怎么会费力呀？好弄，不怎么费劲。"

黄松："我要用铁锨一点一点铲平，至少得两三天时间，又费时间又费人力。"

黄琦："按你那办法，又慢又费劲。"

黄松："你有好办法吗？"

黄琦："当然有啰，又快又省劲。"

黄松："你说说看。"

黄琦："用毛驴拉住耙，把整个场地统统耙一遍，把地表土耙松耙平，再用没齿的耙把它拖光拉平，最后再用石磙碾一遍。经过这三个程序以后，整个场面不但大面积平坦，小面积也很平坦，就可以把土坯倒在上面了。完成这三个程序需要半晌时间就足够了。趁着泡土闷土的时间，你可以把这些事都做了，一点也不耽误。再一点，打坯是需要晴天的，别看这几天是晴天，咱要居安思危，未雨绸缪，一切从坏处做准备，才能立于不败之地。防雨设备准备了没有？"

黄松："需要准备的东西太多了，我还没工夫考虑下雨的事呢。"

黄琦："你不但得考虑，还得有行动，把防雨准备工作做好，不然你有可能毁于一旦。"

第十六章

遵照父亲的指教，对于打坯的准备工作，黄松认为必须做的，他都做了。有个别的，他认为不影响开工的，他没有做。实际上，他确实也顾不上做。

一个晴朗的上午，风和日暖，是打坯的好天气。黄琦、徐环和黄松带着坯斗和茶水来到打坯场。

坯是如何做出来的，黄琦先做做示范。

紧挨着和好的坯土，放两块砖，把坯斗放在砖上，让两头悬空。这样端起时方便。

制坯的器具叫坯斗，它是用一点五厘米厚的木板，按一定尺寸，三长两短。这里的"三长两短"与平常人们所说的"三长两短"不是一回事。平常人们说的"三长两短"，指的是棺材。说"万一有个三长两短"，说的是万一"死了"，人们往往忌讳"死"字，把死说成是"三长两短"。这里的"三长两短"，说的是坯斗的结构。不过，坯斗和棺材，虽说都是三长两短，它们的结构也有所不同。坯斗的三长，是指两个帮和一个底；而棺材的三长，是指两个帮和一个天。坯斗的两个帮一个底是长木板，两个横头是短木板，把这些木板钉在一起的长方形盒子，一款两个，尺寸完全一样，一次可以做出两块坯。黄琦把拐杖放到一旁，蹲下来，黄松把坯斗放在他前面的砖上。黄松在他面前撒些砂子。他用两手挖一块泥，在砂子上磙动一下，让它成为长方形的泥团子。双手把它举起来，再把它摔在坯斗里。然后，两手伸开，两个大拇指对住，构成一个平面，沿着坯斗帮的上端用力抹一遍，把坯斗上面多余的泥刮掉。用同样的办法再做另一个。两个坯斗都装满以后，把它端到几十米远的地方，找好位置以后，迅猛地把它头朝下坎在地上，再把坯斗轻轻提起。两个头顶着头的土坯就工工整整地躺在地上。一天以后，它们就水分蒸发，由软变硬，能站起来了。先把它们立起来，再等一天后，就把它们架起来。坯体硬邦时，把它们摞成有孔的花墙。干透后把它们运到窑里烧成砖。

黄琦一面做着，一面对黄松解说着："开始挖泥时，泥量不能太多，也不能太少。太多了，用不完，白费力气；太少了，不够用，还得再挖泥补充。不仅是补充时费劲，更重要的是，补充的泥与原来的泥往往结合不紧，两者成不了一体，火烧时容易裂缝。双手举起泥团向坯斗里摔时，力气不能太大，也不能太小，太大了一部分泥土就会溅到外面，从而土坯就会因泥土不足而凹心。太小了，坯斗的底角就会缺泥而使土坯缺角。此外，由于泥土内部结构松弛而导致烧成的砖不结实。坯斗往下倒时，操作速度不能太慢，太慢了就可能让土坯变形。也不能太快，太快了就把握不住倒坯的位置，新坯不能倒在老坯上，不然，就会毁掉四块土坯。"

黄松不是笨人，他认真听着父亲的讲解，仔细观察父亲的操作。很快他就基本上掌握了几个关键动作的要领。当父亲让他操作时，他基本做得不错，只是动作有些慢。为了尽快多出坯，徐环提了个建议，她说："咱们三人分一下工吧。"她指着黄琦说："你光往坯斗里装泥。松儿光跑着把坯倒出来。我负责和泥、供泥。"

黄松："这样很好，如果光叫我倒坯的话，我可以一次端两个坯斗，四个坯。"

黄琦："今天先这样干，晚上再去租三个坯斗，明天你可以一次端两个坯斗。这样就会快一倍。"

太阳就要下山了，一家三口整整忙了一大天，中午只吃了一块干馍，也没顾上休息，一排排鲜灵灵的土坯，默默无声地躺在地上。黄松数了数，整整八百五十块。他们很累，但很高兴，这是他们的劳动果实，他们的胜利品。黄松临回家时，与它们告别道："小朋友们，再见啦。请乖乖地躺在这儿，我们明天再来照顾你们。"

天色已经黄昏，晚霞染红了天空，草头树梢纹丝不动，连墙根砖缝里的蛐蛐也不叫了，万事万物像闷在蒸锅里一样，身上腻黏，浑身冒汗。黄琦仰头望望天气，再环视一下周围环境，他有些愁眉不展。徐环催他快动身时，他还嘟嘟囔囔，不知说些什么。

徐环十分不解地问他："你今天是怎么啦？哼哼唧唧，拖拖拉拉，真有些不正常。"

黄琪："我约莫着今晚好像有啥事似的。"

徐环："有啥事呀？你要没事，就啥事也没有。你指的是哪方面有事呀，让你发愁？"

黄琦："人们常说，'做事怕没理，打坯怕下雨'。我感到今晚天气很不正常。从各种征兆看，大有下雨的可能。"

徐环："你成了诸葛亮了，会观天象，装鬼神。你说说都啥征兆哇？"

黄琦："征兆是很明显的。你没听人家说么，'西边有彩虹，云彩滚成龙，树梢不游动，万物静无声，空气闷又热，下雨成定形'。今晚的形势很符合这几句谚语，所以我怀疑今晚可能会出事。"

徐环："说啥都晚了。管它呢，反正就这样了，随它的便吧。"

他们回到家里，洗刷完后，徐环炒了鸡蛋、烙了油馍，烧了甜汤，他们痛痛快快地吃了一顿。黄松连衣服也顾不得脱，一骨碌就倒在床上睡着了。黄琦叫他别忘了喂毛驴时，他已经听不见了，黄琦又叫徐环。徐环说："你还别说，真把它给忘了，要不是你的提醒，今晚上它还挨饿呢。"

黄琦："喂毛驴的事，平时咱们谁也不用操心，都由松儿管了。不过今天晚上，天气有些不对劲儿。刚才我说了些天象，现在，我的腿又疼起来了，今晚肯定会下雨。"

黄琦的瘸是因为劳累受寒落下的，它对气候条件非常敏感，尤其是对阴、冷、湿、潮，一旦阴雨来临，它像预报天气一样就痛起来。黄琦也就自然而然地成了天气预防员。当然，他的预先反映也是很有限的，对天气的陡然变化，他反映不出来。此外，他的反应只能是临近的，往往是到他感觉到时，已经来不及应对了。

徐环对于丈夫今晚要下雨的预测很紧张，急忙说道："刚才你从天象方面说，我还有些怀疑，认为它不一定准确，现在你的腿疼起来了，我相信这个，看来，今晚是一定要下雨了。有啥办法吗？"

黄琦："啥办法也没有，什么办法也无用。常言说，倒在地上的坯，埋在土里的籽，啥办法也无用，只有听天由命。"

徐环捧起双手，眯缝着眼说道："上天保佑，千万别下雨。"

黄琦："喂饱毛驴赶紧睡，现在说啥也没用。"

黄琦两口子躺在床上翻来覆去睡不着，两耳倾听外面的动静。一会儿起来隔窗户往外仰望，天色漆黑，连院子里的石榴树都看不见，万籁俱寂，连饲养棚里的畜生也死一样的静。

徐环对黄琦说:"外面很寂静。"

黄琦:"寂静是在等待不寂静。不寂静快要到了。"

他们两眼发涩,神志模糊,焦急地等待着不幸的到来。

大约到半夜时,他们预期的结果发生了。大雨倾盆,闪电雷鸣,风声雨声,厉声厉色,乌云翻滚,鸡犬不宁,黄水横流,万物悲鸣……

这种狂风暴雨持续了十多分钟,雨过天晴,风静云散,星月当空。一切恢复了正常,万物恢复了平静。

常言说:九月天,妖婆脸,不可预测,看不出破绽。上午还是晴天大日头,晚上竟下起大雨来了,这是料所不及的。下雨前,黄琦两口子坐立不安,心急如焚,躺不下,睡不着,惶惶不可终夜。大雨过后,他们随着万物的平静,也安静下来了。他们全放下心了,啥也不想了,明天在新的起点上重新开始吧。他们躺在床上,立即进入梦乡。

当黄松醒来的时候,太阳已爬上百尺高竿了。他打开门一看,惊奇地大声叫道:"昨晚怎么下雨了!"他走到院里,看到各种家具躺得横七竖八,盆盆罐罐,躺的躺,仰的仰;花草树木,东倒西歪,到处留有大水冲过的痕迹。黄松真正明白了:昨晚下雨了,下大雨了。他很快想起他们打的坯,他由惊奇转变为恐慌,再由恐慌转变为恐惧。他不由自主地叫起来:"我们的坯呀!我们的坯怎么样啦!"

黄琦和徐环一前一后开门走出来,应声说道:"我们的坯完了,一个也留不住,全完了。"

黄松惊恐万分,万念俱灰,一句话也说不出来,哭丧着脸一口气跑到打坯场。眼前的景象使他彻底失望了。每个坯都是少角无棱,少皮无毛,个个都是大麻子脸。它们看见主人来了,羞涩地背着脸,不敢看主人一眼,生怕主人嫌它们长得丑而抛弃它们。

黄松垂头丧气地拔腿往回走。他开始自责了。关于打坯事宜,按他父亲的指教,他绝大部分都做到了,只有一件事没做,这就是防雨设备。这与他自己的认识有关系,他认为,现在不是下雨季节。况且这么多天都没下雨了,天天都是红花大日头的,一半天不会下雨。由于他的麻痹思想,没有防雨设备,而在他们打坯的第一天就下了大雨,天好像仇人似的,偏找他们的软肋。他再一次认识到对任何事情,只有小心不到的,没有小心过逾的。稍微松懈,稍微不注意,就可能出问题,就可能有损失。昨晚的大雨是对自己的惩罚,活该,真是活该!

黄松回到家里,苦恼的情绪还在脸上。父亲对他说:"好啦,不要不高兴了，这是件好事，这是老天爷给咱们提个醒，是对咱们的警告。打坯没有防雨意识，没有防雨设备是非常危险的。你可以想象，如果我们打了几天了，堆了几万块坯了，那时下了这么一场大雨，那是什么恶果？那时你是什么感受？这是不可想象的……好了，那些坯坯就坏了吧，咱们收拾一下从头开始，权当咱们昨天没干。"

徐环："今天咱们先收拾场地，把雨淋的坯全部清除掉，都还没干，好赖一和就可以当泥用。咱只是白费些力气，原料并不损失。今天除收拾场地外，你去再租三个坯斗，去代销点买些塑料布准备再下雨时盖坯用。"

黄松："买多少塑料布呀？"

黄琦："规格是一米宽，五十米长的，十块，先买十块，不够用了再买。"

徐环："趁早多买几块，一次买够不就行了，省得再麻烦着去买。"

黄琦："我约莫着有十块就够用了，万一不够了再去买。买的多了，用不完，他们又不退，尽浪费，先买得少些。"

这天上午，黄松首先去购买塑料布和租赁三个坯斗。然后他们一家三口在坯场上清理场地。他们把被大雨淋坏的坯一个一个铲起来，先堆成小堆，再把这些小堆运到大泥堆上。土坯铲完以后，用扫帚普遍扫了一遍，场地又恢复了原来平坦光亮的样子。

按徐环的建议，他们三口人有明确的分工。黄琦，身体不好，尤其是行走不快。但他有经验，尤其是装坯斗工作，是他的强项，他专为黄松装坯斗。徐环上了些年纪，体力有限，给黄琦供泥、和泥，是最适合她的工作。黄松，年轻力壮，端着坯斗去倒坯很适合他干。他一次端两斗，四块坯。他们有四个坯斗，黄松一次端走两个，留给黄琦两个，他走后，黄琦把留给他的两个空的，把泥土装满等着黄松。黄松带着空坯斗回来后，把空的留下，把满的端走。徐环及时清理地面，泼水防干，及时供泥；黄松端着坯斗，马不停蹄地穿梭似的来回跑。三人绝妙地分工合作，真是天衣无缝，无懈可击，新做出的土坯像无数多米诺骨牌一样，一个接一个地唰唰倒在地上。

他们每天一到场地，徐环的任务是和泥，把头天剩下的泥洒上水重新和一遍，再把大堆上的砂子运到做坯的地方。黄松的任务是先把头一天打的坯平一下。平的方法是，用坯斗底在每一个新坯上面轻轻轧一下，让其平正、光滑、大方、好看。然后把它们由平躺立起来侧躺。这样，它们的受光面积加大，水分容易蒸发，干得也快。第三天就把它们摞成坯架。因此，黄松每天在打新坯之前，必须先把昨天的坯平整后倒立起来，再把前天的坯摞起来。不然做新坯就没有空地。再者，做好的坯总不能一个个躺在地上，万一变了天就前功尽弃了。

二十天以后，他们打的坯像墙一样一人多高，摞了好几大摞，把他们垫的新宅基地占得满满的。黄松数了一下，共有八万多块，黄琦说："够了，连配房和院墙的砖都有了。"在二十天时间里，他们并不是每天都干，有些时间不干，下雨天不干，地里活忙了不干，身体太累了，需要歇歇，也不干。坯够了，他们惊喜若狂，徐环做了一顿好吃的，还买了啤酒让黄琦、黄松喝，以庆贺打坯的胜利。

砖是农村盖房用量最大的建筑材料，而且不可以代替。任何人盖房必须首先把砖准备好。当黄松正高兴得忘乎所以的时候，黄琦说："别高兴得太早了，咱们做的只是坯，从坯到砖，并不是简单地摇身一变，而是一个漫长的变化过程。别看咱们掏了这么大的劲，做了这么多的坯，在变成砖的过程中，稍有麻痹，就会前功尽弃，所有的坯就会化为土坷垃，成一大堆垃圾，扔都没地方扔。"

黄松："你尽吓唬人，坡张的张良山老大叔，那么老了还亲自去拉煤烧砖。他能烧，咱们就不能烧？我马上去问问他。我看咱是可以自己烧的。"

黄琦："你也不用去问他。烧砖这事由我负责。由坯变成砖有三大要素：原料、燃料和技术。原料当然就是土坯了，我们已经有了，燃料还没有。……"

黄松插话："马上我去拉！"

黄琦："原料和燃料是硬件，咱们自己可以准备，技术就不是那么容易了，即使你马上去学，没有实践也不敢用。咱可不能把咱辛辛苦苦制成的坯当作试验品，万一失败了，就苦了咱们了！这个技术咱们不去学，咱就用这一次，以后不会再用了，学它有啥用？我仔细想了一下，在这个问题上，咱不能抠门，该花钱就得花。咱们聘请个技术员，任务承包给他，砖烧成后，照数给他聘钱；若烧不成，不但不给他钱，他还得如数赔咱们的坯。这次咱们得把事情干稳当，不能干无把握的事。"

徐环："松儿，这次一定得按你爸的意见办吧。要不然就没有把握。我有些害怕，咱们打坯掏的是筋断骨头折的劲，可不能有闪失，要做到万无一失，确保把所有的坯变成砖，花些钱也是值得的。"

黄松："我看你们有些太胆小了，为什么他张大叔可以自己烧砖，而我们就不可以呢？难道我们黄家的人生来就不如别人？"

黄琦："你知道他的'自己'烧砖，这个'自己'是什么含义吗？一种是自己准备土坯，自己准备燃料，聘请技术员烧，这也是自己烧，意思是不是买的，而是自己经手烧的；另一种'自己'烧，是自己懂得烧砖技术，亲自下手烧，这也是'自己'烧。我认为张大叔的自己烧属于第一种。我认识这个人，我认为他没有烧砖技术，他自己烧不成砖。你不信，你去问问他。"

黄松："那好，我现在就去。"

黄松推着自行车出去了，他一出头门就跳上自行车，飞快地去坡张找张大叔去了。

徐环："这孩子就是太执拗，别的一切都好。"

黄琦："执拗是认真的表现，这种执拗劲在一个青年人身上是很难得的，这是一种可贵现象，他将来会办事，而且办得很出色。"

徐环："啥都得一分为二，如果执拗住好事，方向正确，他就会办出好事、大事。如果执拗住坏事，他就会犯错误，执拗得越狠，犯错误就越大。对年轻人来说，与其说执拗是好事，不如说它是坏事，因为年轻人刚走入社会，没有实践经验，对问题往往考虑不周，很容易被表面现象蒙蔽。这时他要执拗起来不就犯错误了吗？"

黄琦："对青年人，鼓励他的认真一面，对于他的没经验，一时看不出正确与否的，多解释，多指教，多引导。"

徐环："咱的黄松，虽说有些执拗，都是他认为正确的情况下，他拿不准的，他不执拗。此外，咱的孩子最大的优点是他听话，大人说的话他听，他分析，他认为你说得对他就照办，他认为你说得不对时，他就给你解释，他的这个优点是难能可贵的。"

一个钟头以后，黄松回来了，他一进门就说："我爸说得对，他就是自己准备好坯料以后，聘请烧砖技术员为他烧的。"

黄琦："这回你就放心了。"

黄松："他对我说他聘请的技术员叫马留富，大马庄人，离这里十多里路远。我还问他'你见他咋烧的没有？'他说：'没有。'我还问他：'咱们能不能不请他而自己动手烧？'他说：'绝对不能，这里面有很多技术，光装窑这一项就难为住你了。这可不是把坯摆进去就行了，里边得留一定的通风道，通风道实际上就是火道，摆不好了，火走得不均匀，烧出来的砖就参差不齐，有的熟，有的生，有的红，有的白，还有的一面红一面白。最重要的是，不熟的砖不能用，因为它不结实。他还说，那个火候不好掌握，什么时候小火，什么时候大火，什么时候停火，你一直跟着他也看不出来。如果你投他为师，他烧着让你看着，他给你解释着，跟他一段时间后，在他的指导下实践几次，就有把握把转烧好了。然后，才能自己独自烧火，一般是不行的。我劝你不要自己动手，不要冒这个险，损失太大了，经受不起。'我认为他的话很诚恳，我也打消了自己动手烧的念头。"

黄琦："技术这东西，有的一看就会，比如编筐、窝篓；有的技术一学就会，比如耩地、嫁接等；有的技术需要反复实践才能学会。有些技术看着很简单，但不经过多少操作是学不会的，比如骑自行车，它的技术含量很低，但不是一下子就能掌握的。有些知识不仅仅是技术问题，有很多的技能成分，比如：学游泳，老师把要领说一百遍，你不在水里实践也学不会；再比如炸油条，让你知道它的原料是面、水、盐、碱、白矾。你也知道它们各占的百分比，甚至你也知道制作的过程，但你就是做不出又软又暄的油条来。这里边有很多技术含量，没有多次实践是学不会的。烧砖也属于这种知识范畴。学炸油条可以试验试验，一次不行，再来一次，可以试验多次，直至试验成功。烧砖可不能多次试验，必须一次成功，失败一次咱也承受不了。因此，咱不能自己烧，一定得聘请个技术员，与他订合同，让他承包下来，咱只是给他承包费就行了。这样有把握，虽然花几个钱，但不会有大的损失。"

黄松："我懂了，爸爸，我同意聘请技术员烧。这两天我就去拉煤，煤拉够了以后，就去聘请技术员。"

第十七章

二十世纪八十年代，随着生活水平的提高，北方农村改造住房，新建住房是普遍现象。每个村庄都有几起建筑队在紧张地工作，建筑材料是畅销货，尤其是砖。因此，很多砖窑就应运而生。这种砖窑规模较大，每一窑至少能装五十万块，是机器制坯，专为销售。这种砖质量较好，耐压性强，抗碱力大，耐水泡，耐风化，是盖房理想的建筑材料。但价钱较高，经济条件不好的家庭往往买不起。建房高潮过后，这类砖窑就遗弃为废物，被无家可归者视为理想的安身地。当年的王宝钏被爹爹赶出家门后，就是在这样的破窑里住了十二年。

想盖房，又想省钱，农民发明了一种简易砖窑，当地人叫它"土砖窑"或"土窑"。这个"土"并不是泥土的土，而与"洋"字相对而说的。这种土窑建造着很方便，省力省钱，坯场在哪儿，窑就建在哪儿，省了搬运的力气。一个窑只用一次，用完即拆，不留痕迹，没有后遗症。就在打坯场地，把坯集中起来，外面覆盖一层厚土。坯的摆法有一定套路。有合理通畅的火道和气孔。用这种办法烧砖，也不是人人都会的，也得有懂这种知识的技术员来操作。黄松家的坯就想用这种办法烧成砖。

坯已有了，现在缺的就是燃料——煤。坯是自己打的，煤当然也是自己去拉啰，这是不言而喻的。

关于拉煤的问题，黄松早就有思想准备，而且做了充分的调查，获得了一些具体数据，比如：去哪里拉，路有多远，一车装多少，拉一车来回需要多长时间，去拉时需要带些啥东西，路途中哪个路段难走，哪个路段危险等等，他都了解得比较透彻。这天下午，黄松给架子车打足气，把两个荆笆安在架子车的两头，用绳子拴好，驴的草、料用布袋装住放在车子上。再检查一下驴的拉套，绳索是否结实，挂钩是否完好。"好啦。"他自己对自己说，一切都准备好，物质的、精神的，都很完

161

备，明天一大早就可以动身了。他得意扬扬地回到屋里。他忽然想起来："没有钱怎么行呢？他差一点把钱忘了，不带钱不是白跑一趟吗？"他想起来有些后怕。他立即向妈妈要来买煤钱以及路上的零花费。他就要出发了，脸上露出欣慰的笑容。

"一切都准备好了？"黄琦坐在椅子上突然问他。

"都准备好了，物质的、精神的。"黄松泰然自若地回答。

黄琦："你去哪里拉煤呀？"

黄松："去新密市大峪沟。"

黄琦："那里的煤怎么样呀？"

黄松："大峪沟有三个煤矿，最外边的那一个，煤干石多，不能要；中间的那个，煤太硬，点火时不好点，着起来不耐着，因此也不能要；最里边那一个，煤的质量最好，咱们这一带农民都是去最里边的那个矿上拉的，张大叔就是从这个矿上拉的，我想我也去这个矿上拉。"

黄琦："离咱们家多远呀？"

黄松："九十里地。"

黄琦："一车拉多少斤呀？"

黄松："少者八百斤，多者一千斤，至少也拉八百斤。"

黄琦："路况怎么样？"

黄松："有地方好，有地方赖，好赖不等。"

黄琦："你拉得动这么多吗？"

黄松："拉得动，张大叔那么老了还拉八百斤呢，我一个年轻人，正是有劲时候。再者，有咱的毛驴替我拉，俺俩肯定能拉动。"

黄琦不由自主地涕泪交流，喉咙哽咽，霎时间说不出话来。黄松急忙拉住他的手，温情绵绵地安慰他："爸，你不要难受，我已经长大成人了，我已经顶天立地了，我啥活都能干。拉煤这活儿难为不住我，更不会累垮我。张大叔那么老了干这活都没事，我更不会有事了。你别这样，你笑着欢送我，笑着迎接我。这才是对我的鼓励和支持，让我高兴，使我慰心。你一难受使我很不安。因此，爸，你一定要高兴起来。"

徐环从院子走进来，看到黄琦泪流满面的样子，说道："你爸真是小户人家出身，你看他那没出息的样子！松儿出去拉个煤你就这么难舍难分，舍不得叫他去吃苦，他要是出去打仗，你才难舍呢，恐怕把心都哭出来了。"

黄琦不但不哭了，反而有精神了，他反驳道："你不能这么比，他要是去打日本鬼子的，我不但不哭，我倒很高兴。我儿子能为国家出力，能为人民服务，出去打仗，保卫我们的祖国，我不但不哭，我还要笑呢。儿子保家卫国，这是我当父亲的骄傲，我会竭尽一切力量支持他。"

徐环："别好嘴了。孩子去拉个煤，算个啥？根据你现在的表现，他要真的出去打仗，你的表现不一定像你现在说得好听。"

黄琦哭泣流泪，是内心复杂心情的流露。黄松从学校出来不久，就干这么累的活，这么苦的活，他同情他，可怜他；他为有这么个儿子，能担当一切，顶天立地，完全顶替了他，而骄傲、自豪；同时，他也为自己老早就把这些苦累活交给儿子而感到内疚、自责。这些情绪交织在一起，哭是表达这种复杂感情最好的方式。

第二天一大早，天刚蒙蒙亮，徐环扒在黄松住室的窗户上轻声叫道："松儿，松儿，天明了，起来吧。"

她听听里面没有动静，再叫一遍，声音比刚才的大一些："松儿，起来吧，天明了。"

黄松剌棱坐起来，穿上衣服就下了床。他母亲已离开这里去厨房了。黄松洗完脸以后去到厨房，看见饭桌上的早餐已经准备停当，烙油馍、炒鸡蛋、大米稀饭——这是当时北方农村招待稀客的食品。

徐环看见儿子进来说道："快吃吧，天都不早了。先吃油馍，叫汤冷着，这里还有煮鸡蛋。"她把鸡蛋从凉水里捞出来说："你吃几个，剩下的带到路上吃，油馍我烙的也多，都是叫你带在路上吃的。"

黄松："现在到处都有卖食品的，到哪儿都饿不着。"

徐环："卖食品的到处都有，不假呀，你不得给人家钱吗？人家白给你呀？你带些吃的，路上少买些，这不是省钱吗？"

黄松："可也是。"

黄松猛然站起来要往外走，说道："驴还没吃东西吧？"

徐环："驴已经喂饱了。今天的早饭，让你吃好的，也给它改善改善生活，我多给了它玉米棒子，咱还有些绿豆，我也给它了。"

黄松："好哇！其实毛驴最爱吃的是玉米和绿豆。因为绿豆太贵，舍不得喂它绿豆，我走时多给它带些玉米棒子，少带些草。"

黄松外出的时候，总不忘带的一件东西，就是白佳送给他的《唐诗三百首》。他把它放到馍布袋里，可以经常看到它。

黄松就要动身走的时候，黄琦从屋里一拐一拐走出来，问了一声：

"几天能回来呀？"

黄松答了一声"三四天"后，出了院子，消失在大街上。

大峪沟是河南省有名的产煤圣地，豫北平原的用煤，大部分都是从大峪沟拉的。黄松坐在车子上，赶着毛驴，手里拿着三尺长的鞭，嘴里哼着小曲，不时地吆喝一声："嘚儿，喔！"他走了十里路以后，进入通往大峪沟的宽阔平坦的康庄大道。路面是刚用沥青铺过的，在阳光下，泛着幽青的光，不时闻到刺鼻的沥青怪味。

大路中间有一条清晰笔直的黄线，把上下道截然分开。在每一道上又分快车道和慢车道，最外边是人行道。快车道上的车辆，大部分都是小车、快车，它们疾驰而来，瞬间离去，速度太高，无法看清；慢车道上，大部分都是拉煤车，来来往往，往西的都是空车，往东的都是重车。有的车小，拉三五吨，七八吨；有的拉十来吨；有的车大，拉几十吨。小车行里，有些是三轮车，它最多能拉一吨煤。在人行道上，有各式各样的拉煤车，有三轮车，有两轮车，有架子车，也有独轮车，这些基本上都是人力车。牲口拉的也很多，拉车的牲口有马、骡子、驴、牛等。以马最多，而且拉的都是两轮架子车。人力拉煤的也大有人在，大部分都是二十岁以上，五十岁以下的青壮年。很多人的家距煤矿不远，三五十里路、六七十里以上的距离就很少了。他们拉煤主要用于烧火或取暖，像黄松这样拉煤烧砖的，就寥寥无几了。

黄松正停下来为毛驴饮水，又发现毛驴的肚绷带有些紧，他正在松绷带时，一个五十多岁，小六十岁的大爷拉了一满车煤在马路对面停下来，穿过川流不息的马路，小心翼翼地向黄松走来。黄松正琢磨着他来的目的时，老头儿开了腔："请问老弟，有火吗，请借个火用用。"

黄松马上说："有，有，我有。"他掏出打火机递给老头儿。老头儿掏出香烟让了让黄松，黄松婉言谢绝。老头儿把一支烟填到嘴里，点着后深深地吸了一口，好半天才从嘴里吐出一股白烟。白烟缭绕着散在空中，与汽车的尾气绕在一起，散布在大气中。

黄松问老头儿："你这么大年纪了还出来拉煤，你的孩子呢？"

老头："都出去打工了，家中就剩下老伴俺俩。"

黄松："拉煤干什么用呀？"

老头儿："烧火做饭。我们没烧的呀。现在的庄稼都是优良品种，头大杆矮，打粮食怪多，秸秆很少，农民吃的不愁了，可又愁起烧的来了。我希望庄稼还得改良，叫它不但打粮食多，秸秆也得多，农民不但有吃的，也有烧的，一举两得，岂不更好！"

老头说着笑起来，黄松也会意地笑了。

他们的发笑，声大、韵甜、味美，旁边路过的拉煤人，用诧异的眼光瞧他们，好像瞧着两个精神病人。

老头儿抽着烟穿过马路，又去到他的拉煤车。他把襻带套在右肩上，把点棍打掉，两手紧紧抓住辕杆，身体用力往前倾，脖子伸得老长，弓着腰，迈着沉重的步伐，沿着宽敞的柏油路，慢慢地移动了。

黄松看着老头的背影，站在那里好久没有动静。快车道上的汽车嗖嗖而过，慢车道上的拉煤车轰轰而去；人行道上的马拉车，嘚嘚地快步行进，有不少拉煤车的人，年轻的年老的都有。他们脖子上挎着拉绳，弯着腰，蹬着地，脖子上的青筋翘大高，硬着头皮，使出全身力气往前拉。一步挪四指，两步一喘气，三步力用尽，四步一停息。他们就是这样一步一跌地挣扎在拉煤路上。源源不断前面走，无穷无尽后面来。此景此情，黄松发出这样的慷慨：

> 茫茫人生路，芸芸众生走。
>
> 快的前面跑，慢的在后头。
>
> 前后左右望，自己是中游。
>
> 拼命往前赶，决不甘落后！

黄松赶着毛驴往前走，不到半个钟头，他看见一个年轻人，与他的年纪差不多，站在人行道的边上，旁边站着一辆三轮摩托车。年轻人死死地盯着路过的行人，眼里流露出求助的神情。黄松走到他跟前把车停下，打算问他需要什么帮助。青年人看见黄松向他走近时，主动打招呼："大哥，你好！"黄松回应了一句："你好。"两人不言而喻都是去拉煤的。他们一见如故，几句寒暄话后，就像老朋友一样，拉起家常来。

青年人："我叫沈桐，我是东边睢县人。"

黄松："我叫黄松，我是本地人。"

沈桐："拉煤干啥用呢？是烧火呀，还是取暖？"

黄松："也不是烧火，也不是取暖。"

沈桐："那你是干啥呀？"

黄松："烧砖。"

沈桐心知肚明地说道："烧砖呀……"

他的口气和表情有些不以为然，黄松赶忙问他："怎么？不行吗？"

沈桐："我的意思，不是煤不能烧砖，而是自己用煤烧出来的砖不行。我一看你自己用架子车拉煤就知道是你自己用土窑烧砖，我是说这种土窑烧出来的砖不行。说它不行也有些太绝对了，要看从哪方面说，这种砖不是完全不行，它比坯强多了，用作民房还是可以凑合的。它不能用于盖大楼，也不能用于重要的工程项目。"

黄松由紧张转为轻松了，说道："你把我吓了一跳，我误解为煤不能烧砖呢。这种砖质量不好，这是当然，不过我烧的砖是自己盖房用的，不是什么重要工程。"

沈桐："如果是这样，这种砖完全可以用。虽说它的寿命不长，不用考虑那么多，到不了它的寿命结束，就可能扒了房重盖了。现在形势变化这么快，过去说一日千里，我看现在是一日万里了。前几年，我们那里也是用这种办法烧砖盖房。这几年都不用这种砖了。因为有钱么，都去大窑厂买机制砖了。"

黄松问他："那你拉煤干啥用哇？"

沈桐："天就要冷了，我趁早拉些煤用作取暖。我奶奶七十多了，怕冷。怕过冬天，每年冬天都不出门，甚至连床也不起，整天躺在被窝里。她最怕过冬，冬天一来，她就害怕。今年我准备安个家用锅炉，自己烧水供暖，保证不让奶奶再受冻。"

黄松是个多愁善感的人，他一听说沈桐拉煤是为奶奶取暖的，他马上联想到自己的父亲。父亲不是取暖不取暖的问题，是连个安乐窝还没搞到。人家这么大年龄已享受晚年之乐了，而自己的父亲还在为建房而拼命干呢！他愣在那儿想心事，一句话也不说，沈桐问他："黄老兄，你在想什么？"

黄松好像从梦中醒来一样，不知所措地回答："我在想，你需要什么帮助吗？为啥停在这里不走啦？"

沈桐："我还真的需要帮助。"

黄松："什么帮助？你快说。"

沈桐："我的车没有油了，请你顺路把我拉到加油站。"

黄松："这好办。你骑上你的三轮车，右手握住把，撑住方向，左手抓住我的架子车帮。很轻松的，不费多大劲。"

他们这样走了一公里多，来到一个加油站，沈桐加了油后，从身上掏出五块钱给黄松。

黄松说："我带你是出于友情，友情是万金难买的，你给五块钱怎么能行呢？再说了，我要知道你给钱，我就不带你了，因为我的友情是无价的，是不卖的。"

沈桐一看黄松说话这么恳切，这么实在，就不再坚持要付钱的事了，说了声："好，咱们的友谊万岁，后会有期。"他骑上三轮车，飞快地走了。

到下午半晌时，黄松走到离煤窑二十里路的地方，碰见沈桐拉了一车煤拐回来。沈桐对黄松说："今天买煤的人不太多，装煤比较顺利。这样，我今天天黑前可以到家。"

黄松："好呀。祝你一路顺利。我争取今天天黑以前装上煤就不错了。我们重车走得慢，回到家得两三天呢！你拉罢这一车后还拉吗？"

沈桐："拉，得拉好几车呢。"

黄松："我们还会在路上见面的。好，你走吧，再见！"

沈桐："再见！"

第十八章

黄松顺利地买了九百斤煤。他从煤窑出来走了十多里路时，天已经黑下来了，他精神不佳，感到很疲乏。一天来，他吃的是凉馍，喝的是凉水，肚子里一直在咕噜咕噜地叫，有些想拉肚子的征兆。他想找个旅店，喝个热汤，休息休息，买几片治拉肚子药。再者，毛驴也跑了整整一天了，它也得歇脚了。他赶着毛驴一边走一边寻思着找个休息地方时，迎面看到一个大牌子，上面写着"平民客栈"四个楷体大字，白底红字，在夜幕降临时，显得格外醒目。黄松非常高兴，心想：真是心想事成，况且还是平民客栈，不正是我住的客栈吗？若是豪华旅店，我还住不起呢。

他在思索中，不觉来到客栈门口。一个年轻人前来问他："住店吧，客官。"

黄松指着煤车和毛驴，问年轻人："你看，能住下吗？"

年轻人："当然能住下。我们有住人的客房，有放牲口和车辆的栈房。有食堂，也有喂牲口的草料，保证人畜满意，事事安康。叫你住得心慰，歇得舒畅，能住上一夜，永远不会忘。来吧，来吧。过了这个店，就再不会有这样的机会了。良机不能过，过了就犯错；此错不要犯，别留下遗憾。"

黄松被这个年轻人的花言巧语迷惑得不知所措。恰在这时，年轻人抓住时机，逮住毛驴，把煤车拉到栈房里了。

黄松卸下毛驴，把牲口拴在一个槽位上，往槽里抓了几把玉米棒子，让毛驴慢慢啃着。

年轻人把黄松领到客房办公室，让他登记住宿。他一进办公室就看见办公桌上面墙壁上的一首词：

满江红·觉起

改革浪潮，势正旺。经济搞活，民共享。人民生活，蒸蒸日上。誓死捍卫胜利果，美满生活万年长，有保障。看锦绣江山，真富强！

青年人，多担当，急追赶，莫彷徨。要精神振奋，斗志昂扬，沉睡雄狮已觉醒，世界人民望东方。为实现宏伟复兴梦，向前闯！

没有词的出处，也没有词的作者，黄松办完住宿手续以后，问服务员："这首词是从哪里弄来的？"

服务员："老板弄的，我们也不知道从哪抄来了。"

黄松："你们的老板是谁？我能见见他吗？"

服务员："我们的老板眼前不在家。等她回来了，我告诉你，你再去见她。"

黄松："谢谢你。"

服务员把黄松领到 101 房间，倒了一杯开水放在茶几上，走了出去。

老板不是不在家，服务员说不在家是一种推辞，也是老板告诉她这样说的。不管哪个人，只要是想见老板的，都是这个说法。

服务员到老板的办公室，对老板说："老板，有个顾客要求见你。"

老板："什么样子的顾客？"

服务员："一个挺帅气的青年人，有二十多岁。"

老板："他都说些什么呀？"

服务员："他办完住宿手续后，指着墙上的那首词问：这是从哪里弄来的？我对他说是老板弄来的，然后他就说他想见见老板。"

老板一听这话，就知道是黄松来了。她压抑住自己的激动，用平常的语气对服务员说："你去把他领过来，我在这儿等他。"

服务员走后，她急忙放下笔，收拾一下桌子上的东西，来到门口，站在离门很近的地方，单等着来人的到来，倾听着这不寻常的敲门声。

这个女老板叫白佳，是黄松高中时的同班同学。黄松是校学生会主席，白佳是他们班的班长，两人因学生工作接触比较多。白桂对黄松非常崇敬。黄松的相貌、品德、学习成绩、工作能力、心胸、气质等，无一不是让她佩服的。白佳是身材苗条、性情温柔、待人大方、处事朗利，两人有心照不宣的爱慕之情。但当时由于黄松的妹妹黄枫的同班同学胡晴对黄松追得很紧，经常去找黄松问这问那，黄松对胡晴也有好感，白佳就认为黄松在与胡晴谈恋爱，她只好把对黄松的感情藏在肚里，不仅不对黄松流露，在任何场合，对任何人都没有流露过。胡晴经常出现，黄松也无暇再考虑别人了。

任何事情，不吐露不等于没有，隐藏在心里不等于不存在。白佳对黄松憋在心里的爱慕之情，非但不能自动消失，反而随着时间的荏苒，它在肚子里更不安生，它生事，它发酵，由小变大，由弱变强，以致使她坐立不安，吃饭不香。她深深感到她的这种情感已经到了非解决不可的地步了。

"怎么解决呢？"她经常重复着这样的话问自己，她也经常重复着回答："无法解决。"她没考上大学，高中毕业后回到自己的家，正好她父亲的企业急需要人，她就自然而然地替父亲独当一面，当起了"平民客栈"的老板，独立自主地搞起了客栈工作。虽然客栈工作很忙，但她对黄松的思念之情，却随着时间的推移，越来越深。

她听说黄松也没考上大学。他怎么也没考上呢？她百思不得其解。后来她才听说黄松没参加考试，她听说后，又遗憾，又欣慰。遗憾的是这么一个有才华的小伙子，将来可能是国家的栋梁之材，而不上大学就只能是平庸之辈了。她欣慰的是，他与她处于一个平等的价位上了，与他走到一起的可能性就大一些。

他现在在哪里呢？他在家吗？他在家干什么呢？他与胡晴的关系怎么样了？说不定就要结婚了吧？这些是她经常考虑的问题。不管他在哪里，在有生之年，一定想法见他一面，向他倾吐自己对他的感情。究竟有什么结果，就无所谓了。只要能见他一面，说说心里话，让他知道我对他的感情就行了，不敢有什么觊觎，也不要别的遐想，仅此而已。只有这样，她才能把沉重的思想包袱放下，死了以后才瞑目。

想见一面的思想如何实现呢？她在翻看她在高中时的日记时，看到她抄黄松写给校刊上的一首词，名为《满江红·觉起》。她很欣赏这首词。她忽然想到：把它放大装在镜框里，挂在住宿登记室的墙上。黄松万一来住店时就会看见他的杰作，他就很自然地会问起它的来历，我就有见他的机会了。想到这里，她自言自语地道："这是个绝妙的办法。"她请了个书法家，写了一式两份，分别装到玻璃框里，挂在住宿登记室一个，挂在她的办公室一个。两个牌子都很醒目，观看人都是欣赏词句和书法，谁也不问它的出处和作者姓名。自从牌子挂出去以后，只有黄松这么一个顾客询问词的出处和作者。这使服务员很诧异，她马上禀报给老板。

老板听了服务员的禀报后喜出望外，恨不得一下子跳起来，但在服务员面前，她还是忍耐下来了，装着一本正经地对服务员说："你把他领进来吧，我在这里等着他。"其实，老板让挂词牌的目的就是寻找询问词作者的人。现在询问词作者的人终于来了，她的夙愿就要实现了，她怎能不高兴呢！这是老板心中的秘密，服务员怎么会知道呢？

这个服务员叫洪叶，十六七岁，初中毕业后就辍学回家，她与老板有些"拐弯亲戚"的关系。白佳把她叫来帮助她管理客栈工作。洪叶很机灵、很聪明，别看年纪不大，办事很沉着，考虑问题很周到，是一个有心眼的姑娘。从顾客询问词的出处到老板叫顾客去她的办公室之中，洪叶觉察到一些微妙的不同。首先，黄松是第一个寻问词的作者的顾客，他与其他顾客就有些不同了；其次，从老板方面说，过去顾客中要求面见老板的人很多很多，大部分都是青年人，几乎每次她向老板禀报以后，老板一听情况后马上就说："你告诉他，就说我不在家。"可是这一次，她叫客人去她的办公室里，这是很不寻常的。因此，洪叶把黄松领到老板门外后，没有亲自开门，更没有进老板的办公室，而是停在老板办公室的门外，指着门轻轻地对黄松说："这就是老板的办公室，你进去吧。"她急速离开了。

黄松轻轻地拍了一下门，听见里面一位女人的声音："请进！"

黄松抓住把手轻轻地转动了一下，门几溜一声闪出个门缝，黄松侧着身子往里挤，他身子刚进去就与老板撞了个满怀。其实，老板说"请进"的同时，已经来到门口恭候他了。他撞了一下老板，老板用拳头朝他胸前不轻不重地锤了一下，说道："你怎么这时候才来，我等你等得好苦啊！"

黄松一看是白佳，惊奇得说了声："怎么会是你？"

白佳："怎么不会是我？"

黄松："真没想到会在这里见到你。"

白佳："我想到了，我天天都这么想。使我没想到的是你欠我的钱为啥不来还我？"

黄松："我一直想着要还你，但我就是找不到你。谁知道你在这儿呀？我要知道你在这儿，我早就来了。你看，我不管走到哪里，我都带着你给我的这本书。"

白佳："啥书呀？叫我看看。"

黄松从布袋里掏出那本《唐诗三百首》递给白佳。白佳接过一看，一阵暖流涌向心头，她惊喜万分，情不自禁地吆喝了一声："哎呀！我真没想到。"

从两个人的见面谈话中，可以看出他们不是一般的熟人关系，也不是一般的同学关系。对黄松来说，白佳是他的老同学，关系不错的老同学。他对她印象不错，是他经常想起的人物。对白佳来说，黄松是她羡慕的人物。她羡慕他的人才，羡慕他的学习，羡慕他的工作能力，羡慕他的为人处世，羡慕他的品德，而且，在她遇到的所有男士中，没有一个能与他可比的，其他任何人，在他面前都是黯然失色的。她见他是一种梦想，是一种奢侈。就这么两个人，现在见面了，他们的心情该是什么样子呢？两个人习惯似的握手期间，四只眼睛对在一起，像几万伏碰到一起的高压线，迸发出照亮乾坤的火花。白佳心醉了，脑子痴迷了，她晕晕腾腾几乎要倒，黄松把她扶到椅子上。很快，她恢复正常，两人心情舒畅地谈起话来。他们首先谈到的是老同学的去向和自己当前的处境。白佳很快就问她最关心的问题："胡晴在哪里？你们的关系还好吗？"

黄松："她上高中了，不知道她的状况如何？"

白佳："怎么不知道她的状况？你们不是经常联系吗？"

黄松："不但不是经常联系，而是根本就不联系。"

白佳："这是怎么回事？她不是很喜欢你吗？"

黄松："考大学之前是这样，我一没考上大学，她立刻就与我断了，而且，断得很彻底。"

白佳："你们断了我才敢说这样的话，那个胡晴脸皮可真厚，你记得那天晚上她来咱们教室找你时，大声叫你，你不在，她不住地叫，影响了我们的学习，叫她小点儿声儿，她还犟，遭到了全班同学的反对，大家都出来围攻她——直到你回来后，她才走。她的脸皮真厚，说句不好听的话：真不要脸。"

黄松："那时我对她认识得还不清楚，要不然我就不会与她再来往了。"

白佳："认识一个人得有个过程。"

黄松："实际上是她主动提出与我断的时候，我才把她认识清楚。"

白佳表示理解地"啊"了一声，心里像吃了蜂蜜一样甘甜。她接着问："说起考大学了，你真的没参加考试吗？"

黄松："真的。如果我参加考试，我相信我是会考上的。"

白佳："怪不得的，我怎么也不理解你怎么会考不上。我很为你遗憾。你为啥就不考呢？再大的事，也没有考大学重要哇！"

黄松："后来我后悔了，但来不及了，苦闷了一阵子，但很快就不考虑它了，我认为不管干啥都一样，干啥都能干出成绩。"

白佳："可也是，这绝对是真理。你回家后都干些啥呀？你拉煤干啥用呀？"

黄松："我爸一辈子，甚至我爷爷的一辈子的夙愿就是盖一套像样的住房。我爷爷把遗愿留给父亲，我父亲已七十多了，腰弯腿瘸，家里经济条件又不好，经常闷闷不乐，像一块石头压在心上一样，始终高兴不起来。我爸失去劳动能力是我不考大学的主要原因，我还有弟弟和妹妹在上学，我要再一上学，家里供不起我们三人。为了让弟妹上学，为了支撑这个家，我选择了不考学，留在家里干农活。我爸的夙愿我一定为他实现，没钱买建筑材料我尽量自己干，自己办不到的就买。这样不是省些钱吗？我们的新宅基地是个大深沟，我自己已经拉土垫起来了。盖房用得最多的是砖。我也是自己制。自己打坯，自己烧窑。坯已经打好了，现在是拉煤烧砖，今天是第一趟。我吃了些干馍，喝了些凉水，有些闹肚子，身上没一点劲，走到"平民客栈"门口才想着住下来歇歇。恰是你的客栈，这也是上天保佑，让我又见到了老同学。"

白佳："不仅上天保佑，而是有缘分。缘分厉害呀，是任何力量也破坏不了的。我现在进一步体会到这两句话的含义：有缘千里来相会，无缘对面手难牵。比如你吧，你拉煤也好，住店也好，住就住呗，为啥要求找老板呢？有几个客户要求见老板的呀？你要不要求见老板，在这里住一个晚上就走了，咱两个不就见不成面了吗？"

黄松："谁叫你把我那首词挂在登记室呢？我若看不见我那首词，也就不会有见到你的事了，是那首词把我引到你办公室的。我的《满江红·觉起》怎么会到你手里？我一看见这首《满江红·觉起》，我就问这首词是哪里来的，服务员说是老板，我就知道这里的老板一定是熟人或与熟人有关的人，所以我才要求见老板的。"

白佳："我是从校刊上抄下来的。你的好几篇东西我都保存着呢。"

黄松："你保存这干啥呀？"

白佳："这是一种情怀，也是一个人的想望与追求。"

黄松从白佳的谈话中以及他刚进她的办公室时她的异常表现，推断出她对他有相当深的感情，但他装着不知道，仍若无其事地谈别的。

黄松："你与我是天壤之别呀！我是茅草小屋，你是楼瓦雪片；我是温饱勉强，你是金山银山；我是苦力难熬，你是坐镇老板……"

白佳用妈妈对孩子的口气说："又卖弄你的文才哩！"

黄松："说正经的我看你这一摊子挺大的，你能运筹帷幄，操作自如，没有伟才胆略和心细入微的细致是办不到的。我佩服，佩服，你真不简单。"

白佳很不愿意听他这啰啰唆唆的奉承话。本来是咫尺无间的两人，这些吹捧话一下子把他和她隔离了十万八千里。她听起来很不舒服，直截了当地说："咱先说好，咱别把关系拉远了。我已经在这里等你多年了，你不要让我再失望了。我希望咱们说话的关系近些，越近越好。"

常言说，锣鼓听声儿，听话听音。白佳的话好像是一种生气、责备，但话里有深深的内涵。她表面上仅仅那么几句，却反映出她对他长期以来难以压抑的、强烈的思念之情和渴望见到他的热烈情怀。黄松感到自己出自内心是想说些让她高兴的话，但适得其反，她却听了不高兴。他认为他犯了个大错误。他马上惭愧地说："是的，是的。"他脸色有些尴尬，有些难为情。他坐在沙发上，窘困难忍，像犯了错误的孩子站在妈妈面前承认错误一样，不敢犯颦。

白佳看到他的窘态，心有些软，后悔自己的话有些太直，太冲。但她马上又想到，这也难怪他说那样的话，这么长时间他们没见过面，没说过话，彼此不了解。我对他虽然一往情深，但他对我虽然不能说淡若凉水，但也绝不是像我对他这样炽热如火。这丝毫不能怪他，因为他根本不了解我的心情。他哪里知道我对他的感情呢？她和颜悦色地说："你看我这一摊子，真是够我呛的。"

黄松："你还真是一个女强人。我还真羡慕你。"

白佳："我爸是赶着鸭子上架，我们实在是没有人，我爸硬让我滥竽充数。我实在是难以应付。你来帮帮我好吗，老同学？"

白佳的这句话使黄松很费解，她是让他来她的客栈里打工呀，还是有别的意思？他不敢直接问，也不去瞎猜。他侧面问她一些问题，从中可以得到些端倪。

黄松："你们家还有谁？你爸干啥呀？"

白佳："我们一家共三口人，我爸，我妈，我是个独生女儿。我们有两个企业，我爸管一个比较大的，我管这么一个比较小的，我妈是专职太太。你看，我们不缺吃，不缺穿，有东西，有钱。就是缺一样儿。"

黄松："缺啥呀？"

白佳："缺人，具体地说就是缺你。你想想，你要来了，你管住这个客栈，我给你帮忙，咱两个携手干，肯定能把这个客栈办得比现在好得多。"

黄松已意识到，白佳叫他来不是叫他打工，而是来负责这个客栈。但他仍不知道进一步的意思，是包给他吗？还是用别的办法？他不便细问，只有问她一些面上的问题。

黄松："你爸管的是啥企业？"

白佳："是你感兴趣的企业：建筑材料。盖房所需要的所有材料，砖、水泥、预制板、砂、白灰及木料，比如：门、窗、梁、檩、橡子等等，我们全都有。我想，你一定很需要，你都需啥，需要多少，你说一声，我可以全都供应你。"

黄松听得脑子都蒙了，需要啥，啥都需要；需要多少，需要一套房子上的。天哪！要东西有这样的要法吗？狮子大口是填不满的，因为需要得太多了，所以无法张口要了。他结结巴巴没说出来，只说了个"需要时再说吧"。

白佳："唉，对了，我们还有一个建筑队，四级资质的，可以在城市盖大楼。像你那小民房，我们只是去几个人捎带着就干了，要不了一个月。这种活在我们手里不算啥。小菜一碟，捎带着就干了。"

黄松听得发呆了，她的每句话都好像在戳他的痒处。他暗想：我多么需要一个建筑队呀！但他又想：用不起呀！他也想到盖房这活儿，不是一两人能干得了的，需要集体人力和机器设备才能联合完成。他说："我不需要那么多，只需要几个人就行了。"

白佳："干嘛几个人？你盖啥房呀？是人住的房吗？"

黄松："当然是人住的！"

白佳："几个人哪能行呀！至少得十几个人。你就没有想想，搬灰的，运砂的，和泥的，掭泥的，运砖的，递砖的，垒墙的，而且哪一项都不是一个人，光垒墙这一项至少得五六个人同时工作。你看，几个人能行吗？你想得太简单了。"

黄松像个傻子一样呆在那儿不说一句话，白佳问他："你怎么不说话？"黄松才清醒过来，应付了一句："以后再说吧。"

白佳："你今天说话怎么吞吞吐吐，一点也不干脆，可不像你以往的风格。"

黄松不说话，他也无话可说。不，不是无话可说，而是可说的话太多了，不知道说啥好了，也不知道从何说起，所以干脆就不说。因此就无话可说了。他在想，一个人若没有底气，他就气量不足，就畏畏缩缩，止步不前。白佳也看出他的表现不正常，断定他处在极端的困境中。她不再继续追问下去，她把话锋一转，问他别的事情。

白佳："你说你拉煤烧砖，得拉多少呀？得拉好几趟吧？"

黄松："我得问技术员看需要多少，反正得好几趟，这才是第一趟了。"

白佳："你每次拉煤都一定要在这里住一晚上，休息休息。你记住了吗？你得答应我。"

黄松："好，我答应你。我一定在这里住。"

白佳："咱先说好，你得说话算话。不然，我可不愿意。"

黄松："好的，我一定。"

黄松从白佳的办公室走出来，白佳紧跟着出来送他，等他下了楼梯看不见他时，她才回办公室。

夜深了，人静了，楼道里只有几个微弱的照明灯，散发着淡黄色的光。各住室的灯都已关灭，听不到旅客们的谈笑声，呓语和鼾声不时从住室内传出，打破了深夜里的寂静。

黄松脚步轻轻地顺着楼道往前走，突然从一拐弯处走出来一个人，站在他面前，横眉竖眼，像个很野蛮的人。他开口问黄松："你是干什么的？"

黄松："我是住宿的旅客。"

那人："你的住室在哪儿？"

黄松："在101房间。"

那人："你刚才去哪儿啦？"

黄松："去老板办公室了。"

那人："你与老板什么关系？"

黄松："我们是老同学。"

那人："老同学就谈这么长时间吗？"

黄松："我们好久不见，在一块儿谈谈往事，不知不觉就长了些。"

那人："男女青年，深更半夜，闭门屋内待这么长时间，你就不避避嫌吗？"

黄松："我们光明正大，正常交往，没有什么嫌。"

那人："你不要嘴硬。我郑重告诉你：我与白佳已经订了婚，这是经过双方家长见证的。我们的关系很好，婚姻基础很牢靠。你不要中间插杠子，充当第三者。你要有自知之明，不要想入非非。你若一意孤行，执迷不悟的话，你会有苦头吃的。现在我来奉劝你，勿谓言之不预也。"

那人又沿着原来的楼道走了，消失在黑暗里。

黄松去到 101 房间。房间里有六张单人床，他的床铺位置很好，靠着窗户，出入又方便。其他五张床都有呼呼鼾睡的人。他小心翼翼地走到床前，不声不响地脱了衣服，焦灼不安地躺在床上。按照平常，他劳累一天了，应该是躺在床上就入睡，而今天他却是翻来覆去睡不着，他的脑子却在激烈地活动着⋯⋯

第十九章

在楼道里截黄松的那个人叫孙炳坤，是白佳的父亲为白佳雇来的帮手。

孙炳坤的父亲叫孙福来，经营了一个地板砖场，离白佳的父亲白富领的建筑材料场不远，两家很快成了熟人，经常互相帮助，互相推荐生意，互相介绍客户。孙福来和白富领又很快成了朋友，不管谁请客吃饭，都要请对方陪客。谁有了困难时，尤其是资金周转不开时，对方一定会慷慨解囊，鼎力相助。孔福来有两个儿子，大的叫孙乾坤，二的叫孙炳坤，兄弟俩初中毕业后都没考上高中，就跟随父亲经营他们的地板砖场。在他们爷儿仨的共同努力下，生意搞得很红火，挣了钱，发了家，建造了雄伟的住房和高大壮观的门楼，高耸的院墙上还卧着巨龙，是全村数一数二的门户，人们都很赞赏，也很佩服。白富领经营了一个建筑材料场和一个客栈。生意兴隆，业务繁忙，他膝下只有一个女儿，人手匮乏，力不从心，把"平民客栈"这么大的摊子委托给女儿经营，自己专业从事建材业务。孙福来看到了机会，他有一个女儿，我有两个儿子，哼，这里面有文章。于是他想出一个仙点子：一天晚上，两家的生意都关门以后，孙福来请白富领喝酒。他们喝着谈着，谈家常，谈朋友，谈生意，谈友谊。越喝谈得越火，越喝谈得越深。谈得越深，友谊越牢固，谈着谈着把两家谈成一家人了。谁也离不开对方，谁都不想离开对方。当白富领喝得晕乎乎时，孙福来脑子还很清醒。他对白富领说："老朋友，为了加深咱们的感情，为了巩固咱们的友谊，为了发展咱们的事业，为了延伸咱们的关系，我有个大胆、冒昧的想法，我想说给你听听。"

白富领："你说，你快说。"

孙福来："咱先说好，我说罢你若同意，皆大欢喜；你若不同意，别有其他想法，权当我没说，咱们的友谊依然如故。"

白富领："你怎么这么啰唆！有屁快放，有话快说，咱俩谁跟谁呀！"

孙福来："好，我说，我就直接说啦，我赤裸裸地说。"他嫌说着碍口。他稍微停了片刻，然后，右手伸开巴掌在脸上从上到下拨拉了一下，又把握着的手掌往一旁一甩，表示把脸扔了，不要脸了，不怯不惧地说："咱们两家结亲吧。"

白富领并不迷糊，若有所思地说："不用说就是你的二孩了？"

孙福来："那当然，我的老大已经订罢婚了。老实告诉你，就凭我们家的状况，凭我们爷仨的威望和名声，说媒的人恨不得把门槛儿踢塌，只要稍稍一松口，早就订下了。但我不急，留得青山在，不怕没柴烧，只要有人才，女孩会滚滚来。我对你又夸口了，朋友之间不拘礼吗。我一直没有答应，我想了，我这个儿子一定得找一个有相貌、本领高、有涵养、人缘好、又有才又勤劳的女孩子。我寻找了一百圈，没有比得上白佳的。因此，我大胆地向你提出来，由于咱们的亲密关系，我先不找媒人，等快要成时，聘个媒人，一说就成了。请你考虑我的建议。"

白富领："不瞒你说，你的想法对我来说太突然。我在这里给你表个态：对成亲之事，我个人没有什么，但我绝不是说我已同意了，我的同意要取决于我妻子，更主要的是我的女儿本人。这个事咱先搁在这儿，等以后条件成熟了再说。"

孙福来一听，白富领的表态很不靠谱，这种表态跟不表态差不了多少。于是他又想了另一招，他抓住白富领缺管理人员这个短板，让孙炳坤去你那里干活。

孙福来："让我的老二去你的客栈干活吧。纯属帮忙，不要工钱，不要任何报酬。"

白富领："来我这儿干活，可以，算我雇用的人，我照样付工钱。"

孙福来："白干活，不要工钱。"

白富领："不要工钱我不用。"

孙福来："那好，给钱你就给，随你的便。"

白富领的主流思想是同意两家结亲的。他在女儿的婚姻上持以下观点：首先是找个倒插门女婿，可以继承他的家业；其次是男孩要帅气，有一定的组织能力，身体健康，能吃苦耐劳，有孝心，有奉献精神。具有这些品质的青年人来到他家，他们两口子就能过一个幸福的晚年。他认为这些特点孙炳坤都具备，所以他同意这个媒。但这只是他一个人的意见，他还不知道他妻子什么想法，尤其是当事人他女儿什么意见，他一点儿也不知道，所以他不敢直接作肯定答复。他很同意雇他工作，让他做女儿的助手，这样可以培养感情，等女儿与他有了好感后，一切问题都可以解决，不但女儿有个好女婿，家业也有人继承了。

孙炳坤被聘过来以后，白富领把他安排在客栈，全面负责工作，听从白佳的领导。他刚进客栈时，白佳认为他还不错，工作积极，热情主动，对需要干的活，从不偷懒，从不拖延，在客栈做了大量工作，省了白佳的好多气力。但随着时间的推移，他的真实水平就显示出来了。有一次白富领满怀信心地问白佳："妮呀，孙炳坤这个小伙子怎么样哇？"

白佳："不怎么样。你可给我找了个'好'帮手。"

白富领："啥是不怎么样啊？"

白佳："我从三个层面谈这个人。第一个层面，这是他好的一面。他积极肯干，主动热情。端个茶，递个水，扫个地，跑个腿，他是绝对好的人才。关于一些大活，只要交代给他如何干，注意哪些事项，达到什么要求，他也会干得很出色。客栈里的活大部分都是服务性的，让他在这里干活，如虎添翼，是他最能发挥优势的地方。第二个层面，这个人不怎么样，他的主要问题是没脑子，言语不分场合，说话不顾后果，最爱说话，而且不知道话该怎么说，往往是说了后达到与他预期相反的效果。第三个层面，他很讨厌。他在客栈里到处说他与我已经订婚，是经过双方家长同意的，我们客栈里的工作人员，没人不知道我们两个是准夫妻关系。他特别'关心'我，我的一言一行，一举一动，他都帮腔饰边。我在大家面前讲话时，他也大加赞扬，我说几句一停顿时，他就见缝插针，赞美几句，有很多评论叫你哭笑不得。倒如：我说同志们工作时要细心，不要马马虎虎，他马上插话说马马虎虎就容易出纰漏，出了纰漏要扣工资的；我如果说大家注意安全时，他马上会说，出了人命客栈赔不起等等类似的评论。他还经常去我的住室，要求给我打水哩，给我扫地哩，问我身体怎么样，问我想要吃什么。他还有一条使人厌恶的是，我对任何一个男人说话他都监视，偷听，偷看，说话结束后他会问'那个是谁？你们谈了些什么？'等等。他就是这么个人，我说他不怎么样，一点也不亏他。"

白富领听了女儿的这一番话，失望地摇了摇头。

白佳又问她爸："唉，爸爸，他见了人就说家长同意俺俩的婚姻了，双方家长都同意了，这是从何说起呀？"

白富领："嗳，这个人真有点厚颜无耻，他对我的话是添油加醋，偷天换日。事情是这样的：我们在酒摊上，他爹提议要我们两家结亲时，我对他说'我没什么，主要看她本人和她妈的意见了'，他爹回家传达了我的'没什么'以后，这小子就把'没什么'变成了'没意见'，再把'没意见'变成'同意'。他说的'家长同意'恐怕就是这么来的。"

白佳："这真是个无聊的小人！"

黄松回到家以后，把白佳的情况原原本本地告诉了父母亲，尤其强调了白佳对他的深厚情意。黄琦听了以后，意味深长地说："你们两个是老同学，生活在一个天底下，可是你们的处境却是两重天。她有个好父亲，为她创建了丰厚的家业，她可以不费吹灰之力继承、享用。你的父亲是一个穷困潦倒的瘸子，我不但不能为你创办家业，还留给你一个烂摊子，有很多难题让你来解决。你们两个差距多大呀，一个留丰厚的家产，一个留破烂不堪的摊子；一个留幸福，一个留灾难……"他说着说着泪流满面，泣不成声了。

黄松："你不要难受，爸爸，咱们家底子薄，这不是你造成的，是旧社会遗留下来的。不过现在咱们不是好多了吗？由旧社会的吃不饱，到新中国成立后能吃饱了，改革开放以后吃上了纯白面了，这个变化多大呀！你就感觉不到吗？"

黄松说到黄家的变化时，黄琦不哭了，马上精力充沛地说："我怎么能感觉不到呢！新旧社会变化之大，最有感觉的，还是我们这些老年人，我们在旧社会吃苦最多，所以最会感到新社会的甜。"

黄松："常言说：'穷山出凤凰，穷家出人才。'家穷不是坏事，家穷可以锻炼人的意志，家穷是成长立业的基础。"

孙炳坤对黄松的那些狠话，使黄松摸不着头脑，他不知道这人是谁，也不知道他与白佳究竟什么关系。他决定在第二次拉煤时，不去"平民客栈"，躲一躲为好。他倒不是怕遭到麻烦，他想到的是，如果那人说的是真的，他与白佳真的订了婚，他就不应多见白佳，尤其是他知道白佳对他有深情厚意，他更应该离她远远的，不能破坏他们的关系，决不能当第三者。

一天，白佳把洪叶叫到办公室问她："小叶，黄松不再来拉煤啦？为什么这么多天都没来呀？"

洪叶："不知道哇，是没来呀，还是没往我们客栈拐呀？"

白佳："不拐是不可能的，我告诉他每次拉煤都拐来的。"

洪叶："这就不知道原因了，也许是没来拉吧。"

白佳："不会不来拉的，他们正急需用煤烧砖呢。"

洪叶也在犯愁，犹豫着说："这是咋回事呀？"

白佳："这几天你把主要精力放在严密观察过路行人上，发现黄松时，不管他是空车还是重车，立即把他拉过来见我。"

洪叶从一大清早就站在客栈门口，东张张，西望望，仔细观察着从东边来的空车和从西边回来的重车，直到中午也没看见黄松和他的毛驴车的影子。午饭也不敢在屋里吃，而是把饭端出来在门口吃，吃罢饭赶紧把碗送回去又来观望。功夫不负有心人，下午三点多钟，她看见黄松的毛驴车不慌不忙地从东边走了过来。她向门里挪了几步，不让自己暴露得太明显。但她仍旧直直地盯着黄松，看他走过来时有什么举动。黄松越来越近了，只见他坐在车杆上，面向南，低着头，佝偻着腰，好像害怕在这里经过。路过客栈门口时，腰也不敢直，头也不敢抬，连看也不看一眼，像躲瘟神一样，迅速躲过去，根本没有去客栈的征兆。洪叶急忙走过去，一把抓住毛驴的笼头。车子停下后，黄松才抬起头来，一看是洪叶，没等他开口，洪叶严声郑气地问："黄松，你去哪里？"

黄松："我去拉煤呀，这是你知道的。"

洪叶："老板叫你路过这里时，一定往店里拐，你为啥不拐呀？"

黄松："我想买住煤，拐回来时再拐去的。"

洪叶："你净编瞎话骗人。走，去客栈。"

黄松："现在过去干什么呀？时间不早了，不能耽误时间了，不然今天下午就买不住煤了，这一耽搁就是一天，等我拐回来时再去还不行吗？"

洪叶："别啰唆了，快走吧！"

说话间，洪叶已逮着毛驴把车子拉到客栈大门里了。洪叶把毛驴拴到一个槽头，领着黄松，穿过楼道，拐个弯，上了二楼，来到白佳的办公室门口。她指了指白佳的办公室对黄松说："你去吧，老板等着你呢。"

洪叶走掉了，黄松轻轻地敲了两下门，没有应声，但门唰一下拉开了。黄松急忙进去，拘谨得像小偷偷东西时怕人看见一样。

白佳："看你这样子，像个贼似的畏首畏尾的。"

黄松不知道说什么好，只有沉默不语。

白佳把门关得死死的。她站在黄松面前相距不到一米的位置，在这温馨的气氛下，在这个恬静的环境中，在这万世皆空的二人世界里，白佳那种温情脉脉的秋波，沐浴着黄松的全身，万籁俱寂，寂静无声。黄松腼腆地站在那儿一动不动，害羞的脸上没有任何表情。足足一分钟后，白佳问他："上一趟拉煤为啥不往这里拐，为啥不来见我？我不是对你说每次拉煤都得来见我一次吗？"

黄松只是"这……那……"，支支吾吾没说出一句话。他是个诚实的人，他一时编不来瞎话，真话又不好说，所以他只有支支吾吾不说话。

白佳："什么这……那……？你没对我说实话。"

黄松："看在老同学的面上，今天你让我去买煤，天色不早，再晚了人家一下班，今天就买不成了，一耽误就是一天。等我把煤拉回来再对你说好吗？"

白佳："怕拉不住煤，是吧？这好办，我派人为你拉一车过来就行了。"

她让洪叶找个人赶着毛驴车去买一车煤，并对她说："一车装一千斤，记到'平民客栈'的账户上。"

白佳："你也不用怕今天买不到煤了，你就在这儿好好歇歇，等明天一大早就可以走，一点儿时间也不耽误。"

黄松在白佳的屋里又谈到大半夜。这一晚上的谈话，黄松对白佳有了进一步的认识。他坚定地认为，白佳是确确实实喜欢他的，而他也不折不扣地喜欢她。但他并没有当面对她说，他还有些情况没有搞清楚。

黄松不愿见白佳的原因一直憋在肚子里，白佳几次问他，他都没敢说，因为他不知道白佳与那人的关系，也不知道那人的话有多少真实性。他去睡觉时，拐到场棚里看了一下，发现他的车上装满了一车煤，在场棚里放着，驴在槽头上拴着。他放心地走进了101房间，躺在他原来睡过的床上，在周围床上的鼾声和梦呓声中很快入睡了。

第二天一大早，黄松赶着毛驴车，高高兴兴地走出了客栈大门，沿着宽敞的柏油路，迎着微微的凉风，心旷神怡地向东迈进。一夜的鼾睡使他精神饱满；清凉的晨风，使他头脑清醒；白佳的深情厚意，使他甘甜沉醉。他赶着毛驴车，轻飘飘地像腾云驾雾一样行走在马路上，川流不息的行人，像一颗颗略过的星辰；飞驰而过的汽车，像一块块飞跑的云层。他沉浸在青春的欢乐中，他长长吸了一口新鲜空气，惊叹道：平凡的人生路，幸福的人世间。真正使他幸福的是白佳对他的爱。白佳爱他，他也爱白佳，他们在相爱了，他们是真正的恋人。啊，他们在恋爱了，他有了恋人啦。这时，他才真正感到恋爱是幸福的，有了爱自己的人是幸福的。人们常说，自己爱的人是千千万万，但爱自己的人却一人难求。这么难求的人他求到了，她就是白佳。人生道路几时乐？恋爱、生子、好工作。这三个快乐时刻，他已经搞到一个了。他怎能不高兴呢，他怎能不幸福呢！

正当黄松神采奕奕、兴高采烈地往前行走时，路旁蹲着的一个人突然站起来截住他不让走，出言不逊地问他："我告诉你不叫你见白老板，你怎么又来了？你怎么又去见她了？"

黄松一看是那天晚上在楼道里对他训话的那个人。他暗想：事情不妙，这个人又出现了，这次非坏事不可，但事到如今，躲也来不及了。他环视一下四周，除了川流不息的车辆，别的什么也没有，路上没有人，路两旁的田地里也没有人。他想：没有别路，只有拼上了。他鼓起勇气，理直气壮地说："我是来住店的，你们开店不是让人住宿的吗？"

那人恶狠狠地说："住店，你去老板的屋里干什么？我看你是敬酒不吃吃罚酒，不给你些厉害，你是不甘心的。"他说着话从腰里掏出一把匕首，凶残地向黄松刺去。黄松拼命阻挡，左手抓住他的右胳膊，右手抓住他的左胳膊，两人相持了很长时间。那人年轻力壮，黄松血气方刚；那人穷凶极恶，黄松奋力拼搏；那人歇斯底里，黄松毫不示弱。在两人的厮打中，那人的匕首把黄松的左胳膊刺破，鲜血直流，两人身上到处都是斑斑鲜血。恰在这时，沈桐开着三轮摩托车走到这里，他马上认出黄松，大声叫道："黄老兄，我来了。"那人一看黄松的熟人来了，拼命挣脱开，骑住两轮摩托车跑了。

沈桐用毛巾把黄松的伤口包得紧紧的，止住了流血。

黄松："不碍大事，没有伤着动脉，谢谢你的救命之恩。"

沈桐："你这个样子怎么回去呀？"

黄松："我不马上回去，我还拐回去，去'平民客栈'，那里我有个老同学。"

沈桐："那好。"

沈桐陪着黄松一直到黄松进了"平民客栈"，才独自一人开着三轮车正西去拉煤了。

沈桐临离开他时，黄松对沈桐说："请你想法到我家告诉我的父母一下，就说我在'平民客栈'帮助老同学办些事，等几天再回去，别让他们挂念。千万别透露我受伤的事。我的村庄是坡王村，我父亲叫黄琦，我母亲叫徐环。请你千万千万要想法通知我的父母，千万，千万。"

　　沈桐家里办了一个包装箱加工厂，一个远路商人与该厂联系，打算订一大批货，要他马上去商谈条件，签订合同。他拉煤回家后来不及停留就得马上出发赶路。他把告知黄松爹娘的事交代给他的一个伙计王三办理。王三是上海人，上海人说话时分不清"黄"和"王"。不管是"黄"，还是"王"，他都说成"王"。沈桐叫他去坡王村告知黄松的父母。沈桐走后王三不知道是坡王还是坡黄，因为距坡王不远路的地方，确实有个坡黄村。究竟是坡王还是坡黄，他拿不定主意。他准备把这两个村都跑一下，哪个村有黄琦，就是他要找的人。他先去到坡黄。坡黄确实有个黄琪，他正好有个儿子在外面打工。当王三对他说他儿子要在外面他同学那多待几天时，他毫不在乎地说："可以，没什么，反正家里不需要他。"

　　王三离开以后，黄琪自言自语道："反正他经常不在家，在同学家不在同学家都是一样，还值得跑过来给我说说。"他认为这事有些蹊跷，想进一步澄清时，那人已经走远了。

第二十章

　　"平民客栈"的医务人员为黄松处理了伤口，白佳找人为他买了一身衣服，她把黄松叫到办公室问他："凶手为啥要刺你？你们有啥矛盾吗？你认识凶手吗？"

　　黄松："我不知道他叫啥，但我过去见过他。"

　　白佳："在哪儿见过他？"

　　黄松："那天晚上（不是昨天晚上）我从你的办公室出来，在楼道里，他截住我，告诉我不让我再见你。所以我上次拉煤没往你这里拐，就是这个原因，我怕给你添麻烦。"

　　白佳若有所思地自言自语说道："这能是谁呢？很可能是他。"她走到门外把洪叶叫来问她："那天晚上黄松从我这儿出来，是谁在楼道里截住与他说话啦？"

　　洪叶："孙炳坤。"

　　白佳把洪叶支走后，问黄松："他对你说些什么？"

　　黄松："他说你们两个已订婚，不要我破坏你们的婚姻，并说如果再见我来找你，他就对我不客气了。所以我就不想来见你了，我若再来，我怕对你不好。"

　　白佳："这个人真是无耻至极，我与他订婚？我宁可不找男人，我也不会要他这个无耻之徒。真是岂有此理，胆大包天，目无国法。是可忍，孰不可忍，这种人不能饶他。"

　　白佳去到走廊把洪叶叫来，对她说："对咱的法律顾问说一下情况，叫他以'平民客栈'的名义起诉孙炳坤，我做法人代表的从即日起辞退他。"

　　法律顾问来了后问白佳："以'平民客栈'名义起诉他合适吗？"

　　白佳："为什么不合适？"

　　顾问："因为咱不是受害一方。"

白佳："怎么不是受害一方？黄松是我们的顾客。我们当然要捍卫顾客的安全啰。顾客受害，就是我们受害。这是理所当然，一点儿也不勉强。"

顾问："黄松如果是在咱们客栈受的伤，就是你所说的理由。但他不是在咱们客栈受的伤；他受伤时已经离开了咱们的客栈，他已经办了离店手续。也就是说，他与我店已经毫无关系。因此，以咱们店的名义起诉他，没有理由。他不是咱们店的工作人员，又不是事发现场，以咱们店的名义起诉被告，恐怕人家不受理。我的意见，还是不以我店的名义起诉他为好。"

白佳："那么你说，应该以什么名义起诉他呢？"

顾问："以黄松本人的名义最好。他是受害者，他起诉行凶者，合情合理，名正言顺。"

白佳："那好。用黄松本人的名义起诉他。请你为他写个起诉书。写完后让我看一下。我们要尽快把它交到法院。"

顾问："好的。我马上动手写。"

法律顾问走了以后，白佳对洪叶说："把黄松的架子车放到咱的储藏室，把毛驴拴到猪圈里，要定时喂它些东西，不要放在前面的栈棚里。另外，这个事不要外传，免得有人使点子。"

洪叶走后，白佳对黄松说："他捅你一刀反而是好事……"

黄松不以为然地说："是好事？你还幸灾乐祸。难道是你叫他捅我的吗？他拿着刀哩，他若不拿刀，他还真不能咋着我。"

白佳："他捅你的原因不是你，也不是我，而是老天爷。"

黄松："什么老天爷。老地爷的，你净编瞎话骗我。"

白佳："他这一捅你，产生几个后果，这个后果不是恶果。苦果。而是甜果，幸福果。"

黄松："越说越离谱，说话像转天棍一样，没有边际。"

白佳："你听我说，他捅你一刀后，你血淋淋时首先想到来找我。这是我最宽慰的事，人到难处首先想到的爹娘，爹娘不在时想到的是他的亲人，说明我是你心目中的亲人。这打消了我对你的担心。我过去一直认为我心中常有你，而你心中没有我。你这么一来，说明你心中有我，我对你放心了。其次，若非是他捅了你，你绝不会在这里住几天，你在这里住一段时间后，你对这里的环境熟悉了，业务有认识了，人员面熟了。更重要的是更能体会我对你的一片真心了，这是捅你一刀的最大好处。最后，我可以名正言顺地把孙炳坤辞退掉，双方家长也不会有疑义。这也是我的一大快事，我早就想甩掉这个包袱，但找不到恰当理由。这次可好了，我辞退他的理由再好不过了。你说他捅你一刀不是大好事吗？"

黄松很理解她的意思，心里乐滋滋的。他口是心非地说了一句俏皮话："你不是把你的快乐建立在我的痛苦上吧？"

白佳："你是皮肉之苦，心里幸福，暂时痛苦，永远幸福，值得。"

白佳让黄松住下来养伤。在二楼距她的办公室不远的地方，为他安排了一个住室，里边设备齐全，应有尽有，吃饭喝水都有人送到他的住室。白佳不让他往外跑。在屋里没事就看电视，也可以看书，写字。

白佳问黄松："你不是喜爱文学，爱写词作诗吗？"

黄松："自从回家以后，整天忙得不亦乐乎，一回到家里累得马上就躺在床上睡觉，哪有心情写那玩意儿。"

白佳："这不正好。现在给你个大好机会，叫你充分发挥你的长处，施展你的才能，好好写几首好诗让我看看。"

黄松："我心里太乱，写不出来。"

白佳："你一个人住在这里，悠闲得很，安安静静地住一段时间，养精蓄锐。回家以后，干劲不就更大了吗？"

黄松："我身在这里，心没在这里，我心里乱着呢。"

白佳："你真是有福不会享。你心里乱什么呀乱？"

黄松："你是饱汉不知饿汉饥，富人对穷人的痛苦全不知。我家里一大堆事情等着我干呢，我在这里歇着，我能歇得下去吗？"

白佳："你家里都有啥事呀，看叫你急的？"

黄松："多着呢。第一件，烧砖准备盖房；第二件，家里地里活没人干；第三件，我们打的坯不知盖好没有，万一下了雨怎么办？第四件，不知那人把我留在这里的消息捎给我父母没有？万一捎不到，就苦了我父母了，他们该很挂念我了，他们会有痛苦的煎熬……"

黄松的话让白佳对他更了解了。过去，她对他的了解，只限于学校里的情况。他的父母及家庭情况，她是完全不了解的。她知道了一个完整的黄松了。他是一个有责任心的人，是一个孝顺的孩子，是一个爱劳动的人，是一个不怕吃苦的人，也是一个有脑子的人，是一个考虑很周全的人。总之，他是一个很全面的人，一个她最理想的人。

黄松一个人住在空荡荡的房间里，屋里除了一些家具摆设以后，没有一件灵性的东西，他从没有这么孤寂过。他最失意的时候，他会与毛驴谈谈话，交流交流思想，解解苦闷，开开心怀。他忽然特别想念他的毛驴。它在哪里呢？它想我了吗？有人喂它吗？它吃得可口吗？它吃得饱吗？它不爱喝脏水，他们饮它的是净水吗？为什么让我住在这里？一看不见我的驴；二看不见我的车；三不能干活。若让我与毛驴住在一起，要比住在这里舒服一万倍。

黄松过着游手好闲的生活，但他不是无忧无虑的，而是忧心忡忡，夜不能寐寝，饭吃得不甘甜。这种舒服生活他一点儿也过不下去，一天也不想再过。

一天白佳问他："你这种生活不舒服吗？"

黄松："也舒服，也不舒服，总的来说是不舒服。"

白佳："那么，怎么才能让你过得舒服呢？"

黄松："生活越舒服，我越不舒服；生活不舒服，我反而舒服。我是一个过惯贫苦生活的人。富裕生活我过着苦，贫苦生活我过着甜，这是我的秉性，我的人生理念，我希望你要理解。"

白佳："你在这儿几天，总写了些东西吧。请让我看看你写的啥。"

黄松把自己写的两首诗递给白佳。白佳接过来读起来：

一

莺歌燕舞绕身旁，
风雨交加在心上。
大好时光多可惜，
虚度年华空悲伤。

二

天天吃喝在天堂，
无限风光尽情赏。
日复一日烦心增，
可怜父母在家乡。

白佳细心地品尝着他的诗句，捉摸着它们的内涵。她拿起笔，坐在桌子旁，写了下面这首诗：

和黄松

花枝招展绕身旁，

姹紫嫣红在心上。

大好时光融融乐，

享受年华喜洋洋。

悲从何说起？

伤来自何方？

幸福不会享，

这才是悲伤。

黄松看了看白佳的诗句，无可奈何地摇了摇头，意味深长地说：
"慈禧太后永远也不可能懂得捡煤核儿小孩儿的心情。"

黄松吵着要走，伤口如果不痊愈，他在家待几天就好了。他像火了
毛似的急得团团转。他一天也待不下去了，他要立即动身回家，准备一
口气把煤拉够，然后就可以聘请技术员为他烧砖了。

白佳命令伙食科的人用个十吨大卡车为黄松拉五吨煤，把架子车和
毛驴装到车上。白佳坐在驾驶室里，为黄松拉一车烧砖用的煤，黄松用
不着天天用苦力拉了。黄松对白佳的命令当然很高兴，一个急需要用煤
的人，一听到用一卡车为他送上一车煤的消息，那种喜悦心情是难以形
容的。但他内心深处却感到，这种快乐夹杂着说不出的阴影。这一车
煤不是他用力气换来的，也不是用他的钱买来的，而是老同学赏赐给他
的。正如天上掉下来的馅饼。人常说"馅饼是陷阱"，难道这一车煤也
是陷阱吗？答案是否定的。但他接受赏施的心是无论如何也摆脱不掉
的。接受这恩赐不是他的本意，他的秉性是不接受任何人的恩赐。

从另一方面讲，自己很需要这种恩赐。在你急需办一件事而又无能
为力的时候，你的秉性就会改变，当然这不是大是大非问题，这不是敌
我矛盾问题。这种恩赐尽管接受了，但心里却很不舒服。

临走之前，白佳对黄松说："把煤运回去，你先把砖烧了。其余的
建筑材料你都不用管了。有些材料恐怕你村都没有，你找也找不到。例
如：打夯机、吊板机、水泥振荡器等等。有些材料，你是想都想不到
的。我们的建筑队全都有，你一点心都不用操，我们有材料，有人，你
到时候请只管住房了。"

建成房子是他爷爷的遗愿，他父亲的夙愿，他的梦想，把房子建起来是他家几辈人的梦想，他怎么不高兴呢！但他梦想的实现不是他奋斗出来的，而是别人恩赐的，他很不满意。他自己的力量太微薄了。那么多建筑材料，他只有了砖，其他绝大部分材料，尤其是水泥、预制板、门窗、钢筋等等，他是一无所有。在这一穷二白的环境中建成一所房子，这是皆大欢喜的。尽管有不是自己亲自干出来的遗憾，与渴望房子的愿望相比，已相形见绌了。

黄松对白佳的恩赐首先表示感谢，但他马上说："我暂时借用你的，等几年我一定还你。我不能白用你的，你的家业再大，东西再多，也是一点一点辛辛苦苦挣来的，你们也不容易，我不还你们，我心里过意不去。"

白佳："谁叫你还？若要你还，我们就不给你建了。对我们来讲，这些材料是小意思，很微不足道的。可是对你来说，就是个大难题，你不是轻易能拿得出的。凭着我们的深厚友谊，我给你这些材料，为你建造个房子，是我的荣幸和安慰，为你办些事我心里舒服。"

黄松："我知道你是为我好，你的一切都是为了让我满意，只要让我高兴，就是你的一切。这样，咱俩互相让一步，我理解你，你也得理解我，我照顾你的感情，你也得照顾我的情绪，咱们各让一步：我接受你的奉献，你作为出借；我接受你的奉送，你作为暂借。我将来一定还你的，盖房所用的原料以及人力都折合成钱，把总价钱算出来，我将来一定如数奉还。"

白佳看拗他不过，就答应了他的要求，以暂借的形式给他盖房。但她明白，不管将来他还起还不起，她是绝对不会叫他还的。

黄松已经八天没回家了，父母亲在家急得坐立不安。他拉煤没有同伴，只有毛驴与他形影不离。他已经拉了三趟煤了，第一次是两天；第二次是两天半；这是第三趟，再慢三天也该回来了。现在已经八天了，他还没个人影儿，怎么不让人着急。他们老两口基本上考虑的都是坏事。他能出什么不幸呢？第一种可能是被强盗截路了，向他要钱，他没钱，人家就会要驴、要车。他性格倔强，不给驴，也不给车，又和人家争辩理由，他们一怒之下，把他杀害，这是最坏的可能。如果是这种可能，他们老两口很难保住性命了。第二种可能是他病倒在途中，有人把他救起来，把他拉到医院治病，这几天是他在医院治病休养时期。这种可能性很大，老两口也最希望是这种可能，拉不拉煤关系不大，只要平平安安回来。第三种可能是他的老同学白佳有什么活要他帮忙。一干就是这么多天，由于白佳待他特别好，他一在她那里住下，就很难想起来回家了。这种可能是两口子最理想的可能。一个人能有这么待他好的同学也不容易，如果是这样，他在那儿再多待几天也没关系。但愿如此！

他们急需有人帮忙，帮他们出主意，帮他们去寻找。徐环的娘家没人，黄琦的近门也没有能打能跳的年轻人。他们想了半天还是去找本村的刘全昌了。刘全昌非常热心帮忙。他立即骑着两轮摩托车沿着黄松的拉煤路飞驰而去了。他沿途仔细观察着过路拉煤车辆，尤其是毛驴车，一路没有发现黄松的影子。他一直走到大峪沟煤场，拐回来时又拐到"平民客栈"。他用心察看了每一辆三轮车，有的装满了煤，有的空空荡荡。整个栈场里倒是有几条毛驴。他把每一头毛驴都扳住头看看，没有看见黄松的毛驴。既然车子没在这里，毛驴也没在这儿，黄松也肯定不会在这里。刘全昌一连询问了几个正在清理牲口槽铺的几个工人，他们都说没看见别的毛驴。原来这些工人都是"平民客栈"雇的临时工，他们早晨来干活，晚上下工后回家，不在客栈吃住，他们对黄松的情况不可能知道。别说他们，就是客栈的长期工人，也很难知道。因为黄松的毛驴车一进客栈，白佳就派专人放在储藏室了，一般人是不会知道的。再者，客栈里每天人员和车辆出出进进，数不胜数，每人都在忙自己的活，哪有时间操别的心。有一个工人说前几天早晨他来上班，看见一个年轻人赶了一个毛驴车，拉了一车煤，正从大门出来往东走。

刘全昌问他："这是啥时候的事？"

那人回答："好几天以前了。"

刘全昌："有几天？七八天？"

那人："有，有七八天，是的，七八天以前了，最近这些天，就啥也没见了。我们是天工，有活就来，没活就走，常来常往。出出进进的客人这么多，我们碰见的是少数，有很多我们没碰见，那就说不清了。"

刘全昌看见一个人从外面买了一车青菜往回走。刘全昌问他："老师傅，请问，你们客栈有没个青年人赶了个毛驴车，拉了一车煤住在客栈里？"

那人问答："凡是住店的人都在客房里，牲畜和车辆都在栈棚里，你可以去住宿登记室查一下。"

他的提醒很重要，刘全昌去到住宿登记值班室查询前一个月的住宿情况。在半月前，黄松在这里登过记，住过宿。他一查，这是半个月以前的事，是他第一次来拉煤时的住宿登记。再后来就没有他的登记了。没有登记，又找不到人，又不见毛驴和车子，说明他根本就不在这个客栈。

刘全昌回到家里向黄琦和徐环汇报情况后，老两口的心由凉变成冰了。徐环的泪已哭干，黄琦的声音已哭哑。两人干巴巴地在院里跪着，拱着手，眯缝着眼，求菩萨保佑他们的儿子平安回家。忽然东院的二奶一把鼻涕一把泪地拄着拐棍来到了院子里。她看到黄琦侄儿和侄媳妇都在跪着祷告，她也情不自禁地想在徐环旁边跪下，当她放下拐棍下跪时，控制不住自己的脚步，没有双膝落地，而是先屁股落地，随后又身子落地，一下子躺了个四肢朝天。她随声说了一句："真是不中用了。"

徐环急忙把二奶扶起来，搀着她坐在椅子上，黄琦也站起来坐在旁边。徐环哭丧着脸问道："二婶，你磕磕绊绊还来干啥呀？"

二奶："我还不是为咱的孩子吗？他这么长时间不见踪影，我放心不下。"

徐环："咱也没办法呀！"

二奶："我去大刘庄找刘半仙了，我又叫他算卦了。他算得可准了。上次松儿考罢学我去找他算卦，他开口就说，'高高树上黄金果，想吃就是够不着。'我问他什么意思时，他直接了当地说'没考上'。结果证明他就是没考上。怪不道人们称他'刘半仙'，他还真有些仙气，我很相信他的卦，他算的是百打百中的，基本上不错。"

徐环："你给松儿算得怎么样呢？"

二奶两手抖动着，嘴唇嚅动着，泪珠子从那几乎睁不开的眼眶里吧嗒吧嗒往下落，她哆嗦着身子，喉咙哽咽得连一句话也不能说。徐环拍拍她的脊背，稳定稳定她的情绪，让她张口说话。她张口要说时，又一阵哽咽涌上来，使她说不出来。这样反复了两次后，她才终于吐出来这么几个字："咱的孩子没了。"

霎时间，三人痛心疾首地号啕大哭起来，街坊邻居也闻声而来，不多时满院站满了人，有的大声哭，有的小声哭，有的哭着说着，有的哭泣不语，有的光掉泪，有的光抽泣。绝大多数人，尤其是上些年纪的人，无不涕泪交加，泣不成声。刘大妈更是哭得丧心欲绝，她晕倒在地上，哭得死去活来。整个院子充满悲哀声、抽泣声、号啕声，人们哭得涕泗滂沱，哭得天昏地暗，哭得草木落泪，哭得万物悲伤，哭得山川摇动，哭得日月无光。

二奶突然停止了哭泣说道："孩子离开我们，这是难以忍受的。但孩子不是一般地死了，而是去当神仙了。刘半仙说有一个白毛仙姑，在五台山修行了五百年才进入仙道。在这五百年间，她没有相中一个男子，一直单身至今。今天在路上发现一个心仪青年，随即就把他带走了。白毛仙姑还嘱托说，请这位青年的家长不要难受，他们的儿子是去过幸福生活的，而不是去受罪的。"二奶又说："请大家不要哭了，咱的孩子是被仙女选上了，把他带走成仙去了，这是人最好的归宿，咱们不要难受，而应该高兴。"

刘全昌说："孩子走，就叫他走吧。但我想，咱不能让他无声无息地走，咱要让他体体面面地走，让他风风火火地走。"

徐环："请你费心安排吧，他大叔，我和他爹没气力想这些了，请你费心吧。"

他们家没有多少亲戚，徐环娘家没有任何人，只有黄琦这边的近门乡亲。刘全昌派人把黄枫叫回来，又用电话通知了黄林，让他火速回来，为他们大哥办丧事。

按农村习惯，黄松还没结婚，在家还是个孩子。死了以后，不作任何形式的祭祀，不声不响地埋了，而且还不兴埋在老祖坟，要埋荒山野岭或乱葬坟里。由于黄松表现比较出色，群众对他印象很好，黄琦和徐环两口子要给他举行个比较简单的祭祀，作为对儿子的送行。但黄林回来后一看这么简单，坚决不同意，他说哥哥把家里的活都包了，很多累活哥哥自己干，不让他干，使他更加感激不尽的是他哥放弃考大学，为的是让他考。他坚决为哥哥送一班唢呐，吹着喇叭送他走，决不能让他默默无闻地走。黄枫从学校回来后哭得死去活来，她亲爱的哥哥，"长兄如父"这句话在黄枫身上体现得最贴切了。黄枫趴到贴着黄松照片的牌位上哭得拉不起来："我的哥哥呀，我最亲爱的哥哥呀，你待我最亲，你待我最好，你怎么不吭气就走了哇？你为啥不给想念你的妹妹打个招呼呀？我啥时候还能再叫你一声哥哥呀？我啥时候才能再见你一面呀？你的离开是我最大的痛苦，是咱家最大的不幸，也是我最大的不幸。"她泣不成声，她悲痛欲绝，哽咽喉咙，她哭得不省人事。她哭醒后也坚决要为大哥送一班唢呐队，这是对她大哥的一份心意，也是最后一次为大哥尽心了。

在黄林和黄枫的一再坚持下，要把黄松的遗体埋葬在他们黄家祖坟里，坚决不能埋在乱葬坟里。尽管他没结婚，他就是他们黄家的一个成员，一个顶天立地的男子汉。他是黄家的骄傲，也是黄家的门面。

黄家院子的正中央，搭了一个灵棚，灵棚里有一张正方形的灵桌，灵桌上面靠后面边缘处立着黄松放大一尺的照片，相片前面有一个三脚香炉，香炉两旁是一对蜡烛。据说这对蜡烛是引魂灯，阴间的路是黑暗的，这对蜡烛若灭了，灵魂就不知道去哪里了。如果有明灯照着，就会去到走向极乐世界的康庄大道。如果没有指路明灯，灵魂很可能失去方向而去向地狱。香炉前面还有个死公鸡，叫作引魂鸡，蜡烛照明，鸡子带路，共同把死者灵魂引向极乐世界。

两班唢呐队在门外的大街上早已吹得不可开交了。两个队从一开始就摆开了比赛的架势。门东面的队吹的是豫剧《李豁子离婚》；门西面的队吹的是曲剧《小寡妇劝坟》。东乐队掌大笛的是个老头儿，西乐队掌大笛的是个女青年。他（她）有时吹，有时唱，吹到热闹处甚至上到桌子上。观看的人群一会儿集中到东面，一会儿又呼一声来到西面，他们一会儿拍手叫好，一会儿狂吹助威。一些卖小吃的和日用杂货摊子也出现在街道上叫卖。很多小孩向爹娘要钱，买小吃，买玩具。不少家庭妇女，好不容易等来个卖东西的，决不会失去买些日用品的机会。她们买这，买那，热热闹闹，讨价还价，好像一个小市场。

祭祀开始前先测试一下黄松的灵魂是否回家了。测试的方法是用一捆一头点着的香，让另一头稳稳地站在桌子上。说是一捆香，这一捆香并不粗，只是与大拇指一样粗。死者的亲人要把这捆香站立在灵桌上。举香人试着让香站稳时，嘴里还得说着："××扶香吧，你扶住香，我们就知道你回来了。我们就为你举行祭祀。"这些话要连住说，一直说到把香站稳。若某个亲属在两分钟内没把香站稳，他就要把香让给别人。第二个人仍然重复同样的话，做着同样的动作。有时，一连好几个人都不能把香站稳。因为这些亲人都在悲痛之中，他们的心情紧张，手指颤动，往往不能把香站稳。在很多情况下，死者最亲的人往往把香站不住；而不怎么亲的人，反而把香站住了。香站住了，说明死者的灵魂已经回来了，祭祀可以开始；香若站不住，说明死者的灵魂还没有回来，祭祀就不能举行。

在给黄松举行祭祀时，先是徐环拿着香让儿子扶，香怎么也站不住。她把香让给黄琦，他也站不住香。他把香递给黄枫，她同样也站不住香。他又把香传给黄林，黄林接过香，大声说道："我的亲哥哥，扶香吧，你扶住香，我们就知道你回来了，我们就可以为你举行祭祀了。"黄林这样说了两遍，香就稳稳当当地站在灵桌上了。在场的人都说："黄松回来了，黄松回来了！祭祀可以开始了。"这时正好是十点十分。

祭祀大会正式开始前，司仪宣读参加大会名单。名单中最重要的人物是村主任李石成，其他还有一些村干部。参加人数共有五十多人，多数是本村居民，有的是来看热闹的。外地来的人主要是胡晴等。他们都是黄枫的同学。然后，司仪宣布祭祀开始：

第一项，鸣炮，奏乐。

在黄松像前烧纸，在棚外点火鞭，吹喇叭，一时间整个院子乌烟瘴气，炮声震天。

第二项，亲属、朋友向死者施告别礼。

所有亲朋好友，一个个来到黄松像前向他有的鞠躬，有的磕头。

第三项，致悼词。由刘全昌同志宣读。

刘全昌来到祭祀桌前，先向黄松遗像鞠个躬，转过身来面向大家从口袋里掏一叠纸，哆嗦着手把纸展开，用沉重的语调、沙哑的声音向大家开始宣读悼词。

第二十一章

悼词是刘全昌昨天晚上打夜写成的。悼词的全文如下：

天施惊笛，地鸣丧钟。

万物齐哀，痛失黄松。

黄家英才，陨落名星。

全村表率，史来精英。

村民闻耗，痛不欲生。

农家长大，天赋聪明。

学啥会啥，人人称颂。

品德高尚，爱护群众。

团结父老，受人尊敬。

刻苦读书，成绩出众。

青年榜样，学生先锋。

团结同学，备受欢迎。

尊敬师长，待人如朋。

放弃高考，孝悌涌动。

同情父母，减轻劳动。

供养弟妹，继续攀登。

辍学回家，从事劳动。

啥活都干，干啥都行。

一切家务，全都精通。

做饭洗衣，无所不能。

饲养畜禽，视若生灵。

精心善待，与众情同。

197

地里活计，从不放松。
犁耧锄靶，都是全能。
熟悉时务，及时播种。
施肥松土，灌溉灭虫。
拔草间苗，啥活都行。
胆大心细，不误农耕。
经常去地，观察地情。
该干啥活，随机行动。
所有庄稼，长势旺盛。

孝敬祖辈，遗嘱继承。
决心盖房，落实行动。
没钱买砖，让你心疼。
克服困难，不是无能。
拉土打坯，钱财节省。
自己烧砖，艰苦劳动。
拉煤路上，全力拼命。
天不施助，厄运降生。
万般无奈，身遭不幸。
含冤长叹，命丧归程。
呜呼哀哉，可怜黄松。
天昏地暗，暴雨狂风。
山崩地陷，海水翻腾。
万物齐哀，悲切众生。
花草树木，伤心泪涌。
飞禽走兽，抱打不平。
得知噩耗，无不哀鸣。
齐声高呼，还你性命。
你属屈死，天地不容。
天大冤案，总得报应。

万福金安，幸福永生。

奉劝黄松，多多保重。

永别了，难忘的黄松。

安息吧，心爱的黄松。

黄松啊，

你顽强奋斗，忘我劳动。

舍己为人，克己奉公。

不怕吃苦，永远攀登。

你的孜孜不倦勇往直前的精神，

永远活在我们心中！

安息吧，我们心爱的黄松。

当刘全昌凄凄惨惨地念完悼词时，忽听外面有人高声叫喊："黄松回来了，黄松回来了！"

本来是在肃穆静听的群众，突然哗然骚动，乱了手脚，无所适从。

会场里有个老年人说："谁家的孩子，这么没有家教，在这么严肃的场合，竟这么扰乱胡闹，让他的家长好好修理他一顿才行。"

还有的说："别理他们，祭祀会继续进行。"

有一个中年人严肃正经地说："父老乡亲们，黄松真的回来了！"

接着他又重重地重复了一句："黄松真的回来了！"

中年人不是开玩笑，更不是哗众取乐。看来，黄松真的回来了。

祭祀会也开不下去了，刘全昌赶快跑出来看，参会人员有些轰动，纷纷走出院子，拥向西方，争先恐后看看黄松真人。徐环还昏迷在椅子上。黄林拉着她的手叫道："妈妈，你醒醒，俺哥没有死，俺哥回来了。"他连续重复了几遍后，徐环慢慢醒过来，说道："不要骗我，死了的人哪能回来呀？我不信。"

黄林："妈妈，我哥真的没有死，他真的回来了。"

黄枫本来趴在妈妈腿上，哭得半死不活，听见二哥说大哥没有死，并且回来了，急忙站起来，问道："大哥在哪里？大哥在哪里？"

黄琦也从昏迷中苏醒过来，急切地问："松儿在哪儿？"

黄松走到院子里一看，一切都明白了。他自责又让爹娘受苦了。他含着眼泪走到爹娘面前，扑通双腿跪地，泣不成声地说道："妈、爸，孩儿有罪，孩儿有罪，孩儿让爹妈操心了，孩儿让爹妈受苦了。我没有死，但我该死，我真该死。"

徐环拉住黄松的手，问道："你是松儿吗？你真的是我的松儿吗？"

黄松："妈，我是你的松儿，真不溜溜的松儿，活生生的松儿。你摸摸我的脸，你摸摸我的身子，都是热乎乎的，我真是你的松儿回来了。"

徐环、黄琦、黄枫都慢慢恢复了正常，他们面对着黄松，眼泪止不住哗哗地流着，心中都有说不出的翻腾，不知是惊喜，也不知是激动，也许是兼而有之，谁也说不清。

黄松指着站在身旁的白佳对爹妈说："妈、爸，这就是我对你们说的那位老同学——白佳。"

围观群众的眼光唰啦都落到白佳身上。总体看，白佳体格匀称，长相虽不多么出众，但大方、厚实、耐看，若瞧她一眼，也足让你心动。肤色不算嫩白，但也不黑，恰是适中。身体健康，不胖不廋。两眼炯炯有神，黑眼珠灵活有情，有一种机灵敏捷的感觉。鼻子不高不低，像一个铜铃，直挺挺地挂在脸的中央。两弯翘脚柳叶眉，横卧在两眼上面，对着头，翘着尾，恰似二龙戏珠，又好像嬉戏玩水。她不精心打扮，看不出任何化妆的痕迹。她有醉人的风韵，也有无限的抓人心灵的魅力。她穿着朴素，衣料上成、色泽、款式，大方不俗，看起来有崇高的气质。她稳重大方，不卑不亢，言谈举止，慢条斯理。她和颜悦色，但不轻浮；她态度活泼，但不失端庄；她不怯不惧，但不失拘谨。她在众目睽睽之下，来到黄松的父母面前，用响亮、清脆的声音说道："大伯、大妈好。"

徐环因儿子回来由极悲变成狂喜。她看见白佳，这么一个心仪姑娘跟着儿子回来了，她高兴得如痴如醉。当白佳问她"大妈好"时，她心里想着把那个"大"字去掉更好。瞬息间，她连忙回答她的话："好哇，好哇，松儿一回来，我们一切都好了。"

黄松："我借她的钱，雇她的车给咱拉了一车煤，咱烧砖就够用了，我就不用再去拉了。"

徐环："白姑娘帮咱大忙了，啥时候能报这个恩情呀？"

白佳："恩不用报，光把情报了就行了。"

黄松和白佳相视了一下，会意地一笑。徐环看见了他们的隐情，急忙把脸扫开，闭嘴不说了。

胡晴羞答答地站在白佳后头，见徐环与白佳不说话时，急忙上前跨一步问了声："大妈好！"

徐环惊奇地发现胡晴也来了，连忙回答："好，好，你也好吗，闺女？好长时间没见了，一切都好吧？你爸妈也都好吧？"

胡晴："我好，我爸妈也都好。好长时间都没来看望大妈了，很对不起。"

徐环："你正是学习时期，没闲空儿，不来是正常的。"

胡晴："这次我一听说这事，我是非来不可啦，感谢黄松过去对我的无私帮助。再者，我也借机来见见大妈，向大妈问好。"

胡晴与黄松的关系原来是很好的，后来断了。现在，她又来了。这到底是怎样个变化过程呢？

原来她相中了黄松的文采，追求黄松，想把黄松作为伴侣。一旦得知黄松没考上大学，立马与黄松断交。黄林上大学走了以后，她千方百计寻找黄林的地址，想方设法与黄林拉关系，建感情。她给黄林写了很多热情洋溢的信，倾吐了千言万语的情。但黄林始终无动于衷，不吐不咽，不收不放，叫人难以捉摸，信之不能，弃之可惜。在这摇摆不定的时候，听说他曾经迷恋过的黄松去世了，要开追悼会，她对她妈崔熠说："黄松去世了，准备为他开追悼会，你说我去不去呢？"

崔熠："什么？黄松去世了？一个能打能跳的棒小伙子，怎么会去世呢？"

胡晴："你看，他去世了。"

崔熠："什么时候？怎么去世的？"

胡晴："据说是去拉煤，很长时间没回来，到处找不到。找算卦的一算，说他死了。究竟是真是假，谁也弄不真。"

崔熠："别管是真是假，不回来就是不在了。"

胡晴："他的追悼会，我去不去呢，妈妈？"

崔熠："你自己认为呢？我尊重你的意见。"

胡晴："去也应该，毕竟过去与黄松交往过一段，他对我一直不错，我对他的印象一直很好。与他断关系主要是他没考上大学，而且是我主动提出与他断的。到现在我都一直对他很愧疚，好像欠了他永远无法偿还的账。这次去参加他的追悼会，也是对他欠账的弥补，了结我们的不了情；如果去吧，我还怕见他的爹娘，尤其是怕见他妈。她是一个有能力、有远见、待人非常热情、非常善解人意的非凡的家庭妇女。我曾去过几次，她都是非常平易近人，待我非常亲切。单从她待我的好处，我就不应该对她儿子说个'不'，更何况她儿子也是一个非常优秀的青年。这次我去了见他的妈妈，我将非常尴尬，我将无话可说。她问我话时，我将无言以对。在去与不去的问题上，我是进退两难。我想听听妈妈的高见。"

崔熠："什么高见低见的，怎么合适就怎么干。"

胡晴："那我到底去不去呀？"

崔熠："我的意见是去。首先，咱与黄松及其母亲都没有闹不得劲，只是与黄松不来往了，因为你正是上学时期，这种事情不来往也情有可原；现在我想开了，上大学不上大学不是主要问题，更不是谈朋友的唯一标准。你如果一味地追求大学生，待你高中毕业后未必能考上大学，人家大学生不一定要你。既然黄松是个理想的好青年，他不是没考上大学，而是没有考试，说明这孩子的脑子还是很管用的。"

胡晴："我真愿意黄松没有死。他若没有死就好了。"

崔熠："他若没有死，你们可以恢复关系。你们已经有了一段交往，有一定的感情基础，舍弃他还是很可惜的。我的意见：你千方百计与他恢复关系，我真愿意有个这样的女婿。"

胡晴："当初我有些拿不定主意，你说他是窝囊废、糊涂虫，非让我与他吹不行……"

崔熠："你这妮子，常言说打人不打脸，骂人不揭短。我说那些话是那时候的看法；现在的看法不是变了吗？人的思想在变，一切都在变么。"

胡晴："以后你还变不变了。"

崔熠："以后再说以后的，你最好把与黄松的关系变过来。"

胡晴："这种事讲个慢劲，不是说变就变过来的。当初是咱主动与他断的，他现在思想如何，还很难说。"

崔熠："你不是说黄林的态度一直不明朗吗？这是千载难逢的好机会，你可以与他拉拉近乎。你得主动一些。你没听人家说吗？'女人怕掏腰，男人怕撒娇'。也就是说，男人一拿钱，女人会就范，怪傲气的女人也经不起金钱的诱惑。有时候也可能男人拿了钱，女人也不从，那是因为男人拿的钱少。男人怕撒娇是说男人经不住女人在他面前妩媚妖娆的举止。当然撒娇要形式多样，方法无穷。不能傻妞吊棒——死一式。要形色并茂，婀娜多情，娇艳姿美。男人看了必然心动，'英雄难过美人关'就是这个道理。"

胡晴："你懂得不少哇，妈妈！当初你在我爸面前就是这样表演才赢得我爸的欢心的吗？"

崔熠："你这傻丫头！你再胡说，我撕烂你的嘴。"

胡晴向她妈吐了吐舌头，使了个鬼脸，没说一句话。

崔熠："说正经的，他们兄弟两个，你原来热衷于大的，大的你主动与他断了，后来又与老二联系。我看把老二争取住也行。根据你说的，他对你从来就没有动过心，因为他是大学生，他的心高，他看不上你这中学生。老大曾经对你有过真心，他没考上大学以后还曾来找过你，是咱主动提出与他拉倒的。当然肯定对他是个打击。现在如果提出来与他恢复关系，估计他会旧情复燃，重回到你们原来的情感上——你看我傻哩！他不在了，还谈他干啥呀？"

胡晴："咱们不是把他当成活人谈论他的吗？"

崔熠："好，咱权当他还活着。那你得好好与他恢复关系。其实你们恢复起来也好办，毕竟你们有老关系，虽然断了，但时间也不算太长。"

胡晴："就怕另有女孩在追求他。"

崔熠："河里的鱼，空中的鸟，谁抓住就是谁的。你们有基础，曾经有过一段恋情。这是优势，恢复关系完全可能。要看你会不会行动了。"

胡晴："咋行动呀，妈妈？"

崔熠："你都这么大的闺女了，还问我这个？刚不是说了那些做法。但要机灵，不要死一式，要看对方的反应。对方若高兴时，你就多施展一下；若对方有不喜欢的表现，就马上改变形式。男人对女人情趣的喜欢也是不一样的，有的喜欢开放式的，他喜欢女人的泼辣，爱说、爱笑、爱打、爱闹。有的男人喜欢深沉的女人。这种女人内向，不爱说话，不爱打闹，在公众场合，腼腆，羞怯，时刻保持着自己的矜持。还有些男人喜欢孤僻的女人，他认为这种女人有难处，心中有说不出的痛苦。他往往出于怜悯心，对她有一种挽救的心态。在反对哪些女人方面，男人倒是有一个惊人的一致性：他们都讨厌那些飞扬跋扈、唯我独尊、霸气十足、不尊重长辈、不操持家务、不懂事、整天喋喋不休、爱吵爱闹的女人。"

胡晴："按你说这，还怪难办的。"

崔熠："有很多事不是从别人那里学来的，而是自己琢磨出来的。不管如何，他们弟兄两个，你一定得争取过来一个。重点是老大，因为你们两个有基础。你要记住：争取。看你是如何运用'争取'两个字的。"

　　胡晴来黄家的主要目的是想与黄林发展关系。但胡晴与黄林谈话以后，她大失所望，她感到发展关系的可能性一点也没有，黄林还说了些使胡晴不高兴的话，使胡晴对他的好感变成了恼怒。胡晴是个自尊心很强的人，黄林的伤感情话使她久久不能平息。其实，黄林的话也并不是什么难听话，只是让胡晴听着不高兴。当胡晴说希望与他发展关系时，黄林回答她说："我还在上学，大学毕业后还要考研，暂不谈这个问题，请你另选他人吧。"就这么几句平平淡淡的话，深深伤害了胡晴的自尊心，这种自尊心在她心中将生根发芽，酿成报复的仇火。

　　正如胡晴希望的，黄松真的没有死。她高兴死了，真是梦想成真。她马上把思想转到黄松身上，想与黄松恢复关系，这也是她母亲所希望的，她母亲不是想要像黄松这样的女婿吗？而且要求她争取，再争取。但怎么争取呢？如何开始呢？她不好意思直接找黄松谈，因为是她亲口对黄松说断关系的，这么个一百八十度的弯，她一下子拐不过来，她先让黄枫从中说和一下。当黄枫对哥哥提起胡晴与他谈谈话时，他马上认为胡晴打算与他恢复关系问题，他立即对妹妹说："不理她！"

　　站在旁边的白佳说："为啥不理她呀？这样不够礼貌。人家要求与你谈话，你就答应给人家谈么。"

　　黄松："与她谈啥？"

　　白佳："如实谈，有啥谈啥，心里想的啥，就谈啥。"

　　黄松："好，我与她谈。"

　　在黄家的堂屋，黄松和胡晴在条几两旁的椅子上坐着，胡晴旁边的桌子上放着黄松给她倒的开水。刚一坐下，胡晴先开了腔："我首先向你道歉，我伤害了你对我的感情，又这么长时间没有与你联系，很对不起，我很后悔，不知你能否原谅。其实我对你的感情始终没有变过，从我看到你在校刊上发表的诗词开始到现在，我心里一直没离开过你。恐怕你认为我早把你忘了，这是你的误解。我今天来找你就是想叙叙咱们的不了之情，让你知道我对你的感情。同时，我想听听你的想法。"

　　黄松："你得知我没考上大学以后与我断情，确实对我伤害很大，我经历了一段痛苦的煎熬。我反复考虑，你正上着学，蒸蒸日上地向前迈进着，中学毕业考大学，大学毕业考研，前途光明，事业无量。而我是一个中学辍学学生，回家务农。一辈子的老农民，与你走的是两条路上的火车，从不会走到一起。我仔细思考了一下，这是缘分在起作用，不在于你拒绝我不拒绝我，这是咱两个之间没有缘。若有缘，你是拒绝不了的；若没有缘，必然要拒绝，那时不拒绝，今后也会拒绝；不找这个理由拒绝，就会找那个理由拒绝。你没听说过吗？有缘千里来相会，没缘对面手难牵，就是这个道理。有缘分的两人有一种像磁铁一样的吸引力，把两人紧紧地吸引到一起，什么力量也分不开。即使一时分开，也会很快自动吸在一起。'缘'这东西不是人的力量建立的，它是一种超强力量，不受人为作用而独立存在的。它既不是创建的，也是不会毁灭的，两个人的缘分是任何力量也毁灭不了的。咱俩开始时有那么一段密切交往，表面看起来很融洽，后来因为我没考上大学而中断了，说明咱俩没有缘。如果有缘的话，别说没考上大学，就是瘫痪、半瘫痪，都不会断绝关系；而相反，还会更亲密地不弃不离。这种种迹象表明，咱俩没有缘。因此，走不到一起，不用凑合，凑合也无用。请你找你的缘分，那里才是你的归宿。"

胡晴坐在椅子上静静地听着，她越听越不是滋味，越听与她想象的距离越远。她认为，他们的关系彻底结束了，没有一点希望了。但她并不甘心。她妈告诉她要争取，要她好好运用"争取"两个字。她不能放弃，这次谈话才是第一次接触，只是个尝试，还没有运用"争取"呢。她要下决心争取，再争取。

黄松让所有来客吃了一顿便饭，对他们的友情表示感谢。白佳也要走了。临走时对黄松说："等你们把砖烧成以后，盖房事宜包给我了。我让我爸派他的建筑队，带上所有建筑材料，为你们盖房子。最多一个月时间就拿下了。"她转过头来专对黄琦、徐环说："你们几辈子的夙愿就要实现了。"

白佳回来后的第二天，胡晴来到"平民客栈"。她见到洪叶，说："我叫胡晴。我想见见你们的老板白佳。"

其实，白佳已经知道她是谁。她在上高中时，与黄松是同班同学。那时，白佳对黄松就有深厚的情意，由于胡晴对黄松的狂追，白佳把真情闷在心里，在黄松面前没有半点流露。那时她已对胡晴非常熟悉了，更何况昨天在坡王又见到她。在学校胡晴不认识白佳，在坡王，胡晴没有与白佳说话。但白佳已很注意胡晴了。在黄松与白佳的几次亲密交谈中，黄松详详细细地告诉了他与胡晴那一段关系的前前后后。她绝对相信，黄松的话是千真万确的。因为她深信黄松的品德。

当洪叶禀报说胡晴要求面见老板时，白佳立即告诉洪叶："叫她来吧。"

白佳把胡晴请到办公室，让她坐在沙发上，给她倒上一杯咖啡，说道："欢迎来到我们的店里。我们昨天才从那里回来，你要早点儿说话，有啥事，咱们在那里就可以谈，免得你跑这一趟。若想来这里谈，可以坐我们的车来。好了，咱们开门见山，你想对我说啥的吧?"

胡晴："我看你是个爽快人，我也不兜圈子，咱们直截了当，有啥说啥。"

白佳："对，对。你有啥事? 请说吧。"

胡晴："我想告诉你的是，你恐怕还不知道我和黄松的关系吧?"

白佳："知道一点儿，但不全面，不深入，不系统。你说吧，让我听听。"

胡晴："我们两个谈恋爱已经三四年了，虽然他回家以后我们没怎么联系过，但我们一直保持着恋爱关系。我与他妹妹黄枫是同学关系，在初中时，是同班同学，高中时虽不在一班，但经常见面，我不断询问她大哥的情况。近来，我们不太来往了，彼此好像生疏起来。我感到很难受，我很对不起他。我想与他恢复原来的那种亲密关系，但他有些不太积极。我认为他对我有误解。他认为是我主动与他断绝关系的。这才是天大的误会，我，一个重感情的年轻女子，怎么会主动与一个喜欢自己的男人断绝关系呢?"

白佳："你说这些情况与我有什么关系呢?"

胡晴："我看到黄松有些不想与我恢复关系。我想请你帮帮忙。"

白佳："在这个问题上，是你们两个人的事，一个第三者能帮什么忙呢?"

胡晴："我请你劝劝他。"

白佳："怎么劝他呀?"

胡晴："你如实告诉他，你就说，我来找你了，你把我对你说的话原原本本地告诉他，劝他与我恢复原来的关系。"

白佳："你的意思我可以告诉他，我一定把你的话原原本本地告诉他，我站在你的角度与他说话，我不加一点儿评论，效果如何，我就不知道了。我的意见，你还是多找他谈，你们两个人的事，第三者说不上话。"

胡晴："好了，谢谢你的帮忙。我来这里就这一件事。我走了。"

白佳："再见!"

胡晴："再见!"

　　胡晴从"平民客栈"回去以后，比较详细地告诉了她妈妈崔熠。

崔熠："怎么样呀?"

胡晴："还不错，她答应帮忙，她说她要把我对她说的话全部转告给黄松。"

崔熠："他们两人的关系如何呀，你知道吗？如果他们已经相爱了，尤其是白佳已经深深爱上黄松了，你再跑也没用。你让白佳帮忙，不等于往老虎嘴里夺肉吗？越请她帮忙越糟糕。"

胡晴："他们会有些关系。但到啥程度，就不知道了。"

崔熠："我看你这个事很玄。但不能放弃，只要有一点儿可能，就得争取。不过，你要做最坏的准备。从总体上说，做不成功的准备，但在具体细节上，要以能成功为出发点。我现在有些后悔，当初你们进行得好好的，他对你还是挺热情的，是我们主动与他断的。他受到了打击。他若自尊心很强的话，再想与他恢复关系就很难。"

胡晴："都怨你了，你要叫我与他断。"

崔熠："别说后悔话了，再说也没用。妈妈还不是为了你？你若学习很好，毕业后能考上大学，咱现在与他恢复关系干什么？以后的大学生有的是。问题是，你不好好学习，考大学没一点儿希望。所以才拐回头来与他恢复关系哩。"

胡晴："你说我下一步怎么办?"

崔熠："你还得去找黄松。这种事，两个当事人是关键，只要把黄松紧抓住，只要黄松的心转变过来，其他任何人都没用。我看下一步的重点是做黄家的工作。重点是黄琦，当然，他妈的工作也适当做些。"

　　一天下午，胡晴骑着摩托车，带了不少吃的东西，来到坡王村黄松家里。徐环看见她后非常热情地接待她，让她进屋休息，给她倒茶，问她这，问她那。两人的气氛烘托得非常融洽。

徐环："妮呀，你来这儿，是顺便来呀，还是——"

胡晴："我是专来看望大妈的，没有别的事。"

徐环："好，好。你对大妈的一片心情，大妈就心满意足了。你跑这么远，专门来看我，我领情了，领情了。"

胡晴："大妈呀，我很惭愧，我对不起你们，对不起大爷、大妈，更对不起黄松哥哥。现在我真后悔，我请你们原谅我。今天我是来赎罪的。你们如果能原谅我，我将是世界上最幸福的人；你们若不原谅我，我将痛苦一辈子，这一辈子就不会有我的快乐了。"

胡晴年纪虽然不大，但她很会用语言和形体打动人心。她的几句语重心长的话，把徐环说得心酸酸的，她的眼圈发红时，胡晴也用双手揉起了眼睛。两人一下子就抱头痛哭起来。

徐环："别哭了，孩子，别哭了。"

胡晴："黄林和黄枫呢？他们走了吗？"

徐环："他们走了，都走了。他们就在家待了两天，那个事完了的第二天，他们都走了。"

胡晴："那天来那个白佳也走了吗？"

徐环："走了。她就来了不够一天，当天她就走了。"

胡晴："白佳与黄松啥时候认识的？"

徐环："很长时间了吧？我听说他们是老同学。"

胡晴："老同学？在哪里是老同学？"

徐环："怎么你不知道他们是老同学？你与白佳也是老同学呀。也可能你们不认识，你们不在一班。"

胡晴："是吗？"

徐环："当然是啰。白佳与黄松还是一个班的呢。他们一块儿高中毕业后，黄松没有考，白佳也没有考上。"

白佳与黄松是同班同学这个事实，对胡晴打击很大。她本来以为，黄松与她认识不久，没有深厚的思想基础，虽然近来有些交往，感情还没有根底，她一努力就会攻破的。现在她感到难度大了，不是她原来想象的那么容易了。但她仍然认为还有一线希望，大妈已经被她感动。黄松还是有希望的。

胡晴："他对没考学有什么认识吗？"

徐环："怎么没有认识？认识可深刻了。他后悔了，后悔得撕心裂肺。但这有啥用？一切都晚了。他没有考上学时，一圈儿人给他施加压力，街坊邻居、亲戚朋友，都批评他，说他眼光短浅，因小失大。他本来想去找你谈谈心，想把他的痛苦对你泄泄，让你分担一些他的忧愁，你非但没分担他的痛苦，反而在他最痛苦的时候，提出来与他断绝关系。你对他是雪上加霜，疮上撒盐，把他打击得死不了活不成的。他躺在床上睡了几天。后来他慢慢觉醒过来了，决心从头做起，在农村干一辈子。我也不是夸他哩，这孩子真能干，回到家的第一个活是圆他爸的盖房梦。土坯已经打好了，马上就烧砖。白佳说只要有了砖，盖房问题她包了。现在黄松的情绪好多了。真是'山重水复疑无路，柳暗花明又一村'呀。我当妈妈的也为他干的成绩而高兴。"

胡晴越听越没有希望，越听越不好受。能把黄松争取过来吗？他与白佳关系这么深，白佳又这么有钱，要为他们盖房，白佳长得又这么出众。自己与白佳比起来，真是相形见绌，自愧不如。她与黄松的感情基础、她的经济条件、她的长相、她的能力，等等，没有一项能与白佳匹配的。是呀，与她比啥呀？甘拜下风吧。

狗急跳墙，人急越规。胡晴会干些什么呢？

这天下午，黄松回来得比较晚。胡晴一直等到天黑黄松才回来。黄松看见她以后，大大方方地说："胡晴过来了？你怎么有时间来这里呀？你还是我们家的稀客呢。欢迎，欢迎。"

黄松的这几句话让胡晴哭笑不得。哭吧，他是热情欢迎你的，他每句话都无可非议，他的话是对你的热情欢迎，你为什么哭？笑吧，笑不起来，他的话是对一般客人的常规客套话，用在他们之间，显然把他们的关系拉远了。他的话，既不亲切，又不动情，没有一点儿黏糊劲儿。她认为黄松的表现，是有动作没有表情，有语言没有内容。不管从哪方面说，没有一点亲近的感觉。她有些情丝缠绵，芳心萦绕。她的相貌虽说不算异常出众，在青年女子中，也算少有，但她这次见黄松，却是轻浮无比。黄松的表现与她的恰恰相反，他稳重大方，不卑不亢，宛如站在无数士兵前的一位将军。根本没有她渴望的情深似海的心意，更没有难舍难分的恋人思想。

晚饭以后，胡晴本来想与黄松畅谈一次。但黄松说很累，想早些睡觉。一般情况下，吃罢晚饭以后，他总是喂饱毛驴以后再睡觉。可是今天，他老早就去卧室睡了。

徐环把胡晴安排在黄枫的卧室里睡觉。她感到很没趣，无精打采地去黄枫的房间里。她和衣躺在床上，怎么也睡不着，她的脑子里像一团乱麻，杂乱无章的过去情景，轮番在她脑子里出现。在学校里她有问题问黄松的事、他们成立诗社对诗的情况、黄松没考上后去找她的情况、她妈要她与黄松断绝关系的情况、她妈叫她争取与黄松恢复关系的情况、她与白佳谈话的情况以及今天黄大妈告诉她关于白佳与黄松的关系的情况，等等。她越想对她的争取越不利，想着想着，她的脑子就像快要爆炸似的难受，她苦苦地煎熬着。

　　快要半夜了，胡晴黑灯瞎摸，小心翼翼地爬起来，摸索着把门打开，来到院子里。尽管没有月亮，由于天晴，漫天星斗，院里不算太黑。她悄悄去到黄松的住室门口，把耳朵贴在门缝处，仔细听听里面的情况。除了黄松的粗鲁出气外，什么也没听见。她轻轻地拍拍门，没有动静，她再拍拍，还是没有动静；她去到窗户下，轻轻拍拍窗户，还是没有回应。她想：我大声拍，这院里反正没有别人，他父母知道了也没关系，说不定他们还乐意我与他们的儿子在一起呢。她又过去拍门，声音越来越大。

　　黄琦听见了，他推推老伴。徐环以刚能听见的声音说："推我弄啥哩呀？"

　　黄琦："你听，谁在拍松儿的门？"

　　徐环："我早就听见了。"

　　黄琦："是谁呀？是不是胡晴呀？"

　　徐环："除了她还会有谁呀？咱家又没有别人。"

　　黄琦："现在的女孩儿真疯。"

　　徐环："别管他们，管也管不住。咱们只当没听见，啥也不知道。"

　　胡晴继续拍，黄松终于醒了。他问："谁呀？"

　　胡晴："是我。"

　　黄松："弄啥哩呀？"

　　胡晴："我睡不着，想与你说说话。"

　　黄松："有话明天说。"

　　胡晴："我想现在与你说。"

　　黄松："现在绝对不行，赶快去睡觉。"

　　胡晴："你开开门，我说几句就走。"

　　黄松："我不会开门的，你赶快走吧。"

　　胡晴："你不开门，我不走，我就睡在你的门口。"

　　黄松："好了，你就睡在那儿吧。"

　　黄松坚决不开门，胡晴彻底失望了。这是她的最后一招，也是她的绝招。她回到她睡的房间，一直躺到天明。

　　女人有男人无法比翼的优势，也可以说是法宝，或绝招。很多女人，在万般无奈的情况下，很可能拿出来用用。当然，她们绝对不轻易用。只有想达到某种目的，不达此目的就会对自己产生重大影响，或有重大损失时，她们就会利用自己的这种不轻易用的优势。在很多情况下，这种法宝很管用，不用则已，一用则灵。但有时候，也不管用。她们不用还好，一用反而对她们更不利。当然，不管用的场合较少。

胡晴回家后，把她在黄家的情况一一向妈妈汇报了。

崔熠："黄松对你没有好感吗？他有什么反应？"

胡晴："没有好感，也看不出什么反应。"

崔熠："你表现得不是不精彩，就是不到位。不然他不会没有反应。常言说，'英雄难过美人关'。"

胡晴对妈妈的话很不以为然。她说："我啥表现都用了，连咱们女人的绝招我都用了。"

崔熠："啊，你连绝招都用了，也不管用？"

胡晴："当然不管用，用也是白用。"

崔熠："这还了得！咱们不能与他算拉倒。"

胡晴："不与他算拉倒能怎么样呀？"

崔熠："咱们去法院告他。"

胡晴："去法院告他什么呀？"

崔熠："告他侮辱人。"

胡晴："他没有侮辱我呀。"

崔熠："他没有侮辱你，那你是咋用你的绝招的呀？"

胡晴："那天晚上，我睡到半夜起来去敲黄松的门。开始时他睡着了，没听见。后来他醒了，但就是不开门，说啥也不开。我只有又回到我睡的屋子里睡觉了。你说他咋侮辱我了？"

崔熠："哎嗨，你不是没用你的绝招吗？你只能说你想用，而没用成。这种情况不能算用绝招。"

胡晴："这叫什么呀？"

崔熠："这叫想用，绝不能叫已用。我看，没用成反而好。"

胡晴："这是为啥呀？没用成就是事没办成。怎么还说是好事呢？"

崔熠："你用了绝招，他不给你成事，你不也是没法吗？"

胡晴："我去告他。"

崔熠："你告也没用，因为是你主动。"

第二十二章

砖烧成以后，黄松通知了白佳。三天以后，一个二十多人的建筑队和所有建筑材料运到黄松垫的宅基地上，新运来的材料和刚烧好的砖，把宅基地占得满满的，楼板和门窗木料只好放在街上。

建筑队工人们自搭帐篷，自垒炉灶，自己解决吃住问题，连炊事员都是随着建筑队一块来的。人员的嘈杂声、机器的轰隆声，把整个坡王村翻腾起来，如同城镇上的集会一样热闹。他们挖地基、打夯、放线、摆根脚，都非常熟练。垒墙、打圈梁、安门窗、棚楼板，他们干得轻松愉快，拉水的、拉砂的、搬水泥的、运砖的，都忙得马不停蹄，没有一点时间喘息。由于他们技术熟练，原料应手，工作卖力，不到二十天时间，一个雄伟大方的住宅就坐落在黄松新垫的宅基地上。

黄松的新房，盖得这么快，这么漂亮，不要说在全村，就是在全乡，也是从来没有的。全村大多数人，甚至周围村庄的人，都不可理解。一个穷困潦倒的家，怎么一下子就盖起一所这么漂亮的房子？人人都说天上不会掉馅饼，这所突如其来的房子不就是馅饼吗？他们散布着各种舆论。

在大街上的一棵大柳树下，坐着几个年迈人，一个叫王同，一个叫李根，一个叫吴申，还有一个叫黄灿，他们正在兴致勃勃地谈论黄松的新房子。

王同："我问你们一个问题，你们说说，黄松的房子怎么盖得这么快呀？前几天砖还在放着，不几天房子就起来了。真是神速。我看呀，这些盖房的人可能真的不是人。"

李根："不是人是什么？是神呀，是鬼呀？"

黄灿："你们还别说，这个房盖得就是有点儿莫名其妙。我听我爷爷说过，很久以前，东山坡上有一个小村庄，名字叫坡李庄，就是一夜之间建起来的。后来由于兵荒马乱，兵匪抢劫，这个村的农民纷纷逃到周围村庄了，这个村的名字也就随之灭亡。"

吴申："你说，盖这个房子的人不是真人？"

王同："要不是真人，能是什么人哪？"

吴申："如果是真人，哪这么快呀？"

黄灿："假设他们黄家借了钱，雇来建筑队，不就可以盖房了吗？"

李根："你说，借钱，往哪儿借呀？又不是个小钱，好几十万，一下子借这么多的钱，根本不可能。"

王同："还有那么多人，我在周围村庄从没看见过这些人脸。你们见过这些人吗？他们根本不是咱们这里的人。"

吴申："还有那么多的建筑材料，那么多，那么齐全。我们买也买不了这么快，这么齐。"

李根："还有建筑工具，样样都有。叫咱们借也借不来。有些工具咱们周围村庄根本就没有的。可他们就有，你看怪不怪？"

他们正在你一句我一句地瞎扯时，从不远处来了一个虎头的颟顸中年人。到跟前一看，不是别人，而是刘大妈的弟弟石大强。

石大强把两手捧起了，笑容可掬地说："老爷子们好哇？"

他们齐声说道："好，好。你也好吗？"

石大强："好，好，咱们大家都好。"

寒暄话过后，石大强问他们："你们在谈论什么呀？"

王同："我们正在谈论黄松新盖的房子哩。"

石大强："我也就是听说他的房子盖好了，我来看看是真是假。"

王同："咋不是真的？千真万确，一点儿也不含糊。"

李根指着黄松的新房方向，说道："那不是在那儿，你去看看，可漂亮啦。"

石大强："我姐的宅基地与他们的是一块儿垫起来的。人家都盖上房子了，我姐不知道有啥想法。我去看看。"

吴申："你不帮她点儿忙吗？"

石大强："帮的帮的，能帮就帮，能帮就帮。"

石大强就怕提帮忙的事，这真是哪壶不开他提哪壶。他赶快离开，免得继续谈帮忙的事。

刘大妈一看见弟弟，就开门见山地问："这时候来干啥呀？"

石大强："听说黄松他们的房盖好了。我来看看你的情况。你不打算盖吗？"

刘大妈："我指望啥盖呀？钱没一分，水泥没一斤，砖头没一块，檩条没一根。你也不是不知道。"

石大强："黄松他们就有了？我看他们不比你强多少。他家一个瘸子，一个弱小女人，一个刚回家的落榜学生，另外还有两个正上学的学生。他们还有啥？你们家不比他们差，还可能比他们强呢。他们能盖，你就不能盖了？今天，我来就是给你说说这事。我说，咱们也得把房子盖起来。不然，都是新垫地宅基地，两地紧紧相连，像新生的双胞胎婴儿一样，静静地躺在那儿。可是，一边已经是高楼大厦，另一边却是光秃秃一片，真不雅观，叫人看着寒碜。"

刘大妈："你说盖得，咋盖吧？"

石大强："我说还去请黄家帮忙。垫地是他们主动找上门来帮忙的。这次咱们主动，你去找黄松，请他帮帮忙，把你的房盖起来。"

刘大妈："找他帮忙盖房？你还不用说找他帮忙上天哩！人家为我出了那么大的力，把我的宅基地垫好。这个债我还没还呢！我咋能再张口请人家帮忙？况且，这个忙比不小忙，这是个大忙。垫地就是个大忙，盖房的忙比垫地的忙还要大，而且大得多。我咋能好意思说出口呢？我决不会请他帮这个忙。这个忙不是他黄松一个人能干的，是得好几十个人才能干的。他往哪弄那么多人？还有那么多建筑材料，他从哪儿弄？请他帮助盖房就是强人难，我不干这种事。我有钱了盖，没钱了不盖。"

石大强："看你说了一大堆为他着想的话。你说这些困难，他们也同样有哇，他们是怎么克服的呢？他们自己能克服，难道就不能为我们克服吗？你不要老为他着想，要为自己想想，多想想自己，就想去请他了。办事就要大胆，尤其是自己的事，该出手时就出手，失去良机不会再有。这回你千万不要再糊涂，过了这个村，就没这个店了。"

刘大妈："我老了，说不成个囫囵话，你去替我请他帮忙好吗？"

石大强："我咋能行呢？第一，这不是我的房；第二，你的房你不去，就显得你架子太大。自己的事，自己不亲自说，而让别人代替，人家应干也不干。所以，你还是亲自去。"

在弟弟死缠没头的情况下，为了不让他继续纠缠，刘大妈做了个权宜之计，答应他说："好吧，我这几天就去找黄松，请他再帮帮忙。"

她只是骗骗弟弟，不让他再缠。她根本不会去找黄松。

几天以后，石大强又来了。他看见姐姐的第一句话就是："你去找黄松了吗?"

刘大妈:"我去了,你走后的第一天我就去了。"

石大强:"怎么样?他答应帮忙了吗?"

刘大妈:"他说不好办,他弄不来那么多材料和工人。"

石大强:"他的意思是不帮忙啰?"

刘大妈:"是的,他说他实在是帮不了这个忙。他请我们原谅。"

石大强:"他黄松真不是玩意儿。常言说:杀人要杀死,帮人帮到底。他黄松为啥帮了那个忙就不帮这个忙了?真是岂有此理!这个人也是个虚心假意、不仁不义的家伙,是个典型的光说空话,不干实事的伪君子。"

建筑队撤走以后,踏进院子的第一个人是黄琦。他热泪盈眶地去每个房间看看,摸摸白亮光滑的墙,摸摸油得枣红色的门,开开里白外红的窗户。他在院子里烧上香,点上纸向老祖宗汇报:"爷爷,爹爹,你们几辈子期盼的房子今天实现了,从今以后你的子孙们再也不住那破烂不堪、到处漏雨的房子了。我们不但吃穿上翻了身、变了样,住房也翻了身、变了样,我们住上两层楼房了。我们的院子也大变样了,有雄伟壮观的门楼、高大威严的围墙,结束了我们没有头门、没有围墙的历史。总之,你们终身渴望的幸福生活,我们这一代实现了。"

> 宏伟建筑平地起,
> 父母狂欢涕泪滴。
> 祖辈夙愿得实现,
> 全家老少皆欢喜。

村上的人,甚至旁村的人也来参观黄松的新房子,他们竖着大拇指,赞叹不已。有的说:"这是哪里的建筑队搞得这么快,质量这么高!你看这墙板垒得真直,再高也不差分毫,这墙面砌得真平,面积再大也不显高低。"有的说:"这个建筑队好像从天上掉下来的,速度这么快,质量这么高,是我从来没见过的。"王老先生问黄松:"孩子,你从哪儿弄这么多钱买这么多材料?从哪请这么个建筑队,不吃你的,不喝你的,连个烟也不吸你的。这么多人来给你盖房,你成了老天爷了,他们都来为你干活,而且是白干。"

黄松:"老爷爷,我请他们来为我盖房,采取的方式是'大包干',工料全包,工料全由建筑队出,主要只需住房就行了,当然最后得还总账。"

王老先生："那么你们这一套房子连工带料一共多少钱呀？"

黄松："五十万。"

王老先生："啥时候还呀？"

黄松："啥时候有了啥时候还。"

王老先生："哪有这样的债主？你若一辈子也没有，就不还了？"

黄松："那是我一个很好的同学，真不还也没关系。不过，我是坚决要还的，不能白要人家的东西。五十万，这在她手里不算什么，可在我的手里，就不是个小数，是个天文数字，白要人家的东西心不安，早晚我是要还的。她帮我的大忙我就感激不尽了，不能贪得无厌，无有止境，做人要有自爱、要有尊严，才能在社会上站得住脚。"

王老先生竖着大拇指头说："小伙子，好样的！"

距坡王村六里路有个村庄叫坡黄村，村里有个叫王琪的农民，听说坡王村的黄琦，身残志不残，盖了一套非常漂亮的房子，他感到很惊奇，特地跑来看看。他看见黄琦以后说："你是黄 qí？是哪个 qí 字？"

黄琦："是王字旁搭个奇怪的奇。"

王琪说："我是坡黄的，我姓王，qí 是王字旁搭个其他的其。"

黄琦："咱俩的名字猛一听同名同姓。"

王琪："尤其是上海人，他们黄王不分，一律念王。他们把黄说是草头王，把王说是三横王。"

黄琦："那与他们谈话，不小心还可能出笑话哩。"

王琪："可不是吗。几周以前，出现了这么一件事：一个年轻人，操着上海的口音，骑着摩托车，急急忙忙走到我跟前问我：'你叫王（黄）qí 吗？'我说：'是，我叫王琪。'他说：'你的儿子在外面有些事，晚几天再回来。'他说罢就走了，我也没反问的机会。后来我反复琢磨，我儿子在南方打工，长年不回来，为什么他说'有些事，晚几天再回来呢？'我百思不得其解，现在我怀疑是不是他把消息通知错了，是不是本应通知你的，而通知我了？"

黄琦："你怎么回想起这件事？"

王琪："前些时，我听说你们村黄琦家闹了个误会，正为儿子开追悼会时儿子回来了。我就回想着与那人通知的有关，因为咱们两个村的名字和咱们两个人的名字，对他们上海人来说是分不清楚的。"

黄琦："这是真事，就发生在我家，可把我们折腾苦了，差一点儿要了我老伴的命。现在才知道这是怎么回事了。"

新房子与老房子比起来，当然是天壤之别，黄琦很快就搬了进去。徐环嫌老伴存不住气，说他："现在是两个院子，两个儿子，谁住哪个院子还不知道呢，你倒先住进去了，就不怕将来的儿媳妇说闲话。"

黄琦："管它谁住呢，我先住几天再说。几辈子的梦想现在成为现实了，就剩下我有机会享受了，我活着不享受，到死了去留遗憾呀？到时候我再挪出来，我不打扰他们。"

徐环："快死的人了，还与小孩一样，我看你有些长不老了。"

黄琦："你还别说，我还真有些年轻人的心态。原来我少气无力，无精打采，干啥都没劲，干啥都不想干，真有些日落西山，尘埃落定，了却一生的感觉。一看见新房子我的精神就来了。不要说看见新房了，从松儿打算盖房，动手垫地起，我的劲头就来了，尤其是他一开始打坯，我精神饱满，劲头十足。因此，我帮助他摔泥，提高了打坯速度，我可以自豪地说，盖这房子也有我的一份力量。我后悔出生得太早了，叫我受那么多的苦，我若晚出生三十年，我享受的日子就长得多了。"

徐环："你想得倒美，好事不能叫你占完。"

国庆节长假期间，黄林、黄枫都在家过团圆节。一天晚上，一家五口人坐在堂屋沙发上聊天。黄林滔滔不绝地畅谈他的学校生活，尤其是对他们学校有非洲留学生很感兴趣，谈他们的生活习惯，谈他们的爱好，谈他们吃饭不用筷子，谈他们中文说不好而闹些笑话。

黄枫好奇，马上说："二哥，你说说他们都闹些啥笑话呀？说说让我们听听，也让我们分享分享。"

黄林："好，一个非洲学生问老师：'老师，你在学校教我们，你在学校外面是个啥东西呀？'老师立即对他说：'对人不能说东西。'这个学生很快改口说：'对啦，你不是东西。'"

徐环说："不是东西是啥呀？"

黄松："他自己也说不清楚。"

黄枫："这个笑话怪好玩儿，还有什么？再说一个。"

黄林："一个星期日，我们几个中国学生邀请我们班的那个非洲留学生吃饭。吃饭中间，我的一个同学站起来说：很抱歉，请大家继续，我出去方便方便。他走出饭厅以后，这位留学生问我们：'方便，方便是什么意思？'我们对他说：'方便，方便是去厕所的意思。'两天以后我们的数学老师，是个女的，对他说：'Mike，等你方便的时候，我给你说些事。'老师的本意是等他有时间了去她的办公室，她要把他做错的题给他个别辅导一下。但Mike大惑不解，他想：我去厕所里她能给我说什么事呀？有事干吗不在外面说，而要在厕所里说呢？况且我们又是男女有别。他去找班长了，让班长问问我们的数学老师，数学老师一听，才知道是'方便'两个字闹出的笑话。"

黄枫重点谈的是胡晴的情况。胡晴去过黄家好几次，每人都认识她，谈她的事容易引起大家的关注。她们进入高中后，没分到一个班。黄枫是以高分的成绩录取上的，而且编入重点班。胡晴的考分不够分数线，是掏高价买来的，进校后编入了后进班。胡晴不好好学习，喜欢出去乱跑，经常叫黄枫，被黄枫拒绝。胡晴说现在找工作不是靠学问，而是靠关系。黄枫说："我不听他的，我只管好好学习，没有知识将来是很难搞好工作的。"

徐环谈话的重点是夸奖黄松。他垫宅基地，还毫无代价地为刘大妈拉煤烧砖，付出了难以想象的艰辛。他不怕苦，不怕累，付出了千辛万苦，对家庭建设付出了巨大劳动。家里活、地里活基本上由他一人全包。黄松，是你们的好哥哥，我们的好儿子。

黄琦："松儿对咱家的最大贡献是建起了这一套房子，这是我们黄家几代人的梦想，到他手里实现了，他是我们黄家的骄傲。"

徐环："说起新房了。这两套房子，你们兄弟两个，谁住新的，谁住旧的，总得有个说法，你们两个也都不小了。分开以后，将来就不筋杂（麻烦）了。"

黄枫："我的意见：我大哥住新房，因为他对新房出力最大。建筑队是他的同学派的，所有开支都是借他的同学的。"

黄松："新房让黄林住吧，我住旧房。"

黄林："趁着建筑队在这儿，把咱的旧房翻修一下就好了。"

徐环："别贪得无厌了！"

黄林："咱们这点小活，对他们来讲不算什么，小菜一碟。"

徐环："活再小也不能白要人家的，这是自己的尊严问题。"

黄琦："黄林，你说你想要哪一套。要旧的，还是新的？"

黄林："叫俺哥挑吧，我尊重我哥的选择，这两套房子尽着俺哥挑选，我要哪个都无所谓。"

黄松："我要旧的，让我弟弟要新的。"

大家都不说话，停了好长时间黄林说："这房是连工带料包出去的，五十万元，这钱将来由谁还呀？"

黄枫："当然谁住谁还啰！"

黄林惊愕了，嘟哝着嘴不知说什么好，他处于极度矛盾中，想要新房，不想还钱，这是他无论如何也解决不了的矛盾。

黄枫："我看二哥还是要旧房好，你正在上大学，将来考研，你不会回来的，家里房对你没有用，不如把新房给咱哥哥。"

黄林："水流千载归大海，树长万丈叶落根。人总得有个家，不然将来回来了没个落脚处。"

黄松："这五十万我还。"

黄琦、徐环："不能叫你一个人还，至少一人一半。"

黄林："如果让俺哥还，很可能他就不还了，他的老同学不会逼他要账的。"

徐环："那也不能不还，不还是赖账，人格担当不起。"

黄松："好了，大家都不要说了，这五十万我还。"

徐环："松儿，白佳结婚了没有？"

黄松："连朋友还没有呢。"

徐环："那么有钱，长得又那么漂亮，为啥连个朋友还没有呢？是不是她太撇（要求太高）了？"

黄松："谁知道哇。"

徐环："她对你是不是有些意思？"

黄松："我看是，不是有些，而是很多。要不然，她为啥舍这么大的本儿来帮助咱们呀？"

徐环："可也是。那么，她有哪些表现呢？"

黄松："她把我的诗贴到她们住宿登记室的墙上，我看见我的诗才要求去见她的，这是她找我的手段。说明她多年前就注意我了。我在她们客栈住时，她对我招待特别好，她对咱的付出不惜代价，给咱拉煤，给咱盖房。她给咱盖房本来是完全赠送的，我不同意，我坚持要如数偿还她。不然我不同意让她来盖，她最后才同意以借贷的方式来给咱盖的。她对我说啥时候有钱了啥时候还，实际上是不让还了。按我的本意我是不同意接收她的恩赐的。但我爸要求盖房的心太迫切了。为了满足我爸的心愿，我接受了她的援助，但我将来一定得还她。这个条件谈妥后，才让她派建筑队带着建筑材料来。她对我的情意很深，也很明显，而且是日积月累，完全到了想结婚的程度。"

徐环："你对她如何呀？"

黄松："我们两个在高中时是同班同学，又都是学生干部，交往比较多，互相都很了解。那时我对她的工作能力及处事为人都比较满意……"

徐环："那时你们为啥没有起这个念头呀？"

黄松："那时不是有胡晴在搅和吗？"

徐环："她那破烂货搅黄了你的好事。"

黄松："在学校我对她没有特殊意思，但她对我却有，一直到现在，始终如一。"

徐环："你对她有不满意的地方没有？"

黄松："没有任何不满意的地方，她的一切我都非常满意。"

徐环："那你为啥不对她明确表态，尽快确定婚姻关系呢？"

黄松："不能呀。"

徐环："为啥？"

黄松："她的条件太丰厚了。她的个人条件，不管从人品上，或是待人接物上，我都非常满意。我犹豫的是她的物质条件太丰盛了，我有些承受不起。厚德才能载物，若德不配位，必有殃灾。我有自知之明。她父亲有个建筑材料场，还附属了一个庞大的具有四级资质的建筑队。她本人主办了一个客栈，地处交通要道，生意红红火火。真可谓生意兴隆财源旺，广结友情达三江。她是个独生女儿，她家上千万的家业都是她一个人继承，她想要个上门女婿，女婿一上门就成了千万富翁。这是我最害怕的，我是个平凡人，我承受不住这么大的家业。但我绝对不会拒绝她，她对我有那么深厚的感情，又对我有那么大的付出。我若拒绝她，就太不人道，太残酷无情，这不是人干的事。况且，我又这么喜欢她，我绝对不会离开她。我处在极痛苦的矛盾中。不过，使我们两人宽慰的是，我们都心知肚明，谁都知道对方非常喜欢自己，谁都不弃不离，谁都守住决不放弃的底线，坚持到底。"

徐环："依我的看法，你应该对她明确表态，你爱她。"

黄松："她虽然没有听到过我说的'我爱你'这三个字，但从我们的相处中，从我对她的言谈话语中，她已经感觉到我非常爱她，她也深深领悟到我对她的体贴和温暖。这是我感到欣慰的。"

徐环："你这是不杀不放，不吃不让，是干打雷，不下雨。是现代说的边沿政策、冷战思维。你这种态度，对你们两个都没有好处。不管怎么说，你们都有些不放心，总有些不踏实，心里总有些不干净。你自己认为，你承受不了那么大的家业，感到无爵领赏，愧不敢当。这不都是光考虑你自己吗？你考虑过她吗？我怎么一点儿也没看出你为她考虑了什么？你太自私了。你在日常生活中，不是这个样子，你处处都是首先考虑别人的，可是在自己的感情生活上，却一反常态，光顾自己，不顾别人了。你应该对白佳明确表态：你喜欢她，你爱她，你离不了她。不要不吐不咽，钝刀子割肉，让人家活受罪。"

黄松："你说得对，妈妈。你的话提醒我了，我太自私，我对不住她。我马上对她明确表态：我爱她，我离不了她，我要与她结婚。"

第三部 **03**

创建突击队　开发东山坡

第二十三章

　　自从黄松辍学回来以后，就不断听到有人说起"自为队"这个名字以及他们臭名昭著的"事迹"。一天他骑着自行车去地里看他家的庄稼，迎面碰见骑摩托车的李尚青。两人都下了车，站在路旁谈起话来。

　　李尚青："松哥回来办了一件大事，把房子盖起来了，真了不起。你真行，我就没这个本事。"

　　黄松："我也是靠人的帮助，我自己啥本事也没有，啥事也干不成。"

　　李尚青："今后不再去上学了吧？"

　　黄松："不去了，彻底不去了，待在村里参加劳动，当一个农民。"

　　李尚青："这就对了，整天上学，都上成傻子了。上学是操心受累，枯燥无味。我看世上最无聊的活就是上学。你竟然上到高中毕业。我很佩服你。我早就不上学了。当然是因为我没考上高中，即使考上我也不想上。上初中时，整天抬不起头来。我看周围同学都势利眼，我学习很不好，他们好像都看不起我，每次考试我都倒数第一，与其他班评比时，我总拉班上后腿。因此老师也不待见我。我整天愁眉苦脸，闷闷不乐，不想与任何人说话，正好是很少有人给我说话。那真是度日如年，真像住监狱。我一不上学，正像释放的犯人，放飞的小鸟，逍遥自在，悠闲快活。真是天天乐无边，胜似活神仙。对了，我给你背一首诗：

　　　　　　东奔西跑为所求，

　　　　　　南征北战捞不够。

　　　　　　拼搏终生不满足，

　　　　　　最终落个土馒头。

　　这首诗太符合我的想法了。其他知识我一看就头疼，更不要说背会了。可是这一首诗我会背，它写得太好了。人的最后不都要落个土馒头吗？有的劳苦一辈子，有的舒服一辈子。大多数人都解不开这个迷瞪捆儿，这些人都是活着累得死去活来，死了呜呼哀哉！何苦呢！就不如活

225

着欢欢乐乐，死了啥也不说。我现在就是过一天，乐一天，乐一天，是一天，欢欢乐乐度时光，对得起自己的青春少年！你看我对你说这都是啥话？我这个没文化的人对你这个有文化的人说啥都是白搭。好了，不再扯这些了，我给你说正经的，我问你，你不是不走了吗？"

黄松："不走了，永远不走了。"

李尚青："这就好。我们几个青年人，今晚想在一块聚聚，请你去参加。"

黄松："都是些什么人呀？"

李尚青："都是咱们这个年纪的，都是咱们村的，没有外人，都是自己人。"

黄松："在哪儿呀？"

李尚青："在李尚林家的东邻那个空院子里。"

黄松："好吧，我去，几点钟哇？"

李尚青："晚上七点半左右，早点晚点没关系，我们都在等着你。你一定得去，不见不散。"

黄松："好的，我一定去。"

黄松回家后告诉父母李尚青邀请他参加他们的聚会问题。黄琦对儿子说："我对他们的具体情况了解不多，我出门少，我知道的情况也是我在街上人场儿里听说的。所以说，我知道的情况是道听途说，没有真凭实据。据说那不是个好玩意儿。他们十来个小青年聚集在一起，好话不说，赖话乱讲；好事不去做，赖事争着干。游手好闲，偷鸡摸狗，而且都是夜里干活。他叫你去是想叫你加入他们一伙的。你要多个脑子，千万不能与他搅在一起。"

黄松："他们的父母就不知道吗？能让他们这么干吗？"

黄琦："他们领头的是村主任的孩子。估计家长不知道，他们多数是夜里活动，白天不动声色，家长不容易发现。"

黄松："你说我去不去呢？"

黄琦："去不去都行，各有各的好处。"

黄松："这是怎么回事呀？"

黄琦："如果不去，就说明咱们不与他们有任何关系，远离他们，干干净净，免得落个坏名声；如果去，你可以摸清楚内部情况，看能否做些工作，引导他们一下，'不入虎穴，焉得虎子'。这个成语用到这儿最合适了。你不妨去试一下，不一定是坏事，很可能是好事。"

黄松："我也是这样想的，去去总会有好处的。"

黄琦："但你还要注意，还有个'近朱者赤，近墨者黑'的成语。不要非但没有引导他们，反而被他们污染了。"

黄松："那当然。我得时刻警惕着。"

黄琦："你若混在他们中间，耳濡目染。没有一定的思想和觉悟水平，是很难抵挡住这潜移默化的感染的。"

黄松："你的提醒很重要，爸爸。我一定时刻警惕自己，请你放心，爸爸。"

　　黄松去到李尚青的聚会地点时，已经快八点了，天还没有黑透，院子里的东西还清晰可辨。一张黑狗皮挂在一棵枣树上，下面大盆里堆着狗的内脏。一种动物内脏的臭味钻进他的鼻孔里，使他恶心得想吐。他转过身去看见两个小青年，光着膀子在一个大案子上切肉。很显然，那是煮熟的狗肉。一个打扮得光头洁面的稍胖女人趴在案子上把切成小块的肉均匀地分成五份，把每一份撮到一个小盆里，把调好的葱、蒜等佐料，倒到小盆里，搅拌均匀后，放在另一个大屋里的方桌上。白酒、红酒、啤酒和各种饮料都摆在桌子上。筷子、勺子、酒盅，样样用具都有。方桌上的东西排齐以后，李尚青招呼大家就座，他把黄松让到里边面向门的位置。他对大家说："这就是我给大家介绍的那个黄松同志，今年高中毕业，不想上大学，回来参加农业劳动了。这是咱村学历最高的人，也是学问最大的人。今天上午，我在地里碰见他，邀请他来参加我们的聚会。他来了，我们对他的到来表示热烈欢迎。"他的话一落，大家使劲拍起掌来，黄松对他们的热情再三表示感谢。李尚青的简短讲话以后，大家就毫不客气地开始吃喝，大口大口地喝酒，大块大块地吃肉。谁都毫不拘束，谁都毫不客气，因为在这里喝酒吃肉的都是自己人，也是他们解放自我、施展自由的唯一场所。他们像刚出笼的野兽，跳跃、撒野，做自己喜欢的动作，说自己爱说的话，开怀畅饮，无拘无束。

　　黄松坐在那里，不动声色，文质彬彬。他也在吃，也在喝，但他更注意的是每个人的姿态。有的人，不顾周围的一切，他的唯一任务就是吃喝。酒往嘴里倒，肉往嘴里塞，嘴唇一张一合，绛紫色的浓浆从两嘴角里流出，滴溜在下颌两旁，像从嘴里流出来的小溪，流到肚子上、桌子上。不用担心把衣服弄脏，因为他们的上身根本就没有穿衣裳。有的人，吃肉拣小块，喝酒用小口，嘴唇慢慢嚅动，细嚼慢咽，享受肉的美味，享受酒的甘甜。他们表现文雅，衣裳没有脱，脸上也没有汗。有一个人，嘴忙着吃，头忙着转，眼忙着看，看看这个，瞅瞅那个，好像一个侦探。他把目光落在黄松身上，好像有了新发现。他注意到黄松的吃法与其他人的不一样。他认为黄松心不专，志不坚，不像他们的人，不会与他们同心同德地干。他又想，这是队长请来的人，当场问他有碍情面，等吃完饭后再与队长商谈。

黄松认识五个人，他只是认识这五张脸，但不知他们的名字。他们是：李二虎、崔四海、石蛋儿、刘强和冯岑。这五张脸他很熟悉，他们与他打过交道，他们曾把他撂翻在地，给了他一个下马威。黄松对在座的每位队员都认真仔细地一个一个地观察、辨认。他把这五张脸都拣出来了。他每盯住一个人时，如果不是其中之一，他就不怯不惧，泰然自若，看他与否没关系，他照常吃照常喝，如同无事一样。如果黄松的眼盯住了这五张脸中的一个，他的脸就会唰啦变色，由原来的自然常态，变得紧张拘谨，他会感到坐卧不安，感到脸无处放。黄松把这五张脸都找出来了。黄松倒不计较他们，但他们却如临大祸临头，不可终日。

黄松说："我原来还以为一个不认识呢，实际上我认识好几个呢。他们都与我打过交道。我若来到这里，咱们会打更多交道，很可能天天打交道，咱们就成了好朋友了。"

这五位队员忐忑不安，黄松的话究竟是什么意思？是正面意思呀，还是反话？他们百思不得其解。究竟是正面或是反面意思，要在实践中来验证吧。

年纪最小的石蛋儿，调皮地冲着程子英说："喂，子英嫂，今天你怎么啦？为啥与往常不一样。每在这个时候，你总是心花怒放，喜笑颜开，不是讲个故事，就是说个笑话，逗得大家笑得头痛、腰酸，吃不下饭。你是不是看见生人在场，你有些怯生，不敢乱说了？"

程子英："你这个小王八蛋，我不是怯生，也不是不敢言，我不怕熟，也不怯生，生熟都是老爷兵。几个回合就败仗，灰灰溜溜地缩回营，再也不敢出征。"

李尚青："真是个醋桶娘儿们，说话也不分场合！"他说话时面带微笑地瞪了程子英一眼。

程子英并不买他的账，不轻不重地顶了他一句："什么场合？你说这是什么场合？你还怪讲文明哩！"

李尚青深知她的话里有话，心里很不满意，但嘴里也不好说什么，只是嘴动了一下，说道："你看我等一会儿收拾好你！"他的声音很低，低得只有他自己才能听见。

程子英继续说："这是什么场合？这里是老场合，熟战场，每个月都在这里较量几次。什么生人？我哪里有生人？你们是不是指黄松老弟呀？我们早就认识，他是咱村的大学问、美男子、小白脸、英俊小帅才。"

她说话时，用诡异的表情和带钩的目光注视着黄松。黄松忐忑不安，如坐针毡，口燥目旋，恨不得顷刻躲藏起来。纵然黄松像个败将，程子英仍是不依不饶，步步逼近。她端着酒杯走到黄松身旁，说道："来，老弟，咱姐弟俩碰一杯，也不亏我们在一起喝酒一场。"

黄松毕竟是刚从学校门出来，还几乎没有踏入社会，这样的饭场他从来没有经历过，这样的女人对他的调戳，他更是没有遇见过。他刹那间，头脑发蒙，手足无措。他身不由己地端着酒杯站起来，下意识地说着："我不会喝，我不能喝，我真的不会喝，请原谅我。"他的声调凄怜，态度恳切，程子英有些妥协，最后说："咱俩碰碰杯，我替你喝。你不喝酒可以，不碰杯不行！"黄松只好与她碰了一下杯子，程子英一手捏住两个酒杯，把酒一饮而下。

一个十几岁的刘强说："大厨，今天煮肉时是不是把你的洗脸水倒锅里了？今天的肉特别好吃。"

程子英："今天不是倒的洗脸水，而是洗脚水，洗脸水没有洗脚水好喝。"

刘强不说话了，旁边的人都认为他吃了个哑巴亏。有一个叫冯岑的小青年说："你不能了吧？她把我们全骂了，我们都得喝她的洗脚水，不是？"

冯岑小声问刘强："为啥锅里倒了洗脸水就好喝呀？"

刘强："这也不懂，你这个笨蛋！洗脸水里有搓脸的香水，所以就好喝呗。唉，你还别说，她今天可能真的把洗脚水倒锅里了，今天的肉就是特别好吃，汤也很好喝，与过去的不一样。美女的脚上有一种激素，它对男的刺激特别大。你没听人们常说'男人怕脚，女人怕摸'。怪老实的男人，女人蹬他三脚，他就兴奋不已，守不住底线了。同样，女人也经不住男人的三摸。"

另一个人问刘强："你摸过谁没有？摸了怎么样？"

还没等刘强回答，他们看见程子英在锅灶旁走来走去，用毛巾擦了擦汗又把外衣脱下，只剩下束得紧巴巴的内衣，乳房像两个大馒头一样高高耸立在胸前，不时地呼扇呼扇跳动。在这些年轻人面前，确实有些色迷眼。一个年纪较大的青年人对他身旁的一个小孩嘟哝了几句话后，这个孩子站起来对程子英说："大厨，我想喝点什么？"

程子英："你想喝什么？快说，锅里有肉汤，暖瓶里有开水，再者，你身旁不是有饮料吗？你不请随便喝啦，还想喝什么，吃什么，快说呀？"

小孩说："我想喝你的奶。"

程子英唰啦把贴身上衣捋掉，扔在一边，整个上身，只有两个高耸的奶罩特别耀眼。她两手扠着腰，挺着胸，把两乳房举得高高的，昂首阔气地说道："来吃呀，谁想来吃就来吃。吃我的奶就是我儿子，来呀！"

在场的人都傻眼了，不但不说一句话，连看一眼也不看，只是闷着头吃喝。她又转过头来对那个小孩说："你这个小鸡巴孩，刚从你妈那屁窟窿里爬出来，连屙尿还不会哩，就不往人上混了。"

那小孩憋气不吭，头也不抬，眼也不睁，其他人也深沁在沉默中。

一个队员说："大厨，你的肉今天真好吃。"

程子英："你吃的是你妈的屎。"

另一个队员说："你的肉真香。"

程子英："你吃的是你妈的蜜。"

又一个队员说："你的肉今天不好吃。"

程子英："你吃的是你妈的屁股。"

这时一个队员从碗里挑出来一根狗毛让程子英看，说道："大厨，你看这是啥？"

程子英："这是你妈的屎毛尾（mao yi）。"

黄二改说："看看咱们吃的都啥东西，又是屎，又是蜜，又是屁股，又是屎毛尾，这根本没法吃。"

程子英："没法吃，去找你妈。你想吃啥，去找你妈，你想吃啥她都叫你吃。"

李尚青："好啦，咱说些正经话吧。"

张二娃："每次都吃狗肉，都吃腻了，能不能换换口味？"

刘法本："狗肉也吃不长了，咱库存的狗只剩一条了，再吃一次就吃完了。"

李尚青："该谁值班了，该想办法搞肉源了，别让大家没吃的。"

王三毛："现在的狗不好搞，不是季节，若是春季，在狗发情时，牵着母狗到外村走一圈，好几条公狗就跟过来，把它引领到圈里，门一关就行了。现在怎么能把公狗引进来呢？"

张三娃："现在用同样的办法，牵着母狗在村子里转悠，所有公狗都是色迷，人们常说色狼，狗与狼是同一类动物，它也是色迷心窍，与狼比，有过之而无不及，它们看见母狗也会紧跟其后。你不信试试，肯定行。"

刘法本："能不能想办法搞个小牛，弄些牛肉尝尝，换换口味。"

黄二改："牛不好捉，捉牛必须在夜里，夜里的牛都上圈了，主人往往把它们管得严严的，只能捉那夜里在外面乱跑的小牛。再者，牛属于大牲畜，主人丢了牛肯定会报案，一报案派出所就会认真查处，弄不好还得住监狱哩。我看，牛肉最好不要吃，吃到肚里叫你吐时，就有你受的了。如果想换口味，可以吃些鸡肉、兔肉什么的。狗呀、鸡呀、兔呀，主人丢了不怎么在乎，他们即使报案，派出所也不会认真调查。所以咱们吃这么长时间狗肉，就没有出任何问题。咱们还是干有把握的事，别干那危险事。"

李尚青："他说的有理，咱们不要吃牛肉，值班的可以搞些鸡子、兔子。鸡肉、兔肉也不错呀。不管什么肉，只要有肉吃就行。"

王三毛："我听说兔肉很硬，并不好吃。"

李尚青："这你才不懂呢，野兔肉硬，家兔肉一点儿也不硬，而是嫩白酥软，不淡不腻，非常可口。"

那些与程子英说俏皮话、打儿戏的，都是年纪小的孩子。真正大些的年轻人，反而是一本正经地不多说话，要说也是正经话，不说不三不四的话，更不要说那掐头去尾的下流话。这些正经人恰好是与她有深层次关系的人。

黄松说他身体不舒服，他要马上退席。李尚青对他说："我们这一班人也是个组织，叫'自为队'，他们推荐我当队长，我就应承住了。他们都听我的。我们每月活动两次，初一一次，十五一次，每次聚会都是吃喝，我们不搞别的，就是吃喝。人的一生不就是吃喝吗？千里去做官，为的吃和穿。我们几个人商量了，想让你来，我们非常欢迎你。"

黄松说："让我考虑考虑吧。"

　　黄松动身往外走时，李尚青对大家命令："请全体起立！对咱们黄松老大哥参加我们的聚会表示感谢，殷切期望他加入我们的队伍，成为我们的一员。"李尚青带头鼓掌，大家也跟着鼓起掌来。

　　黄松长相俊秀，文质彬彬，言谈话语，不多不少，不卑不亢，嘴唇未启先露笑，温存善良暖人心。他虽然第一次与他们见面，但对他们却一见如故，好像是他们的知己，他们的贴心人。在黄松就要离开他们时，他们不约而同地欢呼着："欢迎黄大哥来，欢迎黄大哥加入我们的队伍！"

　　黄松走后，他们原班人马，畅所欲言，肆无忌惮，觥筹交错，笑逐颜开。他们忘掉了他们在哪里，忘掉了他们是谁，忘掉了一切。他们只知道吃，只知道喝。他们要吃个天翻地覆，喝个雷激泰山；再吃个弯腰瘸地，喝个东倒西歪；吃个不省人事，喝个死去活来。——这就是他们的追求，他们的终生目标。

第二十四章

"自为队"，原名"自卫队"。说起自卫队的来历，还得从三年前的一次打架说起。

三年前，坡王的王三与坡张的张凡在柳林集会上，不知什么原因打了一架。小孩打架也不是什么大问题，谁也没有在意。但两个孩子却对对方耿耿于怀，各自回去告诉了本村的孩子头。坡王村的孩子头是李尚青，坡张的孩子头是张岑。张岑是张凡的叔伯哥哥。李尚青的父亲是坡王村的村主任。李尚青和张岑都很生气，他们比两个打架者都气愤，都认为是对方欺负了自己，也都认为是对方欺负了自己的村。他们都认为，这口气不能咽，要维护本村的名声，捍卫本村的尊严。什么名声？什么尊严呢？就是不能忍辱受欺，若有胆敢挑衅者，要与他强烈地回击，打败对方，维护自己的名誉。于是，张岑和李尚青各自在自己村里动员了十几个小青年。李尚青在坡王村动员孩子时说："咱们村的王三被坡张村的张凡打伤了，咱们被他欺辱了，我们不能咽这口气，不能当冤大头，我们要有志气，我们自己保卫自己，让任何人都不敢欺负我们。我们得有个组织，这样才有力量，我们组织的名字叫'自卫队'，你们愿意参加咱们的'自卫队'吗？"如果对方说'愿意'，就得听从命令，听他的指挥，如果对方说'不愿意'，他就说："以后别人欺负你，我们不管，打死你我们也不管，我对全村的人说说，谁也不让管你。"这时，对方就会马上改口说："我愿意参加，愿意参加。"

张岑在坡张村以同样的办法也集结了十多个小青年，准备与坡王村决一雌雄。

一个十五的晚上，月亮那圆滚滚的大红脸刚露出不久，还没有把大地上的黑暗扫除干净，李尚青把"自卫队"的队员集合在一起，号召全体队员要行动起来，与坡张村的孩子干一架，为咱们的队员王三报仇雪恨，也是为咱坡王村争口气。他在动员会上还强调要坚强，每个人都要勇敢，不要怕，不要退缩，我们全体队员要团结一致，共同对外，我们有全村人民的支持。今后我们自卫队的队员不管谁受了欺辱，我们都为他报仇。因此，我们每一次战斗，都是为了保卫自己的战斗。

李尚青把自己的队伍带到坡王村与坡张村之间的一片荒坡地上，派两个队员去到坡张村头喊话："坡张的孩子们，你们如果有种，请出来迎战。如果你们不敢出来，就说明你们是软门头、窝囊废！"

坡张村的孩子们一听见外面有人在村外叫阵，马上禀报给张岑，张岑立即召集队员赶到村外与坡王的孩子们对阵。王三和张凡首先出来迎战。他们今晚的精神状态比那天在柳林会上好多了，一是他们都有个报仇思想，要打得叫对方服气；二是后面有人支持，有一个战斗队在为自己撑腰。

王三和张凡厮打得不可开交的时候，后面各自的队员蜂拥而上，都来为自己的人帮忙，顷刻间两群孩子打起了群架。厮杀声、叫骂声、哭喊声、吆喝声，响彻田野，震撼全村。两村的领导和村民们急忙跑出来阻止了殴打。各自的村主任把本村的孩子们劝回去后，两村的领导班子当晚坐下来言和了，各自保证规劝自己的孩子，不再发生类似事件。

柳林乡乡长得知这个情况后，把两村村主任叫到一起，教他们继续做好各自的工作，确保不再发生类似事件，并叫他们写了保证书，做了书面保证。

几天以后，坡张村的张凡去坡王村走姥娘家，恰被王三碰见。王三有点"狗仗人势"，以为张凡单枪匹马闯入自己势力范围，是报仇的好机会。他串连了几个队员等在通往坡张村的路口。张凡下午回家路过村口时，被王三他们几个拦住。"欲加之罪，何患无辞。"没问几句，张凡就答不上来了。他们以莫须有的罪名把他打了一顿。张凡回去告诉了张岑，张岑没有头脑发热，没有一气之下组织孩子们进行报复，而是把此事告诉了村主任，村主任又立即告诉了乡长。乡长把坡王村村主任李石成叫去询问，调查坡王村几个青年人截路殴打坡张村青年张凡的事。李石成说他不知道。乡长正言厉色地告诉他："你回去做个调查，写个报告过来，听说你们村那个孩子头儿是你的儿子，你好好管管他。如果连自己的孩子都管不住，哪有能力管好一个村呀！"

乡长的话如千钧棒打在李石成的头上，他反复思考着乡长的话："如果连自己的孩子都管不住，哪有能力管好一个村呀！"这不是让自己下台吗？是呀，是这么回事呀，连自己的孩子都管不住，怎么能管好一个村呢！他仔细又想，不是管不住，而是没法管，至少是没认真管。世上的事都是如此，都是没认真管，才出很多问题。该管的不管，不是失职吗？失职就是占住茅坑不拉屎，就得让位。乡长叫我让位的话没说出来，但意思已很明显了。他越想越苦恼，越想越生气。

使他更生气的是受到乡长这么严厉的批评，甚至下的逐客令。况且，乡长批评的这个过错，自己根本就不知道，真是莫名其妙。你不知道，你的儿子知道。子不教，父之过。乡长批评的这件事是你儿子为你造成的。他猛然清醒了，是的，是儿子造成的。他把这一切都归咎于儿子，他把自己的一肚子窝火都扑到儿子身上。

李石成回到家以后，把儿子李尚青叫到跟前问道："这个十五晚上咱村的孩子与坡张村的打群架是你组织的吗？"

李尚青看到父亲气呼呼的，脸色很难看，猜想着父亲有什么麻烦事缠住心了，他不敢浮皮潦草，不敢敷衍塞责，只得问一言答一声了。他说："是我组织的，那不是解决了吗？"

李石成："什么解决了？如果解决了？还会有坡张的张凡来我村走亲戚而挨打吗？"

李尚青："这个不是我组织的，我根本不知道这件事。这要怨我，才算亏呢。"

李石成："你说啥？才算亏？你说说你们这些人是怎么组织起来的，都哪些人参加？"

李尚青把他组成自卫队的情况如实地告诉了父亲。

李石成把乡长批评他的事告诉了儿子，严肃地告诉他："如果再有一次与外村发生冲突，他就得自动辞去村主任职务。为了确保不再发生打架，他要求儿子立即把自卫队解散。"

李尚青深知问题的严重性。他不愿意父亲丢掉村主任的官帽，他下决心不再与别人打架了。但是狗改不了吃屎，他好不容易组织起来的队伍他舍不得解散。他对队员们说明他父亲的意见时，大家都不同意解散。一个叫李根良的队员说："咱们这一帮人组织在一起别叫'自卫队'，而改成'自为队'。'自卫队'好像有人攻击我们而起来自卫似的，今后我们不干这一行，我们改改行，自为队就是自己为自己，究竟干什么，以后慢慢摸索。咱们每月聚会一两次，初一和十五，没什么干，可以在一起玩玩呀，在一起说说笑话，乐和乐和总是可以吧。"

李尚青一听心中大喜，忙说："好，这个主意好，真好！"

他问其他人员时，每人都赞成。最后他说："咱们这些人也不是什么团体，加入不加入无所谓，谁想来就来，谁想走就走，不勉强。咱们每月搞两次活动，初一和十五晚上，在一起活动时如果能搞到些野味，在一起吃些野味，喝些酒，不也是人生的一大乐趣吗。"

李尚青的话立刻使大家兴奋起来，大家最向往的就是吃些野味，喝些美酒。

李尚青组织起来的这一帮青年人，绝大部分都是从不完整的家庭中出来的。他们缺乏父母的关爱，缺乏亲人的呵护。他们大部分只上到小学毕业，有的连小学也没毕业就不上了。他们不爱学习，不爱学习技术，只爱轻松，只爱消闲，吃喝玩乐就是他们最大的志愿。看看下面这些人的来历：

刘法本，15岁，小学毕业，父母离异后母亲改嫁了，父亲又娶了后娘，后娘带来了一男一女，他经常遭到冷遇。

张二娃，13岁，父母出外打工，他跟着奶奶生活，奶奶只顾对他溺爱，想吃啥吃啥，想喝啥喝啥，一切都尽着他，让他养成不爱学习、不爱劳动、好吃懒做的坏习惯。

黄二改，14岁，小学毕业，爹娘外出打工，因没有爷奶，把他寄养在姥姥家，妗子很不耐烦，经常看妗子的白眼。

李二虎，16岁，父母离异时，父亲坚决扶养这个孩子，可是当他再婚时，女方坚决让他把孩子送人，不然婚姻不成。父亲选择了要婚姻，让孩子跟着奶奶，让奶奶带着孩子生活。

王三妞，15岁，从4岁他母亲死了以后，他就跟着继母生活，继母生了孩子以后，就把他疏远了。

其他几个孩子，虽然都有父母，但父母长年在外打工，他们跟着爷爷奶奶生活，长年不见父母面，听不见父母的声音，感情麻木，性格孤僻，情绪不稳，脑子迟钝，对事物反应不敏感。

这些人最突出的特色就是爱吃、爱玩、不爱学习、不爱劳动。

开始时，他们把主要精力，也可以说是全部精力集中在捉兔子、野鸡、鹌鹑等飞鸟走兽上。但这些野味捉起来并不容易，半月二十天捉到的野味满足不了这些人的馋嘴。有一次他们捉到一条又肥又大的野狗。剥了皮煮熟以后，他们轻轻松松地把它吃完了。他们吃得很满意。他们用狗皮换成酒和各种饮料，下一次再聚会时，不但可以吃肉，还可以喝酒，喝饮料，他们兴奋得手舞足蹈，如浴仙河。

　　自此以后，他们把捉野味变成了捉野狗了。野狗目标大，比较好捉，再者是个大，肉多，一条狗就可以饱餐一顿，狗皮还可以换酒，何乐而不为呢！他们把队员分成四班，每班三个人，每两个月才能轮到一次，轮到的这一班必须捉到一条狗，不然这次聚会就没吃的。捉的狗名义上是野狗，实际上是外村农民养的狗。他们明确规定，作为一条纪律，就是不准捉本村的狗，兔子还不吃窝边草呢，队员们不能危害身边的群众。这样，群众就不会有意见，他们就有生存在群众中的基础了。他们也动脑筋，想办法。用最简单省劲的办法，轻而易举地捉到外村的狗。有一个队员说："俺家有个老母狗，每年发情时都吸引很多公狗到我们家。它们昼夜不走，要捉它们是很容易的。"真是"鸟为食死，狗为色亡"。他们就把这条母狗养在自为队所在地。有时他们把发着情的母狗带到外村，让它自己回来。每次回来就能带回好几条公狗。公狗一来到自为队场地，就立即把它们与母狗隔绝，禁闭在一个密室里，到杀它时，才能出来。用这种办法，他们经常捉到好些狗，吃都吃不完。

　　周围村庄的群众对自己的狗丢了也不在乎。有一次一个农民对丢狗者说："你的狗我看见跟着一条母狗去坡王村了。"丢狗者说："不管它，谁叫它好色，乱搞人家的母狗呢！打死活该！"

　　"自为队"里有个特殊队员，一个30多岁的女人。她叫程子英，她有两弯柳叶眉，炯炯有神的杏仁眼，高高挺拔的鼻子，细腻白润的脸。她美貌异常，颜容无匹，眼瞬动情，神采飘逸，不高不低，胖瘦适宜，见者无不羡慕，瞧者无不遐思。街上步行过去，赢得最高的回头率。她只要稍微打扮，就让燕妒莺惭、桃羞杏避。然而她轻狂放纵，浮躁无拘，她有重度性癖，而且轻浮至极。她到20岁出嫁时已经在娘家刮掉了两个孩子。她来坡王村前已与两个男人离了婚，她现在的这个男人是她的第三个丈夫。

　　她的第三个男人叫李尚林，是李尚青的一个近门哥哥。李尚林比程子英大五岁，大个子，很帅气，是一个标标准准的英俊男子。但由于家境窘困，手头拮据以及他处事待人上的憨厚老实、行动上的笨手笨脚和言语上的笨嘴拙舌，一直到三十五岁也没有找到老婆，与他的又瞎又聋的老娘相依为命，残喘度日。他很想娶个媳妇，要求条件很低，只要是个女的，老的，少的，瞎的，瘸的，半傻的都行。就这样的要求，也没有遇到一个。当有人给他介绍程子英时，他高兴得"得荆州"一样，别看他老诚憨厚，笨手笨脚，他也与那些精明人一样，喜欢长得漂亮的女人。他对她没有任何要求，他心想，不要求任何条件还怕她不愿意呢。但她对他有一条要求："允许她生活自由。"如果他不同意，就不结婚。他并不知道她的"生活自由"的含义，他只理解为一般意义上的自由。在他看来这个根本就不是什么要求，因为每个人都是自由行动的。因此，他立即答应了她的要求，他对媒人说："只要是我的老婆，叫她随便自由，我不管她。"其实，程子英对男方的要求并不高，长相、经济条件、社会地位，她都不怎么在乎，她唯一要求的是男人允许她"生活自由"。她与以前几个男人离婚都是因为这个原因。

在村民们看来，李尚林简直就是个憨子，或者说比憨子好一点儿，就是二憨。憨子能找到老婆就是个奇迹，更让人不可思议的是：他的新娘是个美女。婚礼这天，憨子的院子里，他东邻的园子里以及他门前的街上，都挤满了人，男的、女的、老的、少的，十八九岁的青年男子最多，他们都是来看美女新娘的。

新娘进院子以后，与憨子并肩站在天地桌前面，由司仪吆喝着先拜了天地，再拜爹娘时，憨子的瞎娘被扯出来，他们为她真真切切地磕了三个头。老太太尽管看不见，也听不见，她知道是她早就渴望的儿媳妇到了，她喜欢得合不上嘴。他们夫妻对拜后，司仪让他们面向观众，并为他们施礼，表示感谢。在场的观众都清清楚楚地看到了新娘的容颜。两人肩并肩站在那里，一个是铁打的汉，一个是赛天仙；一个呆若木鸡，一个浑身动弹；一个手脚无措，一个花枝招展。他们之间的反差，让很多观众愤不堪言。人群在轰动着，青年人在叫喊着，场面如同翻腾着的油锅，或戳了一棍子的马蜂窝。一些年轻人，他们大饱眼福，解决了眼馋，但同时却调出了嘴馋，他们对憨子能搞到这么一个如花似玉的老婆，心里很不忿，他们满腹牢骚，恨天怨地，骂老天爷不长眼，说老天爷不公平，怎么能让这么个女人嫁给他！为啥不嫁给我？实在让人心酸。更有不少年轻人在想：我的老婆比她差远了，真令人遗憾！如果与她换换？这倒是夜不能寐，异想天开。

程子英来到二憨子家以后，一家三口人的生活过得倒也有滋有味。憨子长这么大才享受到女人，老娘对媳妇的精心照应也特别慰心，程子英也大大方方地过起了女人生活。他们结婚的第二天，程子英就为老娘洗洗头，洗洗脚，换换衣服，让老娘高兴得不知所措。她让憨子洗洗头，刮刮脸，每天都穿干净衣服，脱下的脏衣服，她给他洗。她还对憨子说："现在成家了，今后要好好生活，衣服要常洗，头发不短不长，胡子要天天刮，让脸净白发光。对人说话要有礼貌，处理事情要大大方方，要活出个人样儿来，改变憨子的形象。"憨子尽管没有完全理解妻子的话，但他总以为，都是为他好的，所以他心里像吃了蜜一样甜滋滋的。

一天晚上，已经半夜十二点了，程子英还没回来，憨子在床上翻来覆去睡不着。过去没结婚时，他一个人躺下就入睡，一觉睡到日头晒住屁股。而现在，与老婆睡在一起习惯了，离开老婆就睡不着了。他身边多了一个女人，他脑子里就多了一个心眼儿，他也由憨变聪明了。她去哪里了呢？她一定是串门去了，一定是与哪个女人谈话投机忘掉睡觉了，要不然怎么现在还不回来呢？他忽然想起："是不是去了二婶家？张二婶的儿子在外打工，只有媳妇在家空守，平时她们两个讲话就很投机。对啦，她肯定在张二婶家，肯定正在与她媳妇畅谈呢。不行，这么晚了，她得回来睡觉，不然影响身体。我得去叫她回来。"他是和衣躺在床上的，他立即爬起来，径直向张二婶家走去。

天是黑乎乎的，呼呼的北风刮得冷飕飕的街上，鸦雀无声，连个人影儿也没有。突然一只大黑狗从胡同里汪汪叫着跑出来，一股脑儿冲向憨子，憨子陡然蹲下，装着捡到个砖头，做出向狗砸去的姿势，那狗吓得急速往回跑。憨子赶快越过这个胡同，快步向前走去。

他走到张二婶的门口一看，大失所望，张二婶家黑洞洞的，一点灯火也没有，静悄悄的，连一点声响也没有。他无精打采地回到家里，愁眉苦脸地和衣躺在床上，继续做他的遐想。她能去哪儿呢？去哪里也该回来了。这一定有什么问题，她自己当不了家了，要不然她不会到这时候还不回来！很可能是绑架，或是劫持。这么漂亮的女人，被劫持走以后，发生的事情可想而知。他不禁想起来平时一些年轻人看见她时的表现。他们丢魂丧魄、垂涎欲滴，挤眉弄眼、跃跃欲试。他们没话找话，没事装有事。他们经常半响不夜的，没是没非地来找她，在她面前哼哼唧唧、嗤嗤摸摸、眉飞色舞、动手动脚，这些人本来对她就渴望巴巴，无时不在窥视下手机会。由于妻子的矜持，他们才无从得手。今晚妻子若被这些人劫去了，还会有好结果吗？妻子要遭殃了，该遭罪了，该苦不堪言了。他甚至仿佛看见妻子被欺辱的情景：两个膀大腰圆的强悍男子，每人拘住妻子的一条胳膊，架着她往一个空屋子里拖，妻子的两腿不停地弹腾着，细腰扭成麻花劲，上衣与裤子脱节着，露出白皙皙的细嫩肚皮。她泣不成声，哭成了泪人。汗水、泪水合涌而下，浸湿了胸前的衣服，泡透了脸上的头发。她哭呀，叫呀，都无济于事，她的一切挣扎都是白搭。他想，她是多么痛苦，她需要我的帮助，我却无能为力，我真是无用，在妻子遇难时解救不了她，真是无能。他好像听见了妻子的悲泣声在他耳边回荡，他眼前一直飘游着妻子受污辱的可怜相。他悲痛地哭起来，先是小声呜呜，越哭越伤心，越哭声音越大，最后号啕大哭起来。

"梆、梆、梆！开门哪！"他忽然听见妻子的叫门声，他陡然从悲痛转为狂喜，泪水也顾不得擦，就去为妻子开门。妻子一看他泪流满面，煞有介事地问："哭啥的呀？还那么痛？"

憨子："你不回来，我怕人家欺负你，可怜你难受，我才难受的。"

妻子："我出去找人聊聊天，我不难受，我快活着呢！"

憨子："你去哪儿啦，这么晚才回来？"

妻子一本正经地说："你不是答应我自由行动吗？"

憨子："对，对，我答应你可以自由行动，是这样的。"

妻子："那你还问我去哪里干啥？"

憨子："我只是问问，并不是不让你自由行动。"

妻子："你问我就是想管我，你若连这也管我，咱们马上离婚，我马上就走。老实告诉你，我前两个丈夫就是因为这事离婚的。"

憨子必然不是傻子，即使憨也不是全憨，也只是半憨，大半憨，或者是二憨。妻子不让问，他也猜出来一些猫儿腻。社会上的事情都是这样，要办成漂亮满意的事，必须有足够的成本，这个成本包括经济的和政治的，没有成本怎么能办心满意足的事呢！比如买汽车，想要买一等货，必须有足够的资金。既没有钱，又想要汽车，只好买个二手货。憨子想到这里，心里很坦然，他又想，他买的是二手货中的上等品，很多人连二手货也买不到。想到这时，他又得意地笑了。好像他也变聪明了，今后不管她去哪儿，也不管她干啥，他决不会再问她。再说程子英这么漂亮的女人，她愿意嫁给憨子，并不是她不知道他憨，因为他憨，她才愿意嫁给他。在这以前，她已经嫁过两个男人。因为这两个男人都太精明了，都是要钱有钱，要样儿有样儿的精明帅男。他们也很爱她，因此对她管得太严，不许她乱走乱动，一出门就问她"去哪儿了？干什么去了？"问得她很不耐烦。她的观点是别的条件都无所谓，只要允许她自由。两次婚姻使她悟出一个道理，清楚明白的人对对方也要有清楚明白的要求，她要再嫁给一个清楚明白的人，必然还要离婚，当她得知李尚林不全精，人家叫他"憨子"，她欣然同意嫁给他。她认为，与这种人生活在一起能长久。

两个月以后，程子英对丈夫说："咱妈的身体虽然没病，但不太好。"

憨子："为啥呀？"

子英："营养不好，她严重缺乏营养。咱们两个也有同样的问题，咱们的身体都很虚弱，别看没病。这没病假象是暂时的，时间长了就会得病，而且得病就难以治好，很可能再也治不好了，非常可怕。"

憨子："这怎么办呀？营养缺乏怎么治呀？"

子英："营养缺乏只有增加营养，没有别的办法。"

憨子："怎么增加？吃啥药呀？"

子英："增加营养光吃药也很难，提高饭菜中的营养就行了，比如多吃些鸡蛋，多吃些肉类，多喝些牛奶。"

憨子："这些东西得买吧？"

子英："不买从哪儿来呀？"

憨子："买得用钱，没钱买不来。从哪儿弄钱呢？"

子英："咱村的二愣子干什么去了？"

憨子："外出打工去了。对了，出去打工就可以挣钱了。"

子英："当初你为啥没跟去一块找工作呀？"

憨子："我一走谁来照顾咱妈呀？"

子英："我不是来照顾咱妈了吗？"

憨子："唉，对啦。你在家照顾咱妈，我可以出去挣钱了。"

子英："太对了，你挣了钱寄回家，我就可以买些好吃的好好照顾咱妈，叫她吃得好，穿得好，身体养得棒棒的，咱们一家三口，就可以过上很幸福的日子了。"

憨子："呀！太好了！明天我就去打工。"

憨子打工走后，程子英在家更自由了。她对婆婆照顾得很好，吃的，穿的，日常生活上的吃喝拉撒，她都做得相当周到。老婆子高兴得合不上嘴，碰见人就夸她媳妇，说她心地善良，孝心强，不嫌弃这个又瞎又聋的老婆子。她还夸她利索、勤快，经常给她洗头洗脚，换衣服，还经常给她擦身子。她还经常夸口说："别看我又瞎又聋不中用，我还是个有福的老婆子呢！临老遇到这么好的媳妇不就是我的福吗？我不中用，俺的儿子也不中用，竟来了这么殷勤懂事、照顾我无微不至的儿媳妇，这真是有福不在忙，没福跑断肠。"

很多老婆子听了她这些夸口话后都撇嘴，一方面嫌她现眼夸口，另一方面也确实羡慕她。当然，嫉妒心也是很强的。瞎老婆夸口，有夸口的本钱，很多老婆子嫉妒，有嫉妒的理由。

周大妈有两个儿子。大儿子成家后分了出去，她跟着二儿子过。二儿子结婚后，媳妇让她分出去过，她没有房子，搬到场庵里过。两个孩子管她吃穿，其他生活琐事完全自理，一切洗刷事宜，包括洗衣服，全靠自己。

李大娘一个儿子，媳妇来了以后，媳妇嫌她脏，嫌她邋遢，嫌她衣服脏，嫌她身上臭，嫌她做饭没味，嫌她炒的菜没油，嫌她说话没水平，嫌她对外不会应酬。媳妇看着她啥都不顺，两人在一起实在别扭。李大娘想，只要媳妇能与儿子相处好，其他一切她都可以忍受。她要求搬出去单独住，儿子说啥也不同意，儿子对她说："你就我一个儿子，你若单独过，说明我们很不孝顺，外人会笑话我们的。"为了不让外人笑话儿子，李大娘搬到院内原来一个养羊的小屋里，既是卧室，也是厨房，自己单独过，虽然与儿子住在同一个院子里，生活上已经互不相干了。

王奶奶有三个儿子，各自成家后，王奶奶轮流居住，一家一个月。三个儿子都没有为母亲准备卧室，她轮到谁家时，临时住在一个扒房里，夏天热得要死，冬天冻得要命。她挪动时，必须带铺板、被子和衣服。她到谁家都不待见，看到媳妇的白眼也不敢吭声。到谁家都不会吃到好饭，虽然他们把饭送到手里，但往往不是凉就是冷，不是生，就是硬。给啥就得迁就着吃，不吃就会惹麻烦。

现在的家庭成员关系随着成员素质的高低而不同，家庭成员素质高的家庭，一般都会遵循我们的优秀传统：尊老爱幼、大让小、下辈尊敬上辈、团结友爱、和睦相处。家庭成员素质低的家庭，完全抛弃了优良传统，尤其是婆媳之间，不是尊老爱幼，也不是互相友爱，而是都利用自己的优势，争取家庭的主导地位，争取当一家之主，自己说了算。婆婆以为自己年长为尊，其他人员都是晚辈，都得听她的，她是老大，她是一家之主。她的这种想法在儿媳妇来以前完全行得通，其他成员绝对听她的，她自然而然就是一家之主。然而，儿媳妇一来，她的一把手地位就不一定坐得稳了。有的儿媳妇听从你的话，有的不听。她不听的理由很多，主要是嫌你唠叨，嫌你啰唆，嫌你多管闲事，嫌你没水平，嫌你思想落后，嫌你跟不上形势。遇到这样的儿媳妇，婆婆最好是甘拜下风，不要与媳妇多争。这样能保持个和睦家庭。有的婆婆不愿意让出她的第一把手的宝座，还想继续当她的"太上皇"，时不时对媳妇指手画脚，强迫她就范，而媳妇偏不买账，你说话我偏不听，两人各不相让，互不迁就，很可能在一些鸡毛蒜皮琐事上大吵一顿，大闹一场。儿子回来后，两人都向他告状，都告对方的不是，让他站到自己的立场上。起初，他把谁对谁错抛到一边，主观认为，媳妇就应该听婆婆的。于是，他不顾青红皂白先判媳妇的不对，批评媳妇不该与母亲吵嘴。当然媳妇不服气，与丈夫顶嘴，婆婆帮助儿子压服媳妇，而媳妇越压越不服。感到他们两个欺负她一个人，连自己的丈夫也不向她，她越发生气，一蹦大高，拍屁股打胯。他骂一句，她还一声；他骂两句，她还一双；他骂她妈，她骂他妈。他骂她妈，她妈没听见，她骂他妈时，他妈听得清清楚楚，婆婆气得喘不过气来，他们从屋里骂到院里，再从院里骂到街上，惊动周围群众，很多人来劝架，也有人来看热闹。这时丈夫看到若不打媳妇一顿，就消不了母亲的气。为了显示自己的威风，就操起了家庭暴力，动手打了媳妇几巴掌。这下子，他可捅了马蜂窝，媳妇拔腿去到娘家，一住就是几个月。开始时，他不去叫她，心想：看你能住多长时间，你自己去的，你自己回来，我才不去叫你呢，不能让你养成一走就得叫的习惯。她在娘家住，有吃有喝，一点儿也不着急。第一个月里，丈夫很硬，婆婆也想熬熬她。第二个月，她还是没有回来，婆婆有些急了，心想："她永远不回来怎么办？"她挺不住了，她催促儿子去岳父家赔个不是，把媳妇叫回来。他正在着急时，妈妈一催，他马上去到了岳父家。妻子在娘家一点儿也不着急，他去到岳父家以后，妻子和岳父岳母坚持要他赔礼道歉，承认错误，并写出书面保证，今后绝不会再发生类似事件。妻子和岳父岳母的要求得到了满足后，妻子跟着丈夫回到了家，婆婆满面春风地给她说话，也请她原谅她的错误。对丈夫和婆婆来说，教训是深刻的，婆婆体会到，再坚持自己的一把手地位是不可能的，代价太沉重了，再不这样了，她退却了，她服气了，她感到媳妇不好惹。丈夫深深体会到在母亲和妻子发生矛盾时，如果站到母亲一边，会得到妻子的强烈不满，而且这个不满情绪会延长很长时间，直接影响他们夫妻感情；如果他站到妻子一边，尽管母亲不满意，但不会时间太长，很愉快就恢复了正常，母亲会自己忍受痛苦而不去难为儿子。这就是当婆媳发生矛盾时，儿子一般站在妻子一边的道理。这种男人被人称作"怕老婆"或"妻管严"，为什么现在社会上的"怕老婆"的男人这么多呢？回答很简单：因为只有怕老婆，日子才好过。因此，得不到媳妇好感的婆婆，也会很自然地被儿子疏远，这就是上面那几位婆婆得不到善待的原因。

一味地怕老婆，虽然当了模范丈夫，老婆满意，但母亲心里可受憋屈，她心里一直窝着火，她只是委曲求全，长此以往，会得大病的，这就不是做儿子的应该做的。你当了模范丈夫，还要当一个乖乖的儿子，要做到两全其美，就能使婆媳和睦，家庭团圆。因此说，婆媳关系的好坏，也可以决定一个家庭是否和睦，家庭团圆。因此说，婆媳关系的好坏，也可以说一个家庭是否和睦，关键就在于这个既当丈夫又当儿子的男人如何运筹了。他就得有些水平，有些计谋，有些胸怀，有些豁达。当婆媳出现矛盾，争吵不息的时候，他和稀泥，说话两不得罪，既说各自的优点，也说各自的缺点。站到公正立场上，只要是两个争吵，肯定两个人都有缺点，至少有个态度不好的缺点。这样会压低她们的火候，让她们慢慢平静下来。在平时，他得充当"两面派"的角色，经常在妈妈面前说："你那媳妇说你待她不错，上次她对我说她遇到了一个好婆婆。"在妻子面前经常说："咱妈说你怪孝顺，好像你是她的亲闺女。"当然说这些话是在适当场合，千万不要让她看出你在骗她。在某一个具体问题上，如果妻子问你："咱妈对我有意见吧？"你应该回答："没有，没有。她对你没有一点意见。"妻子又问："那她的脸色为啥那么难看呀？是不是冲着我的？"你应该说："她哪是冲着你呀！她跟咱爹拧了几句。别那么多心，咱妈根本不是这号人。"其实，妻子的怀疑不是多余的，婆婆就是对她有意见，并把脸子使出来，经丈夫这么一说，她的气就烟消云散了。

简而言之，怕老婆是男人的美德，两面派是男人的善举，和稀泥的角色是家庭的顶梁柱子。具备这种美德的男人，经常充当着两面派的角色，担当起这个顶梁柱，这个家庭肯定会和和睦睦，兴旺发达。凡是婆媳经常吵闹的家庭，可以肯定地说，绝大多数都是因为男人的两面派、和稀泥角色没有演好。

程子英来到憨子家以后，很快就与自为队混在了一起，一个年轻漂亮的性癖女人，与一群色眯眯的男子混在一起，下一步会发生什么，是不言而喻的。

憨子在家时，程子英不断夜出晚归，逢着自为队聚会时，她还为丈夫和婆婆带回来些肉。憨子出去打工以后，家里只剩下程子英和婆婆两个人，而且婆婆又瞎又聋，一丝也听不见，一点也看不见，站在她跟前放大炮，她也没有任何反应。于是，那些自为队的队员成了程子英的常客，队长李尚青与她的关系早已半公开了。按家族关系说，她是他的近门嫂子，他与她走得近，也不避嫌，外面看见也只有心里明白。他经常在她家过夜。一个春节前的夜晚，快要十二点时憨子回来了。他一敲头门，两人一听是憨子回来了，非常着急。程子英让李尚青去到东间婆婆房间，让他和衣躺在婆婆的脚头，等憨子回到房间睡下后，他再不声不响地出去。这是程子英的如意打算，但使她没有想到的是，她开开门，憨子进屋后，没有直接去他们自己的房间，而先去妈妈的房间。他是个孝子，回来后要先看看妈妈。他拉开灯一看，李尚青也在床上，程子英连忙解释："这两天妈妈的身体很不好，吃不下饭，身体很虚弱，我一个女人家很害怕，万一夜里有什么事，我没有一点抓摸，所以我请尚青老弟躺在咱妈旁边。"

憨子听了妻子的话，心里很感激，忙说："谢谢老弟。"

李尚青说："咱们是一家人，你家的事就是我家的事。大娘有病我来帮忙是应该的。"

程子英对李尚青说："憨子回来了，明晚你就不用来了。谢谢你的帮助。"

李尚青："自家人，谢什么呀。"

第二十五章

　　黄松装病离开了自为队以后，自为队聚会的场面却时时浮现在他的脑子里。百鸡宴的场面、兄弟会的气氛、庸俗下流的语言以及队员们天真烂漫的脸，甜蜜沁沁的笑容和纯洁幼稚的心……这一切的一切，都在他心里挥之不去。最使他绞脑汁的是：队员们邀请他加入他们的"自为队"。他怎么参加这样的队伍呢？这些人的所作所为，他们的思想境界太差劲了，他们的觉悟水平太低了，离他要求的相差太远了，他与他们根本就不是同一条路上的人。他们纯粹是乌合之众，加入他们的队伍，不就是与他们同流合污了吗？自己怎么能干这种事呢？同时，他又看到那些热情洋溢的人，那些纯洁无瑕的心灵，这么一帮天真可爱的孩子，他们已走了很长一段弯路，已经给社会造成了不少损害。他们不能再这样下去了，他们得摆脱现在的生活方式。他们得换一种活法，他们本来是可以为社会制造很多财富，为国家做贡献的，但他们的盛情，很难却。最后他集中在加入与不加入这个焦点上。他正着想想，反着想想，百思不得其解。

　　他带着这个问题去问父母，父亲黄琦不假思索地说："坚决不能加入这样的人群。"

　　母亲徐环没有立即做肯定或否定回答，她反问儿子一句："你自己是如何考虑的？"

　　没等黄松回答，黄琦就接了话茬："这是明摆着的问题，大家都知道这一帮人不是什么好玩意儿，很不干净的人，连边也不敢沾，怕染坏了。加入他们之中，成了啥人了，若是好人会加入他们的队伍？这个问题还用考虑吗？"

　　黄松："我不知道如何是好，所以才征求你们的意见。"

　　黄琦："我不是说罢了，不能去，要去就成啥人了？"

　　徐环："不能这么说，问题不是这么简单。当然啰，也可以说它很简单，知道这帮人不好，就不与他们发生关系，不遭麻烦，不落不是，图个清白，图个利索。这样，咱就不去。如果去了，就会遭到麻烦，落不是，也可能落骂名。自找麻烦，自找苦头，还不落好，还落骂名，这何苦呢？两种做法，两种结果，清清楚楚，问问松儿，你愿意采取哪个做法？"

黄松："我是个受罪命，苦命人，生就的吃苦人，让我吃苦，受罪，我感到舒服，让我清闲，安逸，我反而感到不舒服。再者，作为一个青年人，我已高中毕业了，虽然没上大学，那是我不想上，并不是我没有上大学的能力，就我这样的文化人在农村并不多，我回到农村，固然我是为自己的家庭而不上大学的，我也有责任和义务为社会做点事，为他人帮些忙。我认为这一帮子人从本质上说并不坏，没有一个坏人，他们主要是缺乏教育，缺乏引导，如果这方面能跟上，他们不但不会危害社会，危害他人，他们会造福于社会，为别人做出贡献。"

黄琦："你说这些都对，我都赞成，但这只是个理论问题，你说这一套是理论，我说不去是现实，因为理论是空的。落实不下来，在实际生活中还是解决不了。实际上是无法解决，它像一团理不出头绪的乱麻，咱也别去费那劲了，理不出头绪就不要理了，让它自生自灭行了。因此，我不让你加入他们。"

徐环："你这是懒惰想法，是庸人思想，你记住：社会上的财富不是庸人创造出来的，庸人是不会推动社会发展的。社会的进步是靠那些有责任心的，不怕吃苦，勇于献身的人干出来的。咱们做父母的观点已经很清楚了，他加入不加入他们，我看还是让松儿自己选择吧。"

黄松："我认为，作为一个新中国的青年，接受"为人民服务"教育十多年的青年，我有责任为他们做些事，以便改变他们的面貌，让他们为社会主义事业做出贡献。……我已经不犹豫了，我的决心已下了：我加入他们的队伍。我明天就去找李尚青，正式加入自为队。"

黄松对李尚青说他要加入自为队以后，李尚青特别高兴，说道："我们全体队员都期盼着你的参加。我们已经商量好了，等你加入时，我们将召开一个热烈的庆祝大会，欢迎你的参加。"

黄松："坚决不要召开什么欢迎仪式，我非常不喜欢这样的形式，我加入就是加入，用不着搞形式来欢迎。"

李尚青："我得向大家宣布一下，让大家高兴高兴。我还打算让你当队长，我当副队长，咱两个肯定能把这一帮小青年领导好。你这一来，我有信心了。"

黄松："我不当队长，队长还是你的，我愿当你的参谋，你在前台，我在后台，有事咱们共同商量。"

李尚青："这也好，反正我听你的。"、

黄松参加自为队的消息，李尚青到处讲，他不但亲自讲，他还鼓励队员们也向外宣传，说黄松成了他们的自为队队员了，还是参谋，有的说参谋是二把手，有的说"啥二把手哇，一把手也得听参谋的。三国里诸葛亮是刘备的参谋，刘备总是听诸葛亮的"。

黄松参加自为队的消息不胫而走，很快成了坡王村的热点新闻。人们见面的第一句话就是"听说黄松参加自为队了"，对方也会说"我也听说了"。紧接着就是一段不长不短的议论。在所有议论中，都说的是黄松的负面东西。在自为队和黄松这两个载体中，人们议论的中心是黄松。不管什么人，只要与自为队发生关系，人们不去议论自为队，而是议论这个与自为队的人。因为自为队的臭名昭著，人们已经不愿意花一点气力对它说长道短了，人们感兴趣的是人。比如某人被狗咬了，人们根本不会议论狗的不是，而是说人的过失，说他没防备好才被狗咬的，狗咬得再狠，也从来不会批评狗，而只会批评人。同样道理，某人与自为队发生关系时，人们只会议论这个人，不会议论自为队。几年来的经验，使村民们戴上了有色眼镜，也可以说是得出了一个结论，总结出了一个模式：不管哪个人，凡是与自为队发生矛盾的，这个人是正确的，矛盾越大，他的正确性越强，不言而喻的是人们越会支持他。反过来说，如果某个人与自为队关系好了，人们很自然地会说这个人不是好人，这也符合与坏人同流合污也是坏人的道理。现在黄松与自为队，不是关系好的问题，而是加入的问题，这怎么能不让村民们对黄松议论纷纷？

黄松加入自为队成为村民们的头条爆炸新闻的另一条重要原因是：黄松和自为队，在村民们的心目中，是一对矛盾的两个极端。黄松是一个优秀青年的完美形象。他年轻漂亮，团结友爱，品德高尚，学习努力，成绩优良，他尊敬父母，热爱劳动，是青年人崇拜的偶像。对于自为队，村民们为它编了个顺口溜：

> 打架斗殴，制造事端。
>
> 坏事不离，好事不沾。
>
> 无恶不作，游手好闲。

好吃懒做，手懒嘴馋。

偷鸡摸狗，危害安全。

人们痛恨，除之心安。

如果黄松与自为队发生矛盾，黄松批评了自为队，村民们就会拍手称快，大加赞扬；如果黄松与它不远不近，村民们就认为是自然而然。现在的问题是，他不是与之不远不近，更不是矛盾凸显，而是加入其中，"同流合污"了，与村民们的希望大相径庭，他们对黄松大失所望，脑子中对他的好印象，一下子被坏印象取代，一见面就议论起来他的不是了。不仅仅坡王村的群众议论黄松，连附近的坡张村的群众也议论纷纷。在柳林会上，坡张的张大爷看见坡王的王连全，连个寒暄话也不说，开口就问："听说你们村那个黄松参加自为队啦？"

王连全："张大哥，你怎么知道的？"

张大爷："咱们两个村的群众互相都认识，连个屁一样的事，都通着哩。我是说，那黄松可是个好孩子，他怎么会到那里去啦？"

王连全："唉，我也不理解。我问你，你怎么知道黄松是个好孩子？"

张大爷："这已经是两年前的事了。一天下午，快要黑了，我拉了一车子煤从密县回来，走到西地的十字路口，我没劲了，也没馍了，又累又饿，我把车子扎在地上喘息，恰碰见他们几个学生回家路过，他们询问了我的情况后，黄松和另外两个女学生一直把我的一车煤拉到家，黄松架住车辕，送到我家时，出了一身汗，连衣服都湿透了，到我家后连口水也没喝就回去了。这么个好孩子怎么会加入那个什么自为队呢？太可惜了。"张大爷说罢话摇了摇头。

王连全："我们村的人，很多都这么想，但没办法，他有他的自由嘛！"

张大爷："他的爹娘就不管他吗？我以为他的爹娘也是知书达理之人，要不然不会教育出这么懂事的孩子。"

王连全："我们也是这样认为的呀，他们的三个孩子，一个考上了大学，一个考上了高中，都是好样的。唯独这个大儿子，今年高中毕业了，他们怎么对他就束手无策了呢？这里有什么蹊跷，我们也不知道。"

坡王村的群众对黄松的行动基本上都有意见，一些爱管闲事的村民更是愤愤不平。

绰号豆芽的吴大叔得知黄松加入了自为队，灰心丧气地说："看来他不是个正经货。原来他没考上大学时，我还以为他是一时失误，我鼓励他继续努力，明年再考。现在他又做了岔子事。这回他可不是一冒二作的，他是深思熟虑的，我算看透他了，他并不是我过去想象中的有头有脑的青年人的榜样，他是一个不可雕塑的朽木，上不了墙的泥坯，他不是什么好玩意儿，他是个腌臜菜。"他对刘全昌说："你想想，当初没考上大学……"刘全昌纠正他的说法："他不是没考上，而是没参加考试。"豆芽接着说："这更说明问题，高中毕业不考大学？有这么憨的人吗？我看不是憨，简直是傻，虽说不全傻，也是半傻，至少是不全精，你说对吗，我的刘大哥？"

刘全昌："我也不明白他是怎么考虑的？他加入自为队与他平常的作为完全是两码事，我认为这绝不是他的盲目之举。他父母亲也是有脑子的人，他的这个做法肯定有深层的原因。"

豆芽："你这有文化之人就会找这理由，找那根据。这是明摆着的事实，还要这分析，那研究，真是没事找事，瞎耽误工夫。"

刘全昌："问题没这么简单，任何事都是事出有因的。"

豆芽："啥原因呀？你说说。"

刘全昌："现在我与你说不来，等我调查了以后再告诉你。"

豆芽："好，我等着你的好消息！"

二奶是关心黄松成长的一个老长辈。她听说他没考上大学，她去请占卜先生为他算卦，寻找没考上大学的原因，还亲自登门对他进行思想教育，告诉他考上大学的好处。她听说黄松加入自为队，更是坐卧不安。她有些不相信，自言自语道："我家的孩子怎么会参加那种组织呢？"她怀疑是有人对他的栽赃，她带着这些疑虑，亲自来找到黄松，开门见山地问道："松儿，你参加自为队了？"

黄松："是的，二奶。"

二奶："你再说一遍。"

黄松："我参加了，二奶。"

二奶几乎要动火了，厉声厉色地问道："你怎么参加那玩意儿？那是个不齿于人类的狗屎堆，咱村的人都想离它远远的，都怕沾上臭味。人家生怕沾上边，看见他们躲还躲不及呢，你却投身到里边，弄个全身臭，真是个傻瓜。你爹妈知道吗？"

黄松："他们知道。"

二奶："他们同意你的加入吗？"

黄松："他们让我自己决定，也算是同意吧。"

二奶："自为队是个啥东西，是你不知道呀，还是你爹娘不知道哇？"

黄松："我们都知道，自为队确实不是个东西，是人人都不敢沾边的东西。"

二奶："那你还加入，你不但不怕沾边，倒躺进去了，你看怪不怪？"

黄松："因为它是臭不可闻的东西，是人人都不愿沾边的东西，所以我才加入进去。"

二奶："这是为什么呀？你要与他们一块臭哇？"

黄松："我不臭，我也不想被他们染臭。相反，我想用我的不臭的力量，不臭的圣水，洗掉他们的臭气。到时候，他们就可以从不齿于人类的狗屎堆，变成人人都愿意接近的普通群众。在此基础上，我还想办法让他们为社会做些贡献，你看不好吗，二奶？"

二奶："你说的比唱的都好听，你是一厢情愿。他们那么多人，是个组织，又有领导，又有这么多年的思想基础；你一个刚走出校门的学生，单枪匹马，无依无靠，你还去染他们哩，在你染他们之前，他们早就把你染臭了。你的力量太单薄，你扛不过他们。"

黄松："他们人多，他们的心都是肉长的。只要把理讲到，他们还是听的，他们成为这个样子是因为没人调理他们，他们的本质都不坏，也都不傻。只要给他们说明道理，指明方向，很快就会把他们引导到正确方向上。我不是单枪匹马，我不孤立，我也有依有靠。我上面有党的领导，周围有人民群众的支持，有社会主义法制的指导。我的力量大着呢！他们才几个人，区区十几个人，不在话下，小菜一碟。更何况，我与他们并不是敌对关系，更不是敌我矛盾，我与他们还是一家人，他们都是阶级弟兄，他们只是眼下迷失了方向，我对他们做些说服引导，我的目的是完全可以达到的。"

二奶："你说这些也是个理儿，不过我总认为你是放得不得，没事找事。你回来了，把你的父母照顾好，把家庭经济搞上去，供应弟妹上学，多么好的家境！这就是幸福生活，为啥要去找与你无关的事呢？常言说，管闲事落不是，像这种事，你管好了，谁会说你好？你管不好，就会落赖，所以还是不要干那出力不落好的事。"

黄松："我就是不会闲着，这样的活如果不干，我感到不舒服，我也不想图什么，我就是想干，我觉得这是我的义务。是闲事不是闲事问题，这是个社会责任，如果你感到是你的责任，你就不认为是闲事，你就会把它当大事，重大要事去做。如果你没有这个责任感，它就会是闲事，是可干可不干的闲事。"

二奶："看来，你是非干不可了？"

黄松："对，我非干不可，不但非干不可，我还得非把它干好不可，要干就得干好，这就是你的孙子黄松。"

二奶："这话我爱听，我等着你的好消息呢！"

二奶走后不久，刘全昌来到黄松家里。黄松看见他忙叫大叔，并给他让座倒茶。没等到刘全昌开口，黄松先说了话："刘大叔来也是问我参加自为队的事吧？"

黄松："很多人对我参加自为队很不理解。他们议论纷纷，各种言论都有，这是很自然的。他们对我参加的自为队，不理解，我对他们的议论却非常理解。他们议论我，说明他们关心着我，他们议论我的不好，说明他们高看我，他们把我评价得越坏，说明他们平时把我看得越高，他们认为我与自为队不是在一个品位线上，差位越大，他们议论得越厉害。假如一个偷鸡摸狗，无恶不作，危害社会，扰乱百姓的人加入了自为队，谁也不会有什么议论，都认为是自然而然的事。因此，对于议论我的群众，尤其是骂我不好的群众，我表示感谢，对干骂得很难听的人，我表示重谢。"

刘全昌："看来你啥都知道哇？"

黄松："不能说啥都知道，因为这都在情理之中。"

刘全昌："我来首先想确认的是：你加入自为队是真的吗？"

黄松："是真的，千真万确，自觉自愿，没有丝毫的勉强，况且是经过反复考虑并征得父母亲同意后下的决定。"

刘全昌："我想了解的第二个问题是：你加入自为队是如何考虑的？也就是说，加入它的目的是什么？不瞒你说，对你的这个举动，村里反映很大，有些人用难听的语言进行议论，我都不以为然。很多人看问题只看表面，不去问为什么，不分析因果。我认为你是个有学问的人，是个有脑子的人，你的父母也不是草率人，你加入这样的组织肯定经过周密考虑的。因此，我想知道一下你加入这个组织的目的是什么？"

黄松："不入虎穴，焉得虎子，我加入他们这个队伍，不是为了得虎子，但也是为了得到我需要的东西，其实不是光我需要，大家都需要，社会所需要的东西。他们这个自为队臭名昭著，臭气熏天，我身上虽然说不是香气，但可以说是干净的吧，我有一身正气。我加入他们的目的就是用我的正气改变他们的臭气，把他们的臭气改变为正气。这不是咱们大家所希望的吗？"

刘全昌："呀？你真了不起，我真佩服你的宽大胸怀和无私奉献。"

黄松："当然啰，要实现这个目标，需要大量的耐心细致的工作，但我认为我可以做好，再困难的工作，我都不怕，我怕的是没工作。我有信心，有决心达到这个目标，请你等着瞧吧。"

刘全昌："我对你的认识又深了一步。过去大家也看出了自为队的问题，这么一帮子年轻人，不走正路，总不是个事，但对它束手无策，谁也没考虑去引导他们，帮助他们改邪归正。一提起自为队就满腹牢骚，说它这也不是，那也不好，仅此而已。你首先考虑的是改造他们，不去议论。议论毫无意义，把他们改造过来才是硬道理。即使有人想到改造他们，也无从下手，无能为力呀，所以这么多年来，让它自由发展，群众对它采取回避态度，人们讨厌他们就不理他们，不接触他们，他们得不到帮助，也改正不了自己的不归路。群众开始时不理解你，这是暂时的，很快他们对你的行为会弄明白，那时你在他们心目中将是一个更加完美的形象。不过你孤军作战，单枪匹马，你面临的任务却很繁重，你的困难是很大的，负担是很沉重的。"

黄松："我不是孤军作战，上有党的领导，下有群众的支持，我的力量大着呢！"

刘全昌："这是你的精神支柱，你力量的源泉，离开这两条，你什么也做不成，我说的单枪匹马，孤军作战是干具体事的人，如果有个帮手，干着不就更顺利吗？"

黄松："你说的很对，我若遇到愿意干的人，我请他过来，我们一块干，当然更好，这是我求之不得的。"

刘全昌："有一个这样的人就在你面前，你就没看出来？"

黄松："哎呀，刘大叔！咱们要一块干这活儿，真是我梦寐以求的，这太好了。"

刘全昌："你已经是他们的队员了，你可以与他们出出进进，直接接触，我尽量不公开露面。我只帮你做具体工作。"

黄松："咱们商量着干，有你的帮助，我的信心更大了。"

第二十六章

　　黄松进入自为队以后，首要的任务是对自为队的全体队员的家庭情况做翔实的调查，着重了解家长对自己孩子的看法和他们对孩子的期望。自为队的正式队员有十二个，父母在外打工，在家跟着奶奶生活的六人，跟着后娘生活的四人，跟着姥姥生活的二人。

　　李二虎今年十六岁。六岁时父母离了婚。母亲改嫁时，父亲不让二虎跟随妈妈。强行留在身边，二虎与父亲和奶奶一起生活。两年后，有人给父亲李方介绍了一个对象。女方也是离异的，有一个男孩。女方有一个要求，不要孩子，如果李方有孩子，必须把孩子送人，否则她就不答应这门婚事。李方为了成全这门婚事，自己与母亲分家，让儿子跟着奶奶过。女方对媒人说她希望找个光棍一人的男人做丈夫。这样，结婚以后，过着干净，不生闲气。李方让媒人告诉她，他就一人，没有父母，也没有儿女，也曾结过婚，有过一个儿子，离婚时被女方带走了。他现在就光棍一个，一个人吃饱饭全家不饥。女方非常满意他的条件，很快他们就结婚了。女方带来一个男孩，一家三口，日子过得有滋有味。李方从来不敢暴露他的老娘，更不敢暴露他的儿子李二虎。奶奶带着孙子生活，步履维艰，李方不时地偷偷摸摸地资助她们些钱物，但一定是绝密的，决不能透露半点真情。

　　奶奶很疼爱孙子，自己舍不得吃，舍不得穿，有啥好的叫孙子吃了，有啥好衣服叫孙子穿了。就这样，她还是可怜孙子无依无靠，可怜他没爹没娘，可怜他吃不到肚里，穿不到身上，她处处由着他，时时看着他的脸色行事，她简直就像一个老丫鬟，每次做饭时，她先征求孙子的意见，问道："孩儿呀，想吃啥饭呀？"二虎就会问："咱有啥饭呀？"奶奶说："馒头，面条……"二虎说："都不想吃。"奶奶："那你想吃啥？"二虎："我想吃饺子。"奶奶："好，我给你包饺子。"奶奶把饺子做好后，盛到碗里递给他，他吃几个以后就嘟哝起来，不是咸了，就是淡了，最常抱怨的理由是没味道。有时一顿饭吃了一半不吃了，嫌它不好吃，又想别的饭，奶奶赶紧放下正吃着的饭碗，给他做他要求吃的饭。光吃饭问题，他常把奶奶折腾得够呛，但奶奶并不抱怨，因为她可怜孙子。她常对人说，她就是指望着孙子过的，孙子就是她的一切，没有孙子，她一天也活不下去。

这天，黄松去到李奶奶的家，正好李二虎不在家。李奶奶对黄松也不陌生，她也听说过一些关于黄松的情况，只是见面少，没打过交道，没说过话。黄松做了自我介绍以后，李奶奶很高兴，马上心花怒放，满面春风，请他坐下，给他拿烟倒茶。黄松坐下后，让她谈谈二虎的情况时，她从二虎妈离婚出走谈起一直谈到现在，一口气谈了一个钟头，她谈这么长时间，可以归纳为两个字"可怜"。二虎太可怜，没人可怜他，她对他最可怜。

黄松问她："他每天都干什么呀？"

李奶奶："谁知道他干什么？他想干什么他干什么。我没管过他，有时我问他，他支支吾吾地说不清楚，问他好像是难为他，所以我就再不问他。不管干啥吧，只要能长成个人，将来娶个媳妇，成个家得得法法过一生就行了。到那时，我的心就算尽了，我死也瞑目了。"

黄松："你没想过让他学点啥技术，将来有个生活出路吗？"

李奶奶："咋能不想呢？我一说让他学点技术，他就说：学啥技术呀？你叫我去哪里学，跟谁学呀？我也就没啥说了。"

黄松："你愿意叫他学技术吗？"

李奶奶："我做梦都想让他学些技术，不然，将来靠啥吃饭呀？常言说：'有技术的吃得撑，无技术的喝西北风。'啥技术都中，只要学得好，行行出状元，啥技术都养人，只要你认真。"

黄松："我们准备让他学些技术，搞些事业，掌握些生活的技能。"

李奶奶："这是对他的挽救，谢谢你啦。"

张二娃是一个留守儿童，他八岁时父母带着小妹妹出去打工，把他撇在家里跟着奶奶生活。父亲定期寄钱回来，他与奶奶在一起的生活绰绰有余。奶奶的理念是：孙子跟着我，我一定得把孙子抚养好，他缺了父母之爱，奶奶要加倍爱他，弥补他缺乏父母爱之不足。奶奶平时对他溺爱有加，想要啥给他买啥，想吃啥给他做啥，凡是他要求的，没有不答应的。儿子经常来电话说让二娃好好上学。她又重复儿子的话，要求二娃好好上学，但二娃就是不想上学。二娃在家里，在街坊邻居面前，是一个非常好的孩子，勤快，热爱劳动，尊敬长辈，说话活络，说话先露笑，见面先叫你好，是一个人人喜爱的孩子。奶奶更是把他视为掌中宝。二娃的这也好，那也好，就是不爱上学，不爱动脑筋，学校上到小学没毕业就辍学了，他说他的学历是小学毕业。刘全昌对这类人是这样说的：光会干粗活，不会干细活；光会打小工，不会干领工；光会盲目干，不会细盘算；这类人演不了主角，只能跑腿打旗；有了问题，辨不出是非，容易上当，容易受欺；有好人领导，能干出成绩，遇到坏人，也给他卖力。究竟是对是错，全然不知。这号人叫四肢发达，头脑简单，生活在世，常有风险，这种局面，应赶快扭转，如若不然，后果难堪。

黄松问张奶奶关于张二娃的情况时，张奶奶一味地说好，吃得好，穿得好，劳动好，待人好，叫干啥干啥，干啥都干得好。张奶奶对二娃的看法就是一个"好"字，当黄松问她关于二娃的学习情况时，张奶奶说："这个孩子啥都好，就是不爱学习，小学毕了业就不上了。说是小学毕业，不知道学会了几个字。"

黄松问张奶奶："二娃整天都干啥呀？"

张奶奶："干啥我也不知道，经常那个李尚青叫他。李尚青的爹是村主任，干啥由他村主任负责，我没操他的心。他有时白天睡觉，夜晚不在家。我问他干啥去了，他不让我管。我也不好再问了。"

黄松："关于他今后的事你考虑过吗？"

张奶奶："今后啥事？今后的事我不去操心，现在的事还管不完哩，管他今后的事干啥？今后的事，由他爹娘哩，我操不着这个心，一辈只管一辈人。"

黄松："你说的也是这么个理儿。一个人今后要做的事现在就得做准备，比如上学、学技术等等，现在如果不做准备，今后啥也不会干，他的今后由他父母操心，这绝对是正确的。现在的问题是，他父母不在家，他没在他父母身边，人的培养，学习知识，掌握技术，是不能等的，时间一过，再也找不回来，年轻时不学习知识，学习技术，等长大了靠什么生活？"

张奶奶："对，对，你说这太对了。对二娃来说，叫他干什么呢？上学已经不行了，他辍学这么多年，回学校也学不会了。只有学习些技术，学习啥技术呢？一是没有人教，二是我家也没那么多钱。据我所知，学会一门技术得好多培训费呢。他爹每次寄回来的钱只够我们生活。要是出钱学技术，我们还没有这个钱。"

黄松："先不用考虑学习什么技术，也不用考虑向谁学习，更不用考虑培训费的问题，你只要谈谈你对他学习技术的看法就行了。"

张奶奶："那简直太好了，这是求之不得的，你若真的教他学会一门技术，就等于给了他第二次生命。"

黄松："谢谢，他们有十几个人，都像二娃这样，整天无所事事，我们准备研究一下，帮助他们学习文化，学习技术，掌握一技之长。这样做有两个好处，一是改变他们当前的生活轨迹，把他们引导到正确的生活道路上；二是为他们今后的生活打下基础，他们今后生活有了依靠。"

崔四海今年十四岁，全家四口人，父亲长年在外打工，家里只有继母和同父异母的弟弟。继母叫豆萁，四十多岁，身材苗条，体格风骚，不高不低，胖瘦适宜。她喜欢化妆，但入乡随俗，轻描淡抹，让人看不出化妆的痕迹，却显露出明显的效果，在同龄妇女中，她卓尔不群。她穿衣服很讲究，款式大方，搭配合适，色泽适度，不鲜不俗。满面春风情意露，话未出唇笑先闻。她谈笑风生而不露轻浮，态度活泼而不失庄严。她是万绿丛中的一枝独秀，折服着无数色迷眼的青年。丈夫崔亮打工走后，她在家里领着两个孩子，不愁吃不愁穿，天天逍遥自在，游手好闲。家务活她都交给儿子四海，连洗衣服、做饭她都不管，都交给四海去干，甚至连她亲生的儿子，她也不太管，也由四海照看。丈夫半年一年才回来一次，她耐不住寂寞。啥叫寂寞？寂寞就是没事干，寂寞就是游手好闲。她越寂寞越想入非非，越寂寞，越想找新鲜，她饭食难咽，梦寐不安，她按捺不住内心的寂寞。她经常让大孩子照顾小孩子。把两个孩子放在家里，她一个人到处乱跑，尤其是夜晚，常常回来很晚。经常出现这种情况：弟弟入睡以后，四海把他放在他与妈妈一起睡的床上，他再去自己的房间里睡，由于白天一天的操劳，小孩子是最爱睡觉的。四海一躺下就睡着了，而一睡就是一夜，睡得很香甜，睡得像死人一样，把他卖了他也不知道。弟弟半夜醒来撒尿时，发现身边没人，就大声叫妈妈，叫哥哥，谁也不答应。他拉开灯，下到床下尿尿后再爬到床上，他四周观望，全是衣物和墙壁。他再仔细看看，好像照片上的人会移动，有的说话，有的笑，还有的向他招手。再看一会儿，好像他们就要从墙上下来了。他惊呆了，不禁失声大哭起来，哭着叫哥哥，叫妈妈，谁也不答应，谁也不来。他吓得蒙住头，声嘶力竭地哭喊。他哭了好一阵子以后，豆其回来了，他哭得像个泪人，浑身是汗，豆其把他抱在怀里，不住地安慰他，她心里也很不安。她气急败坏地把四海叫起来，又训斥又骂，差一点打到身上。

她责问四海："你弟弟哭成这个样子，你还能睡着吗？"

四海还没从睡梦中清醒过来，也没听清楚继母说的什么话，迷迷糊糊地、不清不楚地说："我睡着了。"

豆其本来是可怜儿子，内疚心情占主要地位，可是她一听四海这么一说，她的内疚顷刻转为恼怒，变成对这个非亲儿子的痛恨。她恨恨地问四海："你说啥？你弟弟哭成这个样子你还能睡着？你是个啥心呀？是木头心呀，还是石头心？你这样的少肝无肺，真把我气死了！"

四海感到自己没看好弟弟，很后悔，只是嘬着嘴不说话，他连眼也不睁，因为眼皮涩得睁不开，实际上他还处于半睡状态。豆其又问他："我对你说的啥？对你说的啥呀？"

四海不说话。

豆其："我再三叮嘱你，别睡觉，看好弟弟，你怎么就不听话呢？"

四海还是不说话。

豆其："你是个哑巴，还是个聋子？怎么连个屁也不放？"

四海还是不吭声。

豆其发泄了一顿牢骚，面对着这个少气无力、无声无息的孩子，她也无能为力了，只好气势汹汹地回到自己的房间。

她离开后，四海好像完全清醒了，她走了，他就解脱了，在这场博弈中，他又以默不作声取得了胜利。他有个经验，也可以说是个成功的经验，在任何时候，任何地方，只要遭继母的训斥，千万别吭声，打不还手，骂不还口，再难听的语言，让它在耳边溜走，不要让它做任何停留。儿子在继母面前，永远是没有理的，任何企图以理说服继母的想法都是痴心妄想。沉默不语有两个好处：一是省省气力，消停消停心；二是能缩短她的训斥时间。因为她看见你始终不开口时，训斥一会儿她就没劲了，只好愤愤不已。

豆其抱着儿子回到自己房间，在为他脱衣服睡觉时，儿子眼巴巴地凝视着妈妈，两眼炯炯，嘴唇嚅动，好像要说什么，又没有出声。豆其很诧异，为什么儿子有这个表情？她温情脉脉地问儿子："孩子，你想说啥呀？是不是哥哥欺负你啦？他怎么你啦？快对妈妈说说，明天我找他算账，为你出气。"

儿子摇摇头，作了否定的回答。

妈妈再三恳求，问儿子想说什么。

儿子慢慢地，异常清晰地，带着乞求的声调说："妈妈，晚上不要出去了，不要把我撇在家里。"

妈妈："你哥哥不是在家陪着你吗？你哥哥好不好？"

儿子："哥哥好，他陪我玩得可开心啦，我想跟着你，你不要离开我，你要出去就带着我，不要把我撇在家里。"

豆其沉默了，好像她乍然间觉得自己不是单身，而是一个妈妈了，有了儿子，有了担当，过去的风流往事好像与之对不住号，一时脑子又乱起来。正当她沉思不语时，儿子又说话了："妈妈，你晚上不出去好吗？"

豆其马上回答："好，我晚上不出去，再也不出去了。"

转眼间，儿子的恳求和她的许诺，她全忘掉了，与其说是忘掉了，倒不如说是不把它当成主要的考虑内容了，她重点考虑的仍然是个人的享乐，个人的风流。在她看来，对儿子的呵护是她一辈子的营生，从他的出生以来，她无时无刻不在呵护着他。可是她的天赋之乐，她的风流享受却是短暂的，在自己的一生中，也可以说是一闪即逝。古人云："花到堪折直须折，莫到花落空折枝。"人们常说：过了这个村就没这个店了。也是说的这个道理。人的青春期，也可以说是享受期，是瞬间的，不是长期的，更不是永久的。人生在世，时间并不长，能够享受的，不要错过机会，要抓住时机尽情享受。人到终点的时候，要心满意足地感到自己享受了一切，而不是愧疚的空悲切。

豆其看见黄松来到她家时，和颜悦色地说："哎哟，松老弟，哪股香风把你刮来了？我真是烧高香了，你能亲自来到寒舍，我真是三生有幸。"

黄松看到她眉飞色舞的姿态和嗲声嗲气的语调，好像汗毛竖起来一样不是滋味，不咸不淡地说了声："谢谢。"

豆其给黄松让了座，倒了茶后问道："老弟吸烟吗？"

黄松："从来不吸烟，谢谢。"

豆其："咱开门见山，别耽误你的时间，你找上门来有何贵干呀？"

　　黄松："我想了解一下四海在家的表现以及你对他的今后前途有什么打算。"

　　豆其："表现？还会有啥表现？不就那么回事，孩子么，与一般的孩子都差不多。"

　　黄松："他在家干活不干，都干些啥活？你说他，他听吗？"

　　豆其："他在家干些活，干些小孩子能干的活，扫个地，打个水，看看孩子，跑个腿。"

　　黄松点了点头，"啊"了一声，表示知道了。然后他又问："请谈谈你对他的看法，好吗？"

　　豆其："我对他的看法么……唉，小孩子，不就是个小孩子，小孩不能与大人比，小孩就有小孩的特点。"

　　黄松："那么他有什么特点呢？"

　　豆其："我们这个孩子与其他孩子比较起来，有不少地方是有过之而无不及。"

　　黄松："在哪些方面有过之而无不及呢？"

　　豆其："有些事，不叫他干，他非干不中，说他也没用。比如他有时半夜出去，不知道出去干些什么，我说他几次，他都不改。说他时，他与没听见一样，这是他任性的表现。这个孩子还没耳性。给他交代的话他记不住。比如，我有时忙让他照看一下孩子，我对他说照看孩子时别睡觉，可他几乎每次都睡觉，有时让小孩哭得不行。这孩子的另一个特点是懒。我听说好多孩子都懒，但别家的孩子懒得没这么出奇。他每天早晨都不知道起床，每天我都得叫他，还往往叫几遍，他还不起来呢，真是叫我没办法。他如果早点起来，帮我干些活，我不就省力了吗？他还有一个赖毛病就是偷吃嘴。我给小孩买点好吃的时，我一不在跟前他就偷着吃，还往往欺负他弟弟，让弟弟主动给他。这也是我对他不好的看法之一，当哥哥的哪个骗弟弟的东西吃呢？"

　　黄松："你对他的今后有什么想法吗？"

　　豆其："他能把以上这些毛病改了就好了。我对他没有别的希望。"

　　黄松觉着豆其没别的东西要说了，动身想走。豆其死死抓住他的胳膊，不让他走，非让他在她家吃饭不行。她说："你是第一次来我们家，我也是第一次与你说这么多话，我感到无限荣幸，为了纪念咱们的第一次会面，咱们在一块喝杯欢庆酒。"

　　黄松坚决不愿在她家吃饭，挣扎着要走。她说："你是瞧不起我呀，嫌弃我。我是真心真意、真心实意、深情厚谊地想叫你在这里吃饭，我好有幸陪陪你，你若不愿意，就是不愿意赏我这张脸。请你不要走，我已经向你哀求了。请不要走，请不要走，千万不要走，千万不要走。"

黄松："我感谢你对我的挽留，感谢你对我的盛情，我是真不能在这里吃饭。我还有重要事情要做，我还有一个老同学在等着我，我实在对不起，请你原谅。"

黄松毅然决然地走出了豆其的家。豆其望着他的背影，咬着牙说道："不识抬举的家伙！"

黄松走访的下一家是孙成林的家。孙成林不是坡王村的人，坡王村是他姥姥家，他是跟着姥姥生活的，他为何来到姥姥家生活呢？这得从头说起。

孙成林六岁时，父亲孙木与母亲杨燕离了婚。杨燕想把孩子带走，孙木坚决要留住孩子。孙木的母亲虽然身体不好，也坚决要求把孩子留在家里。她说这孩子是孙家的后代，他们孙门就有这么一条根。杨燕走后，剩下他们三口，奶奶身体能勉强顾住自己，一家三口人，小日子过得也不错。不久以后，有人为孙木说媒，女方的条件是不要孩子，男方只要有孩子，不说事。媒人对孙木讲后，孙木把孩子送给一个朋友，奶奶虽然舍不得，但也没法，她是干着急，没能力。她要求让孩子跟着她，她们单独过。儿子孙木说："这怎么能行，你连自己就勉强顾住，怎么能照顾个孩子？你不能养孩子，你把你自己照顾好就不错了。"

老太太生气地说："不管怎么说，我坚决不把我的小孙孙送给别人。"

孙木："你又不能领着他单独生活，把他留下也只能是咱们三口生活在一起。这样，女方就不会同意来咱家。"

老太太："她不来就没有别的女人啦？世上女人多着哩，她不来别人会来的。"

孙木："如果其他女人也是这个条件呢？"

老太太："那就再等。"

孙木："如果始终等不到呢？"

老太太不说话了，她尽管口头说让儿子等，能不能等来，她没有一点把握。她不说一句话，处在痛苦的考虑中。

孙木："只要咱不把孩子送走，是不会有女人来咱家的。这号女人一般都是二婚，也都有自己的孩子，她们带着孩子来，是不会再要个孩子。要知道，世上女人千千万万，看上你的找着难；你相中的女人有很多，相中你的女人却找不着。你不让把孩子送走，就等于说叫我打一辈子打光棍了。"

"打光棍"三个字刺痛了老太太的心，她怎么忍心让儿子打光棍呢！要把孩子送走就刺痛着老太太的心，打光棍又刺她的心。老天爷怎么这么绝情呢！送走孩子和打光棍，这两件事都是肝裂肠断的事，为什么必居其一呢？为什么不能两全其美呢？她的第一考虑是不能让儿子打光棍。这就必须让成林离开父亲，如何离开他呢？老太太对儿子说："我与你分家，让孩子跟着我，不沾你的边儿。"

孙木："你这种做法跟人赌气可以，过日子可不行。这种情况外村有过，坡王村的李方的孩子就是这样处理的。但李方的母亲身体好。啥都能干，照顾个孩子没一点问题。人比人，气死人。一点儿也不假，她能这样，你不能，你连个饭都做不来，怎能让他跟着你生活呢，到时候你们两人都受罪。这样勉强生活下去，他将来会成为什么样的人呢？等你百年以后，他怎么办呀？这一系列问题都不好解决。这么多纠结的问题的根源就是这个孩子，若把他送给人，一切都解决了。再说了，孩子在人家手里能很好成长，他可以长大成材，有较好的前途，比跟着咱强。"

老太太："你要把孩子送给谁？"

孙木："一个朋友。"

老太太："他们没有亲生孩子吗？"

孙木："他们已婚好几年了，一直没有孩子。他们人缘好，孩子跟着他们受不了气，他们经济条件比咱们好，孩子以后生活上作不了难。我想了好久了，把孩子送给他最合适。这样，孩子有个着落，我们啥时候想他时，可以去看他。"

老太太："好吧，依你的意见吧。"

孙木准备把孙成林送给朋友的前两天，乡派出所和民政所来几个人告诉他，不准把孩子私自送人，理由有二：一、不能把孩子私自转让，这是非法的。二、孩子的母亲杨燕要求做孩子的监护人。乡民政局、派出所、村委会、孙木和杨燕四方在一起商量的结果：让孩子自己选择。孙成林毫不犹豫地要求跟妈妈杨燕。

杨燕虽然想要自己的孩子，但她也身不由己，她必须征得丈夫的同意。她知道难度很大，因为丈夫与前妻有个孩子，也是个男孩。难度再大，她也得征得他的同意，否则她就不能把自己的孩子接过来。她对丈夫说："我与前夫有个儿子，前夫准备把他送人，我想把他接过来，孩子也很想跟着我。"

丈夫："咱们结婚时是你一个人，怎么现在又冒出个儿子？如果你当初说明带儿子过来，我就不会同你结婚，因为我还有个儿子，两个不同父母的孩子怎么会生活在一起？恐怕天天不是吵，就是闹，要不就是打，不会有一天好日子。"

她的婆婆也坚决不同意，她说："把别人的孩子引到咱家，不可能，长大以后，咱家的财产得分给他一半，这怎么可能呢？如果是个女孩还差不多，男孩是绝对不行的。"

丈夫也说："若是女孩，可以；男孩，不行。"

杨燕在无奈之下，说服妈妈，即孙成林的姥姥，让妈妈替她养着孩子。

杨燕的妈妈可怜女儿，又可怜外孙无依无靠，女儿一说马上就同意了。

姥姥同意接收外孙了，不等于外孙就可以去了，她还有很多工作要做。她儿子的工作好做，他听妈妈的，只要妈妈同意，他当舅舅的决不会不同意。难说话的是她的儿媳妇，就是这个当妗子的。常说的"三不亲"就是：姑父、姨夫、舅的媳妇。孙成林的这个舅的媳妇也属于这个不亲的范畴。现在的家庭体制与过去的恰恰相反。过去的老太太是一家之主，不管是《红楼梦》里，还是《大宅门》里，老夫人是一家之主，全家男女老少都听老夫人的话，若有不听者，就是大逆不道，就会群起而攻之。那时的家庭关系，老夫人说话最算数，说一不二；其次是儿子，媳妇最没发言权。如果家里有丫鬟了，她们在丫鬟之上，在绝大多数不使用丫鬟的家庭中，媳妇的家庭地位最低，她们首先听婆婆的，其次听丈夫的，有什么不同意见，只能利用枕头风向丈夫透露一下，不敢在婆婆面前叽咕一声。现在却截然相反，婆婆与媳妇换了换位置，儿子仍处中间。媳妇是一家之主，婆婆、儿子都得听媳妇的，媳妇不同意的事，根本就办不成。接收外孙的事当然得经过妗子的同意。当儿子开始对媳妇说时，媳妇一口否定，她说这是不可能的事。然后儿子对她好说歹说，婆婆和儿子两人一起对她说，不是一般地说，而是请求、恳求、哀求，经过无数次的哀求以后，她才松了口，勉强答应让婆婆把外孙接过来。

　　杨燕在危难之中得知嫂嫂同意母亲把儿子接过去，感动得声泪俱下，赞扬嫂嫂说："你是我亲嫂嫂，亲妗子，感谢你的大恩大德，你的宽宏大量，解除了我对儿子无人照顾的担忧，也让儿子有了依靠。最主要的是，儿子跟着姥姥与跟着奶奶一样，比跟着谁都强，我放心。"

　　孙成林在姥姥家，虽说不是外人，但也不是一家人。首先从称呼上就与一家人有明显的不同，其他孩子在家里，有爷爷、奶奶、爸爸、妈妈，而孙成林所在的家，有姥爷、姥姥、舅舅、妗子。从姓氏上说，其他孩子的姓与家里的男性成员的姓是一致的，而孙成林所在的家却不同，孙成林本姓孙，家里其他男性成员却姓杨。从这几个不同，孙成林就有外人的感觉。再从家庭成员关系上看，姥姥，没说的，很亲，她对他的亲胜过对其他任何人的亲，她对她的亲孙子也没有对他亲。她对他亲得溺爱了。舅舅是个不管闲事的人，他笑面相迎，蜜语相称，但不管具体事。他在妗子面前好像一个住店的客户，她对他不长不圆，有疏无亲，虽然不是横眉扫、冷眼掠，但对于一个正需要母爱的孩子来说，已经无法承受了。他生活在这个家庭怎么会快乐呢？他整天沉默寡言，脸上没有一丝笑容。他的潜能会挖掘吗？他的智力会提高吗？绝对不会。情绪处在忧郁中时，脑子是不会开发的。若不在这个家，他能去哪里呢？他的几个亲人——妈妈、爸爸、奶奶——都不要他，确切说不是不要他，而是无法要他，不敢要他，不能要他。每人都有不要他的一千条理由，一万条理由。可是，他接受的残酷待遇，却没有任何理由。他没有理由孤独，没有理由寂寞，没有理由冷落，没有理由凄惨，没有理由郁闷，没有理由悲怆，他是最没有理由的人，也是最可怜的人。

　　孙成林的姥姥名叫武芩。黄松见她时，她把孙成林去的过程说了一遍，她说着，黄松听着，两人都伤心泪下。当黄松让她谈谈对孙成林的看法时，她说了六个字："缺乏爱，太可怜。"

第二十七章

一个晴朗的上午，队长李尚青把自为队全体队员集合在一起，召开一个关于自为队今后发展前途的谈心会。会议由队长李尚青主持，谈心会由黄松主讲，他讲后大家讨论自己的看法与心得，最后制作今后行动纲领，要按照谈心会精神进行工作。

参加会议的还有刘全昌和程子英。

会议开始后，李尚青讲话，他说：

"咱们这个自为队有正式队员十三人，另有一个特殊队员，连她十四人，最近又增加了一名知识分子黄松和咱村的知名人士刘全昌。咱们这个自为队已有十多年的历史了，过去都是我一个人当队长，没有参谋，没有帮手，很多时候我们干不到点子上，像无头的苍蝇，乱飞，乱撞。我们干的好事不多，坏事不少，臭名昭著，声名狼藉，其客观原因是没有人帮助我们，没有人给我们做指导。现在我们有了参谋了。我们这个队仍由我任队长，我还甘愿带领大家，为大家服务，另外我们有两个参谋：一个是刚从学校毕业的知识分子黄松，另一个是我们村德高望重的知名人士刘全昌大伯，我向大家郑重宣布，参谋是咱们队的主要领导，我也听参谋的意见。"

刘全昌向大家作了简短的自我介绍，表达帮助大家搞好工作的决心，然后黄松发言，他说：

"我是咱们自为队的一个新队员，也是最后一个队员，我从高中毕业后的第一个行动就是加入咱们的自为队。咱们都是自为队队员，咱们都是一家人，一家人不说两家话，咱们今天的谈话是家里人在自己家里说话，因此，好话、赖话，都可以说，家丑不可外扬，如果是丑事，虽然不可外扬，但咱得改，不改是不行的，明知道是赖事，是丑事，就必须得改邪归正，把丑事、赖事变成好事。

"今天我的讲话不是什么报告，也说不上是做指导，我向大家说说心里话，我的发言直截了当，不卑不亢，不遮不掩，想到哪儿说到哪儿，看见啥说啥。因此，说得不一定恰当，有些也可能是错误的，好的是咱们都是自己人，是自己窝里说话，说到哪儿算哪儿，不会有人抓住不放，不会有人追根求源。我今天说话很大胆，我没有后顾之忧，心里没有余悸。当然啰，我欢迎大家对我的发言提出意见，对错误的提出批评，对有些偏激话、过失话，请大家包涵、原谅。

"我回来以后，虽然时间不长，我听到不少关于咱这个自为队的议论，确实好话不多，赖话不少，正如咱们的队长说的，咱们的名声很不好。由于咱这个队的名声不好，所以我自愿加入咱这个队，当然，我不是来为虎作伥的，也不是来助纣为虐的，我是来与大家一起改变面貌，由坏事变好事的。

"我和刘全昌大叔，我们两人对咱们每个队员的家庭都做了拜访，对你们在家里的处境，都做了比较全面的调查和了解，我们惊奇地发现，你们缺失的东西太多了。一个人在青少年时期三大成长要素——温暖的家庭、足够的母爱和良好的教育。这三大成长要素，你们都欠缺，有些人一点也没有。也可以说你们都没有一个完整的家，都缺少母爱，都缺乏应有的教育，有的接受的是不正确的教育。你可以想想你的家庭处境。有的跟着奶奶，这是多数，有的跟着姥姥，有的跟着继母。不管跟谁生活，都缺少母爱，都没有良好的教育。跟着奶奶的，受不到虐待，精神上不受委屈，但她们不会教育孩子，她们只会溺爱，不会指导，溺爱在某种情况下，它的危害胜于虐待，在虐待环境里，有些有志青年会思变奋起，逆境是最好的教育。溺爱把青年人捆绑得一点办法也没有，正如经常吸鸦片的烟鬼，可能完全舒舒服服地死去。在其他环境中生活的孩子，身体受折磨，精神受摧残，终日没有愉快的感觉。总之，咱们这一伙人没有一点幸福可言，你们始终处在郁闷、压抑的环境中。当然你们并不是没有快乐的时候，有，你们每次在聚会吃狗肉的时候，是你们最幸福的时候，仅此而已。你们再没有别的幸福场合了。社会对你们是不公平的，人们歧视你们，他们不愿意接近你们，他们总想远离你们，他们不但不帮助你们，反而瞧不起你们。社会上的绝大多数青少年都过着不愁吃穿，有家庭温暖，有父母呵护的日子。每天去学校学习，接受良好的教育。他们长大以后，有技术知识，顺利奔赴各个工作岗位，为祖国，为人民贡献自己的力量。看看咱们，咱们有没有学知识的愿望，有没有为祖国奉献自己力量的想法？我，包括在座的刘全昌大叔，还有村里很多老年人，都可怜你们，同情你们，为你们的命运而发愁，为你们的前途而担心。

"必须说明，造成你们这种状况的原因不怪你们，你们也是受害者，是各种客观因素造成的。我们每个人都不是傻子，都是聪明人，只要有人来做指导，你们马上就会振作精神，一反常态，走向正确的道路。这也是我自愿加入咱这个队伍的初衷。

"咱们的队员年纪也不能说很小了，起码都十好几岁了，有的已接近成年，咱们要有责任感，有担当，有抱负。每个人起码要对自己负责，对自己今后的生活要有考虑，咱们总不能这样下去一辈子吧，咱这一伙总有一天会散的，常言说，没有不散的宴席。这一伙散了以后，你吃什么？我听到咱们的队员说'千里去做官，为的吃和穿'。吃饭穿衣两件宝，每人终生离不了，吃穿对每个人来说是头等大事。任何人的吃穿都无可非议，每个人都爱吃爱穿，这也无可非议。他做了官，才可以吃和穿。什么叫做官？做官就是做事，干活，做了事，干了活，就可以赢得吃穿，他赢得吃穿的途径是正当的。小孩子的吃穿是靠父母供应的，父母有供养子女的权利和义务，等父母年纪老了，不能劳动了，儿女们就要赡养父母，国家工作人员为国家工作，领取报酬，农民靠种地，商人靠做生意赚钱……总之，每个人的吃穿都来之有道，取之有理。说到这里我必须说明的是咱们经常吃鸡吃狗就是来之无道，取之无理，这就是邪魔歪道。一个人要有点精神，要有志气，常言说人穷志不短；不怕人穷，就怕没志。这个志，就是志气、决心，就是干事业的远大理想。这些我们都缺。干事要堂堂正正，要坦坦荡荡，要经得起查证，经得起时间的考验，经得起群众的监督。每一个人要一身正气，浑身豪气，要做到：不明不白的活不干，不明不白的钱不花，不明不白的东西不要，不明不白的衣服不穿，不明不白的食物不吃，不明不白的人不交往。

"说实在话，咱们这一伙人被很多人看不起，所以咱的名声不好。咱们不能总戴着名声不好的帽子，咱们一定扔掉这个帽子，换上一个名声好的帽子。人家看得起咱，咱才能有名声，要让别人看得起，首先自己得看得起自己，就得坐得正，站得正，老老实实做事，堂堂正正做人。做老实人，干老实事。名声不是别人恩赐的，是自己做出来的。要想取得好名声，就下决心彻底改变过去的坏习惯、劣行为，重新做人，一切从头做起。咱们用实际行动，干出大家称赞的好成绩。今天的讲话我准备暂时结束，我请大家讨论以下问题：咱们的名声为什么不好？怎么改变这种状况？我们应该做什么样的人？今后有什么打算？希望每个人谈谈自己的想法。"

座谈会开始发言。队长李尚青首先说话。他说黄松的讲话特别好，给自为队指明了方向，是挽救这一伙青年人的灵丹妙药，今后一定带领大家走上正确道路。有些年纪较小的队员说不出什么意见，他本人没什么想法，只想跟着大家干，叫干啥干啥，叫咋干咋干。还有个别队员问："今后还让吃肉不让了？"有的队员回答："不让了。"有的说："不知道。"黄松回答说："今后不是不叫吃肉，问题在于从哪里弄肉。如果还是偷狗、偷鸡弄来的肉，这种肉不能吃。如果是自己买的肉，自己养的鸡、养的猪，杀咱饲养牲畜的肉，可以吃，随便吃，吃多少都行，天天吃也没关系。"有的队员说："自己会养这些动物吗？"还有的说："靠养这些东西吃肉，还不定等到猴年马月呢！"队员刘本法反驳说："这就是没偷人家的省事！偷东西习惯以后，啥活都不想干。现在偷鸡摸狗，将来长大了偷盗东西，直到公安局抓起来，住在班房里就安生了。"大多数队员都表示，只要黄松哥（叔）领路，叫去哪儿去哪儿，叫干啥干啥，只要让大家在一起，别把大家分散，干啥都行。

当天晚上，黄松正在驴槽里搅拌草料，听见头门外有人敲门，他马上去开门，一看是村主任李石成，按辈分黄松叫他叔。黄松喜笑颜开，说道："哎呀！李叔，不，李主任，快进，快进！我真是心想事成，我正想去向你汇报，征求你的意见。自从我回来后，还没有正儿八经地向您汇报过我的今后打算呢。今天上午，我对自为队的小伙子们开了个座谈会，对他们说了些话，我想改变他们的现状……"

李石成："我就是为这事来找你的。今天中午，尚青回去说了，他说你的讲话很好，他很满意，他同意你的看法，他很高兴，他还说只要有你给他们做指导，他们肯定会一反常态，做出好成绩。"

黄松："他要有这种想法，我干着就更有劲了。说实话吧，李叔，不知道你听说过没有？这一班子小伙子的名声并不好，村民们的意见都很大。再说了，他们都很年轻，不干些正经事，不学些文化、技术，长大后怎么办？他们现在没有人给他们指导，也没有认识，将来认识到时，已经晚了，再后悔也来不及了。他们都是好小伙，只要有人做引导，他们也会干好事。跟着好人学好人，跟着巫婆装鬼神；还有近朱者赤，近墨者黑，都说的这个道理。"

李石成："我的大侄子，中午尚青对我说以后，我激动得饭都没吃好，我赶忙去到乡里汇报了你带领一伙无所事事的青年进行创业的情况⋯⋯"

黄松插话："我的大叔呀，我的工作还没开始呢，你就急着向乡里汇报，太不靠谱了，万一干不出成绩怎么办？我的意思是先别急，等干出成绩，改变了面貌以后再给他们汇报也不迟。"

李石成："我这个人性子急，尤其是像这样的好事。不瞒你说，我向乡里急着汇报有以下考虑：首先是让领导们知道后支持我们，若需要乡里帮助时，我们好说话；其次是像你这个高中毕业的知识分子，回到家乡帮助一群落后青年改变面貌，这是农村的典型，咱们坡王村出这么一个典型，我这个当村主任的不就荣誉满身了吗？"

黄松："你考虑得真远！"

李石成："咱们村的自为队是我多年来最头疼的一件事，这么一帮子人，到处做坏事，你说是坏事吧，也不算很大，受害群众搁不住去报案，惊动上级。他们危害的不光是咱们村，周围村庄他们也经常去骚扰。村民们都知道是这些无知的孩子干的，都不与他们计较，原谅了他们，他们也不改，一直拖到现在。群众对他们很反感，而他们反而感到他们的生活很有趣儿⋯⋯"

黄松："大叔，你这个当村主任的为啥不想办法管教他们呢？他们的队长还是你的儿子呢！"

李石成："你一提我的儿子是队长，我的气更要爆发了。若我的儿子不是队长，也许早把他们的问题解决了，正因为我的儿子是队长，才一直拖到现在没有解决。这是你回来了，着手解决这个问题，你要不解决这个问题呀，还不定拖到何年何月呢，也许会拖到他们搞得不可收拾，公安人员把他们抓起来带走，他们就安生了。多亏你回来挽救他们，他们磕头谢你也不为过。"

黄松："大叔怎么越说使我越糊涂，队长是你的儿子，你不是更好管吗？为什么不好管呢？"

李石成："说这个就话长了。他们这个自为队开始时叫自卫队，不管什么队，性质是一样的，都不是干好事的，开始时是一个与外村青年打群架的队伍，叫自卫队。他们成立时推荐尚青当队长，不就是因为他爹是村主任吗？队伍成立后不久，李尚青带领他们与坡张的青年打了一次群架。乡里把我叫去狠狠批评了我，你不知道乡长批评我时说的是啥，他的话如泰山压顶一样把我压得站不起来，我几乎就要瘫在地上……"

黄松："乡领导说啥话了，把你压得这个样子？"

李石成："乡长说：'如果连儿子都管不住，哪有能力管好一个村！'他这话不是赶我下台吗？他这话我虽然当时受不了，后来我仔细想想，他这话是实在话，虽是实在话，在我身上却不灵。我认为我不是没能力的人，不管是我的领导水平，还是我的处事能力，都是绰绰有余的，但就是管不好我这一个儿子。咱们村两千多口人都听从我的领导，我对他们绝对是说话算数。但在我们这个四口之家，我说话最不算数，我排行老末。"

黄松："老李叔又给我开玩笑了，你在全村是老大，全村人都尊敬你，你在家更是老大了。从尊敬角度说，你尊敬你妈，我李婶和李尚青都很尊敬你，从处理事与对外打交道的角度，你说话算数，全家都会听你的。"

李石成："你这傻孩子，你不了解我们家的情况，你是按一般常理推算的，不是我们家的具体情况。我们的真实情况是年纪最小的、辈分最低的，说话是最算数的。"

黄松："按你说的李尚青说话最算数了。"

李石成："当然啰！我们家都怕他，不但我听他的，他奶奶、他妈妈都听他的。他还特别执拗，说一不二，谁也惹他不得，连他奶奶都得依着他，要不然，他不会把我全家搅得不安生。"

黄松："有这么严重吗？我看尚青弟是一个通情达理之人，不会做出无理之事吧？"

李石成："你没伤害他切身利益，他在外面好像一个臣民，但在家里却似一个十足的皇帝。好几年前，也就是他那个自卫队成立后不久，我听到不少村民对我反映，他领着村上的几个青年人不务正业。我很生气，我平心静气地想说服他，叫他改邪归正。谁知他不但不听，非让我说出是谁诬告他的。我当然不会告诉他了，而他不依我，对我死缠活缠，我在一气之下打了他几巴掌。这可捅了马蜂窝了，他一蹦三尺，打屁股拍胯地不依我。他哭着闹着去他奶奶那儿告我的状，非让我向他赔不是不可。我对老太太说明缘由后，老太太理解我的做法，并没有说我的不对。但她和稀泥，她不敢说我做得对，也不敢说他做得不对，老太太的'不偏不倚'，让他有恃无恐，更加蛮横无理。你想想，我会向他赔不是吗？一个儿子做错了事，做父亲的管教他一下，尽管说打他有些过分，但也过分不到哪儿呀，我怎么会对儿子赔不是呢！他哭闹个不停，白天不吃饭，晚上出去乱跑。两天后，不见他回家了。这下子可把我们全家急坏了，我母亲、我妻子都催我赶快出去找。我虽然在道理上硬邦邦的，但在'儿子出走'这件事上，我也是坐卧不安。很快，李二虎的奶奶、孙成林的姥姥都来找我了，说她们的孙子和外孙跟着尚青跑出去了，要我把她们找回来。两天以后，李二虎的父母亲和孙成林的母亲都过来找儿子啦，他们哭哭闹闹，待在我家不走，坚持说是我儿子尚青把他们的儿子带走的。他们说他们出去打工就是为培养儿子长大成人，现在儿子找不到了，他们活着也就没有意义了，扬言要死在我们家。有的说要到法院告我。你想想那个情景，老娘骂，妻子埋怨，李二虎和孙成林的家长催逼，我心里是气得摔头找不着硬地。说实在的，当时死的念头都有。生气归生气，还得找人，我找遍了亲戚朋友，都没有消息，我也报了案，让公安派出所给予帮助。一切努力都落了空，只有干等。干等时的心情是无法形容的，如同心肝在火上燎一样难受，而且是我们三个家。我们的心肝几乎就要烤焦的时候，也就是说五天以后，他们三个回来了。尚青仍然坚持要我向他赔不是，扬言如果不赔不是，他还要出去，而且再出去就永远不回来了。他说这次回来是照顾奶奶和妈妈的情绪，也是给我一次机会，如果我还是一意孤行，坚持错误，不对他赔不是，他就马上出去，永远不会再见到他。我母亲吓得死去活来，对我说如果我不对儿子赔不是，她就要碰死在我面前。妻子也说，如果儿子跑走了，她要去娘家，永远不再回来。我不再坚持了，啥是理呀？说个'不是'就保住一家团圆，不说'不是'就四下崩散，这理、那理，保持全家团圆才是真理。于是我对儿子说：'儿子，我打你确实不对，我向你赔不是。'从此以后，我再也不敢与他戗槎了，我们全家过着和平共处、团团圆圆的生活。"

黄松："原来是这么回事。"

李石成："我是让步了，但他们的行为并没有什么改进，可是我不敢多管，村里人也因为他们的队长是我儿子，也睁一眼合一眼，大事化小，小事化了，得过且过，有些村民的态度是：事情发生在自己身上时，忍一点，看见他们的行为时，绕一点；听到有人议论时，聋一点。他们采取忍让，回避的态度。'事不关己，高高挂起'已经是一种消极态度了，可是在咱们村，事情关了己，也是高高挂起，不管不问的。村民们的这种态度反而助长了这一帮年轻人的妄为。我心里非常清楚，但我没一点办法，我心里急如火，表面平如镜，只有无奈地等待，等待着时机的到来，也等待着恶果的发生，不管哪一种结果，都是对这一帮人的解决办法。你一回来不就是机会吗？我怎能不高兴呢！你大胆地干吧，我代表全村人民欢迎你，感谢你，支持你。你如能把他们引导好了，你就解除了咱们村的最大隐患，当然也是你对咱们村的最大贡献。"

黄松："我只是同情这些孩子，我想让他们走正路，谈不上贡献。"

李石成："你能不能告诉我你对他们有什么考虑？或许我能帮些忙。"

黄松："我今天上午的谈话是个动员，让他们对过去的错误有所认识，开始考虑今后的前途。我主要是帮助他们自力更生，不要依靠别人，更不能以不正确的手段捞取他人的财物。我打算教他们搞饲养业，养家兔、养鸡、养羊、养猪等，他们自己选择，想养啥养啥。一些食品加工业也是他们考虑的对象，如磨面、蒸馍、轧面条等。这些项目，投资少，技术含量不高，见效快，是他的理想项目。眼下暂时干这些活，干一段时间，有了本钱以后，再扩展，扩展什么，怎么扩展，现在还没有具体打算。我想能否在哪里承包一片土地作为基地，然后根据土地面积的大小，再规划搞什么项目。"

李石成："咱们村有一块荒地，是半山坡地，是咱村集体所有，不少人想开发，纷纷向我打招呼，有的甚至不惜重金行贿，想把这片土地的开发权交给他。不管谁提要求，我始终不松口，我有个私心，我想把它留给我的儿子。我的考虑是这样的：尚青这孩子最不爱学习，啥技术也没有。身子也懒，不爱劳动。整天正经事不干，但对乱七八糟的事，他却很感兴趣。他领着一帮孩子，打个架、偷个鸡、摸个狗，等等，凡是群众讨厌的事，他都高兴干。现在他还是个孩子，群众原谅他，家庭养活他，等他长大了怎么办？他有家了怎么办？他现在的状况总不能维持一辈子吧。我想把这块荒地让他开发，是给他的出路，是为他后半辈子的打算。基于这种考虑，任何人要求开发这片地，他给的条件再优惠，我都没有答应。不瞒你说，有些人，为了开发这块荒地，可以说不惜代价，投资重金，但我的心始终不变，我主要考虑的是我的儿子。后来我看他的行为越来越不尽如人意了，也可以说越来越不像话了。他让我的心越来越凉，我感到他越来越没有指望。截至现在，我对他完全失去了信心，很多人仍然强烈要求开发这块地的时候，我真想放弃原来的想法，把这块地让别人承包。恰在这时你回来了，而且你又想改造这一帮子小青年，这真是天助我也。你牵头承包这块荒地，领着这一帮子人肯定能干好。我可以预料，几年以后，这一帮人改好了，干起正事来了，荒地开发成功了，全村人民皆大欢喜，上级领导既肯定你的成绩，也肯定我的成绩。这是多么美好的未来呀！"

黄松："咱们村委会为啥不领着开发呢？"

李石成："让咱们村委会领着干，问题就多了。首先是没有人领，你看看这些人，谁领？有的没能力，有的没点子，有的不想干，有的懒得干。再者，没有钱。这两大关键问题都落实不住，怎么开发呀？前几年村里倒有人想干，那时我没答应。现在倒没人提了。"

黄松："让我领着开发这片荒地，村里其他人同意吗，尤其是村委会成员都同意吗？"

李石成："这是我们村的一个大包袱，我们村委会研究过几次，谁也没想出个啥办法。大家最后说把这事交给你，你随便承包给谁，我们都没意见，甚至是承包给外村人也可以，其实外村人有愿意干的，但我不同意让外村人承包，现在不就等着了么。"

黄松："开发这片荒地得花不少钱吧？刚才你说钱的问题可以想办法解决，请你告诉我怎么解决。"

李石成："这是半山坡地，本来雨水就少，即使下点雨也留不住，所以经常干旱。这片荒地不管做什么用，首先得解决水的问题，得打井，至少先打一眼，钱的问题，我想可以贷款，但主要靠集资。这些孩子的家长都乐意出钱，我给你发动一下全村群众，让他们鼎力支援，他们的钱可以入股，也可以借贷，利息高于银行。请你放心，钱的问题好解决。"

黄松："李叔的话给了我信心和勇气，我把他们带好更有把握了。我原来的计划是两步走。第一步，先搞些小项目，如轧面条、蒸馒头、磨面、养家兔、养猪、养羊等，这些项目成本低，见效快，可以先解决'有事干'问题，其次可以搞些收入，有些积累后第二步再扩大再生产。今天你把那块荒地承包给我们，我的计划就一步到位。都搞些啥项目及如何搞，我得与其他同志在一起研究后再定，有了结果后，再向你汇报。"

李石成："需要什么帮忙，请及时提出来，我一定尽力而为。"

黄松："这荒地有多大面积？"

李石成："具体数字说不好，我们从来没测量过，估计是一百五十到二百亩。"

黄松："我们承包签合同时以谁的名义？以队长李尚青的名义吧？"

李石成："不能以他的名义，大家对他信不过，得以你的名义。"

黄松："好，以我的名义。"

李石成："名义上是承包，实际上你们耕种就行，它是荒山野岭，不是可耕地。你们起用这片荒地必须先投资，创造利用条件，你们又都是咱村的孩子，况且这一批人是咱们人人头疼的人群，你领着把他们引领到正路上，咱们村每人都非常高兴。你们在这片土地上创造出财富，你们自己享用，暂时不用向村里交任何东西，等效益高了再说。合同上不写何年何月开始交，也不写每年交多少，实际上叫你们无代价经营这片土地。"

李石成回到家里，刚一坐下，妻子孙曼云拿一大沓人民币，放在李石成面前的茶几儿上。

李石成莫名其妙地问："这是啥钱？哪儿来这么多钱？"

孙曼云嬉皮笑脸、得意扬扬地说："哪里来的？天上掉下来的。"

李石成半开玩笑地说："这就是馅饼啰。"

孙曼云："与馅饼差不多。"

李石成："天上掉馅饼，准是害人坑。千万不能要，赶紧把它扔了。"

孙曼云："你知道这是啥钱呀，你就把它扔了？"

李石成："啥钱呀？反正不是你挣来的。这是啥钱呀？"

孙曼云："这是尚青他叔拿来的，是他的小舅子给他的。他想承包开发东山坡，想叫你费费心。这是先给些铺路费，他说这是小意思，事成了再重谢。"

李石成有个弟弟叫李石勋，他（李石勋）妻子的弟弟叫尤山。尤山很早就想承包开发东山坡，村主任李石成就是不答应。尤山托人、送钱、请客、送礼——各种手法都用了，啥手段也使了，就是不管用。现在他弟妹的弟弟又把钱送来了，先交给了妻子。妻子不但收下了钱，还做了黑籽红瓤的承诺。

尤山恳求孙曼云："请嫂嫂一定帮帮小弟的忙。你们村的那块荒地这么多年都没有人动，荒了这么多年也没有人管，我要把它开发出来，对咱们村贡献该多大呀？到时我每年都会重重酬谢你对我的帮助。我是个有恩必报的人，我吃个蚂蚱也少不了你个大腿。"

孙曼云："请放心吧，贤弟，这事包到我身上。咱们是亲戚，有活不叫你干，叫谁干呀？眼下你的那个哥哥好赖是个村主任，等他不干了，就没有这个优越条件了。有权不用，过期作废。在他当家的时候把地承包给你。这不算什么。你放心吧，等他回来了，我告诉他一声。究竟怎么办手续，你们在一起商量好了。"

尤山："我太谢谢了，嫂子。"

孙曼云："谢啥谢，咱们谁跟谁呀？"

尤山："我恭候你的好消息，我走了，再见！"

李石成回来以后，孙曼云把钱拿出来放到丈夫面前，得意扬扬地显示她的功劳。她认为，这钱丈夫不但喜欢，而且还会夸奖她聪明、灵敏、会办事。可她万万没有想到，荒山的开发竟是另一种情况。李石成看见钱以后，犹豫起来。

孙曼云："你还犹豫啥呀，还不快收起来？"

李石成："这是货真价实的烫手山芋，我不敢拿呀，要烫我的手的。"

孙曼云："看把你吓的！你真是个胆小鬼。你怕啥呀？尤山是咱的亲戚，真是打断骨头还连着筋呢。可是，谁来打着骨头呀？骨头怎么会断呀？请不要怕，这是万无一失的。"

李石成："这是多少钱？"

孙曼云："二十万。二十万呀！你干啥会挣来二十万哪？现在不费吹灰之力就得到二十万。你还迷啥哩呀？"

李石成："我一点儿都不迷，我清楚着呢。"

孙曼云："你清楚什么！就这么一个小事儿，看把你难为的，你准干不了大事。生成那死夹榆木头——脑子不开窍。"

李石成："我想了，这二十万我无论如何都不能收。"

孙曼云还没等丈夫说完，就立即把脸拉下来了，郑重其事地问："为什么呀？你没看，我已把钱收下了，难道再给人家送回去吗？我坦白告诉你，我已经答应他了。"

李石成："你答应他啥啦？"

孙曼云："叫他承包荒山呗，还会有啥呀？"

李石成一听生气了，厉颜厉色地说："承包荒山的事，你也敢答应

275

他？我作为一村之长，也不能私自答应人家。你作为村主任家属，竟敢私自答应人家？你真大胆呀？"

孙曼云根本没有想到丈夫会生这么大的气。她更没有想到的是，他说这么多分量很重的话。她实在难以接受。在平常，她是一家之主，一切事，她说了算。丈夫对她唯命是从，说一不二。可是今天他怎么啦？不但不听，反而大发雷霆，大有造反之势。事情也真是奇怪，平素常，李石成软绵绵的，而她却张牙舞爪；现在，李石成盛气凌人，她却唯唯诺诺了。孙曼云是个聪明人，平常是家务，现在是公务，两者不能相提并论。况且，她私自收了贿赂，这是绝对不能公开出去的。小不忍，则乱大谋，不能因小失大。她退却了，平心静气地说："你先别生气，有啥慢慢说么。"

李石成："我嫌你太不知道天高地厚，这能是你当家的事吗？你做事也太离谱了！"

孙曼云："你倒越来越来劲了！我不是与你商量的吗？你不要得理不饶人。"

李石成："不是那，你想当家也可以，但你得掂量一下是啥事。能当家时，可以当；不能当家时，不能当。"

孙曼云："你说说哪些能当，哪些不能当？"

李石成："咱家的事，可以当；外面的事，不能当；尤其是公事，绝对不能当。"

孙曼云："以后我注意不就行了么。"

李石成不但不生气了，他心里非常舒服。孙曼云多年以来，从来没有认过输，也从来没有说过软话。而今天，她认输了，她说软话了。其原因他认为是以下两点：其一，她受了贿，接受人家的二十万元。这件事她怕公开出去。万一外人知道了，她丢人是小事，她还有牢狱之灾；其二，我不怕她了，我生她的气了。我大胆了，说话强硬了。她一看我强硬，她也就不敢再强硬了。从中他悟出一个道理：很多事情，你硬了，它就软；你软了，它就硬。

孙曼云："你说说为啥不能要这钱？"

李石成："道理很简单，东山坡不能承包给他，所以不能收他的钱。"

孙曼云："为啥不能承包给他呀？你不承包给他，承包给谁呀？"

李石成："承包给黄松。"

孙曼云："啊！承包给他！他给你的啥好处？是给你钱了，还是给你东西了？"

李石成："他啥也没给我。"

孙曼云："那你为啥承包给他？"

李石成："承包给他，咱的日子好过。否则咱的日子不好过。"

孙曼云："你说得太玄乎了，承包个荒片咋能牵涉过日子问题？"

李石成："这你就不懂了。你们女人是头发长，心眼短。只看见眼前四指的蝇头小利，看不见今后的长远利益。如果咱收了这二十万元，把承包合同签给他，咱全村的孩子的问题得不到解决，全村的百姓就不会答应。咱村的荒地让外村的开发，他们会上告我。上级一来查，就会把我受贿的二十万查出来。我不但得把钱退回去，还得住小黑屋哩。这样，我的前途，咱家的前途，咱的儿子的前途，都完了。你看问题严重不严重？这难道不是日子过不成吗？相反，如果把开发权交给咱村的人，咱村的孩子们都有了工作了，家长那高兴劲就不用说了，我这个村主任也自豪。"

孙曼云："你让黄松承包，他们都同意吗？"

李石成："他们都同意，没有一个人不同意的。"

孙曼云："听人家说，这个人可八板了，他当队长以后，咱家一次也没来过。咱的儿子的行为也老受到约束。这么大个摊子，他有这个能力吗？"

李石成："你别看他年轻，我看他考虑问题比咱村哪个人都强，连他刘全昌也不怎么着他。我看他是个苗子，是咱村的重要人物。这么多年以来，谁都不敢接触自为队，大家都讨厌它，但谁也没法它。可是，黄松敢接触它，更重要的是他敢改造它，这是很了不起的。我很佩服他。他是开发队的队长，咱的孩子是副队长，这最理想了。李尚青与他比较起来得差几倍呢。他领着这一班人开发东山坡，肯定能开发成功，不几年咱村就会大变样，到时咱村人民的生活水平，包括吃的、住的，会有很大的提高。"

孙曼云："这钱怎么办呀？"

李石成："很好办，他怎么拿来的，还叫他怎么拿走。"

孙曼云："他要是不来拿呢？"

李石成："他不来拿，给他送去。"

第二十八章

承包土地合同办好后，他们把自为队改名为"青年突击队"，黄松为队长，刘全昌和李尚青为副队长，立即开始了对这片荒地的开发工作。第一项任务是筹措资金，他们向全村农民发出号召，欢迎所有待业青年参加青年突击队，从事开发工作。他们向所有在外工作人员，尤其是在外打工的这些孩子家长们，向他们发出邀请，请他们以借贷或入股方式进行投资。入股的到时分红，借贷的偿还本利，利息高于银行贷款。他们工作的分工是：黄松为总指挥，具体负责对外联络、筹措资金以及接纳队员等涉外工作。刘全昌和李尚青具体负责开发工作。他们将整个荒地划分为四个区域：种植区、水产区、饲养区、加工区。种植区里有粮食作物区、经济作物区、果树区、观赏植物区；水产区有鱼田、藕池；果树区包括各种适应本地种植且群众又欢迎的水果树；经济作物区有棉花、花生、芝麻、油菜等；饲养区有养兔、养鸡、养羊、养猪、养鸭；加工区有磨面、轧面条、蒸馒头、饲料粉碎、轧棉花、弹棉花、榨油等。他们上马最快的工作是磨面、轧面条和蒸馍。每项工作都由两个队员具体负责。村主任为他们找来了打井队，在荒地的最高位置打一眼深水井。除了有具体任务的队员以外，其余大部分队员都搞清理地面和平整土地工作。

开垦这片荒地最费力的工作是平整土地。平整土地在平原地区不算什么，把地面上的坑坑洼洼搞平就行了，是很容易搞的工作。但在山坡上搞平整土地，就非同小可了。东山坡在坡王村以东，距坡王三里远，是东高西低的一个大山坡，东西有五百米的高度差。该地区本来就干旱少雨，偶尔下些雨，也迅速流跑，土壤里极度缺水。地面上植物稀少，多是飞沙走石。黄昏北风起，黄沙飞扬，铺天盖地，石子飞溅，互相撞击，嘎嘎声响，如鬼哭泣。由于地域偏僻，交通不便，来这里的人几乎没有。新中国成立前这里是土匪强盗的集聚地，他们常把人质或他们的仇人活埋在这里。国民党政府把暗杀的共产党人也埋在这里。新中国成立初期，人民政府公审后处决的恶霸地主和土匪强盗，也埋在这里。周围群众的未成年子女因病死亡或犯法被执行死刑者的尸体，家属不让他们进老坟，也埋在这里。总之，凡是没地方处理的尸体，都可以埋在这里。因此，这里是个乱葬坟。当然，也有狗的尸体和猫的尸体。因此，这里到处是尸骨，满地坟茔。据说这里经常闹鬼，关于鬼的故事，不胜枚举。

其中一则，两个外路人，夜间路过附近时，老远看到这里明灯蜡烛，灿烂辉煌，如同白天。他们两人误认为是夜市，快步来到现场，他们惊喜地发现，这里竟是一个完美的市场。卖东西的、买东西的、闲赶会的、乱转悠的，甚至还有说书的，唱戏的。他们两个转了一阵子后在一个老太太的棚子下坐下来喝茶，没坐多久，他们听见了鸡子叫，意味着天就要明了。刹那间，刚才的热闹场面荡然无存，他俩坐在一个破坟洞里。他们出来一看，周围是一片布满坟冢的荒野。他们吓得出了一身冷汗，赶紧离开了现场。

还有一则，据说，夜里经常听到山坡上有女人哭的声音，好像是一个年轻女子哭丈夫的悲号声，群众进行猜测，是人呢？是鬼呢？要说是人吧，这周围没听说哪个男的死了埋在那里。再说了，如果是人，她一个人在那荒山野地里哭，就没有人去劝劝她吗？从几种情况分析，这个女人不像是人，很可能是个女鬼。这些人光议论，谁也不敢亲自去看看，连几个人在一起也不敢去。一天，一个杀猪的屠户到村子里收买生猪。他听到了这个传说，他胆大，也好奇。他说："我倒奇怪了，你们就不去看看她是人是鬼？"群众说："谁敢去呀？你若敢，你去。"当地人对他一激，这个年轻屠户倒真敢去。他说："叫我去，我就去。今晚我住在这里，我去劝劝这个伤心女人。我正好没媳妇，她要愿意我可以把她领回家成亲呢。"他住在街上的一个车子棚里。等到后半夜，他确实听到了一个女人的哭声，他喝了几口他带的烈性酒，把裙包在腰里缠得紧紧的，把一把明晃晃的二尺长的杀猪刀别到裙包上，盛气昂昂地朝着哭声走去。他走到哭声处，果然发现一个年轻女人，穿了一身白孝服，坐在一个新坟旁，一把鼻子一把泪地扯着声音在号啕，他站在女人旁边，一声也不响。那女人不知道是没注意到他，也不知道是注意到他了而故意不理他，她旁若无人似的继续痛哭，而且越哭越痛，越哭越凄惨，越发让人怜惜。这个屠户你别看对猪狠下得手，可是对这个女人却心动手软，大发怜悯起来。当然他也有解决他的终身大事的考虑。他蹲下来，温情绵绵地说："大姐，黑更半夜一个人在这里哭，多么令人悲痛呀！请不要哭了，哭坏了身子就不值得了。"那女人不理他的茬，继续哭。他又说："不要再哭了。你家在哪里，回去吧，你若害怕，我去送你。"那女人说："你不要管我，赶快离开这里。"屠户说："我好心来劝你，你反而叫我离开，有点不近人情了吧？"那女人说："我本来就不是人，哪里会有人情？"屠户以为她是对他赌气，仍耐心地劝她说："不要哭了，大姐，再哭也没有用，还是快回去吧！"那女人说："你再不走，我给你个样儿看看。"屠户说："我就爱看样儿，尤其是爱看女人的样儿。"那女人不哭了，抬起头来面向屠户，屠户一看，她披头散发，满脸乌青，两眼散着蓝光，血红的舌头耷拉在嘴唇上，两边嘴角上各伸出一排长长的獠牙，两只手放在胸前，挓挲着手指向他耀武扬威，好像立刻就要撕破他的脸似的。屠户笑着说："你这个样儿我见过的多了，一点也不稀奇。还有什么样儿快拿出来叫我看看吧。"那女人的脸顷刻成了一个颅骨，两只眼睛、鼻子、嘴成了四个黑窟窿，额头上挂着几条红道子，嘴里发出令人战栗的恐怖声。屠户又笑着说："这个样儿还不如刚才那个好看呢。看来你就这么两下子，我若出个样儿准叫你害怕。"他话一落，唰啦从腰里抽出他的闪闪发光的杀猪刀，使出全身力气向她砍去。那女人"呲唠"一声尖叫，变成一股白雾腾空而去。

另外一则，村里有个年轻英俊男子，十八九岁，尚未娶妻，每天黑夜十点以后，他躺在床上，刚进入半睡半醒状态，朦胧中就会看见一个花枝招展的女孩，喜眉笑眼地向他走来。他对这突如其来的如此漂亮的女人的接近，不知所措。他沉浸在迷茫中。那女人坐在他床沿上，拉住他的手，他欲起身，但动弹不得，他使尽全力挣扎着坐起时，被她按在床上。他凝视着她，一动也不动。她的笑容是迷人的，动作是温柔的，他浑身麻木，骨骼已经酥软，像一块被强大的磁铁吸引着的铁块。没有任何自主能力，完全听从她的摆布，随意被她折腾……他睡着了，睡得像死去一般。第二天大天明以后他才醒。屋里的一切，床上的一切，与往常一样。昨夜之事他记得清清楚楚。他不动声色，暗中自喜，他自认为是做了个桃色梦。古代一女子渴望在梦中去辽西与丈夫会面，但被黄莺惊醒，美梦没有实现，留下千古遗憾。现在他的这个美梦彻彻底底地圆满了，他沾沾自喜，不露声色。人生的四大喜事：久旱逢甘雨，他乡遇知己，洞房花烛夜，金榜题名时。他想，我这美梦与洞房花烛完全一样。况且这是神不知鬼不觉的暗地里的花烛夜，将来还要有一个正大光明的洞房花烛，自己这一生至少可以有两个洞房花烛，岂不美哉！第二天晚上，这女人如期而至，这一次他不是昏昏迷迷，而是清清楚楚，他不是任其折腾，而是主动配合。在他们云雨风情之后，他开始意识到她不是人。昨天晚上，他以为是在梦里的事，不去乱想其他。今天他毫不含糊，心里非常明白，神智十分清楚。他对这个漂亮女人产生好多疑问，她是谁家的女子，姓啥名谁？她是怎么进入他的房间的？每天黑更半夜来到这里，一个年轻女子，深夜长途而来，真有些不可思议。他一连串问她几个问题，她一个也没有回答，她委屈地含泪说道："我是一个年轻女人，专心与你好，你不但不承情，反而疑神疑鬼，如果你抱这样的态度，我从此不再来了，好吗？"他连忙说道："不要这样，不要这样。我不再问了，好吧？"他想起了历史上一些男子与鬼神女子结婚的实例：董永与七仙女生活了一年多；许仙与白蛇精白素贞情投意合，他们都生有后代……想到这里时，他坚定了与这女子在一起的决心。

开始时，他暗暗自得，每天吃罢晚饭很快就上床睡觉，期盼着这女子的到来，万一她来得太晚时，他感到焦急、失落、孤独。每天凌晨鸡子叫第一声时，她就迅速离去。他恋恋不舍，魂牵梦萦。一段时间后，他感到力不从心，身体有些支持不住了。可是她却不弃不离，不依不饶，对他仍死缠活缠。两个月以后，他面黄肌瘦，皮包骨头，无精打采，萎靡不振，他感到自己真是奄奄一息了。他明知道这是这个女子把他折腾的恶果，如果不采取措施非死在她手里不可。他请了一个有名的巫师。巫师在鸡叫之前藏在青年人家门外。她出来走时，他偷偷追踪着她。巫师得知这个女鬼是东山坡上一个新坟里出来的。他用四根三尺长的铁钉插在这个新坟的四方，钉住女鬼永远不得出来。从此以后，再没有女人来缠绕这个年轻人，他的身体慢慢好转了。

除此之外，还有很多关于鬼的消息，有人听见哭，有人听见笑，有人看见打，有人看见闹等等，都是没头没尾的破碎消息，而且都是道听途说，没有一个人亲身经历，都听别人说，别人也是听别人说，究竟消息来源于哪里，谁也说不清楚。

这些有其名无其实的虚假消息在周围村民中影响却是很大的，他们宁信其有，不信其无。他们一代传一代地把闹鬼之事传下去，村民们普遍的思想理念是凡是牵涉东山坡的事，就躲避老远，不与沾边，生怕惹上麻烦。黄松带领青年突击队要开发东山坡的消息传出后，群众中引起了不小的风波，尤其是有孩子是突击队员的家长，他们反响比较强烈。有的要求自己的孩子退出突击队；有的要求自己孩子不参加开发东山坡的工程；有的要求孩子干活时不要积极，更不要带头，让别的孩子带头积极干，自己的孩子随个大流就行了。有一个长者王大爷，九十岁了，是本村年纪最大的一位老先生，论辈分黄松叫他爷。为了阻止开发东山坡，他先找了村主任，村主任让他来找黄松，于是他又不辞劳苦来到了黄松家找到了黄松，他对黄松说了下面的话：

"从我记事以来，我没看见一个人敢动过东山坡。那些年的"文化大革命"，造反派、红卫兵，傲气那么大，那么盛气凌人，不可一世。他们敢把咱村的祖师爷扳倒砸碎，把整个庙宇推翻削平，但他们没敢动东山坡的一根毫毛。他们害怕那里的鬼，尤其是那里的恶鬼。光棍不吃眼前亏，东山坡的恶鬼稍微一报复，他们就吃不消。再说，人们处理事情时，往往是宁愿得罪十位君子，不去得罪一个小人。君子宽宏大量，得罪了他，他不与你计较，绝不会对你报复；但小人就与其相反，他鸡肠狭量，你只要稍微危害他的利益，他绝不会给你留客气，他会疯狂地报复你，而且是没完没了，甚至把你置于死地而后快。造反派敢得罪祖师爷而不敢得罪东山坡的鬼，也是这个道理。他们认为，不管他们干什么无礼之事，祖师爷总是宽大为怀，绝不会给他们难堪；而东山坡的鬼没那么好对付了，你若得罪了他们，会让你终生难受。自古到今，咱们坡王村与东山坡互不干涉，互不侵犯，因此，我们和平共处，人畜两旺。你们要去开发它，就会打破他们的平静，他们绝不会善罢甘休，他们肯定对我村群众实施报复。从此，咱村群众将永无安生之日。常言说：'宁可得罪十个俗人，不可得罪一个鬼神。'今天我来找你就是专为此事，我奉劝你，孩子，不要开发东山坡了，开什么发呀？把自己家里的地种好，多打些粮食，啥都有了，何必没事找事，放着得不得呢？我劝你不要动东山坡，这也属于多管闲事，我认为我管这个闲事不是为我自己，也不是为我自己一家人，而是为的咱坡王村全体群众，为了全村人民的安生，为了全村人民的幸福。咱村群众今后的日子如何，我享受不了几天了，我都是为了你们，为了咱村的长治久安，请不要动东山坡的一草一木。"

黄松："王爷爷的意见很好，你的建议对我是个很大启发。我们开发东山坡有下列原因：首先，咱们村有一帮子小青年游手好闲，不务正业，有时还干些危害群众的事，我想把他们引导到正确道路上，找了这个开发项目；其次，东山坡这么一大片荒地，长年荒废，没有任何效益，我想把它利用起来，让它为咱村百姓产些果实，让咱村百姓享受一下它的价值，它也为村里做些贡献。最后，东山坡上不管住着神也好，鬼也好，我想他们也是通情达理的，他们不会不同意我们的做法。"

黄松的回答并没有让王老先生满意。他认为黄松的讲话是官腔，是大道理，他感到他说服不了黄松，与黄松说不出个里表。他想：我讲的道理对现在的年轻人来说，简直就是对牛弹琴。王老先生是个爱管闲事的老头儿，他认为他是在为全村人民做贡献，他认为他的建议会造福全村人民。他知道他没有说服黄松，但他绝不会就此罢休，他还会做出什么事情呢？

王老先生的奉劝对黄松是一个响亮的提醒。王老先生的观点是有代表性的。王老先生的观点是村里传统的正统观点，村里绝大多数村民都抱这种观点。因此开发东山坡并不是"去人开发"这么简单的行动，大多数群众不同意开发的思想是最大的障碍。黄松认为，若不做好大多数村民的工作，开发荒山的工作就不能动工。如何解决村民的思想问题呢？黄松正在做认真的考虑。他会考虑出什么办法呢？

第三天下午，村主任李石成带着二十几个人来到黄松的家。这二十多个人大部分是突击队员的家长，在外边打工的家长是专程回来商讨开发东山坡事宜的。村主任一一介绍谁是谁的家长，还有几位是村委会的成员。

村主任首先说话，他说："我是受大家的委托来感谢你的。你着手改变自为队，打算把这一群孩子引向正道，你很了不起。你带领他们开发东山坡，这又是你的了不起。东山坡这块荒地已经躺在那几百年了，很多人拿它没法。曾经有几个人企图利用这块荒地干些什么，但他们考察以后却大失所望，无可奈何地放弃了。现在你是刚从学校回来的学生，你敢带领一部分青年人开发这片荒地，咱先不说能否开发成功，就你这敢想敢干的精神就值得全村群众向你致敬。若开发成功，让这片废地产生效益，你的贡献就更大了。"

黄松："谢谢村主任的夸奖。我开发这片荒地的计划是逐步形成的。我回来看到这一帮青年人的作为以及听到些村民们对他们的反映，我心里很不是滋味。经过我们对每个青年人的家庭进行考察后，我们发现这批孩子很可怜，他们是没有受到应有的母爱和接受不到家庭的温暖养成孤僻、任性的性格。再加上没有受到良好的家庭教育，有的在家里受冷漠，甚至受歧视。十几个这样的孩子聚集在一起，若没有正确的引导，必然会走向歧途，干出危害社会的事情。他们走到这一步，不能光埋怨他们本人，他们也是受害者，我同情他们，同情他们受到社会的歧视，同情他们没受到好的待遇，同情他们得不到正确的教育和指导。我决定加入他们的队伍，只有成为他们的一员，你说话他们才听，对他们引导才更有效。我当时加入他们的队伍时，很多人不理解，他们埋怨我干了一件蠢事，误认为我与他们同流合污了。我把我的想法和打算对村主任李叔叔讲后，得到他的大力支持，他指引我开发这片荒地，这给我很大启发和支持，这真是雪中送炭。有了这片荒地，我们这些青年人就有了用武之地了，我对自己能把这一批孩子带好就更有信心了。"

崔四海的父亲崔合亮说："听说你带领他们要干些事，我心里特别高兴。让我最满意的是我认为你能把他们改造过来。为什么呢？他们听你的话，他们赞扬你，佩服你。我的孩子逆反心特别强，不懂事，又执拗，我教育他的话，他根本不听，甚至与我对着干。我对他是没有一点办法，我几乎想放弃对他的教育，任他随便走到哪儿吧，走到哪儿算哪儿，我是无能为力了。可是现在我回来发现他说话和顺了，不总是顶牛了。我发现他特别听你的话，对你崇拜得五体投地。过去他谁也不服，谁的话也不听，我感到这孩子很危险。现在他有佩服的人了，你说话他听了，这孩子有救了。我怎么不高兴呢！我想特来问问你，你是对他是如何教育的，怎么能使他服气你，听你的？"

黄松："我刚从学校回来，没有上过如何引导孩子的学校，对如何教育孩子也没有做过研究，在这方面，我可以说是一无所知。我只是同情他们，尊重他们，亲近他们，与他们平等相处，仅此而已。"

黄松的几句简单得不能再简单的话，让在场的其他家长们纷纷议论起来。有的说："我还以为他有啥高招呢，原来啥也没有呀。"还有的说："他说的就是他的高招。黑猫白猫，捉住老鼠就是好猫。什么高招低招，能教育好孩子就是高招。"有的说："他的话实际上就这么几个字：同情、尊重、亲近、平等八个字，别看这是平常的八个字，要真正做到还真不容易。"张二娃的父亲张继先说："这不是简单的八个字的问题，这八个字里得有心、有情、有态度。对孩子要有同情心，要满腔热情对待他们，还要抱着与他们平等相处的态度，这些恰恰是最难做到的。"

黄松："今天村主任带着这么多人，很多是我的长辈，我也不知道该如何称呼你们，请原谅，你们来到寒舍，真使我喜不由己。有什么指教，请说吧。"

村主任李石成："我们来有三个目的。第一个目的我刚才已经说了，是来感谢你的，尤其是这些孩子的家长。第二个目的是关于开发东山坡这片荒地的问题。开发这块地是我推荐给你的。我当时考虑得很简单，它是村里的荒地，以前没人种，已经荒了这么多年了，无人理睬。现在你们打算开发它时，意见倒不少。主要有三种：一种是以王老先生为代表的反对派，他们不同意开发，他们反对动那里的一草一木。他们主张维持现状。他们的理由是：这个地方是各路鬼神集结的地方。多年来我们没有动这片土地，所以我们与他们井水不犯河水，和平共处。一旦他们的生存条件受到影响时，他们绝不会善罢甘休，他们一定会以各种形式报复我们，我们就不会有安宁生活。因此，为了全村人今后的长治久安，不要为了眼前的蝇头小利破坏大局。咱们的好生活还没过几天，就忘本了，就又想破坏现状了。请年轻人不要想入非非，老百姓经不起再折腾了，让他们安稳几天吧！这一部分人坚决反对对东山坡的开发。另一部分是同意开发，他们的观点是，这么一大片土地，长年累月地荒在那儿，多可惜呀！同时，咱们村有一帮子人整天无所事事，无是生非，干些损人害己的事情。现在有人带领他们开垦这片荒地，这是一举两得的事情，他们改好了，土地改良了，岂不美哉！这一部分人是无神论者，他们不相信这地方有这有那，认为有这有那的都是莫须有的传说，都是迷信。第三部分，这是一大部分，他们认为开发这片土地是好事，绝对是好事，但他们对于风言风语的流传，半信半疑，不信吧，都是那么说，而且传得那么逼真。常言说无风不起浪，无火不生烟，既然这么长期地流传着，很可能确有其事；要说信吧，谁也没亲眼见，都是道听途说。但他们不愿意拿今后生活做赌注。害怕因开发这片荒地而打扰了神灵的安宁，从而使全村群众受危害——这种恶果是可怕的。因此说，开发是不值得的。这一部分人有一种渴望：能否有一个恰当的办法，使开发得以施展，同时全村人民的安乐生活不受影响。从这三种观点的人数来说，第一部分人最少，第二部分人数占三分之一强，第三部分人占绝大多数。首先肯定，这三部分人，不管哪一部分，不管他们持什么观点，他们都是为全村人民着想的，他们想的是大多数百姓，而不是他们自己。我们来的第三个目的是看你还有什么困难，我们坚决提供力所能及的帮助。我的说完了，谁有什么补充，请讲，我的话完了。"

大家沉静了一会儿，没有人补充。黄松说："关于开发这片荒地有三种意见，我看在开发这个问题上，三种观点其实是一个，就是大家都同意开发。第一种意见本身不是不同意开发，开发本身他们是同意的，他们不同意的是害怕全村群众因此受到殃及，如果不受殃及，他们还是同意开发的。王老先生，我的说法是你们的想法吗？"坐在旁边的王老先生忙说："对，对，一点也不错，我们的意见并不是反对开发，而是担忧开发后可能产生恶果。"

黄松问大家："在开发问题上，大家都同意，对吧？请大家都说话。"大家异口同声地说："同意！"黄松又问："有没有不同意见？不同意开发的人有没有？请说话。"大家又异口同声地说："没有。"

大家说罢"没有"以后，坐在后排的王云生慢慢地说道："我来时，我的邻居王云龙对我说：你去反映一下，如果开发这块荒地，里面埋的坟怎么办？若让搬迁，也没地方呀。"

有人问："他为啥说这个问题呀？那里埋的有他的亲人吗？"

王云生说："他傻姑奶在那儿埋着呢。他姑奶因为太傻，终身没找到婆家，老死在娘家了。她是闺女，入不了娘家的老祖坟，只好埋在乱葬坟里。他想迁坟都没地方迁。这几天他上住愁了。"

刘大榜说："我来时，我们对门的刘二榜对我说，他的小叔埋在东山坡上，若让他迁坟，他也是没地方。"

有人问："他小叔为什么不埋在他的祖坟里，埋在那儿干什么？这次趁机迁到他的祖坟里不就完了吗。"

刘大榜说："他小叔死时还不是成年人，不兴埋在祖坟里，只能埋在那里，这次让迁坟，也是没地方迁。"

黄松："谁还有什么？快说。今天大家都在这里，尤其是村委会的领导都在，有问题可以当场研究解决。"

停了一会儿以后，黄松继续说："现在咱商量一下，能否找到个两全其美的方案，既搞了开发，村里百姓又不受其害，有了这种办法，一切问题就可以解决。"

有人说："只管开发，啥问题也没有。有这有那，纯属迷信。外地搞那么多开发区，都是越开发前景越好，没有一处是受开发之害的。怕这怕那只会影响咱们向前发展，凡是怕这怕那的人，都是保守不前的人，这些人永远富不起来，他们总是在别人屁股后指手画脚，评头品足。这些人什么也不干，别人干时他还有意见，这些人永远是社会发展的扯后腿者，也是经济的落后者，他们一辈子也折腾不富，生成的受苦命，他们自己的脑子开发不了，就别想开发经济。"

另外一个人说："对，只管开发吧，别怕这怕那的。成天说改革开放的，没一点改革精神怎么开放呀？别的地方的改革已经有明显成绩了，咱还停步不前的。这么好的条件不利用，真是太可惜了，以我看，咱经济发展慢，咱们穷，其原因不是别的，而是咱们的愚昧无知。缺乏知识，不明事理是我们发展经济的障碍，是我们穷的根本原因。提高文化知识、提高认识水平，是我们急需解决的大问题，因为它已经成为咱们发展经济的绊脚石了。"

黄松："在发展道路上往往会遇到各种问题阻碍你的发展。有些时候，即使方向正确，也会有些同志不理解，想不通。这时，咱们不能硬着头皮干，而是要有耐心，要等待他们的觉悟。如果硬要干，会与这部分同志闹对立，你在前进中有可能甩掉他们。反过来，如果等待一下，就会把他们带起来，我们的原则是在前进道路上不要落下一位同志。如果不注意这一点，今天落下一个，明天再落下几个，最后你就成了孤家寡人了。如果是带兵人，就成了光杆司令了，你还打什么仗，不就是等着让敌人生擒吗？相反，如果不落下一个人，在任何情况下都不落下一个人，士兵就甘愿跟着你，你的队伍就越来越旺，你的力量就越来越强，直至取得最后胜利。"

有位同志说话了。他说："两全其美的办法固然是好，但就是没有，没有办法，一美也不美，更谈不上两全其美了。"

黄松："我看两全其美的办法还是有的……"

还没等黄松说完，好几张嘴巴一齐张开说："什么办法？快说。"

黄松："王老先生对我谈了他的想法以后，我就开始琢磨这两全其美的办法。他的提醒很重要，在这之前，我没有想到这个问题。经过仔细考虑，我有了一个初步想法，我马上提出来供大家研究。既然关于东山坡有这样那样的传说，而且确实有一部分人相信是真的，也有一大部分人半信半疑，对于'相信是真的'这种观点咱不能忽视。咱的工作出发点就建立在'有'的基础上。咱宁愿相信'有'，而且有能量，也就是说他们有主观能动性，也可以说他们有思想，有行动。他们的思想、行为与咱们活人是完全相同的，如果咱们相信这一点就好办了。他们肯定爱憎分明，他们憎恨那些不尊重他们和侮辱他们的言论和行为；相反，他们会赞赏那些尊敬他们和优待他们的言论和行为。他们对于憎恨的言行会采取报复措施，你办啥事他们就对你使坏，让你什么事都不顺利。相反，他们对于赞赏他们的言行，他们会进行报答，你办事时，他们会在暗中助你一臂之力。我想让他们帮助我们……"

黄松说到此时，人群中很多人互相嘀咕。有的说："这办法很好，这样也扫清了我们的心理障碍，至少去掉了'怕'的念头。"也有的说："说的怪好听，从理论上说也确实不错，但这种办法在实践中恐怕是没有的。他只是这么说说，让我们听听，他也不可能找到这种办法。"

黄松继续说："请大家安静！等我说完了大家再讨论。"大家安静下来，黄松接着说："我的想法是：在东山坡的最高处，也就是东边沿划出二十亩地建一个公墓，名字叫'坡王村人民公墓'，里面有一个祭祀厅和一个灵位堂。要把公墓建成一个大花园，松柏林立，花卉遍地。灵位堂里按去世先后摆放死者的牌位和遗像，死者家属可以随时去瞻仰亲人的遗容，以及进行扫墓活动。公墓里可以埋葬男、女、老、少，没有年龄限制。但被人民政府镇压的人员以及死亡的服刑人员不能葬在公墓里，在公墓旁边划一小片地方为这部分人员专用，这个地方叫'乱葬坟'，公墓不接收的死者，可以埋葬在这里。我不希望任何人被埋在这里。东山坡上的所有坟墓，家属都可以搬迁到公墓里。过去他们无地方去，才不得已而来到这里。今后他们别的地方不去，只想来到这里。公墓建成后，这地方的环境条件会有翻天覆地的变化。过去这里杂草丛生，污垢满地，将来这里花卉遍野，松柏林立；过去这里又脏又乱，无人关注；将来游人光顾，亲属奠祭；过去他们孤独于荒野，而将来生活在欢欢乐乐的花园里；他们在世时很可能生活坎坷，而他们在这里可以安安乐乐。坡王村的百姓在世时是一个大家庭，安度晚年，去世后来到公墓可以长期共眠……我的话完了，大家有什么意见请提一下。"

黄松的声音一停，人群中立即响出一种声音："好，好，很好。"

村主任李石成说："很多村都建立了公墓，我们村早该有公墓了，我们为啥没往这方面想呢？东山坡那一片荒地，是公墓的最佳地方。"

黄松特意问王老先生："王爷爷，你认为我说的办法合适吗？我想这下子可以解除你的顾虑了，你看怎么样呀？"

王老先生："我看很好，一举两得，我走时，我也愿意去那里。"

黄松："我们马上把建公墓的地盘划上，有些坟需要搬迁的可以先迁进去。我们着手建设时，先盖一个祭祀厅，在里面举行较大的祭祀活动，例如追悼会或告别仪式等。再盖一个牌位楼，每一位死者都有一个牌位在里面，按先后排列，牌位上有遗像、骨灰盒（如果有的话）和生前简单经历。这是一个牌位楼，也是他们历史陈列馆，他们离开我们后占据这么个位置，是我们缅怀他们业绩的依据。"

李石成："开发东山坡，我看已经没有任何问题了，马上就可以动工。我们来见你的第三个目的是看你有什么困难，需要什么帮助？"

黄松："其实，我最感兴趣的是你们的第三个目的。开发这片荒地我最需要的是钱。我们是白手起家，开始时必须得有钱，不然就开不了工。例如：首先我们计划打一眼深水井。其次，我们需要购买劳动工具，我们准备先把磨面、轧面条、蒸馒头等投资少、见效快的项目建起来，让机器先运转着，我们能有些收入就方便多了。"

李石成："你需要多少钱，你说吧，大家都在这里，看能给你筹多少。若在场的人筹的少时，我去信用社给你贷。我去贷还是没有问题的，我可以保证，你要多少，我都可以给你贷来。"

黄松："先给我弄五百万吧。"

李石成："在场的各位，首先是孩子的家长，每位能支援多少呀？"

黄松："大家支援的钱，我绝不是白用，我用你们的钱有两个办法：一个办法是你们可以入股，到时按股分红；另一个办法是我以借贷方式，利息高于从银行里贷款的利息。"

黄松的话让大家吃了定心丸。他们正在考虑钱投资后的结果问题。如果是捐助，不少人就会投资很少了，只是象征性的；如果是借用，比捐助就多些；如果是贷，有利息或是入股，到时可以分红，就会全力以赴。黄松说得很清楚，是借贷或入股，大家心里踏实了，况且利息比银行里的高，大家更愿意把钱投在这里了。在借贷与入股两者之间，有些人又考虑多长时间，这两者哪个更好呢？入股：它的好处是很可能分的红比利息多。但也不一定，也可能入的股就赔进去了。这太冒险了。以贷款的方式投入呢，好处是不管效益好与不好，利息不会少一分，旱涝保收。有的人在这两者之间拿不定主意，作为贷款吧，怕分红的多了；作为入股吧，怕没有利润而不分红。当村主任要求大家交钱时，他们你看看我，我看看你，谁也不第一个交，几乎每个人都在犹豫，交的少了怕难为情，别人笑话自己小气，交的多了吧，怕人家说出风头。

崔四海的父亲崔合亮说："我得回去与夫人商量一下，不管出多少钱，她得先同意才行。"

他的话说出了在场所有人的思想。当今世界上，都是女的说了算，女的还必须是年轻媳妇。崔合亮说罢后，大家齐声说："是呀，我们得回去征求一下意见，然后再拿钱吧。"

李尚青（青年突击队副队长）说："咱把丑话说前头，咱可不能打退堂鼓，不要在这里说的好好的，回家以后又犯软蛋了。咱先说好，如果不出钱，俺就把你的孩子退回去，不叫他参加我们的突击队。"

刘全昌（青年突击队副队长）说："大家回去后一定给媳妇说清楚，咱现在出的钱不是白出，也不是借，而是贷或者入股，也就是说现在出这个钱是有利息的，出得越多，利息越多。从另一方面说，咱出这个钱，不管出多少，出得再多也值得，咱等于给自己的孩子找到个工作。如果有人叫你拿钱后给你儿子找个工作，叫你拿多少，你得拿多少，叫你拿五十万，你也拿，而且这个钱不但没有利息，连本全赔进去了，你出这个钱不但有利息，最主要的是把你的孩子安排了。还请大家注意，安排孩子还不是简单地给个工作，最主要的是连带效应。首先是你的孩子在这里能养成好思想、好作风，独立自主，自食其力——这才是孩子万金难买的财富，保障他一辈子都吃不完。其次，它的连带效应也是巨大的，也是你们一家人梦寐以求的。这就是：你孩子的婚姻问题不用上愁了。孩子越长越大，使家长最上愁的就是他的婚姻问题。有个说法：'我爱的人很多，到处都有；可爱我的人却很少，一个也没有。'这是那没本事的人说的，你若蓬头垢面，满身褴褛，浑身膀臭。你挎个烂篮子，拄着个破棍子，一户一户串门子，要来剩饭填肚子。像你这个样子，狗见了你咬，驴见了你踢，猫见了你嚓鼻子，谁都讨厌你，谁都想离开你，怎么会有人喜欢你？相反，你如果满脑子的知识，满身的技术，浑身都是学问，满身都是文化，你有一技之长，你有办事的本事，在哪个单位都干得很好，哪个部门都想要你。像这样的人，谁不想接近你，谁不喜欢你！谈对象时，是你挑选人家，不是人家挑选你。因此，一个年轻人，有个工作，干好工作，这是谈恋爱的前提。若整天胡打溜游，啥也不干，啥也不会干，谁也不会找你。你们说我说的是不是。请你们拿定主意，让孩子在这里好好锻炼，培养自己，造就独立自主的本事，保证他这一辈子，不管走到哪里，都永远立于不败之地。"

李石成："刘老兄的话很值得大家深思，请你们详细地向家属汇报，好好商量，做出决定，三天以内把投资数目报来。"

李尚青："三天不报者，就把你的孩子除名。"

黄松："家里有难处时，允许他们多考虑考虑。不过，得打个招呼，有些事咱们可以共同研究解决。"

第二十九章

第二天一大早，人们发现，坡王村大街小巷的显眼处，都贴着用红纸写的通知：

通知

坡王村全体父老乡亲们：

经村委会研究决定，将东山坡荒地委托给以黄松为队长的"坡王村青年突击队"开发利用。现将有关事宜通知如下。

1. 荒地上的坟头，五天内由家属搬迁到公墓园区（公墓园区在东山坡东北角处）。限期内尚未搬迁者，按无主坟墓对待，由开发者自行处理。

2. 热烈欢迎全村待业青年（男女不限）报名参加青年突击队，从事东山坡的开发工作。

3. 为筹措开发资金，欢迎村民们以贷款或入股方式给予资金帮助。五年内分红或付息。

特此告知，请互相转告。

坡王村村民委员会

××年×月×日

很多青年人看见突击队招收队员开发东山坡，兴奋不已，纷纷到队部了解情况后，报名加入突击队。不到三天时间，突击队正式队员已由原来的 13 人增加到 51 人，净增 38 人。其中有男的、有女的、有老的、有少的，老的五十岁，少的十三四岁，都是积极热情的，大部分身强力壮。绝大多数都带着资助的钱报名参加，光新加入的队员就集资三百五十万元，有的家长对黄松队长说："如果资金不够，还可以提供帮助。"

黄松看到这种情况，激动万分，热泪盈眶，提笔填了词牌《清平乐·有感》。

清平乐·有感

热泪盈眶，烈火满胸膛。前进路上遇阻挡，自有群众来帮。

健儿全已上马，万箭弦上待发。大家志向所归，自己责任重大。

　　参加会议的丈夫们回去后，把集资开发东山坡的情况一五一十地对妻子作了汇报，多数妻子都很通情达理。支持丈夫集资捐款，帮助东山坡荒地的开发事业。他们把积蓄的钱全部拿出来，交给突击队，有的作为入股，有的作为贷款。这一部分就提供二百万元。有的妻子对集资顾虑重重，生怕别人不出，而光叫他们家出，也恐怕别人出的少，而他们家出的多，吃了大亏。另外还有个别妻子根本不同意集资，至于开发不开发，她不考虑，好像与她没关系。

　　张二娃的父亲张承祖对妻子汇报了情况后，妻子非常高兴地说："咱的孩子今后可有着落了。我们在外打工时，整天都揪着心，怕他不懂事惹事，怕他安全上出事，怕他孤独寂寞，怕他吃喝不当受委屈。这下子咱可放心了。好，好，这是咱梦寐以求的。开发资金咱资助他们，别说有利息，即使无偿捐赠也是应该的。他们把咱的孩子培养出来，比什么都重要。咱大力支持他们，全力以赴。"

　　黄老虎的父亲黄留栓把集资搞开发的事情汇报给妻子以后，妻子金陵说："别人拿钱了没有？"

　　黄留栓："都拿了，只要有孩子加入突击队，都资助钱。"

　　金陵："人家都拿多少呀？"

　　黄留栓："他们拿的多少不等，多的有二十多万的，少的也是十来万。"

　　金陵："咱也得拿，不拿太不好看，但拿的数量咱不跟人家比。"

　　黄留栓："这钱咱不是白给的呀，有利息呀，比存银行合算，为啥不可以多给他们些？"

　　金陵："你是个死脑子，咱宁愿存在银行，少得些利息，也不能把钱给了他们。"

　　黄留栓："这我就不懂了，这是为什么呀？人家为咱培养孩子，缺乏资金，咱却有钱不给人家？良心过得去吗？"

　　金陵："你给我讲良心是吧？良心值多少钱？再者，也不是光咱一家的孩子，咱们不空他们就行了。"

　　黄留栓："咱们拿多少呀？"

金陵："你说呢?"

黄留栓："我说咱拿二十万。"

金陵："啊! 你疯了吗? 出那么多干什么? 你有钱没地方用了,不是?"

黄留栓："我们就是暂时不用么。"

金陵："不用也不能给他们。"

黄留栓："为什么呀?"

金陵："给他们就把咱的钱暴露出来了。我过去经常哭穷,总说咱困难,咱没钱。上次我娘家亲哥向我借钱盖房,我都没借给他。现在你一下子拿出这么多钱,你叫我怎么给他说? 再者,出钱多了,说明你有钱,以后就可能有人向你借钱,你如说没钱不借给他,你不就得罪他了,这是何必呢? 所以说,不能出钱多了,人家出十几万,咱出七八万,总比人家少一些。咱们手里有钱心里安,办着啥事不作难。办事说话都是一个道理,不要把心交出来,要交一半留一半,留作一半好周旋,这样你就主动,不会难堪。"

黄留栓是个老实人,他不会说一套做一套,更不会说瞎话。家里明明有钱,叫他说没钱,这话他怎么也说不出来。妻子教他那一套处事道理他听着反感,但他在妻子面前说别人出的都是二十万。但他心里很不踏实,有些坐卧不安。他想出二十万,与别人相等,但妻子绝对不会同意,就这十万还是妻子勉强同意的。这怎么办? 出二十万吧,妻子不同意;出十万吧,自己心里不踏实。他去找黄松,对黄松说:"我公开出十万,另外我再出十万,别公开。"

黄松:"这是为什么呀? 你出钱是你的荣誉,我们怎么能埋没一半呢?"

黄留栓给黄松解释了原因,主要强调他老婆坚决反对的道理,黄松说:"既然你老婆不让交二十万,让你交十万,你交十万就行了,不要因为这点小事让你们夫妻闹矛盾。"

黄留栓:"要交十万我心里不舒服,我本来应该与别人一样,交二十万,为啥我交十万呢?"

黄松:"捐钱多少,不是硬性规定的,每个人都是根据自愿原则,有钱就多出些,没钱就少出些,也可以不出,出多少都没关系,尽力而为就行了。"

黄留栓没有得到黄松的同意,他不甘心,他去找会计,对会计说:

"我公开捐资十万，另外十万不公开。我去找队长了，他说让我来找你。"

会计："黄松队长同意吗?"

黄留栓："他当然同意。"

会计轻信了他的话，接收了他二十万元，十万是公开的，另外十万是不公开的。

崔合亮向妻子豆其汇报开展东山坡荒地和集资的情况后，被妻子一口否定。她说："咱没有钱，谁有钱谁捐资，咱们不捐，一分也不捐。"

崔合亮明知道她是有意顶牛，根本不是没钱的问题，他心里愤愤不平，生气地问道："为啥不捐呀? 队长说如果不捐资就把队员退回去。"

豆其："那好呀! 我正想让崔四海回来呢，我正好需要他在家帮忙，家里需要人，为什么去突击队为他们干呀?"

崔合亮："话怎么这样说? 为他干，为谁干呀? 你是为谁干呀? 你对他有些不公平。"

豆其："那个黄松我一看就不是好东西。"

崔合亮："你怎么这样说他? 你怎么知道他不是好东西?"

豆其："我说他不是好东西，他就不是好东西，我绝不会诬赖他。"

崔全亮："人家那么多人都夸奖他，而唯独你一个人贬低他。我听到一个说法: 贬低好人就是贬低自己。我看你就是这号人。"

他的这句话可捅了她的马蜂窝了，她一蹦大高，可着嗓子骂道: "崔合亮，你真不是东西，你竟敢把他当成好人，把我当成赖人啦! 你还是不是我的丈夫! 你拿着胳膊往外撇，没见过你这号男人! 今天咱当面说清楚，我到底是赖人还是好人?"

崔合亮："赖人咋着，好人咋着?"

豆其："如果我是赖人，我立即走人，我不叫你跟赖人生活在一起。你与赖人在一起，不就委屈你啦? 我不叫你受委屈。如果你认为我不是赖人，你为啥说我是赖人? 你必须明白告诉我，我是赖人还是好人?"

这下子可将住崔合亮的军啦，他怎么能说她是赖人呢? 即便是认为她不好，也不敢说出口呀，他只好把态度放温和，和颜悦色地说: "你不要抠字眼儿，我只是脱口而出，绝不是那个意思。"

豆其："不是那个意思怎么会说出那样的话? 你说实话吧，你心里到底是怎么想的? 你这次回来有些不一样，说说你的心里话吧。"

怎么想的？怎么想的？是怎么想的也不能怎么说呀！

崔合亮这次回来以后，脾气确实有些不一样。过去他每次回来，豆其对他很温顺，说话看着他，做事依着他，想事跟着他想，说话跟着他说，处处紧跟他，生怕与他有不一致的地方。而他总以为她在家照顾孩子，操持家务，劳累她了，辛苦她了。她忙时帮不了她的忙；她苦恼时，没人对她说个安慰话；她劳累时，没人给她送碗汤、端碗茶。他很疼她，很娇她，想在回家的几天弥补一下他对她的亏欠。可是这次回来就不一样了，心里总憋着一种闷气，有一种愤愤不满的情绪，要说出来吧，也无处说，没啥说，也说不出口，不说吧，憋在心里难受，光想说。这种光想说又没法说的矛盾憋得他实在难受，他的不满情绪无处不在流露，难怪豆其说他这次回来有些不一样，这是真的，真的不一样，大不一样。

他的不一样情绪由何引起呢？有几件事使他闷闷不乐，不得其解。

第一件事，他回来的第一天晚上，他的儿子崔四海趴在怀里大哭，哭得那么悲痛，那么伤心，那么凄惨，他不禁流下眼泪，他的泪水滴在儿子头发上，脊背上，儿子的泪水滴他的肚子上，腿上，最后父子俩抱在一起，痛痛快快地哭了一场。他问儿子为啥哭时，儿子对他说："我想俺（亲）妈，想你。"够了，足够了，儿子的痛哭和回答就足以说明儿子在家里遭受了莫大的痛苦和伤害。一个没娘的孩子！一个刚十四岁的孩子！太可怜啦！儿子停住哭以后，他还鼻子酸酸的，眼泪难止。最后，儿子反而为他擦起眼泪来。

第二件事，他发现他的小儿子的右手指用纱布包着。他问豆其时，她轻描淡写、满不在意地说是他乱抓挠，抓破了手，破点皮，不碍事，包包就好了。她的轻率态度，她的无情无义，使他犯了疑惑。他背着她，抱住小孩去卫生室换药。卫生员埋怨他："你们是怎么照顾孩子的？这么小的孩子，怎么把手烧成这个样子？"他无言以对，只是点头，承认错误。他知道孩子的手是烧伤，而不是抓挠伤的。他回家后问妻子："孩子的手明明是烧伤的，你怎么说是抓挠伤的？"

豆其胸有成竹地说："我说的一点儿也不错，他不抓挠能会有伤吗？由于他抓挠，所以啥伤都可能有。他抓挠住针是刺伤，抓挠住开水是烫伤，抓挠住火是烧伤。咱的孩子抓挠住火了，所以就烧伤了手，我说的有哪些不对吗？不管啥伤，不都是抓挠引起的吗？你说呢？"

崔合亮疑惑不解地问："他怎么会抓挠住火呢，家里一般没用火的地方。"

豆其："你说话很科学，你用个'一般'，既然有一般，也就可能有"二般"，咱的小孩被烧伤就是在二般情况下。"

崔合亮有些急了，问她点东西像挤脓一样，问一句说一句，甚至是问一句也不说一句。他说："快说，怎么个二般法？"

豆其："你别急，二般就是二般，二般就不是一般。……"

崔合亮："别贫嘴了，快说吧！"

豆其："那天晚上，正好没电，这不是二般吗？睡觉时我点了一支蜡。因为很少停电，咱不常用蜡，所以他对蜡很稀奇，光想去摸它。我操心时，不让他摸。但这次是我正在为他脱衣服。他躺在床上，他的头离蜡烛很近，我正给他脱鞋、脱袜子，他在这头就抓挠蜡的火头。突然灯灭了，他也尖叫了一声，我感到大事不好，赶紧把蜡点着，发现他的手已被烧伤，他大哭，我后悔万分。我马上抱着他去卫生室给他包住，他还是不停地哭，我把他抱在怀里，哄了半夜他才睡着。"

豆其的这一番话说得头头是道，让崔合亮听起来滴水不漏，他确实信以为真。但他在与大儿子崔四海的谈话中，无意间发现一些端倪。

也是一天晚上，吃罢晚饭以后，崔合亮把大儿子叫到跟前，想与他谈谈心，拉拉近乎，沟通沟通。他问儿子四海："儿子，在家里表现怎么样呀？"

他这么一问，崔四海心里非常紧张，面露惧色，泪汪汪地跪着向父亲哀求："爸爸，我把弟弟的手烧破了，我不是故意的，请饶了我吧！"

崔合亮愕然了。他急忙把儿子抱在怀里，安慰他说："不要怕，孩子，爸爸不打你，你说说你是怎么把弟弟的手烧坏的，你如实说，爸不打你。"

崔四海说："那天晚上，妈妈叫我引着弟弟玩，忽然没电了，我点了一支蜡。很快我瞌睡了，我在打盹儿，弟弟的一声尖叫把我惊醒，灯也灭了，弟弟哭个不停，我连夜带着他去卫生室包了包……"

崔合亮："妈妈为啥让你引弟弟？她在哪里？"

崔四海："她不在家，她出去啦。"

崔合亮："她晚上经常出去吗？"

崔四海："是的，经常出去。"

崔合亮："一般什么时间回来？"

崔四海："我不知道什么时间，反正是很晚了，往往是她回来时，我和弟弟都睡着了。"

崔合亮："这次你妈妈回来后训你了吗?"

崔四海："训了。"

崔合亮："打你了吗?"

崔四海："打了。"

崔合亮："打你哪儿了?"

崔四海："打头。"

崔合亮："疼吗?"

崔四海："疼,可疼了,疼了好几天呢。"

一切都明白了,他相信儿子的话是真实的,而妻子对他说了谎。

第三件事,他这次回来后,听到一些对于他妻子的不清不楚的议论。比如关于他的小儿子被烧坏指头的事,他的邻居议论道:"谁知道她晚上出去干什么了,把一个小孩子交给大孩子管,两个都是孩子,孩子照顾孩子,怎么能不出事! 出这么个事,是件小事,他们家算是万幸。你这种事很容易着火,一旦着火,就不是烧坏一两根指头的问题,而是两条人命,一家子的财产,就会顷刻间化为灰烬,荡然无存! 多么可怕呀!"

崔合亮不憨,也不傻,这三件事反映出的问题,他清清楚楚。他生气,他烦闷,他的头脑里像装着一桶炸药,随时都有爆炸的可能。他能爆炸吗? 他敢爆炸吗? 不能爆炸,不敢爆炸。他深知万一爆炸了,他会承受更为严重的后果,这个后果是家破人亡的恶果。他与妻子曾经发生过几次摩擦,不管是大摩擦或是小摩擦,统统是以他屈服而告终,以他失败而结束。小者他说些好话,赔赔不是;大者她去到娘家很长时间,连叫几次也不回来,折腾得全家不得安生。这次他得到的消息都不是蝇头小事,都是爆炸消息。一旦给他端出来,她会恼羞成怒,用自杀的办法把他折腾得死去活来。她一会儿拿刀自刎哩,一会儿拿绳子自缢哩,一会儿跳井哩,一会儿投河哩,而且往往是满街跑,大声吆喝,她的"我要死啦! 我不活啦"尖叫声让每个人都听见,让大小孩都知晓,瞬间家家空无一人,街上人满为患。他竭力拉她回去,她挓挲着四肢,哭叫连天,有些围观者来慰劝,而且越劝她,哭骂的声音越大,她的眼泪像流不尽的泉水,她的声音像高喇叭,她的劲头像脱缰的疯牛,她的情绪像正在喷发的火山。等她恢复正常以后,他已劳累得筋疲力尽了。待她完完全全地转为正常,他的心才能平静下来。他真的要谢天谢地了。

几次之后，他吸取了深刻的教训，为了免于生气为了平安无事，他学会忍耐了，忍一忍皆大欢喜，退一步海阔天空。人逢喜事精神爽，人逢悲事伤心肠。但对崔合亮来说，遇到像这样的悲事，只能伤伤心肠，感触感触，不能心溢于表，不能付诸行动。他觉察到的这些事情，他听到的这些消息，他心里非常不满，但他不敢与她摊牌。他平时说话中，不满情绪或多或少会流出一些。这就使妻子有些不快了，他就会紧紧刹住，决不能让这些外流的情绪惹出祸来。

当豆其说他这次回来说话与往次回来不一样时，他立即编了一套瞎话："我这次回来看到四海这孩子有些着急，都这么大了，还不懂个道理，还没个耳性，我一直发他的愁。黄松他们说要组织一班人开发东山坡，同时对这一批青年还进行文化技术培训，让他们办些手工业，找个挣钱门路，我很高兴，我认为咱的孩子这回算是有出路了。他们号召大家集资开发资金，我当然很愿意。但我一对你说这事时，都遭到你的竭力反对，我心里一急就说出那样的话，我绝不是故意的。请你原谅。"

豆其尽管对丈夫的不逊言论进行了毫不客气的反击，但这只是沿袭她的习惯做法，其实她的底气并不足，她害怕把她的不光彩的那一面暴露出来，她对丈夫有损于她的形象的说法进了顶撞，但她不敢揪住不放，更不敢穷追到底，她只是做一下姿态罢了。丈夫一给她赔不是，道歉，她趁机下了台阶，心平气和地说道："我说哩，你怎么说我不是好人！"

崔合亮见她不再生气，马上兴奋起来，说道："哪能呢？你若不是好人，世上哪里还有好人呢？"

豆其："好啦，这回我不再追究，以后说话注意点。"

崔合亮："对开发荒地的集资问题，你的意见是啥？你说咱们拿多少？"

豆其："我的意见是不拿，一分也不拿。"

崔合亮："万一他们把咱的孩子退回来呢？"

豆其："退回来让他在家待着，我还要用他呢。他们退回来正好，我巴不得让他们把他退回来。"

崔合亮不说话了，他知道再说也没用。他决定还按他们家的老规矩办事—— 一切听从她的。

崔合亮找到黄松详详细细地对他谈了他家的情况。黄松对他说："你们不用捐资，我们的开发资金够用。万一不够，我们可以向银行贷款，我们这个项目是国家大力支持的，贷款也比较容易。"

崔合亮："你们这么大的项目，对于咱们坡王村来说，可以说是惊天动地的，对每个人都是惊心动魄的，我不能光当个旁观者，我的孩子还接受着培训，我不在家，出不了力，但我得捐资些钱，不然我将愧对咱村父老乡亲，我将昼不能餐，夜不能寐。我真心要奉献我的这份心了，我向你哀求了，你一定得接收住我捐资的二十万元。"

黄松答应接收他的捐款后，崔合亮又提出两个要求：一、不要把捐的钱数公布出去，并为他保密，对外人说时，就说崔全亮没有捐款；二、等他走了以后，一个突击队的负责人催豆其把四海叫回去，对她说突击队不接收四海为队员了。

崔合亮的这两个要求对黄松来说都是不可接受的。黄松是个老实人，他不会说瞎话，更不会干欺骗事。崔合亮的要求虽然叫他做假，叫他玩手腕骗人，他认为这种假做了是有好处的，但他还是不想干，因为它是假。这个欺骗手腕对崔合亮有好处，对突击队来说完全没有必要。这种事让他去干，他心里如同吃了一碗苍蝇一样懊恼。他想：捐资的数目不公开倒可以，但要说把崔四海赶回去，因为家长没集资款而不让参加突击队，这太离奇了，根本不符合事实，接收队员不是以捐款为前提的，这对外界会造成很坏的影响。他考虑再三，认为编这个谎言很不合适，但他又不好意思直接拒绝他，他只好说："让我考虑考虑再说吧。"但他心里却想："你打我一顿都行，但千万别让我说瞎话。"

崔合亮看出黄松的态度暧昧，他又去找副队长刘全昌。他又非常详细地把情况告诉刘全昌以后，刘副队长当场说道："好吧，没问题，你放心吧，我一定给你办到。"

崔合亮背着妻子捐了二十万元以后，心满意足地又出去打工了。

他走后的第二天，刘全昌来到崔合亮的家。他在崔家的门口高声问道："谁在家呀？家里有人吗？"

豆其急忙从屋里走出来，说道："谁呀？"

刘全昌："是我。"

豆其："啊，刘队长呀，来寒舍有何贵干？快进来坐下喝杯茶。"

刘全昌："不进去了，我是来给你说一下，别让四海在突击队了，他在那里不合适。你去把他叫回来吧。我别的没事，我走啦。"

豆其心里乐滋滋的，满口答应去叫崔四海。她心里明镜一样，就是因为她家没交集资款而让四海回来的，她心里早有准备，也正符合她的心意。一吃罢午饭，她就大摇大摆地来到突击队办公室，对值班人员说："我是来叫崔四海回家的。"

值班人员把崔四海叫到办公室。豆其看见他过来，说道："走，孩子，跟我回去。"

崔四海："跟你回哪儿？"

豆其："跟我回哪儿？跟我回家。"

崔四海："我没有家，我不跟你走。"

豆其："你这孩子，人家不要你啦，你还赖在这里干啥？"

办公室里的几个人齐声说："谁说我们不要他了，他是我们的老队员，我们怎么会不要他呢！"

豆其："我还会说瞎话吗？你们不信去问问你们的队长。"

办公室人员："哪个队长？"

豆其："刘全昌队长，是他通知我的，让我来叫四海回去的。"

办公室人员："我们的几个队长都不在家。"

崔四海："我不回去，就是不回去。"

豆其动手去拉崔四海，被四海一手甩掉，她再去拉他，根本到不了他跟前，她哪里是他的对手？在家里她骂他，他不还口；打他，他不还手。可是在这里就大不相同了，她不骂他，更不敢打他。当然啰，如果她胆敢打他，她可真没有好结果。且不说崔四海如何反击她，办公室人员也会制止她。她看到崔四海一点也不听她的话，她感到很失面子，恼羞成怒地说道："你今天要是不回去，你就永远不要回去，我们家没有你这个孩子。"

崔四海根本没把她放在眼里，他不慌不忙地走到她跟前，厉声厉色地说道："这可是你说的，从今以后，我永远不再回那个家，突击队就是我的家。"

崔四海扭头走了，昂首阔步地走了。办公室人员用诡异的眼光望着豆其。豆其感到愕然。她站在那里，愣了好长一段时间后，无可奈何地、灰溜溜地离开了办公室。一团就要爆炸的窝囊气憋在她心里，久久不能平静。不，是永远不能平静。

第三十章

　　青年突击队成立后，办公室就是原来自为队的办公室。大院里新添了几个宿舍棚和一个食堂，供突击队工作人员吃住。集资工作开始以后，黄松就住在这里，晚上也不回家，把家里的活交给母亲做。在这个大院里安装了磨面机、面条机、馒头机、粉碎机等，这些机器都由专人负责，已运转好几天了，势头不错，是个良好的开始。但这都不是开发工作，真正的开发工作是指对东山坡荒地的开垦，对这片荒地的破土动工才算是开发工作的开始。

　　随着资金流动量的增大，黄松让刘全昌兼任会计，队员刘本法任出纳，在乡信用社开设账户，所有支出和报销必须有严格的手续，比如正式发票、队长签名等，否则一律不予报销。

　　所需要的集资款数都到齐了，雇用的推土机、装载机和卡车都订住了，随叫随来。所有突击队员，尤其是新加入的队员，都整装待发，随时可以动工。现在的问题是何时动工，怎么动工？黄松对刘全昌和李尚青说："咱们这次对东山坡的开发，可不是个小工程，而是个大工程，很大的工程，不仅是乡里知道，连县上也会知道。说不定哪一天他们还会来看咱们的工作情况。对咱们村来说，这也是个破天荒的创举。多少年来，祖宗万代，谁也没想过动这片地方，全村农民都期待着好结果。他们很有信心，对我们希望很大……"

　　刘全昌："你说这一点也不假。多少年来，村民们一代一代传承着，可这荒地却依然如故，没有任何变化，新中国成立前没有动过，新中国成立后也没有动过。土地改革，那么大的运动，它没有动，合作化运动，它也没有动；1958年的"大跃进"，它也没有动；'文化大革命'，它也没有动。我看是现在的改革开放，算是改革住它了。这片荒地，沉睡了几千年，几万年，现在该苏醒了……"

　　黄松插话："它不醒，咱把它叫醒，叫不醒推醒，推不醒打醒。反正都得醒，绝不能再沉睡了，该为人民做些贡献了。"

刘全昌继续说："可以设想，开发后它将产生多大效益呀！这是这一代村民的机遇，也是他们的福气。"

李尚青："因此，我认为这次开工，不能死气沉沉，毫无声色。而要大张旗鼓，兴师动众，惊天动地，排山倒海。"

黄松："你咋惊天动地，你能排山倒海吗？"

李尚青："我的意思是声势要浩大，劲头要使足，起到造声势、鼓舞群众的作用。"

刘全昌："制造声势，鼓舞群众，这肯定是对的。"

黄松："什么样的声势才叫浩大？群众怎样才算是鼓舞起来了？咱具体应该怎么办？请你说说咱应该做哪些工作呢？"

李尚青："咱应该开一个声势浩大的动员大会。"

黄松："怎么才算是浩大？具体些。"

李尚青："在东山坡较平坦的地方搭一个主席台，架上高音喇叭，台上放上桌子、椅子，地上铺上毯子，桌子上盖上红子，椅子上放上垫子，台子中间拉上屏幕，上面挂着主席像，请两台大戏对唱，一台省豫剧团，一台省曲剧团。邀请上级领导光临我们的开幕式，并做重要指导（讲话），受邀的领导不仅有乡领导，还要有县领导；不但有行政上的领导，还要有党务方面的领导；此外，还要有乡县重要企业界的领导。当然把他们邀请过来不但像样儿地请他们吃一顿，还要以厚礼相送，以便让他们不忘我们。所有这些邀请之事，都包到我身上，我负责跑腿。"

刘全昌笑着说："你若去请乡县领导，他们很可能不来。谁不知道你是大名鼎鼎的臭名昭著的自为队队长呀！简直是扒着屁股上树——自己抬举自己。"

黄松："请他们像样儿的一顿饭得花多少钱呀？你算过吗？"

李尚青："没算过，还不知道他们能来多少人呢，如果来的人多了，就得多花钱吃饭。"

黄松："给他们的厚礼你指的是啥？是现金呀，还是实物？如果是实物又是什么实物？"

李尚青："我所说的厚礼既不是现金也不是实物。这些领导们都不傻，他们不收现金，收现金太明显了，是犯法的，他们不会收现金。送实物也不行，每人走时鼓鼓囊囊的，显鼻子显眼的。很容易暴露给群众，他们才不干这傻事呢。他们现金不敢收，实物不能要……"

黄松："他们这不敢收，那不能要，这不是他们不要吗？他们既然不要，我们就不要送了，给他们送不是给他们找难看吗？"

李尚青："你不知道，根据领导的这种心理状态，送礼人也要改变送的方式，既不送钱，不让领导怕；也不送物，不让领导担心，而是送代金购物券。"

黄松、刘全昌："代金购物券，你从哪儿找的新名词？你解释一下啥叫代金购物券？它有何用途？"

李尚青："你们真是有些闭塞了。送代金购物券是现在送礼的主要形式。大百货商场都销售一种代金券。面值大小不等，有十元的、二十元的、五十元的、一百元的、五百元的、一千元的等等，用他们发的代金券在他们商场购买东西，与现金完全一样。哪个商场发的代金券只能在他们这个商场使用。领导们很乐意要代金券，收的时候，他们很宽心，因为不是现金；用的时候，他们很舒心，因为与现金同样用，一举两得。我们从商场里买些代金券，每个领导送给他一张不就行了。不声不响，丝毫不露，我们送着开心，他们收着放心。"

黄松对李尚青有些厌恶，但他无论如何也不能表现出来。他忍住气，压住性儿，说些嘴不照心的话："你怪会动脑子哩，想的办法真不错。"

李尚青以为黄松在表扬他，夸他聪明能干，心里特别高兴，就有恃无恐地夸起口来。他说："别看我学问不高，办起事来我不亚于任何人。在家里我说了算，别看我爸当村主任，在家他可不行，没人听他的，我妈不听他的，我也不听他的，但我妈听我的，我奶奶也听我的，我家与外面打交道就靠我。我办事没不成的。再难办的事，只要我去，准能办成。咱们这次请人参加咱的开幕式，请让我去请，请谁谁得来。刚才刘大伯说我臭名昭著，那是过去的事了。一切都在变，我也不例外。我是以青年突击队的名义请他们的，而不是以自己的名义。因此，咱们请谁，谁都会来。"

刘全昌："这是当然。刚才我是与你开玩笑哩。"

黄松："咱们需要邀请多少人？每人送多少代金券？一共得花多少钱？你心里有数吗？"

李尚青："请多少人，每人给多少代金券，咱们研究决定后才能知道。"

黄松："这个建议不是你提出来的吗？你最好拿个初步意见，然后咱们才能研究。"

　　李尚青："我的意见：乡里邀请十到十五人，县上领导五人，乡县企业领导二十人，一共三十多人。代金券吗？县领导每人五千，乡领导每人三千，企业领导每人两千，一共十四万元。"

　　刘全昌："来人的饭钱不用一万也得八千。"

　　黄松："好家伙！群众捐的钱本来是让咱们开发荒地的，但却先给他们送礼了！"

　　李尚青："你别小看送礼的作用，你没听说过吗，'只要不送礼，办事不容易，啥事办不成，规矩不允许；只要送上礼，办事就容易，啥事能办成，规矩是人定'。咱们的开发事业今后路还长着呢，可能需要很多领导的点头，很多部门的支持，借这个机会与他们拉上关系，今后有啥事去找他们，办事就容易多了。再者，送礼要大气，大气才能起作用，你听这么个顺口溜，'送礼别小气，人家看不起。人家重视大腕的，瞧不见你这鸡毛蒜皮。虽然礼送上，人家不重视，到你办事找他时，他把你忘得净净的。照样给你打官腔，啥忙也不帮你'。"

　　李尚青津津有味地唠叨他的送礼哲学，黄松听着如坐针毡。不听吧，他在兴致勃勃地给你述说，听吧，实在是听不下去。但他得耐住性，想听，听；不想听，也得听。同事给你说事儿，你不能想听，听；而不想听，不听。黄松不耐烦听他说，主要原因并不是那些事儿不是他的兴趣，更主要的是他对这个人很不感兴趣，对他谈这些事不感兴趣。他们两个人的兴趣和思想完全是两股道上的火车，背道而驰。黄松对李尚青的想法很反感，甚至可以说是厌恶，但他还不能表现出来。他表面上带着笑容地听，不时地点点头，嘴里还不断地哼着。但内心里却如大海翻腾，雷雨交加。他自己在想：这是磨炼心性的好机会。

　　黄松："这么多钱可不是个小数呀，十四万！"

　　李尚青："十四万恐怕还不够呢，恐怕还得多……"

　　黄松："还得多？多什么呀？"

　　刘全昌："是呀，没有别的花销啦。"

　　李尚青："你们考虑一下，这么好的机会，咱们几个不搭搭车呀？"

　　黄松："搭搭车？搭什么车？我怎么听不懂呀。"

　　黄松还是那么平心静气，还是那么不焦不急，李尚青一点儿也没发现他的异常心理。

　　刘全昌："李队长的意思是咱们能否趁这个机会私分些钱，把这一部分钱装到咱们自己的口袋里，报账报到开幕式花销上。这样不露任何信息，没有任何后遗症，咱们没有一点后顾之忧。你是这个意思吗，尚青？"

李尚青："是，是，一点儿也不错。"

黄松脸色苍白，没想到他会出这么个馊主意，但他忍住不动声色，说话声调与平常一样，说道："怎么没有后遗症？明目张胆地商量着贪污公款，是心灵上永不消失的后遗症，是一辈子无法解除的后顾之忧。那一点不义之钱就会玷污我们的灵魂。从此以后，我们心里发慌，脸上发烧，在群众面前，抬不起头，直不起腰。说话打哆嗦，办事不牢靠。我们成了百姓的罪人，群众永远不会把我们饶。你们看，那几个臭钱，有多么沉重的代价，我们千万不能要，一分钱也不要。我们要牢记：任何时候，任何地方，不要以任何名义，任何借口，把公家的钱装入私人的腰包！"

黄松缓和了一下情绪，平静了一下心态，和颜悦色地问刘全昌："刘大叔，你什么意见呀？"

刘全昌："开幕式要搞一下，做个动员，实际上是个动员大会，誓师大会，是向荒山开战的战表。但不要太大形式，我的意见是形式尽量小，花钱尽量少，要讲究实惠，不要浮夸思想，不要搞虚假形式。"

黄松："我同意刘大叔的意见。我原来想着啥仪式也不搞，一声令下，拿着家伙就去干活，一切誓言都体现在行动上，一切希望都反应在效果上，一百个口号不如一个实际行动。听了你们两个的谈话，我认识到，动工前的动员会，还是很需要召开的。工欲善其事，必先利其器。这个器就是大家的思想，大家的决心，大家的干劲。我同意开个动员会，但形式不要大了，要尽量小些，起到实际效果的作用就行了。在邀请人上，只邀请本村的领导，外村人一个也不邀请，也不邀请乡县领导，也不邀请企业领导，更不邀请文艺团体来演出。参加动员会的本村领导，不管饭，不发红包，不给纪念品。动员会的时间不能长，一个钟头足够了。会上要三个发言：我做个动员讲话，最多十分钟时间；村主任做个如何支持的讲话，也不能超过十分钟；找一个群众代表讲话，表一下大干苦干的决心。"

对黄松的意见，大家都没有异议。会议决定第二天上午八点，在东山坡路口召开动员大会，全体突击队队员，包括新老队员共五十六名，列队上场。要带够铁锨、土筐、杠子、锄头，要保证每人都要有一样工具，各人都得从自己家里拿。从外单位雇用的推土机、装载机要开赴现场。动员会开完后，刘大叔负责两台机器的运作，全体工人由李尚青调动。

李尚青："我想架个高音喇叭，做统一指导时，可以在喇叭里讲话。还可以放个音乐，放个歌，放个戏，活跃活跃情绪。表扬先进时，也在喇叭里播放。另外，劳动场面上插几杆红旗，不好吗？"

黄松："好，好，很有必要。红旗招展，歌声嘹亮，机器隆隆响，群众劳动忙，多么美好的场面呀！"

一切都准备就绪，只等着第二天开工了。

李尚青刚进入他的住室，张同随着跟了进来。李尚青让他坐下后，问他："你有啥事么，张大伯？"

张同说："可不是吗。"

李尚青："啥事？快说。"

张同："咱村的突击队已成立了，东山坡的开发工作就要开始了。我有件事一直憋在心里都没有敢张口。现在我憋不住了，非说不中了，特来找你，请你帮帮忙。"

李尚青显然有些着急的样子，说道："快说呗，大伯。"

张同："我想叫俺的哑巴孩子也参加突击队。"

张同的这个哑巴孩子叫张楠，今年二十五岁了，是天生的哑巴。既然哑，也肯定聋。但他很聪明，模仿能力很强，学东西也特别快。他碰见啥事，透风都过。全村的事情，大的、小的、公开的、隐蔽的，他全知道。经常是他爹张同还不知道，他就知道了。他有一身好手艺，他会编筐、窝篓、编耙子、砌锅盖子、扎灯笼、编笼子，他还会垒锅灶、垒火炕。很多家务活他无不会的。他很勤快，爱帮助人，谁要有啥事，只要给他打个招呼，他准叫你满意。就这么一个几乎是十全十美的小伙子，已经二十好几了，还没有找到媳妇。爹娘着急得坐卧不安，真是食不甘味，卧不安席，整天考虑着给他们的哑巴儿子寻个媳妇。成立突击队报名时，张同没敢报名，首先，他没有钱，尤其是没那么多的钱。他听说参加突击队必须带着钱一起去报名。他想着停停再说，等大家把钱凑够了，就不用要钱了。其次，他的儿子是个哑巴，怕突击队不要他。现在，突击队已经成形了，这一批小青年在一起干得很欢，哑巴张楠急着想参加，一天到晚催爸爸去给他报名。所以，张同才来到突击队。先找谁呢？他犹豫了半天，最后决定先找李尚青，因为他与李尚青最熟，万一难度大了，好让他帮忙。

张同好不容易把自己憋了好长时间的心愿说了出来。他不知道该不该说，也不知道他说了以后的效果如何。他的身子往前倾着，脸稍微仰着，嘴唇翕动着，两眼眨巴着，生怕李尚青有不好的反应。

李尚青心里有些不耐烦，但他一点儿也没有表现出来。他带着埋怨、同情的腔调说："我也不是埋怨你，张大伯，你咋不早点儿说呢？"

张同无可奈何地说："我的孩子不是有毛病吗？我不好意思说，我怕说了也是白说，所以没敢张这个口。"

李尚青叹了一口气，说道："你现在不是张了吗？反正都是张，晚张不如早张。你这个孩子的条件也太差了。只要他能听见话，其他地方差一些倒还勉强可以。你想想，他听不见别人说话，叫他干啥活他听不懂，他在队里没法干活。这是个大问题。"

张同："是，是，条件是差了点儿。要好了我还能等到现在吗？"

李尚青："刚才你怎么不来呀？趁着我几个在一起好商量呀。我们刚散会。再说了，抓吸收队员工作的是黄松，得经过他，他又是我们的老大。"

张同："好，好，我去找他，我去找他。原来我认为咱们熟，所以先找了你。不过，你们研究时，你得多帮忙呀。"

李尚青："那是当然啰。不过，很难通过。我尽力而为呗。俺的老一办事可认真了，你这个孩子很难进来。按他的一贯做法，他是不会同意的。你得做好思想准备，我只管尽最大努力。我只能对你说，我尽力而为。因为我不是老大，又不是主管，所以，成与不成，我都没有把握。"

张同："那你就多操心了。事成后一定重谢。"

张同很快来到黄松的住室。黄松让他坐下后，以轻松愉快的口气问他："张大叔轻易不来，这一来，肯定是有事嘞。有啥事，请说吧。"

张同："啥事？还不是你那个哑巴弟弟的事吗？我早些儿没敢来，他的条件差，怕你们不收。我反复想想，你不叫他来，叫他整天在家干啥呢。都二十五六岁了，连个媳妇也没找到，这样下去，恐怕这一辈子再也娶不来个媳妇。这是我的心头大事，整天把我折磨得吃不下饭，睡不安生的。我在想，不能这样下去呀，总得给他找个出路呀。于是我就厚着脸皮来了。我想叫我的哑巴孩儿参加突击队，不知道你们要不要？"

黄松笑着说："我们咋会不要呢？我们成立突击队的目的，首先就是解决咱村青年的就业问题，同时发挥他们的潜能，把东山坡开发出来，为大家创造财富。"

张同心里轻松了一多半，他乐滋滋地坐在椅子上，倾听黄松还说什么。

黄松继续说："说实在的，你那个哑巴孩子，我没有把他忘了，我一直在考虑着叫他来突击队的问题。可是你们始终没来报名，我还以为你们有什么别的想法呢。我就是打算问问你呢，你正好来了，怪得。不过，我们几个得商量一下，不会有问题的，这只是个程序问题。"

张同心里又有些紧张了。他想：听李尚青讲，黄松是个办事很严谨的人，别看他当面说话怪好听，这只是说明他会说话，到他们研究时候，他很可能不同意。

张同："我听他们说，你们要求可严了，我还担心你们不要我的孩子。"

黄松马上意识到他的话里反映出一些问题。突击队收人问题，从来就没有讲究过什么条件，只要愿意来，能劳动，我们都欢迎。我们要求严是从何说起呢？他问张同："你想叫你孩儿来突击队的事，你对别人说过吗？"

张同："说过呀，我对李尚青说过。"

黄松："哦，他是咋说的呀？"

张同："他说一般不让进。所谓一般就是条件稍微差一些的。你那个孩子就属于一般的范围，恐怕很难通过。他还说，这得给你说，主要看你的意见。"

黄松："我们要求严是不假，主要指的是他的决心，他如果三心二意，我们坚决不要。我是抓这方面工作的，所以他叫你来给我说，其实，对他说也是一样。"

张同"啊"了一声，点点头，若有所思地说道："我啥时候再来呀？"

黄松："你不用再来了。我们商量了以后，就会知会你。"

黄松很快把刘全昌和李尚青叫到一起，商量哑巴入队问题。李尚青首先发言："我认为，咱不能要这样的人。他光会干活，他啥也听不见，你布置任务时，他听不懂，他就不会干。他别的方面欠缺点儿，倒可以，比如：脑子傻点儿，少一只眼等等，只要会干活，都可以。"

刘全昌："我的意见是咱可以要他。他身体很好，干活很积极，不怕脏，不怕累，更不拣轻怕重。从另一方面说，他是咱们村的青年，咱若不要他，叫他往哪里呀？咱们有不同的工作，需要各种不同的人才，谁适合干啥活，就干啥活。这些残疾人，我们不能拒绝，他们是我们的照顾对象。那些好脑子好身体的人，可以去其他地方找工作，这些身体有缺陷的人反而没有门路。因此，我们宁愿少要个全乎的，也要把他收下。"

黄松对着李尚青说："我看老刘叔说得不错，咱把他收下吧。"

很显然，黄松的意思也是把他收下。在二比一的情况下，李尚青只好同意。他说："叫他去哪个班工作呀？"

刘全昌："叫他去磨面房。那里不是正缺少棒劳力吗？这孩子还真是个棒劳力，他在这里可有了用武之地了。"

黄松对着李尚青说："你今天就知会张同叔，叫他的孩子赶快来报名，正好赶上参加咱们的开工典礼。"

第三十一章

开工的第一天晚上，黄松叫住刘全昌和李尚青三人一起去工地转一圈，对一天的工作情况考察一下，肯定成绩，改进不足，并适当调整工作重点，等第二天上班时做适当安排，以免窝工。李尚青说他太累了，急需休息，他不去工地察看了。刘全昌说他们年轻人瞌睡多，叫他去睡觉吧。于是黄松和刘全昌两人拿着手电筒去工地现场查看了。

这是农历四月初一，满坡遍野漆黑一团，满天的星斗格外明亮，微风吹在脸上，凉森森的，昆虫的唧唧叫声让人兴奋，猫头鹰的咕咕声让人起寒战。

在工地上他们看到，有些地方灌木较多，盘根交错，费工费力，需要加配人力；还有个地方是个小山丘，而旁边就是一个干枯井，也需要加配人力。他们在工地上转了一遍，不时发现地上有殖骨乱扔，在工地的东南角处，还有一个朽得掉块的棺木在外面放着。黄松说："像这些东西就应该立即收集在一起掩埋了。"

刘全昌："他们不知道埋在哪里？"

黄松："咱不是早就说过把它们埋在公墓里，这些无主骨殖收集在一起埋在一个大坑里……对啦，这些事我没交代具体。明天，让工人们先在公墓的东北角挖个坑，把挖出来这些骨殖收集在一起统统埋在那个坑里。不要把他们的骨殖丢得遍地都是，这对死者不够尊重。再者，外观也不雅，又不够卫生。"

刘全昌："这事交给我，我明天负责把它办好。"

他们从工地往回走时，黄松的腿已经不听使唤了。他的眼睛涩得像涂了胶水一样睁不开，两腿发软，抬不起来，他趴在刘全昌的肩膀上。刘全昌一步四指地勉强把他拖到住所。刘全昌把他扶到床上，帮他脱下衣服。他慢慢醒了过来，说道："我太累了，身上的每个部件都不听使唤，好像它们也在罢工。"

刘全昌："你不能这么猛干了。你比不得那些队员们，他们整天劳动，是锻炼出来的，你也比不上我，我天天在地里干活，这样的平整土地是很平常的活，只要让我们有劳有逸，有饭吃有水喝，让我们天天这样干也没关系。可你不行呀，你刚从学校回来，体力活还没干几天，你受不了这种累活。从明天起，你光指挥，不要亲自干。你要这样干下去，还可能把身体累垮哩。"

黄松："不亲自干，光指挥是不灵的，干着指挥才有人听。"

刘全昌："你不干，指挥也有人听，好了，快睡吧。"

黄松的呼噜声已连连不断地响起来了。

半夜时分，听见有人用低沉的声音吆喝："乡亲们，快起来看吧，东山坡闹鬼哩！起来看吧，起来晚了就看不成了。东山坡闹鬼啦，东山坡闹鬼啦！快起来看吧！"

这种吆喝声响遍坡王村的大街小巷。村民们一听说"闹鬼"两个字，都有些好奇。他们不断听见有人说鬼的故事，有人甚至说得活灵活现，如身临其境。但谁也没见过真鬼，连说鬼人也没有亲眼见过，他也只是听人家说。总之，都是道听途说，这次是东山坡闹鬼，地点很具体，闹鬼这事是不是真的，要看看再说。村民们很快都起来聚集在街东头向山坡观望！嘿！他们大吃一惊，他们看见无数只鬼火在东山坡空中游荡。有大、有小、有高、有低，有的落地拉倒，有的落地后再起来，有的在空中一分为二，有的合二而一，像一个个淡绿色的灯笼在空中翩翩起舞。村民们带着诡异的心情，目不转睛地望着东方，谁也不说一句话，好像生怕那边的鬼听见这边的声音似的。他们不敢有大动作，也是怕对方发现。总之，村民们想偷看，但不想让它们发现村民们在偷看它们。也就是说，他们想看见鬼，但不想叫鬼看见他们。

"黄松，黄松！起来，快起来看看。东山坡有鬼了。"

黄松被叫醒了，说道："是吗？真的有鬼了？"

刘全昌："东山坡咱们白天动土的地方有好多鬼火，好多人都在街上观看呢。"

刘全昌把黄松领到街上，不声不响站在人群中，默默地观看这难得的夜景。黄松在高中物理课上曾学过磷易燃、在空气中会自然发光的知识，他听老师在课堂上讲过关于鬼火的故事，也是说从旧坟暴露出来的殖骨里容易散发磷，它在空气中燃烧时就发光，人们不知道原因，就说这种光是鬼点燃的，故称鬼火。但黄松从未见过鬼火，对鬼火的真正起因他也说不清楚，但他坚信的是，这些鬼火是来源于散落在地上的殖骨，而不是什么鬼怪。他在人群中听到有人在低声说话，他仔细察看，原来是王老先生。他主动上前打招呼："王爷爷也起来了？"

王爷爷："我也起来看鬼火，这种机会很少有。我过去看见过鬼火，那只是一两个，从来没看见过这么多同时出现。这是他们在显灵，也是他们的示威。我曾经说过，这个山坡埋藏着无数死难人员，他们安息在这里，与咱村人民和平共处，井水不犯河水。你们的开发打破了它们的平静，更值得一提的是你们开发人员对他们不尊重，把他们的殖骨乱扔，他们没有安息地方了，所以他们集体显灵，以示他们的不满。这是他们最轻的抗议，如果咱们不停止开发，他们将进一步提高示威手段。今天他们只在他们墓地周围示威，下一步他们有可能来到街上，来到人群中。他们就不是光显显灵了，而是要有些别的行动，很可能就要危害老百姓了。到了这个地步，将是咱们村的不可挽回的灾难，从此世世代代咱们都不得安生。"

王老先生是坡王村年纪最大，影响力最强的"闹鬼学说"的维护者，关于东山坡的闹鬼传说，他都信以为真，他认为阴间有鬼，阳间有人，天上有神，东山坡是阴间鬼的大都市，是方圆几十里各种鬼怪的活动中心。多年来由于坡王村农民尊重他们的存在，不打搅他们的生活，与他们世世代代和平共处，平等互利，互不干涉内政。王先生很欣赏这种环境，竭力维护这种平衡。开发东山坡的消息传出后，他思想很紧张，害怕打破阴阳间的和平共处，从而使坡王村百姓过不了安生日子。他时刻注意着青年突击队的活动，尤其注意这个活动对百姓有什么影响。上一次当着很多人的面他曾给黄松提醒，那里埋着很多尸骨，要黄松开发时妥善处理，把他们安置在合适地方，让他们安居乐业。黄松当时接受了他的意见，答应他为他们安排个恰当地方，具体说就是把他们转移到公墓里。王老先生同意了这种安排，当场没有提出异议。但他并不放心，开工这天，他老早去到工地，与其他村民们一起参加了开工典礼。典礼结束后，突击队员劳动开始，破土动工，村民们都纷纷离开了工地，一些不大不小的孩子出于好奇，他们聆听机器的轰隆声，观看机器的快步滚动和突击队员的轰轰烈烈的劳动场面。王老先生也留下来了，他留下来的目的，与孩子们的截然不同，他是专门监视对挖出来的尸骨是如何处置的。

在工作安排方面，几个队长做得还是比较细致的，比如把队员们分成工作组，哪一组跟随推土机，哪一组跟随装载机，哪一组负责平整土地，哪一组负责挖掘灌木的盘结根系，哪一组负责沟坑填土，哪一组负责挖掉凸起的土冢……唯独对挖出的尸骨如何处理没做具体安排。大多数青年人对神呀鬼呀这种说法也不相信，他们把挖出来的尸骨当砖头瓦块一样乱扔乱抛。王老先生看到这种情况非常寒心。他本来是个爱发表意见的人，看见哪里不顺他不说两句心里就过不去。可是今天就不同往常了，他心中气愤慷慨，脸上横眉竖眼，嘴里嘟嘟囔囔，什么话也没说出来，队员们以为他是看热闹，对他的表情没有理睬。

按照王老先生的思维逻辑，他认为这天晚上，这里必有异常发生，阴间的鬼怪必须显灵让村民们看，以示他们的抗议。他满腔怒火待在家里，时刻注视着东山坡的动静。那天是月初，满山遍野一片漆黑，任何稍微发光的东西，在这万籁寂静的世界里，都特别显眼。夜幕降临不久，他发现有两个拿着手电筒去到东山坡转了一圈后又回到村里了。人都入睡了，尤其是突击队的年轻人，他们熟睡得像死狗一样，打都打不醒。突然他发现淡绿色的光芒在东山坡开发地的上空移动。他悲喜交加，愤懑不已。悲的是阴间的鬼怪们到底还是奋起了，他们反抗了，他们显灵了，他们示威了。下一步他们会给村民们制造祸害，让人们永世不得安宁。这是他绝对不愿意看到的恶果。因此，他感到悲哀。他高兴的原因有两个：一个是，他的预想成真了；另一个是，很多人没有见过鬼显灵，甚至还有一些人根本就不相信有鬼，这下子他们看到鬼火后就会相信鬼、尊重鬼，不干涉他们的生活，不搅乱他们的平静，从而达到人鬼共处的和平环境。

王老先生发现"鬼火"后，首先跌跌撞撞地去告诉豆其，豆其又急忙去告诉程子英。

豆其和程子英是反对开发东山坡的。与其说是反对开发东山坡，不如说是反对青年突击队，因为东山坡的开发工作是青年突击队搞的。

豆其反对突击队，也讨厌队长黄松。

她的儿子崔四海敢弃家不回，就是有突击队这个靠山，崔四海与她闹翻时曾说："突击队就是我的家。"崔四海不回家对她是个很大的打击，没人为她照看孩子了，没人为她洗衣服了，没人为她做饭了，她夜晚外出长时间不归没那么方便了。她对这件事是咬牙切齿。她又不敢惩罚他，因为突击队在保护他。突击队成立之前，他就没有这么肆无忌惮。过去的他，叫他干啥他干啥，打他骂他也毫无顾忌。他进入突击队后就不行了，他逆反心理特别强，他想干的干，不想干的不干，甚至可以在大庭广众面前，公开与她顶嘴。她骂他不得，更打他不得，她有气只得往自己肚子里咽。

她更讨厌黄松，没有黄松就没有青年突击队，就更谈不上东山坡的开发工作了。她讨厌黄松的另一个原因是黄松不识抬举。那一天黄松去她家拜访，考察老队员的家庭情况。对这个年轻漂亮、有文化、有教养的小伙子，她是如饿马见青草，旱苗遇甘雨一样，她芳心莺逗，情思缠绵，体姿百态，嗲声嗲气，她的觊觎之心企图让黄松神志昏聩，失去自我，为她所用。她想与他大白天常来常往，暗地里幽期密约。她的憧憬落空了，他让她失望了，连让他吃顿饭的请求都没有满足她。他的拂袖而去让她失了面子。她咬牙切齿，恨之入骨。她百思不得其解。有很多像他这样的年轻人，搁不住她的三言两语，就可以被她制得服服帖帖。而这个人却反常，他像个冷血动物，没有人间的生活情趣，是一个呆头呆脑的衣裳架，熟透了的铁篱寨——好看不好吃。

程子英反对开发东山坡，原因是什么呢？开发东山坡与她有何相干？与她毫无相干。她反对突击队吗？她曾经是突击队的前身自为队的特殊队员，她的本家堂弟还是自为队的队长。她曾享受到很多自卫队的优惠。她反对黄松吗？她们两个没有任何个人恩怨。那么她为什么对开发东山坡没有好感，对突击队也是牢骚满腹呢？从下面的对话中会了解些端倪。

程子英冲着李尚青说："你这没良心的小子，这么多天也不来看看嫂子一眼，看来你嫂子的死活你是一点都不关心。你心里根本没有我。"

李尚青："别说话这么难听，这不就来了么。你也得体会我的难处，我怎么不顾你的死活呢？我心里时刻都在想着你，怎么会心里没你呢？"

程子英："你说说为什么这么长时间没有来，叫你嫂子我活熬寡。"

李尚青对她的话不以为然。他想："我来你不熬寡，我不来你也不熬寡。你若能耐住熬寡，你也不会嫁给我那憨子哥。"他敢这么想，但他不敢这么说。他对程子英说："自从成立了青年突击队以后，队长黄松抓得可紧了，对工作抓得紧，对纪律要求严，我们制定了很多清规戒律，要求每个队员必须这么做，必须那样做；不准这么做，不准那样做。绝大多数队员都不习惯，可别扭了，真想不干突击队。我就很不习惯。哪有原来自由哇！那个时候，我们每月吃两次肉。我们的行动多随便呀！我可以随便来这里，晚上来，白天也可以来。现在就不行了。他黄松抓得太紧，不但工作抓得紧，思想也抓得紧，连说话也不能乱说，稍微不注意，他就说低级趣味呀，不文明呀，没什么意思呀，等等。跟他在一起真别扭，我真不舒服。我若是个一般队员，我早就离开突击队了。可现在我挂了个职务，我是个副队长。就凭这个副队长，再不习惯，再难受，我也得坚持。你埋怨我来得少了，你根本不考虑我的难处。你想想，我能像过去那样经常来吗？一个是没有时间，再一个是，咱们的关系很快就会暴露在光天化日之下，我在咱村就很难混了。"

程子英："那就退出呗！何必自找苦吃呢？"

李尚青："退出？退出后去哪儿？今非昔比了。原来在自为队里大家同打狗，同吃肉，过得很快乐。现在你一两个人退出来，啥也干不成。当然啰，也不是光我一个人忙，大家都忙，他黄松更忙，因为每个人都忙，所以谁也不嫌忙，只是忙着干就行了。"

程子英这才明白这些天来，不仅李尚青不来她这里，其他人员也不来。这就苦了她了。他们不来是因为他们忙，抽不开身，而她就干受寂寞，空虚难熬了。

程子英："你来这里黄松知道吗？"

李尚青："怎么能让他知道？他知道了就会狠狠地批评我。他当队长，叫我当他的副队长，他的左右手，他多次告诉我行为要端正，要讲究礼貌，要讲究道德，要做正经人，要干正经事，不能干偷鸡摸狗的事，要走光明正道，不能邪门歪道。我认为他这些话是有所指的，他的话是有目的的，他不是放的空炮。你想想，我来这里敢让他知道吗？"

其实他们两人的不正当关系全村人都知道。黄松很清楚，李尚青很有利用价值。首先，他父亲是村主任，叫他当个副队长，就可以让他父亲大力支持突击队。其次，李尚青在原来的自卫队有一定的影响，不少小青年听他的。再次，他很熟悉村里的情况。最后，让他当个领导，对他改邪归正会更有利。

程子英："黄松还挺正统的，是吗？"

李尚青："对，很正统。以我看，太正统了，搁到现在很不适宜。现在是啥时候了？他还那么老八板，何苦呢？他不仅在作风行为上干板直正，在一切问题上都干板直正，我对他不满意的就是嫌他太直，太老实。老实是傻的代名词。社会上流传着一个顺口溜：'干板直正，饿得头疼；推推搋搋，吃得傻饱。'可他怎么说呢？他说：'干板直正，心灵洁净；推推搋搋，罪责难逃。'他脑子太死，在当今社会上混不开。可是我说他，他不听，我说这些话对他来说简直就是对牛弹琴。不管怎么说，他反正是个窝囊废。"

程子英："你怪能，你连个高中都没上过，人家是高中毕业，而且是学校的高才生，人家准能考上大学，他只是为家境贫困而没有考试，人家哪方面都是好样的，看不出一点窝囊的地方。"

李尚青："我承认，在学校他是好样的，论学习，我不如他，远不如他，可是在社会上混呀，我还真不服他。他脑子太死，把学校那一套搬到社会上是根本行不通的。当然啰，也不能说完全行不通，我只是说他在社会上到处走下坡路，处处是背运，在任何事情上都吃亏，没有一点占便宜的地方，这与牲口拉套一样，他拉的都是闷辙，这叫'掏力不叫好'。"

程子英："看你说得是头头是道，好像你很有经验一样。"

李尚青："你还别说，我也不是吹的，在社会上混事儿，我比黄松强得多，好赖我在社会上混了五六年了，而他刚进入社会。"

程子英："我看他待你也不错，你应该给他指点指点。"

李尚青："他的可恼之处就是他不听。我说罢意见后，他多数不说话，但就是不按我说的办，仍然他行他素，根本不把我的意见当回事。我肯定地说，他在混人上差得远。现在的人，会弄事与不会弄事大不一样。会弄事的人不费多少劲，轻轻松松得到很多好处。他家里并不富，也可以说比较穷。虽然他的同学帮他把房盖起来了，他却欠了一屁股债，好几十万呢。我看他一辈子也还不清。他如果脑子活些，利用现在的大好机会，很快就把债还完了。不仅如此，他还可以买车，置买高档家具，很快就富起来了。可是他不。你说他干板，我说他是傻。你别看他又精明又能干。这是个表面现象，其实他心里可憨实了。他一辈子也弄不富，别看他现在怪卖力气，到头来也是落个弯腰瘸地、老病缠身、穷困潦倒、一贫如洗的下场。"

程子英："我怎么琢磨不透，他到底是个啥样的人呢？他有学问，小青年，思想体系应该顺从社会发展形势，说话，做事，要风流，要时尚。他却不然，他仍然传统，守旧，完全是正统思想。"

李尚青："我看也不全是。他领着开发东山坡就不是正统思想，咱村的老年人，自古到今，没有一个敢对东山坡有这么大的动作，而他敢。从这里可以看出他的思想还是挺与时俱进的。国家不是号召改革开放吗？他跟得挺紧的。你怎能说他守旧呢？"

程子英："可是在生活作风上，他完全是守旧的传统思想。"

李尚青："一点儿也不假。我看他是个两面人。"

程子英："真不可思议。"

李尚青："我的认识也是逐步随着对事物的认识发展起来的，最近有几件事让我对自己的理念有更清晰的认识。要想混好，对事情就得有清晰正确的判断，有些事情你可以伸手，有些事情你不能伸手。该伸手的不伸手是傻子；不能伸手的去伸手是蠢材。能伸手的去伸手，不能伸手的不伸手。这才是聪明人，才是会混的人，才能混得好。"

程子英："你的'伸手'什么意思？再说说哪些事能伸手？哪些事不能伸手？"

李尚青："哎呀，'伸手'你都不懂？伸手就是索取，索取就是拿东西。能伸手的主要体现在吃回扣、搭便车和虚报瞒报方面。吃回扣很清楚，我不多说了。什么叫搭便车呢？搭便车就是把装到自己腰包里的钱放到应该报销的项目里报销。当然，必须确保这种报销做到天衣无缝，永远查不出来。比如：给领导赠送礼品、为老干部发慰问品、单位召开表彰大会的开支、逢年过节单位为职工的福利开支等，都可以搭便车，把伸手拿的钱与这些开支一起报销，无痕无迹，谁也查不出来……"

程子英："会计你总瞒不住吧，他们肯定知道，怎么办？"

李尚青："搭便车的人不能吃独食，你占任何便宜都不能忘了身边的人，例如：司机呀，会计呀等人员，你吃个蚂蚱得给人家个大腿。他们只要受到益处，万一有个风吹草动，你就不用动，光他们就给你挡完了。不过，会记也可以隐瞒，比如，你用一千元买的东西，你用些钱贿赂贿赂售货人，让他把发票开成一千二百元。回来后你可以报销一千二百元，你不就索取二百元吗？这事会计也不会知道的。不过这种办法都是些小件买卖，寥寥的钱数，真正的大宗买卖不是现金直接交易，而是转账的形式办理的，经手人根本不让你接触现金。"

程子英："搭便车的办法不错，能得到好处，还没有风险，何乐而不为呢？"

李尚青："这也不是这么简单。能用搭车的办法伸手的，不等于就能伸手，还要看有没有机会。能与机会是两码事，这两者缺一不可，必须同时具备。"

程子英："这我就不明白了，既然能伸手，就伸手呗，能里面就有机会，还等什么机会呀？"

李尚青："能与机会绝不是一回事。光能，没有机会，你也不能伸手，你若伸手会把你的爪子剁了。我们青年突击队为开发东山坡征集了不少钱。我们已购买了好几套设备，磨面机、面条机、蒸馍机、粉碎机等，每一套设备上我们都可以吃不少回扣，也可以说，光吃回扣，我们每个人就发家了，就暄了。这么多的吃回扣机会我们都没有吃，多可惜呀！这就是能，但是没有机会。"

程子英："怎么没有机会？"

李尚青："还不是黄松那呆子不同意。他一同意，就是有机会，他不同意，就是没有机会。"

程子英："你不会自己去签购买合同，吃回扣不让他们知道不就行了？"

李尚青："你想得怪得！他根本不让我独自与商家打交道。"

程子英："黄松是不是独自与他商谈，厂家给的回扣他独自吞了，吃独食呀？"

李尚青："不是的，与厂家商谈时，无论是谈条件，还是签合同，包括付款方式、付款数、运输等事宜，都是我们三个人同时都在场。我可以肯定，他黄松一分钱也没装自己腰包里。你看，这不是傻子吗？他不要，他也不叫我们要。他家里这么穷，还这么干板正直，放着得不去得，可以要的不要，该怎么说他好呢！——这就是会混不会混的区别，黄松就是不会混。"

程子英："你们都清白，彼此彼此，也挺好。"

李尚青："挺好什么呀！我感到跟着他干很没意思，我真不想跟着他干了。我想了，跟着他干，净吃亏，没有一点相盈（便宜）。你看，来你这里的时间也没有了，我享乐不了；我捞不到实惠，占不了便宜。我是一头儿落不住一头儿。我是打蜀黍叶跟个狗——光图个受热。我感到这活我干得真窝囊。那边吧，也没有什么油水；你这边吧，也来不了，尽是瞎忙张，图个啥？"

程子英："你不来，我感到很孤独、寂寞。从这一点上说，我不想让你跟着他干；话又说回来了，不跟着他干，跟着谁干呢？我想你暂时忍耐一下，时间长了，习惯了就行。你来我这里总不是长法，早晚总得有个了断。很多事情，看着是坏事，实际上是好事；看着是好事，实际上是坏事。你暂时不能来眼下是坏事，从长远看是好事。你要想得开，从长计议，一切都会好的。"

李尚青不怎么找程子英了，其他小伙子也不怎么去了，这使程英很着急，她找原因时，自然就找到东山坡的开发上。因此，她对开发东山坡也愤愤不满。

豆萁和程子英跑到大街小巷把村民们叫出来看"鬼火"。

村民们都相信这是鬼火，也相信是白天开发动土惹出来的鬼火。但在这种情况下，下一步怎么办？也就是说开发工作要不要继续搞？村民们的意见各不相同。一种意见要求不要继续动工了，再动工就可能出大事，给村民们造成隐患。这个看法以王老先生为代表。王老先生非常活跃，发动群众、提建议，采取各种手段阻止开发工作。另一种意见是开发可以继续搞。鬼终究是怕人的，人如果坚决干什么事，鬼是挡不住的。不要说鬼了，就连神也挡不住人们的行动。从前坡王村有几个神庙，土地庙、奶奶庙、火神庙、龙王庙等等，不但有庙宇，里面还有神像，全是彩塑。大小不同，姿态各异。有的站着，手持大刀，威风凛凛；有的端详地坐着，文质彬彬。人们对他们恭敬有加，五体投地。每逢节日或家里有什么喜事，总要来这里烧香叩拜，求告他们多多保佑。然而，穷人还是照样穷，没吃没穿依然如故。到了"文化大革命"年代，红卫兵把这些庙宇叽里哗啦扒了扒，把这些彩塑雕像喊里咔嚓推了推。他们神灵都到哪去了？直到现在再没看见他们的踪影，原来这些庙宇坐落的地方，早已成了民宅，人们照样在上面修房盖屋，照样生活幸福。可见人是厉害的，人要坚决干的事，是所向披靡的，是无坚不摧的。因此，持这种意见的人，同意继续开发，他们说"既然已经开始，就要坚持到底。只要坚持，就是胜利。只要坚持，一切困难都迎刃而解；只要坚持，一切阻力都退避三舍"。第三种意见是没有固定看法，继续开发与否由突击队决定。

黄松和刘全昌他们走进人群后，除第三种意见不吭气以外，其他那两种意见各说各的道理，各讲各的根据。有的说停止开发，明天就停止。有的说继续开发，千万不要停止。持这两种截然相反意见的人甚至在街上吵起架来。霎时间，整个村庄翻腾起来了，两方劲头越来越大，大有动武之势。黄松和刘全昌大声叫喊，让村民们停下争吵，让大家回去睡觉。

第二天早晨，村民们，尤其是年纪大一些的村民，起来后第一件事就是走到街上向东望望东山坡。那里毫无半点异样。要看昨天晚上这里鬼火乱窜的情况，好像这里有很多人聚会一样，今天看这个样子，昨天晚上什么也没有发生。

关于是否继续开工问题，黄松、刘全昌和李尚青在一起商量，其意见是：李尚青主张停止开工，刘全昌主张继续开工，黄松也同意继续开工，最后决定继续开工。

早饭后上班时，李尚青说有几个队员退出不干了，原因是怕受鬼的害。退出这几个队员都是新增加的新队员。很快退出的队员不是几个，而是多个，大有越退越多的势头。李尚青表面上是无可奈何，心里是扬扬得意。有个别队员征求他的意见时，他给人家的回答是："你自己定吧，退出来也可以。"

刘全昌很着急。他对黄松说："队员都一个个退出来咋办呀？咱们得想个办法呀。"

黄松："想个啥办法？你能说不让他们退？退叫他们退，天要下雨，娘要嫁人，你能管得住？不管它，由它去。退出来的人很快就会再进来的。"

刘全昌："这些人真无知，连对错也不分了。"

黄松说："不管有几个人退出，也不管我们还有几个人，我们都要继续干。我们干出成绩后，他们肯定进来，你挡都挡不住。"

为了让村民们明白鬼火是怎么回事，黄松让李尚青去乡里请一位领导给村民们讲讲话，解释一下鬼火是怎么一回事，也就是说它到底是怎么一回事儿，从而打消村民的顾虑，消除思想上的恐惧心理。

乡里来了一位抓宣传工作的党委副书记，姓胡，大家都叫他胡书记。晚饭后，村主任把大家召集起来，让胡书记给大家讲话。

胡书记说：

"父老乡亲们，老少爷儿们，今天晚上，我占大家一会儿休息时间，给大家见见面，讲几句话。我来咱们村有三个目的。第一个目的是我很长时间没来咱们村了，没见大家了，很想父老乡亲们，我来是看望大家、向大家问好的。第二个目的是了解一下咱们村近来的生产生活情况，看百姓有什么困难，有没有难以解决的问题。第三个目的就是开发东山坡出现的一些问题我来解决一下。首先说明，你们村开发东山坡，这是个很好的工程，听说是一个回乡知识青年带头搞的，很好哇，我们乡党委、乡政府大力支持这个工程。咱们全村群众要积极支持，积极参与，要克服一切困难，把工程进行到底，彻底完成开发任务。咱们的工作已进行两三天了，听说出了些小问题，我来为大家讲解一下，打消同志们的思想顾虑。

"从咱们开工的第一天起，每天晚上，工地上空出现了"鬼火"。今天晚上还会有，可能没有以前的晚上多了。有的同志害怕了，认为这是鬼显灵了，鬼造反了，鬼向人们示威了，他们反对开发这片土地，这是他们的居住地方，他们不让我们干扰他们。我坦率地告诉大家，这些说法都是迷信，都不是马列主义和毛泽东思想，我们共产党人是唯物主义者，我们不承认有什么鬼。有朋友要问：鬼火是什么呀？我们亲眼看见鬼火了，为什么在晴朗的夜空中有鬼火出现？而且就出现在白天动工的场地上空，这是怎么回事？我告诉大家，这个淡绿色的火光，不是鬼点的火，而是磷火。上过学的人就知道，磷是易燃物质，它在空气中很容易自燃。有人问磷从哪里来的，为什么那个地方有，其他地方没有？这个问题问得好。磷是从死人腐朽的骨殖中分析出来的，人的骨头，一切动物的骨头里都有这种成分。下面问题就好回答了：为什么这个地方有，别的地方没有？因为这个地方白天动土时把好多尸骨都挖出来扔在外面，暴露在空气之中，所以尸骨里面的磷就挥发出来，跑到空气中与氢结合，形成磷化氢，这种气体易燃，而且是淡绿色的。有的同志问为什么只有晚上有而白天没有呢？白天也有，而且不少于晚上，只是白天人们看不见，正如白天看不见星星一样。看不见不等于没有。比如天上的星星，如果有一天是日全食，昏天地暗，马上你就会看见满天星斗。好了，这件事我就说这么多，总而言之，请大家不要迷信，要相信科学，鬼火不是鬼，而是磷火，请大家不要害怕。"

胡书记讲话以后，村民中有不同的反应，在反对进一步开发的群众中，一部分人已经动摇了，他们不再坚持自己的意见了，对鬼火是不是鬼点燃的，认识模糊了，他们退到不管不问的态度，开发不开发他们都不在乎了。以王老先生为代表的这一部分人，是反对开发的"钢杆派"，他们认为胡书记的讲话是瞎胡扯，是空头说教，是骗人的宣传，不能相信。谁要相信了，最后准会有严重恶果落到自己身上，到时后悔不及。为了最大限度地把这部分人争取过来，黄松亲自去到他上学的那个高中，找到教他物理和化学的董老师和曹老师。他给他们说了坡王村因开发东山坡出现鬼火引起的村民不安后，他们愿意帮助他解决这个问题。他们问黄松："你打算如何解决这个问题呢？是我们去讲讲哇，还是其他方式？"

黄松："光讲讲作用不大，乡里胡书记已讲过了，因为是空对空，纯是说教，所以没有完全解决问题，有些人的疑虑还是挥之不去。最好用实验的办法，正如我们在实验室实验一样，让村民们看到结果，有身临其境的效果，能使村民们心服口服。"

董、曹二位老师："这好办，给你些磷化氢带回去，晚间打开瓶口往空气中一放，立即就会有磷光出现，就是群众说的鬼火。"

黄松："最好你们亲自去演示，你们亲自做他们更相信。"

董、曹："好，我们跟你去一趟，我们也可以借机对群众讲些别的科学知识。"

两位老师迅速在实验室里制取了一些磷化氢装到瓶子里，跟着黄松来到了坡王村。

坡王村的大街小巷的醒目地方都出现了这样的布告：

父老乡亲们：

今天晚上八点钟在十字街旁的空地上做"鬼火表演"，望老少爷儿们亲临观看。

坡王村青年突击队 ××年×月×日

八点钟到了，天已经黑透。村民们早就集中在这里等候。黄松带着董、曹两位老师来到了群众面前，简单的几句寒暄话以后，演示开始了。老师把瓶子举在空中，稍微放出来一些气，就有很多鬼火在空中飞舞。他们不时地移动位置，一会儿在这里，一会儿在那里，他们走到哪里，哪里就有鬼火出现。他们表演后，给大家比较详细地讲解了发生鬼火的原理。最后两位老师对大家说："我们把剩余的磷化氢留在这儿，让黄松保存住，什么时候你们想看鬼火，可以让黄松为你们表演。"

村民们彻底懂得了鬼火的起因了，那些原认为鬼火是鬼点燃的村民不再坚持自己的观点了，他们心服口服了，鬼火不是鬼。那些认为鬼火是鬼的人，要么是不懂，要么是骗人。从此人们不会再相信他们的鬼话了。

王老先生在大家面前哑口无言了。

坡王村的开发工作也没有任何障碍了。队员们的信心更加坚定了，正在犹豫着退不退的队员，不再犹豫了。原来已退出的队员，一个个又都进来了。

一天晚上，吴大叔来到黄松的住室。黄松满腔热情地欢迎他。

黄松满面笑容地说；"欢迎你呀，豆芽叔，快坐，快坐。"

吴大叔也笑着说；"你这孩子，人家叫我豆芽，你也叫我豆芽呀？"

黄松："南京到北京，小名是尊称。叫小名说明咱们距离近，也可以说是零距离、没距离。难道你想叫咱们有距离呀？"

吴大叔："哪里，哪里！"

黄松："好了，豆芽叔。不，不，吴大叔，吴大叔，有啥贵干吧？"

吴大叔："开发东山坡已开工几天了。我看大家干得挺欢，我心里有个想法，我想说出来，不知道中不中？"

黄松；"啥想法，你说说看？"

吴大叔；"啥想法？我说了中不中，你可别嫌弃，不中了，拉倒，权当我没说。"

黄松："是的，吴大叔，你说吧。说哪儿，哪儿了。"

吴大叔："好，那我说了。"

黄松："说吧，快说吧。"

吴大叔；"我想叫你妹妹娜娜参加咱们突击队。也不知道中不中？"

吴大叔终于说出了他的心愿。他有个女儿叫娜娜，现年十九岁，是个残疾人，小儿麻痹后遗症。她的左腿有点儿瘸，左手用着不方便，嘴说话不伶俐，脑子还有些迟钝。就这么一个女儿，是吴大叔的心头病。她生活可以自理，可以干些轻活、小活；大活、重活，不会干。

吴大叔："有我们眼下在世，我们管她的吃、她的穿，她的一切我们都管，我们不嫌弃她。但这总不是个长法。我们百年以后，她怎么办？现在马上二十岁的人了，连个媒影儿还没有呢。你想想，这样个人，谁要她呀？跟着谁，是谁的累赘，谁愿意娶个累赘回去呀！她整天憋在家里，没见过世面，没见过生人，没与外人说过话，没与外人打过交道。我想叫她参加突击队，干些力所能及的活，接触接触外人，过过集体生活，锻炼锻炼自己，如果有了婆家，她好适应呀。"

黄松："吴大叔，叫她来吧，我们要她。"

吴大叔激动万分地说："是吗?"

黄松："是的。叫她赶快来吧。"

吴大叔："叫她啥时候来？说个具体时间呗。"

黄松："我们商量一下具体时间，到时有人知会你。"

第二天早上，李尚青来到吴大叔家。吴大叔料定是好消息，高高兴兴地欢迎他。他们坐下后，吴大叔瞪着俩眼看着李尚青，恭听来客的说话。

李尚青："我是来通知你好消息的。"

吴大叔已经知道了八成，但他还是权当不知道。他说："啊，啥好消息呀？我是个赖命人，一辈子也不会有什么好消息。"

李尚青："这回偏偏是好消息。我是来知会你，叫你的娜娜明天去突击队上班吧。"

吴大叔："是吗？这可真是个好消息。这真是太好了！"

李尚青："我好为你争取呀。你不知道咱的条件差，所以在班子会上不好通过，我好为你努力呀。"

吴大叔："那我得好好谢谢你了。"

李尚青："光个嘴谢我呀?"

吴大叔："不是光嘴,有实际行动。你说咋谢你吧?"

李尚青："你随便。"

吴大叔："这好说。好酒、大肉,随便吃,随便喝。你大叔保证叫你吃饱、喝足。——先别说吃呀,喝呀的。叫娜娜啥时候去上班,去哪里上班?"

李尚青："刚才不是说过了吗?明天上午,去蒸馍场。去了不叫她干重活,干些力所能及的活,如扫个地呀、数数馍呀、值个班儿呀、看个摊儿呀,等等。"

吴大叔："好,明天上午我就送她去。"

第四部

04

两种人生观　结果两重天

第三十二章

　　黄林在财经学院学习经营管理专业就要毕业时，省职业技术培训学校的教务处负责人已去找他几次，请他与其签订应聘合同，毕业后去他们学校任教。他们学校几年来一直缺少经营管理专业教师，尤其是本科生，而且这个专业是当前的热门专业。几年来，报考这个专业的学生比其他各个专业的总和还多。这位教务处负责同志临来时，校长对他说："千方百计把他动员回来，他要求的条件咱们都答应，当然啰，得是合理的，是咱们能办到的。"

　　他去了两趟黄林都没答应他。黄林考虑的主要还是报考研究生，继续升学问题。他在升学与工作问题上，思想斗争得很激烈。如果马上考研，能考上吗？很难说，他也没有百分之百的把握，万一考不上，不是上不成学，也没工作干了。参加工作吧？不能考研了，继续升学的理想就没有了，这一辈子的上学路就到此为止了，这一辈子就完了，这太可怕了。不行，绝对不行，继续上学的路必须继续走，考研的目的必须达到。

　　他又想，父亲已经去世了，妹妹已经在北大中文系学习中文，家里只剩下母亲和哥哥。哥哥对家庭的付出已经太大了，考大学时，为了支持我和妹妹的学习，为了减轻父母的负担，放弃了考大学的权利，这是他一生中做出的最大牺牲。我若再继续上学，让他一个人供应我们两个上学，确实有些力不从心。继续上学与参加工作这两条路，何去何从呢？继续上学吧？太劳累哥哥了，可怜的哥哥太辛苦了，参加工作吧？不能上学了，自己的考博梦不就永远地实现不了吗？是的，这绝对不行！要考博，一定考博，而且必须考上，读到毕业，自己的最后学历就是博士，不达到这个目的，誓不罢休。

　　有没有能达到经济与学历都不误的两全其美的办法呢？他选择了先参加工作这条路。

当这位教务处的负责同志第三次找他商量的时候，他同意了，但他提出几条要求：第一条，给他配一套住房，至少两室一厅；第二条，他打算把母亲接到学校为他做饭；第三条，两年以后允许他考研。这位同志一一答应了他的要求，他们签订了应聘合同。黄林毕业后，来到了省职业技术培训学院，担任两个班的经营管理课。

黄松亲自把他妈送到学校。为他们买了两张床、两张桌子、几把椅子、一台电视机、一个衣柜、一个碗厨和一套炊具。

黄林非常感谢哥哥的大力支持，他说："咱妈一来，我就有更多的时间复习功课了，真正做到教学、复习两不误，将来考研就更有把握了。"

黄松："只要你好好学习，对你的升学考试，我永远支持你。"

黄松对妈妈说："你身体不好，弟弟恐怕没工夫照顾你，你一定照顾好自己，千万别太累了。尤其是你一个人在屋里，一定多加小心。"

最后他说："我会经常来看你们的。"

黄林积极钻研业务，与老师们认真切磋教材，改进教学方法，调动学生们的积极性，取得了良好的教学效果，受到了师生的一致好评。

一个晚上，十一点多了，黄林兴高采烈地从外面回来，一进门就说："都叫我饿死了，快给我盛饭吧，妈。"

徐环："看叫你急的，饿了还不早点回来？不饿了你还不回来呢！你看啥时候了，都十一点了。我把饭都热了两次了，就是不见你的影儿。今天干啥了，回来这么晚？"

黄林："今天是星期一，本来是例会，每到这个晚上各教研组就召开会议，总结上一周的工作，布置下一周的工作。这种教研组开的会时间都不长。可是今天是全校各教研组的老师集中在一起，由校长总结上半学期的工作，布置一下下半学期的任务，什么任务呀，还不是叫克服一些不正当的倾向，布置下半学期的任务，实际上就是布置注意事项的。"

徐环："你今天回来，我看与平时不一样，特别高兴，有什么好消息了，说说让妈听听。"

黄林："当然是好消息啰。"

徐环："啥好消息？快说。"

黄林："校长在总结上半学期工作时，特意提名表扬了我，说我教学积极，有开创精神，在课堂上不是填鸭式地灌输，而是启发式教学，充分发挥学生的积极性，受到良好的效果。校长还号召大家向我学习，来听我的课，向我取经，让我给他们介绍经验等等。你说哩，妈，这难道不是高兴事吗？"

徐环："这当然是高兴事。领导表扬你是肯定你的工作，让大家向你学习，对你来说，你可不要趾高气扬，骄傲自满，咱把教学工作做好，这是咱应该做的，这是非常平常的事，没有什么特殊的，不值得骄傲。"

黄林不再说话，徐环把馍菜汤放在饭桌上。黄林张着大嘴大口大口地吃起来。

黄林来这学校已经半学期了，他的教学工作确实不错。他的主要特色在于他动脑筋，打破了传统教学模式：老师独占讲台，填鸭式地满堂灌，老师在台上讲，学生在下边听，中间没有互动，老师只知道按他准备好的讲，学生昏昏沉沉地听，学生不清楚老师讲的什么，老师也不知道学生听没听懂。在讲课过程中，老师很少问学生，很少检查自己的教学效果，因为检查多了，会耽误时间，影响教学进度，完不成教学计划，学校里要问责的。学校安排的检查教学效果的时间是进行阶段考试、月末考试、期中考试、期末考试、班与班的竞赛考试等等。考完后，正儿八经地总结分数，进行评比。全班平均分数最高的班，任课老师受表扬。每个年级，每个班都找出个人分数最高的，选出全班第一和全级第一。分数最高的学生所在班的任课教师也受表扬。这也是教师晋级的重要依据。因此，每个老师都很看重自己学生在竞赛中所取得的成绩。为了提高学生的成绩，老师也要想方设法搞复习，甚至进行猜题、押题，搞捷径。

这种不注重教学过程，只重视教学效果的做法，恰恰都教不出好的效果。

黄林来该校以后，学校教务处分配给他一年级两个班的教学任务，当然是他学过的专业。他对老一套的教学模式是再熟悉不过了，他在大学的四年时间里，每堂课都是老师滔滔不绝地讲，学生迷迷糊糊地听。这种教学方式，有心计的学生还能学到些东西。当然，对于这种学生来说，教学方式是次要的，只要教材上有的内容，他们都能学到。换句话说，即使没有老师，让他们自学，他们也能学好。但对于大多数学生来说，这种教学方式就调动不了他们的积极性，挖不出他们的主观能动性，激发不出他们的潜在能力，让他们的潜力都沉睡在他们的内心深处，很可能一辈子发挥不出来，他们出色的才干就这样被埋没了。

黄林的亲身经历和亲自感受对他的教学改革很有帮助。黄林是个很敏感的人，他经历的事，他都有感悟，并能很快得出对某事的定位和看法。但大多数人没有这个灵感，他们对经历的事情没有想法，有些事碰塌他们的鼻子，他们也没有什么感觉。

黄林接受了教学任务，拿到教科书以后，就大刀阔斧地进行了教学改革。他首先改变教师的地位，把老师的主演、主唱地位变成导演地位，把学生的听众被动位置改变为主演、主唱的主导位置。

每开讲一个新课，他把新课的精华部分归纳总结并提出几个问题写在写板上，让学生根据问题找答案。他们经过一段时间的准备以后，在课堂上给大家讲。对每个问题、每个学生都要做的准备，老师指名哪一个学生在大家面前公开讲解。这样，每个学生都对每个问题都非常熟悉，他尽管没做公开发言，他也做好了充分准备。凡是让一个人讲解的问题，他对这个问题必须理解得非常透彻，不然他脑子里就形不成语言，嘴里就讲不出来。因此，凡是能讲出来的知识，他对这个知识就不容易忘掉。在课堂结束时，他作总结发言，对学生发言中正确的要肯定，不正确的要纠正，并在原来基础上再进行分析提高。

黄林的这种数学方法，充分调动了学生的积极性，谁也不敢偷懒，都积极阅读分析课文，有不懂的问题，主动提出，而且这些问题都解决在老师讲课之前，因为谁都想在全体学生面前把课讲好，谁也不想落后。他们认为讲不好就是落后，落后就是丢人。

月末考试时，他教的这两班学生考得都很好，但与其他班没有可比性，因为不是全年级统一命题，是各个任课老师自己命题。期末考试就不同了。学校为了掌握各班学生的学习情况和任课教师的教学效果，以年级为单位，各科都由学校统一命题。这样就有可比性了。黄林教的这两个班，在期末考试中，他教的这一科成绩，一班是全级第一，一班是全级第二，两个班的成绩相差无几。

黄林的这两个班的好成绩使教务主任和抓教学的副校长很吃惊，他们没有想到一个新来的、没有教学经验的年轻人，竟教出这么好的成绩，超过了很多有教学经验的老教师。考分公布以后，全校所有教师，包括老教授、讲师和助教，对他都刮目相看了。

徐环对儿子的教学成绩也感到意外，她没想到他的工作会有这么好的效果。

自从黄林大学毕业后，徐环对他的看法有些说不出来的感觉。在他上大学以前，她对他的看法没有一丝一毫的阴影，完全是母亲对儿子的那种明晰剔透。他的所作所为，他的一切想法都在情理之中，都在她的想象之中。因此，她非常平静，非常放心。可是他大学毕业以后，从他对劳动以及家里人的看法中透露出他思想有些变化，但究竟什么变化，她也说不清楚。她隐约感觉到他们对他有点溺爱，有些太宠了。她也听说过"娇子如杀子"这个说法，但她没真正理解，怎样的娇才叫娇？做父母的哪有不娇自己的孩子的？这一娇就可以"杀"他了吗？这么多孩子在父母的娇惯下都成长起来，成为很有用的人才。也没有看见他们被杀的情形。究竟娇到什么程度才会构成杀的恶果呢？再者，什么叫杀？孩子出现什么情况才叫杀？这一系列问题对她来说都非常渺茫。因此"娇子如杀子"的说法，对她来说只是个空洞洞的毫无边际的说法，她不真正理解，更没有亲自体验。

黄林在教学工作中的表现，彻底消除她的隐约感觉，她对他的看法又变得清澈透明了。儿子在这里工作得这么好，她心里清净了，心安理得了。

一天下午，徐环正在看电视，忽听有人敲门。她把门打开后进来一位四十多岁的男子。他开口叫了声"大娘"。徐环让他坐下后，给他倒了杯茶放在他跟前的茶几上。那人自称姓冯，名叫冯友朋，在该学校教务处工作。徐环对这个人的面目有些印象，但叫不出名字。她不知道他来的目的，但她知道，他主动登门，肯定有事找她谈，要不然对黄林说一下就行了，用不着上门亲自找她呀。她只好坐在被动位置，倾听着他要说什么，等待着回答她的问话。他的话题很广泛。他先问她农村老家的情况，家里几口人，都谁，都是干什么的，生活怎么样等等。然后又谈学校的情况，黄林在学校的工作情况，他好像比她知道的多得多。又问她在学校住有什么困难，需要什么帮助，若有，要尽量提出来，学校帮助解决。从他说话的口气中，她感到他像是一位领导，但究竟是多大的领导，她说不清楚。在他谈话的最后阶段，他比较集中地谈论黄林了。她操心听着他到底是来干什么的，最后他问了一句很关键的话："黄林订婚了没有？"她认为这是他来的最终目的，前面绕那么大的圈子，问那么多问题。都是为这句话垫的底。他的目的说出来了，她的心也放松了，不那么纠结了。她一听说他问黄林的婚姻情况，她很高兴。他上学时期，有好几个说媒的，他不说二话立即回答："正在上学，不说婚事，谢谢媒人的好心好意。"后来就没有人再提了。他大学毕业后，农村的人不再找他说媒了，他们明知道他不同意。今天他来提亲了，怎么不使她高兴呢！

徐环喜气洋洋地说："还没有呢。过去说家不少，他不同意，说是正在上学，不说婚事。毕业后就来到这里，最近也没人为他提这事。"

冯友朋："他今年多大了？"

徐环："二十四了。"

冯友朋："我看这孩子各方面都不错，我手里有个媒茬正等着合适的人选呢。黄林来校马上就一年了，我看他就是我要找的人选。我给他介绍这个人是咱们学校的出纳员，年龄很相当，今年二十二岁，是我们学校校长的女儿。她叫方小珑，黄林肯定认识她，他每次领工资都在她那儿领。她是中专毕业，是省会计学校毕业的。我认为这两个人很般配。先说明，这可不是校长的意思，我来提这个媒可不是校长的授意，是我擅自来的，如果这边同意了，我再让校长知道，征求他的意见；如果这边不同意，就到此为止，权当我没说，我也不会让校长知道。"

冯友朋很会办事，明明是校长委托他来说媒的，他为什么说校长不知道呢？这就是他的高明之处。

徐环真是喜出望外，自从她得知冯友朋是来为黄林说媒的以后，她喜得一直合不上嘴，他说的每句话、每个字，她都听得非常仔细，她想，人生三大喜"结婚、生子、娶儿媳"。可是黄林连个媳妇影儿还没有呢！她多么渴望着给黄林找个媳妇呀，他来不仅是说媒，况且说的对象是校长的女儿，是本校的会计，这使她喜上加喜，她喜得有些忘乎所以了，她立即告诉冯友朋："我们同意这个媒。"

冯友朋："你不与黄林商量一下，征得他的同意吗？"

徐环感到自己说同意有些过早了，她马上改口说："我是说同意让他们交往。媒成不成，由他们交往的结果而定，现在的媒，父母是不能包办的。"

冯友朋："那当然，我们说媒就是当个介绍人，让他们两个接住头就算完事，究竟这媒成不成，这只是他们个人的事，与介绍人无关。"

徐环："我说的同意也就是这个意思。"

冯友朋："那么叫他们两人接接头？他们接住头后咱们就不再多管了，他们就可以谈了，成不成由他们定。"

徐环："可以，让他们先见见面，只有交谈才能建立感情。我对你说实话吧，这个媒我是一百个同意。但是婚姻，是他们个人问题，由他们自己做主，若是别的问题，我现在就可以说肯定话。而这个问题我不能说，这你理解。"

冯友朋："我当然理解。咱们定个时间让他们见面吧？"

徐环："可以。"

冯友朋："什么时间？在哪里？"

徐环："你说吧，在哪儿都行。"

冯友朋："后天晚上吧，在我的办公室。"

徐环："好哇，晚上几点？"

冯友朋："晚上七点半。"

徐环："好。"

冯友朋心满意足地离开了徐环的家。

冯友朋这一趟也算是旗开得胜，头一趟对方就同意，而且约定了见面时间。从徐环的言谈话语中看出，她还是很满意这个媒的。因此说，这是个很好的开局。

第三十三章

　　方校长有个独生女儿叫方小珧，今年二十二岁，在该学校任出纳会计。她工作已经几年，尚未订婚，也不知道是她要求太高、太挑剔，也不知道是遇不到合适的，她的父母非常着急。方校长请教导主任冯友朋帮忙，冯主任承诺下来，保证为小珧找个媒茬。

　　冯主任为了兑现自己的诺言，几年来一直想方设法，寻找一切机会，利用各种门路，为小珧找个她满意的朋友，但他始终兑现不了。他已经给她介绍好几个了，都没有成功，这个不行，那个也不行。不是这个不合适，就是那个不恰当，而且都是小珧不愿意，都是野外烧火——一面热。去年学校来一位大学生，他给小珧介绍时，她嫌他没气质，不帅气，说话、做事婆婆妈妈，没有一点儿阳刚之气；他还给她介绍一个省师范学院的一个讲师，她嫌他不豁达，太老实，没有进取心，没有开创精神，不像一个当代青年的样子；还有一位政府机关的干部，她与他交往几次不干了，说他不坦荡，太俗气；一个公司老板，她说他没出息，是钱迷；到底怎么能使她满意，他没有一点儿主意。他拿不准、摸不透小珧的脾气。他说个不成，说个不成，几乎失去了信心，也不知道是小珧太撇，也不知道是自己太没本事。他原以为这是个体面活，为校长帮个忙是件好事，但现在看来竟这么艰巨。这件事成了他多年的心病，把他折磨得无法安睡。黄林一进学校，就引起了方校长、冯主任和小珧的高度重视。他第一次领工资时，小珧就对他观察得特别仔细。经过近一年的观察，他的各项指标都达到了小珧的要求。从长相上说，小珧要求并不高，一般就行，但必须是风度不凡、举止大方。在心胸方面：心地纯洁、胸襟宽畅、秉性淳朴、性格开朗、态度和蔼、气质直爽、性情平和、交往坦荡、作风正派、脾气温良。冯友朋征求校长的意见时，校长说："我看差不多，我得征求她妈的意见，当然她妈得先征求女儿的意见。征求罢意见再说呗。"第二天，校长对冯友朋说："你说这个媒，先叫他们见见面，让他们接住头，谈谈再说。我过去为这孩子的媒发过大愁了，她妈也是经常哼呀哎呀的。她妈俺俩都这把年龄了，从来没有在别的问题上作过难，上过愁，而在女儿的婚姻上，却叫我们作大难，上大愁了。你为我们操了不少心，我们非常感谢。这个媒如果成功了，你就为我家立了一大功，我们得请你吃个大鲤鱼，好好酬谢你。"

冯友朋："你又给我来客气哩！咱们之间，谁给谁呀？论工作关系，你是领导；论私人关系，咱们是好朋友。因此，你的事，也是我的事。这个媒很有奔头。只要小妮儿同意，就算成功了一半。下面就单等着看男方是否有主了；如果男方没有，这个媒就可以成。我对这个媒很有信心。"

方校长："那你就辛苦吧，我等你的好消息。"

冯友朋诙谐幽默地笑着说："我哪是心苦呀？我是腿苦，嘴苦。"

晚上黄林下班回来以后，徐环看见他就说："今天下午，你们教务处的冯友朋来咱家了。"

黄林："冯友朋？我们的教务主任，这个人挺好的，待我也好。他来咱家弄啥的呀？"

徐环："弄啥的？给你说媒的。"

黄林一听给他说媒，急忙打断妈妈的话，说道："现在不要给我谈这个，我现在不说这事。"

徐环："看你这孩子，都二十多了，大学毕业了，参加工作了，你还是个小孩子吗？人家像你这个年龄都有孩子了，你还不说这事？你等到猴年马月的吗？人家主任来给你保媒，说明人家看起咱，你别不识抬举，来给你说媒，咱们应该感谢人家。"

黄林："他介绍的谁呀？你咋回答他的呀？"

徐环："他说的是你们学校的会计，他说你每月领工资就是在她那儿领，他说她是校长的女儿。"

黄林："出纳会计。她是校长的女儿，我倒不知道。"

徐环："他说是，这不会假。"

黄林："你咋给他说的呀？"

徐环："我对他说我们同意，让你俩先见见面，时间定在后天晚上，在他的办公室。"

黄林："这么快吗？按我说先不要答应他，等等再说。"

徐环："还等什么？人家主任来找我给我的孩子保媒，我不能拒绝人家，除非是咱已经订婚了。你在他们手下工作，给你介绍的又是校长的女儿，这个女儿又有工作，正如你爹说的，是个吃皇粮的，这些条件，你打灯笼也难找，你还犹豫啥呀？别人还求之不得呢。你是啥条件呀？人家的爹是校长，大学校长，你的顶头上司。你的爹呢？老实农民。人家的家住在城里，城市户口，吃的是商品粮；你的家住在偏僻农村，农业户口，吃的是农业粮。你哪能跟人家比呀？依我看，只要人家不嫌弃咱，就谢天谢地了！这个媒只要能成了，这不但是你的福，你的荣幸，也是咱们全家的福，咱们全家的荣幸。你考上大学，对咱村就有很大震动，你如果找个大学校长的女儿做老婆，对咱村的震动比那次还大，你哥、你妹妹肯定会很高兴。因此，这个媒我是从心眼儿里非常满意的。再说，即使不满意，也不能马上说不满意。人家给孩子说媒哪有家长先说不同意的，家长只能说同意，不同意的话让孩子说。这样，不伤大人们的和气。给你说的对象是校长的女儿，介绍人是教务主任，他们都是你的顶头上司，你在他们手下工作，咱们不看僧面看佛面，不但我不能说不同意，就是你也不能马上说不同意。后天晚上去见面时，好好与她说话，按着'同意'的思路去谈话，也可能这就是你们的缘分。"

徐环的这番话，还真的说服了黄林，他对自己的母亲另眼相看了，他佩服母亲了。他想，别看妈妈文化不高，她对社会上的人情世故掌握得还挺透的，最后他说了一句让妈妈满意的话："好妈妈，我听你的，后天晚上我去与她见面。"

见面的时间到了，黄林和小珧按时去到了冯主任的办公室。由于双方都抱着对对方敬佩、羡慕的心态与对方谈话的，所以话谈得非常投机。每个人都想把尽量多的心思说给对方，每个人也都想倾听对方的说话，把心思说给对方是一种愉快，倾听对方说话是一种享乐。心里高兴过得快，心里悲痛苦难挨。他们见面的时间过得特别快，他们抬头一看表，十一点半了。黄林惊讶地说："这个表快吧？"

小珧接着说："快得还不少呢！"

他们各自再看看自己的手表，墙上的表不是快，而是慢呢，比正常时间慢十分钟，他们只得说："今晚暂到此吧，今后再谈吧。"

小珑轻轻地走出办公室，满怀喜悦地回到了自己的家门口。她蹑脚蹑手地走到房间门前，慢慢地转动门把手，力争不让发出任何声音，连门锁簧的咔嚓声也不让有，生怕惊醒父母。当她开门走进房间时，却发现父母双双坐在沙发上，精精神神地在谈话，看见女儿进来，老两口不约而同地问："谈得怎么样？"

小珑不慌不忙地回答："谈得还不错。"脸上露出温馨的笑容。

小珑看着父母亲没有睡意，父母亲看着女儿兴奋不已。双方都忘了时间，也忘了睡意，坐在那儿继续聊起天来。

妈妈说："今晚你走后，你爸我们俩的心情随着时间的推移，有下列变化：沉闷——精神——兴奋。"

小珑："我不懂，妈妈，给我解释解释吧。"

妈妈："你刚走后，我们比较沉闷。因为给你介绍的那么多，你没有一个满意的，我们也失去信心了，这一次我们也没抱什么希望，认为你去见面也是走走过场而已，去了不说几句话就回来了。所以在头半个小时，我们的心情是沉闷的。半个钟头过后，你没有回来，我们就有精神了。不回来说明想在那儿多谈谈，想多谈谈就说明想多了解情况，想多了解些情况，就说明有愿意的可能。一个钟头后你还没有回来，我们就兴奋起来了，这肯定是同意了，不然怎么谈这么长时间？一个钟头以后，我们就精神抖擞，谈笑风生，没有一点睡意，你爸平时早就酣然大睡了，可是今天他却滔滔不绝，令人惊奇，别说你十一点多回来了，你就是到天明回来，我们也不会睡觉，绝对会等到你回来给我们报告好消息。"

她说话时，小珑不时地笑，到最后竟笑出声来了。她的笑使她妈莫名其妙。她带着猜疑的声音问："你这傻妮子，你一直在傻笑什么？"

小珑："我笑你过去说我的话。"

妈妈："啥话呀？你还记着吗？"

小珑笑着说："我知道我已拒绝好几个媒了，至少十几个吧，起初几个你没说什么，到后来你就不耐烦了，我一不同意，你就说：'挑挑这，挑挑那，挑来挑去没任啥。'你还说：'东拣拣，西拣拣，拣来拣去拣瞎眼。前拣拣，后拣拣，最后拣个白瞪眼'。"

妈妈："你还不就是挑挑挑，拣拣拣吗，一直挑拣到现在吗？"

小珑："我就是挑挑东，拣拣西，一直挑拣到满意，宁缺毋滥，决不凑合。"

妈妈："那你现在满意了吗？"

小珧："现在还很难说，要看今后的发展情况。"

爸爸："对，小珧说得对，眼下还很难说，哪有一次谈话就可以认清的人；要在今后实践中验证验证。"

黄林回到家里，徐环正和衣躺在床上，半睡不睡的一听见门响，坐起来问了一声："你回来啦，孩子？"

黄林："我回来了，妈，你还没睡呀？"

徐环："我本来不想睡，想等你回来问问情况。可是你再不回来啦，我支持不住了，就和衣躺在床上歪一会儿，我没有睡。"

徐环从儿子的说话声音中就知道他愉快的心情，他轻快地走进妈妈的房间，坐在妈妈的床上，神采奕奕，精神焕发，妈妈问他："谈得怎么样？"

黄林笑着说："你猜猜怎么样？"

徐环："我不用猜，肯定是不错的。"

黄林："你怎么知道是不错的？"

徐环："我怎么知道？我怎能不知道？这是明摆着的。现在什么时候了？你们谈了三四个钟头，如果谈不来，还谈这么长时间干啥？"

黄林："妈，你真行，你对事理揣摩得就是透彻，我们谈得是不错。"

徐环没等儿子说完就急切地问："那你满意了吧？"

黄林："头一次接触么，怎么说呢？这个人我各方面都满意，就是有一条，而且这一条还是我要求得比较死的，对她来说这一条是个既定事实，改变不了的。"

徐环："哪一条呀，你那么认真，那么严肃？"

黄林："她的学历太低，才是个中专毕业。"

徐环："对了，你们冯主任那天就对我说了，她是中专学历，省会计学校毕业，我忘了告诉你了。学历有啥关系呀？人的学历各有不同，我不是初中毕业吗？不也是你这个大学生的妈妈吗？你难道不满意吗？"

黄林："满意，满意，你是我妈哩，我哪能不满意？我一百个满意。"

徐环："那就好，只要你满意我就高兴，如果你满意，再交往一段，进一步再体验一下，如果没别的什么，咱们就定下来，并且很快就办事。"

黄林有些莫名其妙，急忙问："办什么事呀？同意与办事是两码事。"

徐环："为啥同意了而不办事？你还以为你是小孩子吗？"

黄林："你还是老观念。现在的流行观念是：两人互相满意的不一定结婚，结了婚的也很快发现彼此不怎么满意。"

徐环的脸色立即阴沉下来，严厉地说道："你这是胡扯！不是人话。"

黄林："看把你气的！我只是说说，哪能当真呢？不过我不同意现在结婚倒是真的，我的主要考虑是：我不能在这里一辈子，我还得继续考学，先考硕士，再考博士，不达目的誓不罢休。你们老早不就发誓要支持我上学吗？现在怎么就犯起软蛋来了？我一定得继续上学，一直上到博士毕业。我希望你们得支持我，让我把学上完，圆了我的博士梦。"

黄林要求继续考学的话，让徐环的气消了一大半。她感到儿子有雄心，有大目标，这是好事。但她认为他继续升学与他结婚并没有矛盾，为什么儿子竭力反对结婚呢？她同意他继续升学，但不同意他不结婚。她太喜欢小珧这姑娘了，这么好的姑娘不成为自己的儿媳妇实在是太可惜。再者，她不想让儿子另找别人，再找还不一定找个什么样子的人呢。她对儿子说："你可以再考学，办完婚事并不影响你考学。"

黄林："结了婚就没法上学了，要上学就不能结婚，要结婚就上不成学了，二者不能兼顾。你说的上学结婚两不误是形式逻辑，从实质上说，结婚对上学不但有影响，而且影响可大了，老婆拉着腿，可以上好学？这是很难想象的。当然对有些人可以，对那些要求不高的人，对那些应付学习的人是可以兼顾的，他们名义上是上学，实际上学不到心里，在学校混几年，混个文凭拉倒。但我不是那号人，我这号人，干啥都得干好，要不想干好，就别干，我不会凑合。对我来说，要么结婚，要么上学；结婚不上学，上学不结婚，二者必居其一，不能二者可以兼顾，我要的是后者，上学不结婚。"

儿子的话让妈妈听得晕头转向，他的话从理论上说没有什么毛病，从话中可以看出，儿子是从严要求自己，高标准对待上学。她对儿子的严谨态度只好同意。

徐环似乎听懂了，黄林嘴里讲出的道理，究竟他内心想的什么，她是无论如何也不会知道的。他内心想的是：

想方设法来索取，

只为满足占有欲。

猎物到手不足惜，

仙桃尝罢便抛弃。

徐环："你说这也对。我刚才有些激动，一激动就失常，说话就不靠谱了。是的，对这个媒是不能马上说死。不过你要理解，妈害怕的是你马上把这个媒否定了，我是想让你马上把喜事办了。"

黄林："你不要急，妈妈，好事多磨么，没听人家说吗，做事安妥，就出成果；考虑不够，就出纰漏。我不是小孩子了，我是堂堂正正的大学生，现在是名副其实的大学老师，我说话、做事，都不是一冒二做的，都是周密思考过的，对自己的婚姻问题，更是如此！"

徐环："对这个媒你还是没有明确说出你的意见。"

黄林："因为是初步接触，总的来说，我基本同意继续发展，最后如何，还很难说，跟着感觉走呗。"

徐环："感觉是在一定基础上的，它不是空穴来风，在这个媒上，双方都有很好地了解对方的条件，都可以听其言观其行，是看得见、摸得着的实体，而不是虚无缥缈的空谈，这些就形成一种看法，这种看法是感觉的基础。有什么看法，就会有什么感觉，感觉绝不是凭空而来的。再者，对同一件事情，由于你的心情或所处的位置不同，就会有不同的感觉。比如：下大雨，对于农民来说久旱遇甘雨，有非常快乐的感觉；而对正在旅游的人来说，他们会有讨厌的感觉。再如一朵鲜花，心情好时，会感觉它色彩艳丽，流光溢彩；心情不好时，会感觉着它寒碜不堪，泪流满面。正如唐代诗人杜甫在《春望》里说的'感时花溅泪，恨别鸟惊心'。因此，感觉是有它的主观能动性的，对某事物好，就有好的感觉；对它不好，就有不好的感觉。我希望你对这个媒抱着好印象去感觉，发展下去就会有好的结果。"

第三十四章

一个星期日上午，黄松骑着摩托车带着上等白面和各种蔬菜来到技术培训学院。母子见面那个亲热劲可想而知。

徐环问黄松："孩子呀，今天为啥来得这么早，还带这么多东西？"

黄松："我是骑摩托车来的。"

徐环："借谁的摩托车呀？"

黄松："我自己的摩托车。"

徐环："你哪儿弄个摩托车？难道是偷来的不成？"

黄松："白佳送给我的，房盖好以后，她很长时间见不到我，一天她与她的服务员洪叶一起来看我了，一人骑了一个摩托车。来咱家时，我正在做饭。她们走进厨房，仔细查看了我的食材，翻箱倒柜似的看了一下咱们的炊具。她们摇摇头，撇撇嘴。然后把她们带的东西拿出来，用她们带的东西做了一顿饭。主食还是咱们家的。我给她们做了烙油馍、捞面条，还给她们杀了一只大公鸡。"

徐环："可以，会办事。"

黄松："她问我为什么这么长时间不去她那里。我说家里忙，又这么远，很不方便，比不了那时候拉煤，几天就去一次。白佳说不如叫我天天拉煤呢。我说那就把我累死了。常言说：不怕千里远，就怕隔层板（棺材）。只要人在，再远也有见面的机会；万一累死了，永远也见不成了。我说到这里时，白佳说：'去你的吧，谁叫你累死了？你真是小题大做。'吃罢饭后，她们两人骑了一辆摩托走了，把这一辆崭新的摩托留给我，让我隔几天去她那儿一次。"

徐环："那姑娘真好，一定得对得起人家，千万不要伤人家的心。"

母子俩没谈上几句，徐环就把她认为最好的新闻告诉了黄松。徐环说："你弟弟在这里表现不错，他的教导主任做媒把校长的女儿介绍给了他。女方也在这个学校工作，是出纳员，他们经常见面，也在一起单独谈过话，双方都没意见。已经谈了几个月了，两人来来往往，摘瓜不离秧的。"

黄松："好哇，如果可以给他们把事办了吧。"

黄林走了进来，看见哥哥来了，满腔热情地问长问短。徐环对黄林说："白佳给你哥一辆摩托车，你哥今后来着就方便了。"

黄林："白佳对我哥一片真心，难能可贵。哥哥，你们的关系早该肯定了吧？依我看，不但可以肯定，而且应该结婚了。"

黄松："从内心说，我们早已肯定了，我们谁也不会再找别人。但在外表上，我们还没有达到结婚条件，主要是我的条件不成熟。厚德载物，我没有足够深的水，载不了她那丰满沉重的船。所以我一直没有与她挑明我爱她的事实。上次咱妈批评了我，说我太自私，光顾自己情绪，不管女方的感受。我认为妈妈批评得很对，我很快就给她表明态度，向她发誓：我爱她，永远爱她，坚决爱她一辈子。——听咱妈说，你与小玡谈得很顺利，你们才真是达到结婚条件了。"

黄林："我们与你恰恰相反，我们外表上达到了结婚条件，但内心里却没有达到，而且差得很远。在我看来，这个差距是无法弥补的。这个内心的差距主要是在我这里。"

黄松："按你说的，你对她不满意啰？"

黄林："也可以这么说吧。"

徐环生气地说："既然不满意，还与人家来往这么密切，即使深更半夜也不回来。既然不满意就赶快断了，越快越好，不要耽误人家的时间。人家满怀信心地给你谈，你却对人家要两面派，你于心何忍！"

黄松："我同意咱妈的意见。如果感到对方不错，就诚心诚意与人家谈，条件成熟了就结婚。如果感到对方有不可弥补的缺点，不能让你满意，就不要与人家拉拉扯扯，早点结束两人的来往，让各自另找佳偶。谁也别耽误了谁。她对你怎么样啊？"

黄林："她对我是没说的，诚心诚意，死心塌地。"

黄松："人家对你诚心诚意，死心塌地，而你对人家都是三心二意，不留不弃，你就不认为这是不仁不义吗？你就不认为这是玩弄女性吗？你就不认为这是欺骗人家的感情吗？你就不认为这是道德品质问题吗？我郑重告诉你，她既然达不到你的条件，赶快停止与她的来往，明确告诉她你们在一起不合适。"

黄林："你说得太简单了，感情问题是说断就断的吗？"

黄松："你心里不满意，外表上还给人家亲亲热热，发展关系，你不是纯心害人吗！你心里明明知道她不符合你的条件，你还与人家拉扯，让人家对你越陷越深，最后你抛弃人家，你不感到这是道德败坏吗？你对人家已经害得不浅了，赶快终止与她的交往，千万不要再干出对不起人家的事了。"

黄松的情绪很激动，嗓门很高，说话分量很重。黄林听着有道理，但心里不服气，理论上他说得也对，但感情上接受不了。虽然无力反驳，但也没有悔改的决心。

黄松看到黄林没有辩驳，也没有生气的表现，情绪有些缓和，他认为弟弟是在接受他的意见，检讨他的过错。黄松平心静气地问黄林："听咱妈说，这女孩不管是个人条件，还是家庭条件都是很好的，哪一点都比咱家的强。你说说你对她哪一点不满意？"

黄林："她学历太低，才是个中专毕业！我博士毕业后在国际机构工作，我把她安排在哪里？跟着我行吗？人家外国人说个'How are you？Glad to see you'这么简单的话，她都答不上来，不丢我的人吗？你设身处地地为我想一想，我要这样的女人做老婆就是我一辈子的痛苦。"

黄松感到他们之间的思想落差太大，一半时也说不清楚，他没有进一步解释，他凝视着黄林，露出深深失望的表情。

一个星期日，黄林和方小珧又来到这个公园里。他们坐在一个花丛的凳子上，肩并肩，腿挨腿，两个人的心脏好像两个暖水瓶，外表风平浪静，内部却翻滚沸腾。两人坐在一起，本来就是零距离，但方小珧感到黄林一直在挤她。她的腿的压力越来越大，刚坐下时，她的腿松松散散，可是现在两条腿像捆在一起一样，动弹不得。方小珧面色发红，体温升高，心脏扑腾扑腾地跳。她有一种预感：好像要有什么事要发生。黄林用温情的双手，小心翼翼、恭恭敬敬地把方小珧的双手捧在一起，柔情蜜意地把她的双手放在自己的嘴上，温情脉脉地亲吻起来。方小珧第一次打破少女的矜持，不说话，也不蜷手，心不由衷地听之任之。

方小珧外表如无风的湖水，内心却像刮飓风的海洋，外表像平湖秋月，内心像惊涛骇浪。黄林一个小小的吻手动作，使她在人生道路上跨了一大步。她在学校里能唱会跳，能歌善舞。她长得苗条，文雅靓丽。她爱说爱笑，却不失稳重；她活泼开朗，却不失端庄。她是一枝校花，多少人羡慕她，尊重她，由于她的庄重大方，没有一个人敢在她面前轻狂。黄林的举动，使她由姑娘变成了女人。她心里很茫然，无所适从。现在双方的表现对她今后的发展有什么影响，会产生什么后果，她全然不知道。

黄林突然把她的手放开，用小指向右耳朵里抠，说道："我的耳朵里太痒，有啥办法吗？"

黄林装出一副可怜的样子，侧身躺在椅子上，把头枕在方小琬的腿上。虽然黄林感到狂喜，吻手的动作过后，把头放在她的腿上也好像习以为常。

方小琬用左手扒住黄林的右耳孔，用右手接住黄林给她的钥匙，小心翼翼地在他的耳孔里摸索。不能太深，太深了会捅破耳膜；也不能太浅，太浅了不解痒；更不能太重，太重了会疼痛难忍。她轻柔的嫩手，捏着小巧的钥匙，不深、不浅、不轻、不重地探索着。她的头尽量向下低，丰满的胸部紧紧地贴在黄林的脸上。黄林眯缝着眼，倾听着方小琬心脏的跳动和脉搏的舒张，他嗅到了她身上热乎乎的气息，她肉体的馨香以及青春少女的芬芳。她那温柔的双手在他的脸上轻轻蠕动，像效力无比的兴奋剂，使他精神抖擞，若喜若狂；她那被挤扁的乳房，在他脸上蹭来蹭去，让他想入非非，唤起他魂牵梦萦和无端的遐想；她的大腿，软硬适度，弹性相当，比家里的枕头强一万倍，枕上它，能使你精神焕发，意气高昂。黄林神志清醒，情绪高涨。他的一切感受归纳起来只有两个字：舒服。他自己想出一个自问自答的顺口溜：

人生何时最清闲？与女友一起逛公园。

人生何时最幸福？与女友一起逛马路。

人生何时最轻松？与女友相会在花丛。

谁能使你最舒畅？魂牵梦萦的方小琬。

他们在公园里玩了一大天，一直到天黑透了，他们才走出公园。

方小琬说："你得送我回去，我自己不敢。"

黄林："你也得送我回去，我自己也不敢。"

你看，他们说话不客气了，不架桥了，而是直截了当，一针见血。

是的，他们的谈话从形式到内容，与早上刚来时相比，已经有了质的变化。他们进公园时，看见对方说："早来了，我来晚了，对不起，请原谅"之类的客套话，现在说不出口了。他们从第一次见面到现在已经快一年的时间了，他们的谈话，由过去的零打碎敲到今天的促膝长谈；他们的见面，由过去的偶尔相见到今天的零距离接触一天；他们的谈话内容，由过去的日常琐碎到今天的深层次的想法……这一切，在方小珧看来，是他们思想感情的大飞跃，她认为，他们之间已心心相印了，已息息相通了，实际上，她已接受他为她的另一半了。方小珧让黄林去送她，口气有些强求，实际上是磨蹭人，是撒娇。黄林让方小珧送他，是不想离开她，是想让她多陪陪他。黄林说："好，我先送你。"

他们从存车处取出自行车，踏上了回家的路。

路两旁的法国梧桐树高大浓密，枝叶伸向路中央，像从两边伸出的无数只手，想握在一起而刚刚够不着的样子，中间闪着一条无边无际的天线，闪现着微弱的月光和星星点点的灯火。人行道上路灯从树枝的夹缝里照下来，地面上花花打打的影子，忽暗忽亮。和煦的晚风，把他们心里的热情吹拂得滚烫起来。道路有些幽暗，行人很少，好像整个街道都沉睡了，一切都安然无声。两人骑得都不快，走着说着，说着笑着。忽然黄林撞倒了一个黑影，黑影在大声"呜啦"个不停。

方小珧急忙说道："怎么啦，停车，停车。"

他们把车子停下，拐回来把黑影扶起，原来他是一个哑巴孩子。他有七八岁，浑身是灰，上身光膀子，没有一块净处，好像贴了一身黑袼褙似的。他下身穿了一条破裤子，破得两个屁股蛋都露在外面。他的头发绕成一团，又干又硬，像一把糊墙的泥坯。脚上穿着一双烂塑料鞋。人们一看就知道这是个智障孩子。

方小珧："他是个傻子，我好像在别的地方见过他。他今天怎么一个人在这儿，黑灯瞎火的，他也不害怕?"

傻子不"呜啦"了，站在那儿动也不动，俩眼瞪得圆圆的，直看着他们俩。

黄林说："天不早了，咱们赶紧走吧，他没事的，咱们骑得不快，我也没碰住他的要害部位，我感觉好像碰住他的屁股了，是碰住屁股把他碰倒的。再说，还好不是老年人。若是老头儿，像这样碰翻他，非坏大事不可，那就让咱们吃不消了。今晚咱们是万幸，碰住的是一个傻孩子。好啦，咱走吧!"

方小珧说："咱们不能走，把人碰倒拔腿就走，不合乎情理。"

黄林："咱不是没碰伤他吗? 若碰伤他，咱给他看病，他吃药住院咱都拿钱，咱包骨养伤。可是现在不是这种情况，你想赔他还没法赔呢，他没有伤。不要多此一举啦?"

方小玱："我不是多此一举，我是对他负责，对咱们自己负责。咱们对自己干的任何事都要完全负责。他没有外伤，有没有内伤呀？把他碰倒了，有没有磕住头，脑子有没有惊动，磕没磕住胳膊腿的，哪块骨头有没有受伤？这都不是外伤，从外表都看不出来。你怎么知道他没有伤呢？"

黄林："他是个傻子，有伤没伤他又不会说，咱们一走，不就完了吗？"

方小玱："你说得怪轻巧，他要是正常人，会说，倒省事了，咱不用多操心啊，他说哪疼、哪痒，咱们给他看病，或者说，他说哪儿也不疼不痒，没有任何不适，那么咱就走人。可是现在咱碰倒的不是正常人，而是一个不正常人，他不会说，因此，咱不能不管。"

黄林："咱们怎么管？管什么？"

方小玱："咱们拉他到附近医院检查一下，该咋办咋办。如果有伤，咱给他治病；如果一切正常，咱们走人，这样咱们放心。"

黄林心里很不服气，他认为方小玱小题大做，到医院检查，根本没这个必要。但他知道，他们的感情刚刚激起，虽然是狂热的，但是是脆弱的，正如刚绽放的花朵，经不起任何风吹雨打，哪怕是微风细雨，也可能掀起他们感情之间的狂波巨浪。黄林并不是个糊涂人，在这么个微妙时刻，他不能干任何让方小玱不高兴的事，他决定顺着方小玱的思路去想，去干方小玱想干的事。

黄林马上心眼一变说："说真的，咱们这样做是完全应该的，经过医生检查后，他说没事，咱们再走，心里才放得下。"

他们两个都在兴头上，任何人说的话、做的事，对方都会从好的方面去理解。黄林的急转弯，方小玱不但没感到他思想的异常，还认为他聪明、脑子快，又善解人意，是处事随和的具体表现。这真是：情人眼里出西施，感情面前是瞎子，是傻子。

黄林让傻子坐在车子后座上，他前面骑着走，方小玱跟在后面，他们很快来到一个医院的值班室。他们对值班医生说明情况后，医生给傻子听了听心脏，让他躺在床上，从头到脚，对他的每个部位都摸摸、拍拍、打打，对胳膊和腿还弯弯扭扭，每个部位都很正常，也没有看见傻子有难受的表情，医生最后说："一切正常。"他们付了检查费，带着傻孩走出了医院。

黄林："咱们把他放在哪儿呀？"

方小珧："你把他带到澡堂给他洗个澡，我去夜市给他买一套衣服，让他穿上新衣服，干干净净地离开我们。"

黄林："好。"

他们离开傻孩以后，已是十一点多了，他们快速朝方小珧的家奔去。离小珧家门口不远的地方，小珧停住车说道："我家到了，请你回去吧。今天不早了，你妈恐怕还等着你呢。"

黄林翕动着嘴唇，支支吾吾、扭扭捏捏、低声试探着说道："叫我自己走吗？"

方小珧温情脉脉地说："这么晚了，还要我去送你吗？你个大男人家，一个人回去没问题的。"

黄林："我怕，我不敢。"

方小珧："你怕啥？"

黄林："我怕有坏人截我。"

这句话提醒方小珧，她猛然暗想："是啊，我怎么就没有想到这一点呢？深更半夜一个人在外面是不安全的……"她想起了几天前在东湖里捞出一个男尸，到现在还没有破案，公安局正全力以赴进行调查，全城十五岁到四十五岁的人，都要如实告诉公安局自己的行踪，并尽可能提供线索。方小珧想到这里，对自己说的话有些后怕，心想：他要真的一个人走了，我还不放心呢。想到这里时，她说："走，我去送你。"

黄林："你去送我？说的怪轻巧，你回来时怎么办？你一个人敢回来吗？你即使敢回来，我也不放心哪，我必须来送你。咱们送来送去，即使来回送一百次，还不是仍回到现在这个位置？因此，你不要送了。"

方小珧心想是这个理，我把他送走，我怎么办，我怎么回来？想到这里，她无奈地说出："这怎么办呀？"

黄林："你去送我吧，送到我家你就不用回来了。"

方小珧有些生气地说："别瞎扯了！"

黄林急忙说道："与我妈住在一起，她肯定很高兴的。"

方小珧："我妈对我要求很严格，她不允许我在外边过夜。她现在肯定还没睡觉，每天晚上我不回去，她是不会睡觉的，我回去再晚，她总是一直等着我。因此，每天晚上，我一般不外出，即使必须外出时，也尽量早点回去，不让妈妈久等。今天破例了，是特殊情况，但我妈等我是肯定的，她现在肯定还亮着灯。我要不回去，我妈一夜都不会睡觉，因此，我必须回去。"

方小珧处于极端痛苦的矛盾中，让他一个人回去吧，他的安全不敢保证。再者，他一个人走了，她也放心不下，一晚上也不会睡好觉。让他去哪儿呢？留在自己家吧，妈妈会很生气的，我与黄林的婚事在妈妈眼里只是个开始，发展到最后，这个媒成不成还很难说。双方家长都还没见面，都还没有说肯定话，还没有订婚，两个人达到夫妻关系还远着呢。因此，深更半夜把他领到家非把妈气死不可，把他带到家是绝对不行的。她很后悔，后悔回来得太晚。一整天的欢乐以痛苦的心情告终。她想这就是人们常说的"乐极生悲"吧，任何事情达到顶点时，都向它的反面发展，今天的事恰好验证了"乐极生悲"和"物极必反"的真理。

黄林也被一句话缠绕着，这句话如果不说吧，还想说，必须说，不说不行。说吧，不好意思，说不出口，说与不说一直纠结着他。这句话就是"我住在你们家"。这句话他是绝对不敢贸然说出来的。他怕打破了方小珧的矜持，怕得罪了她，怕被她视为"冒失""鲁莽"。因此，这句话几次到他嘴边，他都没敢把它吐出来。不说他是不甘心的，但要伺机而行，到了一定火候，是非把这句话说出来不可的。当然啰，说出这句话，只是动动嘴，最主要的是落实到实际行动上。

黄林看出方小珧处于极端矛盾中，有意火上加油，将她的军："你看咋办吧？"

方小珧："咋办哪？你说呢？"

黄林："我们回来得太晚了。"

方小珧："是啊，若天不黑就回来，哪会有这种事。"

黄林："咱们动身本来就晚了，路上偏又遇到那个傻孩子，去医院给他检查，去澡堂给他洗澡，去夜市给他买衣服，耽误了好多时间。要不然，也不会这么晚。"

方小珧："谁叫你把人家碰倒哩？你要不碰人家，哪有后来那些事？还是怨你。"

黄林："那是，那是。不过，眼下如何解决咱们的住宿问题呢？"

方小珧若有所思地说："你要是住到……"

黄林借住这个机会把嘴边的下半句话脱口而出："住到你们家。这是最合适的解决办法。我从各方面都想了，再没有别的解决办法了。"

方小珧："这可不行，绝对不行。"

黄林："这不行，那不行，怎么才行？"

第三十五章

　　方小玳本来想说让黄林住在她家的车库里，可是话没出口黄林就说出要住她家。她感到很突然。这个方案她曾经想过，但她的这个想法一闪而逝。如果这样，会导致这个媒的破裂，因为她妈是不会接受这样的人为女婿的。她立即反驳道："这绝对不行。这样的后果是：我妈会骂死我，她自己会气死。她不管怎么骂我，我都可以容忍，但我不能容忍我妈生气，我不想让我妈生一点气。我这一生最大的愿望就是好好孝顺爹娘，决不能让他们不高兴。此外，她对你的看法会很不好，从而导致咱们婚姻的破裂。"

　　黄林领悟了住在她家的严重后果，他灵机一动，说道："不让你妈知道不就没事了？"

　　方小玳很不理解地说道："一个大活人住我们家，她怎能会不知道？我妈每天早上起床都很早的。"

　　黄林："睡你们家她会知道，但睡你的屋里她就不会知道了。"

　　方小玳用低沉的声音叫了一声："睡在我的屋里！"

　　黄林："这有什么关系呀？咱们是什么关系呀？现在睡在一个屋里能算奇怪吗？将来还睡在一个床上呢。"

　　方小玳的精神防线已经失灵了，对黄林的话很迷茫，她不知道黄林的话是对是错，也不知道该说什么好。她站在那不动，也不说话，好像在深思熟虑什么重要问题。

　　黄林倒是非常清醒，他的话都是有分寸的。他很明白，方小玳的不知所措，就是他达到目的的开始，他进一步催促方小玳："你说话呀，怎么办呀？"

　　方小玳无可奈何地说："我也不知道。"

　　黄林："我知道。走吧，去你家。"

　　他一只手推住自己的车子，另一只手推住方小玳的车子，方小玳急忙自己动手，两人一起来到方小玞家的楼门口。他们还没停住脚步，一层住户的小叭儿狗就叫起来，叭儿狗的叫声本来是不大的，但在夜深人静时，它的叫声特别刺耳，特别瘆人。本来热情洋溢的他们，顷刻间，好像有一股冷水浇身，整个身子都冻僵了似的。平时这个小狗不怎么叫，楼里来回过人，它都不叫。它看见生人才叫，即使叫，方小玞也没感到惊心，猪哼狗叫是司空见惯的琐事。它看见生人叫几声，也引不起她的注意。可是今天晚上却大相径庭了，她从来没有听见过，这么小的狗竟叫出这么大的声音。她听着不但刺耳，而且揪心。很显然，它是冲着黄林叫的，她让黄林跟在后面，她轻声安慰小狗不要再叫，小狗果然不叫了。他们在楼门前停了下来。

这是一幢六层楼房，方小玞家住在三楼，是三室二厅一百二十平方米的一大套住房。这房原本是方小玞妈妈所在医院分配给她的福利房，后来住房改革时作价卖给了方小玞妈妈，成了方小玞家的私有财产。三层楼门上方的一个房间还亮着灯，方小玞拍拍黄林的肩膀，又用手指了指三楼亮着的房间，小声对黄林说："你看，我妈还在等着我呢。"

黄林点了点头。

楼房前面有一排一层小房，是住户的车子库，人们下班后把骑车放在里面非常安全。方小玞小心翼翼地把库房门打开，不动声色地把两辆自行车放在里面，轻轻地把门锁上，拉住黄林蹑手蹑脚地进了楼门。楼梯间的灯还亮着，他们轻轻抬步，慢慢落脚，两人穿的都是皮鞋，不让有任何脚步声，哪怕是细微的摩擦声也不让有。这可难为他们了。楼梯间的灯刚进门时还亮着，很快又灭了，因为这是声控灯泡，没声音它就不亮，好像有意与他们作对似的。集体厕所里的漏水声虽然对正在睡觉的人来说有些聒噪人，但对他们来说倒是好事，可以对他们的行动做些掩护，他们万一不小心弄出点声音来，漏水声可以为他们遮丑。

他们终于来到了三楼方小玞的家门口。从楼底到三楼他们用了十多分钟时间，拿捏得出了一身汗。方小玞知道她妈没睡，因此她不能让她妈听见她的开门声。她怕她妈一听见门响马上出来开门。她掏出她的钥匙串，摸着头门的钥匙，轻轻地、慢慢地把钥匙插入锁眼里。如何遮掩住扭钥匙的声音，是他们能否顺利进屋最关键的一步。钥匙开门有个"咔嚓"声，这是每个锁都有的。锁门时，锁舌头凭锁内弹簧的推力，又依头上的斜抛面塞进门框上的锁孔里，锁孔与锁舌之间有一定压力，这样把门锁住以后才能把门锁紧，锁死，不会晃荡，这个压力越大，门锁得越紧。开门时，由于钥匙的转动让锁簧拉动舌头往回缩，舌头脱离锁孔时就有一个咔嚓声。这个咔嚓声，锁门时有，开门时也有。方小珑为了不让门咔嚓，用左手使劲拉住门把手，右手转动钥匙，等锁舌离开锁孔以后，左手再慢慢松开，然后再稍微一推，门就无声无息地打开了。开头门这活她做得很成功。她告诉黄林进屋时不要有任何声音，不要有脚步声，不要碰住屋里的任何东西，甚至连呼吸都要控制住，不要有出气声。黄林唯命是从，不折不扣地完成了方小珑交给的任务。他们两人先站在她的卧室门口，方小珑轻轻把门打开，把黄林推入房间，又把门关上，走到她妈的卧室门外，对她妈说："妈，我回来了，赶紧睡吧，天不早了。"没等她妈吱声，她急忙去到自己房间，把门锁起来。她把窗户关上，把窗帘拉严，再把灯打开。他们坐在沙发上，长长出了一口气，说道："可轻松一下了。"

不一会儿方小珑深有感触地说："真是做贼心虚。你说我们不就是两个贼吗？要不然我们心虚什么？"

黄林："是贼不是贼，是自己想的，自己认为是贼，就是贼；自己认为不是贼，就不是贼，不是吗？"

然后黄林又说："别胡乱想了，赶快睡觉，明天我得早点起来走，起得晚了就出不去了。再者，我明天还有课要上呢，咱得早点睡。"

方小珑："好，马上睡，你睡床上，我睡沙发上。"

黄林："不，不，我睡沙发，你睡床。"

话音没落，他就和衣躺在沙发上，把眼闭起来，装着很想睡的样子。

方小珑打开衣柜拿出一条被子和一个枕头扔给他，自己和衣躺在床上，拉灭了灯，闭上了眼睛。

同一个房间里，分铺躺着一对恋人，如同茅草屋里燃烧着两盆盛火，安生得了吗？两个人谁也睡不着。方小珑不是在想，而是担心，万一明天早上黄林起床在妈妈后边怎么办？妈妈总是起得很早，她一般五点钟就起来了，黄林必须四点半以前起床，到妈妈起床时，他早已走掉了，才能保证不被妈妈发现。她又想，黄林能起来吗，今天又睡得这么晚，他很可能醒不了这么早……这怎么办？她越想越没有把握，越想越睡不着，最后她决定：为了确保黄林早点离开，她自己宁愿不睡，保证及时把黄林叫醒。

黄林更是睡不着了，他在想什么呢？他想到两句古诗"花堪折时直须折，莫待花落空折枝"。他又想到论语中的一句"天予弗取，反受其咎"。他想到这些时，他刺棱坐起来，拿住枕头走到方小玳的床前，嘟囔着："我在那儿睡不着，让我睡在你的床上吧。"

方小玳心里很清楚他的目的，但她要竭力保住她的矜持。她装出很稳重的样子，命令式地说道："睡那头吧。"

黄林连忙应声道："是，是。"迫不及待地在方小玳的脚头躺下。

两盆炭火紧挨着，无声无息地燃烧着，越烧越旺，越旺越热，何止是热，而是烫、烧、烤。两个并排的肉体像两块具有强大吸引力的磁铁，彼此发出的磁波急速交织在一起，像闪电一样发出耀眼的白光和震撼世界的声响。一种无法抑制的力量又把黄林推起来，他爬到方小玳这头，小声说："我想睡你这头，在那头我睡不着。"

方小玳故作镇静，装出坦然自如的样子说："你怎么得寸进尺？你整天在家睡咋睡着啦？"

方小玳是故意问他，其实她自己也是睡不着。说真的，两个青年男女睡在一个房间里，能睡得着吗？她接着说："好吧，睡到我这头，但得约法三章，你同意不同意？如果同意可以睡这头，如果不同意，还去睡你的沙发。"

黄林连连表示同意，说道："同意，同意。"

方小玳说："好吧，我说啦。第一，不要挨住我；第二，你要侧身睡，要背对着我，不要脸对着我；第三，不要动手动脚乱摸。"

黄林又连连同意说："行，行，我保证做到。"

提要求也好，承诺也好，却毫无意义，都做不到，全是玩嘴上的把戏，没有任何效果。提要求者，明明知道兑现不了，却还偏偏要提，并不是真心要求对方按自己的意思去做，而是用提要求的办法延长享受幸福的时间。如同饿了想吃饭一样，这时如果推迟吃饭时间，让饿感更强烈一些，再去吃饭就会感到吃饭更快乐；又如同一个猫抓住老鼠后，它绝不会马上吃掉，它要想方设法、千方百计玩弄它，一直玩到兴趣尽了，它才开始吃。任何东西只要你渴望得到它，渴望是幸福的开始，而实现渴望是幸福的结束。

这时的黄林对方小玳提出的任何条件都会同意，他是走一步说一步。这一步走完了，再说下一步。他也很清楚答应了她的要求而不兑现，也丝毫不影响对下一步的发展。

黄林按方小玳的要求躺在她的身旁。两颗心脏都猛然地跳起来，呼吸也很急促，热血在沸腾，肌肉在颤动。两个人几乎都不知所措，没有一点主观能动性，不是想怎么着就怎么着了，而是受激动情绪的驱使，感情的融合。黄林把她翻成脸朝上，又顺顺利利地把她的衣服脱下……

一切都静悄悄的，小珧妈怎么也睡不着。她越想越窝气，越想越睡不着。她对老伴说："不行，我不能叫他们太安生了。"

老伴说："你不叫他们安生，你能怎么着他们呀？"

小珧妈："我得去敲他们的门。"

小珧爸："别耍二杆子了。谁家的妈妈捉她闺女的孤老！外人知道了只把你笑死。稳早儿别干那没成色事。"

小珧妈："我得去，我睡不着。"她说着就下了床。

小珧爸："你一定记住，别把事做绝，要留有余地。尤其是今天晚上，想给她摊牌也不能是今天！弄不好要出事的，到时你后悔都来不及。在别的问题上你可以不听我的，但今天这个事，你一定得听我的。"

小珧妈平时是很少听丈夫的意见的，可是今天，她倒意外地考虑丈夫的意见了。她去到小珧的门口，用力敲小珧的门。

"哪，哪，哪。"小珧的门上连响了三声。小珧问道："谁呀？"

她连忙把黄林推开，穿上睡衣从床上下来。她用手指着床底下，让他往里面钻。黄林也顾不得穿衣服，甚至连鞋也没有穿，就慌慌张张，浑身不挂一根线，直挺挺地躺在冰凉的地板上，连大声出气也不敢，静静地听着外面发生着什么事。

小珧匆匆忙忙把被子、褥子理顺平整，把自己的头发往上拢了拢。她就要去开门时，猛然发现，黄林的鞋还在床前面，大大方方地静仰着。她几乎吓出了一身冷汗。她急忙把鞋用脚踢到床下，正好踢到黄林的嘴旁边。浓浓的脚臭味刺激着黄林，他极想咳嗽，但他绝对不敢出声，他憋呀憋呀，实在憋不住时，想抓挠住什么，捂住嘴，遮住声，让他咳嗽一两声，缓解一下他的内压。但他什么也捞摸不着，只好拿住在他嘴旁边的臭鞋，死死地盖在嘴上，闷声闷气地咳嗽了两声。缓解了一下内需。

"怎么还不开门呀？"外面又催了。

小珧听出来了，是妈妈的声音。急忙答道："马上开了，马上开了。"

小珧妈在门口等了这么长时间，她更加清楚里面的情况了。常言说"十八能不过二十"。她是一个有经验、有脑子的妈妈，她完全知道小珧的葫芦里卖的什么药，她对屋内的情况早已清清楚楚，但她装着什么也不知道，专看小珫怎么表演。

小珫把门打开了。她妈妈板着脸向前走了两步，站在门槛上。她一句话也不说，像一个警察搜查流窜犯一样，巡视着屋内的情况。小珫心里很害怕，全身好像要哆嗦，她竭尽全力控制住自己，不让有任何异常表现。

妈妈问小珫："你平时做事倒是挺麻利的，怎么今天这么长时间才开门呀？"

小珫急中生智，说道："我今天回来得太晚，累得躺在床上懒得起来。"

妈妈："刚才我似乎听到什么声音，好像畜生放大屁一样。"

小珫："我下床时不小心碰住椅子了，是椅子与地板的摩擦声。"

妈妈撇撇嘴，讽刺地说道："你倒怪会解释的。"

她按照丈夫的意见，妈妈没有进一步地搜查，也没有再追问什么。她不想立即把女儿揭露得太苦，不想把女儿弄得太难堪，她想给她留些面子，不想给弄绝。她毕竟是她的亲娘，对女儿的怜悯心还是很强的。她心里很可怜她、同情她，但在表面上却是恼怒她、痛恨她。

妈妈说了声"睡吧，把门关好"后，离开了小珫的房间。

小珫把门关死后对黄林说："快出来吧。可把我吓死了。万一我妈发现了你，非把我妈气死不可。我最担心的就是这个。她没有看见你，谢天谢地，真是上天保佑哇。"

黄林从床底下爬出来，冻得浑身哆嗦。他把衣服穿上，用被子捂住嘴，舒舒服服地打了几个喷嚏。他缓过气以后，调皮地对小珫说："看看，连天和地都保佑咱们在一起。"

小珫："还说能话哩？还是冻得轻。"

黄林："真的把我冻坏了，赶快给我暖暖吧。"

黄林和方小珫不怯不惧地躺在了床上。

第三十六章

　　方小珑呼噜呼噜地鼾睡着，黄林没有一点儿睡意，首先是他激动得不想睡；其次是他怕睡着了醒不了耽误出去。他用低沉的声音叫小珑："小珑，小珑，起来，天快亮了，我得走，你得为我开门呀。"

　　方小珑醒来的第一句话是："几点了？你别耽误走哇。"

　　黄林："四点多一点儿，早着呢，一点儿也不耽误。"

　　方小珑："你若不叫我，我睡到中午也醒不了。"

　　黄林："我若像你这么睡，不就坏大事了，因此，我不敢睡，我连眨眼也没眨。快起来吧，我得赶快走。"

　　方小珑这时才意识到自己裸身躺在床上，浑身不挂一根线，她意味深长地说了一句："你是世界上最坏的男人。"

　　黄林嬉皮笑脸地说："要看咋说的，没听人家说么，男人不坏，女人不爱，我是世界上最坏的男人，说明世界上的女人最爱我。"

　　方小珑："别不要脸了。"

　　黄林："男人不要脸，女人才喜欢；男人若鲁莽，女人就疯狂；男人赖话讲，女人就心痒……"

　　方小珑截断他的话："别胡扯了，越说越离谱。光说男人女人，男人女人，真不是好东西。"

　　黄林："好东西，坏东西，东西不分好与坏，要看在谁眼里，情人眼里出西施，坏东西情人看着也舒适。"

　　方小珑有些半生气了，说道："你咋是个癞皮狗呀！"

　　黄林："不要脸也好，癞皮狗也好，你怎么骂我，我都乐于接受，打是亲，骂是爱，不打不骂臭祸害；还有个说法是打是近，骂是严，不打不骂八不连。"

　　方小珑："你今天早上故意与我耍嘴皮子，是不？"

　　黄林看到方小珑有些要正经了，他也不再与她东拉西扯了，他一本正经地说："你快起来吧，把我赶快送出去。你还想让我在这里再待一个晚上呀？这我倒愿意，别说再待一个晚上，就是再待一月、一年，甚至一辈子，只要待在你房间里，我永远都是幸福的，我可过过清闲生活。"

说归说，他心里很清楚这是瞎扯。他现在的想法与昨天晚上的完全相反。昨天晚上是个千方百计进到屋里，现在是赶快离开这个屋子。与昨晚的相同点是：都是秘密地干活，主要是不能让方小珧的父母发觉了。黄林的心情很着急，他想趁着她父母还没起来，他赶紧离开这里。他想：只要离开方小珧的房间，走出这个家门，就万事大吉了，就会有跳过一劫的快乐。他感到他是一个小偷，小偷得到东西时心里很舒服，可同时又很担心害怕，怕被人抓住，一旦被抓，就是极端的痛苦。这里的舒服与痛苦之间只有一线之差，要么是舒服，要么是痛苦。一般人都希望舒服，不希望痛苦，但一般人与小偷的不同是一般人按照自然规律，经过自己的辛勤劳动，自然而然地得到舒服；而小偷却不然，他不想辛苦，不想走规律道路，他光想走捷径。因此，他就偷，但偷又怕被人发现，他始终处于极其对立的尖锐矛盾中。不被发现就是舒服，被发现就是痛苦，就这么简单。小偷是知道这个道理的，不被发现与被发现各占百分之五十的可能，小偷的心理是把他的行为建立在不被发现的基础上。他每次偷盗之前，他做充分的分析，其结果是百分之百不被发现，所以他才胆大妄为，肆无忌惮，可一旦被发现，他又后悔莫及。

方小珧已经穿好衣服。她看了看表，正好是四点四十分，离她妈起床时间还有二十分钟，她想：保险系数很大，没有一点问题，绝对安全。她轻轻把门打开，用手示意让黄林出来，又轻轻把门关上，与黄林一起，不声不响地下了楼梯。楼门是开着的，他们轻轻松松地走出大门外。他们松了一口气，好像网里的鱼又逃到水里一样，逍遥自在。方小珧把车子门打开，黄林推出车子，认真打量着站在他面前的这位大姑娘，她真是：

飒爽英姿婷婷站，

无限魅力撒人寰。

十全十美无瑕处，

恰似天仙落尘凡。

黄林刹那间脑子里闪烁着她潇洒适度的举止、落落大方的气派、洒脱自然的风度以及她那美丽诱人的容貌，这是他理想的女人，他梦寐以求的女人，但这种女人在男人面前往往是神态高傲、沉稳、自矜，让你敬而远之，望而却步。就是这同一个女人，晚上却赤裸裸地躺在床上，让他为所欲为地动手动脚，任其折腾。他满意了，他知足了，男人对女人最大要求也莫过于此吧。亭亭玉立的她与躺在床上的她，反差这么大，他不禁想到，女人就像藏獒一样，在生人面前，它威风凛凛，耀武扬威，让人望而生畏，胆战心惊；一旦被人制服以后，它就对他服服帖帖，百依百顺，不管他如何折腾它，也不管他如何摆弄它，它都俯首帖耳，任他摆布。有人说女人是水做的，不，女人不是水做的，构成女人的材料是变化无常的，在生人面前，她是磁铁做成的，这种磁铁有强烈的排他性，生人胆敢接近她，她叫你头破血流，体无完肤。可是她在制服她的人的面前，她的身体像刚下弹花机的棉絮。这种棉絮有两重性，一方面，你可以把她一拉一条线，一松一个蛋，可以把她做成任何形状，任你摆布，任你玩弄，随心所欲，随意畅怀；另一方面，这种棉絮有强烈的吸引力，能把你吸得服服帖帖，能把你紧紧缠绕，能把你缠得迷失方向，能把你缠得失去自我，能把你缠得听她的摆布，甚至可以把你活活缠死。

情意绵绵，激情满怀。两人的眼睛对视着，一动也不动，都想把这缱绻的时刻永远留存在自己的脑海里，永不遗失。

黄林心里不自觉地发出这样的感慨："啊！女人！原来如此。"

一阵情意缱绻之后，黄林嘴里吹着口哨，轻轻巧巧地骑上自行车，用点头的方式与小玞说了声"再见"后，踏上了回家的路。春天的晨风刮得他凉飕飕的，他像窃贼带着赃物逃离案发地一样，轻松、愉快、心满意足。

方小玞无精打采地上了楼梯，她上到三楼，正低着头，若有所思地向门口走去。她无意中先看见两只脚，把她吓了一跳，她抬头一看，原来是她妈妈站在门口，穿着睡衣、拖鞋，蓬松着头，惺忪着眼，噘着嘴，哭丧着脸。没等她回过神来，她妈用满口责备的腔调问她："去哪儿了，起得这么早？往常我做好饭还不起来，连叫也叫不醒，今天怎么啦？昨天出去野了一天也不嫌累，今天又起得这么早，你中了啥邪了，把你变了个样？"

方小玞有些发怵，对于她妈的突然发问，她不知道说什么好，临时编了个瞎话："我去外边大厕所里解手了。"

她妈一听女儿在编瞎话骗她，反问道："咱家的厕所着不下你，还大清早地跑到外面解手?"

方小珑支支吾吾说不出话来，像躲猫的老鼠一样，急忙钻进自己的房间。她半躺在床上，心里很害怕，像窃贼偷了东西被主人发现一样。她静静地思索着：妈妈为什么一反常态，与过去大相径庭？以往的妈妈，温柔、慈祥、可亲、可爱，对自己百般照顾，无微不至，妈妈始终是自己最牢固的靠山，最贴己的保护神。她与妈妈之间没有任何隔阂，母女俩交流自如、随便。她心里万一有什么不愉快的事情，马上向妈妈诉说，妈妈会因事诱导，很快使自己开起心来。可是今天不同了，以往看见母亲高兴，今天看见她害怕，怕她的眼睛里发出的钢针一样的蓝光，怕她满脸起皱的凶相，怕她嗷得老长的嘴，怕她巨怒撩起的眉。再者，妈妈平时都是五点钟起床，不早不晚，连十分八分钟都不会错。而今天她起来得这么早，看来四点半就起来了，她是有意逮我的吗？使她欣慰的是，黄林走得早，再晚五分钟就会被妈妈抓个正着。谢天谢地，黄林走掉了，只要他没被抓住，就与没事一样。她知道，妈妈绝对是个好妈妈，她长这么大，妈妈对她非常疼爱，没打过她一下，没骂过她一声，没让她听过冷言冷语，没让她看过任何凶相。但妈妈对她的婚姻方面的问题，要求非常严格，晚上不让她随便出门，星期天也不让她任意串朋友，拒绝陌生男士找她，也不让她接外人的电话，她若外出，必须得到她的允许，否则她是不能外出的。最近几年，她年纪大了，她的婚事也迟迟定不下来，妈妈对她外出放松很多，尤其是晚上。过去她是绝对不让她晚上外出的，自从她与黄林谈恋爱以后，才答应她晚上和星期天出去。

方小珑总感觉着妈妈今天的表现不寻常。她的依据主要有两点，一点是她起得特别早，比平时早起半个钟头，过去从来没起来这么早过；另一点是对待她的态度，她不像一个慈祥的妈妈，而像一个公安人员审问一个顽固不化的犯人。方小珑一直在琢磨妈妈对她的态度反差这么大的原因，她想起几种可能性，也是过去妈妈比较敏感的几个问题：星期天出去，这不太可能使妈妈生气。近几个月来，她每个星期天都与黄林一块出去，上星期日她还去黄林家玩了一天呢；这半年来，她没少晚上出去，每次晚上回来向她汇报时，她都高高兴兴地问这问那，从没有情绪不好的表现。那么妈妈态度猝然变化的原因是什么呢？难道真的是黄林在这里过夜的问题吗？这是方小珑最忌讳的，她最不想让妈妈知道的就是黄林在自己房间里过夜。她想，如果这件事让妈妈知道了，后果是不堪设想的。这是她最害怕的一件事。

妈妈对方小珗的态度突然变化就是因为她做了一件让妈妈不可饶恕的错误——让黄林在自己屋子里过夜。尽管方小珗认为自己做得滴水不漏，也可以说是天衣无缝，但人们常说"要想人不知，除非己莫为""麻雀过去都有影儿"。事实是，黄林在方小珗的房间里过夜的事，从一开始方小珗的父母都知道。

凡是方小珗晚上出去，她妈一直等着她，而且总是开着灯。方小珗回来后先给妈妈打个招呼，禀报一下自己回来了，妈妈这时才关灯睡觉。昨天晚上方小珗领着黄林回来时已经十一点多，方小珗的爸爸早已入睡，妈妈不但没睡，甚至都没躺下，而是很精神地等着方小珗回来。她一会儿隔窗户往下看看，一会儿看看，一会儿听听。因为时间较晚，她确实有些担心，越发不想睡。十点半以后，她干脆不打算睡了，搬个凳子坐在窗户旁，两眼直盯着楼梯口，心急火燎地等着女儿回来。大约十一点，她看见女儿带着一个男人回来了，她大吃一惊，太出乎意料了，她怎么也没想到女儿会在深更半夜带回来一个男人。她看到他们蹑手蹑脚，鬼鬼祟祟，她料定他们会干出见不得人的事。她知道女儿在谈恋爱，而且是在热恋中，她也知道男方叫黄林。她只是知道名字，没见过其人。她想这个男人很可能是黄林。她认为，不管是谁，是绝对不能住一起的，这个底线绝对不能逾越，她马上对方小珗产生了反感，认为她太过分了，做的事太离奇了，太不像话了。她把老伴叫起来，让他辨认这个男人是谁。方小珗的爸爸披上衣服，趿拉着拖鞋走到窗跟前，仔细往下一瞅，对老伴说："是黄林。"

小珗妈妈："这小子真不是玩意儿，咱的小珗也不是啥好东西。你们谈就谈呗，老早就住在一起，伤风败俗。现在这年轻人真是不像话。不中，我得阻挡他们，不让他们住在一起。"说着就动身往门外走，但被老伴死死拉住，说道："别干傻事，年轻人的事，你管得了吗？"

她生气地说："管不了也得管，不管太窝心，咱家不能出现这种见不得人的事，管一管，即使管不住也出出气。"

他老伴："关于这种事你还不太懂，首先说管是管不住的。《西厢记》里的崔莺莺和张生，老夫人家法那么严也没管住，那是啥年代呀，七百多年前的事儿，现在是啥时代呀？要放聪明些，你是管不住的。"

小珗妈："按你说，咱们就不用管了，任他们随便乱来吗？"

小珗爸："我的意思并不是不管，更不是让他们随便乱来，而要管，但要适当管，要因势利导，不要死管。若要死管，不但管不住，还可能管出问题呢。"

小玑妈："爹娘管孩子，还会管出啥问题？"

小玑爹："爹娘管孩子出的问题还不少呢！当然我并不是说爹娘管孩子每个都出问题，有的出问题，有的不出问题。出问题的大致有下列几种：一是永远不再找婆家了，就跟着爹娘一辈子，就是给你怄气；二是私奔，与男友一起逃出家门，远走高飞，永世不再回来；三是寻死觅活的。这三种后果不管哪一种，都会要我们的命。这种事你可不能试，比不了买衣服，不行了换换，或再买一件，这种事都是一次性的，要成功就成功了，要失败就一败涂地，而且不可挽回，咱一辈子就完了。因此可不能冒险，凡事要从坏处着眼，要立于不败之地，不怕一万，就怕万一，咱们是经不起任何类似的打击的。咱就这么一个女儿，她就是咱们的一切，咱们的全部寄托，也可以说她就是咱们的命根子，在她身上，咱可不能有任何闪失。请你不要感情用事，要止怒，不要太刺激她，要慢慢引导，她若是受到刺激而接受不了时，就会走绝路，到时咱后悔莫及，哭天没泪，入地无门。对她要做到两件事，第一，不要把他们的事挑明，要装糊涂，聪明难，糊涂难，由聪明变糊涂更难，糊涂心情愉快，退一步海阔天空。第二，对她的态度要一如既往，不要让她看出我们都知道，要让她认为我们不知道。这样，下一步咱的日子就好过了。"

小玑妈："你的话有道理。我嫌他们太不懂事，他们只要谈谈恋爱，仅此而已，离夫妻关系还远着呢！既没有订婚，更没有登记，怎么就可以住在一起呢！我就是生这个气。咱们那时候，咱们结婚以后，你第一次往我跟前一站，我就发怵，你摸我的手时，我紧张得打战。这个丫头倒好，老早就把男人引进家了，怎不可恼！"

小玑爹："咱们那是啥时候呀，现在开放多了，不能与那时比了。他们住在一起肯定不对，从另一个角度上说也不要大惊小怪，更不要太生气，气伤身、气出病来还是自己受罪。实际上，气也是自己找的，事情发展到这一步了，生气也没用。"

小玑妈："那咱也不能不管，咱要不管，他们会得寸进尺，越来越肆无忌惮，万一给你抱出小外甥，看你咋办？"

小玑爹："决不能让他们走到那一步，我不是说不让管，我的意思是因势利导，别着急，该管还得管的，但要有分寸，一步一步来。"

黄林回到家时，他妈还没起床，他乐呵呵地走到他妈的床前，叫他妈快起床。他妈看见他乐呵呵的样子，不知其意地问他："在哪儿混了一夜，还这么高兴？"

黄林满脸笑容地说："你猜猜呀。"

徐环："不用猜我也知道，不是在哪打牌，就是在哪儿喝酒，不会是什么好地方。"

黄林胸有成竹地说："你这回算猜不着了，我这回不是打牌，也不是喝酒，而是在一个舒适的房间，与一个称心如意的人在一起，过了一个溢满温馨的夜晚。"

徐环："啥称心如意呀！过去说米面夫妻，酒肉朋友，现在不说米面夫妻了，因为大家都有吃有穿了，但酒肉朋友还是不变它的本意，现在不也说'朋友，朋友，喝酒吃肉；无酒无肉，何为朋友？'吗？你们这些人在一起，只是为了吃，为了喝。抛开吃喝，论过日子，也不称心，也不如意。我听说一个顺口溜：

　　　　吃喝在一起，

　　　　猜拳碰杯很亲密，

　　　　好像亲兄弟。

　　　　一旦祸事起，

　　　　各自奔东西，

　　　　谁也不顾谁，

　　　　好像不认识。

这个顺口溜说得多好哇，你们在一起不就是这样吗？"

黄林不耐烦地说："你光往坏处想。这次我在外边一杯酒也没喝，一口肉也没吃，确实是与意中人在一起，过了一个甜甜蜜蜜的夜晚。"

徐环倏然惊醒，诧异地问道："你与方小珫住在一起了？"

黄林自得其乐地回答："当然啰。"

徐环很惊异，进一步追问："是真的吗？你不是在骗我吧？"

黄林斩钉截铁地说："是的，一点儿也不假。"

徐环从儿子说话的口气、面部表情和说话时的态度看，这会是真的。她喜？她忧？她心里沉重，她心里内疚。她听了这话以后，有喜的成分，这么好的姑娘，距她的儿媳妇的距离近了；使她忧的、沉重的以及内疚的是，儿子对她还没有完全接受，他还不打算娶她，怎么就住在一起了呢？

她生气地对儿子说："你不是不打算与她结婚吗？"

黄林："那是过去的想法，事情都在变化么。"

徐环认为儿子有些出尔反尔，她也搞不清楚他的真实思想到底是什么。按他现在说的，他的做法也完全是错误的。

徐环："你们才刚刚开始，尽管说发展比较顺利，但你们仍然在初级阶段。双方家长还没见面，你们还没订婚，订婚才是你们谈婚论嫁的开始，要成为夫妻关系还得去民政局登记，他们颁发给你们结婚证，只有这时，你们才算是夫妻关系。按我们的习惯，还有个结婚仪式，即婚礼。这一切办完后，才可以住在一起，而你们现在就住在一起，真有点乱来，有点无法无天，很不应该。"

黄林不耐烦地说："这些我都知道。"

徐环："你都知道你还犯，你这叫明知故犯。你是一个大学老师，老师更应该为人师表，按法律办事。大学老师还违法乱纪，人家平民百姓怎么办呀！"

徐环的这些话分量很重，句句说到要害处，说得黄林无言可答。徐环接着又问："你们在哪儿过的夜？"

黄林："方小珑的房间里。"

徐环："小珑的父母知道吗？"

黄林："不知道。"

徐环："这事你办得太鲁莽！"

黄林："小珑是同意的呀。"

徐环："没有你的死皮赖脸，她绝不会主动拉你去她的屋里，既然这样了，我们两家家长得坐在一起谈谈，如果都同意，就换换东西，把婚订下，然后找人看个好，把婚礼办了，免得夜长梦多。不然，等出了问题就不好看了，对双方都没好处。"

黄林："办婚礼！太早了吧？你不是说我们充其量也只是朋友关系吗？"

徐环："朋友关系你们为啥住在一起？说话不害臊。"

黄林："不能结婚，我还得考学呢。一结婚就把我拴到这里了，这一辈子就算完了，我还有远大目标没有实现呢，现在怎么能结婚？再者，等我博士毕业了，到时候我的工作肯定不是这个样子，小珑能否适合我那时候的情况还很难说呢，现在不能结婚。"

徐环："你的意思：你还是坚持不与她结婚?"

黄林："现在同意，将来如何，要看发展吧。"

徐环："你真没良心，不一定你为啥与人家睡觉?"

黄林："在一起睡觉与结婚是两码事，你不懂。"

徐环："小玑知道你这种态度吗?"

黄林："她不知道。"

徐环："她对你死心塌地，你对她三心二意，你不是在欺骗她吗？你不是在玩弄她的感情吗？人家一心一意想与你过日子，你到时把人家甩了，你太对不起人了！这不是人干的，你怎么是这号人！你真把我气死了。你要是这样，我就回家，我不伺候你，今后我不再管你的事，你一个人在外边想干什么就干什么，我权当没你这个儿子。"

第三十七章

物极必反，乐极生悲。自那日在小珧的房间里过夜以后，黄林一直处在闷闷不乐之中，这可能是他一生中最不愉快的时期。他很少见到小珧，偶尔看见她时，她不是像过去一样和颜悦色了。他向她笑笑，她也不以笑脸相回了，他有时送给她些秋波，她返回来的有些像秋雨。她也不去他家帮他妈做家务了，他每次约她出去，她总是以忙为由，谢绝他的邀请。对她的这些表现，他有很多想法，有时他想，听人家说恋爱有几个阶段。

第一阶段是热恋期。这是建立感情阶段，从开始接触到确定关系这一时期，这一时期有时拖得很长，有的几年。在这个时期，双方都很小心，说话、做事，总是揣测着对方的想法，说对方想听的话，做对方喜欢的事。对对方的想法拿不准时，就试着说，说时看着对方的脸色，听着对方的反应，稍微有些不对，赶紧改变说法，调换腔调，偶尔说一句对方不爱听的话，得改悔半天才能恢复正常。还要有温馨的表情、甜蜜的腔调，让对方看着舒服，听着甜美。这些都是软条件。硬条件也有很多，如家庭情况、个人情况等等，谈恋爱一般都是在硬条件基本满意后才开始进行的，谈恋爱的成功与否，多半是由软条件决定的。有的谈了很长时间而没谈成，多半是由于不会揣摩对方的情绪，不会投其所好。再不然就是不会恰到好处地使用肢体语言，一个手势、一个微笑、一个眼神、一眨眼、一努嘴，都有说不尽道不完的情意，有时比言语更能打动对方的心。有的人不知道这些手段的威力，不去用这些手段，因此，谈恋爱屡屡失败。当然，使用这些手段还得掌握火候，该使用时才能使用，不能太早，太早了对方说你轻率，不愿意再与你接近。如果火候已到，应该使用这些手段时，你若不用，对方会嫌你太呆板，缺乏生活的情趣，也不愿再与你谈下去。即使在火候上，使用这些手段也要注意分寸，不能使用过火，也不能使用得太轻。过火使用时，对方会嫌你狂妄、鲁莽；太轻了对方会嫌你畏首畏尾，优柔寡断，这也很可能不是她（他）理想的选择。究竟怎样掌握好实施的火候和分寸呢？这没有看得见摸得着的固定标准，只有当事人在深深理解这些办法的威力之后，才能恰如其分地加以运用。

第二阶段是稳定期。热恋期达到顶峰时，双方都对对方满意，就自然而然地许下终身，确定夫妻关系。在这个阶段，热度大大降低，彼此之间的言行举止，落落大方，不卑不亢，各人对对方的情意却隐藏在心里，不再外露。因为都认为，关系已经固定了，得到对方的目的已经基本达到，不需要再努力争取了，只需要保持良好关系，稳定所得的结果就行了。

第三阶段是正常期。这一阶段是结婚以后过正常夫妻生活的时期。

黄林认为他与方小珑是处于第二阶段，甚至是第三阶段，他们虽然没有明确订婚，但他们已经提前到结婚阶段。因此，表面没那么热了。但他又想，不对，表面不热恋，内心怎么也不热恋了？我们家她不去了，约她出去不同意了，两人相遇连看一眼也不想看的感觉，不像是外稳内热，而像是外稳内凉。他很害怕，他怕方小珑离开他，他怕失去方小珑，他已深深感到他的生活中不能没有方小珑。

他妈妈经常催他找个喜庆日子把婚礼办了，但他始终不同意。他的不同意不是时间的早晚问题，而是根本就不打算与她结婚，但他对她不离不弃。他这种不舍不取的矛盾缠绕着他。想安静吗？安静不了。想复习功课吗？没心复习。他整天梦想的考研（考研究生），岂不成了泡影了吗？

一夜之情会把他和她紧紧地捆在一起，谁也不会离开谁。可是事实与原来想象的相反，非但没有紧紧捆在一起，反而拆散了两人的感情，你东我西了，一夜之情不是黏合剂而是分离剂了。他后悔莫及，他悲痛不已。

这天下午，黄林坐在办公桌前，把学生的作业本翻开放在桌子上，他打算趁着这天没课，好把学生的作业批改一下。但他改不下去，他无心改作业，他无心干任何事，他右手拿着红圆珠笔，左手托着脸庞，胳膊肘儿放在桌子上，两眼毫无目标地望着前方，俩眼珠像嵌在俩眼窝里的两个琉璃球，一动不动。他精神恍惚，眼睛模糊，脑子稀里糊涂，像一盆糨糊。

一个年轻女子不声不响地走了进来，默默地站在他旁边，两眼直盯着他，像猫等老鼠出洞一样，纹丝不动，毫无声息。她足足站了一分多钟，黄林才意识到旁边有个人，像从睡梦中刚醒一样，把来人当成方小珑，欣喜若狂地说："你可来了，我想死你了。"

来人说："你知道我是谁呀，你想死我了？"

黄林冷静一看，不是小珑，而是一个生人。他羞愧得无地自容。

那女人说："真是贵人多忘事，你竟把老同学忘了。"

黄林下意识地哦了一声，然后摇摇头，清醒了一下，定定神，仔细看去，不禁"哎呀"了一声，又喜出望外地连忙叫喊："老同学，怎么是你？我怎么也不会想到你会来找我。真是奇迹，奇迹！"

黄林把自己的椅子从办公位置上拉出来，放到客人椅子的对面不远地方，倒杯开水端给客人，把学生的作业本合起来，再把桌子上的一些废纸扔到废纸篓里，然后坐下来，问道："你现在在哪儿？"

来人答道："我现在在你办公室，就坐在你面前，这还用问吗？"

从两人的谈话中就知道，来人不是生人，而是熟人，并且是非常熟悉的人，那么，她究竟是何人呢？

她就是胡晴，曾经追求过他，被他婉言拒绝的胡晴。

胡晴在初中时，曾经对正上高中的黄松追求过。黄松高中毕业后没参加升学考试，她立即与他断绝了来往，又转向考入大学的黄林。她上高中时期，黄林与她亲密了一段时间。她高中毕业后，考大学落了榜，黄林以"继续升学，没工夫谈男女之事"为由，拒绝与她交往。她曾借"参加黄松追悼会"之际，又来追求黄松、黄林，但都被他们拒绝。对黄松的拒绝，她并不忌恨，因为是她先拒绝黄松的。在她与黄林的关系中，是黄林拒绝了她，所以她对黄林耿耿于怀，在黄林与她断绝关系时，她就隐藏着一肚子怨气，从而产生了对黄林报复的决心。

在两次谈朋友失败之后，她的感情更加薄了。她完全是讲实用主义，根本与爱情没有关系。她需要时，就立即结合；若不需要时，就马上分开，她没有一个坚持长久的恒心。但她对黄林的报复心却是始终挥之不去。她来到城里，在一个背街不显眼的地方，租了一间房子，打扮得花枝招展，招揽了不少生意，她有了生存下去的本钱。她利用一切机会寻找黄林的下落以及他的生活状况，尤其是他的婚姻情况。当她得知黄林在省职业技术培训学院教书并与校长的女儿正在热恋中时，她如获至宝，这是她实施报复的最佳机会。她的办法很简单，就是单刀直入，就是多找黄林谈话，散布他与黄林是恋爱关系。她认为这就足够了，足可以打破他与方小珑的恋爱关系。

胡晴站在那儿一动不动，黄林目不转睛地打量着她：连衣裙、披肩发、高跟鞋、绛色袜，脸上搽的淡色粉，恰似皮肤没二差；嘴唇不红也不白，两柳叶眉如剑插；双眼好似秋波水，看人如同磁针扎；蒜头鼻子剥了皮，不高不低中间挂；只要与她对一眼，筋骨松软浑身麻。

黄林先开腔："几年不见，变化可真大呀！"

胡晴："怎么个大法？"

黄林："更漂亮了，更迷人了，更让人陶醉了。"

胡晴："是吗？你陶醉吗？"

黄林："我陶醉。"

胡晴："你在骗我。"

黄林："我不骗你，我对你发誓。"

胡晴："谁相信你的鬼话？当初拒绝我，现在陶醉我，我还听说你与校长的漂亮女儿如胶似漆。你究竟有一句真话没有？"

黄林："我对你说的就是真话，绝对是真话。"

胡晴："你为啥拒绝我？"

黄林："这道理很简单，我是想集中力量考学，怕与你联系多了，影响我的学习，我想你是理解的。"

胡晴："那么，与校长的女儿又是怎么回事？"

黄林："这更简单了，校长托人为我说媒，我敢不同意吗？我在他手下工作，我若不同意，还会有我的好果子吃吗？"

胡晴："你要知道，我一直在等你，叫我等得好苦哇。现在你不考学了，你已经工作了，咱俩可以结婚了吧？"

黄林："考学还是要考的，这是将来的事；咱们结婚，可以，但也是将来的事，现在不行。"

胡晴："现在为什么不行？"

黄林："校长女儿还在追求着我，我必须先与她断了才行，这不是明摆着的道理吗？"

胡晴："这我懂。不过我告诉你，我仍在等着你，你一定得说话算话，一定不能变心，否则，我与你没完，你走到哪儿，我吆喝你到哪儿。"

黄林："你放心吧，我不会变心的。"

他们出去吃了一顿饭，当然是黄林请客，没敢回来太晚，因为晚上学校还得开教师会。

从此以后，胡晴隔三差五去学校找黄林一次，还经常在一起吃饭，一般都在晚上，一谈就是半夜三更才回来。她去学校还常常不直接去黄林的办公室，哪里人多她去哪里找黄林，有意让学校老师知道她是黄林的女朋友、未婚妻。有一次她去到方小珑的办公室，气势昂昂地问方小珑："请问，同志，你知道黄林在哪里吗？"

方小珑："他不在他的办公室吗？要不然就是在他家。他家就在家属楼 202 号。"

胡晴："他不在办公室，也不在家，他妈也不知道他去哪儿。"

方小珑："我也不知道。请问，你是哪一位呀，能告诉我吗？"

胡晴："我是他的女朋友、未婚妻。我们是老同学，又是同乡，我经常去他家呢。他是坡王村的，他们新盖了一套住宅，可漂亮了，他妈来这里为他做饭，家里就剩下他哥一个人了。"

胡晴一说她是黄林的女朋友、未婚妻，方小珑就陷入昏迷了，后面的几句话她一点儿也没听。胡晴看到她是昏厥状态，不声不响地走开了。

学校里很多教师都议论黄林的问题，校长也听说他与一个女人来往密切的反映。

方小珑回到家后，撕心裂肺地哭了一场，对妈妈说："黄林不是个东西，我坚决与他断。"

黄林在技术培训学院一点也待不下去了。其原因有两个：一个是他耍方小珑的感情，干出了人人唾弃的可耻行为，他已无脸在这里继续工作；另一个是他确实想找个安静地方，专心复习功课，准备考研究生，他一心想去北京。在北京复习功课有几个好处：首先是环境僻静，整天一个人，吃饭、睡觉、学习，没有任何人干扰，更不会有亲戚熟人拜访；其次是有关考试的信息灵通，对考试有关的知识要重点复习，无关的就不复习，避免了撒胡椒面儿的复习方法——集中不到重点，浪费精力，消耗时间，没有好效果；最后，也许是最关键的一招，就是可以与你要考的学校的研究生指导教师沟通，经常去他那儿走一走，拿些礼物看看他，连他的家人和孩子也打得很熟。人的心都是肉长的，人员熟了，感情亲了，他就会自觉不自觉地对你说复习的重点，到录取时，他会很自然录取他熟悉的人。与他越熟，他录取你的可能性越大，他有可能破格把按常规录取不住的学生录取了。

他决定要去北京了，不管他采取什么方法，都必须有足够的钱，否则，他在北京一天也待不下去。钱从哪里来呢？家里没有一件值钱的东西，最值钱的家产就算是毛驴了。但毛驴充其量能值几个钱？卖它的钱比他去北京需要花的钱也是杯水车薪。妈妈没有钱，哥哥也没有钱，妹妹正在上大学，也需要花钱。他一时急得团团转。他真感到钱的重要了，他也真正体会到"一分钱难倒英雄汉"的含义，他真正感到没有钱真不行。钱不但是生活的必需品，也是办一切事情的敲门砖，有钱走遍天下，没钱寸步难行。

他忽然想起来家里新盖的一套新房子。把它卖了能卖五六十万元。在北京可以抵挡一阵子。那房是白佳为哥哥盖的，现在还欠着白佳五十万呢。他认为要卖这套新房，家里人谁也不会同意，首先是他哥哥不同意，其次是他母亲不同意，因为这套房是他们家庭彻底翻身的转折点，是实现祖辈凤愿的象征。对他们家庭来说，这套房不是住房，而是一座历史丰碑。盖房的主要材料砖，是爸爸、妈妈、哥哥，还有毛驴的汗马功劳，他们辛辛苦苦把房盖起来了，我把它卖掉，真是太不合适，也可以说有些缺德，有些不近人情。但他又一想，不卖房从哪里弄钱呢？卖房不是最终目的，是权宜之计，卖房是为了今后盖更好的房，他想起了一句俗语："舍不得孩子打不得狼，舍不得木材盖不得房。"他又想起"不砸本就求不得利"的说法。是的，现在不投入，哪会有将来的收入哇！自己现在的投入，很可能是一本万利呢。他咬咬牙、狠狠心，下了决心：卖新房！

他对妈妈说："妈妈，我不在这个学校教书了，我得马上去北京。"

徐环："怎么这么突然？现在去北京干什么呀？"

黄林："北京大学招研办突然来电话，要我去商谈商谈，实际上是考前的面试。这个机会不能错过，否则考研是不可能的。"

徐环："那你就去呗。这个时间太巧，正教学的给他们放下，与小玳正谈得热火时，离开她，让她难以接受。"

黄林："北京考研如果有希望了，我就不再回来了，等两天我叫我哥来接你回去。"

黄林回到家以后，对黄松编了同样的瞎话，但他更强调用钱。他说："哥哥，你想想，考个研究生不花钱能行吗？"

黄松："升学考试，按分数录取，根本不花一分钱，你考大学时花钱了吗?"

黄林:"考研与考大学就不同了,当然你不花钱也可以,人家按常规录取,分数够就录取,不够就不录取,就这么简单,你不用花钱,也不用跑。你别以为花钱是好花的,没有一定的关系,托不住可靠的人,给人家钱,人家给你打官腔,一分钱也不会要你的,当然啰,谁都不想花钱。如果我有把握,成绩考得很好,考完试请坐家等着录取通知书了。现在的问题是咱没有考上的把握,花钱的原因就是在不够录取分数线的情况下,找找人,花些钱,通融通融,就可以破格录取。找人就需要花大钱。咱不可能直接找到关键人,往往是找很多人,用胳膊接胳膊的方式找到当事人,每一个中间人都要雁过拔毛,你都得给人家经手费。你想想,哥哥,你看得花多少钱吧?"

黄松:"靠这种方法考上的研究生,我宁愿不要。不是凭真本事考上的,只是落个考的虚名,古人云:'德不配位,必有灾殃。'用钱买的研究生今后会出问题的。我的看法是你的研究生还是不要考了。你大学毕业,已有相当好的工作,咱妈说你与校长的女儿的媒发展得很顺利,你在学校里又有房子住,将来你们结了婚,成个家,而且都有工作。咱妈如果愿意跟着你,就让她住你那儿,为你做个饭,看个家,你们两口子好好工作,这是多么幸福的生活呀!你还想什么仙点子——考研!当然,我不是说考研不好,考研很好,但你得有考研的水平,若没有这个水平,非要考研,甚至不惜花重金买研究生,这就太不应该了。我还必须告诉你,研究生是买不来的。你刚才说那一套录取办法是你的主观想象。"

黄林有些生气,他说:"我一说考研你就打击我的积极情绪,咱爸在世时,你曾经在咱们全家面前承诺过:'保证支持弟弟妹妹上,而且他们上到哪里,我就供养到哪里。'咱爸刚一死,你说的话就不算数了,咱妈还健在呀,她都积极支持我继续升学。我在学校一说去北京考研的事,她很高兴,而你却打起了退堂鼓,看来哥哥与妈妈就是不一样。"

黄松很生气,认为弟弟有些不可理喻,他说:"好了,别说了,我一定支持你,你说怎么弄钱吧?"

黄林:"卖房!"

黄松:"卖哪个房?"

黄林:"当然是新房啰!"

黄松的心剧烈地疼了一下,新房啊!一家人的血汗、祖辈的遗愿、白佳的奉献，这也是她对他感情的见证。黄林把哥哥将得无路可退，他只好违心地问道："咱妈同意吗?"

黄林："咱妈若不同意，我就不会对你说。"

黄松强忍着心说道："只要咱妈同意，你卖吧! 不过还欠着白佳的五十万元房价呢。"

黄林："房价钱你就不用上愁了，我将来还，我将来还她六十万。"

黄林得到哥哥的同意后，心里轻松了，他说了这些话安慰哥哥："我现在卖房是权宜之计，等我赚住大钱了，再盖个比这更好的。实际上，咱们不必在农村盖房，咱们全家搬到北京住，我一定让咱妈过一个幸福的晚年。将来你愿意跟着我时，就去北京，我为你安排工作，安排住房；你若不愿跟着我时，我把咱原来的老房扒了，再给你盖一套咱村最好的房，决不让你作住房的难。"

黄松："我的住房我自己会盖，不习惯别人的恩赐。"

黄林以六十万元的价格把新房卖了。他带着钱和一些衣物用品，高高兴兴地离开了家乡，踏上了去北京的征程。临走时，他对黄松说："别忘了把咱妈接回来。"

黄松从新房子里搬到他们原来的住房以后，雇了个三轮车把徐环叫回了家。当黄松把黄林卖房的情况告诉她以后，她昏了过去，黄松掐住她的人中穴，叫了好长时间，她才醒过来，她的第一句话是："他不是人，他是个畜生，他不是我的儿子。"

第三十八章

　　黄松与妈妈一起仍住在他们原来的房子里，毛驴和其他畜禽都依然住在原处，由于是它们住惯的地方，它们比住在新宅子里安生多了。徐环对黄林的行为始终想不通，恼怒之心无法散去，她经常去新宅子看看，自己辛勤劳动过的地方，自己刻苦努力的成果，现在不是自己的了，成了别人的乐果了。她来一次，哭一次，来一次，痛苦一次。黄松劝她不要去了，她心不由己，家里只要没事，她一出门，脚步就自然而然地去到新房处。

　　黄松多次劝她："权当没有。咱们过去不是没有吗？现在还是没有，由没有到没有，很平常。这样想想，心上就平衡了。这房压根就不是咱的，咱没出一分钱，没出一把力，平白无故地落了个新房，真是天上落下来的馅饼。这种馅饼是不能吃的，吃了会药死人的。因此不要难受，它根本就不是咱的房。任何东西，是你的，谁也夺不走；不是你的，你留也留不住。"

　　徐环："原来如果没有，我心里倒不多想。由没有到没有，心里很平常；由有到失掉，这个变化让人受不了。房子是咱家祖辈的夙愿。使我欣慰的是你爸住进去一段时间，他的梦想也算实现了，他死也瞑目了。这套房子来之不易，多亏白佳的援助，现在还欠着她钱，她本来是为你盖的，她若知道了黄林把它卖了，心里肯定特别难受。我感到很对不起她。"

　　黄松："好好给她解释一下，我做她的工作，你放心吧，她不会有啥的。"

　　徐环："不知为啥，我最近特别挂念白佳，她很长时间没有来过了，没有她的任何消息，我心里很不平静，总感到她有什么事似的，你最好去看看她，也好让我放心。"

　　黄松："我是想去，不过我们的开发工作实在太忙，而且都离不开我。等忙了这一阵子我就去。”

东山坡的开发工作如火如荼，每个人都有具体的分工，一个萝卜一个坑，谁也缺不了位置。领导班子成员中，黄松主要出去联系业务、购买种子、购买树苗、购买饲料和各种需要用品。刘全昌是常务副队长，黄松外出时，就由刘全昌负全责，李尚青专负责干活。自从他建议让他们领导班子在购买设备时搭车以后，黄松不相信他，凡是涉钱事宜，尽量不让他沾边。黄松感到李尚青在领导班子里确实有些不方便，有时他想：人常说“用兵不疑，疑兵不用”。我既然疑惑他，为什么还要用他呢？我这是不是违背常理呢？人常说“违背常理，咎由自取”。以后会有什么咎呢？我会承担何种后果呢？他带着这些问题问刘全昌，他说：“刘叔，咱们到底该不该任用李尚青？”

刘全昌：“该，不用怀疑，任用他肯定是正确的。”

黄松：“你说说道理。”

刘全昌：“任何事情都有其长处和短处，人也是一样，人无完人，金无足赤，咱应该用其长，避其短。他的短处就是有些自私，爱占小便宜，一有机会就揩集体的油，把大家的钱往自己腰包里装。不过自从你批评了他以后，我看他这个毛病改了。有一次他带领十个年轻人卸机器，中午在食堂里吃的饭，他报销的钱数与食堂里销售簿上的钱数一模一样，一分钱也不多。青年人么，可塑性大。人们常说：跟着好人学好人，跟着巫婆装假神；跟着清官身廉洁，跟着贪官瞎胡混。时势造英雄，环境出人才。他经常跟着你工作，肯定会变好的。他有明显的优势：人员熟，干劲大，他爹是主任，有影响力，一般人不敢与他顶牛。他在这里当副队长，村主任对咱们的支持不是更带劲了吗？不管从哪方面说，他在咱们青年突击队当副职很有好处。”

黄松：“你说得很有道理，你是咱们的掌舵人。”

刘全昌：“哪是我呀，我是你的帮手。”

徐环的身体一直忽好忽歹，好好歹歹。好时下床走走，出去转转；歹时卧床不起，甚至是一躺几天。黄松不敢远离他妈，他再忙也不忘为他妈做饭，再重要的客人，他决不陪着吃饭，尤其是晚上。一下班他马上回去向他妈汇报他一天的工作情况，心里有什么事对他妈说说；有什么问题，请他妈想办法解决；他有什么主意时，先征求他妈的意见。晚上睡觉前，他总是先在他妈的床前坐一会儿，说几句畅心的话才去自己的床上睡觉。

堂屋是三间门头，他妈住在东间。里边有一张大床，他妈睡着；另有一张小床，有特殊情况时，陪伴人员睡。此外，还有一台电视机和一个衣柜，这两件设备都是为黄林在技术培训学院的住室配备的。堂屋中间是会客室，靠后墙放着一个条几，上面有祖辈的牌位，黄琦的遗像放大后放在显著位置。房间的东西两侧放着几把椅子，显然是让客人坐的。堂屋西间有一张床、一张桌子和两把椅子，有个小橱柜，里边有几件衣服，大部分地方都是空空如也。

有一次黄松外出采购水果树和观赏树苗，一去好几天，走前他告诉刘全昌每天来他家一次，看他妈的身体情况。他走后的第二天，他妈突然病得厉害，不但起不了床，连饭也不吃一口。刘全昌请了医生，拿了药让她吃，并找了一位女孩住在她身旁照顾她。

这个女孩叫范芹，是范庄人，初中毕业后一直在家待着，整天跟着爸爸在地里干活，地里的活计掌握得很熟练。坡王村青年突击队成立时，她毅然决然地参加了突击队。她年纪比很多女孩都大一些。她待人接物不卑不亢，落落大方；她说话有条有理，不慌不忙。在各方面都显得比较成熟，在突击队里的信誉较高。队委会让她领导饲养组并负责幼儿园的筹备工作。

她来到黄家后，对徐环照顾得特别周到。做饭、熬药、烧水、端茶，她都彬彬有礼，亲切入微，把徐环侍候得舒舒服服。她是个女孩子，在侍候病人方面，比男孩高出一筹。她睡在徐环房间里的小床上，可以随叫随到，准时不误。在她无微不至的照料下，徐环的病渐渐好了起来，身上有劲了，心里畅快了，与范芹的关系更加密切了，密切到亲如一家，密切到似母女俩。她们无话不谈，有啥说啥，从她们谈话中，徐环得知范芹也是个苦孩子，从小没妈，跟着奶奶长大，如今虽然二十多岁，还没有找到婆家。

范芹在黄家的这几天，是徐环有生以来最开心的几天，也不知道什么原因，她只感到看见范芹心里舒服，听见她说话，她心里畅快，她想永远与她在一起。她经常听到人们说缘分，缘分就是天生命中注定的情分。她认为，她与范芹就有缘。她跟范芹在一起比跟儿子在一起都舒服。她不知道这是什么道理，她只有说这是缘分。

其实很简单，绝大部分老婆儿（年迈女人）爱说话，徐环也属于这一类。每天从早到晚，只要有人跟她说话，她就过得轻松愉快；若没人与她说话，她就由寂寞产生忧愁，由忧愁产生疾病，时间长了就养成大病。她与儿子黄松在一起的时候，黄松只是为她做饭，陪她吃饭，睡觉前陪她一会儿，几个时间段加起来也没多长，她没有时间敞开谈她的思想，她仍然处于忧闷之中。范芹来了之后，与她朝夕相处。她的心完全解放了，心里的事完全抖出来了，她轻松了，她高兴了。她说她与范芹在一起的这段时间是她有生以来最开心的时期。其实道理很简单，她从小没娘，整天与继母在一起，继母会与她促膝谈心吗？她年纪轻轻地嫁给一个比她大十多岁的一个老头儿，虽然两人感情不错，也没有深谈入微的气氛。她有个懂事的闺女，但闺女小时不懂事，长大了整天在学校。再者，那时她年轻，与人谈话也是有啥说啥，没有闲谈的心情。现在年纪大了，老伴死了，闺女走远了，不懂事的儿子离开了，懂事的儿子虽然孝顺，但哪有时间促膝而谈呀。她与范芹相处的阶段，她的心扉才真正展开了，所以她感到最快乐了。

黄松回来以后，徐环不让范芹走，她让她再待几天，她说她的病还没有痊愈，等痊愈了以后再走。黄松也说让她再留几天，他好处理一下积累的活以及从外边采购的秧苗的栽培工作。

范芹临走的时候，徐环拉住她的手热泪盈眶地说："闺女，一定常来，不断地来，不是来看我，而是让我看看你，我不见你会很想念你的，请你可怜可怜大妈的这份心，一定不断地来。"

范芹为了不让徐环失望，立即答应她："大妈，请你放心，我永远不会忘记大妈待我的好，我一定常来看你的。"

她真的常来常往了，隔三岔五地来与徐环见见面，谈谈心。两个人，一老一少，心心相印，互有依靠，是心灵上的补药，感情上的添加剂，相依为命，相得益彰。

树欲静而风不止，湖欲静而风波起。

范芹不断地去看望徐环引起了突击队人员的议论，尤其是女队员们的闲言碎语。有的说范芹与黄松在谈恋爱，有的说范芹在追黄松。有些人嫉妒范芹，说她趋炎附势，巴结领导；有些人诋毁范芹，有些人恶意中伤。她们说："看她表面怪老实的，谁知道心里这么风流哇！"

黄松当然也脱不了干系，以豆其和程子英为首的破乌鸦嘴，到处散布流言蜚语，诽谤黄松。豆其说："压根我就认为黄松不是个好东西，他明一套暗一套，表面装得很诚实，其实内心很虚伪。他本来有个恋人，叫白佳，她来过咱村，还为黄松盖了一套房子。人家白佳，要人才有人才，要钱财有钱财，与黄松是老同学，人家是倾心于黄松的，但黄松对她不吐不咽，不收不弃。人家多么漂亮的姑娘呀，他对人家采取这种态度，真是没人情。他对她的这种态度就是占有欲在作怪，他想吃着碗里的，看着锅里的。现在不就暴露出来了吗？那边与白佳保持着恋爱关系，这边又勾引起范芹来了。"

程子英："我听说他上学时期还曾与一个同学勾勾搭搭，那女的曾来过他家几次，都在他家过夜，后来不知为啥，他不要人家了。"

豆萁："你看，你看，比较明显的就有三个女的与他有染了，暗地里还不知有几个呢？"

这两个女人在村里名声不高，说话如刮风，相信的人很少，但也有人受到些迷惑，他们认为无风不起浪，她们说这些话总会有些根据的，究竟是真是假很难说。他们采取等着瞧的态度，真相大白的好日子总会来的。

刘全昌没少在群众中做解释工作。只要他听到有关抹黑黄松的话，他都会不遗余力地进行解释、批驳。对于恶意中伤的，他痛加指责，严厉批评。这些造谣人明知道自己是无中生有，不值一驳，她们见机行事，只要看见刘全昌的影子，就退避三舍，不言不语，装出一副正经的样子，看见刘全昌一走，她们就又哇啦起来。

常言说乌云遮不住太阳，真理永远压住荒唐。她们像黄鼠狼一样到处撒臭，广大清洁工人随即把它们扫光。相信她们的人微乎其微，没有多少市场。

很多人，也可以说村里的绝大部分人对这些恶意诽谤愤愤不平，有些好心人对黄松说："黄队长，她们这样污蔑你，为什么不还击她们？"

黄松："还击她们什么呀？她们又没有在我面前说，我没听见她们说，我就无法还击她们。她们看见我还是很客气的，我还是以礼相待，与她们友好相处。"

有人说："她们到处乱撒乱拉，胡说八道，就没办法治她们了吗？"

黄松："每人都有两片嘴，想说啥说啥；每人都有两条腿，想去哪儿去哪儿；每人都有个脑子，想咋想咋想。不管她们说我，也不管她们对我有什么看法，都是她们自己的认识，说得不对的，说明她们对我不了解，她们有些错误言论是难免的，也属于正常现象。有些人恶意诽谤，说明我做过使她们不满意的事，她们借此机会发发牢骚，出出气，泄泄私愤，这也是很自然的。必须说明，我过去做过的对不起她们的事，也不是有意伤害她们的，也是由于我的考虑不到的结果，不管什么原因，我总算做了使她们不满意的事，她们现在对我报复，我不怪她们，等她们了解真相后，等她们对事理考虑明白后，对我的仇恨就会自然消失。总之，人们对我的赞扬，我也不过喜；对我的诽谤，我也不过忧，因为这都是事物的客观面貌，客观事物才是最合理的。一切都由时间来证明，一切都由事实来考验。"

与范芹关系较好的学员把这些话对范芹说了后，范芹不怎么去黄松家了，由于徐环的苦苦哀求，为了照顾大妈的情绪，她还是偶尔去一次，比过去少去很多次数了。黄松也听到些风言风语的议论，他不好意思直接对范芹说，只好对妈妈说："妈妈，别老恳求范芹来了，她很忙的，老来这里跑，就太辛苦她了。"

徐环一听是卡她的"快乐"源，很不满意地说："她来咱家犯啥法了？为啥她不能来？你给我说说为啥。"

黄松："请你听我的话，别让她来了，我给你说不清楚。"

徐环好像体会到了黄松的意思，无可奈何地"唉"了一声。

范芹对这些风言风语根本不在乎。她愿意来黄松的家，愿意侍候黄松妈妈，愿意接近黄松。不要说愿意，突击队里所有姑娘，甚至是坡王村的及其周围村庄的姑娘们，没有一个不愿意接近他的。所谓嫉妒就是自己想拥有的东西被别人抢占了，她们都想与黄松接近而没有机会，这个机会被范芹得到了，所以她们怨恨她。范芹很明白这个道理，所以，她们的闲言碎语，她由不习惯到习惯，由苦恼到正常，现在对她来说，已经无所谓了。从心底里说，她还真愿意弄假成真呢。

她的每次到访，黄松都像在突击队里一样对待她，热情有度，不显轻狂，说话很有分寸，显不出一点非分妄想。他对她和颜悦色，她感到这是有礼貌的交往，没有半点不正常。她的一举一动和一言一行让黄松真正感到她是个好姑娘，他把她当成好妹妹。她对他尽管有些觊觎，但守住矜持，不能有丝毫的妄想。

对黄松来说，尽管他认为范芹很完美，尤其是母亲对她很渴望，想让她永远在她身旁，但他心中有白佳，白佳在他心中的位置不能动摇。对范芹来说，她感到黄松很理想，但她不知道他的想法。因此，她不敢对他有奢望。

　　经过大半年的刻苦努力，青年突击队共开发出可耕地五百亩，全是大小不等的梯田。他们把这些梯田分成各种不同的区域，有经济作物区、粮食作物区、观赏植物区和果树区。饲养区有养鸡、养鸭、养兔、养猪、养羊、养牛等。加工区有磨面、轧面条、蒸馒头以及弹花、轧花、榨油、粉碎等等。水产区有养鱼池和藕池。以上属于第一期工程，以上项目基本成规模以后，再动工建设第二期工程。第二期工程主要是生活区、娱乐区和福利区。生活区里有整整齐齐、标准一致的高级住房，全村农民每户一套设备齐全的住房，有一个生活用品齐全的百货商场，还有理发店、洗衣房、浴室、医院等。还有一所比较上档次的小学校，还有一所敬老院和幼儿园，老年人都可以自愿入住敬老院享受晚年。还要有娱乐场所，有各种健身器材，有中老年人喜爱的棋牌室和青年人喜爱的篮球场和乒乓球室。

　　开发区的正中部有一条宽敞、笔直的柏油马路，从山脚一直通向最高处的人民公墓园。这个公墓实际上是一个人们游览的陵园，里面有祭祀堂和灵位厅。祭祀堂是供开追悼会、祭祀会等悼念活动用的；灵位厅是死者的灵位，每个灵位上有死者的遗像、生死年月日以及简短的生平介绍。公墓的最右边有一个火化场。公墓的最左边是一个乱葬坟区，专供被镇压人员入葬。这个公墓园也属于第二期工程范畴。

　　第二期工程完成以后，坡王村的面貌就会有个彻底的改变，就将成为一个初级阶段的社会主义新农村。

　　坡王村的群众和村委会皆大欢喜，村主任李石成召开全体村民大会，庆祝开发工作的成绩，表彰开发工作中表现突出的人员，宣布开发工作的第二期规划。

第三十九章

　　东山坡的开发工作的第一阶段的布局已经结束，各个块区的工作由各区的负责人安排。黄松出差回来后已把种子、树苗分发到各区，他手头上暂时没有工作。徐环的身体也好多了，体质强壮了，精神爽快了，黄松的心情多少有些轻松。他走进驴舍，站到驴跟前，摸摸驴的耳朵，捋捋它的毛。他心里想着，这几天没活，毛驴也该歇歇了。他忽然想起，这么长时间没去看白佳了，不知她的情况怎么样，这两天得去一趟。

　　忽听外面有人进来，他一看是洪叶，忙劝她进屋说话。

　　洪叶一来，黄松的第一个反应是白佳生气了，嫌他这么长时间不去了。他马上道歉道："这一段时间太忙，没工夫去，让你白老板不高兴了。我首先向她道歉。我这两天就去，你就是不来，我也是打算马上去的。"

　　洪叶沮丧着脸，字字重千斤地说道："白老板不叫你去了。她叫我来通知你的。"

　　黄松一听"不叫去"，蒙了，赶忙问："为什么呀？"

　　洪叶："她已经结婚了，她怕你去了影响他们的感情，她让你永远不要再见她，最好把她忘了，越快越好。"

　　洪叶说罢就走，骑着摩托车，一溜烟地跑了。

　　黄松痛心疾首，撕心裂肺，正当心情好一些的时候当头一棒，打得他晕头转向。心心相连的一对恋人，怎么一下子就不来往了呢？本来是一天也不让离开的情侣，怎么一下子就与别人结婚了呢？不，这绝对不可能！这绝对不是真的！来通知的人是洪叶，是白佳的知己，她与白佳形影不离，她与白佳是一个脑子似的，处处想到一起，事事想法相投，她的意见是不折不扣的白佳的意见。她为啥特来通知我不让去看她呢？白佳是个有脑子的人，她就不考虑她这种说法会对我造成怎样的后果吗？会对我造成多大的伤害吗？会对我造成多大的痛苦吗？这些后果她不会不考虑吧？难道她真的有意伤害我吗？不会的，绝对不会的。他又想，也可能她对我这么长时间没去很生气，说出这样的话来气我。她认为，我最不能接受的莫过于她离开我，也许是她拿出绝招，拿出对我打击最大的千斤棒，恨不得把我置于死地。但她绝不会是想致死我的，也可能想致我半死，一劳永逸，以后决不会再出现长期不见的情况了。他还有一种考虑：他们的关系已经这么长时间了，已经牢不可破了，已经是木已成舟，板上钉钉了，为什么我不主动提出办理结婚手续呢？每次她流露这个意思时，我总是支支吾吾，不吐不咽，不明不白，让人费解，让人难以琢磨。在这个问题上，她的父母也很有意见，他们甚至怀疑我是不是对她有真心，他们要求白佳与我断绝关系。由于白佳的始终不渝和铁石心肠，顶住了多少媒婆的压力，拒绝了多少甜言蜜语，她始终不会把我抛弃。难道这么一段时间没去看她就会舍弃前缘，撕破脸皮？我们高中毕业后的那么长时间，我们谁也不知道谁在哪里，没有联系，也没有信息，她心中装着我，把我的诗贴在她的办公室，作为寻找我的一招，还真的找到了我。就在那段时间，她也没把我忘记，难道现在要把我丢弃？他想来想去，得出的结论是：她结婚是假的，不让我去是反话，是以此惩罚我的一种手段，说明她对我的不去非常痛苦。对，我得去，我得马上去。不能让白佳再受委屈。

黄松召集了突击队队委会全体人员会议，向他们说明了情况，委托刘全昌在他不在家时全面负责工作，并请刘全昌再把范芹找来与他母亲做伴。他有一种预感：这次出去很可能时间较长。所以他把队里的工作和账目都交代得清清楚楚。

黄松与母亲商量要去见白佳时，徐环说："你现在又想起人家了，这么长时间不见人家，若是我，早与你断了。"

黄松："放心吧，妈妈，断不了的。"

徐环："你在心里断不了，又不对人家说明，人家哪能没完没了地等你，人家还以为你不同意呢。依我看，你不用去，人家已对你说明了，她已结婚了，你再去见她，你不是自找没趣吗？"

黄松："不管如何，我得去见见她，我尊重她的选择，不管她有什么选择，我见了她以后就放心了。"

徐环："你若不放心就去吧，得快去快回，免得我挂念。"

黄松："我走后，还叫范芹来照顾你好了，你不是很相中她了吗？"

徐环："光我相中不是白搭！你只管走吧，我对你刘叔说一下，还让范芹来。她确实是个好姑娘，我真是太喜欢她了，我好像永远都离不开她。有她在我身边，我感到年轻，我会多活十年。"

黄松："以后再说吧。"

徐环："以后是啥时候呀？"

黄松："等我回来以后。"

黄松来到"平民客栈"后，直接去白佳的办公室，敲了几下门，没人答应，他去顾客登记室找洪叶，洪叶也不在。他对值班员说他找白老板，值班员问他干什么，他说他与白老板是老同学，他是来看老同学的。服务员告诉他白老板脸部被硫酸烧伤，去北京看病了，洪叶跟她去了。黄松去到建筑材料场找到白佳的父亲白富领。他不断地听他女儿说这个名字，他也曾派建筑队，提供建筑材料为他盖过房，但他从来没见过黄松其人。黄松说要找白老板，白富领稍微打量一下，他那朴实农民的样子，白富领一眼就看出他就是黄松。但他还是与不知道一样，问道："你是？"

黄松："我叫黄松，我刚从坡王村来。"

白富领："啊，黄松，黄松，你就是黄松。你要不说明，咱爷儿俩见面打一架，也不知道谁是谁。"

他把黄松领到他的住室，让他坐到沙发上，给他倒了一杯茶放到沙发前的茶几上，谈起了白佳被烧伤的情况。

白佳是被孙炳坤用硫酸毁容的，伤情很严重，现在在北京烧伤医院。这小子用的浓硫酸，心可狠了，即使好了，脸也不会成形了。

孙家和我们相好好多年了，他爹我们两个是好朋友。他儿子两个，孙炳坤是老二，我就一个独生女。他爹提议他的老二与白佳结亲之事，我基本同意，但我没答应，因为我得征得女儿的同意，我一对白佳说，白佳坚决不同意，现在才知道她不同意有两个原因，一个是嫌这孩儿没脑子，另一个是她心中有你。但有你这事她一点也没透露过。她的办公室和住宿登记室都贴着一首词《满江红》，谁也不知道是你写的，她把它贴出来是寻找你的手段。孙炳坤穷追白佳，他越穷追，越不择手段，越不择手段，白佳越反感，成了恶性循环了，白佳的思想由开始的不同意变成后来的讨厌了。你与白佳见面以后，他误认为白佳不同意他的主要原因是有你，因此他刺杀你，消除障碍。公安局判他二年徒刑。他爹拼命跑，公安局、法院的各层领导找遍了，没少花钱。最后改判为刑期一年，缓期二年。他不吸取教训，反而变本加厉了，他知道了白佳不愿意的根本原因是白佳本人，他恼羞成怒，发狂至极，用浓硫酸泼到白佳脸上。他自己已是不择手段，伤天害理，想鱼死网破，两败俱伤，他自己作案时曾说："我得不到她，谁也别想得到她。我日子不好过，我也不叫她有好日子过。"

她在北京病情稳住以后，她让洪叶专程回来告诉你，不叫你再来找她，她让洪叶特意告诉你，她已经结了婚，叫你永远不要再见她。这说明她特别喜欢你，但她认为，她毁容后不配与你成为夫妻，但她不会找其他任何人，你仍然是她最心爱的人，但她认为她没资格再爱你，她把你当成她的"影子丈夫"。她也不让你再爱她，她让你另选所爱。

白富领和黄松都很悲痛，一个说着，一个听着。两个人的心，焦灼如焚，两颗心成为一颗心，共同可怜的是白佳。

黄松说："我一定得去北京见见白佳。"

白富领："我认为也是，你去看看她是对她的最大安慰。我也去，咱们马上动身。"

黄松跟着白富领来到白佳的病房。白佳满脸都被白纱布包着，只有左眼露在外面，她看见黄松以后，泪水唰唰地流了下来，黄松也泪流满面。他弯着腰双臂抱住盖在白佳身上的被子，把脸紧紧地挨在白佳包着厚绷带的脸上，嘴里没说一句话。他把白佳松开以后，白佳用很低微的声音，说着不清不楚的难以辨认的话："我不是让洪叶告诉你了吗？不让你来见我吗？你把我忘了吧。"

黄松直起腰板，严肃认真地说："你的话是对我最大的打击，也是对我致命的摧残。我不能忘了你，我不能没有你。我一直等着你，等你出院以后，咱们就办结婚手续。"

白佳的情绪稳定了，泪水不再涌流。他们坐在病房里好长时间，白佳得到很大的安慰，感到在她黑暗渺茫的前途路上，看到了一丝亮光，她心里平静了，她心安理得了。

黄松已好几天没回来了，"白佳已结婚""白佳不让去见她"的消息不胫而走，很快传遍青年突击队和周围村庄。"白佳已结婚"的消息对不少人来说如获至宝。原来他们都知道白佳是黄松的未婚妻。白佳是黄松的老同学，长得漂亮，有雄厚的经济实力，对黄松帮助很大，曾为黄松盖了一套住房，现在白佳与他分手了，已经结婚了，不少家长愿意把自己的女儿介绍给黄松，很多接触过黄松的女孩，也都心甘情愿地当黄松的妻子，有的女孩把黄松当成偶像，当成选择丈夫的标准。不少妈妈们问自己的女儿找什么样的爱人时，她们不怯不惧地回答："像黄松那样的。"

几天以来，有五个媒人来找徐环，要求与黄松介绍对象。这些媒人都是熟悉黄松的人，他们都是青年突击队队员或坡王村的村民。他们介绍的女孩有的是突击队员，有的是坡王村的村民，也有的是周围村庄的农民。她们都是有文化的女青年，大部分都是高中毕业，年轻漂亮，有气势、有风度、有能力、有担当，办事爽快，落落大方，彬彬有礼，不卑不亢。每个媒人都把自己介绍的女孩情况尽可能详细地讲给徐环，并交上照片和书面材料。照片都靓丽，都是彩照，发型美，面带微笑，楚楚动人，非凡相貌。书面材料都是字体工整、句子流畅、重点突出、内容翔实、篇幅适中，不短不长。

他们把照片的材料留给徐环，让她先做一次预选，都想把自己介绍的当作徐环的首选。

徐环一个挨一个地审查照片，一篇一篇地阅读材料。这五个女孩是：

范芹，23 岁，身高 1.68 米，初中毕业，突击队员，身体苗条，体格优美，高尚品德，行动敏捷，勤谨随和。

杜芳，24 岁，身高 1.70 米，高中毕业，民办教师，身段优雅，完美体形，不胖不瘦。

李芝，22 岁，身高 1.65 米，高中毕业，披肩发，长相不凡，浓浓的眉，白白的脸，高高的鼻子，水灵灵的眼。

王香，23 岁，身高 1.67 米，初中毕业，经营一个百货商店，大众发型，长相出众，体形好，美颜容，很多小伙子看见都动情。

马良，24 岁，身高 1.70 米，初中毕业，突击队员，高高的个子，细细的腰，肤色甜润，风姿绰约。

徐环看看这个，比比那个；这个也相中了，那个也看上了；这个也不想放弃，那个也不想去掉；这个不要太可惜，那个不要太惭愧。她看花了眼神儿，挑乱了标准，怎么办？哪个都想要，哪个都丢不掉。她想：我要有五个儿子就好了，一个儿子一个，她们谁也跑不了，都是我家的成员，我们在一起，一定很要好。她忽然想起她还有个黄林，这些闺女他们家可以要两个，黄松要一个，为黄林留一个。但她马上又想，连方小珑这样的闺女，有人才、有工作，彬彬有礼、落落大方的姑娘都不要，他会要这些农村姑娘吗？再者，这些姑娘都是漂漂亮亮、堂堂正正的洁玉少女，黄林哪能配得上？不要考虑黄林，他去哪里我都不去多想。

尽管徐环不忍心舍弃，她还是无可奈何地倾向一个：范芹。因为范芹跟过她一段时间，白佳结婚，很多人为黄松说媒，范芹都非常清楚，徐环也不断透露出要选她当儿媳妇，范芹表面上如无风的湖水，内心里却巨浪翻腾，她希望黄松马上回来，她就可以把奢望变成现实了。

黄松终于回来了，徐环乐滋滋地对儿子说："你走了以后，有好几个媒人来给你说媒。"

黄松莫名其妙地说："这是怎么回事呀？她们不是都知道我已经订婚了吗？为什么还要来说媒呀？"

徐环："白佳不是告诉你她已经结婚了吗？所以他们就乘虚而入，生怕来得晚了，失去了机会。"

黄松："他们也真是，听说风就是雨，也不落实落实是真是假，就急忙说媒，真是荒唐。"

徐环："人家不都是想找你这个好女婿吗！"

黄松不知道说什么好，只是无奈地摇了摇头。

徐环："你还别说，他们给你介绍这几位姑娘，都是要样儿有样儿，要个儿有个儿。我看了以后哪个也舍不了。"

黄松："一个乌鸦只能占一枝儿。再说了，世上好姑娘、好小伙多着呢。"

徐环："你是不知道，这几个姑娘真是长得可漂亮啦，舍了哪个都可惜。"

黄松看到妈妈那可怜相，开玩笑地说："这咋弄？咱把她们都要了吧。"

两人笑了 阵了后，黄松说："看一个人的美，主要看她的心灵是否美，外表美不算美，有的长得很漂亮，但心灵很肮脏，这种人绝不是美，而令人恶心。"

徐环："你怎么知道这些人的心灵就不美呢？"

黄松："我绝不是说这些人的心灵不美，很可能非常美。"

徐环："这些长相漂亮、心灵美好的人，不要她们太可惜了。"

黄松："你说白佳的心灵美吗?"

徐环："美，美，非常美!"

黄松："把白佳舍了不可惜吗?"

徐环："可惜，非常可惜。"

黄松："谈朋友、找对象，不能以长相为标准，要以她的道德水平等综合素质为依据，不能看见漂亮的就不要原来的……"

徐环："人家来说媒是因为白佳说她已结婚了。若不是因为这个，我根本不会让他们介绍。"

黄松："白佳根本没有结婚，她心中始终装着我。她已被毁容，我不但不抛弃她，我会更爱她。等她出院后，她会很难看，但我不在乎，哪怕是个丑八怪，我也决不抛弃她，我也要与她结婚。"

徐环："那范芹咋办呢? 我真舍不了这个姑娘。"

黄松："妈妈，你到底舍不了她的啥?"

徐环："她好，哪个方面都好，我这一生还没有碰见过这么好的姑娘呢。"

黄松："那咱把白佳舍了吧? 她们之间只能要一个呀。"

徐环："不中，不中，白佳更不能舍了。你们之间有长期积累的深厚感情，她对咱付出又这么大，咱们绝对不能抛弃她。你的想法是对的，不管她到哪一步，咱都始终如一，不弃不离，一定得与她结合。"

黄松："是呀。"

徐环陷入困境，陷入谁也解决不了的困境。她自言自语道："我为啥只有一个儿子? 有两个儿子不就好了。"

黄松："你不就是有两个儿子么，妈妈?"

徐环好像忽然恢复正常似的说道："可不是吗，我咋不是有两个儿子呀，我就是有两个儿子。唉! 那个儿子在哪儿呀? 有那儿子还不如没有。"

黄松："还是呀，好孩儿不在多，一个就可以满足你的一切。赖孩儿一个也不能要，越多你的灾越多。"

徐环："咋不是呀! 我是说有个儿子不就可以再要一个姑娘吗? 你看，咱瞪俩眼不能要范芹，白白把她放走，多可惜呀!"

黄松："那吧，妈妈，你把她认成干女儿吧。"

徐环顷刻心花怒放，高兴得恨不得跳起来，说道："对啦，原来我怎么没想到这一点呢。"

黄松："你也别高兴得太早了，她会愿意吗？"

徐环："她愿意，绝对愿意。我马上就把她叫来与她商量这事。"

范芹来了以后，徐环直截了当地对她说："闺女（过去她在这儿时，徐环总是这么称呼她），我与你商量个事。"

机灵的范芹马上认为这肯定是好事。在平时相处中，她两个相处默契，脾味相投，与母女俩没二样儿。范芹在这个家中感到轻松愉快，感到舒服和美满，她真正尝到家庭的味道。她也把徐环当成她的亲妈，她也感到亲妈的温暖。因此，当徐环一说与她商量事时，她很自然地想到一定是好事。她所想到的好事是什么呢？这是不言而喻的。

范芹："你说吧，大妈。"

徐环："你真叫我说，我还真不敢说了。"

范芹："为啥呀，大妈？你今天说话倒吞吞吐吐起来。有啥快说吧，说到哪儿，哪儿了？说到哪儿都没关系。"

徐环的不敢说，倒使范芹犯犹豫了。这好像不是什么好事，好事她绝对不会不敢说。难道是坏事吗？是啥坏事呢？她心里嘀咕起来。不管好事，坏事，总得让她说吧，即使坏事，也坏不到哪儿去。

徐环："这件事闷在我心里好长时间了，因为我怕你不同意，没敢对你说。现在让我实在憋不住了，不得不对你说了。"

范芹："你快说呗，大妈，你真是大妈，婆婆妈妈。"

范芹绝对是个机灵鬼。她及时地、恰如其分地运用了一个双关语"婆婆妈妈"，说徐环啰唆，不利落，说她婆婆妈妈。但她在这儿强调的是把她当成"婆婆"，儿媳妇叫婆婆时，也叫妈妈，既是婆婆，也是妈妈，把两个称呼合在一起就是"婆婆妈妈"。

徐环："那我说了。我想把你认作干闺女，不知道你愿意不愿意。"

范芹听了后还真有些失望，她所希望的没有达到。她希望当她的儿媳妇。认了干闺女肯定当不成儿媳妇了，多么不甘心呀！但她又想，当干闺女也不错，基本上与大妈成一家人了。她总算有个家了，有个温暖的家了。她还是很欣慰的。她马上说道："大妈，我愿意，非常愿意，我求之不得呢。"

徐环："那你愿意了？"

范芹："愿意了，愿意了。"

徐环："赶快叫我妈吧！"

范芹深情厚谊地叫道："妈——妈——！"

徐环也心花怒放地答应："唉——"

范芹一下子扑到徐环的怀里，眼泪吧嗒吧嗒往下滴。她太温馨了，太激动了。她从小没娘，受尽了嫂嫂的白眼。她很愿意外出打工。一听说这里成立青年突击队时，她首先报了名。在突击队里表现很好，她在这里感到了解脱，有了自由。她心情舒畅，斗志昂扬，干什么活都很积极，对谁都很和气，大家都很喜欢她，都愿意与她相处，与她共事。她在突击队如鱼得水，如鸟入林。但是，她毕竟还是没有一个真正的家。她白天与大家在一起时，欢欢乐乐，喜笑颜开，可是当下班回到自己房间里时，她却感到孤独难挨。她深深地感到，一个人若没有亲骨肉，总会感到寂寞、凄凉。她与徐环已经相处一段时间了，她亲身体会到，徐环待她与亲娘没有两样。现在她真的成了她的干闺女了，她算真的有了家了，有了亲娘了，她怎么不欣慰呢，怎么不激动呢。

徐环原来一心想让她成为自己的儿媳妇。这个愿望落空后，她整天琢磨着给范芹找一个好婆家。决不能让这么好的闺女落入不三不四的人手中。她小时受了罪，长大后要让她享享福。在她看来，现在的年轻人，社交怪活跃，但不学无术的很多，综合素质较差，普遍缺乏责任感，他们对家庭、对父母缺乏孝心，对兄弟缺乏悌情。女孩子绝不能找这样的男孩做丈夫。她考虑了很久，终于想起了刘全昌的儿子刘康。因为他经常不在家，不知道他的情况，更不知道他的婚姻情况。根据刘全昌的素质，徐环断定，他的儿子也肯定是个好孩子。但他的儿子在外边有工作，是否愿意找一个农村姑娘呢？可能性很小。可是别的没有一点儿门路。在这一线希望下，徐环找来了刘全昌。

徐环："你那个儿子在哪儿呀？干啥工作呀？整天也不回来。"

刘全昌："在县第一初中教书呢。教师哪有空闲时间呀？他没时间回来。暑假时，学校往往组织活动，好让他带队到外地参观呀，访问呀，等等。寒假时间很短，他只回来两三天，你也见不到他。"

徐环："你那孩儿叫刘康不是？今年多大了？"

刘全昌："是的，叫刘康。今年二十五了，虚岁二十六了。"

徐环："结婚了没有？"

刘全昌："连朋友还没有呢。结啥婚呀。"

徐环："咋回事呀？他这么好的条件，为啥还没有娶媳妇？是他太撇吧？还是别的什么原因？"

刘全昌："我也搞不清楚，反正见了几个都不中。不知道是太撇，还是女方太差。他妈俺俩生气了，不想管他的事了。他也不叫俺管。正好，我们也不管了，你管也没用，管也是白管，还不如不管。"

徐环："你脱得怪利亮，你想得怪美！你当爹的，你能脱利亮吗？"

刘全昌："那你没法呀。我一点办法也没有，不想利亮也得利亮。"

徐环："我想给他说个媒。这个媒我考虑了好长时间了，主要是我怕女方配不住你儿子。这女孩儿是农村户口，没有工作，家庭也一般，亲娘早死了，只有个后娘和爹爹。不过这孩子的本人条件很好，尤其是品德上是我最相中的，所以我给你介绍。"

刘全昌："女孩儿是谁呀？我认识吗？"

徐环："你不但认识，你对她还很熟悉呢。"

刘全昌："谁呀？"

徐环："范芹。"

刘全昌："她呀？我对她太熟不过了。她各方面都好，所以我叫她来侍候你。"

徐环："这个女孩儿当你儿媳妇怎么样？"

刘全昌："我巴不得呢。这不是我当家呀。如果是过去，父母包办，我马上就答应。可是现在不行呀，得让儿子同意。"

徐环："你只要同意，咱们安排他们接触，让他们见见面，谈谈话，中就继续，不中就吹，谁也不勉强谁。你看好吗？"

刘全昌："我本来不打算管他的事了，现在又来管。再者，过去他见过好几个女孩儿，她们的条件都比范芹的好，可他就是不愿意。恐怕他也不会同意范芹。我对这个媒不看好，很可能是瞎忙乎。"

徐环："瞎忙乎也没关系，咱们只管叫他们进行，中了更好；不中了拉倒，咱们权当没说。"

刘全昌："好，我通知他回来一趟，叫他们见见面，看情况如何。先不让外人知道，尤其是那些队员们，更不能让他们知道，如果成了，也没什么，万一不成，他们会满城风雨地议论，对他们俩都不好。"

徐环："这好办，第一次在晚上见面，就在我家里，没人知道的。"

刘康和范芹两人举行了第一次见面。见面地点：徐环的堂屋。刘全昌和徐环两人在驴棚里，喂着驴，交谈着。堂屋的两个人，两个血气方刚的青年，一男一女，在谈情说爱；这边是两个老年人，也是一男一女，都在六十岁以上，已是残花败叶，他们在交谈各自艰苦的沧桑，他们在谈新旧社会的巨大变化以及对今后生活的美好向往。

两个年轻人在堂屋一口气谈了三个钟头。两个老年人也守候在驴棚里三个钟头。三个钟头，在一般情况下，不算个短时间，对等人的人来说，是一段艰苦难熬的漫长时间；可是对一对情人来说，这三个钟头却是欢乐愉快的时光。

两个钟头以后，驴棚里的老年人已没有了说话主题，完全是东扯葫芦西扯瓢或者说些社会上的是是非非，与其说他们是在交谈，倒不如说他们是在熬磨时间，静坐等候。可是堂屋里的两个年轻人，则与其相反。刚开始时，他们都有些拘谨，放不开心扉，说话时想着说着。每个人都考虑对方的情绪，都考虑自己的话对方爱不爱听，都想尽一切办法，寻找对方爱听的话。说罢一句话后，精心注意着对方的反应，生怕说一句让对方不高兴的话。因此，前一个钟头是对对方的试探、摸底阶段。后面的两个钟头，他们在摸清对方底细的基础上，都放开了胆子，敞开了心扉，无拘无束地谈思想，谈看法，谈自己的过去，谈对今后的向往。所以说，后两个钟头，才是他们真正交流思想的时间，他们深沁在梦魂萦绕、缠绵缱绻、如痴如醉的情感中。他们都有相见恨晚的感觉。

第一次见面就花了三个钟头，这足以让刘全昌放下心来。过去的很多次的见面，都是半个多钟头，有的甚至十几分钟就完了。问他怎么样时，他就说："不行，没感觉。"这一次，不是半个钟头，也不是一个钟头，而是三个钟头。这时间本身就足以说明问题，他们各自对对方有较好的感觉，有今后继续发展关系的势头，这也是成功的开始。

谈话结束以后，刘全昌问儿子："孩子呀，见了面感觉怎么样呀？以后还继续谈不谈了？"

刘康："差不多，再继续谈谈再说呗。"

儿子的简短两句话让刘全昌高兴得手舞足蹈，他情不自禁地说："好哇！你们约定再见面的时间了吗？"

刘康："约定了。下一个星期六晚上，还在这里。"

徐环问范芹："闺女，见了面感觉怎么样呀？以后还谈不谈了？"

范芹："差不多，他说再继续谈几次。"

他们交谈了几次以后，都很满意地确定了恋爱关系，很快订了婚。以后不久，刘全昌就给他们办了结婚仪式，把范芹娶到了家里。

第四十章

一天下午，黄松拿着一张《大河报》让徐环看。他指着《大河报》上的照片对徐环说："妈妈，你看这个是谁？"

徐环接过报纸，把它放在胸前，眯缝着眼，把报纸放远，放近，换换角度，就是看不清楚，光看见照片上是个人，看不清他的面目。她从里间拿出老花镜戴上，仔细一看，认出来了，惊奇地叫了一声："这不是你弟弟黄林吗？"

黄松："我看不是别人，就是他。"

徐环："这傻孩子，这是在哪儿呀？报纸上咋说的呀？"

黄松说："这张照片是《大河报》转载《北京日报》上的。报纸上说，记者在北京郊区一小镇的集市上发现一流浪汉。他神志不清，说不清来历，无法遣返，特在报纸上公布，望家长速来认领。"

徐环："小镇叫啥名字呀？在北京哪个方向？离北京多远？"

黄松："报纸上都说得清清楚楚，一去人准能找到。"

徐环："这傻孩子，好几年都没有音信了。我虽然恼他，口口声声说不要他了，但我心里还总是思念他。当娘的在儿子面前就是没骨气，这不由人，再不好的儿子，当娘的也舍不得丢弃他。"

黄松："我马上带些盘缠去找他，你放心吧，妈，我一定得把他叫回来。什么研也不叫考了，老老实实回来，成个家，过个平常生活，什么仙点子也不要想了。"

徐环："是呀，没有钩嘴，就别吃瓶食。不是凤凰，就别站那高枝。没有能力，就别攀那高位，德不配位，必有灾殃。把他叫回来，劝他当个老实农民，安度一生就行了。"

黄松："他有这种想法，他就不会到这一步了。"

徐环："你只管去吧，咱只能做到仁至义尽。"

正当黄松准备衣物去北京的时候，正在北京大学上研究生的黄枫来电话说她在《北京日报》上也看到了这张照片和下面的说明，她也看着是她二哥黄林，她马上打电话给她大哥黄松。他俩在电话中一致认为，他就是黄林。

黄枫对黄松说："我在这里见过他一次，我劝他，他听不进去，他用错误的眼光看待别人，他认为研究生是买来的，他拼命撒钱，造成这个结果。"

黄林怎么从一个大学本科毕业生变成一个流浪汉了呢？

黄林带着卖房的六十万元和自己积攒的十万元去到北京，下火车后先去颐和园，他听说颐和园是北京最好的公园，里面有苍莽碧绿、微波荡漾的昆明湖，还有青松翠柏和山峦叠嶂的万寿山；有廊坊亭舫，也有厅堂殿阁；有横空出世的杨柳，也有绰约多姿的花草。他想，先参观颐和园，其他公园以后再去，反正今后就一直住在北京了，生活在北京永远不走了。上研究生后在北京，工作在北京，在北京找个美女老婆，买一套像样的住房，安个舒适的家。今天参观颐和园是我一个人，光棍一条，毫无牵挂。今后参观其他公园的时候，恐怕就不是我一个人啰，恐怕是两个人，或者三个人啰。我们两口子一人牵着小宝宝的一只手，他走在中间，我们走在两旁，在熙熙攘攘的甬道上，悠然自得，畅谈神往，那将是什么心情，什么景象？唉！现在真不敢想象。虽然这是憧憬，但并不渺茫，三五年的工夫，转眼就到，梦想就可以实现了。

黄林的梦想是什么呢？就是上研究生，先硕士，后博士，然后娶个配得上他的漂亮老婆。这个在一般人看来很难实现的目标，在他看来却是易如反掌。他认为，在当前社会转型时期，人人都向钱看了，钱是打开一切困难的敲门砖，只要有钱，啥事都能办，不但可以办事业，还可以升官。但他的目的不是仕途，而是考研。他摸摸贴身衣服兜里的钱，硬邦邦的一圈子，完整无缺，整整五十万元。这五十万就是买研究生的专款。另外二十万是生活花费。专款专用，不能乱套。

黄林从颐和园大门走出来的时候，天色已经不早。他漫无目地地边走边考虑住宿问题。在一个拐弯处，一个中年男子拿出一张纸让黄林看。黄林一看呆住了，呀："攻读硕士研究生、博士研究生培训班，招生广告。"他惊喜了，真是想啥有啥，心想事成。中年男子一看就知道黄林对广告很感兴趣，就很耐心地对黄林做解释工作。

黄林："你们到底是啥培训班，硕士班，还是博士班，还是兼而有之?"

中年男子:"有硕士班,有博士班,也有硕士、博士连续班。参加什么班交相应的培训费。"

黄林:"培训多长时间,费用多少?"

中年男子:"硕士班一万元,博士班一万五千元,硕士、博士班连续二万三千元。培训时间一个月。硕士、博士两个班连续的,硕士班以后继续参加博士培训一个月。"

黄林:"你们的教师水平如何?培训后有把握考上吗?"

中年男子:"当然有把握啰。你没看看举行这个培训班的是谁?你仔细看看。"

黄林把近视镜戴上,认真观察举办这些培训班的单位。

北京大学硕士研究生培训中心,北京大学博士研究生培训中心。

授课教师分别是北京大学硕士研究生导师王振林和北京大学博士研究生导师张明浦。

黄林:"培训班管吃管住吗?"

中年男子:"管吃管住,费用自理。除培训费外,还得交膳宿费。"

黄林:"参加培训后能保证考上吗?"

中年男子:"你这话基本是个外行话。教学问题是教师与学生两方面的问题,教师教得再好,学生学不好也是枉然。要保证考上,必须努力学习。当然教好也是必备条件,教的问题,请放心吧,我们是北京大学的培训机构,我们已搞培训工作十多年了,参加培训的学生都赞不绝口。我们还给你们创造宽松的条件:如果培训一次考不上,还可以再参加培训,直至考上为止。"

黄林没有说话,他思想上考虑着:各方面都符合他的要求,就有一条没把握,培训班是不是骗人的。但骗不骗人怎么知道呢?他也听说过社会上骗人事件经常发生,农村是小骗,中等城市是中骗,大城市是大骗。北京可是个大城市,这是不是个大骗呢?但他又想,如果怕骗,啥事别干;待在家里,受不了骗。这样,你就别想进取……

中年男子:"你是哪里人那?"

黄林:"这跟哪里人有啥关系呀?"

中年男子:"我听你说话,像是河南人。"

黄林:"对,对,我就是河南人,怎么啦?"

中年男子:"我老家也在河南。我爷爷说我老家在平原省,后来平原省撤销了，划归了河南。因此说，我老家也是河南，我也是河南人，咱们还是老乡呢。咱们河南人很阔绰，说话干脆，办事利索。但你却不像咱们河南人，你考虑问题不敏捷，办事不利落。你看，就这么简单的问题你就拿不定主意了，你净是浪费我的时间。你是条件不够呀，还是不想考呀？"

这两个问题是他最忌讳的问题。他对没考上北京大学就深感遗憾，他最终的梦想就是考博士，现在怎能说他不够条件和不想考呢？

他理直气壮地回答中年男子："我本科毕业，又工作了两年，考硕士研究生绰绰有余。本科生不想考研的，正如当兵的不想当军官一样，都是庸才，我怎么不想考研呢？"

中年男子："那你为什么下不了决心呢？"

黄林："我是在考虑……"

他不好意思直接说出来，又说不出恰当的理由，所以说话支支吾吾。

中年男子："呵，我明白了，莫非你是怕上当，对我们的培训班不够信任。我认为，你的考虑绝对不多余，现在社会上到处都有陷阱，稍不小心就掉进去了。在外边办事时刻小心这一点是非常必要的。你若是这个原因而下不了决心，我就不勉强了。好，我走了，再见吧，老乡。"

中年男子说得很干脆，但行动得很拖拉，嘴里说罢"再见"了，两腿还没迈出一步。

黄林思想很紧张，他若走了，我去哪里找培训班，眼看天就要黑下来，今天晚上就没有地方住。再者，即使去其他培训班，谁敢保证他们就不骗呢？想到这时，他立刻下了决心，毫不犹豫地说："我参加硕士培训班，吃住在校。"

中年男子把他带到他们的培训地点，给他办了入学手续。他用他的考研专用款交了一切费用。

黄林的专业是经济管理。给他辅导的课程，除了专业课以外，还有语文、数学、英语。他们这个专业的学生有五个人，每天上午讲课，下午自学。他们的教材的编纂者全部都是北京大学硕士研究生培训中心。从教材的内容和老师的讲课水平看，这个培训班不像是骗人的，黄林把心放下了。

黄林一直认为考研不能光靠实力（学习成绩），得靠人际关系。而且人际关系是主要的，没有人在背后说话，考的成绩再好也没用。若有了关键人物的说话，考的成绩差一些也可以录取。什么是关键人物呢？就是负责该专业的硕士生导师。录取谁，不录取谁，他一句话。教他们这个专业的导师是谁呢？怎样才能接近他呢？这还有很长的路要走。

黄林无心学习，课堂上不专心听讲，他身在教室，心在外。下午做作业时，他抄袭别人的，或者生吞活剥地照抄书上的答案。他把主要精力用在找关系上，而关系的关键是人。因此，他多方面打听关键人物。请人吃饭、送礼、看望，是他常用的手段。当然这些办法都是以钱为前提的。实际上，他的这些办法都是撒钱的办法。功夫不负有心人，他终于找到了一条通向教他们这个专业的导师的名字。他如获至宝，就开始沿着他设计的通向专业导师的道路迈进。

他首先找到教他们课程的老师的住址。然后带着重礼分别去每个老师家谈话。在交谈中，询问教他们这个专业的导师的名字，然后再问该导师的住址。教他们课的五位老师他都跑了一遍，他们都知道这个导师的名字，但大部分老师都不知道他的住址。知道他的住址的只有这个培训中心的校长。校长问他："你找他的住址干什么？"

黄林说："没什么大事，只想认识认识，将来在他指导下学习时，好求得他的帮助，我准备在这个专业上做出些成绩，我进校就要请他做指导。"

校长认为，他找导师的理由不充分，没有告诉他导师的住址。只是对他说："我过去知道他的住址，现在他可能不在那儿住了，他搬到哪里，我也不知道。"

北大校方有规定，不管什么专业，凡是考生打听他的导师的住址的，一律不准提供。所以校长打了个官腔，没有告诉黄林。

黄林哪能甘心。他坚持去校长的家一次、两次、三次，每次都有重礼，有时校长躲起来，有时不在家。即使如此，他把礼物放下，说明来意扭头就走，留下一句话："我改日再来。"

一天校长夫人问校长："黄林来了这么多次了，每次都花不少钱，他打听他的专业指导教师的住址，干吗不告诉他？"

校长："我们学校有规定，不准告诉他。"

夫人："一不犯法，二不是什么原则问题，你干吗这么谨小慎微，害人家黄林不停地往咱家跑？我看着都不忍心。你赶快告诉他，你若不告诉他，我就告诉他了，他整天跑得让我都揪心。我也可怜他，他又花钱，又辛苦，真是令人同情。"

校长告诉了黄林他的专业导师的住址，黄林惊喜若狂，这一步他又成功了。

一天晚上，他提着一个小提兜来到专业导师的家，专业导师姓韩，大家叫他韩导。

韩导问他："你怎么知道我在这儿住？"

黄林："鼻子下面有嘴。只要是住在中华人民共和国土地上的人，我都能找到他。"

韩导："你的本事可真大，把精力放在这上做什么？太累人了，不值得，你叫什么名字？学什么专业？"

黄林："我叫黄林，正在培训中心参加培训，准备考经济管理专业硕士研究生……"

韩导让他坐下，给他倒了杯茶，房间内充满着暖融融的气氛，他在韩导面前像决了口的黄河一样，滔滔不绝地谈他的宏伟目标和坚强意志。他的讲话是从吹捧韩导开始的，他说韩导知识渊博，才华盖人，是中国第一学府数一数二的著名导师。他能得到这样的导师的教导，是他的缘分，他跟导师学习是他的福分，是天赐良机。他一听说是韩导教他们的，他激动得夜不能寐，饭不甘食。他请求韩导对他严格要求，他一定遵循他的谆谆教导，在专业上创造奇迹，为祖国做出贡献。他们在一起差不多谈了一个钟头。从头到尾，全是他在说话，没有韩导插话的机会。在他说话过程中，韩导最多的动作是点头，每到一个节骨眼上，他点点头，表示"我知道你的意思了"，可是黄林误认为韩导很欣赏他的讲话，他心里很高兴，越讲越高兴，越讲越带劲，像黄果树的瀑布一样，没完没了。

韩导看到他收不住尾了，找了个茬口说道："今天暂谈到此吧，我知道你的想法了，这是我录取新生的重要参考。你明天还有课，还有这么远的路程，请回去休息吧。"

黄林停住了说话，站了起来，把一个红包扔在桌子上迅速跑了出去。

韩导拿起红包，解开一看，二十万元，全是不打折的新票子。他又把它放在桌子上，说道："学校要培养这种人，我们的国家就要衰败了。"

黄林非常高兴地离开了韩导的家。他感到他的这一步棋走得非常正确，他的讲话受到韩导的赞许，他又把红包安安全全地送了出去。但他还不能太乐观，他猛然想起来，他直接把钱送给韩导有些冒失，他由非常高兴变成了非常悲痛。他若收住钱，就显得他太贪心、太爱财。像他这么个高级知识分子，做事不会留任何蛛丝马迹的，他突然感到他这样的送钱办法，韩导是不会接收的。下一步他更不敢想了，若韩导把钱让人返回来，那他这个行动就是个大失败，会直接影响对他的录取。他有一丝的侥幸：也可能韩导收住钱。如果真是这样，他被录取也就可能性很大了。关键就看韩导是否能把钱返回来。简单地说：收住钱了，就是考上了；不收钱，一切都完了。

黄林焦急地等待着，若五天内不见钱的返还，就可以放心了。

他熬过了痛苦的五天，使他欣慰的是韩导并没有把钱返还给他，他心安理得了，考取硕士研究生的梦想快要实现了。他手舞足蹈，他夜不能寐，他高兴得真是难以言表。

但是，他高兴得太早了。他把高兴的理由设立在假想的基础上，怎么能靠得住呢？

第四十一章

　　黄林正在憧憬着今后在北京工作的美好生活时，他的妹妹黄枫一步走进他的宿舍。她看到黄林兴高采烈的样子，问道："干吗这么高兴呀，二哥？"

　　黄林看见妹妹来看她，心里很高兴，马上说道："咱们快是同学了，我马上就要成为北大的硕士研究生了。在家我是你的同胞哥哥，在学校我是你的同学哥哥。看来，这也是命中注定，在哪里你都是我的妹妹。好啦，说些正经的。你怎么知道我在这儿呀？"

　　黄枫："我听咱大哥说你来北京准备复习考研，我去俺校研究生培训中心查找了一下，发现了你的名字，我就来了。你来这么长时间了也不告诉我一下，我好帮助你复习功课呀。"

　　黄林："我认为复习功课没有跑关系重要。我来了以后，把主要精力都放在跑关系上了。"

　　黄枫："你跑得怎么样了？"

　　黄林："很有成效，看来我考上研究生是板上钉钉了。"

　　黄枫："怎么见得呢？"

　　黄林打开门向两边看看有没有外人，他把门关上对黄枫说："我告诉你，这是个绝密，你可不能透露一丝信息。我见到俺的专业导师韩导了。"

　　黄枫："你怎么会见到他？我们学校规定导师的名字不准泄露出去，导师不准私下接触学生。你本事真大，来北京没几天就能见到导师，真有你的！"

　　黄林："这就是跑关系的结果么。你光埋头学习，复习功课，会有这样的效果吗？"

　　黄枫："你见到他能怎么样呢？"

　　黄林："你这傻妮子，一听就知道你是个书呆子。导师是录取学生的，考生能见到导师，你想想会有什么后果？"

黄枫："依我看，见不见都一样。我考研时没有见任何导师，我不照样考上了？"

黄林："你能考上是不假，但你是靠刻苦学习，靠突出成绩考上的。我与你就不一样了。我学习不下去，我感到学习太苦，这个苦我吃不了，但我又想沿着考学路往上攀，我不找关系行吗？你走的是学习路，我走的是关系路。你付出的是气力，是刻苦；我付出的是物质，是钱。"

黄枫："你付出了多少钱？你从哪里弄的钱？"

黄林："我从家带来的钱，绝不是偷的，也不是骗的，我的钱来得光明正大，我花着也气势。"

黄枫："从家带来的？咱家哪有这么多钱？"

黄林："我把白佳为咱哥盖的那所住房卖了，卖了六十万，我全部带来了。"

黄枫一听他把新房卖了，当场就头蒙了一阵，惊奇地说道："你把新房卖了，那是咱祖辈的期望，咱爹的遗愿，你把它卖了，你是他们的逆子忤孙啊！咱妈同意吗？"

黄林："咱妈不知道。"

黄枫："咱哥呢？你卖这所房如同刺他的心，他对这所房付出了那么大的苦，这所房是他用血汗换来的，你却轻而易举地把它卖了，卖的钱用来跑关系。二哥呀，我不是说你的，你做得太过分啦！咱哥同意卖吗？"

黄林："咱哥同意了，一点儿也不勉强。"

黄枫："咱哥是忍着泪同意的，他没有力量支持你升学，只有同意你卖房了。"

黄林："你不要悲观地看我，要阳光一些。现在我卖房是为了今后买更好的房。我先考上硕士，再考上博士，毕业后在北京找个外企工作，挣的钱花不完。咱妈，咱哥，他们想要啥房我都给他们买。他们如果想住在老家，我在老家给他们盖一套比我卖的那套好得多的房；要不然，如果他们愿意来北京的话，我在这里给他们买一套三室两厅的公寓房，咱妈想跟着我，跟着我；想跟着咱哥；跟着咱哥，想跟着你，跟着你，叫她啥也不干，安享晚年。舍不得孩子打不得狼。现在不卖房子让我来考研，将来会有好生活吗？我来考研也不是光为我自己呀，我有钱了，也会照顾他们的。"

黄枫："刚才你说，你跑关系跑得有效果，请你告诉我是啥效果。"

黄林："啥效果？是我能考上研究生的效果，这还不是效果？这是明显效果，了不起的效果！"

黄枫："你们还没考试，你怎么就知道你能考上呢？"

黄林："这就是跑关系的作用，只要有了关系，就会有不寻常的事出现。一个学生，平常不爱学习，学校历来考试没及格过，可是陡然考上了名牌大学；有的人开始当了个小干部，他不好好工作，两眼不看群众，只看着上面，整天利用公家的钱跑关系，送大礼，结果他直线上升，甚至可以升到省级、国级。我这个考试前就知道考上了的还有啥稀罕吗？小妹呀，你这个书呆子性格应该改一改。人们常说：知识不如见识，见识不如关系。当今社会上，没有关系啥也办不成。"

黄枫："我认为，干啥都得靠知识，没有知识，啥也干不成。即使一时靠关系做成的，将来肯定会出问题。你把咱哥心坎上的房子卖了，不照顾他的一点情绪；可他处处为你考虑，他不考大学是为了让你考；你上学时他支持你；你工作时他让咱妈为你做饭；白佳本来是为他盖的房，你想要，他让给你；他让你卖房更是为着你着想。你哪一点考虑过咱哥？我认为你太自私了……你说说你把这卖房钱都花在哪里啦？"

黄林："我都花在考学上了，给我们这个培训中心的老师和校长，给教我们专业课的导师……"

黄枫："你把钱送给这里的老师和校长干什么？"

黄林："没有他们的帮助，我怎么知道我的导师在哪里？他们是我找到我的导师的桥梁。过桥不得拿过桥费吗？我都是给他们买贵重礼品，他们才告诉我导师的名字和地址的。"

黄枫："你给了导师多少钱？"

黄林："二十万。"

黄枫："完了，你今年肯定考不上。"

黄林："他接受了我的钱，他就不可能不录取我。他不录取我，我去告他。"

黄枫："我不想与你说太多，你自己不亲自碰钉子，你是不服气的。你今年考不上成定局了，我看你怎么告。你是不到黄河心不死，不见棺材不落泪的。"

黄枫走了，很生气地离开了黄林。

考研录取通知书发下来了，黄林没有接到录取通知书。

黄林本来是以扬扬得意的心情期盼着录取通知书的，却盼来个没有录取。这个反差太大了，他无论如何也接受不了，他的头上像挨了一下重棒，打得他晕头转向，他几乎昏迷过去，半天没有醒来。他醒来后第一想到的就是韩导。他认为韩导身为硕士生导师，啥导师呀？腌臜菜！恶心我，教育上的败类，社会上的残渣，真不是人。收人家的钱，不为人家办事，收黑钱办不成事的情况是有的，但应该退还人家，谁的钱来得都不容易，干吗白要人家的钱呀！他的钱就是这样白白扔掉的，二十万，二十万呀！一家农民两年也收入不了二十万，一个农村上班族五年才能挣到二十万。你就轻轻松松地拿走我二十万，连屁事也不给我办，你还是个人吗？他泣不成声，伤心欲绝。他咽不下这口冤枉气，他要上告，他要控诉，要揭露像韩导这样的腐败分子，要让他受到法律制裁，免得其他人再受他的危害。他向北京大学纪检委投诉，揭发韩导收贿他二十万元。揭发信后缀着：硕士研究生参考者黄林。北大党委纪委会立即做了调查，在反腐败领导小组发现韩导上交的黄林给他的二十万元。

黄林不甘心，也不服气，他忽然想起参加培训班时，他的河南老乡曾说过，招生广告上也清清楚楚地写着：参加一次培训考不上时，还可以再参加培训，直到考上为止。他认为这是他的唯一希望，也是唯一出路。他从家乡坐上来北京的火车那一刹那起，他就没打算拐回去。他虽没考上，但他决不能回家。一是他感到太丢面子，本来是气势昂昂来北京考硕士、考博士的，结果没考上，像泄气的皮球一样败下阵来，灰溜溜地再回去，太丢人了。二是在北京拼搏是他的夙愿，好像与生俱来的渴求，他天生就是在北京生活的人，他习惯北京的一切，在北京生活如鱼得水，回河南老家如鸟入笼。他打算再参加培训，这次参加培训要吸取上一次教训，要集中精力学习功课，在考卷上考个高分，不找任何人，不走任何捷径，用实力（考试成绩）考上研究生。他去到招生办公室提出要求，参加下次培训班。办公室人员非常高兴，请他填写报名登记手续。每个栏目都他填写得公公正正，在培训费一栏里，他填的是上期学员，第二次重学。负责报名的小张看了他填的报名登记表后说："在培训费栏里不要这样写，我们都知道你是上期学员，你应填写培训费具体钱数一万元。"黄林"啊"了一声，拿笔把原来填写的划了。在空白处写上一万元。他把登记表交给小张后，拔腿就往外走。小张对他说："你还没交钱呢，你怎么就走哇！"

黄林莫名其妙地说："我是上期学员，怎么还交培训费？"

小张："你是上期学员怎么就不交培训费？"

黄林："你们不是说培训一次考不上的，还可以再参加培训吗，直至考上为止？"

小张："对呀，招生广告上是这么说的，一点也不假。"

黄林："那你为什么还向我要培训费呢？"

小张："广告上说不要培训费了吗？广告上既没说免费，也没说不要培训费。参加二次培训，可以，必须如数交钱，参加几次，交几次的钱，直至考上。也就是说，不参加培训了，就不要交钱了。你认为，第二次参加培训就可以免费了，你要一辈子都考不上，我们不就白白培训你一辈子了！你想得怪美！"

黄林愣住了。他再看看办公桌上的招生广告，与小张说的完全一样，光说可以再参加培训，没说免费。他好像受骗了一样。头脑发胀，一片空白，找不出不交培训费的理由。但他还是不服输，最后找了一个理由，说："你们净是骗人。"

小张："哪儿骗你啦？怎么骗你的？"

黄林："你们为什么不说明，参加第二次培训得交费呀？"

小张："没说免费就是交费，你不好好学习而考不上，活该！再参加培训必须交费，不交费马上得走人。不要赖在这儿不走。这里不是收容所。也不是懒汉的栖息地。有钱快交，没钱走人，就这么干脆，没有别的可说。你赶快走人，我们没工夫与你磨嘴皮子。"

黄林的思想就要爆炸了，他没有任何路可走了，他身上没有分文了，回老家也回不去啦。他收拾了一下行李：一条被子、一条褥子、几件衣服和他吃饭用的碗筷。他把被子和褥子放在一起卷起来，用一条塑料绳把它捆起来。把衣服和吃饭用具装在塑料兜里。把被褥背在肩上，手提着衣物和碗筷，从培训班走了出来，毫无目的地沿着街道走。他去哪里呢？他也不清楚，他下意识地向着人烟稀少的方向走，沿着偏僻的小道上走。

他不知道走了多远，也不知道朝着什么方向。太阳越来越偏西了，路上的行人也越来越稀少。他那带着物品的形象，他那污头垢面的打扮，来往行人都轻描淡写地看他一眼，一目了然地认为他是个不折不扣的傻子。他走了很长时间以后，也不知道到哪里了，好像来到了天边，又好像来到了太空。他四周看看，人们穿的都是奇装异服，脸色都是奇形怪状。他们开的车是金子的，他们骑的是金骡子、金马。他突然发现，他走的路也是一条闪闪发光的金光大道。他倏然认识到，他来到了天堂，来到了极乐世界。周围的人也多起来了，他心花怒放，得意忘形，他轻松自在，欢乐畅快。他再不作难了，再也不紧张了，他彻底解放了，彻底自由了。他不知不觉地来到一个人员较多的桥头上。他放下行李，悠然自得地跳起舞来。他边跳边唱，越跳越带劲，越唱情绪越高昂。周围群众都围上来观看，很多人为他叫好，有的拍手，有的吆喝，有些小孩子跟着他跳，跟着他唱。霎时间这里成了舞会，成了歌厅。有的群众叫他唱戏，他就大腔大口地唱豫剧，一会儿唱《朝阳沟》里的"咱两个在学校整整三年，相处之中无话不谈——"；一会儿唱《花木兰》里的"刘大哥讲话理太偏，谁说女子不如儿男——"。群众中有个河南人，叫道："你会唱曲剧吗？请唱一段《卷席筒》"。于是，他就唱起《卷席筒》里的"小苍娃我离了登封小县——"。群众有的走了，有的来了，走走来来，接连不断。他一直不停地唱，不停地跳，力气很大，劲头很足。太阳就要落山了，人群慢慢就要散了，可是他还在不停地唱呀，跳呀，没有停下来的意思。直到周围没有一个人了，他的肚子咕噜咕噜叫起来了，他才就此罢休。刚才他周围那么多的人，现在没有一个了。他们都到哪里了？他好像问自己。他们都回自己的家了。他们都回自己的家休息了，都回自己的家睡觉了。别看大街上、市场上，到处都是人，男女老少，成群结队，你来我往，熙熙攘攘，他们都有一个安乐窝，一到晚上，他们各自都回到自己的安乐窝休息了。可是他呢？他去哪里休息呢？他不考虑这些，他也无能力考虑，他也不去考虑。他只知道饥了找吃的，渴了找喝的，累了躺下睡，醒了到处跑，想唱；唱，想跳，跳。自由自在，其乐无穷。

他所在的地方是一条小河的桥头。这条河叫燕京河，河旁边的小镇叫燕集镇，是北京大西郊的一个乡政府所在地。该镇虽然是个乡，但北京市乡所在地比山区县的所在地都大。这里人口众多，市场繁荣，外来人口很多。再增加一个黄林，正如东北大兴安岭里增加一只小鸟。他在很多事情上都是马马虎虎，但当他肚子饿了的时候，他一点儿也不含糊地去找吃的。天色已经很晚，他把行李放到桥头的一个水泥墩上，毫无顾忌地到街上寻找吃的。他去到一个食堂里，看见桌子上的残渣剩饭，他一点儿都不客气，有馍就吃，有汤就喝，狼吞虎咽，不顾一切，吃饱再说。食堂里的一个小伙计看见他不是顾客，大声吆喝他："出去!"

他说着就往他跟前走，大有动手打他的势头。他的自我保护意识很强，他一看形势不好，拔腿就跑，顺手再抓一把剩菜，吃着跑了出去。

食堂老板看见此景以后，对这个小伙计说："你对他那么凶干吗？叫他走不就完了。"

小伙计："不是不叫他在这里，他影响我们的生意。我们这里卖的是吃的东西，顾客看见他的样子，就感到恶心，谁还会来吃饭呀？"

老板："可也是这个理儿。那以后他再来了，给他两个馒头，叫他赶快出去，别叫他在这里停。那么大的人了，吃不饱肚子，怪可怜的。他肯定是个傻子，别跟他一样。他是社会上的弱势人群，按政府的要求，得照顾他们，决不能不管，更不能叫他们饿死、冻死。"

夜幕降临以后，他把行李搬到桥头下面的桥洞里。晚上就在那里过夜。这就是他的安乐窝。里面没有电灯，没有席梦思床，也没有沙发，更没有咖啡饮料。他在里面睡得可香甜了，比睡在软绵绵的席梦思床上要舒服十万倍，这是经常失眠的人永远也体会不到的。

天一蒙蒙亮他就起来独自一个人在集市上转悠。从街的这头走到那头，再从那头走到这头。他最感兴趣的是斗鸡，他站在斗鸡场外边的人群里观看好长时间。斗鸡结束后他来到几个老头下棋的地方，又看起下棋来了。他就在集市上游荡，轻松愉快，无忧无虑，毫无追求，毫无负担，毫无压力，他完全放下了，他彻底解脱了，他过着无拘无束的生活，享受着自由自在的人间生活。

他剩下的负担就是肚子饿了想吃，肚子憋了想屙。想屙了好办，集市上有的是厕所，随便用，不要钱。想吃就不太方便了。他已经没有考虑馍菜汤的能力了，馍菜汤哪一样都行，其实不一定是馍菜汤，其他任何能填饱肚子的都行。他享受的也是他最喜欢去的就是那个食堂。有时他吃人家的剩汤剩菜。有时饭店老板给他两个馒头。饭店里的人看着这个人很稳当，从不说话，举止文质彬彬，挺有礼貌，每次他去饭店，他们都不烦他。他的生活可多样化了，他有时在食堂里吃，有时在菜市场上捡菜叶吃。吃饱肚子以后，他在街上看老头儿们下棋、打牌，但他从不插嘴干预。街上很多小孩子喜欢他，经常拿些小吃给他吃。他也毫不客气地接过来，先闻闻味道，再把它填到嘴里。有些孩子爱逗他玩，叫他"傻子"，他也毫不介意。也有的小孩子欺负他，唆使小狗去咬他。他不怕，也不跑，只是站在那儿一动不动。被唆使的小狗并不听主人的话，它不但不咬他，反而对他摇头摆尾，向他表示友好。小主人认为，狗都不咬他，说明他是个好人。因此他也与他友好，给他糖果、饼干等好吃的东西。他的生活并不单调，而是丰富多彩，有声有色。

晚上，他躺在桥洞里，听着外面的风声、行人的脚步声，偶尔也有刺耳的喇叭声。他听到最多的，也是最动听的是他周围昆虫的叫声和潺潺的流水声，还有青蛙的老憨声和蛐蛐的尖叫声，还有他从来没听见过的别的什么声音。他像睡在天堂，每天晚上都有交响乐为他伴唱。

他也有睡不着的时候，尤其是天气闷热时，他就从桥洞里走出来，上到岸上，坐在桥墩上，或扒在桥栏杆上，观看夜景。有时，他走来走去，像一个幽灵。有行人来时，他赶快下到桥洞里，躺在他的被褥上，细听岸上的动静。时间一长，不断有人反映桥头上夜晚有人出没。有人说得活灵活现。有一个人说："我半夜正在这里路过，月光下，老远就看见一个人在桥墩上坐着，我还以为真是有人在那里赏月，可是走近一看，什么也没有。我在桥上向四周瞅瞅，连个人影儿也没有，我心里发怵，赶快离开了那里。"

还有一个人反映："一天晚上，大月明的，我在那里路过，老远看见一个人在桥上走动，我心里有些怯气。我想，这么晚的天，谁在这里干什么？可是我走到跟前啥也没看见。我心里害怕起来。我是不相信什么鬼、什么神的，可是这个事实让我思想动摇了，难道真的有鬼吗？"

燕集镇上的不少人反映，他们夜里看见过桥附近有人影，闹得镇上人心惶惶，有的说是神，有的说是鬼。它到底是什么，谁也不敢肯定，可是谁也不敢亲自晚上到此考察考察、摸摸底。有的人白天大吆喝要弄清楚，但自己没有任何行动，光想让别人弄清楚。也有人说，千万别惊动它，弄不好会大祸临头。在你说这、他说那的紧张气氛中，镇上的人绝大多数都是早睡、晚起。太阳一落，老早就关门，轻易不出门，万不得已必须晚上外出时，绝不一个人单独行动，一定找一个陪伴者，小孩晚上更不敢出门。

北京晚报社得知这个情况后，马上派记者蹲点查寻。他们昼夜在附近观察，终于发现白天在集市上转悠的那个人就是夜晚出现在桥头上的那个人。但他们没有把握。为彻底弄清楚这个人的底细，他们再做进一步的调查。

一个晴朗的晚上，皓月当空，微风习习，几个《北京晚报》记者和几个公安人员带着探照灯，来到桥头附近，老远就看见有人影在桥头晃动。他们小心翼翼地向人影靠近。黄林一发现有情况时，迅速下河堤钻进桥洞里。可是为时已晚，他已被发现。他们开起探照灯，从桥头的两侧下到桥下，把探照灯直照着桥洞。黄林在他的破被子上坐着，脸上没任何表情。记者证实，他就是白天在集市上转悠的那个人。

记者问他："你叫什么名字？"

黄林回答："研究生。"

记者问："你是哪里人？"

黄林回答："北京。"

记者问："你在这里干什么？"

黄林回答："考研。"

记者再问他任何别的问题时，他都闭口不答，他也不主动说一句话。记者们从他的答话和铺盖分析，他是个考研落榜生。由于长期抑郁，终不得志，进而积成了抑郁症。根据他的口音，他很可能是河南人。记者随即把照片和说明刊登在《北京晚报》上。该报社把此照片传到河南大河报社，让其刊发找人。

据当地群众反映，这人在这里不偷不抢，不扰乱秩序，不坑害百姓，群众对他倒是很可怜的，经常有人给他拿馒头、端面条。他也很有礼貌地接收并对人家点头，表示感谢。他从来不说话。自从他来到这个燕集镇以后，他没有给任何人说过一句话。

就这样，黄林的照片出现在《北京晚报》和河南《大河报》上。

黄松根据《大河报》提供的地址来到燕集镇。在集市上转了几圈儿，连黄林的影子也没看见。他去到桥头下的那个桥洞里，只有一摊子破被子、破褥子和破烂不堪的衣物。人不见了。据集市上的人讲，记者来询问他的第二天就不见他了。究竟他去哪里了？谁也不知道。

黄林走了，走得无影无踪。

黄松站在桥头上，抬头远望，望不尽的青山隐隐，观不完的白云悠悠；遮不住的原野茫茫，瞧不断的潺潺水流。小镇的大街上，熙熙攘攘的人群，买卖东西的场面，依然如故，一切风平浪静，与平常相比，没有丝毫不同。桥上川流不息的车辆嗡嗡的响声、小河里青蛙的叫声、草丛里昆虫的唧唧声，都不停地在空中游荡着。

黄松再低头看看黄林住过的桥洞，依然如故，死一样的寂静。它好像告诉黄松；这里什么也没有发生。黄松不由己地掉起了眼泪，他在想：可怜的弟弟，你到哪里去营生？眼泪把他带到黄林的过去：

很不踏实，搪搪哄哄。

自私自利，不近人情。

拈轻怕重，驾轻就熟。

耍嘴皮子，没有行动。

心比天高，干劲稀松。

光说不干，投机钻营。

卖掉新房，来到北京。

参加培训，想走捷径。

一心考研，从不用功。

靠走后门，用钱通融。

把钱花完，考研落空。

深受打击，神志不清。

脑子失常，无所适从。

成了废人，毁了一生。

当黄松在深深回忆着黄林的往事时，下面的说话声打断了他的沉思。

一位老太太，看来她的家就在这条街上，突然问道："这几天怎么看不见那个傻子了？"

一位老大爷说："走了。自从那天晚上记者询问他以后，他就走了。"

老太太："去哪儿了？"

老大爷："不知道。他不声不响地来了，又不声不响地走了，神不知鬼不觉的，不知道他是干什么的？"

老太太："他一走好像这里少点儿什么。"

老大爷："少点儿什么呀？什么也不少。有他没有他还不是一样？"

一个小孩儿在一旁搭腔了，她说："不一样，他一走，没有人与我一块儿玩了，连我的狗也少一个玩伴儿。"

05

尾 声

第四十二章

　　黄松把白佳接到了坡王村，与她举行了结婚仪式。他的岳父白富领，再三请求他去"平民客栈"，作为客栈老板，经营这个客栈。他婉言拒绝了。白佳也甘愿去到坡王，与黄松他们住在一起。

　　白佳虽然被毁了容，但黄松认为她比原来更美。情人眼里出西施，一点儿也不假。当你喜欢她的时候，她的一切都好，连她身上的伤疤也是美丽的。更主要的是，他认为她主要是心灵美，心灵美是高于一切美的美。她像一朵常年不谢的鲜花，像一束寒山峻岭上的奇葩。她像春天的牡丹，鲜而艳；像夏天的荷花，污不染；像秋天的菊花，白而洁；像冬天的梅花，耐霜寒。

　　黄林已杳无音信，这个名字将永远消失在黄家的家谱里。黄枫已在北京大学硕士研究生毕业，与她的一个同学结了婚，在北京找到了非常理想的工作。

　　黄松的主要工作是负责东山坡的开发工作，其次是种好责任田。东山坡的开发工作已初见成效。磨面、蒸馍、压面条，这三项企业的收入，可以满足突击队的日常支出和一部分队员的生活。山坡上经济区的农作物，长势良好，大有丰收的势头。果蔬区的树苗和饲养区的畜禽，形势都很喜人。

　　东山坡开发工作的第一期工程已经结束。等有积累以后，再开始第二期工程。第二期工程主要任务是坡王村的福利设施，包括家庭住房、老年福利院、学校、娱乐场所、公墓园以及自来水、电气化，等等。第二期工程完成后，坡王村的农民都要搬进宽敞、整洁的两层新楼房里，享用现代化的设施。农村面貌就有了比较大的变化，农民的生活水平就会有较大的提高。

　　刘全昌，这个黄松的得力助手，也确实是做了大量工作的人，有一天满面春风地对黄松说："我告诉你几件好消息。"

看到他那喜气洋洋的样子，黄松也笑着说："啥好消息呀，看叫你高兴的样子？"

刘全昌："啥好消息？一说你也高兴。"

黄松："你快说呀，也让我快点儿高兴高兴。"

刘全昌："我说这都是小事，咱突击队的大事我现在不说。第一件，我有了小孙子了，我老伴儿也去县城第一初中，为他们照顾孩子了，就我一个人在家。我已搬到突击队吃住。第二件，突击队里有好几对正谈得热火着呢；第三件，张同的那个哑巴孩子也快要结婚了。"

黄松："我听说张同的哑巴孩子也要结婚了。女方是谁呀？"

刘全昌："你想想是谁？——是老吴的残疾女儿娜娜。"

黄松："他们双方家长都同意吗？"

刘全昌："同意，同意，完全同意。双方家长快高兴死了。"

黄松："这真是几件大好事。我听了也特别高兴。这才是开始，以后好事还多着呢！"

刘全昌："我给你报告一个坏消息。"

黄松："我爱听好消息，不爱听坏消息。"

刘全昌："好坏消息都要听，兼听则明么。"

黄松："那你说。"

刘全昌："李尚青丢人丢大了。"

黄松急忙问："怎么啦？丢什么人啦？"

刘全昌："一天晚上，他和另一个嫖客在程子英家里碰面了。两人各不相让，当场大吵大打起来了，左邻右舍都惊动起来了。本来这个不公开的秘密，这一下子全公开了。两个男的都气得鼓鼓的，李尚青骂那人夺他的爱，那人骂李尚青窃他的情。两人吵得不亦乐乎，周围群众站在墙外面笑。李尚青对我说他无法再当副队长了，甚至连坡王村也无法待了。我告诉他叫他来找你。估计他很快会来找你的。"

果然，李尚青来找黄松了。他说："我这事全村人都知道了，丢死人了，我没法再干了。"

黄松："全村人早就知道，只是没公开罢了。丢人不丢人，不在于你干了坏事公开不公开。公开了丢人，不公开就不丢人了？照样儿丢人。一个人，只要你干了坏事，你自以为掩盖得很严，实际上是掩盖不住的。不少人认为，掩盖住了，就不丢人了；暴露出来了，就丢人了。这种观点是不对的，丑事，暴露与否，都一样丢人。丑事若没暴露，别人不知道，难道你本人不知道吗？明明是丢人事，怎么能不丢人呢？有的女人，长得怪漂亮，但内心里肮脏，她既然与你在一起，她肯定也与别人在一起。她若没有与别人在一起的心，她也绝不会与你在一起，这是明摆着的道理。本来是个破橘子烂杏，而你却把她当成五月仙桃；本来是个残叶败柳，你却把她当成金枝玉叶。像这样的女人，扔八百里地也不能要，连看也不看。可你呢？把她当成宝贝啦。好了，既然到这地步了，这事你要好好吸取教训，认真总结，以实际行动改正错误，树立自己的崭新形象，让大家对你另眼相看。只要改好了，大家还是很欢迎的。你在突击队这一段时间，做了大量工作，为创建突击队立下了汗马功劳，这是不可磨灭的，我和刘全昌大叔我们都很满意。此外，你还年轻，你的人生道路刚刚起步，你一定打好基础，树立好自己的人生观，一心为人民，处处献爱心，时时刻刻想着别人。任何时候，任何地方，坚决不做于人民有害的事情。我希望，我对你说这些话，你不要把它当成空头理论，要把它作为实际行动的参考。你把这些装在心里，并落实在行动中，将来你不管走到哪里，也不管你干什么工作，你都会做出优异成绩，为国家做出突出贡献。"

黄松不想让李尚青离开突击队，想让他在哪里跌倒，在哪里爬起来。但他的父亲李石成坚决不同意让他继续留下来。他认为，李尚青若不远远离开程子英，他就不可能彻底改变错误，就不可能脱胎换骨，也就不可能养成好的习惯和培养成好的工作态度。再者，儿子处于这种状态待在突击队，对他的工作非常不利，影响他的名誉，诋毁他的威信。所以，他找熟人、托关系，想方设法，在城里给他找了个工作，在一家私人电器公司当业务员。

李尚青的思想处于极端矛盾中。他与程子英的事被暴露以后，他丢了大人了，他没法继续待在这里了。但他从思想上离不开程子英。尽管黄松把她说得一文不值，但他还是对她不弃不舍。他母亲坚决要他离开坡王村，实际上是远离程子英。在多方压力下，李尚青勉强同意离开突击队。

李尚青走了以后，他的副队长职务由李二虎接任。

一天李石成来找黄松，万分高兴地对黄松说："松侄儿，我告诉你个大好消息：县上准备在咱这儿召开现场会。"

黄松有些不解地问："在咱这儿召开什么现场会呀？安上了无塔供

水，改造了各家厕所，咱们村到乡镇的公路修成了柏油路——还有啥呀？"

李石成："你说这都不对。这些项目都是上级拿钱办的，咱们村一分钱也没出。"

黄松："那他们来召开什么现场会呀？咱们这儿还有什么大工程呀？我看没了。"

李石成："你是身在庐山不识庐山真面目，你自己办的事却不知事情的重要性。县上是为你干的事来召开现场会的。"

黄松惊奇地说："为我开现场会，我干了什么啦？我干的是平凡事，不值得召开现场会。"

李石成："你改造了自为队，开发了东山坡，把自古以来的荒山地改造成了良田，为咱村农民做出了多大贡献哪！"

黄松："这不算啥，大叔。即便是开发了东山坡，也是大家的努力，有你们的辛勤劳动，我只是个微不足道的一分子，咋能为我召开现场会呢？你向上边汇报了？"

李石成："我当然汇报了。我得汇报，我必须汇报。这是我村的事么，这是大好事么，这是我村的光荣么，当然，也是我当村主任的光荣，这最大的光荣还是你的。"

黄松："我想着你不要汇报，这点儿事算不了什么。"

李石成："你说得怪轻巧，你好像没那事一样。人家上级可重视了。他们说这是件了不起的事，要表彰，要宣传，要号召全县人民向咱们学习，尤其是知识青年。他们要在这里召开现场会，邀请全县各村的村主任和青年代表参加。到时还请你在大会上介绍经验哩。"

黄松："不要，不要，我可没什么可说的。请你对他们说一下，千万别叫我介绍什么经验，我没有经验。"

李石成："上级叫你说说你是咋想的、咋做的，仅此而已。其目的是对外村有启发，号召他们向咱们村学习。"

一个晴朗的上午，东山坡脚下的平地上，搭了一个高大的主席台。台子中央的屏幕上挂着巨幅毛主席像，台子的前沿上挂着红色横幅，上面写着："坡王村东山坡开发工作现场大会。"主席台的两侧挂着高音喇叭，不时播放各种通知和戏曲。与会人员都先后来到会场。

抓农村工作的副县长来到黄松的家，想亲自见见这位创造奇迹的回乡知识青年。副县长首先肯定了他的突出成绩和杰出贡献。然后请他谈谈自己的想法和如何克服困难创造出如此突出成绩时，他却啥也没谈。他只说："没什么，没什么，没什么可说的。"副县长坚持要他在大会上说两句。他答应了，副县长也安心了。

现场会的开法是：与会人员以乡为单位，由乡长领着参观开发区的各个角落。十点钟，大会开始。

大会开始了。首先是村主任李石成介绍经验，他讲完后黄松讲话。他上到台子上，走到发言席，恭恭敬敬地给与会人员鞠了三个躬。他开始讲话了，会场上的群众鸦雀无声，仔细倾听他的讲话，都想把他的经验真正学到手，回去后在自己家乡大干一场，彻底改变穷困面貌。黄松说："各位乡亲父老们，各位同人朋友们，我叫黄松，我是高中毕业以后回家务农的知识青年。我在家乡确实没干什么事，我也没什么介绍的。我想对大家说的就是：我是个平凡的人，我干的是平凡的事。"

黄松讲话以后，各乡代表发言，表决心。最后，副县长作总结报告，他说黄松紧跟党中央的改革开放政策，与时俱进，把"改革开放"精神落到了实际行动。他高度评价了黄松的一心为公、刻苦耐劳精神，充分肯定了他所做的成绩，号召各乡代表学习黄松精神，回去后发扬开拓精神，改变自己家乡的贫穷面貌。

白佳为黄松盖的房子被黄林卖了。黄松不打算再盖新房子，一是没有钱，二是没有宅基地。一家三口住在原来的破旧房子里，喂喂毛驴和其他家畜、家禽。早晨放它们出窝，晚上叫它们进窝。白天扫扫圈窝、收收鸡蛋、撒铺草、换饮水，等等，这没完没了的、天天如此的工作，在有些人看来，是极端烦人、无聊的重复动作，可是对黄松这一家人来说，却是非常有趣儿的工作。他们等到开发区的房子盖好后，搬到新房子里。

白佳的主要任务是侍奉婆母。一家三口，相依为命，不弃不离，过着轻轻松松、快快乐乐、幸幸福福的平常生活。

白佳的父亲白富领不再经营他的建筑材料场和平民客栈了，他把它们租赁给别人，每年收取租赁费。虽然不办场坊了，他的钱财还是用之不竭、绰绰有余的。他不断带着老伴来看望女儿，还经常在经济上帮助她，有时给她钱，有时给她东西，在他给她的东西中，有吃的、穿的、烧的、用的，等等，无所不有，例如：面、米、油、盐、酱、醋、被褥、床单、棉衣、单衣、煤、桌子、沙发、椅子、凳子，等等。可以说，黄松全家的一切消费，由白佳的父亲全包了。

白富领夫妇还不时地在闺女家住上十天半月的。黄松待他们如同亲爹娘。两家合在一起才五口人。徐环非常善良，她可怜他们两口子孤独，劝他们搬过来住在一起。如果这样，白佳和黄松就用不着再挂念他们了，他们也不寂寞了，一举两得。而白富领还是舍不了他那个家。他认为两下轮换着住新鲜。

白富领最近一次来黄松家时，说了这么一个消息：孙炳坤死了。

黄松很诧异地问他："他年纪轻轻的，放着那么好的生活不好好过，怎么就死了呢？"

白富领说了下面的情况：

孙炳坤用浓硫酸毁了白佳的面容以后，畏罪潜逃到陕西省白水县一个私人苹果公司，任苹果推销员，没有固定工资，其收入是根据他推销数量的提成。几个月以后被公安人员抓获归案。孙福来也因为凶犯儿子提供资金援助和知情不报而被判刑。为了让父亲和弟弟获得最轻的判决，孙炳坤的哥哥孙乾坤卖了家里的所有值钱东西，包括汽车和场坊，企图以重金换取不判，至少是少判。其结果是：按他自己的话说："效果不大。"

孙福来从监狱里出来以后，两手空空，一无所有，家产没有了，场坊也没有了。他没别的路可走，只得回农村老家种地了。

孙炳坤在监狱里住了几个月以后，得了脑溢血突发症。经抢救无效，死在里面了。

白佳听说孙炳坤死的消息以后，咬牙切齿地说："他死一万次也解除不了我的心头恨。"

黄松说："他死有余辜。"

现就黄松的家人，即父亲黄琦、弟弟黄林、妹妹黄枫、母亲徐环、妻子白佳和黄松本人，做个集中概括的结论：

祖祖辈辈苦拼搏，
夙愿实现两眼合。
时时刻刻痴心想，
海市蜃楼空中搁。
踏踏实实步维艰，
攀登高峰见成果。
日日夜夜煎熬等，
美梦实现幸福多。
辛辛苦苦操劳心，
安逸享受晚年乐。
忙忙碌碌何所求？
平凡人生最快活。

完稿于 2017 年 9 月
修改于 2017 年 11 月